HEYNE BÜCHER

W0472513

Fantasy

Herausgegeben von Friedel Wahren

Von JENNIFER ROBERSON erschienen in der Reihe HEYNE SCIENCE FICTION & FANTASY:

Der Schwerttänzer-Zyklus

Schwerttänzer · 06/5072
Schwertsänger · 06/5073
Schwertmeister · 06/5074
Schwertmagier · 06/5178

Der Cheysuli-Zyklus

Wolfsmagie · 06/5671
Das Lied von Homana · 06/5672
Das Vermächtnis des Schwerts · 06/5673
Die Fährte des weißen Wolfs · 06/5674
Die Ehre der Prinzen · 06/5675
Die Tochter des Löwen · 06/5876
Der Flug des Raben · 06/5877
Ein Gobelin mit Löwen · 06/5878 (in Vorb.)
Löwenmagie · 06/5879 (in Vorb.)

Jennifer Roberson

Der Flug des Raben

Siebter Roman des Cheysuli-Zyklus

Deutsche Erstausgabe

WILHELM HEYNE VERLAG
MÜNCHEN

HEYNE SCIENCE FICTION & FANTASY
Band 06/5877

Titel der Originalausgabe
FLIGHT OF THE RAVEN
CHRONICLES OF THE CHEYSULI: BOOK SEVEN
Übersetzung aus dem Amerikanischen von
Karin König
Das Umschlagbild malte Attila Boros
Die Karte auf Seite 6/7 zeichnete Erhard Ringer

Umwelthinweis:
Dieses Buch wurde auf
chlor- und säurefreiem Papier gedruckt.

Redaktion: Joern Rauser

Erstausgabe bei DAW BOOKS, Inc., New York

Printed in Germany 1997
Umschlaggestaltung: Atelier Ingrid Schütz, München
Technische Betreuung: M. Spinola
Satz: Schaber Satz- und Datentechnik, Wels
Druck und Bindung: Presse-Druck, Augsburg

ISBN 3-453-12681-5

*Dieses Buch ist S. J. Hardy gewidmet,
der, weil er gern las, eine Frau heiratete,
die genau die gleiche Neigung hatte.
Schließlich zeugten sie vier Kinder,
die die überaus große Vernunft bewiesen,
das Lesen wiederum an eine dritte
Generation weiterzugeben.
Wenn ich an der Reihe bin, werde ich
mein Bestes versuchen, es ihnen gleichzutun.*

Danke, Großvater!

Ozean von Thule
Valgaard
Atvia
Andemir
Rondule
Kilore
Homana
Mujhara
Erinn
Lestra
Idrianischer Ozean
Solinde
Hondarth
N
Kristallinsel

Bortall
Rheghed
Falia
Ellas
Die Einöden
Tessalay
Meer von
Septre
Nona
Caledon

Die Chroniken der Cheysuli
Ein Überblick

DIE PROPHEZEIUNG DER ERSTGEBORENEN

»Eines Tages wird ein Mann allen Blutes vier kriegführende Reiche und zwei magische Völker in Frieden vereinen.«

Ursprünglich hatte ein Volk von Gestaltwandlern, das als die Cheysuli, Abkömmlinge der Erstgeborenen, Homanas Urrasse, bekannt war, den Löwenthron inne, aber die zunehmende Unruhe von seiten der Homaner, die keine magischen Kräfte besaßen und die Cheysuli daher fürchteten, drohte das Reich auseinanderzureißen. Das königliche Herrschergeschlecht der Cheysuli gab den Löwenthron freiwillig auf, damit die Homaner Homana regieren konnten, und vermieden so einen umfassenden Vernichtungskrieg.

Die Stämme zogen sich bis auf eine verbliebene und bindende Überlieferung ganz aus der homanischen Gesellschaft zurück: nämlich die, daß jeder homanische König, Mujhar genannt, von einem Cheysuligefolgsmann als Leibwächter, Ratsmitglied und Begleiter begleitet werden muß, der dem Dienst am Thron und dem Schutz des Mujhar geweiht ist, bis die Prophezeiung erfüllt ist und die Erstgeborenen wieder regieren.

Dieser Überlieferung wurde fast vier Jahrhunderte lang ohne Zwischenfall gefolgt, bis Lindir, die einzige Tochter Shaines des Mujhar, ihrem zukünftigen Bräutigam den Laufpaß gab, um mit Hale, dem Cheysuligefolgsmann ihres Vaters, durchzubrennen. Da der sitzengelassene Bräutigam der Erbe eines benachbarten Königs, Bellam von Solinde, war und die Heirat nach Jahren eines blutigen Krieges ein Bündnis besiegeln sollte, zeitigte diese Handlungsweise tragische Folgen. Shaine sponn ein Netz aus Lügen, um seinen verbohrten Stolz zu behaupten, und legte somit den Grundstein für die Vernichtung eines Volkes. Als erklärte Magier und Dämonen, die dem Niedergang des homanischen Throns verschrieben seien, wurden die Cheysuli, kurz gesagt, Geächtete und zur sofortigen Tötung verurteilt, sollten sie innerhalb homanischer Grenzen aufgefunden werden.

Der erste Band, *Wolfsmagie,* beginnt die ›Chroniken der Cheysuli‹ mit der Geschichte von Alix, der Tochter Lindirs, der einstigen Prinzessin von Homana, und von Hale, dem einstigen Cheysuligefolgsmann Shaines. Alix besitzt eine zunächst nicht erkannte Eigenschaft, da sie das Alte Blut der Erstgeborenen in sich trägt, welches ihr die Fähigkeit verleiht, mit allen *Lirs* in Verbindung zu treten und gezielt jede Tiergestalt anzunehmen. Aber Alix wird von einem Homaner aufgezogen und weiß nichts von ihren Fähigkeiten, bis sie von Finn, einem Cheysulikrieger, dem Sohn Hales und seiner Cheysulifrau – und daher Alix' Halbbruder – entführt wird. Mit ihr wird auch Carillon, Prinz von Homana, verschleppt. Alix erfährt von der wahren Macht ihrer Gaben und der Beschaffenheit der Prophezeiung, die alle Cheysuli beherrscht, und heiratet schließlich einen Krieger, Duncan, dem sie einen Sohn, Donal, gebärt – und erheblich später auch eine Tochter, Bronwyn. Aber der innere Zwist Homanas schwächt ihre Abwehr. Bellam von Solinde erobert Homana mit seinem magischen Gehilfen, Tynstar dem Ihlini, und nimmt den Löwenthron ein.

In *Das Lied von Homana* kehrt Carillon aus einem fünfjährigen Exil zurück und begegnet der schwierigen Aufgabe, ein Heer zu erheben, das Bellam überwältigen soll. Er wird von Finn begleitet, der die übliche Rolle des Gefolgsmanns eingenommen hat. Mit Hilfe der Cheysulimagie und seiner eigenen Art persönlicher Macht kann Carillon sein Reich zurückgewinnen und die Cheysuli wieder in ihre Heimat führen, indem er die von seinem Onkel Shaine, Alix' Großvater, begonnene Jagd beendet. Er heiratet Bellams Tochter, um den Frieden zwischen den Ländern zu besiegeln, aber Electra hat ihr Schicksal bereits mit Tynstar dem Ihlini verbunden und arbeitet gegen ihren homanischen Ehemann. Carillons Unfähigkeit, einen Sohn zu zeugen, zwingt ihn, seine einzige Tochter, Aislinn, mit Donal, Alix' Sohn zu verloben, den er zum Prinzen von Homana ernennt. Diese öffentliche Billigung eines Cheysulikriegers ist der erste Schritt zur alleinigen Wiederinbesitznahme des Löwenthrons durch die Cheysuli, die von der Prophezeiung gefordert wird, und legt die Saat für Unruhen im Land.

Das Vermächtnis des Schwerts widmet sich Donals allmählicher Übernahme der Macht in Homana und seiner persönlichen Annahme seiner Rolle in der Prophezeiung. Denn den Bräuchen der Stämme gemäß steht es einem Krieger frei, sowohl eine Ehefrau als auch eine Gespielin zu haben, und Donal gründet eine Cheysulifamilie, obwohl er eines Tages Carillons Tochter heiraten muß, um sein Recht auf den Löwenthron festzuschreiben. Mit seiner Cheysuligespielin zeugt er zwei Kinder, Ian und Isolde. Mit Aislinn, Carillons Tochter, wird schließlich ein Sohn geboren, der sein Erbe werden wird. Aber die Ehe steht von Anfang an unter keinem guten Stern. Zusätzlich zu den durch die zweite Familie verursachten Schwierigkeiten, steht Donals Frau auch unter dem magischen Einfluß ihrer Mutter, Electra, die Tynstars Gespielin ist. Die Probleme werden durch den Sohn Tynstars und Electras, Strahan, noch verstärkt, der die Macht seines Vaters in vollem Umfang geerbt hat. Nach Carillons Tod erbt Donal den Löwenthron und ernennt seinen ehelichen Sohn, Niall, zu seinem Nachfolger. Um die Prophezeiung aber voranzutreiben, verheiratet er seine

Schwester, Bronwyn, mit Alaric von Atvia, dem Herrn eines Inselkönigreichs. Bronwyn wird später versehentlich von Alaric getötet, während sie *Lir*gestalt angenommen hat, lebt aber noch lange genug, um einer Tochter, Gisella, das Leben zu schenken, die jedoch wahnsinnig ist.

In *Die Fährte des weißen Wolf*s ist Donals Sohn, Niall, als junger Mann zwischen zwei Welten gefangen. Die Homaner, die die Cheysulimacht und die Absichten der Cheysuli fürchten, zeigen ihm nur Mißtrauen und richten ihre Unzufriedenheit auf ihn. Die Cheysuli betrachten ihn als ›Ungeweihten‹, weil sich Niall noch nicht mit seinem Tier verbinden konnte, obwohl er das übliche Alter weit überschritten hat. Daher ist er ein *lirloser* Mann, ein Krieger ohne Macht, und für einen solchen Mann ist bei den Stämmen kein Platz. Sein Gefolgsmann ist sein Cheysulihalbbruder, der vollkommen ›geweiht‹ ist, und Ians Fähigkeiten tragen noch zu Nialls Unterlegenheitsgefühlen bei.

Niall soll seine halb atvianische Cousine Gisella heiraten, verliebt sich aber in die Prinzessin eines benachbarten Königreichs, Deirdre von Erinn. Durch seine *Lir*losigkeit, und weil Gisella unter dem Einfluß von Tynstars Ihlinitochter Lillith steht, wird Niall ein Opfer der Magie. Schließlich verbindet er sich doch mit seinem *Lir* und nimmt damit die ganze Breite der Cheysulimacht an, bezahlt aber mit einem Auge dafür. Seine Heirat mit Gisella scheint unheilvoll, doch werden zweimal Zwillinge geboren – Brennan und Hart, Corin und Keely –, wodurch Niall die Gelegenheit bekommt, über Verlobungen mit der Wirkung von Bündnissen seinen Einflußbereich auszudehnen. Er verbannt Gisella nach Atvia, nachdem er einen Ihliniplan vereiteln konnte, mit dem sie zu tun hatte, und richtet sich sein Leben dann mit seiner Gespielin, Deirdre von Erinn, ein, die bereits seine uneheliche Tochter Maeve geboren hat.

Die Ehre der Prinzen erzählt die Geschichte jedes der

drei Söhne Nialls. Brennan, der Älteste, wird Homana erben und wurde mit Aileen, Deirdres Nichte, verlobt, um der Prophezeiung eine ihr bisher noch nicht zugängliche Blutlinie zuzuführen. Brennans Zwilling, Hart, ist Prinz von Solinde, ein zwanghafter Spieler, dessen Sucht zu einem tragischen Unfall führt, in den alle drei Söhne Nialls verwickelt sind. Hart wird daraufhin ein Jahr lang nach Solinde und der rebellische jüngste Sohn, Corin, nach Atvia verbannt. Brennan wird durch eine List dazu gebracht, ein Kind mit einer Ihlini-Cheysulifrau zu zeugen. Hart verliert durch einen solindischen Plan eine Hand und fast sein Leben. Corin verliebt sich in Erinn in Brennans Braut, Aileen, bevor er nach Atvia geht. Ein Prinz nach dem anderen wird von Strahan, Tynstars Sohn, gefangengenommen, der Nialls Söhne in Marionettenkönige zu verwandeln beabsichtigt, um durch sie zu regieren. Allen dreien gelingt die Flucht, aber erst nachdem jeder von ihnen gezwungen wurde, seine besonderen Stärken und Schwächen zu erkennen.

Für Keely, die Schwester von Nialls Söhnen, liegen die Dinge anders. In *Die Tochter des Löwen* wird sie selbst von dem Getriebe aus Staatskunst, übler Magie und ihren eigenen unbeständigen Gefühlen beherrscht. Von Kindheit an in männlichen Betätigungen wie der Handhabung von Waffen geübt, zieht Keely die Freiheit der Wahl und des Lebensstils vor, und da beides durch die unmittelbar bevorstehende Ankunft ihres Verlobten, Sean von Erinn, bedroht wird, bemüht sie sich, sich in einer von Männern regierten Welt ihr Selbstwertgefühl zu bewahren. Daher ist sie zur Auflehnung bereit, als ein willensstarker, mächtiger erinnischer Straßenräuber – vielleicht ein Mörder – in ihr Leben tritt.

Aber Keelys Kämpfe werden noch zehnfach verstärkt, als Strahan sie zu seinem nächsten Ziel auswählt. Getäuscht, gefangen und auf der Kristallinsel festgehalten, wird Keely durch Magie zu einer Verbindung mit dem Ihlini gezwungen, deren Ergebnis eine Schwangerschaft ist. Aber bevor das Kind geboren werden kann, entkommt Keely mit Hilfe des Ihlinibarden, Taliesin. Auf ihrem Heimweg trifft sie den Mann, der als ihr Verlobter angesehen wird, und erkennt, daß sie nicht nur das ungewollte Kind wie auch immer loswerden, sondern zudem entscheiden muß, mit welchem Mann sie leben will – dem Dieb oder dem Prinzen –, um eine wahrhaft der Prophezeiung dienende Cheysuli zu sein.

Prolog

Er war so klein, so sehr klein, aber die Verzweiflung verlieh ihm Kraft. *Das Verlangen* verlieh ihm Kraft, wenn auch die Angst und die Anspannung sie zu untergraben drohten. Er legte seine kleinen Hände an die gehämmerten Silbertüren und *stemmte,* so fest er konnte, wobei er vor Anstrengung stöhnte. Er stemmte mit all seiner Kraft.

Die Tür öffnete sich ein wenig. Dann fiel sie mit einem Schleifgeräusch wieder zu, während seine schwache Kraft schwand.

»*Nein*«, murmelte er zwischen zusammengebissenen Zähnen laut. »Nein, ich werde es dir nicht *erlauben*.«

Er drückte erneut sehr fest. Dieses Mal spähte er durch die Öffnung, bevor sich die Tür wieder schließen konnte. Als sie sich schloß, schloß sie sich hinter *ihm*. Vor Entsetzen und Angst keuchend, warf sich Aidan hindurch. Sein Nachtgewand zerriß, aber es kümmerte ihn nicht. Es war nicht wichtig. Er war endlich drinnen.

Hineingelangt, erstarrte er. Die Große Halle erinnerte ihn an eine Höhle. Dunkler als die Nacht – eine schwere dichte Schwärze, die ihn zerdrücken wollte. Dunkelheit und *etwas,* was ihn rief.

Er würde nicht zerdrückt werden. Er würde es *nicht* – und doch verkrampfte sich sein Magen. Wer war er, daß er dies tun wollte? Wer war er, daß er in die Große Halle seines Großvaters kam und sich dem Löwenthron gegenüberstellen wollte?

Kleine Hände zogen an Haaren, ließen eine Locke durch die Finger gleiten. Schwarzes Haar bei Nacht, am Tage ein dunkles Rostbraun und im Sonnenschein rot. Er spähte die Halle hinab und spürte das kalte Gestein unter seinen Füßen. Seine Mutter hätte ihm gesagt, er solle Hausschuhe anziehen. Aber das *Verlangen* war so groß gewesen, daß nichts sonst zählte, nur, daß er dem Löwen gegenübertrat – und dem Ding im Schoß des Löwen.

Er zitterte. Nicht vor Kälte: vor *Angst*.

Er wurde zwanghaft vorwärtsgetrieben. Aidan stöhnte leise. Er wollte die Halle verlassen. Er wollte dem Löwen, dem großen schwarzen Tier, das darauf wartete, ihn zu verschlingen, den Rücken kehren. Aber das so überwältigende Verlangen wollte es nicht zulassen.

Keine Kerzen brannten mehr. Die Kohlen in der Feuergrube glühten nur noch schwach. Der dünne Mondschein schien nur unregelmäßig durch die Fenster, und sein gitterförmiges Licht wurde von bunten Glasscheiben verzerrt. Wenn er nur etwas *sehen* könnte.

Nein. Er wußte es besser. Wenn er den Löwen sehen könnte, würde er ihn noch mehr fürchten.

Oder nicht? Das Tageslicht änderte nichts. Der Löwe starrte noch immer und bleckte weiterhin die hölzernen Zähne. Jetzt konnte er kaum sehen, wie er auf dem Marmorpodest kauerte. Aber war er imstande, ihn zu sehen?

Aidan biß sich auf einen Finger. Seine Blase drückte. Er brauchte das Nachtgeschirr. Aber er war ein Prinz und auch ein Cheysuli. Wenn er jetzt umkehrte, würde das das Blut in seinen Adern entehren.

Aber, oh, wie gern wäre er gegangen!

Aidan wiegte sich ein wenig. »*Jehana* …«, flüsterte er und war sich nicht bewußt, daß er es ausgesprochen hatte.

Der Löwe wartete in der Dunkelheit.

Und noch etwas anderes.

Aidan atmete dreimal erstickt keuchend ein, was in der Stille sehr laut klang. Der Druck in seiner Blase nahm zu. Er biß sich erneut auf den Finger und tat dann einen vorsichtigen Schritt.

Einen. Dann zwei. Dann drei. Er zählte nicht weiter. Aber schließlich führten ihn alle Schritte zusammen die Halle entlang, bis er dann vor dem Löwenthron stehenblieb. Er betrachtete die Augen, die Zähne, die Nase. Alles aus Holz, alles. *Er* bestand aus Fleisch und Blut. *Er* würde über den Löwen herrschen.

Aidan bemühte sich, auf den Schoß des Löwen zu blicken. Etwas schimmerte im schwachen Licht.

Es war eine goldene Kette. Schweres, gehämmertes Gold voller Verheißungen. Mehr als Reichtum oder Macht: Die Kette verwies auf das Erbe. Seine Vergangenheit und seine Zukunft. Das Vermächtnis der Götter. Er griff gebannt danach, wollte sie, *verlangte* danach, wußte, daß sie ihm gehörte. Aber als sich seine zitternde Hand um ein Glied von der Größe des Handgelenks eines großen Mannes schloß, verwandelte sich die Kette in Staub.

Er schrie auf. Urin befleckte sein Nachtgewand. Scham überflutete ihn, aber auch Verzweiflung. Sie war genau *dort* gewesen. Jetzt war da nichts mehr. Überhaupt nichts war geblieben. Der Staub – und die Kette – waren verschwunden.

Er wollte nicht weinen. Er *beabsichtigte* nicht zu weinen, aber die Tränen kamen dennoch. Wodurch er nur noch mehr weinte, da er sich seiner Empfindungen schämte. Sich seiner Schwäche schämte. Seines sichtlich homanischen Verhaltens. Cheysulikrieger weinten nicht. Trauer wurde nicht gezeigt.

Aber er war mehr als nur ein Cheysuli. Und das ließ niemand ihn vergessen.

Nur eine Blutlinie war noch nötig. Eine weitere Kreuzung, und die Prophezeiung wäre erfüllt. Aber selbst er mit seinen sechs Jahren wußte, wie unmöglich das war. Er hatte es in den Gängen Homana Mujhars oft genug gehört.

Kein Cheysulikrieger wird jemals mit einer Ihlini schlafen und ein Kind mit ihr zeugen.

Aber selbst er, ein Junge, wußte es besser. Ein Cheysulikrieger *hatte* es getan. Tatsächlich hatten es *zwei* getan: der Bruder seines Großvaters, Ian, und sein eigener Vater, der Prinz von Homana, der eines Tages Mujhar sein würde.

Er wußte es sogar mit seinen sechs Jahren schon. Und er wußte, wofür er bestimmt war, welches Blut in seinen Adern rann. Aber alles das war sehr verwirrend, und er beschloß, es dabei zu belassen.

Er empfand neuerlichen Kummer. *Ich will meine Kette.*

Aber die Kette – *seine* Kette – war verschwunden.

Eine Spur von Grausamkeit entstand: *Ich will meine KETTE …*

Eine der Türen öffnete sich mit einem Schleifgeräusch. Aidan zuckte zusammen und fuhr unsicher herum, während er sein durchnäßtes Nachtgewand mit beiden Händen umklammerte. Es war seine Mutter, das wußte er. Wer sonst würde nach einem Jungen suchen, der nicht in seinem Bett lag? Und sie würde sehen, sie würde *wissen …*

»Aidan? Aidan … was machst du hier? Deine Schlafenszeit ist weit überschritten!«

Er errötete vor Scham. Er kämpfte gegen die Tränen an und zitterte.

Sie war blaß, erregt, auch wenn sie es zu verbergen versuchte. Er wußte, was sie empfand, konnte es *spüren,* als stecke er in ihrer Haut. Aber sie versuchte so sehr, es zu verbergen.

Der vertraute erinnische Akzent hallte in der Großen Halle wider. »Was machst du hier, mein Junge? Huldigst du dem Löwen?« Sie lachte gezwungen. »Er wird *dir* gehören, eines Tages – du brauchst ihn dir nicht bei Nacht anzusehen!«

Sie meinte es gut, das wußte er. Sie meinte es immer gut. Aber er spürte ihre Angst, ihre Qual unter der erzwungenen Heiterkeit.

Sie eilte die Halle entlang, wobei sie die Falten ihres schweren Gewandes hob. An den Türen stand ein Diener mit einer Lampe. Licht strömte in die Halle. Der Löwe sprang aus den Schatten.

Aidan wich zurück, hob schützend einen Arm und erkannte dann, daß er nicht mehr war als sonst: ein von Menschen gestaltetes Stück Holz. Und dann war seine

Mutter neben ihm und stellte ihm ängstlich Fragen, bis sie die Zügel ihrer Sorge ergriff und sie festband.

Sie sah, wie er die Hände um sein durchnäßtes Nachtgewand klammerte. Sie sah den Urinfleck. Qual flammte erneut auf – er spürte es sehr genau, wie ein in seinen Geist gezogenes, brennendes Band – aber sie sagte nichts davon. Sie kniete sich nur neben ihn und legte eine Hand auf seine Schulter. »Aidan – warum bist du hier? Dein Kindermädchen kam zu mir, erzählte von einem Alptraum … aber als ich dann zu dir ging, warst du fort. Was machst du hier?«

Er sah ihr ins Gesicht, während sie neben ihm kniete. In Augen, so grün wie Glas, so grün wie erinnisches Gras. »Sie ist fort«, erklärte er ihr einfach, wobei er ungewollt ihren Akzent aufnahm.

Sie trug ein blau-samtenes Hausgewand über einem weißen Leinennachthemd. Ihr Haar war zum Schlafen geflochten: ein einzelner dichter, roter Zopf, der ihren Rücken hinabhing. »*Was* ist fort, mein Junge?«

»Die Kette«, erklärte er, obwohl er wußte, daß sie es nicht verstehen würde. Niemand verstand es. Niemand *konnte* es verstehen.

Die plötzliche Qual war überwältigend. Er sehnte sich ebenso sehr nach Beruhigung wie nach Verständnis. Ersteres konnte er bekommen. Als die verhaßten Tränen erneut flossen, ließ er sich bereitwillig von ihr umarmen.

Sie preßte ihre Wange an sein Haar und schlang ihre Arme um die schmalen Schultern, um das zitternde Schluchzen zu stillen. »O Aidan, Aidan … es war nur ein Traum, mein Junge … ein winzig kleiner Traum, der deinen Schlaf gestört hat. Er kann dir nichts tun, das verspreche ich dir. Du darfst ihn nicht für wirklich halten.«

»Er war es«, beharrte er und weinte sehr an ihrer Schulter. »Er war wirklich – ich *schwöre* es … und der Löwe – der Löwe wollte mich *fressen* …«

»Aidan, nein. O mein lieber Junge, nein. Die Zähne des Löwen bestehen nur aus Stücken verrotteten Holzes.«

»Es war wirklich … sie war *da* …«

»Aidan, schscht …«

»Sie hat mich aufgeweckt, hat mich gerufen …« Er bog seinen Kopf so weit zurück, daß er ihr Gesicht sehen konnte, um erkennen zu können, was sie dachte. »Sie wollte, daß ich komme …«

»Der Löwe?«

Er schüttelte wild den Kopf. »Nicht der Löwe – die *Kette* …«

»O Aidan …«

Sie glaubte ihm nicht. Er warf sich erneut in ihre Arme, zitterte unter einem geballten Ansturm der Angst, der Qual und der Beharrlichkeit: Sie mußte ihm glauben. Sie war sein Fels, sein Anker – wenn *sie* ihm nicht glaubte …

Sie versuchte, ihn auf erinnisch zu trösten. Er brauchte ihre Wärme, ihr Mitleid, ihre Liebe, aber er war sich, wenn auch nur unbestimmt, gewiß, daß er auch noch mehr brauchte. Etwas sehr Wirkliches, gleichgültig was sie sagte: die Schwere der Kette in seinen schmalfingrigen Kinderhänden, weil es sein *Tahlmorra* war. Weil er erkannte, ohne zu wissen, warum, daß die goldenen Glieder in seinen Träumen ihn genauso vollständig banden wie sein Blut.

Ein Geräusch: das leise Schaben von Leder auf Stein, das die Gegenwart eines anderen Menschen verkündete. An seine Mutter gedrängt, spähte Aidan mit einem Auge über ihre samtbekleidete Schulter und sah seinen Vater in der Halle. Sein großer, schwarzhaariger Vater mit den unleugbar gelben Augen, so wild wie seine. Ein Geschöpf sowohl der Schatten als auch aus Fleisch und Blut. Brennan schien nur unvollständig bekleidet, und sein schwarzes Haar war zerzaust. Erschrecken und Sorge ließen seine Züge erstarren.

»Das Kindermädchen kam – was ist los?«

Aidan spürte, wie sich seine Mutter auf den Knien umwandte, während sie die Arme noch ein wenig fester um ihn legte. »Oh, nur ein böser Traum. Etwas, das mit dem Löwen zu tun hatte.« Erzwungene Leichtigkeit. Erzwungene Ruhe. Aber Aidan hörte die Feinheiten heraus. Das war für ihn eine einfache Aufgabe.

Das Erschrecken schwand, während Brennan zum Podest trat. Seine Züge entspannten sich wieder. »Ah, nun, es gab eine Zeit, in der er auch *mich* geängstigt hat.«

Aidan wartete nicht. »Ich wollte die Kette, *Jehan*. Sie rief mich. Sie *wollte* mich. Und ich brauchte *sie*.«

Brennan runzelte die Stirn. »Die Kette?«

»Auf dem Schoß des Löwen. Die Kette.« Aidan wand sich in Aileens Armen und deutete hin. »Sie war *dort*«, beharrte er. »Ich kam, um sie zu holen, weil sie es wollte. Aber der Löwe hat sie verschlungen.«

Brennan lächelte müde. Aidan wußte, daß sein Vater häufig lange aufblieb, um mit dem Mujhar über Staatskunst zu streiten. »Niemand hat jemals behauptet, der Löwe hätte keinen Hunger. Aber er ißt keine kleinen Jungen. Nicht einmal kleine Prinzen.«

Die Sicht verschwamm auf merkwürdige Art. »Er wird mich *fressen* ...«

»Aidan, schscht. Das ist nur deine närrische Phantasie«, mahnte Aileen und stand auf. »Genug davon.«

Eine dunkelhäutige schwielige Hand wurde Aidan entgegengestreckt. Brennan lächelte freundlich. »Komm, kleiner Prinz. Es ist an der Zeit, daß du sicher in dein Bett kommst.«

Es war ein tiefer Schock. *Sie glauben mir nicht*, keiner *von beiden ...*

Seine Mutter und sein Vater, die so weise und vertrauenswürdig waren, *glaubten* ihm nicht. Glaubten ihrem *Sohn* nicht.

Er starrte blind die Hand an, die noch immer von oben ausgestreckt wurde. Dann betrachtete er das Gesicht. Ein starkes, kantiges Gesicht voller Flächen und Höhlungen, voller Erbe und Macht.

Sein Vater wußte alles. Aber wenn sein Vater ihm nicht *glaubte*.

Aidan fror. Und fühlte sich leer. Und alt. Etwas in ihm flammte schmerzhaft auf und zerfiel dann zu Asche.

Sie glauben, daß ich LÜGE.

Es schmerzte sehr.

»Aidan.« Brennan winkte ihm. »Kommst du mit mir?«

Ein neuer Entschluß entstand. *Wenn ich ihnen nichts erzähle, können sie nicht glauben, daß ich lüge.*

»Aidan«, sagte Aileen. »Geh mit deinem Vater. Es ist an der Zeit, daß du wieder ins Bett kommst.«

Wo ich wieder träumen könnte.

Er erschauderte. Er sah zu der Hand auf.

»Aidan«, murmelte Aileen. Dann, in einem Aufwallen zuvor unterdrückter Ungeduld: »Bring ihn ins Bett, Brennan. Wenn er nicht selbst gehen kann.«

Auch das schmerzte.

Keiner von ihnen glaubt mir.

Die Leere nahm zu.

»*Wird mir* überhaupt jemand *glauben?*«

»Aidan«, sagte Brennan. »Möchtest du, daß ich dich trage?«

Einen Augenblick lang wollte er es. Aber die neue Erkenntnis war zu schmerzlich. Er kannte das Wort Verrat nicht, begann aber zu verstehen.

Er ergriff zögernd die Hand. Sie war schwielig, groß, warm. Einen Augenblick lang vergaß er den Verrat. Die Hand seines Vaters war wie ein Talisman. Er würde die Träume vertreiben.

Aidan ging mit seinem Vater, gefolgt von seiner Mutter. Hinter ihnen kauerte in der Dunkelheit der Löwenthron von Homana und zeigte kraftlose Zähne.

Er umklammerte die Hand seines Vaters. In Gedanken sprach er es rebellisch aus: *Ich will meine Kette.*

Sanfte Finger berührten sein Haar, strichen es ihm sacht aus der Stirn. »Es war nur ein Traum«, versprach sie.

Eine Vorahnung ließ seinen Magen sich verkrampfen. Aber er sagte ihr nicht, daß sie log. Er wollte, daß seine Mutter schlafen konnte, auch wenn das nicht für ihn galt.

Teil I

Kapitel Eins

Deirdres Sonnenraum war für sie alle zu einem Ort des Trostes geworden. Ein Ort, an dem der Rang keine Bedeutung hatte, und auch Titel nicht und nicht der Akzent, mit dem jemand sprach: Erinnisch, Cheysuli, Homanisch. Es war, wie Aileen empfand, ein Ort, an dem sie sich *alle* versammeln konnten, ungeachtet ihrer unterschiedlichen Blutlinien, um die schweren, unausgesprochenen Fesseln des Erbes zu teilen. Es hatte nichts mit Magie, Erziehung oder Heimat zu tun. Nur mit dem unumstößlichen Wissen um die Bedeutung der Herrschaft.

Sie wußte, was Keely sagen würde, gesagt *hatte,* oft genug und auf viele verschiedene Arten – und deutlich ausgedrückt. Daß Frauen in der von Männern beherrschten Erbfolge um den Löwenthron keinen Platz hatten. Aber Aileen wußte es besser. Keely würde ihr nicht zustimmen – sie stimmte selten mit irgend etwas, das mit der Eingliederung der Frau zu tun hatte, überein –, aber es entsprach der Wahrheit. Frauen *hatten* einen Platz in der Erbfolge. Solange Könige Königinnen brauchten, um dem Löwenthron Söhne zu gebären, würden Frauen immer einen Platz haben.

Nicht den Platz, den Keely – oder andere – sich vielleicht wünschten, aber er hatte dennoch Wert. Er verlieh Frauen Bedeutung, wenn auch aufgrund des Leibes, anstatt des Verstandes.

Aileens Leib hatte Homana einen Sohn geschenkt. Zwillingsjungen, die Aidans schwachen Platz in der Erbfolge ausreichend unterstützt hätten, hatte sie verloren. Diese schwere Prüfung hatte sie unfruchtbar werden lassen. Daher war sie eine Prinzessin mit einem gefährdeten

Ruf und einer möglicherweise bedrohten Zukunft. Sie wußte, daß Brennan sie nicht von sich aus verbannen würde – das hatte er deutlich erklärt –, aber es gab andere außer dem Prinzen von Homana, die man berücksichtigen mußte. Er *war* nur ein Prinz. Könige hatten den Vorrang. Und obwohl der Mujhar keinerlei Anzeichen der Besorgnis über die eigenartigen Gewohnheiten von Aileens Sohn zeigte, wußte sie sehr wohl, daß selbst Niall nicht der einzige Richter war. Es gab auch noch das homanische Konzil. Sie war die Tochter eines Königs, auch wenn sein Inselreich nur klein war. Sie verstand die Anforderungen einer Königschaft dennoch. Und die Forderungen des Konzils.

Nur ein Sohn für Homana. Ein Sohn, der – anders war.

Sie erschauderte. Der Sonnenraum wirkte behaglich, aber ihre Seelenruhe war dahin. Darum war sie zu Deirdre gegangen.

Aileen stand starr vor dem Fenster des Sonnenraums, der Sonnenschein spielte auf ihrem Haar und ließ es schimmern. Eine Haarsträhne hing neben ihrem Auge herab, und sie strich sie wie abwesend zurück. Die Geste erfolgte jäh, ungeduldig, ohne die Anmut, die zu zeigen sie nach vierundzwanzig Jahren als Prinzessin von Homana eigentlich beherrschte, vierundzwanzig Jahre als Schutzbefohlene ihrer Tante, die dies sowohl dem Blut als auch dem Verhalten nach war.

Sie kreuzte die Arme über der Brust und umfaßte sich fest. »Ich habe es *versucht*«, sagte sie verzweifelt. »Ich habe versucht zu verstehen, zu glauben, daß alles vorbeigehen würde … aber jetzt kann ich es nicht mehr leugnen. Es begann in der Kindheit … Er denkt, wir wüßten es nicht … Er glaubt, er hätte uns alle zum Narren gehalten, aber die Diener kennen die Wahrheit. Sie kennen die Wahrheit *immer* – glaubst du, sie würden es geheimhalten?« Ihr Tonfall spiegelte jetzt die Gerüchte wider. »Der Erbe Homanas verbringt kaum eine Nacht schlafend – und er geht zum Löwen, um mit ihm zu sprechen, um gegen einen *Sessel* zu wettern …« Sie brach ab und umfaßte sich nur noch fester. »Was sollen wir tun? Ich glaube, er wird *niemals* – dazu passen.« Ihre Stimme brach. Und damit auch ihre hart erkämpfte Haltung. Tränen traten in ihre grünen Augen. »Was sollen wir tun? Wie kann er den Thron einnehmen, wenn ihn alle für wahnsinnig halten?«

Deirdre von Erinn, die mit einem Schoß voller Garn und Leinen nahe dem Fenster saß, betrachtete Aileen voller Mitleid und Zuneigung. Mit ihren über sechzig Jahren war sie schon lange nicht mehr jung – das messingblonde Haar war silbergrau geworden, die grünen Augen waren in Falten eingebettet, die Haut lag weniger straff um ihre Knochen –, aber ihr Einfühlungsvermögen schien unbeeinflußt, im Gegensatz zu ihrer Schönheit. Sie kannte das Gefühl, um ein Kind zu fürchten. Sie hatte dem Mujhar eine Tochter geboren. Aber Maeve war, trotz aller Sorgen, niemals wie Aidan gewesen. Die Ängste ihrer Nichte waren berechtigt. Sie alle erkannten, daß Aidan – anders war.

Deirdre versuchte nicht, Aileen mit unnützen Gemeinplätzen zu beschwichtigen, egal wie wohlgemeint sie wären. Also gewährte sie ihrer Nichte die Wahrheit: »Es wird noch Jahre dauern, bis Aidan sich dem Erbe stellen wird. Zuerst ist Brennan noch an der Reihe, und Niall wird noch lange nicht sterben. Mach dir keine unnötigen Sorgen, und wünsche sie auch niemand anderem.«

Aileen machte eine ruckartige Bewegung, die schlechte Wünsche verbannen sollte, wie sie die Erinnier verabscheuten. »Nein, nein … es ist der Wille der Götter …«, sie verzog das Gesicht »… *oder* ihrer ewigen *Tahlmorras* – Aidan *wird* alt werden …, aber ist es falsch, mich zu sorgen? Es war eine Sache, als Kind zu träumen – jetzt ist er ein erwachsener Mann, und die Träume sind schlimmer denn je!«

Deirdre kniff den Mund zusammen. »Hat er nichts davon gesagt? Ihr standet euch doch immer nahe, du und Aidan – und er steht Brennan genauso nahe. Was hat er euch gesagt?«

Aileen stieß verbittert den Atem aus. »Aidan? Aidan sagt nichts. Ja, einst waren wir uns nahe – als er noch sehr klein war …, aber jetzt sagt er nichts mehr. Keinem von uns. Es ist, als könnte er uns nicht *vertrauen* …« Sie preßte die Handflächen gegen ihre Schläfen und versuchte, den Schmerz fortzumassieren. »Wenn ich etwas zu ihm sage –, wenn ich ihn frage, was ihn bekümmert, erzählt er mir nichts. Er *lügt* mich an, Deirdre! Und er weiß, daß ich es weiß. Aber ändert das etwas an seiner Antwort? Nein, nicht bei ihm … Er ist, wenn auch sonst nichts, stur wie ein blinder Maulesel.«

»Ja, nun, das hat er von beiden Seiten geerbt.« Deirdre lächelte. »Er ist erst dreiundzwanzig. Junge Männer sind oft verschlossen.«

»Nein – nicht so wie Aidan.« Aileen, die vor dem Fenster auf- und abschritt, hob eine Hand und ließ sie dann wieder auf ihre Röcke sinken. »Der ganze Palast weiß es … Die ganze *Stadt* weiß es – wahrscheinlich ganz Homana.« Sie hielt inne und wandte sich jäh zu Deirdre um, während sie sich leicht auf das Fenstersims stützte. »Einige gehen so weit zu behaupten, er wäre wahnsinnig, so wahnsinnig wie Gisella.«

»Das reicht!« sagte Deirdre scharf. »Willst du solches Gerede noch nähren? Du weißt genauso gut wie ich, daß dieses Gerücht nicht wahr ist. Er konnte den Wahnsinn genauso wenig erben wie *ich,* oder du.« Sie richtete sich auf und bemerkte nicht, daß sie das Leinen zerknitterte. »Er ist sowohl Erinnier als auch Cheysuli … woher willst du wissen, daß er nicht ein wenig *unserer* Magie zeigt? Es gibt im Haus der Adler mehr als genug davon …«

Aileen unterbrach sie. »O ja, ich weiß …, aber der Cheysulianteil ist so beherrschend, daß ich bezweifle, unsere Magie könne sich zeigen.«

Deirdre hob eine Augenbraue. »Ich halte das für nicht so sicher, denn er hat ja auch dein Haar.«

Aileen verzog das Gesicht, und eine Hand wanderte zu ihren schimmernden Locken. Aidans Haar war dunkler, aber dennoch rötlich. Nur die Augen zeigten seine Cheysuliabstammung. »Nichts an meinem Sohn zeugt von seiner erinnischen Herkunft – er ist genauso schlimm wie jeder von *ihnen*.«

Deirdre lächelte wehmütig. »Mit ›ihnen‹ meinst du die Cheysuli?«

»Die Cheysuli«, wiederholte Aileen abwesend wie mit besorgt gerunzelter Stirn. »In einem Augenblick sind sie alle so menschlich … Im nächsten sind sie *fremd*.«

»Ja, nun, dasselbe könnten sie von uns behaupten.« Deirdre nahm die vergessene Stickarbeit aus ihrem Schoß auf und betrachtete sie kritisch. Ihr Können ließ von Jahr zu Jahr nach, aber nicht ihr Wille. Das Schlimmste am Älterwerden, dachte sie, war die körperliche Unfähigkeit zu tun, was ihr Geist wollte. »Ich glaube, Frauen haben diese Beschwerde schon viele Male vorgetragen, ganz gleich ob der Mann in ihrem Bett ein Gestaltwandler oder nur ein *Mann* war.«

Aileen lächelte zum ersten Mal. Sie war niemals schön gewesen, aber es war auch nicht die Schönheit, die ihr Wesen ausmachte. Die Schönheit der Adler Erinns lag in der Lebendigkeit ihres Geistes und in einer reinen Erhabenheit des Körpers. »Das würdest du vom Mujhar nicht behaupten.«

»Doch, das würde ich«, erwiderte Deirdre. »Er hat es zweifellos auch von mir behauptet. Kein Mann versteht eine Frau.«

Aileens Lächeln verblaßte. »Versteht eine Mutter ihren Sohn?«

Deirdre hielt in ihrer Bewegung inne. »Ich will nicht behaupten, daß du bei Aidan nichts zum Nachdenken hättest, aber er ist nicht wahnsinnig. Und es gibt schlimmere Dinge für einen Mann als Träume. Und schlimmere Dinge für einen Thron als einen Träumer.«

»Das frage ich mich«, murmelte Aileen.

Deirdre fragte beiläufig: »Was sagt Brennan dazu?«

»Nichts.« Aileen setzte sich auf das Fenstersims und stützte ein Knie gegen die Glasscheibe. »Er spürt es genauso wie ich, aber glaubst du, er würde es zugeben? Zugeben, daß er Zweifel an seinem Sohn hegt?« Sie kniff den Mund zusammen. »Als Aidan klein und so krank war, haben Brennan und ich alles geteilt. Aber dann zog sich Aidan zurück und Brennan ebenso. Nichts blieb zwischen uns übrig. Wenn er jetzt überhaupt darüber spricht, sagt er nur, es sei Aidans *Tahlmorra,* den Löwenthron zu erhalten.«

Deirdre seufzte. »Das besagt sein Geburtsrecht. Aber manchmal legen die Cheysuli, meinem Empfinden nach, zuviel Wert auf ihren Glauben – auf Kosten ihrer Empfindungen.«

»Sie glauben an die Prophezeiung – jeder einzelne.« Dann lachte Aileen merklich verbittert. »Außer natürlich Teirnan und seine *A'saii,* die in den Wäldern Homanas umherirren.«

Deirdre verkrampfte sich leicht. »Teirnan war ein Narr.«

»Das sagst du nur, weil er deine Tochter verführt hat ... Es kümmert dich nach dem, was er Maeve angetan hat, nicht im geringsten, wie Teirnan über andere Dinge denkt.« Aileen regte sich unruhig und richtete ihre schweren Röcke. »Maeve ist jetzt in Erinn glücklich und vollkommen sicher – mein Sohn ist, glaube ich, keins von beidem.«

»Deinem Sohn wird es recht gut gehen.« Deirdre biß einen Faden ab. »Wie du bereits sagtest, Maeve ist glücklich – und wer hätte *das* nach dem, was Teirnan ihr angetan hat, für möglich gehalten?« Deirdre seufzte, während sie Fäden unterschiedlicher Farben entwirrte. »Ich danke dem alten Volk von Erinn, daß es die Bitten einer Mutter erhört hat. Rory Rotbart ist ein guter Mann und hat sie zu einer guten Ehefrau gemacht.«

»Weil er Keely nicht bekommen konnte.« Aileen lächelte flüchtig. »Er begehrte sie, das weißt du. Auch wenn sie für Sean bestimmt war und der Rotbart es wußte, als er hierherkam…« Sie brach ab. »Maeve ist nicht wie Keely. Wenn Rory sie wollte, hat er etwas anderes bekommen, als er erwartet hatte.«

Deirdre hob eine Augenbraue. »Als Keely und Sean nach Erinn gesegelt sind, hätte nur ein Narr geglaubt, daß er noch eine Chance bekäme. Nachdem Teirnans Bastard geboren war, hat Rory Maeve um ihrer *selbst* willen genommen, nicht als Ersatz für Keely.«

Aileen lachte laut. »Es *gibt* keinen Ersatz für Keely.«

»Und es gibt keinen Ersatz für Aidan… Der Junge wird sein, für was immer er bestimmt ist.«

Die kurzzeitige Heiterkeit schwand. Aileen sah ihre Tante an. Deirdres Gelassenheit verdroß sie gelegentlich, weil sie selbst so wenig davon besaß. Gerade jetzt hätte sie sie am liebsten zerstört, auch wenn sie sich nach Deirdres heiterer Ruhe sehnte. Es war etwas ihr Unbekanntes – bei einem Sohn wie Aidan.

»Etwas stimmt mit ihm nicht. Etwas ist nicht *richtig*.« Aileen sah ihre Tante an, forderte sie zum Widerspruch heraus. »Wenn du ihn das nächste Mal siehst«, sagte sie angespannt, »sieh dir seine Augen an. Und dann stelle dir folgende Fragen: ›Ist mein Enkel glücklich? Ist mein Enkel *geistig gesund*?‹«

Deirdre starrte sie entsetzt an. »Das würde ich *niemals* tun!«

»Stelle dir diese Fragen«, riet Aileen. »Oder noch besser: frage *ihn*. Aber hör nicht auf das, was er sagt – sieh ihm statt dessen in die Augen. Dort wirst du die Wahrheit finden. Cheysuliaugen oder nicht – in ihnen wirst du die Wahrheit finden.«

Kapitel Zwei

Er war aus dem Bett aufgestanden, bevor er wußte, wer oder wo er war und bevor er wußte, was er wollte. Das Verlangen trieb ihn um. Der Drang überwog alles: das Denken, die Logik, das Begreifen, genauso, wie es die *Lir*krankheit tat. Es übernahm seinen Körper und trug ihn zu der Tür, gegen die er sich in stummem Appell um Durchlaß stemmte.

In seinem Kopf hallte eine ungewisse Sicherheit wider: *Dieses Mal kann ich sie berühren … Dieses Mal wird sie wirklich sein – DIESES Mal, ich weiß es …*

Aber die Behauptung schwand, zusammen mit der Sicherheit, während er aus den Tiefen beunruhigender Träume langsam zu sich kam. Er erkannte verzweifelt, daß es erneut geschehen war.

Er war schweißbedeckt. Er hatte, wie immer, nackt geschlafen, da er beengende Nachtgewänder und die übermäßige Wärme einer Bettdecke verabscheute. Daher zitterte er jetzt, von den Träumen und der Angst noch schwitzend, in der kühlen Sommernacht und schalt sich selbst einen Narren.

Mit großer Mühe beruhigte er seinen Atem, preßte die Stirn gegen die schwere Tür, als könne der Druck der Haut auf das Holz den immer wiederkehrenden Traum austreiben. Aber das geschah niemals, niemals, gleichgültig wie sehr er es versuchte, und schließlich wandte er sich um, gab auf, schabte mit den Schulterblättern am Holz entlang und starrte blind in die Dunkelheit.

»Warum?« flüsterte er abgehackt, gequält von den erst beginnenden Kopfschmerzen. »Warum geschieht das *mir?*«

Etwas regte sich in der Dunkelheit. Aber er erhielt

keine Antwort. Schon zu viele Jahre dieser Frage ausgesetzt, erwartete er auch keine Antwort mehr.

Sein Herzschlag verlangsamte sich. Er schluckte zweimal schwer. Ihm mißfiel der bittere Nachgeschmack des Traums, und er kratzte gereizt seine von der Traumangst juckende Kopfhaut. Er erschauderte einmal, bekam sich in die Gewalt und löste sich schließlich von der Tür.

Er verweilte nur einen Augenblick und überlegte, was geschehen würde, wenn er einfach wieder zu Bett ginge. Er wußte es. Er wußte es sehr genau, denn er hatte diese Sinnlosigkeit häufiger erfahren als den traumlosen Schlaf. Also gab er die verführerische Überlegung darüber auf, wie es vielleicht wäre, wenn er einfach *schlafen* könnte, wie andere Leute schliefen, und stolperte zur nächsten Kleiderkiste, um eine vom Alter geschmeidig gewordene Lederkleidung hervorzuziehen.

Nur eine Hose, nicht mehr. Das genügt für den Augenblick, dachte er, mehr wäre zuviel. Mehr wäre zu *heiß*. Die Sommernacht war kühl, aber die Träume verbannten das Wohlbefinden und badeten ihn in Wärme.

Es wäre nicht so schlimm, dachte er verzerrt, *wenn ich wenigstens von Frauen träumen würde. Sie sind das Unbehagen einer zu heiß gewordenen Nacht wert.*

Er war seit fast acht Jahren ein Mann, wenn man die üblichen Maßstäbe für Männlichkeit zugrunde legte. Er hatte geträumt und seinen Samen vergossen, in Frauen und in sein Bett. Aber er träumte nicht von Frauen, wenn die Träume von den Göttern kamen.

Ein Diener ließ stets eine entzündete Kerze bei ihm. Er blies sie aber aus. Die Übung des Kriegers – und die Vernunft – lehrten ihn, daß man Sicherheit eher erreichte, wenn man die Augen gut an eine zu dichte Dunkelheit gewöhnte, als wenn man sie von zuviel Licht blenden ließ. Aber sein Zimmer befand sich an der Außenwand. Schmale Fenster teilten die Wände, und das Fackellicht der Höfe kroch hindurch und überflutete seinen Raum.

Helles Licht ließ seine Arme schimmern: die facettierten *Lir*bänder glänzten.

Mit bloßer Brust und Füßen, wandte er sich wieder der Tür zu. Dort hielt er mit geschlossenen Augen inne und schimpfte sich einen Narren.

»Laß ihn in Ruhe – *achte* nicht auf ihn ...« Aidan biß sich auf die Lippen. »Wer hat die Macht: ein Stück Holz oder du?«

Der Löwe brüllte in seinem Geist. Aidans Magen verkrampfte sich.

»Laß ihn in Ruhe«, wiederholte er. »Götter – laßt *mich* in Ruhe ...«

Zeit zu gehen, sagte jemand. *Wie kannst du dich jetzt umwenden? Es ist zu einem Ritual geworden ... Und du gehörst nicht zu den Menschen, die etwas ungeachtet ihres Verlangens ändern.*

Aidan wandte sich betroffen um und schaute durch die Dunkelheit in Richtung des Raschelns in der Ecke. »Was soll ich ändern? Meinst du mein *Tahlmorra ...?*«

Jetzt klang die Stimme verächtlich. *Du hast nicht einmal annähernd eine Ahnung, was dein Tahlmorra IST.*

Er schlug über die Verbindung zurück. *Ich weiß sehr wohl, was es ist ...*

Tatsächlich?

Ich habe es immer schon gewußt. Wofür hältst du mich? Bist DU nicht Beweis genug, daß mein Tahlmorra seinen Lauf nimmt?

Weil ich da bin? Nein. Jetzt klang die Stimme kühl. *Ich bin da, weil ich bin. Weil die Götter mich geschaffen haben.*

Um mein Lir zu sein.

Die Stimme wurde überheblich. *Oder damit du mein Lir bist.*

Aidan fluchte leise. Dann fragte er höhnisch: »Hat irgendein Krieger der *Lir*verbindung jemals abgeschworen?«

Kein lebender *Krieger.*

Das erinnerte Aidan an etwas – wie es auch beabsichtigt gewesen sein mochte: an die Unsicherheit seines Volkes. »Hat irgendein Krieger die Götter um einen neuen *Lir* gebeten?«

Zweifellos haben andere darum gebeten. Aber es ist nicht meine Pflicht, dir zu sagen, wie die Götter undankbare Kinder behandeln.

»Undankbar«, murmelte Aidan. »Wie könnte irgendein Mann so töricht sein, darüber nachzudenken, wie friedlich das Leben sein würde, wenn er einen anderen *Lir* als dich hätte?«

Wie kann irgendein Krieger über Frieden nachsinnen, wenn er bereit ist, einen Holzstuhl zu bekämpfen?

»Ach, Götter ...« Aidan legte eine Hand auf den Türriegel. »Du brauchst nicht mitzukommen, Teel. Bleib in der Ecke und schmolle. Ich kann den Weg allein finden.«

Er riß die schwere Tür auf, trat hindurch und ließ sie angelehnt. Er dachte einen winzigen Augenblick lang, er würde *tatsächlich* ohne Begleitung sein, aber das Rascheln wurde lauter. Und dann verließ der Rabe die Dunkelheit und flog auf seine Schulter.

Aidan streckte einen Arm aus. »Komm auf meine Hand«, bat er. »So zerkratzt du mir die Schulter.«

Zu weich, schalt sein *Lir,* wechselte aber auf die Hand über.

Aidan überlegte kurz, eine Lampe mitzunehmen, aber er entschied sich dagegen. Kein Gang in dem wuchtigen Palast war völlig dunkel, damit die Wächter und Diener, wenn nötig, ihre Dienst- oder Schutzarbeiten ausführen konnten. Nur unnötige Fackeln und Lampen waren gelöscht. Und er war immerhin ein Cheysuli mit gelben Cheysuliaugen. Er sah mit und ohne Licht, was zu sehen war.

»Ein Narr«, murmelte Aidan, ging aber dennoch weiter. Den beständigen Drang zu mißachten, brachte ihm lediglich schlaflose Nächte ein.

Er wußte schon, und zwar solange er sich erinnern konnte, daß er *anders* war. Die Träume der Kindheit waren mit dem Älterwerden vergangen, waren durch das tiefe Verlangen nach und die Verbindung mit seinem *Lir* vertrieben worden, aber sobald er das Erwachsenenalter erreicht hatte, waren die Träume mit aller Macht zurückgekehrt. Jetzt, mit dreiundzwanzig, wurde er bei den Stämmen als Krieger und von den Homanern, die ihn einen Prinz nannten, als gereift angesehen, aber er wurde noch immer von Träumen geplagt. Von dem Bild der Kette. Von der *Gegenständlichkeit* der Kette – bis er eine Hand ausstreckte, um sie zu berühren, und die Glieder zu Staub zerfielen.

Als Kind hatte es ihn geängstigt. Als er älter wurde, hatte er geglaubt, die Kette sei nur die Darstellung eines Wunsches und Verlangens, die er nicht vollständig verstehen konnte. Aber in letzter Zeit waren die Träume schlimmer geworden. Das Verlangen war zur *Forderung* geworden. Und Aidan glaubte vollkommen und mit schrecklicher Sicherheit, daß er irgendeinen Makel in sich trug.

»Ein Makel«, murmelte er laut und sich der vertrauten Anspannung bewußt.

Vielleicht, stimmte der Rabe ihm zu. *Aber warum würden die Götter ein mangelhaftes Werkzeug erwählen?* Teel hielt bedeutungsvoll inne. *Es sei denn, sie hätten einfach vergessen …*

Es war nicht unbedingt die Art von Beruhigung, die er ersehnt hatte. Es stimmte, daß die *Lirs* ein Geschenk der Götter waren, aber er zog es vor, sich als Mensch und nicht als Werkzeug zu verstehen. Nicht einmal als ein göttliches Werkzeug. Er erbat keine Gunst von den Göttern, aus Angst, daß sie sie ihm gewähren könnten.

Genug, sagte er abschließend und sandte den Gedanken durch die Verbindung.

Nun? Nun? Warum würden sie es tun?

Aidan sagte fest: *Wir streiten nicht über Götter.*

Vielleicht sollten wir es tun. Du sprichst über alles andere, wenn auch kaum über Wesentliches.

Er knirschte mit den Zähnen, antwortete aber nicht. Er

ging einfach weiter, schwieg, glitt aus den Schatten ins Fackellicht und wieder in die Dunkelheit. Durch zahllose Hallen und Gänge, die er in- und auswendig kannte, bis er die Große Halle erreichte.

Manchmal, bemerkte der Rabe, *sind sogar Cheysuli Narren.*

Aidan, den es nach der Lösung seiner Anspannung verlangte, verlegte sich auf Spott. *Das kommt von deinem anderen Blut.*

Teel dachte darüber nach. *Ich glaube nicht,* erwiderte er schließlich. *Ich glaube, es kommt einfach durch dich.*

Leise schimpfend, schob Aidan die Türen auf.

Geh wieder zu Bett, riet Teel. *Du weißt, wie du dich morgens fühlst, wenn du die Nacht davor damit verbracht hast, Träumen nachzujagen. Du weißt, wie du dann* aussiehst.

Aidan wechselte verärgert wieder in die menschliche Sprache, während er die Türen mit der Schulter ganz öffnete. Er spürte die Beschaffenheit des Silbers und die Windungen und Kanten und Muster, die von den Handwerkern in das Metall eingearbeitet worden waren, an seiner Haut. »Du weißt sehr gut, daß der Traum nur schlimmer wird, wenn ich ihn nicht zu beachten versuche.«

Weil du es ihm erlaubst.

Er ließ die Türen hinter sich zufallen und hörte sie leise schleifen. Die Verärgerung verging. Allmählich kehrte die Angst zurück. Er erinnerte sich sehr deutlich an alle diese Nächte. Besonders an die erste, als er im Alter von sechs Jahren hierhergekommen war und die Goldkette im Schoß des Löwen gefunden hatte. Und daran, wie er sich geschämt hatte, weil er sich vor einem Ding aus Holz und vor etwas, das er nicht erfassen konnte, ängstigte.

Alles drang wieder auf ihn ein. Die Erniedrigung ließ ihn sich winden. Warum konnte er nicht vergessen?

Die Anspannung machte ihn barsch. »Ist sie da?«

Wahrscheinlich, bemerkte Teel trocken. *Ist sie nicht immer da?*

Aidan seufzte und trat von den schweren Silbertüren fort. Die Flammen der Feuergrube waren zu Glut geworden und beleuchteten die höhlenartige Halle nur schwach. Schatten bedeckten die Wände: Wandteppiche und Banner, in Stoff umgesetzte Geschichte. Schwert- und Dolchräder waren in vollkommener und damit tödlicher Ausgewogenheit sorgfältig an den Wänden befestigt. Speere und Piken ragten aus den in Ecken aufgestellten Schaublöcken hervor. Von Fahnenmasten hing Seide herab. In den Falten kauerte Homana. Jenseits der Feuergrube, auf dem Podest, kauerte der Löwenthron.

Aidan spürte Teel kaum auf seiner Hand. Er war erheblich leichter als die Falken, Jagdfalken und Adler, die anderen Kriegern gehörten. Es war, wie Aidan es empfand, ein Teil seiner *Andersartigkeit,* daß sein *Lir* ein Rabe war. Der Vogel war in der Geschichte der Stämme kaum unbekannt, aber auch nicht alltäglich. Aidan sah es als einen ihm von launischen Göttern gespielten Streich an. Zusätzlich dazu, daß sie ihm Träume sandten, gaben sie ihm einen reizbaren *Lir*.

Der Rabe erhob sich und flog die Halle entlang. Er setzte sich auf den Kopf des Löwen.

Aidan blieb mit erhobenen, rötlichen Augenbrauen am Fuß des Podests stehen. »Das ist sicherlich frevlerisch – du entweihst den Thron des Mujhar.«

Teel bewegte sanft einen Flügel. *Wenn man bedenkt, daß der Mujhar nur durch einen Lir wie mich zum Mujhar wird, ist es, glaube ich, gestattet.*

Aidan sah den Raben unverwandt an. Dann zwang er sich, während er einatmete, auf das Kissen hinabzublicken, auf dem sein Großvater saß, wenn er den Thron einnahm.

Also bleibt der Traum unverändert, bemerkte Teel.

Aidan schloß die Augen. Das schmerzliche, aber vertraute Gefühl von Verlust und Niedergeschlagenheit drang aus den Schatten auf ihn ein.

Er kniete sich steif hin. Er wartete. Spürte die Kälte des

glatten Marmors durch seine lederne Hose. Roch Asche, altes Holz, Öl, den Geruch uralter Geschichte, unbestimmt, aber seltsam lebhaft.

Laß sie mich berühren, bat er. *Laß mich wissen, daß die Kette wirklich da ist.*

Aber als er zögernd eine Hand ausstreckte, zerfielen die Glieder wieder zu Staub.

Er atmete hastig aus. »O Götter ... O *Götter* – warum tut ihr mir das an? Was habe ich getan, um das zu verdienen? Was wollt ihr von mir?«

Aber noch während er diese Frage stellte, überwältigte ihn ihre Sinnlosigkeit, genauso wie beim ersten Mal. Und wie beim ersten Mal, war ihm auch jetzt zum Weinen zumute. Aber er war dreiundzwanzig Jahre alt: ein erwachsener Mann. Ein anerkannter Cheysulikrieger mit einem eigenen *Lir* ... wenn Teel geruhte, sich so von ihm bezeichnen zu lassen.

Aidan weinte nicht. Er war nicht mehr sechs Jahre alt. *Obwohl ich manchmal wünschte, es wäre so, damit ich neu anfangen könnte.*

Teels Stimme klang kühl. *Was würde das nützen?* fragte er. *Die Götter haben das Kind geschaffen. Der Rest bleibt dem* Mann *überlassen.*

»Hör auf«, erklärte Aidan.

Wenn du *es tust.*

»Ich schwöre dir, du wirst mich in den Wahnsinn treiben, mich zu Tode quälen.«

Teels Spott verging und wurde von einer seltsamen Freundlichkeit abgelöst. *Ich werde dir deine geistige Gesundheit bewahren, wenn du dich* selbst *zu Tode quälst.*

Aidan ließ das Thema fallen. Er war zu müde, zu erschöpft. Er war aus einem bestimmten Grund gekommen. Um das Ritual durchzuführen.

Er seufzte und verfluchte sich wie üblich. Er wußte, was er vorfinden würde, aber er streckte die Hand dennoch nach dem Kissen aus. Berührte die zerschlissene Samtoberfläche. Spürte nur den Stoff. Nicht einmal ein Staubkorn.

Die Sinnlosigkeit war überwältigend. »*Warum?*« Der Schrei erfüllte die Halle. »Warum komme ich immer wieder hierher zurück, wenn ich weiß, was geschehen wird?«

»Weil die Götter, wenn sie ausgelassen sind, manchmal eher grausam werden, und nicht freundlich.«

Aidan sprang auf die Füße und fuhr herum, wobei er gegen den Löwen stieß. Er hatte nichts gehört, überhaupt nichts, kein Schaben von Silber auf Marmor, keine Schritte die Halle entlang. Er starrte angestrengt in die Dunkelheit, wie ein lauernder Wolf, und dachte daran, wie er aussah, welche Erscheinung er darbot – mit den zerzausten Haaren, nur halb angezogen, mit einem hölzernen Tier redend. Er errötete. Die Erniedrigung brannte in seinen Achselhöhlen. Er wollte laut aufschreien, den Mann aus der Halle hinausschicken, fort aus seiner königlichen – wenn auch verwirrten – Gegenwart. Aber er tat es nicht. Weil er den Mann ansah, der ihm gegenüberstand, und die Empfindung ihn beschämte.

Sein Großvater lächelte. »Ich weiß, was du denkst. Es steht dir im Gesicht geschrieben. Aber es ist deiner unwürdig, Aidan … Du hast genauso viel Recht hier zu sein, ganz gleich zu welcher Zeit, wie ich selbst.«

Der helläugige Rabe auf der Lehne des Löwenthrons streckte sich. *Das habe ich dir auch schon gesagt.*

Aidan achtete nicht auf seinen *Lir*. Die Verlegenheit war noch nicht vergangen. Er fühlte sich jetzt eher noch schlechter. Er wollte sich am liebsten entschuldigen und fliehen – *dieser Mann ist der Mujhar!* –, aber es gelang ihm standzuhalten.

Nach kurzem Zögern befeuchtete er seine Lippen und sprach ruhig. »Ich habe vielleicht das Recht, hier zu sein, aber ich habe nicht das Recht, deine Ruhe zu stören.«

»Die Ruhe eines alten Mannes?« Niall klang belustigt. »Ah, nun … Wenn du einmal so alt bist wie ich, wirst du verstehen, daß der Schlaf nicht immer dann kommt, wenn man ihn herbeisehnt.«

Er begann sich ein wenig besser zu fühlen. Der Mujhar

war jetzt sein Großvater. Aidan lächelte verzerrt. »Das weiß ich schon.«

»So.« Niall trat mit einer dicken Kerze in einem schimmernden Goldständer weiter vor. »Warum hast du mir nichts von diesen Träumen erzählt? Glaubst du, ich hätte keine Zeit für meinen Enkel?«

Aidan betrachtete den Mann, der durch göttliches und menschliches Recht den Löwenthron von Homana innehatte. Er war, genau wie Deirdre, über sechzig Jahre alt, aber auch genauso wenig vom Alter beeinträchtigt. Er war noch immer groß, noch immer gesund, wirkte noch immer ohne jeden Zweifel königlich, wenn auch nicht mehr jugendlich. Das lohfarbene Haar war silbern und stumpf wie angelaufenes Gold geworden. Die homanisch helle Haut hatte sich gerunzelt und zeigte ein durch die Jahre der Verantwortung fein gestaltetes Gitterwerk von Falten. Und seine Augen – eines war blau und strahlend wie eh und je und das andere, das nur noch eine leere, in Klauennarben gebettete Höhle schien, blieb hinter einer Augenklappe verborgen.

Aidan atmete tief durch und beantwortete die Frage seines Großvaters dann mit einer Gegenfrage. »Wie kannst du die Zeit haben? Du bist der Mujhar.«

»Ich bin auch ein Mann, der fünf Kinder gezeugt hat und jetzt den Nutzen aus der Fruchtbarkeit seiner Kinder zieht.« Niall spähte kurz zu dem auf seinem Thron hockenden Raben. »Dich kenne ich besser als die anderen, weil du hier in Homana lebst, aber manchmal glaube ich auch gewiß, daß ich dich am wenigsten von allen *verstehe*.«

Aidan lächelte. »Es ist nichts, Großvater.«

Niall hob eine Augenbraue.

»Nichts«, wiederholte Aidan.

»Ah.« Niall lächelte. »Ich möchte sehr gerne wissen, warum mein Enkel glaubt, er könne mir nicht vertrauen.«

Ein Schuldgefühl regte sich in Aidan. »Nein, Großvater – das ist es nicht. Es ist nur …« Aidan zuckte die Achseln. »Es gibt nichts, worüber man reden müßte.«

Niall sah ihn unverwandt an. »Ich bin weder ein Narr noch blind – auch wenn ich nur ein Auge habe, kann ich dennoch sehen.«

Aidan spürte Hitze aufwallen. Der Schweiß der Scham bildete eine dünne Linie auf seiner Oberlippe. Er machte eine Geste der Sinnlosigkeit. »Es sind nur – Träume. Nicht mehr.«

»Dann muß ich annehmen, daß die Diener die Wahrheit ausschmücken.« Seine Stimme klang sehr ruhig, aber dennoch zwingend. »Ich glaube, es ist an der Zeit, daß du darüber sprichst. Wenn nicht mit Aileen oder Brennan, dann mit mir. Ich bin sehr neugierig.«

Aidan biß kurz die Zähne zusammen. »*Träume,* mehr nicht – wie jedermann träumt. Schlaffetzen. Verworrene Gedanken.«

Der Mujhar von Homana unterließ es, sich auf seinen Thron zu setzen, der unrechtmäßig von einem schwarzäugigen Raben beansprucht wurde, der aber als *Lir* mehr Anspruch darauf hatte als jeder Mensch, ob er cheysuligeboren war oder nicht. Zumindest teilte Teel ihnen das mit. Niall setzte sich statt dessen auf das Podest und stellte den Kerzenständer mit der mit qualmender Flamme brennenden Wachskerze ab. »Erzähl mir davon.«

Aidan rieb seine feuchten Fingerspitzen an der weichen Lederkleidung ab. *Ihm davon erzählen. Ihm davon erzählen? Einfach so?*

Nialls Stimme klang freundlich. »Die Dinge in sich zu verschließen, vergrößert die Schwierigkeiten nur noch. Glaube mir, ich weiß es. Ich habe mir selbst zu viele Jahre lang den Frieden versagt, weil ich mich gegenüber dieser hinter mir aufragenden Kreatur für unwürdig erachtet habe.«

Aidan schaute nur kurz zu dem Löwen. Dann setzte er sich neben Niall auf das Podest und lehnte den Rücken gegen das Tier. Er verspürte eine ungeheure Ungeduld – wie konnte er mitteilen, was niemand glauben wollte? –, versuchte aber, seinen Großvater zu ehren, indem er einen Teil seiner Bitte erfüllte. »Dies hat überhaupt nichts mit Unwürdigkeit zu tun. Ich verspreche dir, Großvater, ich weiß, wer ich bin und für welche Aufgabe ich bestimmt bin: als Mujhar von Homana zu regieren.« Er machte anmutig die mit der Handfläche nach oben gerichtete Cheysuligeste, die das *Tahlmorra* und dessen Anerkennung bezeichnete. »Ich glaube, ich werde es gut machen, wenn meine Zeit kommt – du und mein *Jehan* habt mich sehr vieles gelehrt. Wie könnte ich *nicht* würdig sein?« Er schnippte abschließend mit den Fingern und dachte, das genüge.

Niall wartete schweigend.

Aidan regte sich unsicher. »Niemand kann es verstehen. Warum *sollte* ich also darüber sprechen? Als ich ein Kind war, versuchte ich ihnen davon zu erzählen. Aber keiner von ihnen hat mir geglaubt.«

»Wer hat dir nicht geglaubt?«

»*Jehan* und *Jehana*. Sie sagten beide, ich sei noch ein Kind, und was ich geträumt hätte, wäre nicht wirklich. Und daß ich dem *entwachsen* würde ...« Seine Stimme klang verbittert. Aidan verdrängte die Verbitterung mühsam. »Würdest du über etwas sprechen, wofür dich die Menschen auslachen?«

»Aileen und Brennan würden dich niemals auslachen.«

Aidan verzog das Gesicht. »Vielleicht nicht *sie* ... nicht so offensichtlich. Aber was soll ein Kind empfinden, wenn seine Eltern es einen Lügner nennen?«

Niall zog die Stirn in Falten. »Ich habe dich niemals für einen Lügner gehalten. Und ich bezweifle, daß sie es getan haben sollen, noch so etwas jemals sagen würden.«

»Man kann es *andeuten* ...«

»Sie würden nicht einmal das tun.«

Es war endgültig. Aidan regte sich erneut und blickte

düster in die Halle. »Ich wünschte, es gäbe eine Möglichkeit, wie ich erklären *könnte,* was ich empfinde. Was ich *fürchte.*«

»Versuch es«, riet Niall ihm. »Erzähl mir die Wahrheit, wie du sie siehst. Sage mir, was deinen Schlaf stört.«

Aidan rieb sich die brennenden Augen. Was er am dringendsten brauchte, *war* Schlaf.

Nein. Was er am dringendsten brauchte, war *die Kette.*

Er seufzte und schob den Gedanken beiseite. »Ich fürchte die Bedeutung hinter meinem Traum. Es ist immer derselbe Traum.« Jetzt war der Anfang gemacht. Die Anspannung begann sich zu lösen. Aber damit schwand auch die Kraft. Er sank zusammen, stützte die Ellenbogen auf die Knie und legte das Kinn in die gewölbten Hände. »Solange ich mich erinnern kann, war es immer wieder *derselbe* Traum. Ich glaube, er wird mich in den Wahnsinn treiben.«

Niall schwieg. Seine Geduld war spürbar.

Aidan seufzte tief, setzte sich wieder auf und strich sich das Haar aus dem Gesicht. In dem schwachen Licht wirkte das dichte hellbraune Haar seltsam rötlichschwarz. Es fiel über die bloßen und für einen Cheysuli zu hellen Schultern. Wenn man ihn betrachtete, vermutete man in ihm einen vollkommenen Homaner oder Erinnier. Bis man die Augen sah.

»Es gibt eine Kette«, sagte Aidan. »Eine goldene Kette. Sie befindet sich im Schoß des Löwen.«

Der Mujhar widerstand dem Drang, sich umzuwenden und hinzusehen. Niall wartete stumm ab.

Aidan, der plötzlich unruhig wurde, stieß sich hoch und schritt vom Podest, dem Löwen und dem Mujhar fort. Und auch fort von seinem *Lir*, der ungewohnt still war. Aidan blickte voller Abscheu zur Feuergrube, ließ sich von den Kohlen blenden und wandte sich dann ruckartig wieder zu seinem Großvater um.

»Ich weiß – ich *weiß,* wie es klingt …, aber so empfinde ich, was ich *träume* …«

»Aidan«, sagte Niall ruhig, »hör auf damit, durch meine Augen sehen zu wollen.«

So unterbrochen, schloß Aidan den Mund und wartete ab. Er war gut erzogen worden.

Niall blickte ihn freundlich an. »Du verschwendest zuviel Zeit mit dem Versuch, dir vorzustellen, was ich denken werde. Sag einfach, was du denkst. *Erzähle* es. Vielleicht wirst du feststellen, daß ich weniger unwissend bin, als du glaubst.«

Aidan biß die Zähne zusammen. Wie konnte jemand, ob Verwandter oder nicht, vollkommen verstehen?

Aber letztlich war es sehr leicht. »Ich muß sie ergreifen«, sagte er einfach. »Wenn ich sie nicht bekomme, geht die Welt unter.«

Niall blickte bestürzt drein. »Die Welt – geht *unter?*«

Aidan nickte. Es klang für ihn genauso seltsam. »Die ganze Welt«, stimmte er Niall trocken zu. »Zumindest – für mich.« Und dann nickte er erneut. »Ich weiß, ich *weiß* … ich scheine selbstsüchtig, da ich glaube, die ganze Welt und ihr Schicksal hinge von dem ab, was ich tue …, aber das träume ich. Immer wieder.«

Er wartete. Vor ihm saß der alte Mann zusammengekauert auf dem Podest, die silbernen Brauen nachdenklich gewölbt, aber sein Gesichtsausdruck gab nichts preis.

Der Gedanke kam flüchtig und unerwünscht. *Der Wahnsinn lebt in meiner Verwandtschaft …*

Aber Aidan wollte es nicht aussprechen. Niall würde es nur leugnen, oder eher leugnen, daß die Ursache für diesen Traum etwas anderes als ein Zufall wäre. Er hatte immer wieder gesagt, daß der Wahnsinn von Aidans atvianischer Großmutter, Gisella, durch eine zu frühe, traumatische Geburt ausgelöst worden sei –, aber Aidan bezweifelte das manchmal. Er war sehr tiefer Gedanken und Eingebungen fähig, die manchmal genauso beunruhigend waren wie seine Träume, obwohl er sie stets unterdrückte. Er hatte gehört, daß von Gisella dasselbe behauptet wurde. Und er wußte aus wiederholten Erzählungen, daß seine *Su'fala,* Keely, niemals vollkommen überzeugt davon gewesen war, daß der Wahnsinn nicht erblich war.

»Nun«, sagte Niall schließlich, »jeder Mensch träumt. Meine Träume sind selbst oft seltsam genug …«

Aidan unterbrach ihn zum ersten Mal in seinem Leben. »Ich *muß sie bekommen,* Großvater. Verstehst du? Es ist ein genau so starkes Verlangen, wie das eines Mannes nach einer Frau … wie das Verlangen eines Kriegers nach seinem *Lir*. Es gibt keinen Unterschied, Großvater … Sie *zwingt* mich hierherzukommen. Jedes Mal, wenn ich davon träume.«

Niall sah ihn an, und es war offensichtlich, daß ihn Aidans Leidenschaftlichkeit erschreckte. »Wenn es dich so sehr stört …«

Aidan lachte laut. »Mich stört? Ja, so kann man es auch sagen …« Er verbannte mühsam die Verzweiflung und kämpfte um Gleichmut. »Großvater, vielleicht sollte man es besser so ausdrücken: Was wäre, wenn Deirdre zu Staub zerfallen wäre, als du sie in deine Arme nehmen wolltest? In dem Augenblick zu *Nichts* in deinen Händen geworden wäre, als du sie berührtest und sie so sehr begehrtest, daß du dachtest, du würdest daran zugrunde gehen.«

Niall blickte verhalten drein. Aidan wußte, wie stets, um die Empfindungen seines Großvaters. Entsetzen. Unglauben. Eine leichte Spur Verärgerung darüber, daß Aidan eine Kette mit der geliebten *Meijha* des Mujhar vergleichen konnte … und dann die Erkenntnis dessen, was die Entsagung bedeutete.

Kurz darauf stand Niall mit einem angestrengten Stöhnen auf und stieg die Stufen des Podests hinauf. Er hielt vor dem Löwen inne, legte eine Hand darauf, wandte sich dann unbeholfen um und setzte sich hin. Aidan wußte, daß dies nicht der Versuch war, seinen Rang auszuspielen, sondern der Wunsch eines alten

Mannes nach einem weichen Sitzplatz, wo er über seinen Enkel nachsann.

Der Mujhar rieb seine überwiegend unter der Augenklappe verborgenen tiefen Narbenfalten, als schmerze ihn die leere Augenhöhle. »Was geschieht also, wenn du herkommst, um nach dieser Kette zu sehen?«

Aidan zuckte die Achseln, versuchte, die Verzweiflung herunterzuspielen, die er stets empfand. »Ich strecke meine Hand aus, um sie zu ergreifen, und die Kette zerfällt zu Staub.«

»Staub«, wiederholte Niall nachdenklich.

Aidan streckte seine rechte Hand aus. Sie zitterte. Er versuchte, das Zittern zu unterdrücken. »Ich muß sie bekommen, Großvater ... *Ich muß die Kette haben* – und doch bleibt, wenn ich sie berühre, nur Staub übrig.« Er ballte seine Hand zur Faust. »Aber selbst der Staub vergeht, bevor ich ihn wirklich berühren kann.«

Nialls eines Auge blickte starr. »Hast du die Priester aufgesucht?«

Aidan grinste verächtlich. »Sie sind Homaner.«

Eine Silberbraue wurde gewölbt. Dann sagte der Mujhar sanft: »Sie sind auch Männer der Götter.«

Aidan machte eine ungeduldige Geste. »Sie würden darüber lachen.«

Niall rieb grübelnd seine Unterlippe. »Kein Priester Homana-Mujhars würde sich jemals dazu herablassen, den Mann auszulachen, der eines Tages regieren wird.«

Aidan seufzte. »Nein, vielleicht nicht ..., aber sie würden Geschichten erzählen. Die Leute erzählen sich *tatsächlich* bereits Geschichten.« Er klopfte auf seine bloße Brust. »Die Diener reden ständig über den weltentrückten Sohn des Prinzen von Homana – den Mann, der nachts umherwandert, weil er keinen Schlaf braucht.«

Niall lächelte schwach. »Oh, du brauchst ihn. Und das sollten sie auch wissen – sie brauchen sich nur dein Gesicht anzusehen.«

»Also zeigt es ...« Er hatte insgeheim gewußt, daß es

so war. Aber er hatte gehofft, daß andere es nicht sehen würden. »Ich habe so viele Dinge versucht, um diese Träume zu vertreiben. Ich habe die Götter angefleht. Ich habe mich sogar Frauen zugewandt.« Er verzog verächtlich den Mund. »Ich habe aufgehört zu zählen, wie viele Frauen es waren … Ich hoffte bei jeder, ihr würde es gelingen, alle diese Empfindungen durch andere zu ersetzen. Es war eine süße Erleichterung, Großvater, aber sie schenkte mir keine Freiheit.« Er seufzte tief. »Keine der Frauen war undankbar – ich war ja der Erbe des Prinzen von Homana, der Enkel des Mujhar –, und ich mag Frauen zu sehr, um sie unbedacht abzuschieben, aber nach einer Weile verlor es seinen Reiz. Die körperliche Befriedigung genügte nicht mehr … all die Träume kehrten zurück.«

Niall schwieg.

»Götter – jetzt erzähle ich doch …« Aidan lachte unsicher. »*Und* Alkohol! Ich habe mich häufiger, als ich zählen kann, in der Hoffnung bewußtlos getrunken, die Träume damit vertreiben zu können. Und eine Nacht lang gelang es vielleicht auch –, aber am Morgen, wenn ein Mann nur wünscht, daß die Sonne wieder untergehen möge, damit sie seine Augen nicht blende, schlüpft der Traum wieder durch die Risse.« Aidan lächelte verzerrt. »Ich will es dir ehrlich sagen, Großvater, der Traum ist schlimm genug, wenn ich nicht betrunken bin – aber er ist noch *schlimmer,* wenn ich getrunken habe.«

Nialls Augen weiteten sich. »Wußtest du, daß du wie deine *Jehana* klingst, wenn du aufgebracht bist?«

Aidan verzog den Mund. »Oder klinge ich wie Deirdre?«

»Nein, nein – Deirdre ist schon zu lange in Homana … bei ihr ist das meiste Erinnisch verblaßt …« Niall schnippte abschließend mit den Fingern und richtete sich in seinem Thron auf. »Aber wir sind nicht hier, um über Akzente zu sprechen. Aidan, wenn du nicht zu den homanischen Priestern gehen willst, was ist dann mit den *Shar Tahls?*«

Aidan regte sich nicht. »Zum Stammeskeep?«

»Vielleicht gibt es dort eine Antwort für dich.«

»Oder überhaupt keine Antwort.«

»Aidan …«

»Ich habe schon daran gedacht«, gab er zu. »Viele, viele Male, und jedes Mal habe ich mich überzeugt, nicht hinzugehen.«

Niall runzelte die Stirn. »Warum? Der Stammeskeep ist genauso unser Zuhause wie Homana-Mujhar.«

»Wirklich?« Aidan schüttelte den Kopf. »Homana-Mujhar ist mein Zuhause – der Stammeskeep ist nur ein *Ort.*«

Einen Augenblick lang erstarrten die Züge seines Großvaters. Und dann schien Nialls Gesichtshaut einzufallen. Sein Auge war seltsamerweise bar allen Ausdrucks, bis er begriff. Gefolgt von überwältigendem Kummer und Bedauern.

Seine Stimme klang abgehackt. »Also wird es wahr … Teirnan hat nach allem recht gehabt.« Er sank im Thron zusammen und zerrte an dem Lederband, das seine Stirn teilte. »Er hat immer wieder gesagt, wir würden von den Homanern vollkommen vereinnahmt werden. Ich frage mich, ob du der erste bist. Ist dies die homanische Rache? Wenn ein Cheysuli den Thron innehaben muß – machen wir dann die Cheysuli zu Homanern?«

Aidan sah ihn bestürzt und erschreckt an. »Großvater …«

Niall winkte ab. »Nein, ich bin nicht wahnsinnig … und ich bin auch nicht plötzlich zum Greis geworden.« Er zog sich in dem wuchtigen Thron hoch. Jetzt klang seine Stimme verbittert. »Ich spreche von Tiernan, deinem Verwandten – dem Cousin deines *Jehan* und Sohn meiner verstorbenen *Rujholla*. Derjenige, der der Prophezeiung entsagt und seinen eigenen Stamm gegründet hat.«

Aidan runzelte die Stirn. »Ich weiß, wer er ist. Wir alle wissen, wer Tiernan ist – oder *war*.« Er zuckte die Achseln. »Wie lange ist es her, seit jemand ihn gesehen hat?

Fünfzehn Jahre? Zwanzig? Er könnte genauso gut tot sein.«

Niall wirkte nachdenklich. »Er hat seinen Stamm in die tiefen Wälder irgendwo in Homana geführt … Er ist noch immer dort draußen, Aidan – er plant noch immer die Übernahme des Löwenthrons.«

Aidan glaubte nicht wirklich, daß sein Großvater zu alt zum Regieren war oder geistig nachließ, aber er war der Meinung, daß einem Mann, den zu viele Jahre lang niemand mehr gesehen hatte, zuviel Achtung zuteil wurde. Die Ihlini waren seit jeher Meister darin, Jahr für Jahr zu warten, bis sie ihre Feinde angreifen konnten, aber nach dem, was er über seinen Verwandten wußte, gehörte Teirnan nicht zu dieser Sorte Menschen.

»Großvater …«

Niall hörte nicht zu. Er erhob sich aus dem Löwenthron und beugte sich herab, um die Kerze in ihrem Halter aufzuheben. Dann richtete er sich auf und sah seinem Enkel offen in die Augen. »Geh zum Stammeskeep, Aidan. Entdecke dein wahres Erbe, bevor es zu spät ist.«

Aidan ließ seinen Großvater schweigend vorbeigehen und beobachtete stumm seinen Weggang. Sobald sich die Silbertüren geschlossen hatten, wandte er sich zu seinem *Lir* um. »Was bedeutet das?«

Teel beobachtete ihn nachdenklich. *Ich wußte nicht, daß du taub bist.*

Aidan runzelte die Stirn. »Nein, ich bin nicht taub …, aber was soll mir der Stammeskeep nützen?«

Du hast Ohren bekommen, um zu hören. Du hast Augen bekommen, um zu sehen. Teel plusterte sich auf. *Geh wieder zu Bett, tauber Lir. Heute nacht keine Träume mehr.*

Aidan erwog eine Erwiderung. Dann dachte er statt dessen an sein Bett und an süßen, traumlosen Schlaf. »Kommst du mit?« fragte er scharf, während er sich vom Podest abwandte.

Teel flog voraus. *Dasselbe könnte ich dich fragen.*

Kapitel Drei

Der Hengst war alt und wurde immer älter, hatte sich aber noch genug Verstand bewahrt, um gelegentlich schwer handhabbar zu sein. Die Pferdepfleger und Knechte Homana-Mujhars hatten gelernt, daß die Versorgung des Schwarzen – der passenderweise Bane hieß – besser seinem Besitzer überlassen bleiben sollte, der eine wahre Begabung dafür besaß. Sie versorgten ihn so gut wie möglich, gaben ihn aber erleichtert in Brennans Obhut, wann immer der Prinz zum Stall hinunterkam.

So wie er die Pferdeknechte auch jetzt entließ, die herbeigeströmt waren, um sich um ihn zu kümmern, und dann den aus Holz und Ziegelsteinen erbauten Stall betrat, um nach seinem Hengst zu sehen. Aber ein wahrer Reiter *sieht* niemals nur nach dem Pferd. Er kann nicht umhin, das Fell und die weiche, samtartige, warm in seine Handfläche pustende Schnauze zu berühren.

Bane hatte, durch das Rangrecht, die größte Box in dieser Stallabteilung. Eine zweite beherbergte die Lieblingspferde des Mujhar. Brennan öffnete den Riegel und betrat die mit Stroh ausgestreute Box. Der Hengst legte die Ohren an, scharrte mit einem Huf und änderte dann die Stellung, um sein Gewicht zu verlagern. Eine schwarze Flanke drängte Brennan kurz an die Boxenwand. Brennan gab dem Hengst wie üblich einen Klaps, und Bane trat beiseite und beendete so das Ritual. Die rabenschwarzen Ohren richteten sich wieder auf. Ein dunkles Auge schielte in Brennans Richtung, als er näher trat. Bane schnaubte geräuschvoll, legte dann sein Kinn auf Brennans Schulter und wartete auf die Finger, die *genau* wußten, wo sie kraulen mußten.

Die gemurmelten Worte klangen vertraut. Bane verstand weder Homanisch noch die Alte Sprache der Cheysuli. Bane verstand Bewegungen und Stimmen, Berührungen und Gerüche, die Sprache zwischen Pferd und Reiter. Er hörte kaum auf die sanft gemurmelten Worte, deren Bedeutung er nicht kannte, sondern lauschte statt dessen auf den Klang und dessen Feinheiten. Er erkannte nur das Versprechen der Zuneigung. Die Aufmerksamkeit eines selbst Königsgeborenen gegenüber einem König.

Bane bemerkte den unterschwelligen Schmerz, die zurückgehaltene, leise Verzweiflung in Brennans Stimme nicht. Er war ein Pferd, kein Mensch. Er bewegte sich auf nichts hin, was nicht seine wenigen Wünsche und Bedürfnisse betraf. Aber selbst wenn er ein Mensch gewesen *wäre,* selbst wenn er ein Homaner gewesen wäre, wären ihm diese Empfindungen entgangen. Cheysuligeboren zu sein, war etwas anderes. Die Ungeweihten waren – ungeachtet der Blutlinien und des Menschseins – Unausgesprochenem gegenüber taub. Und Unterdrücktem gegenüber blind.

Aber Ian war nicht ungeweiht. Ian war ein Cheysuli. Seine eigene Kenntnis von Schmerz und Verzweiflung, obwohl er den größten Teil davon mit der Zeit überwunden hatte, ließ ihn die Empfindungen seines Neffen erkennen.

Er trat nahe an die Box heran, hielt aber dann an der Tür inne. Er beobachtete kurz Brennan mit seinem Hengst und bemerkte die Anspannung in seinen Bewegungen und die deutliche Sorge in seinem Gesichtsausdruck. Solche Anzeichen zu erkennen, hatte er als Gefolgsmann des Mujhar und als Verwandter sprunghafter Grünschnäbel, die nicht immer Vorsicht walten ließen, gelernt.

»Ich habe«, begann Ian ruhig, »einen großen Teil meines Lebens damit verbracht, Verwandten in Not Hilfe – oder auch nur ein aufmerksames Ohr – anzubieten. Du hast dich stets abseits gehalten, was in großem Maße durch die dir innewohnende natürliche Größe und die vollständige Behauptung deines Platzes begründet ist. Aber ich habe noch nie ein Löwenjunges kennengelernt, das niemals Trost brauchte.«

Brennan war bestürzt, versteifte sich ungewohnt hölzern und wandte sich dann um. Ein Arm lag auf Banes Rücken, als zöge er Kraft aus der Berührung. Der andere Arm sank seitlich herab. Das Gold an seinen Armen schimmerte in einem Gitterwerk aus Sonnenlicht, das durch die Stäbe der Außenwände des Stalls hindurchdrang. »Hat *Jehan* dich geschickt?«

Ian hakte die Ellenbogen über die Stalltür und lächelte heiter. Seine Arme waren, genau wie Brennans, unbekleidet und zeigten ebenfalls Cheysuligold. »Ich stehe ihm nicht immer zur Verfügung – genauso wenig wie du. Glaube mir, daß ich deinen Kummer unabhängig vom Mujhar bemerkt habe.«

Brennan verzog das Gesicht, wich dem scharfsichtigen Blick seines Onkels aus und betrachtete statt dessen den schwarzen, seidigen Rumpf des Hengstes. Er strich müßig darüber, ließ die Finger über das dünne Sommerfell gleiten. Hegte seine eigenen Gedanken. »Du bist *immer* zu *Jehan* oder zu Hart gegangen und dann zu Keely, als Hart fort war. Manchmal wollte ich zu dir kommen, aber da du dich um so viele andere kümmern mußtest, dachte ich, dein Mitgefühl wäre vielleicht aufgebraucht.«

Ian betrachtete Bane. Auch seine beste Zeit war vorüber und sein Haar eher grau und weiß als schwarz. Flüchtig geschätzt, hätte man ihn vielleicht für fünfzig halten können, aber in Wahrheit war er bereits fast siebzig Jahre alt. Es war ein großes Glück für die Cheysuli, daß das Alter sie so langsam verwandelte, besonders was vorzeitig ergrauendes Haar betraf. Die Knochen und Muskeln wurden steifer, die Haut schlaffer, das Haar wurde weiß. Aber nichts ließ an Ians Verhalten eher auf eine Schwächung des Geistes schließen als bei dem Hengst.

Ian regte sich leicht, so daß seine Stiefel auf Stroh und Heu und Körnerresten, die Bane über die Tür hatte hinabfallen lassen, knirschten. »Nialls Kinder können dem oft zu schweren Gewicht des *Tahlmorra* nicht entrinnen, außer vielleicht Maeve.« Die noch immer schwarzen Brauen wölbten sich nachdenklich. »Aber selbst bei ihr frage ich mich – wer sind wir, daß wir behaupten können, es sei keine Magie in ihr? Nialls Blut enttäuscht nicht … sogar bei Aidan nicht.«

Brennan zuckte zusammen. Und Ian, der den Köder ruhig und wohlerwogen ausgelegt hatte, erkannte, daß er ganz geschluckt wurde.

»O ja«, seufzte Brennan müde. »Das Blut enttäuscht auch bei Aidan nicht … einschließlich Gisellas Blut, frage ich mich? Und das fragen sich auch alle *anderen* – ungeachtet der Wahrheit.« Brennan wandte sich erneut dem Hengst zu. Eine Locke rabenschwarzen Haars mit den ersten frühen Silberfäden fiel über seine dunkle, vor Sorge tief gefurchte Stirn. »Wir wissen beide, daß der Wahnsinn meiner *Jehana* nicht erblich ist, aber das vergessen die Homaner. Sie sehen nur Aidans *Andersartigkeit* und flüstern dann von Gisella.«

»Man kann von niemandem verlangen, sein wahres Selbst zu verleugnen«, sagte Ian sanft, »und doch tut Aidan es.«

Brennan kniff den Mund zusammen. »Du sprichst über das, wovon *Jehan* mir erzählt hat. Über Aidans Träume.«

»Es gab eine Zeit, in der er es dir selbst erzählt hätte.«

Brennans Gesichtsausdruck wirkte freudlos. »Schon seit vielen Jahren nicht mehr. Er hat sich verändert, *Su'fali* … wie auch immer, *irgendwann* hat er sich verändert.«

»Vielleicht glaubte er, es müßte sein.«

Jetzt klang Brennans Stimme gequält. »Ich *wollte* nicht,

daß er sich verändere. Warum sollte ich? Nach so vielen Jahren der Kränklichkeit... nach so vielen Sorgen und Ängsten...« Brennan seufzte und schloß die Augen. »Wir dachten, er würde sterben, *Su'fali*. Er hat oft im Fieber geredet. Wir haben gelernt, nicht mehr zuzuhören.«

»Weil das, was ihr gehört habt, keinen Sinn ergab.«

Brennan nickte stumm.

»Und daher redet er jetzt auch nicht mehr.« Ian schüttelte den Kopf. »Aidan ist vielleicht nicht das, was du erwartet hast..., aber ein Schwert neu schmieden zu wollen, wird den Stahl nur brüchig machen.«

Brennan fuhr jäh von dem Hengst herum. »Habe ich das versucht?« rief er. »Er ist genauso ein Mann und Krieger wie du oder ich. Es ist nichts an ihm, was ich verfluchen würde oder zu verändern wünschte... Er ist aus seiner kränklichen Kindheit stärker hervorgegangen, als wir gehofft hatten, und jetzt besteht kein Zweifel mehr, daß er leben und den Löwenthron erben wird. Aber ich weiß nicht, was er *denkt*...« Brennan brach ab. Der Hengst regte sich unruhig, von dem rauhen Tonfall geängstigt. »*Su'fali*, hast du niemals erlebt, wie er durch dich hindurchsieht? Nicht dich *an*sieht, sondern durch dich hindurchsieht. Als wärst du nicht da. Als wäre *er* nicht da, sondern an einem anderen Ort.«

Ian spürte, wie seine gelassene Heiterkeit schwand. Er war einer jener Menschen, denen andere sich frei offenbarten, da sie leicht Vertrauen zu ihm faßten. Dieser Zug war bei den Cheysuli nicht sehr häufig anzutreffen, da sie sich in früheren Zeiten den Ausdruck persönlicher Gefühle gegenüber anderen – aus Angst davor, Feinden Schwäche zu zeigen – versagt hatten. Aber jene Zeiten waren vergangen. Die Dinge hatten sich innerhalb der Stämme geändert – einige behaupteten, zu viele Dinge –, und es erschien ihm nicht sonderbar, den manchmal unverständlich tastenden Gedanken eines Mannes – oder einer Frau – zuzuhören, die den richtigen Weg zu finden versuchten. So war es bei Niall, Hart und Keely gewesen.

Brennan hatte niemanden zum Zuhören gebraucht. Corin hatte niemanden *gewollt,* außer seinem Zwilling Keely. Aber selbst das hatte sich geändert.

Wie sich alles änderte. Jetzt brauchte Brennan jemanden, der dem Vater den Sohn erklärte. Und Ian konnte das nicht tun.

»Also hast du es erlebt«, sagte Brennan tonlos. »Du hast es auch bemerkt.«

Ian seufzte. »Wie kann ich dir eine Antwort geben? Wie kann irgend jemand dir eine Antwort geben? Aidan unterscheidet sich auf viele Arten von uns allen, aber er ist uns auch auf manche Weise wiederum sehr ähnlich. Ich sehe Aileen in ihm. Ich sehe dich in ihm. Aber vielleicht achten wir alle zu sehr auf unwichtige Dinge, wie darauf, wem er ähnlich sieht oder klingt … Vielleicht ist Aidan einfach *Aidan …*«

»Dieser Vogel«, sagte Brennan angespannt. »Dieser Rabe …«

Ian lächelte. »Teel ist ein *Lir.*«

Brennan schüttelte den Kopf. »Mehr. Ich schwöre dir, er ist mehr. Hast du den Blick in Aidans Augen bemerkt, wenn er in die Verbindung eintritt?«

Ians Lächeln wurde breiter. »Wenn Keely hier wäre, könnte sie uns zweifellos berichten, worüber sie sich unterhalten, aber ich kann mir vorstellen, daß sich das, was sie einander sagen – oder was Teel ihm sagt –, wenig von dem unterscheidet, was wir mit unseren *Lirs* besprechen. Du solltest *deinen* Gesichtsausdruck sehen, wenn sich Sleeta mit dir verbindet.«

»Ja, nun, es ist manchmal schwer, mit ihr umzugehen.« Brennans Stirn glättete sich, während ein leises Lächeln seinen Mund verzog. »Aidan hat selbst gesagt, daß Teel ihn unbarmherzig quält.«

Ian trat zur Seite, als sich Brennan von Bane löste und die Tür entriegelte, um den Stall zu verlassen. »Er war zu viele Jahre lang krank, zu oft dem Tode nahe. Das prägt einen Mann, Brennan. Es hat deinen *Jehan* geprägt.

Es hat dich geprägt. Es hat Hart und Corin und Keely geprägt. Hast du geglaubt, dein Sohn würde dem entgehen?«

Brennan verriegelte heftig die Tür. »Der Löwenthron erfordert einen Mann, der mit Verstand regieren kann und nicht mit Träumen und Phantasien.«

»Ah«, murmelte Ian. »Hast du dir deshalb keine erlaubt?«

Brennans Gesicht nahm einen harten Ausdruck an. »Du weißt, was Verantwortung bedeutet, *Su'fali*. Kannst du mir meine Einstellung vorwerfen? Wenn es dazu kommt, einen Krieg beginnen zu müssen – darf ein König dann an Träume denken?«

»Es wird in Homana keinen Krieg mehr geben. Und auch nicht in Solinde. Und auch nicht in Erinn oder Atvia. Welchen Krieg willst du ausfechten, *Harani?*«

Brennan schüttelte den Kopf. »Niemand versteht, was es bedeutet, Aidan anzusehen und sich zu fragen, was aus ihm werden wird. Sich zu fragen, was er *ist*.«

Ian antwortete nicht sofort. Die Cheysuli waren ungezähmt, auch wenn sie Kontrolle übten. Er wußte aus eigener Erfahrung, wie schwierig es war, unter reizvollen Umständen das Gleichgewicht zu bewahren. Einige behaupteten, es sei der Tieranteil im Blut. Ian wußte es besser. Für die Kontrolle mußte man einen Preis bezahlen: ihren gelegentlichen Verlust.

Sein königlicher Neffe Brennan war, trotz all seiner anerkannten Reife, genauso zum Zorn fähig wie sein unbeständiger Bruder Corin oder seine schwierige Schwester Keely. Er zeigte es nur einfach nicht so, obwohl Ian es für besser hielt, ihn nicht herauszufordern. Es war fast unmöglich, einen Mann zu einer vernünftigen Sichtweise zu überreden, wenn er gerade laut schrie.

Er beobachtete Brennan einen Augenblick lang und bemerkte die stärkere Anspannung. »Wunderst du dich also, warum er dir nichts gesagt hat? Warum er so oft zum Löwenthron geht? Wenn du ihn dazu veranlaßt haben solltest, sich auch nur zu fragen, ob er auf irgendeine Art ... *falsch* sei – sollte er sich dann zutrauen, einen Thron zu übernehmen, der wie ein sagenumwobenes Tier gestaltet ist? Oder sollte er ihn als Feind ansehen?«

»Bei den Göttern, Ian, er ist ein erwachsener Mann, ein *Krieger.*«

»Dies begann, als er noch ein Kind war. Kinder sehen manche Dinge anders.«

»Kinder haben oft zuviel Phantasie. Sie ängstigen sich.« Brennans Augen wirkten seltsam schwarz. »Glaubst du, ich wüßte nichts davon? Ich verspüre sogar in Banes Stall, wo ich weiß, daß eine Tür *vorhanden* ist, noch die Angst, eingeschlossen zu sein.«

»Machst du dir deshalb Vorwürfe?«

Brennans Gesicht schien gramzerfurcht. »Ich war nur sehr kurze Zeit im Schoß der Erde eingeschlossen ... und doch hielt ich es für Tage.« Er fuhr sich mit einer Hand durchs Haar. »Götter – wie ich mich geängstigt habe. Ich habe alle jene *Lirs* für Bestien gehalten ... *in Marmor geschnittene Umrisse* – ich habe sie lebendig werden lassen. Und jetzt muß ich die Folgen tragen ... Schließe mich in Dunkelheit ein, und ich gerate völlig außer mir.«

Ian nickte. »Und so sagte der *Jehan* dem Kind, als er seine von Phantasien genährte Angst erkannte, daß sie nicht wirklich sei. Immer und immer wieder, bis das Kind es für das Beste hielt, alles für sich zu behalten.«

Verzweiflung schwang in Brennans Stimme mit. »Es sind *Träume,* Ian. Was sollte ich sonst tun? Zulassen, daß er sich ängstigte?«

Ian zuckte die Achseln. »Ich kann dir keine Antwort darauf geben. Aber Aidan träumt noch immer ... Ob Angst oder nicht – *etwas* davon ist für ihn wirklich.«

»Und ich habe es niemals geglaubt.« Brennan sank mit verzerrtem Gesicht gegen die Wand. »Ich bin nicht und war niemals der scharfsichtigste Mensch.«

Ian beobachtete ihn genau. Er riet ruhig: »Ich glaube, Aileen könnte vielleicht verstehen, was du empfindest.

Sie nimmt genauso viel Anteil an Aidans Zukunft wie du.«

Brennans Gesicht zeigte jetzt wieder einen freudlosen Ausdruck. »Sie spricht mit mir nicht darüber.«

Ian blieb ernst. »Hast du jemals daran gedacht, sie danach zu fragen?«

Brennan zuckte die Achseln. »Sie verteidigt ihn stets zu schnell. Sie hört meine Sorge nicht heraus, achtet nicht auf das, was ich sage.« Er verzog das Gesicht. »Er ist ihr einziges Kind. Sie will nichts Schlechtes über ihn hören.«

Ian schüttelte den Kopf. »Aileen ist weder blind noch taub. Sie verteidigt ihn gegenüber *anderen*. Muß sie das auch dir gegenüber tun?«

Der Hengst, der sich inzwischen umgewandt hatte, schob seinen Kopf über die Stalltür und versperrte den Männern die Sicht aufeinander. Brennan legte eine Hand auf Banes Nase und schob den schwarzen Kopf hinunter, um seinen Onkel wieder ansehen zu können. »Ich habe das Recht, mich zu sorgen.«

Ian streichelte den seidigen Hals. »Das will dir auch niemand nehmen. Aber Aileen könnte dir vielleicht helfen, die Sorge zu ertragen.«

Brennan blickte seltsam drein. »Er muß einen Sohn zeugen.«

Ian hielt in der Bewegung inne. »Warum? Hältst du es vielleicht für das Beste, deinen Sohn durch einen Enkel zu ersetzen? Nur *für den Fall ...*«

»Nein!« Die Antwort kam zu schnell. »Aber er ist dreiundzwanzig, *Su'fali* ... Zu dem Zeitpunkt hatte ich bereits einen Sohn. Und mein *Jehan* besaß in diesem Alter bereits drei Söhne und zwei Töchter.«

Ian schwieg einen Augenblick. Dann erwiderte er in deutlichem, knappem Tonfall: »Hast du niemals gedacht, daß du und Aileen eine gute Ehe hättet führen können? Eine Verbindung wie Niall und Deirdre?«

»Da war Corin ...«

»Das liegt fast fünfundzwanzig Jahre zurück!«

Die Muskeln an Brennans Kinn traten hervor. »Du willst also sagen, ich sollte Aidan Zeit lassen.«

»Es ist genug Zeit, ja. Du weißt, welchen Preis ihr, du und Aileen, bezahlt habt … Warum verlangst du auch von *ihm*, ihn zu bezahlen?«

Brennan antwortete genauso knapp. »Könige müssen Söhne zeugen.«

Ian verlor die Geduld. »Der jetzige König lebt. Sein Erbe ist vollkommen gesund, und *er* hat wiederum einen Erben. Ich glaube, der Löwenthron braucht im Augenblick keine weiteren.«

Brennan schloß die Augen. Als er sie wieder öffnete, sah Ian pure Verzweiflung. »Und wenn mein Sohn wahnsinnig ist? Wie soll ich einen anderen Sohn bekommen? Aileen kann mir keinen weiteren Sohn schenken … Und ich werde sie nicht verbannen. Ich *brauche* also einen Sohn von Aidan.«

Ian schüttelte den Kopf. »Aidan ist nicht wahnsinnig. Aidan ist nur – etwas anders.«

Brennan streichelte Banes Nase. »Könige dürfen nicht anders sein. Das macht den Homanern Angst.«

Das Gesicht seines Onkels nahm einen mitfühlenden Ausdruck an. »Nicht mehr als dir.«

Der Tag war grau und wurde immer grauer. Aidan, der kurz nach einem zweiten Frühstück aus Mujhara hinausgeritten war, blickte – verärgert die Stirn runzelnd – in den zinnfarbenen Himmel. Teel glitt irgendwo dort oben auf dem Wind dahin. Aidan hielt nach ihm Ausschau, entdeckte ihn und vermittelte ihm durch die Verbindung seine Empfindungen.

Teels Stimme klang unverändert kräftig, als wollte er dem Wind trotzen. *Manche Dinge sind das Unbehagen wert.*

»Aber es ist *Sommer*«, widersprach Aidan. »Ich kenne Sommerregen – *dies* fühlt sich mehr nach Winter an!«

Erst gestern hast du dich über die Hitze beklagt … Ich glaube, du bist einfach launisch.

Das war grundsätzlich möglich, gab Aidan zu, aber nicht in diesem Augenblick. Gestern war es *tatsächlich* heiß gewesen. Jetzt schien es viel zu kalt. Nicht so kalt, daß er gezittert hätte, aber kalt genug, daß er wünschte, er hätte wenigstens seine Übergangskleidung getragen. An den bloßen Armen fror er. Und die *Lir*bänder fühlten sich eiskalt an.

Der Wind änderte die Richtung und blies rötliches Haar in helle Augen. Aidan strich es zurück und zupfte Strähnen von seinen Lidern fort, vergaß das Haar aber dann völlig, als sein Pferd heftig seitwärts scheute, um sein Unbehagen kundzutun. Der dunkle Wallach ging nur darum nicht durch, weil Aidan schon darauf vorbereitet war.

»Nein«, sagte er ruhig und teilte diesen Befehl auch durch die Zügelführung mit. »Ich glaube, es wäre das Beste für uns beide, wenn du mich wählen läßt, ob wir Schritt oder Galopp reiten.«

Lir, sagte Teel. *Der Sturm nimmt zu.*

Aidan, der die Wucht des Windes genauso spüren konnte wie der Rabe, schwieg aber. Er war zu sehr mit dem Pferd beschäftigt, das erneut loslaufen wollte. Aidan konnte es ihm nicht vorwerfen. Wenn er selbst ein Pferd gewesen wäre, wäre er vielleicht auch losgelaufen. Der Sturm nahm weiter zu und heulte über das hügelige Pachtland. Er sang ein Winterlied von Herdfeuern und dampfendem Wein. Oder, wenn er ein Pferd gewesen wäre, von einem windgeschützten Stall, warmem Stroh und reichlich Futter.

»Sommer«, murmelte Aidan. »Wie wird dann erst der Winter werden, frage ich mich.«

Es blieb ihm nichts anderes übrig, als weiterzureiten, um den Waldrand zu erreichen, der ein wenig Schutz bieten würde. Der von Bäumen und Laub geschützte Weg würde nicht so vom Sturm heimgesucht sein, und er könnte, um sich vor dem schlimmsten Unwetter zu schützen, zum Stammeskeep weiterreiten.

Blätter, Staub und vom Wind abgerissene Blütenblätter wirbelten durch die Luft. Aidan senkte den Kopf, blinzelte, spie aus und drängte den Wallach zu einer etwas schnelleren Gangart. Und dann zu einer noch schnelleren.

»Lauf«, rief er und ließ die Zügel locker. »Ein wenig Laufen wird nichts schaden, und wir kommen umso schneller ans Ziel.«

Der Wallach brauchte keine Aufmunterung. Als sie den Wald erreichten, tat es Aidan fast leid. Der Galopp durch den Wind blies die dumpfen Reste eines gestörten Nachtschlafs davon und ließ ihn erfrischt und heiter zurück. Er hatte Freude an dem Pferd, wie es gegen den Sturm ankämpfte, während er dicht über den Pferdehals gebeugt war, um dem Wind keine Angriffsfläche zu bieten. Aber er gab dem Drang weiterzureiten nicht nach. Der Wallach verdiente ein wenig Ruhe, und der Weg war mit Gestrüpp, vom Sturm herangeweht, übersät, so daß er auf ein bereits erschöpftes Pferd trügerisch wirkte.

»*Shansu*«, sagte Aidan und tätschelte den Hals des Wallachs. »Ein anderes Mal, das verspreche ich dir –, aber jetzt reiten wir im Schrittempo.«

Der Wallach war sonst ein gut erzogenes, ruhiges Tier, weder jung noch alt und ohne füllenhafte Possen. Aber der Sturm hatte ihn sehr aufgeregt. Jetzt scharrte er und schlug unbehaglich mit dem Schweif, während Aidan ihn zu beruhigen versuchte.

Aidan hob einen Arm und deutete in eine bestimmte Richtung. »Dort entlang«, rief er.

Der Wallach wandte sich um und beäugte den Weg, den sie gekommen waren.

»Nein, ich sagte, *dort* entlang ...« Aidan wandte ihn gewaltsam wieder um. »Wir waren schon unzählige Male im Stammeskeep ... es gibt keinen Grund zur Weigerung. Wenn dort Gefahr bestünde, würde Teel es mir sagen. Ich vertraue ihm mehr als dir.«

Der Wallach protestierte laut schnaubend und rollte die dunklen Augen.

Aidan trat stirnrunzelnd in die Verbindung ein. *Lir ... besteht Gefahr?*

Soweit zum Vertrauen, antwortete Teel. *Nein, es besteht keine Gefahr ... nur der Sturm.*

Aidan lenkte den Wallach erleichtert wieder nach Osten. »Wenn dies eine Willenskundgebung sein sollte, könnte ich mir dafür einen passenderen Zeitpunkt vorstellen ... Wollen wir dies später erörtern?«

Der Wallach stand still und zitterte.

Aidan streichelte erneut den ockerbraunen Hals. »*Shansu,* mein Bursche, mein Junge ... Es ist nur ein wenig Wind ... Glaubst du, ich wollte, daß du verletzt wirst?«

Viele hielten Erinnisch für eine für die Pferde erfundene Sprache, aber der Wallach war Homaner. Er wollte nicht verstehen.

Der Wind brüllte durch den Wald. Der Wallach ging durch.

Es war, wie Aidan dachte, eine für ihn vollkommen gewöhnliche Flucht. Nachdem er sich geweigert hatte, nach Osten zu laufen, hatte die Angst ihn gelenkt. Wenn der Sturm nicht alles noch schlimmer gemacht hätte, hätte Aidan das Pferd vielleicht weiterlaufen lassen können, da es auf ihr Ziel zurannte. Aber er wagte es bei dem Wind nicht. Der Weg war voller Hindernisse. Wenn der Wallach stolperte und fiel ...

»Sorge dich *nicht*«, murmelte Aidan und verfluchte seine Phantasie.

Er zog die Zügel fest an und versuchte, dem Pferd durch diese Einschränkung seinen Willen aufzuzwingen. Er hatte schon so manches Fohlen zugeritten und das Vertrauen vieler Pferde gewonnen, da er das gleiche Talent dazu zu besitzen schien wie sein Vater. Aber der Wallach wollte nichts davon wissen.

Die Sorge vertiefte sich augenblicklich noch. Aidan

kannte das Gefühl: Die Trense war vorwärtsgerollt und befand sich jetzt zwischen den Zähnen des Wallachs, der dadurch die Kontrolle übernommen hatte. Der Reiter war dann nur noch eine geringe Unannehmlichkeit, das Abwerfen nicht wert.

Aidan, den die nur zu genaue Vorstellung amüsierte, grinste und wünschte dann, er hätte nicht so viel Staub zwischen den Zähnen. Er spie aus. *Ich könnte einfach Lirgestalt annehmen und diesen närrischen Burschen* ohne *mich weiterlaufen lassen …*

Aber der Gedanke daran, den Wallach zu verlieren, ließ ihn es sich noch einmal überlegen. Sein Vater hatte ihn zu gut ausgebildet. Wenn es um das Wohlergehen ging, dachte er zuerst an das Pferd.

Oder ich könnte …

Aber was er noch tun oder nicht tun konnte, blieb ungedacht. Ohne seine Geschwindigkeit zu verändern, sprang der Wallach vom Weg ab, schoß durch herabgefallenes Laub und umtrabte gekonnt einen Baumstamm. Aidan umging den Stamm ebenfalls, aber nicht mehr den Ast, der tief herabragte.

Er streckte unwillkürlich einen Arm aus, wußte aber bereits, daß es viel zu spät war. *Lir …*

Zu mehr war Aidan nicht mehr fähig, als der Ast auf seine Rippen traf und ihn aus dem Sattel fegte.

Kapitel Vier

Er träumte. Er träumte, er bestünde aus Rauch und Feuer statt aus Fleisch und Blut. Sein Herz war eine weiße Flamme und seine Seele noch weißer, so strahlend, daß sie blendete. Aus der weißen Flamme seines Herzens und dem noch weißeren Strahlen seiner Seele erklang Musik, die durch seine Adern lief wie Quecksilber und in besonders süßem Schmerz entflammte, was sie berührte. Er wollte wegen ihrer Schönheit weinen, aber er wußte, daß er es nicht wagen würde.

Wasser löscht die Flamme. Gelöscht, werde ich sterben.

Er sah sich, aber er war nicht er selbst. Der Aidan, den er sah, war ein anderer Mann, unwirklich, unkörperlich, unabhängig wie Rauch. Er schwebte hierhin und dorthin, zerriß, während er sich bewegte, und gestaltete sich neu. Und dann nahm der Mann aus Rauch eine andere Gestalt an, die Gestalt eines Raben, der auch aus Rauch bestand, und der Rabe flog mit der Bitte um die ersehnte Freiheit schnell in den Himmel auf.

Südlich: zu einer Insel, fort von Homana-Mujhar und allen Cheysulikeeps. Fort von der Welt, die jedermann sonst ein Zuhause nannte, bis der Rabe zwischen den kalt aufragenden, grünen und grauen und jetzt umgestürzten Steinen ein neues Zuhause fand, wo er sich auf einen zerbrochenen, mit Runen versehenen Altar hockte, als wollte er dort von Göttern erzählen.

Der Altar war umgestürzt. Darunter schimmerte etwas Goldenes hervor. Der Rabe, der die Sehnsucht kannte, verließ seinen Platz und flog hinab.

Eine Kette. Unter dem Altar aufgerollt, vollkommen und makellos. Ihre Schönheit war so zwingend, daß sogar der Rabe sie begehrte. Aber ein Rabe besitzt keine Hände. Er verwandelte sich in einen Menschen und kniete sich hin, um die Kette aufzuheben.

Er berührte sie. Sie war heil. Er hob sie an. Sie war heil. Er nahm sie aus den Schatten, konnte kaum atmen und hielt sie ins Licht.

Die Glieder hatten die Größe eines männlichen Unterarms. Fugenloses Gold, fehlerfrei mit so eng ineinander verschränkten Runen versehen, daß man sie nicht entziffern konnte.

Er wagte, sie anzuhauchen. Eines der Glieder zerbrach.

Kummer überwältigte ihn. *Warum zerstöre ich, wenn ich die Dinge doch nur heil machen will?*

Er hielt noch immer die Hälfte der Kette. Die andere Hälfte war hinabgefallen und hatte sich auf dem blätterbedeckten Boden verteilt.

Ein Geräusch. Er wandte sich, noch immer auf Knien, um und umklammerte weiterhin die Hälfte der Kette, als er die umschattete Gestalt im Eingang der flechtenbewachsenen Steine sah.

Die Stimme klang fest und gebieterisch. »Du hältst mich in der Hand. Was willst du von mir?«

Aidan hielt seine Überraschung nur mühsam zurück. Woher war der Fremde gekommen?

Und außerdem: Wo war er *selbst?*

»Wer seid Ihr?« platzte er heraus.

Der Unglaube war offensichtlich: Schwarze Brauen schossen in die Höhe und schlossen sich dann über einer vollkommen geraden Nase zusammen. »Der Mujhar«, sagte er. Der Fremde dachte ohne Zweifel, Aidan würde ihn erkennen. Nur ein Narr würde ihn nicht kennen oder ein Mensch, der keine Augen besaß, um zu sehen.

Aidan nahm den erwartungsvollen, in übertriebene Anmaßung eingebetteten Unterton wahr. Aber er *hörte* ihn – er spürte ihn nicht. Etwas stimmte nicht. Etwas war nicht *wirklich.*

Der Mujhar? wiederholte er rauh.

Der Mann sah sicherlich so aus. Er trug schwarzen Samt, sowie kostbares Leder eines ausgezeichneten Schnitts. Ein scharlachroter wilder Löwe schritt über die schwarze Seidenübertunika, die mit schwerem Gold gegürtet war. Die im Gürtel verschränkten Hände waren stark, langfingrig, schwielig – die Hände eines Kriegers. Aber er war kein Cheysuli. Seine Augen waren von einem klaren, durchdringenden Grau. Das schwarze Haar war von Silber durchzogen.

Er war weder jung noch alt. Aidan hielt ihn für fünfzig. Aber etwas, was er nicht benennen konnte, machte ihn alterslos.

Es würde nichts nützen, Fragen zu stellen, wenn er wußte, daß der Mann log. »Wer seid Ihr?« wiederholte er.

Die grauen Augen verengten sich. »Das sagte ich bereits: der Mujhar.«

Das war zuviel. Aidan sah sich stirnrunzelnd in der Ruine um und versuchte kurz, sich zurechtzufinden. Und dann erregten der anmaßende Tonfall und die Behauptung des Fremden seine Aufmerksamkeit erneut.

Wer ist er, *daß er so etwas sagen kann?* Und dann lachte er beinahe. *Und noch dazu zu* mir. *Ich kenne die Wahrheit.*

»Der Mujhar, sagt Ihr?« Aidan setzte sich auf die Fersen. »Und *ich* sage, Ihr lügt.«

Schöngeschwungene Lippen preßten sich zusammen. »Das kann mit dem Tode bestraft werden.«

»So?« Aidan lächelte. »Dann tötet mich, Mujhar... Tötet den Mann, der den Löwenthron innehaben *wird,* wenn die Zeit gekommen ist.«

»Du?« Die schwarzen Brauen schossen erneut in die Höhe. »*Du* wirst den Löwenthron innehaben?«

Aidan sprach leichthin. »So wurde es mir gesagt. Es hat mit meiner Geburt zu tun – ich bin Brennans Sohn und Nialls Enkel.«

»Ah.« Es klang knapp, aber voll Verständnis. »Wo ich

bin, gibt es keine Zeit ... Und ich habe nicht bemerkt, daß inzwischen so viel davon vergangen ist.« Er lächelte nachdenklich. »Sind wir schon bei Niall angekommen?«

Dieser Mann ist verrückt. Und ich bin verrückt, daß ich ihm zuhöre.

Seine Stimme nahm einen kühl herablassenden Tonfall an. »Ihr werdet mir hoffentlich verzeihen, wenn ich Euch nicht die einem Mujhar gebührende Ehrerbietung zeige – ich erweise sie meinem Großvater, der sie verdient. Euch kenne ich aber nicht.«

»Oh, das glaube ich doch.« Die grauen Augen leuchteten seltsam. »Die Geschichte der Cheysuli ist zugleich die meines Namens und Titels.«

Aidan bewahrte mühsam die Geduld. »Warum nennt Ihr mir dann nicht beides?«

»Den Titel kennst du schon: Mujhar. Und mein Name ist Shaine.«

Shaine. Shaine? *Shaine?*

Er wollte lachen, aber er konnte es nicht. Dieser Mann griff seinen Stolz und auch sein Erbe an. »Ich wäre Euch dankbar, wenn Ihr den Namen meines Vorfahren nicht in den Mund nehmen würdet.«

Die grauen Augen funkelten. »Aber es ist *mein* Name.«

»Shaine ist tot«, sagte Aidan tonlos.

Der Fremde nickte nur. »Seit langer Zeit. Möchtest du hören, wodurch?«

»Ich weiß wodurch. Man hat es mir erzählt. Es wurde uns allen erzählt.« Aidan blieb ernst. »Shaine kam um, als er Ihliniwachen unschädlich machte, die die Cheysuli aus Homana-Mujhar fernhalten sollten.«

»Ein schmerzhafter Tod, und recht unerwartet«, stimmte ihm der andere zu. »Aber das war damals schon nicht mehr wichtig ... Finn hätte mich getötet, wenn er die Halle durchwandelt hätte. Darum war er gekommen.« Die Augen glommen kurz auf. »Und Hales Gestaltwandlersohn ... Götter, wie ich sie haßte. Und Alix war die Schlimmste.« Er verzog die Lippen. »Carillon hätte sie geheiratet und sie zur Königin von Homana gemacht. Ich konnte es in seinen Augen erkennen.«

Aidan starrte ihn benommen an. Die Worte kamen nur sehr langsam. »Sie hat statt dessen Duncan geheiratet.«

»Duncan. Dein Urur*ur*großvater.« Die grauen Augen verengten sich. »Eine lange Geschichte. Ich habe sie satt.«

Dies kann nicht geschehen. Nichts hiervon ist wirklich. Aidan starrte den Mann weiter an. Er nahm ihn ganz in seinen Blick auf, weitete die Lider und schluckte dann den bitteren Geschmack hinunter, der seinen Mund erfüllte. *Bin ich tot?* fragte er sich. *Könnte dies alles wirklich sein?*

Sein Magen verkrampfte sich stärker. Aidan fühlte sich benommen. »Wenn Ihr Shaine seid ...«, murmelte er. »Wenn Ihr *wirklich* Shaine seid ...« Er schob den Gedanken beiseite. »Bin ich tot?« fragte er tonlos. »O Götter, bin ich tot? Ist das das Sterben?«

»Tot? Du?« Weiße Zähne teilten den Bart. »Nein, noch nicht. Du hast noch Zeit.«

Aidan fragte sich flüchtig, wieviel Zeit ihm noch blieb. Er verdrängte die Frage. Die Erleichterung war zu überwältigend, bis er erneut über die Umstände nachdachte.

Er wischte eine schwitzende Hand an einem hosenbekleideten Oberschenkel ab. Seine einzige Möglichkeit war, an etwas zu denken, an irgend etwas, um nicht die Kontrolle zu verlieren. »Wenn Ihr Shaine der Mujhar seid, dann *seid* Ihr tot.«

Der Mann antwortete nicht.

Aidan fühlte sich elend. Er wollte den Inhalt seines Magens über den umgestürzten Altar oder den laubbedeckten Boden speien. Seine Haut war schweißgebadet. Sein Kopf begann zu schmerzen. Aber am schlimmsten war die Angst.

Ich BIN verrückt geworden.

Und dann: *Götter, wo ist Teel? Was ist aus meinem Lir geworden?*

Noch immer auf Knien, erschauderte er. Seine Hände umklammerten die Kettenglieder.

Dies ist ein neuer Traum … Götter, laßt es einen Traum SEIN …

Shaine der Mujhar sah ihn ebenfalls an. »Wir wollen nicht über mich sprechen. Wir sind gekommen, um über dich zu sprechen.«

»Über mich?« platzte Aidan heraus. »Was habt Ihr mit mir zu tun?«

»Steh auf«, wurde ihm befohlen.

Aidan erhob sich zögernd. Die Kettenglieder in seiner Hand klangen.

Der Mann betrachtete ihn. »Cheysuli«, sagte er angewidert. »Ich hätte wissen müssen, daß Carillon meinen Fluch aufheben würde, sobald er den Löwenthron beanspruchte … Nun, er hat fünf Jahre gebraucht, ihn von Bellam zurückzuerobern, und noch länger, die Säuberung zu beenden.« Er preßte verbittert den Mund zusammen. »*Qu'mahlin,* nennt ihr Gestaltwandler sie? Ja, nun, nichts währt ewig, nicht einmal die Cheysuli …« Die grauen Augen verengten sich erneut. »Rotes Haar, helle Haut … Ahmst du die Mode einfach nach?«

Das elende Gefühl war unvermindert da. Sein Magen wand sich. Aber er dachte an etwas anderes, um sein Unbehagen nicht spüren zu müssen.

»Die Mode nachahmen?« Plötzlich verstand Aidan. Es machte ihn zornig, sehr zornig. Es gab ihm wieder Mut. »Diese *Lir*bänder und der Ohrring gehören mir, auf die übliche Art erhalten und mir während meiner Ehrenzeremonie rechtmäßig verliehen. Es ist nichts *Modisches* daran. Und auch nicht an mir, Mylord Geist: Ich bin ein Cheysuli und der Erbe Homanas.«

Shaine der Mujhar lächelte. »Bist du dir dessen so sicher?«

Der Spott bannte Aidans Aufmerksamkeit. »Natürlich bin ich mir dessen sicher«, fauchte er. »Ich habe Euch gesagt, wer ich bin, und Ihr sagtet, ich sei nicht tot. Wie könnte ich dann *nicht* der Erbe sein?«

»Indem du den Thron nicht annimmst.«

Aidan unterdrückte einen Aufschrei. Dann sagte er ruhig: »Ich wurde geboren, den Thron anzunehmen. Der Löwe wird mir gehören.«

Shaine hob eine Hand und deutete auf die von Aidans Hand herabhängende Kette. »Menschen sind nur Verbindungsglieder«, sagte er. »Verbindungsglieder in einer Kette der Götter, die am Schmiedefeuer spielen wie ein Kind mit einem Spielzeug. Ein Glied schaffen und es hier anlöten … und dort ein weiteres anlöten … und dann die Anordnung ändern, damit die Kette noch hübscher aussieht.« Die Anmaßung wurde jetzt durch Eindringlichkeit ersetzt. »Einige Glieder sind stärker und geben niemals nach, bleiben miteinander verbunden … andere sind fehlerhaft, brechen und werden durch jene ersetzt, die stärker sind, so daß die Kette niemals zerstört wird. Es ist ein Spiel der Götter, Aidan, ein makelloses Glied zu schmieden und es dann an ein anderes anzufügen. Eines nach dem anderen macht die Kette stark. Macht die Kette vollkommen. Geschwächte Glieder werden ausgetauscht, damit das Ganze keinen Schaden leidet.«

Aidan hielt die zerbrochene Kette fest und schwieg.

Shaine lächelte nicht mehr. »Das schwache Glied hat einen Namen: Aidan von Homana.«

Zorn stieg in ihm auf, aber er unterdrückte ihn wieder. Es würde nichts nützen, mit einem Mann zu streiten, der gar nicht wirklich da war. »Ihr seid in meinem Traum«, flüsterte Aidan rauh. »Träume haben keinen Bestand. Diese *Kette* hat keinen Bestand. Nichts, was Ihr sagt, ist wirklich.«

»Warum hast du mich dann gerufen?«

Aidan schüttelte den Kopf. »Ich habe Euch nicht gerufen. Ein Mensch kann keinen Traum herbeirufen … Und er kann auch die Toten nicht erwecken.«

»Aber ich bin da, in deiner Hand.« Shaine deutete hin.

»Die Kette, Aidan, dieses Glied. Ich habe dir alles bereits einmal erklärt. Muß ich es dir noch einmal erklären?«

Aidan betrachtete das Kettenglied in seiner Hand. Seine Finger schlossen sich fester darum. Wenn dieses Glied in seinem verdrehten Traum Shaine war, wer waren dann die anderen?

Aber er verbannte die Frage sofort wieder. Er mußte sich um Shaine kümmern. »Geht«, sagte er fest. »Ich will nichts von Euch.«

Die grauen Augen schimmerten. »Aber ich bin *in* dir, Aidan. Wir sind alle in dir.«

Aidan warf die Kette hin. Shaine verschwand.

Das Zittern durchlief seinen Körper. Es zog Beine, Arme und Hals krampfhaft zusammen und versuchte, sich in die Gewalt zu bekommen. Er spürte die Krämpfe, das Zucken und dann die plötzliche Bewegungsunfähigkeit. Er lag schlaff am Boden, in herabgefallenes Laub ausgebreitet, das jetzt unter seinem Körper zusammengepreßt wurde.

Was …? fragte er unsicher und benommen vor Verwirrung.

»*Shansu*«, sagte eine Stimme ruhig. »Laß die Welt zur Ruhe kommen.«

Aidan hatte keine Wahl. Im Augenblick wußte er weder, wer er war, noch wo er war oder was mit ihm geschehen war. Nur daß er irgendwie – *wie?* – in Rückenlage auf dem Boden gelandet war.

»*Shansu*«, wiederholte die Stimme. »Ich wäre der letzte, der dir schaden wollte.«

Wer …? Aidan zwang seine Augen auf. Er starrte benommen und blind in den von einem Gitterwerk aus Zweigen bedeckten zinnfarbenen Himmel und erinnerte sich, daß er sich im Wald befand.

Nicht in einer zerfallenen Kapelle mit einem vor ihm stehenden, verstorbenen Mujhar.

Das Bewußtsein verfestigte sich. »Teel«, gelang es ihm

laut zu rufen, während er in der Verbindung nach der vertrauten Beruhigung suchte.

Da war nichts. Nichts. Kein Teel. Keine Verbindung. Nur die Abwesenheit von allem, als sei er entleert worden.

»Teel!«

Die Krämpfe kehrten mit voller Macht zurück, jetzt noch vom panischen Umsichschlagen seiner Glieder verstärkt. Er hatte noch immer keine Gewalt über seinen Körper, aber nun war er der Grund.

Eine Hand berührte seine Stirn und preßte ihn sanft auf den Boden. *»Shansu.«* Ein drittes Mal. »Dein *Lir* ist in Sicherheit, das verspreche ich dir. Ich habe ihn nur vorausgeschickt. Der Stammeskeep ist nicht sehr weit entfernt ... es sei denn, natürlich, ich habe die Entfernung falsch eingeschätzt.« Die Stimme klang verzerrt. »Das ist wohl möglich. Ich bin nicht an menschliche Zeiteinteilung oder nach Meilen bemessene Entfernungen gewöhnt. Dennoch, da der Rabe fliegt ...« Jetzt klang die Stimme belustigt.

»Wer ...?« Aidan blinzelte.

Die Hand lag kühl auf seiner Stirn. »Das macht jetzt keinen Unterschied. Ich habe einen Namen, ja, aber wir nennen sie nicht Menschen, die mit der Macht, die ein wahrer Name gibt, nicht umgehen können. Wenn du magst, kannst du mich Jäger nennen. Das ist genauso gut wie mein richtiger Name, der fast das gleiche bedeutet.«

Ein anderer, dachte Aidan dumpf. *Zuerst nennt sich der eine Shaine und jetzt nennt sich* dieser ... Die Worte entschwebten mit dem Unglauben. Er würde es nicht zulassen. Selbstbeherrschung war der Schlüssel, wenn er überleben wollte.

Aidan leckte über seine trockenen Lippen. »Ich bin vom Pferd gefallen.«

»Höchst dramatisch. Das Pferd ist im Gegensatz zu dir unverletzt.« Die Stimme klang belustigt.

Aidan dachte mühsam nach. Jetzt konnte er jemanden

sehen. Ein Mann kniete neben ihm. Ein *brauner* Mann: Haare, Haut, Augen, Lederkleidung, alles in Schattierungen von Torfbraun, als verberge er sich im Wald – oder, dachte Aidan dumpf, als *entstamme* er dem Wald. Er war nicht alt, nicht jung, sondern mittleren Alters. Einige Jahre älter als Aidan, einige jünger als Niall. Die dunklen Augen blickten freundlich, aber zwingend.

Etwas in Aidan antwortete darauf. »Ihr seid Cheysuli ...?« Aber er brach fast augenblicklich ab. »Nein ... nein, natürlich nicht ... wie konnte ich das fragen?«

Der Jäger lächelte. »Ich trage Spuren der Cheysuli. Oder um genau zu sein: Cheysuli tragen Spuren von *mir.*«

Für einen gerade erst aus der Bewußtlosigkeit erwachten Menschen, dessen Kopf schmerzte, war das viel zu verwirrend. Genau wie seine Begegnung mit Shaine, die, und dessen war sich Aidan sicher, aus seinem Sturz hervorgegangen war. »Ich möchte mich aufsetzen – *ahhh* ...«

»Vielleicht doch nicht«, riet der Jäger freundlich.

Aidan erschrak über den Schmerz. Sein Kopf tat weh, ja, aber mehr noch seine Brust. Ein Dämon trat ihm in die Rippen. »Habe ich mir etwas gebrochen?« fragte er schwach.

»Ein wenig gequetscht. Aber sicherlich heilbar. Ich würde es gern für dich tun, aber mir fehlt diese Begabung. Ich jage, ich heile nicht.«

Das erregte Aidans Aufmerksamkeit. »Jagen ...«, murmelte er verwirrt. »Was jagt Ihr?«

»Menschen.«

Etwas hüpfte hinter seinen schmerzenden Rippen. »Aber ...« Er hielt inne. »Nein – ich glaube nicht ... Ihr könntet nicht ...«

»... dich jagen?« beendete der braune Mann seinen Satz. »Oh, das könnte ich wirklich ... Ich bin sogar sicher, daß ich es *tatsächlich* tue.«

Schweiß brach auf Aidans Gesicht aus. Er spürte ihn auch unter seinen Armen, in der Magengrube, unter den schmerzenden Rippen. »Was habt Ihr mit meinem *Lir* gemacht?«

»Ihn vorausgeschickt, wie ich bereits sagte. Glaubst du, ich könnte einem *Lir* etwas antun?« Jetzt klang seine Stimme bestürzt. »Nicht mehr, als ich *dir* etwas antun könnte, der du ein wahrhaft Cheysuligeborener bist ...« Die Stimme des Jägers verklang. Sein Gesicht zeigte Besorgnis. »Ich habe wenig Erfahrung mit Menschen, auch nicht mit jenen von meinem Blut ... Vielleicht wäre ich besser in einer anderen Aufmachung gekommen.« Er runzelte nachdenklich die Stirn. »Aber diese hat mir immer gut gedient ... Sie war stets so *zuträglich* ...«

Aidan verlor Angst und Geduld. »Wer genau *seid* Ihr? Und warum jagt Ihr mich?«

Das dunkle Gesicht verzog sich zu einem Lächeln. »Um festzustellen, was du gelernt hast.«

»Was ich ... gelernt habe?« Aidan konnte sich nicht vorstellen, daß irgend etwas von dem, was er sah, wirklich da war. Nur was er *hörte,* war wirklich. Der Sturz hatte seine Sinne verwirrt. Zuerst Shaine und jetzt der Jäger. »Sollte ich etwas Bestimmtes gelernt haben? Oder überhaupt etwas?«

»Oh, ich denke, überhaupt etwas. Du bist seit dreiundzwanzig Jahren auf der Welt ... Ich denke, du *mußt* etwas gelernt haben.« Er lächelte unvermindert, obwohl Ironie in seiner Stimme mitschwang.

Und dennoch fragte Aidan, als könnte ihm wiederholtes Fragen schließlich eine Antwort bescheren, ein drittes Mal: »Was habt Ihr mit meinem *Lir* gemacht?«

Das Lächeln des braunen Mannes schwand. Er rieb kleinlaut seinen Kiefer. »Ich sehe, daß die Verbindung noch stärker ist, als wir gedacht haben ... Wir hätten sie vielleicht besser geschwächt, um *Lir* und Krieger weniger abhängig voneinander zu machen, aber ohne die Stärke jenes Bundes könnte es Auswirkungen geben. Und die konnten wir uns nicht leisten.« Er schüttelte den Kopf. »Nein, ich glaube, es ist so genauso gut.«

Aidans Geduld schwand. »*Was* ist genauso gut?«

»Der Bund«, antwortete der Jäger ruhig. »Das, was ihr die *Lir*verbindung nennt. Das, was euch von allen anderen unterscheidet, die wir geschaffen haben … außer natürlich die Ihlini.« Er seufzte. »Wir haben nicht mit allem Erfolg. Wir haben das Risiko auf uns genommen, freien Willen zuzuteilen … Das Ergebnis waren die Ihlini.« Er hielt inne. Eine Spur Grimmigkeit schlich sich in seinen Tonfall ein. »Und jetzt auch die *A'saii*.«

Aidan knirschte mit den Zähnen. »Ihr habt meine Frage nicht beantwortet.«

»Die Frage nach deinem *Lir?* Aber natürlich habe ich sie beantwortet. Ich habe ihn vorausgeschickt, zum Stammeskeep.«

Aidan antwortete sofort. »Teel gehorcht niemandem! Teel kann nirgendwohin *geschickt* werden, es sei denn, ich schicke ihn!«

»Ja, aber die *Lirs* gehorchen einer höheren Macht als der der Cheysuli. Wir können sie überall hinschicken.«

»Es gibt nur eine andere Macht …« Aidan brach ab. Er starrte den Mann eindringlich an, forderte ihn dazu heraus, den unrechtmäßigen Anspruch zu wiederholen, aber nichts erfolgte.

Der Wind nahm für einen Augenblick zu und erstarb dann vollkommen. Die Sturmwolken lösten sich auf und hinterließen einen klaren Himmel. Plötzlich war *Frühling,* nicht Sommer. Das Gras wuchs, die Bäume sprossen, die Luft war warm und leicht. Noch während Aidan auf den Boden aufgestützt dasaß, wuchs eine Blume zwischen den Fingern einer seiner Hände empor. Und erblühte.

Der Jäger lächelte sanft. »Vielleicht beginnst du jetzt zu verstehen.«

Aidan riß seine Hand hoch. Er leugnete das Offensichtliche. »Nein.«

Der Jäger nickte schweigend.

Ich bin wahnsinnig. Ich bin es. Ich muß es sein. Oder krank im Kopf. Der Herbst – es war Herbst … Ich bin auf den Kopf aufgeschlagen, und alles ist nur ein Traum – wieder ein anderer *Traum … Zuerst Shaine, jetzt dieser Jäger …* Aidan blinzelte heftig. *Wenn ich die Dinge genauer betrachte …*

Was er sah, war ein Mann, der ein Gott zu sein behauptete.

Der Frühling schwand wieder dahin. Es wurde kühler, während Aidan hinsah, bis er zu zittern begann. Es war kalt, zu kalt. Er trug im Winter fellgefütterte Lederkleidung und legte das Sommerleinen ab. Aber jetzt war er gefangen, vom Winteratem angehaucht. Der Boden um ihn herum gefror. Die Bäume warfen die Blätter ab. Das Gras erstarb, und alle Blumen schwanden.

Aber eben war noch Frühling … Aidan zitterte. Und dann war es wieder warm.

Als er wieder dazu in der Lage war, räusperte Aidan sich. Wenn er vielleicht besonders vorsichtig vorging … »*Warum* habt Ihr Teel fortgeschickt. Wenn Ihr ihn geschaffen habt …«

»Oh, nicht *ich* – ich erschaffe nichts. Das ist die Aufgabe anderer, obwohl wir natürlich alle ein Wort mitzureden haben.« Der Jäger blickte freundlich drein, als verstehe er nur zu gut, was Aidan dachte. Was vielleicht der Fall war, wenn er war, was er zu sein behauptete. »Und die Antwort auf die Frage, warum ich ihn fortgeschickt habe, ist nur zu einfach. Dies ist eine Sache zwischen dir und mir, Aidan, nicht zwischen dir und mir und dem Raben. Sogar die *Lirs* werden nicht in alle unsere Handlungen eingeweiht.«

Die Jahreszeiten änderten sich, ohne jeden Umstand, erneut. Gras wuchs und verwelkte. Blumen blühten und verwelkten. Die Bäume änderten ihre Gestalt. Zuerst war der Himmel ein Taghimmel, dann ein Nachthimmel. Dann wieder Tag und Nacht. Und das alles ohne ein Wort des braunen Mannes, der Aidan beobachtete. Ohne eine einzige *Geste*, die gezeigt hätte, daß er erkannte, daß nur ein Gott tun konnte, was er tat.

Denk an etwas anderes …

Aidan regte sich und wagte dann eine weitere Frage. »Warum werden die *Lirs* nicht in alle Eure Handlungen eingeweiht?«

»Oh, sie sind schon von sich aus anmaßend genug, ohne daß es noch eines anderen Anlasses bedürfte. Sie sind Vertraute, nicht Götter – sie können nicht alles wissen, sonst werden sie ziemlich unerträglich.«

»Nein«, sagte Aidan schwach und ließ die Worte auf sich wirken. »Teel braucht keinen weiteren Anlaß, um noch anmaßender zu werden. Er ist es bereits jetzt in ausreichendem Maße.«

Weiße Zähne schimmerten. »Ich dachte mir schon, daß du mir zustimmen würdest. Ich glaube, das würde jeder Krieger angesichts eines solchen Verhaltens tun.« Der Jäger erhob sich, streckte die Beine und trat zu einem zerbrochenen Baumstumpf. Während er sich hinsetzte, sproß ein kleiner Schößling unter dem zerbrochenen Stumpf hervor. »Teel ist – anders. Ich dachte, er wäre gut für dich geeignet.«

Aidan setzte sich vorsichtig auf und hielt sich dabei sehr gerade. *Ich werde nichts dazu sagen – zu all diesen* Wundern, *die er vollbringt. Vielleicht soll ich es nicht bemerken.*

Aber das schien widersinnig. Wie konnte er es nicht bemerken?

Aidan dachte erneut nach. »Warum? Warum ist Teel für *mich* geeignet? Warum nicht für einen anderen Krieger?«

»Weil du auch anders bist.« Die ruhigen Worte schmerzten ihn nicht. Von einem Gott ausgesprochen, wurden sie zu einer Offenbarung. »Du wirst viel Zeit damit verbringen, Dinge in Frage zu stellen. So bist du eben. Viele Menschen handeln zuerst, ohne an die Folgen zu denken – manchmal ist Unbesonnenheit ein Fluch, manchmal eine Tugend –, aber deine Gabe ist es, die Dinge zu durchdenken, bevor du handelst.« Der Jäger lächelte. »Du wirst natürlich Fehler machen – du bist ein Mensch, Aidan, kein Gott –, aber du kannst auch übervorsichtig sein. Einige bezeichnen dich vielleicht als widerspenstig, andere als ängstlich, aber Feigheit ist nicht dein Fluch.«

Aidan befeuchtete seine trockenen Lippen. »Was *ist* mein Fluch?«

Der Gott blickte auf den Schößling hinab, der mit aller Kraft ein Baum zu werden versuchte. Er beugte sich hinab, umschloß die Krone mit seiner gewölbten Hand und murmelte leise etwas in einer Aidan fremden Sprache. Dann sagte er in deutlichem Homanisch: »Nicht so schnell, Kleiner ... du hast Zeit zum Wachsen. Im Augenblick mußt du Menschen den Vortritt lassen.« Er nahm seine Hand fort und sah erneut Aidan an. »Du bist einfach du. Versuche nicht, jemand anders zu sein. Laß niemanden dich dazu zwingen.«

»Aber ...« Aidan, der den winzigen Baum ansah, beendete seinen Satz nicht, verschwieg die Flut von Fragen, die er hatte stellen wollen. »Ist das alles?«

»Alles?« Braune Augenbrauen wölbten sich. »Zu versuchen, man selbst zu sein – wie Keely es gelernt hat –, ist eine der schwersten Aufgaben, denen ein Mensch gegenüberstehen kann.«

Aidan wartete einen Augenblick. »Aber ich muß Mujhar werden.«

Der Jäger war jetzt sehr ernst. »Auch das ist eine Aufgabe. Nicht jedem Mann gelingt sie.« Er regte sich auf dem Baumstumpf. »Ich bin nicht hier, um dir mehr zu sagen, als ich dir bereits erzählt habe. Es liegt nicht in der Natur der Götter, ihren Kindern alles zu erzählen – der Mensch lernt nicht durch das, was ihm gesagt wird. Er muß *handeln*. Und das wirst du tun.« Eine lederbekleidete Schulter hob sich, und beiläufig senkte sie sich wieder.

Aidan, der sich keineswegs als Schüler *oder* minderwertig fühlte, sah den Jäger stirnrunzelnd an. »Seid Ihr wirklich hier?«

»Bist *du* es?«

Er lächelte wider Willen. »Ich kann es mit diesen Kopfschmerzen nicht genau sagen.«

Braune Augen schimmerten. »Pferde sind zum Reiten gedacht, nicht zum Herabfallen. Jetzt mußt du den Preis bezahlen.« Er hielt inne. »Du hättest fliegen können.«

»Das hätte ich tun können «, stimmte Aidan ihm zu. »Es gibt keine größere Freiheit als die des Fliegens ..., aber ein gutes Pferd zu reiten, hat seine eigene Magie.«

Der Jäger lachte. »Ja, nun, wir gaben dir den freien Willen ... Das Reiten dem Fliegen vorzuziehen, ist eine der kleineren Freiheiten.«

Aidan regte sich unruhig und wäre beinahe zusammengezuckt. »Das ist alles ...? Ihr kamt nur hierher, um mir zu sagen, daß ich ich selbst sein muß?«

»Diese Aufgabe ist für den Augenblick umfangreich genug. Aber da ich schon einmal hier bin, könntest du mir genauso gut von deinem Traum erzählen.«

Aidan erstarrte. »Ihr wißt von meinem Traum? Ihr wißt von der Kette?«

Die Antwort kam in Rätseln. »Ich meine den Traum, den du gerade träumtest, bevor du zu dir gekommen bist. Deine Augen waren weit geöffnet, aber du hast nichts vom Tag gesehen. Du hast nur in dich hineingesehen.«

Aidan hatte das Gefühl, widersprechen zu müssen. »Aber Ihr seid ein *Gott*.«

Der Jäger wirkte verärgert. »Du bist ein Mensch«, sagte er bloß. »Wir haben dich wohlerwogen leidenschaftlich und empfindsam erschaffen und dir einen Geist mit der Fähigkeit des Träumens gegeben ... Glaubst du, wir hätten dir auch Gedanken eingepflanzt? Warum sollten wir *das* tun wollen, wenn es den Lebenszweck zunichte macht?«

»Mein Kopf schmerzt«, erwiderte Aidan. »Das ist mein einziger Gedanke.«

Der Jäger zeigte seine weißen Zähne. »Wir haben dir

die Freiheit gegeben, dich selbst zu lenken, Aidan, weil wir Kinder wollten, nicht Günstlinge. Treue wird geschätzt, und Achtung ehren wir sehr. Aber wir wollen keine Schwärmer und Eiferer. Darum haben wir die Menschen nicht geschaffen.« Er hielt inne und sprach dann ruhiger weiter. »Nun erzähle mir von dem Traum.«

Er wollte es nicht, genauso wenig wie er Niall den Traum erzählen wollte. Aber er hatte ja doch mit dem Mujhar gesprochen. Sicherlich konnte er sich auch überwinden, den Traum einem *Gott* zu offenbaren.

Er atmete zitternd ein. »Shaine«, sagte Aidan und erzählte ihm alles.

Als er geendet hatte, dachte er, der Jäger würde ihn für seine Geschichte verachten und sagen, er hätte zuviel Phantasie – oder es dem Sturz zuschreiben. Aber der Jäger tat nichts dergleichen.

»Es war nicht falsch«, sagte er ruhig. »Wer es so bezeichnet, ist ein Blinder, der keine Seele hat, die er zum Sehen nutzen könnte. Die Augen in deinem Kopf können dich narren. Jene in deiner Seele werden das nicht tun.«

»Aber Shaine ist schon beinahe hundert Jahre *tot!*«

Der Jäger nickte stirnrunzelnd.

Es ängstigte Aidan sehr. »Habt *Ihr* keine Erklärung?«

»Es gibt Prüfungen«, erwiderte der Jäger wie abwesend. »Ich bin nur ein Gott unter vielen. Ich kann dir nicht sagen, was andere für dich planen. Es gibt Prüfungen und Aufgaben … Kein *Tahlmorra* kann ohne Mühen erfüllt werden, sonst erfolgt kein Wachstum. Ohne Wachstum oder Entwicklung kann es keine Veränderungen geben. Ohne Veränderungen stirbt die Welt.«

»Entwicklung?« wiederholte Aidan.

Der Jäger lächelte heiter. »Ein Antrieb für Veränderungen. Für die *Verbesserung* einer Welt.«

Aidan, dem keine Antwort einfiel, sah den Gott nur an.

»So.« Der Jäger erhob sich. »Ich habe gesagt, was zu sagen ich gekommen bin. Jetzt bleibt nur noch dies.« Er griff in seine Gürteltasche. »Dies ist für dich, und nur für dich. Wenn du sowohl den Gebrauch als auch die Bedeutung erlernt hast, wirst du den Antworten auf alle deine laut in die Dunkelheit der Nacht gestellten Fragen näher sein.«

Etwas beschrieb einen Bogen durch die Luft. Aidan kroch schmerzerfüllt vorwärts und ergriff es. Und erkannte es bei der Berührung sofort. An der Art des Goldes, das zu einem fugenlosen, makellosen Glied geformt war – für das Handgelenk eines Mannes.

»Ihr wißt *tatsächlich* ...«, begann er, stellte aber im selben Augenblick fest, daß der Jäger bereits fort war.

An seinem Platz erhob sich ein in voller Blüte stehender, majestätischer Baum.

Kapitel Fünf

Aidan ritt durch den Stammeskeep geradewegs auf das blaue, mit einem schwarz gemalten Rotluchs geschmückte Zelt zu. Es war nicht sein eigenes. Er hatte keines. Es war das Zelt seines Vaters, obwohl Brennan selten hierherkam. Aidan nutzte es überwiegend, obwohl auch er den größten Teil seiner Zeit in Homana-Mujhar verbrachte.

Er zügelte den Braunen vor dem geschnürten Eingang. Und blickte stirnrunzelnd zu seinem *Lir* hoch, der vollkommen lässig auf der obersten Querstange des Zeltes saß.

Du wußtest es, beschuldigte er ihn über die Verbindung.

Teel schüttelte seine Federn.

»Du *wußtest es*«, sagte er jetzt laut, als gewänne die doppelte Beschuldigung mehr Gewicht als eine einfache.

Ich wußte nichts, erwiderte der Rabe.

Aidans Brauen schossen in die Höhe. Seine Stimme troff vor Sarkasmus. »So? Ist dies der erste Riß in deiner berühmten Selbstsicherheit? Du gibst zu, etwas nicht zu wissen?«

Teel dachte darüber nach. *Ich wußte, was er war*, gab er schließlich zu, *aber nicht, was er wollte.*

Das war ein Zugeständnis, dachte Aidan. So etwas gelang Teel nur selten. »Warum?« fragte er laut. »Warum ist er zu mir gekommen?«

Teel drehte sich auf der Zeltstange zweimal um und blickte dann auf seinen verärgerten *Lir* hinab. *Du bist zornig.*

»Ja«, fauchte Aidan. »Sollte ich nicht? Ich habe gerade einen Teil meines Lebens – ich weiß nicht einmal, wie viel! – damit verbracht, mit toten Männern und Göttern zu sprechen.«

Ah. Schwarze Augen glänzten. *Zorn ist gut.*

Aidan sah ihn an. »Warum?«

Weil er besser ist als Angst. Wenn du der Angst nachgibst, kann sie dich überwältigen.

»Im Augenblick überwältigt mich nur Enttäuschung«, erwiderte Aidan. Er sah den Raben finster stirnrunzelnd an. »Du hast meine Frage nicht beantwortet. Warum ist er zu mir gekommen? Dieser *Gott.*«

Teel schüttelte erneut seine Federn. *Ich bin ziemlich sicher, daß er es dir gesagt hat.*

»Ein wenig«, stimmte Aidan ihm zu. »Nicht genug, als daß es einen Sinn ergeben hätte. Statt dessen hat es mich nur verwirrt.«

Teel neigte den Kopf. *So sind Götter oft.*

Aidan atmete zur Beruhigung tief ein und hielt den Atem dann mit einem Zischlaut an, als der Schmerz an seinen gequetschten Rippen neu aufflammte. »Dann muß ich annehmen, daß du mir keine Antworten auf die Fragen gibst, die ich noch immer habe.«

Wir sind nicht hierher gesandt worden, um alle *eure Fragen zu beantworten,* sagte Teel barsch. *Nur einige.*

»Wobei ihr bestimmt, welche.«

Wir beantworten, was immer wir können, wenn es euch dient. Teel steckte den Schnabel kurz unter einen Flügel und blickte dann erneut auf Aidan herab. *Du wirst erfahren, was du wissen mußt, wenn die Zeit dafür gekommen ist.*

Aidan knirschte mit den Zähnen. »Ich mag keine Unklarheiten«, sagte er grimmig.

Die Stimme des Raben klang belustigt. *Aber darin bin ich am besten.*

Aidan gab auf, befreite seine Stiefel aus den Steigbügeln und ließ sich vorsichtig aus dem Sattel gleiten. Es war eine schmerzhafte Übung und eine, die ausgeführt zu haben er dann sehr bedauerte, als er – ohne daß es den Schmerz linderte – seine Rippen umklammerte. Er mußte sie wahrscheinlich verbunden bekommen, was bedeutete, daß er vorher seinen Sturz zuzugeben hatte. Sein Vater würde belustigt sein. Brennan fiel *niemals* von einem Pferd.

Oder wenn es ihm doch einmal passiert war, hatte sein Sohn jedenfalls niemals davon erfahren.

»Ich habe Hunger«, murmelte er laut. »Aber zu kauen, wird mir noch mehr Kopfschmerzen verursachen.«

Wir fühlen uns ein wenig unwohl, nicht wahr?

Aidan trat in die Verbindung ein. *Unwohl und ungeduldig. Ich bin hier, um mit dem Shar Tahl zu sprechen. Vielleicht weiß* er *Antworten auf meine Fragen, da du sie ja nicht weißt.*

Teel beäugte ihn schelmisch. *Oh, vielleicht weiß er sie … aber bist du ihrer würdig?*

Aidan schlang die Zügel um einen vor dem Zelt in die Erde gerammten Pfosten. *Sicherlich ist ein Krieger, der dich als Lir besitzt, aller Antworten würdig.*

Das brachte Teel zum Schweigen.

Das Zelt des *Shar Tahl* war größer als die meisten anderen, da er zusätzlichen Raum für die Lagerung der Geburtslinien des Stammes und verschiedenartiger Gegenstände für die Rituale benötigte. Es war üblich, nicht weiter als einen Schritt innerhalb des Zeltes eines *Shar Tahl* oder Stammesführers zu warten. Daher setzte sich Aidan in genau dieser Entfernung auf ein graublaues Eisbärenfell aus den Nördlichen Einöden an den geöffneten Eingang. Der *Shar Tahl* blieb noch aus, obwohl die Nachricht von der Ankunft des Enkels des Mujhar bereits im Keep verbreitet worden war.

Auch wenn Aidan an die gewaltigen Ausmaße und die überwältigende Wirkung Homana-Mujhars gewöhnt war, fühlte er sich hier eingeschüchtert. Hier wurde die Geschichte des Stammes bewahrt, fest in weiches Leder eingerollt und in massiven Kisten verborgen. Auch seine eigene Geschichte lagerte irgendwo in diesem Zelt, auf ein einziges Runenzeichen auf einem hell gebleichten Rehleder beschränkt. Eine Rune, mehr nicht, und doch fühlte er sich deshalb sehr klein. Klein wegen seiner Zweifel. Tat er das Richtige? Der Jäger hatte ihn nicht davor gewarnt, das goldene Verbindungsglied zu zeigen, sondern hatte nur gesagt, es sei *für* ihn. Er konnte sich nicht vorstellen, daß etwas, was mit den Göttern zu tun hatte, einem *Shar Tahl* verweigert werden sollte. Solche Männer dienten jenen Göttern mit unerschütterlicher Treue.

Er wartete, die Beine unter sich gekreuzt, und umklammerte das Kettenglied mit beiden Händen. Teel war nicht bei ihm, ließ seinen *Lir*, mit einiger Besorgnis, seinen eigenen Weg finden. Aidan war allein und fühlte sich ungeheuer einsam.

Er wird sagen, ich sei verrückt. Oder wenn er es nicht sagt, wird er es denken … Und bald wird es auch bei den Stämmen heißen, ich ahmte Gisella nach …

Aidan verbannte den Gedanken.

Ich sollte es anders sehen … Vielleicht weiß er die Antworten auf meine Fragen und teilt sie mir bereitwillig mit. Vielleicht weiß er, was dies ist und was ich damit tun sollte …

Aidan biß die Zähne zusammen. »Warum geschieht dies mir? Zuerst alle jene Träume, jetzt dieser Unsinn mit toten Mujhars und Göttern …« Er klammerte seine Finger um das Kettenglied. Die Angst war unvermeidlich da, ganz gleich was Teel sagte. »Was, wenn ich *tatsächlich* verrückt bin?«

»Aidan.«

Er erstarrte, verbeugte sich dann, erwies die erforderliche Ehre und schrak zusammen, als eine Hand seinen Scheitel berührte.

»Nein, Aidan … nicht von dir.« Die Hand wurde zurückgezogen. Der *Shar Tahl* betrat das Zelt jetzt ganz und trat um seinen Gast herum, ihm ins Gesicht zu sehen. Er war überraschend jung für seinen Rang. Sein Haar war noch immer schwarz und seine Haut straff. Er war vielleicht fünfunddreißig oder sechsunddreißig Jahre alt, dachte Aidan.

Aber die körperliche Erscheinung des *Shar Tahl* schien jetzt nicht wichtig. »Warum nicht?« fragte Aidan, der froh war, sich mit etwas anderem beschäftigen zu können. »Euch gebührt Ehre.«

»Und ich verachte sie auch nicht. Es stört mich nur, daß Zeit damit verschwendet wird, wenn es Sorgen anzusprechen gilt.« Der *Shar Tahl* setzte sich vor Aidan nieder. Es schien irgendwie unpassend, einen *Shar Tahl* in Lederkleidung zu sehen. Aidan war an Stoff- oder Wollkleidung gewöhnt. Aber dieser besondere Mann mit seinen Armbändern und dem Ohrring – sein gegenwärtiger *Lir* war ein Fuchs – unterschied sich von anderen. Aidan erkannte es sofort.

Es ist nicht nur das Alter ... Er trägt ein anderes Feuer in sich. Es brennt ein wenig heller ... Er runzelte die Stirn. *Ich habe bisher nur alte Shar Tahls gekannt ... Dieser ist nicht alt. Er wirkt eher wie ein Krieger. Vielleicht ist das der Unterschied.*

Die Stimme des *Shar Tahl* klang sanft. »Du kommst so selten – zumindest wurde mir das berichtet –, daß du jetzt einen recht wichtigen Grund für deinen Besuch haben mußt.«

Ein Schuldgefühl machte sich in Aidan breit. Er antwortete barscher als beabsichtigt. »Ja, den habe ich. Hier.« Er legte das Kettenglied auf das Fell zwischen ihnen und zog dann seine Hände zurück.

Der *Shar Tahl* betrachtete den Gegenstand nicht sofort. Er sah nur Aidan an, der die Jahre schwinden spürte, bis er wieder ein Junge war, der dieser Würde schuldbewußt, aber trotzig ins Gesicht blickte. Die gelben Augen blickten freundlich, aber auch sehr achtsam drein. »Du weißt nicht, wer ich bin.«

Aidans Gesichtsausdruck gab nichts preis. »Der *Shar Tahl* natürlich.«

»Ich meine, welcher.«

Aidan erwog die möglichen Antworten. Dieser *Shar Tahl,* der Aidan fremd war, wirkte genauso seltsam wie der braune Mann, der sich den Jäger und einen Gott genannt hatte. Aidan beschloß, mögliche Schwierigkeiten zu vermeiden, indem er das Offensichtliche feststellte. »Der *Shar Tahl* des Stammeskeep.«

Der andere lächelte. »Du gehst den leichten Weg. Das entspricht nicht deinem Ruf.«

Aidan lächelte zur Antwort ein wenig bitter. »Mein Ruf ist auf vielerlei Dinge begründet, so daß es viele Urteile über mich gibt. Welche kennt *Ihr?*«

»Diejenige, die ich oben im Norden, jenseits des Blauzahn, in meinem Heimatkeep hörte.« Der *Shar Tahl* kreuzte die Beine und verschränkte die dunklen Finger. »Mein Name ist Burr. Ich bin neu in diesen Stammeskeep gekommen – ich dachte, es wäre der Mühe wert, näher am Löwenthron zu leben.«

Etwas geriet in Aidans Bewußtsein. Etwas löste einen schwachen Alarm aus. »*Wieviel* näher?« fragte er. Und dann sehr ruhig: »So nahe, wie Teirnan es vielleicht gern hätte?«

Burrs Augen verengten sich kurzzeitig. Und dann lächelte er. »Teirnan ist, wie du weißt, von allen Stammeskonzilen verbannt worden. Er verzichtet auf alle Lehren der *Shar Tahls* und so auch auf meine. Und zweifellos auch auf alles andere, was ich ihm vielleicht sagen würde.«

Die Sicherheit ließ Aidans Stimme fester klingen. »Aber Ihr kennt meinen verbannten Verwandten.«

»Jedermann weiß von ihm.«

Aidan sprach sehr deutlich, damit kein Mißverständnis aufkommen konnte. »Ich sagte nicht, daß Ihr von ihm *wißt*. Ich sagte, daß Ihr ihn *kennt*.«

Aidan wurde nochmals ruhig eingeschätzt. Dann änderten sich Burrs Haltung und Tonfall, als wollte er Ausflüchte und die übliche Unaufrichtigkeit der *Shar Tahls* meiden. »Ich kenne ihn. Ich kannte ihn. Ich bin ihm einmal *begegnet*.« Die Stimme klang vorsichtig, durch Selbstsicherheit geschützt.

Seltsamerweise schmerzte das. »Aber Ihr habt es nicht für nötig erachtet, den Mujhar zu benachrichtigen.«

»Teirnan muß sich um mehr sorgen als nur darum, was der Mujhar sagen oder tun könnte.«

Aidan spürte leichte Verärgerung aufkommen. Einen flüchtigen Augenblick erschreckte es ihn – dieser Mann war ein *Shar Tahl,* dem Ehre und Achtung gebührte –, aber der Augenblick verging. Worüber sie sprachen – der Prinz und der Priester und Historiker –, konnte die Zukunft Homanas, wie auch die Prophezeiung beeinflussen.

»Was ist dieses ›mehr‹?« fragte Aidan. »Ihr wißt, was er getan hat.«

»Und er hat den Preis dafür bezahlt.« Burrs Blick blieb fest. »Teirnan hat seinen *Lir* verloren.«

»Seinen *Lir* verloren ...« Das bestürzte Aidan. Er spreizte eine Hand, machte die das *Tahlmorra* bezeichnende Geste. »Dann ist Teirnan tot, und wir brauchen uns wegen ihm nicht mehr zu sorgen.«

»Ich habe nicht gesagt, daß er tot ist.«

»Aber er *muß* tot sein – er hat seinen *Lir* verloren.«

Burr lächelte. »Das Todesritual ist eine freiwillige Angelegenheit. Es wird, meines Wissens nach, nur ausgeführt, wenn ein Krieger wirklich an solch bindende Stammesbräuche glaubt.«

Aidan nickte ungeduldig. »Natürlich. Es wird immer ausgeführt ...« Und dann verstand er. »Ihr wollt damit sagen, daß Teirnan auch *dem* entsagt hat?« Es war unmöglich zu glauben. »Aber das bedeutet, daß er wahnsinnig ist. *Kein* Cheysulikrieger wird das verteidigen. Er muß sterben. Der Verlust der Gewalt über sich und der des Gleichgewichts werden ihn dazu treiben. Es gibt keine andere Wahl.«

Burr antwortete nicht. Aidan, der vor sich hinblickte, hörte in seinem Kopf den Widerhall seiner eigenen Worte.

Bin ich auch wahnsinnig? fragte er sich mit neuerlicher

Einsicht. *Schlage ich Teirnans Kurs ein, muß ich mich selbst verschwenden? Ist das der Grund, warum Shaine – oder was immer er war – mir sagte, daß ich nicht regieren werde?*

Es überwältigte ihn beinahe. *Lir*gebunden oder nicht – mußte er sein Leben aufgeben, um das Blut von Makeln reinzuhalten?

Er wiederholte benommen: »Es gibt keine andere Wahl.«

Der *Shar Tahl* sprach ruhig. »Er hat gewählt, Aidan. Jeder Krieger *wählt*. Er stirbt, wenn er sterben will. Aber das ist nicht Teirnans Weg.«

Teirnan, nicht Aidan. Er schob die Gedanken von sich weg und dachte an seinen Verwandten.

Mehr als nur seine gequetschten Rippen schmerzten ihn. Auch der Familienstolz und die Gewißheit eines Verrats, die er niemals zuvor erfahren hatte. Er hatte alles über Teirnans Lossagung vom Stamm, seine Ablehnung der Prophezeiung und den Verrat an seinem Erbe erzählt bekommen, aber Aidan hatte dies ausgesprochen nüchtern aufgenommen. Er war zu jung gewesen, um Teirnan zu kennen und die Streitpunkte zu verstehen.

Aber jetzt war er nicht mehr zu jung. Jetzt begann er zu verstehen, warum seine ganze Verwandtschaft Teirnan haßte.

Die Vermutungen verdrängten letztlich die Angst. »Er will den Löwenthron«, sagte Aidan tonlos. »Er hat ihn immer schon gewollt.«

»Ja, nun, Menschen wollen vieles …« Burr wechselte gekonnt das Thema. »Was willst *du?*«

Aidan war sich nicht mehr sicher, daß er die Unterhaltung mit Burr fortsetzen wollte. Der Mann war ihm fremd. Er war anders als jeder andere *Shar Tahl,* den Aidan jemals gekannt hatte. Daß er anders dachte, war offensichtlich. Und was er mit solchen Gedanken anrichten konnte …

Plötzlich lachte Aidan. *Wird das nicht auch von mir behauptet?*

Burrs Lächeln schwand. Die Aidans so ähnlichen Augen wirkten starr und gefährlich wild. Die Stimme klang sehr ruhig, der Tonfall schneidend. »Wenn du meine Eingebundenheit in mein Volk in Frage stellst, dann laß mich dich beruhigen. Mein Glaube an die Götter ist unerschüttert. Das ist schon so, seit ich noch ganz jung war – ich erkannte genau so sicher, wie ich meinen *Lir* kannte, was ich sein sollte. Es war mein *Tahlmorra:* Ich konnte nichts anderes sein. Kein Mann, keine Frau, kein Krieger – verbannt oder nicht – könnte mich jemals davon abbringen, genauso wenig, wie Teirnan oder sonst jemand dich vom Löwenthron abbringen könnte. Ich bin ein Cheysuli-*Shar Tahl,* der sich seines Dienstes vollkommen bewußt ist.« Die Eindringlichkeit schwand jäh, als wäre sie nicht mehr erforderlich. Das ruhige Lächeln kehrte zurück. »Womit kann ich dir dienen?«

Etwas in Aidan regte sich. Sein Mißtrauen gegen Burr schwand und wurde von einer seltsamen Erkenntnis ersetzt. *Dieser Mann ist mir sehr ähnlich ...* Er erwiderte Burrs Lächeln zögernd. »Ich habe viele Fragen.« Er deutete auf das Kettenglied. »Was soll ich damit tun?«

Jetzt betrachtete Burr das Glied zum ersten Mal. Aidan wußte, wie es aussah, wie es sich *anfühlte.* Er hatte es auf dem ganzen Weg zum Stammeskeep in der Hand gehalten, konnte es nicht einstecken. Es war nichts und alles, ganz in Gold und Runen eingebunden, und er wagte nicht, es loszulassen.

Für Burr hatte er es losgelassen. Es wartete auf dem Fell, dumpf schimmernd im trüben Licht.

Plötzlich wurde der Mann zum *Shar Tahl.* Aidan war durch die jähe Verwandlung bestürzt. Nur seine eigene Sicht der Dinge, dachte er, hatte sich irgendwie verändert. Dieser Burr war nicht anders als der Burr von kurz zuvor, weder in der Erscheinung noch im Verhalten. Und doch spürte Aidan die Veränderung, das langsame Begreifen, das den Mann mit unheimlicher Verzückung durchflutete.

Burr löste seine Hände voneinander und streckte sie aus, als wollte er das Kettenglied aufheben. Aber er tat es nicht. Seine Fingerspitzen zitterten einen Augenblick. Dann wurden sie wieder ruhig. Er berührte das Kettenglied nicht. Er sah Aidan prüfend an. Dann wandte er den Blick jäh ab.

Aidan runzelte die Stirn. »Was ist?«

Burr stand schnell auf und trat unmittelbar zum geöffneten Zelteingang. Die Geste war eindeutig: Aidan sollte gehen. »Ich kann dir nicht helfen«, sagte er. »Du mußt deinen eigenen Weg finden.«

Eine eindeutige Entlassung, sowohl vom Tonfall, als auch von der Körperhaltung her. Ein Teil von Aidan handelte unwillkürlich – ein Cheysulikrieger wurde sorgfältig gelehrt, einen *Shar Tahl* zu achten –, bis er sich seines anderen Selbst erinnerte. Das Selbst, das für den Löwenthron bestimmt war.

»Nein«, sagte er ruhig und blieb auf dem Fell knien. »Ich bin mit Fragen zu Euch gekommen. Ihr habt mir Antworten versprochen.« Er wandte langsam den Kopf und schaute über eine Schulter zum *Shar Tahl*. »Könnt Ihr sie mir verweigern?«

Burr zögerte nicht. »Du fragst zuviel.«

Aidan sprach wohlerwogen. »Als Krieger? Oder als Prinz?«

Burr atmete tief ein und dann hörbar wieder aus. Sein Gesicht nahm einen eigentümlichen Ausdruck an. »Wir haben von Wahlmöglichkeiten gesprochen, Mylord. Wir haben vom *Tahlmorra* eines Kriegers gesprochen. Kein Cheysuli ist wirklich *gezwungen*, sein *Tahlmorra* anzunehmen – er hat einen freien Willen –, aber wenn er seinem Volk, der Prophezeiung und seinem Glauben an die Nachwelt wirklich treu ergeben ist, wird er es niemals verweigern. So werden wir es gelehrt. Daran glaube ich.« Er hatte seine Worte wohl gewählt. Aidan verstand. »Ich bin zu einer eigenen Übereinkunft mit den Göttern gelangt, als ich noch sehr jung war. Jetzt mußt du zu deiner finden.«

»Ich kenne mein *Tahlmorra*«, erklärte Aidan. »Darum bin ich zu Euch gekommen.«

Burr sah das Kettenglied nicht an. »Ich habe keine Antwort für dich.«

Zorn flammte kurz auf. Er war nach Hilfe suchend hergekommen, wie sein Großvater es ihm geraten hatte, und erhielt nur dies. Noch mehr Unklarheit. Er war schon voll davon.

»Sagt es mir«, bat er ruhig. »Ihr seht darin etwas. Ihr wißt, was es ist. Warum wollt Ihr es mir nicht sagen?«

»Ich bin nicht dazu bestimmt, es dir zu sagen.«

Seine Beherrschung schwand. *»Götter«*, keuchte Aidan, »wird jemals jemand offen mit mir sprechen? Mein *Lir* verbirgt alles und Ihr jetzt ebenfalls. Sagt es mir, *Shar Tahl:* Werde ich leben oder sterben?«

»Das werden die Götter entscheiden.«

Aidans Lachen war nur ein scharfer, bellender Laut. »Der Jäger hat mir etwas anderes gesagt. *Er* hat von Wahlmöglichkeiten gesprochen, genau wie Ihr.«

Burrs Augen glitzerten. »Ich weiß nicht alles.«

»Ich auch nicht«, stieß Aidan zähneknirschend hervor. »Ich weiß *überhaupt* nichts – glaubt Ihr, das sei angenehm?« Er saß starr auf dem Fell. »Ich bin um Hilfe suchend zu Euch gekommen, weil Großvater es mir geraten hat. Weil ich glaube, daß ich wahnsinnig werde.«

Nun war es ausgesprochen. Die Stille klang sehr laut.

Burr schluckte schwer. Einen kurzen Augenblick zeichnete sich ein innerer Kampf auf seinem Gesicht ab, ein Kampf, der das große Verlangen Aidans nach Wissen noch unterstrich. Dann zog der *Shar Tahl* den Zelteingang beiseite.

Aidan fühlte sich vollkommen leer. Er war wieder sechs Jahre alt und dem Verrat der Erwachsenen sowie der Unfähigkeit aller ausgesetzt – auch derer, die dazu in der Lage sein sollten –, die Qual zu verstehen, die ihn so verzweifelt umtrieb. »Nichts«, murmelte er dumpf. »Ihr gebt mir gar nichts.«

Burr biß die Zähne zusammen. »Ich würde es tun, wenn ich könnte. Aber wenn dein *Lir* es nicht tut, wer bin ich dann, daß ich es tun wollte?« Er schaute zu dem Kettenglied, das im Licht dumpf schimmerte. »Ich weiß nur einen Teil von allem.«

Aidan nahm das Kettenglied auf, erhob sich und wandte sich dann zu dem *Shar Tahl* um. »Was habt Ihr *tatsächlich* für mich?«

Die gelben Augen blickten freundlich drein. »Mylord, mein Mitgefühl.«

Kapitel Sechs

Es war dunkel und lange nach Sonnenuntergang, als Aidan in Mujhara einritt. Er wäre fast noch eine weitere Nacht im Stammeskeep geblieben, hatte aber dann entschieden, daß drei Nächte ausreichten. Es war an der Zeit, daß er sein neuerworbenes Wissen über Verbindungen, Mujhars und sich selbst ausprobierte.

Er ritt durch die wuchtigen Tore in Homana-Mujhar ein, erwiderte nur flüchtig die Begrüßungen – er war zu müde, um mehr zustande zu bringen – und übergab sein Pferd dem Pferdeknecht, der herbeigelaufen war. Aidan gab kurze Anweisungen und betrat den Palast dann durch die Küchen, in dem Bemühen, seine Verwandten zu meiden, die ihm zweifellos unbequeme Fragen gestellt hätten. Er war noch nicht in der Verfassung dafür. Eines nach dem anderen.

Die Nachricht seiner Rückkehr würde den Mujhar und seine Eltern nicht mehr erreichen, wenn sie bereits zu Bett gegangen waren. Aidan blieb bis weit nach der Schlafenszeit in den Küchen, wo er die durch seine Gegenwart verunsicherten Diener um Fleisch, Bier und Brot bat. Dann sandte er Teel auf seinen Platz in die Privaträume und ging selbst zur Großen Halle.

Seine Stiefelschritte hallten wider, während er die Halle zur Feuergrube entlangging. Er nahm, wie stets, keine Lampe oder Kerze mit. Dies sollte besser im Dunkeln geschehen, nur im Licht der wenigen im Sommer aufgehäuften Kohlen.

Er ging leise weiter und blieb schließlich stehen. Aidan lachte in der Dunkelheit: Es war bittere Ironie. Das Gespräch mit dem Jäger hatte nichts zum Besseren gewendet. Jetzt entsprach der Traum auch dann der Wirklichkeit, wenn er nicht schlief.

Er stellte sich, wie schon so oft, vor den Löwenthron. Die Kette lag auf dessen Sitz.

Aidan verschränkte die Hände im Rücken. »Kein *Lir*«, erklärte er. »Ist das der Unterschied? Du willst, daß ich allein komme?«

Niemand antwortete ihm.

Der Trotz schwand. Aidan seufzte und fuhr sich mit einer Handfläche so fest über die Stirn, daß sich die Haut spannte. Er schwankte vor Erschöpfung, sowohl körperlicher als auch geistiger. Er hatte in den drei Nächten im Stammeskeep nicht gut geschlafen. »... müde«, sagte er laut. »Wirst du mich niemals ruhen lassen?«

Gold schimmerte im trüben Licht.

Geh, sagte er zu sich. *Geh einfach zu Bett – kehre diesem Wahnsinn den Rücken. Denk an etwas anderes. Träume von etwas anderem. Stell dir vor, mit einer Frau zusammenzusein ...*

Aber die Kette bannte seinen Blick, vertrieb alle Gedanken außer dem Verlangen, sie zu berühren. Sie in seinen Händen zu halten.

Ich glaube, ich beginne dich zu hassen ...

Aber nichts konnte ihn von ihr ablenken.

Aidan stieg müde die Stufen zum Podest hinauf. Er hielt vor dem Löwenthron kurz inne, rieb sich wie abwesend die brennenden Augen und kniete dann nieder. Die Bewegung erfolgte unbeholfen, denn seine Rippen schmerzten. Er legte beide Hände auf die gebogenen, geschnitzten Armlehnen und ergriff die Pranken des Löwen. Der Thron war für ihn ein toter Gegenstand. Ein Ding aus Holz, mehr nicht. Er spürte nichts von seiner Macht oder der Atmosphäre seines Alters.

Die brennenden Augen richteten sich auf die auf dem dunklen Samt zusammengerollt daliegende Kette. »Also«, sagte er unsicher, »ich werde meine Hände ausstrecken, um sie zu berühren, und das Gold wird zu Staub zerfallen.«

Aidan streckte eine Hand aus. Die Fingerspitzen berührten das Gold. Er wartete darauf, daß es zerfiele, aber es blieb heil.

»Etwas ist anders«, keuchte er.

Nichts antwortete ihm. Die Stille war hörbar.

Er wartete. Er wußte, was geschehen mußte. Es geschah unfehlbar. Es war *stets* geschehen.

Er klammerte sich mit einer Hand an den Löwenthron. »Dieses Mal ist etwas *anders.*«

Die zischend ausgesprochenen Worte erfüllten die Halle. Er hörte sich atmen, das ungleichmäßige Geräusch der Luft, durch eine von der Gefühlsaufwallung fast vollkommen zugeschnürten Kehle eingesaugt. Er konnte die Empfindungen nicht alle benennen, nur zwei: langsam zunehmende Verzweiflung und aufkeimende Heiterkeit.

Das waren sich widersprechende Gefühle, dachte er, noch während er sie empfand. Wie konnte ein Mensch gleichzeitig Heiterkeit und Verzweiflung empfinden? Aus demselben Grund?

Er ließ seine Finger wandern. Jetzt berührte die Handfläche die Kette.

Kühles, mit Runen versehenes Metall. Nicht anders als jenes an seinen Armen. Solides, stoffliches Gold.

»Ich erkenne dich«, forderte er die Kette heraus. »Du lockst mich, du verführst mich, du versprichst mir die Treue – und in dem Augenblick, in dem ich dich aufhebe, wird nichts als Staub übrig sein.«

Nichts antwortete ihm.

Der Schweiß stach auf seiner Haut. Er hatte Schmerzen, empfand aber keine Qual, nur eine vorübergehende Anspannung. Und ein zunehmend, besessenes Verlangen.

Aidan wagte es, die Finger zu schließen. Die Kette blieb fest.

Er lachte weich in die Dunkelheit. »Solch eine süße, geschickte Verführung ..., aber wenn ich dich aufhebe ...« Er ließ den Worten die Tat folgen.

Die Kettenglieder klimperten leicht, klangen aneinander.

Aidan kniete sich vor den Löwenthron. Er hielt sich mit einer Hand fest. Mit der anderen Hand hielt er die Kette hoch. Sie baumelte im Dämmerlicht herab. Seine starren, zitternden Finger umklammerten ein vollkommen gestaltetes Glied.

Jubel erfaßte ihn, gleichzeitig begriff er. Aidan beobachtete und wartete. Die Haare auf seinen Armen hatten sich aufgerichtet. In seinem Nacken kribbelte es. Er atmete vorsichtig ein, achtete darauf, kein Geräusch zu verursachen. »Was jetzt?« flüsterte er.

Das Kettenglied teilte sich als Antwort. Die Hälfte der Kette fiel auf den karmesinroten Samt herab.

O Götter … o nein … nicht schon WIEDER …

Er schrie unbeherrscht auf: ein verzweifelter, nutzloser Protest. Schweiß rann ihm die Schläfen hinab und seine Kinnlinie entlang. »Also«, krächzte er heiser, »willst du mich noch *weiter* quälen …«

Eine Störung. Er hörte das Schaben von Silber auf Marmor und dann Stiefelschritte. Erniedrigung überschwemmte ihn. Wenn sein Vater ihn so vorfand oder sogar der Mujhar …

Aidan biß die Zähne zusammen und wandte sich um, noch immer auf Knien, noch immer die verbliebenen Kettenglieder an seine bloße Brust pressend. Soviel hatte er bekommen, hatte er *errungen …* Wenn er sie seinem Vater zeigte … wenn er sie dem Mujhar vorwies oder irgend jemandem, der danach fragte …

Plötzlich stockte ihm der Atem. Der Mann war ihm unbekannt.

Und doch seltsamerweise auch vertraut. Er kannte dieses Gesicht. Er hatte dieses Gesicht schon einmal *gesehen*. Dasselbe lohfarbene Haar, jetzt von Silberfäden durchzogen. Dieselben blauen Augen, aber ohne Augenklappe. Beide Augen waren gesund. Sogar dieselbe bemerkenswerte Gestalt, obwohl dieser Mann ein wenig größer war als der Mujhar, dachte Aidan. Seine Schultern waren erschreckend breit. Das war es – und sein Gesichtsausdruck.

Nein, schrie Aidan lautlos. Und dann fast lachend: *Ja. Zuerst Shaine und jetzt – dies. Jetzt ER ...*

Er starrte den Mann gebannt an. Beobachtete die Verwandlung der Gesichtszüge. Zuerst die ruhige Anerkennung seiner Anwesenheit an einem unerwarteten Ort. Dann die Erkenntnis dessen, was dieser Ort und seine Anwesenheit bedeuteten. Schließlich die stille Freude, das allmähliche Wiedererkennen eines Mannes, der nach zu vielen Jahren – und Toden – in seine Heimat zurückgekehrt war.

Es war kein altes Gesicht, nicht so alt wie das des Mujhar, obwohl es ähnlich gezeichnet schien. Aber es war ein seltsamer Zug des Alters zu erkennen, die unheimliche Aura eines Wissens, das weitaus umfangreicher sein mußte als Aidans, der so gut in seinem Erbe unterwiesen worden war. Dieser Mann war kein Cheysuli, aber ihm war die Große Halle ohne Zweifel bekannt. Er kannte auch den Löwenthron.

Anders als Shaine in seiner Samtkleidung, trug er die einfache Kleidung eines Soldaten: einen Kettenpanzer über Leder. Der Kettenpanzer war blutbefleckt, das Leder vom vielen Gebrauch abgetragen. An seiner Hand schimmerte der Ring, den Aidans Großvater trug.

Kettenpanzer statt Samtkleidung.

Aidan sah den Mann verwirrt an, erinnerte sich an Shaine, dessen Anmaßung beherrschend gewesen war. Dieser Mann schien genauso stolz, aber weniger auf sich selbst als auf Dinge, die in einem Reich geschahen, das einst ihm gehört hatte.

Aidans Lippen wurden trocken. *Eine andere Art Mujhar ...*

Er schritt die Halle hinab. Dann blieb er vor dem Podest, vor dem Thron, vor dem Prinzen stehen, der noch immer in starrem Schweigen kniete, die blasse erinnische Haut fast bis zum Zerreißen über unmißverständlich cheysulihaft gestalteten Knochen angespannt.

»So *lange*«, flüsterte der Mann. »Ich dachte, ich würde ihn niemals wiedersehen.«

Aidan murmelte dumpf: »Dies ist Homana-Mujhar.«

Der andere lächelte strahlend. »Ich weiß, wo ich bin. Ich weiß, wer du bist. Weißt du auch, wer *ich* bin?«

Aidan benetzte seine trockenen Lippen. »Ich kann es mir denken.«

Der Fremde lachte laut und auf unheimliche Art frohlockend. »Laß mich dir die Mühe ersparen: Mein Name ist Carillon. Dieser Thron hat einst mir gehört.« Er hielt geschickt inne. »Und kniest du vor mir oder vor deinem eigenen *Tahlmorra?*«

Aidan rührte sich nicht. »Carillon war Homaner. Er wußte nichts von *Tahlmorras*.«

Lohfarbene Augenbrauen wölbten sich. »Nichts? Überhaupt nichts? Obwohl es *mein* Werk war, den Löwenthron von Homana wieder in Cheysulihände gelangen zu lassen?« Die blauen Augen sahen Aidan abschätzend an. »Ah, Aidan, haben sie ihre Geschichte vernachlässigt? Oder bist du nur eigensinnig?«

»Homaner haben keine *Tahlmorras*.«

»Oh, das glaube ich doch. Ich glaube, ihnen fehlt einfach die Vorstellungskraft, sie annehmen zu können.« Carillons Stimme klang freundlich und voller ruhigen Mitgefühls. »Es schmerzt, auf Marmor zu knien. An deiner Stelle würde ich es nicht tun.«

Aidan streckte eine suchende Hand aus, hielt sich am Löwenthron fest und zog sich vom Podest hoch. Er sah seinen Verwandten an. Sein Ururgroßvater, der nichts Cheysulihaftes aufwies.

Ich bin so müde … so verwirrt …

Er seufzte heftig, versuchte Achtung für einen Mann aufzubringen, der schon so viele Jahre lang tot war, obwohl der vernünftige Teil seines Selbst ihm einreden wollte, daß er vielleicht so müde und angeschlagen war, daß er die ganze Angelegenheit nur träumte. »Ihr seid vermutlich mit einer Botschaft hierhergekommen, genau wie Shaine. Ihr seid gewiß hier, um über diese Kette zu sprechen, genau wie Shaine.« Er hielt die Kette hoch. Sie baumelte von seinen Fingern herab. »Der Rest davon liegt auf dem Thron … Mir gebührt nur die Hälfte.« Er verzog das Gesicht und verdrängte seine Qual. »Aber immerhin schon mehr als zuvor.«

Carillon schwieg.

Aidan blickte zu seinem Verwandten hinab, er wirkte nur aufgrund des Podests größer als Carillon. Er war nicht so groß wie sein Vater oder der Mujhar, und sicherlich nicht so groß wie der Mann – oder Geist –, dem er jetzt gegenüberstand. »Shaine hat Unsinn geredet. Seid Ihr aus dem gleichen Grund gekommen?«

Jetzt lächelte Carillon. »Ich bin nicht gekommen: Ich wurde hierher *geführt*. Durch dich, ob du dir dessen bewußt bist oder nicht. Da ist ein bestimmtes Verlangen …« Aber er beendete den Satz nicht. »Was Shaine betrifft, so hat er häufig Unsinn geredet. Mein Onkel – mein *Su'fali*, wie du vielleicht sagen würdest – war ein Mensch, den man nur schwer kennenlernen und noch schwerer mögen konnte. Achten, ehren, sogar bewundern, ja …«

»Bewundern!« rief Aidan erstaunt aus. »Der *Ku'reshtin* hat das *Qu'mahlin* begonnen! Er hat fast mein Volk ausgelöscht!«

Ein Teil des Feuers in den alterslosen Augen erstarb. »Ja, das hat er getan. Aber ich sprach von dem Menschen, der er war, bevor er wahnsinnig wurde. Von dem Mann, der Mujhar war, der *Homana* war, bevor er zu dem Narren wurde, der eine Verfolgungsjagd begann.« Carillon seufzte. Sein Kettenpanzer schimmerte in dem trüben Licht schwach. »Er war ein Mann, der viel Liebe geben und noch mehr Haß empfinden konnte. Ich will keines von beidem entschuldigen. Ich habe ihn nicht verstanden. Ich habe ihm nur als Erbe gedient. Und wie du weißt, war selbst das niemals vorgesehen. Ich wurde nicht zum Mujhar erzogen.«

»Nein«, stimmte Aidan ihm zu und gab damit den

letzten Rest seines Unglaubens auf. Es schien, daß er dafür bestimmt war, mit allen Arten von Menschen und Göttern zu sprechen.

»Ich wurde zum Soldat erzogen, um den Titel meines Vaters zu erben. Niemals den meines Onkels – dieser Platz wurde *mir* erst zugewiesen, als Lindir mit Hale davonlief und Shaine keine weiteren Erben bekam.« Carillon betrachtete seine erhobene Hand: Der blutrote Rubin schimmerte. »Also wurde ich zum Erben von Homana gemacht … zum Erben des Zerrbilds …« Er brach jäh ab und lächelte reuevoll. »Aber das weißt du alles … Ich langweile dich mit alten Geschichten.« Jetzt verzerrte sich sein Lächeln. »Finn würde sagen, daß es meine Angewohnheit ist, mich über die Geschichte auszulassen.«

»Finn«, wiederholte Aidan. »Könnte er herkommen? Könnte ich auch ihn herbeirufen, wenn das, was Ihr sagt, wahr ist?« Er hielt inne. »Finn – und *Hale?*«

Nach einem Augenblick des Schweigens schüttelte Carillon den Kopf. »Sie waren niemals Mujhars.«

»Mujhars«, murmelte Aidan. Er betrachtete die Kette in seiner Hand. Die Erkenntnis kam schnell. »Mujhars – und Verbindungsglieder. Geht es darum? Ist das der Grund für meine Träume?« Er streckte Carillon den Kettenteil entgegen. Seine Stimme zitterte genauso sehr wie seine Hand. »Ist es *das,* Mylord? Jedes dieser Kettenglieder …«

»… entspricht einem Menschen.« Carillons Stimme klang unbewegt. »Ein ins Spiel der Götter eingebundener Mensch. Aber das solltest du wissen, Aidan. Du solltest es sehr genau wissen.«

Ich weiß überhaupt nichts … Aidan wickelte die Kette um seine Finger, berührte jedes einzelne Glied. »Ihr. Donal. Niall. Und hier: mein *Jehan.*« Die Kette endete jäh.

Ein Verdacht keimte schmerzlich auf. Und Angst.

Aidan schluckte mit bleichem Gesicht. Betrachtete den Löwenthron. Griff hinab und hob die zwei Hälften des zerbrochenen Gliedes auf. Sie klangen in seiner Hand.

»Und Aidan?« fragte er leise und sah wieder Carillon an.

Sein Verwandter wendete den Blick nicht ab. »Du weißt, was du weißt. Jetzt mußt du dich um anderes kümmern: um Anerkennung und Annahme. Nur zu wissen, reicht nicht aus.«

Bitterkeit stieg in ihm auf, ergriff ihn. »Ich bin sehr gut ausgebildet worden. Glaubt Ihr wirklich, ich würde weder anerkennen noch annehmen? Glaubt Ihr, ich *könnte* es nicht?«

Jetzt blickte Carillon freudlos drein. »Wir alle, die wir zu deiner Blutlinie gehören, haben Dinge getan, die wir nicht tun wollten, und sind geworden, was wir nicht werden wollten. Wir alle haben unseren Weg gewählt, waren uns stets der Wahlmöglichkeiten bewußt ..., aber nichts davon ist leicht gewesen. Die Götter haben uns einen freien Willen gegeben. Ungeachtet der Ausbildung, die Verweigerung stellt immer eine Möglichkeit dar. Die Götter töten uns nicht, bevor unsere Zeit gekommen ist.«

Die Antwort erfolgte sofort. »Wenn wir unsere *Tahlmorras* ablehnen, ist uns die Nachwelt verwehrt.«

Carillons Stimme klang fest. »Das ist auch eine Möglichkeit der Wahl. Teirnan hat sie getroffen. Wirst du sie auch treffen?«

Aidan begegnete dem Blick eines toten Mujhar und war nur milde überrascht, daß das möglich war. Solche Wunder erwartete er inzwischen. Sie hatten ihm – jedes einzelne davon – den Glauben eingeflößt. »Ich muß werden, der ich bin.«

Carillon lächelte zögernd. »Dann werden die Götter zufrieden sein.«

Das Gold in Aidans Hand schmolz. Schließlich öffnete er die Finger. Die Kette floß aus seinen Händen ins Nichts.

Er schaute auf, um Carillon nach dem Warum zu fragen. Und stellte fest, daß er allein war.

Kapitel Sieben

Aileen setzte ihren Becher plötzlich ab. Apfelwein spritzte über den Rand. »Nicht so bald!« schrie sie und erstaunte damit alle. »Ich werde es dir nicht erlauben!«

Das brachte den Raum endgültig zum Schweigen. Diener mit Tabletts voller Essen und Apfelweinkrügen blieben jäh stehen, blickten ihre verärgerte Prinzessin an und warfen einander dann verstohlene Blicke zu, um abzuklären, was sie tun sollten oder nicht.

Der Ausbruch war während des Mittagsmahls erfolgt. Bis dahin war es eine vollkommen gewöhnliche, ganz und gar ereignislose Zusammenkunft gewesen. Der Mujhar und seine Familie – die die Abwesenheit Aidans hinnahm – hatte die Mahlzeit erst halb beendet.

Jetzt schien es, als würde ein Mitglied der Runde sie nicht ganz beenden. Oder vielleicht auch *zwei*. Sie hatte Brennan angeschrien.

Der Prinz von Homana, der wie erstarrt in der Bewegung, seinen Becher zum Mund zu führen, innegehalten hatte, blickte Aileen ebenfalls an. Er war genauso erstaunt wie die Diener, die den Raum, auf ein kaum wahrnehmbares Zeichen Deirdres hin, lautlos verließen. Essen und Getränke konnten warten, bis sich der Sturm gelegt hatte.

Brennan, endlich wieder zu einer Bewegung fähig, stellte seinen Becher ruhig ab. Er vergoß keinen Tropfen. »Ich habe nur gedacht …«

»Ich *weiß*, was du gedacht hast!« Aileens grüne Augen loderten. »Glaubst du, ich werde hier vollkommen ruhig sitzen und solchem Geschwätz zuhören?«

Brennans Gesicht zeigte jetzt einen angespannten Ausdruck. »Welches ›Geschwätz‹ meinst du? Ich habe über die Zukunft unseres Sohnes gesprochen.«

»Du hast über seine *Heirat* gesprochen, du *Skilfin!*« Aileen legte die Hände flach auf den Tisch und stützte sich auf. »Ich werde es nicht so bald zulassen. Der Junge braucht noch ein wenig Zeit.«

»Der »Junge«, wie du ihn nennst, ist dreiundzwanzig Jahre alt.« Brennan blickte sehr bewußt nicht in Ians Richtung.

»Dreiundzwanzig Jahre *jung*«, fauchte Aileen. »Das Haus Homana ist langlebig – er kann noch früh genug heiraten. Laß ihm noch Zeit für sich selbst.«

Brennan warf einen scharfen Blick in die Runde. Er sah drei unparteiisch wirkende Gesichter, was ihm nicht sonderlich gefiel. Er hatte von ihnen Unterstützung erwartet – außer von Ian. Aber sie boten sie ihm ohne Zweifel nicht. *»Jehan«*, bat er drängend.

Niall hob abwehrend beide Hände. »Ich habe vier meiner fünf Kinder verheiratet. Dies ist deine Aufgabe.«

Brennan seufzte. Er sah erneut Aileen an. »Wir können ein anderes Mal darüber sprechen ...«

»Du hast das Thema aufgebracht«, klagte sie ihn an. »O Brennan, erkennst du nicht, was du tust? Kannst du nicht sehen, was geschehen könnte? Willst du, daß es ihm ebenso geschieht wie uns?«

Brennan verlor die Geduld. »Bei allen Göttern, ich liebe dich! Und ich habe niemals ein Geheimnis daraus gemacht!«

Dieses Eingeständnis war eigentlich nicht das, was irgend jemand von ihnen erwartet hätte, am wenigsten Aileen. Sie hatte etwas anderes erwartet.

Sie betrachtete bleich die taktvoll abgewandten Gesichter des Mujhar, seiner *Meijha*, seines *Rujholli*. Nur Brennan sah sie an, nein, *starrte* sie mit ärgerlichem, herausforderndem Gesichtsausdruck an. Er strafte die Worte Lügen, die er herausgeschrien hatte.

»Nicht jetzt«, sagte sie schwach und wandte sich zur Tür. »Nicht jetzt, nicht *hier* …«

Brennan umrundete den Tisch, trat ebenfalls zur Tür und riß sie auf. »Jetzt«, sagte er grimmig. »Aber ich stimme mit dem ›nicht hier‹ mit dir überein. Wollen wir uns in unsere eigenen Räume zurückziehen und es dort allein besprechen?«

Sie errötete stark. Ihre Gedanken waren deutlich lesbar.

Brennan ergriff ihren Arm und führte sie aus dem Raum, während er leise weitersprach. »Das habe ich nicht gewollt. Ich *wollte* darüber sprechen, nicht weniger, nicht mehr. Du weißt sehr genau, daß ich dich vor Verwandten und Dienern niemals auf diese Weise beschämen würde – das ist nicht meine Art …«

Aileen war nicht beschwichtigt. »Du bist ein Narr!« fauchte sie und nahm ihre Röcke hoch, während er sie die Treppe hinaufdrängte. »Du siehst nur, was immer du sehen *willst,* und bist den Empfindungen der Menschen gegenüber blind.«

»Ich bin nichts und niemandem gegenüber blind«, erwiderte er und lief die Treppe schnell hinauf, um mit seiner verärgerten Frau Schritt zu halten. »Ich bin nur vorsichtig.«

»Du bist ein *Skilfin,* wie immer. Du hast jeglichen Verstand – *und* jegliches Feingefühl – verloren, das du vielleicht einmal besessen hast.«

»So? Ich habe niemals geglaubt, daß über die Zukunft seines Reiches nachzudenken …«

»Es ist *noch nicht* dein Reich – hier, wird das gehen?« Aileen stieß eine Tür auf und sah zu, wie sie gegen die Wand prallte. »Sind wir hier allein genug?«

Brennan trat durch die Tür. »Es war ein Gespräch, kein königlicher Erlaß. Ich habe nur geraten, daß es an der Zeit sei, über Aidans Zukunft nachzudenken.«

»Aidans Zukunft ist Aidans *Zukunft*. Belasse es dabei, Brennan.« Aileen fuhr zur Tür herum. »Gib dem Jungen …« Sie hielt inne. »Oh«, sagte sie schwach. »Hast du alles gehört?«

Brennan wandte sich jäh um. Ihr Sohn stand im Eingang.

»Genug«, sagte Aidan ruhig. Er hatte die Hände hinter dem Rücken gefaltet.

Brennan runzelte die Stirn. »Wann bist du nach Hause gekommen?«

»Spät in der letzten Nacht.« Aidan lächelte unwirsch. »Ich hatte etwas zu erledigen ... etwas zu lösen.«

»Und wurde es gelöst?« fragte Aileen.

Dem Lächeln folgte ein Stirnrunzeln. »Nicht ganz«, murmelte er und schnippte dann nachlässig mit den Fingern, während er Tonfall und Thema wechselte. »Ich soll also verheiratet werden?«

Brennan fuhr wieder heftig herum und durchquerte energisch den Raum. Es war nur ein kleiner Raum, ein Schlupfwinkel, in den man sich allein zurückziehen konnte – ähnlich Deirdres Sonnenraum, wenn auch ohne dessen Annehmlichkeiten. Er war kaum mehr als eine Zelle oder eine unbedeutende, vergessene Ecke.

An der Wand stand eine Bank. Brennan ließ sich darauf nieder. »Deine *Jehana* und ich haben darüber gesprochen.«

Aidan wölbte eine Augenbraue. »Es war ein lautes ... Gespräch. Die Diener erzählten davon.«

Aileen errötete. »Dein Vater ist ein Narr.«

Brennan klang erschöpft. »Zumindest kenne ich dieses Wort. Du hast *Skilfin* noch niemals zuvor übersetzt.«

Sie besaß wenigstens die Anmut, beschämt zu wirken. »Es ist keine höfliche Bezeichnung.«

»Das hatte ich vermutet.« Brennan sah seinen Sohn an. Aidan schien nicht besonders beunruhigt zu sein, dachte er. Wie immer, hielt er sich von den Empfindungen, die in dem Streit zwischen Aileen und ihm zutage traten, fern, als fürchtete er sich davor, sie zu teilen. »Nun? Willst du hereinkommen und uns deine Meinung dazu mitteilen? Es *ist* deine Zukunft, wie die Prinzessin von Homana deutlich zu machen sich ausgiebig – und *laut* – bemüht hat.«

Aidan lächelte schief. Er trat ein, verweilte einen Augenblick in der Nähe seiner Mutter und ging dann weiter in den Raum hinein. Brennan dachte, daß sein Gesicht einen seltsamen Ausdruck angenommen hatte. In diesem Blick lagen Abstand und ein unheimliches *Anderswosein*, das auf Brennan beunruhigend wirkte.

»Komm zurück«, fauchte dieser ungeduldig. »Du solltest dich besser darum kümmern.«

Aidan sah seinen Vater von der Seite an. »Ich bin vom Pferd gefallen«, sagte er wie nebenbei. Dann lächelte er bitter. »Nein – ich wurde hinunter*gefegt*. Das ist ein kleiner Unterschied.«

Aileen stieß einen Laut aus und machte Anstalten, zu ihm zu treten, aber eine erhobene Hand hielt sie zurück. Sie gab sich mit einer Frage zufrieden. »Bist du denn verletzt? Ich dachte, es wäre nur Schmutz. Es ist also eine *Prellung* – dort, an deiner Wange.«

Aidan berührte kurz seinen Wangenknochen. »Ja, eine Prellung – das sollte es jedenfalls sein.« Dann sah er seinen Vater klareren Blickes an. »Du willst mich also verheiraten?«

Nur eine leichte Spur Erinnisch klang in seiner Aussprache mit. Es brachte Brennan zum Lächeln. Sein Sohn klang gelegentlich sehr wie seine Mutter. »Ich möchte, daß du zufrieden bist, obwohl deine *Jehana* zweifellos in Frage stellen wird, daß ich deine Gefühle beachte.«

»Es klingt nicht so«, murmelte sie.

Brennan räusperte sich. »Ich möchte dich zufrieden wissen, Aidan. Ich möchte dich gesichert wissen. Ich möchte dich weniger von dem beunruhigt wissen, *was* dich beunruhigt.«

Aidan lachte. »Und eine Heirat ist die Antwort? Mit der deinen als Vorbild?«

Brennan keuchte fast. Die Frage wurde so unverfroren gestellt. Und so durch und durch verbittert. *Als würde er meine Gedanken lesen …*

Aileen errötete erneut. »Ist es dir gleichgültig?« fragte

sie. »Er würde dich noch vor Einbruch der Nacht verheiraten und dich an deine ehelichen Pflichten erinnern, wenn er könnte – und das alles für den Löwenthron, sagt er.«

»Nun, vielleicht stimmt das ja.« Aidan trat zu der Bank, auf der sein Vater saß, und setzte sich auf das andere Ende. Er wirkte müde, völlig erschöpft, und dachte zweifellos an etwas anderes. »Ich habe keine Einwände.«

Der beiläufige Tonfall und das gleichgültige Verhalten ließen Aileens Augen erneut auflodern. »Du hast keine Einwände? Keine Einwände dagegen, hierhin und dorthin gestoßen zu werden. Gezwungen zu werden, eine Frau nehmen zu müssen?«

Aidan runzelte nur kurz die Stirn. Sein üblicherweise umsichtiger und höflicher Tonfall hatte sich so verändert, daß er sie beide traf, als wüßte Aidan genau, wohin er zielen mußte. »Ich bin nicht du, *Jehana*. Ich bin nicht und war niemals in den falschen Menschen verliebt. Und ich bin auch nicht mein *Jehan,* der durch die unerwünschte Einmischung einer Ihlinihexe so sehr verletzt wurde.« Er warf Brennan einen schiefen Blick zu, als wolle er damit um Verzeihung bitten, weil er verbotene Dinge zur Sprache gebracht hatte. »Ich bin überhaupt nicht verliebt, so daß es wirklich keinen Unterschied macht.«

Seine Eltern sahen ihn wie benommen an. Aileen antwortete zuerst. »Das *sollte* es aber!« fauchte sie. »Die Frau, die du zur Ehefrau nehmen wirst, wird für den Rest deines Lebens dein Bett mit dir teilen. Glaubst du, *das* macht keinen Unterschied?«

Aidan seufzte müde und murmelte leise etwas vor sich hin. Dann sagte er deutlicher: »Nach den Ereignissen von vor vier Tagen – als ich mir diese Quetschung zugezogen habe – glaube ich, daß den Nutzen meiner Heirat zu besprechen meine geringste Sorge ist.« Er sank gegen die Wand und gähnte, richtete sich dann aber wieder auf, als schmerze ihn diese Stellung. Er fragte gleichgültig: »Habt ihr schon eine bestimmte Frau im Sinn?«

Aileen sah ihren Sohn an. Das dunkelrote Haar fiel ihm ins Gesicht, bis er es aus den Augen warf wie ein seine Mähne schüttelndes Pferd. Es mußte, wie üblich, dringend geschnitten werden. Er war in diesen Dingen nachlässig. Dichte Wimpern schirmten seine Augen ab, aber das störte sie nicht. Seine Augen ähnelten denen seines Vaters. In *seinen* Augen konnte sie auch nicht lesen. Aidan war ein wenig blasser als sonst, die blau gewordene Quetschung entstellte sein Gesicht ein wenig, und er bewegte sich, als schmerzten seine Rippen. Wenn man all das beiseite ließ, schien er vollkommen gesund, dachte sie – allerdings bis auf einen krasser betonten Abstand, der – wenn man Aidans übliche Weltentrücktheit dagegen abwog – etwas außergewöhnlich schien.

»Welche Ereignisse?« fragte sie mißtrauisch.

Aidan zuckte leicht die Achseln. »Nichts, was des Erzählens wert wäre.« Er kratzte vorsichtig über die Prellung. »*Habt* ihr nun bereits eine bestimmte Frau im Sinn – oder wollt ihr einfach nur streiten?«

Jetzt sah Brennan ihn an. Er runzelte die Stirn, bemerkte die Prellung, die Blässe, den unverhüllten Abstand, der ihm wie Langeweile erschien. Aidan wirkte oft losgelöst, aber kaum jemals gelangweilt.

Brennan sah Aileen nach einer Erklärung suchend an. Sie war genauso verwirrt von Aidans Verhalten wie er. In diesem Punkt stimmten sie stets überein. »Nein«, antwortete er schließlich. »Das Gespräch war gerade erst darauf gekommen.«

»Es wurde von deinem Vater aufge*bracht*.« Aber Aileens Stimme klang jetzt schon weniger feindselig. »Ist es dir wirklich gleichgültig?«

Aidan lächelte sie an. »Dich hat es gekümmert, weil du Corin liebtest. *Jehan* hat es gekümmert, weil er es wußte, und weil er dachte, du könntest die Liebe wert sein.« Er schaute kurz zu seinem Vater und dann wieder zu seiner Mutter. »Für mich macht es keinen Unterschied. Ich habe schon Frauen in meinem Bett gehabt, aber ich wollte keine dort behalten. Wenn ihr eine Bewerberin für die Ewigkeit habt, bin ich bereit zuzuhören.«

Aileen sah Brennan an. »Hart hat vier Töchter.«

»Und Keely eine.« Brennan zog an seinem Ohr, dem ein Ohrläppchen fehlte, und griff nach einem schon lange nicht mehr vorhandenen Ohrring. »Maeve hat eine Tochter. Maeve hat *zwei*.«

Aileens Stimme klang seltsam, als sie sagte: »Eheliche Töchter, bitte.«

Brennan runzelte die Stirn. Maeve war sein Günstling. »Maeves Töchter *sind* ehelich. Sie und Rory sind verheiratet.«

Aidan wirkte belustigt. »Sie will für mich eine Prinzessin.«

Aileen verschränkte die Arme. »Das ist für einen Prinzen besser.«

Er grinste und lachte dann leise. »Sehr gut, fünf Prinzessinnen zur Auswahl. Es sei denn, ihr nehmt noch Angebote aus anderen Reichen entgegen, so wie Ellas und Caledon.«

»Nein«, sagte Brennan nachdenklich. »Wir müssen an die Prophezeiung denken. Wir haben jetzt die vier genannten Reiche beisammen ... Wir brauchen kein anderes Blut mehr hinzuzufügen.«

»Nein«, stimmte Aidan ihm zu. »Nur noch das der Ihlini.«

Brennan betrachtete ihn scharf. »Keiner meiner Söhne ...«

»Natürlich nicht, *Jehan*.« Aidans Stimme klang boshaft und respektvoll zugleich, während er seine in Stiefeln steckenden Füße ausstreckte und beide Fersen aufsetzte. »Soll ich also unbesehen wählen?«

Aileen runzelte die Stirn. »So spielte es sich auch bei uns ab, bei deinem Vater und mir. Wir haben einander vorher nicht gesehen.«

»Und seht euch das Ergebnis an.« Aidans Lächeln war

so herzlich entwaffnend, daß sie beide nicht sofort antworten konnten. »Ihr seid beide Narren – oder *Skilfins*«, fuhr er fort, wobei er ihre betroffenen Blicke überging. »Der Prinz von Homana hat wenigstens den Mut zuzugeben, daß er die Prinzessin liebt ... sie könnte das genauso gut tun. Alte Wunden heilen – wenn man ihnen Zeit läßt.« Er sah seine Mutter offen an. »Vierundzwanzig Jahre sind eine lange Zeit. Ich glaube, ihr beide wärt vielleicht glücklicher, wenn ihr noch einmal von vorn beginnen könntet.«

»Wie kannst du ...« Aileen brach ab. Alle Farbe wich aus ihrem Gesicht. »O nein«, flüsterte sie benommen. »Deirdre sagte, es könnte vielleicht wahr sein ... Sie sagte, es könnte sich vielleicht zeigen ...« Sogar ihre Lippen waren bleich. »Wie lange weißt du schon, was ich empfinde? Was dein Vater empfindet?«

Aidan runzelte die Stirn. »Ich habe schon immer gewußt, was du empfindest. Was ihr beide empfindet. Was *jedermann* empfindet.«

»Schon immer?« fragte sie fassungslos.

Brennan saß sehr aufrecht. »Wovon sprichst du?«

Aileen führte eine Hand zu ihrer Kehle. »*Kivarna*«, murmelte sie. »O Aidan, nach all dieser Zeit ... Und keiner von uns wußte es ... Keiner von uns *glaubte* ...«

»*Was* wußten wir nicht?« fragte Brennan gereizt. »Wovon sprichst du?«

»Vom *Kivarna*«, wiederholte sie. »O Götter, Aidan – ist es das? War es *das* die ganze Zeit?«

Ihr Sohn und ihr Mann starrten sie an.

Aileen preßte die starren Finger an ihr Gesicht. »All diese Dinge, die wir beide empfunden haben, und du hast sie alle erkannt ...« Sie schloß fest die Augen. »Und du weißt nicht, *warum* ...«

»Aileen!« sagte Brennan scharf. »Wovon sprichst du?«

»Ja«, stimmte Aidan ihr zu, und sein Abstand schwand jäh. »*Jehana* ...«

Aileens Gesicht war kalkweiß geworden. Ihre Hände

zitterten, als sie sie fest im Schoß verschränkte. Sie versuchte, Brennan anzulächeln, aber es mißlang. »*Kivarna*«, sagte sie nur. »Dein Sohn ist auch *Erinnier*.« Und mit diesen Worten verließ sie den Raum.

Brennan starrte ihr nach. Er hatte sie seit Jahren nicht mehr so bestürzt erlebt. Nicht mehr, seit Aidan klein war und von den Träumen beunruhigt wurde.

Er wandte sich stirnrunzelnd an seinen Sohn. Aidan hob beide Hände. »Ein Wort, mehr nicht. Aber ich bin Erinnier, ja. Ich war es schon mein ganzes Leben lang.« Er grinste. »Ich glaube, es war ihr Werk.«

»Aber was ist es …?« Und dann gab er es auf. »Ach, Götter …« Brennan sank gegen die Wand. »Vielleicht *sollte* ich dir mehr Zeit lassen – sein Leben mit einer Frau zu teilen, ist niemals einfach.«

Auch Aidan lehnte an der Wand, achtete aber mehr darauf, seine noch immer wunden Rippen zu schonen. »Sie liebt dich wirklich. Sie hat es auf ihre Art immer getan. Aber sie hat es sich selbst nie eingestanden, und sicherlich auch dir nicht. Sie denkt an Corin und fühlt sich schuldig. Sie glaubt, daß du etwas Besseres verdienst, und daher macht sie sich Vorwürfe.«

Brennan saß schweigend da. Etwas quälte ihn tief im Innern. Es flüsterte von Furcht, von etwas, was unbeachtet geblieben war, im Geist geschwärt und sein Leben zu viele Jahre lang gestaltet hatte.

Er schluckte schwer und wandte den Kopf, um seinen Sohn anzusehen. »Hat sie das damit gemeint? Mit diesem – *Kivarna?*«

Aidan zuckte die Achseln. »Das Wort ist mir unbekannt. Ich habe es noch niemals zuvor gehört.«

Brennan spannte sich an und setzte sich sehr vorsichtig ein wenig auf. »Aber – kannst du das tun? Immer? Dieses Gedankenlesen bei anderen?«

»Nicht Gedanken. Empfindungen. Und nur teilweise. Ich dachte, das könnte jedermann tun.«

Aidan betastete behutsam seinen verfärbten Wangenknochen. Seine Stimme klang jetzt bedächtig: Er wollte das Thema wechseln. »Bist du jemals vom Pferd gefallen?«

»Viele Male.« Brennans Gedanken waren nicht bei Abwürfen von Pferden. »Aidan ...« Er runzelte die Stirn. »Du kannst das schon seit deiner Kindheit tun?«

Aidan hob nachlässig eine Schulter. »Es fing an, als ich noch sehr klein war. Ich weiß nicht genau, wann.«

Götter, wie kalt er sein kann ... »... klein«, sagte Brennan. »So wie in jener Nacht in der Großen Halle, mit dem Löwen ... und einer Kette.«

Aidan wandte den Kopf und sah seinem Vater in die Augen. Brennan zuckte vor dem Ausdruck in Aidans Augen zurück. »Ich dachte, jedermann empfände es und es bedürfe keiner Erklärung.«

»Ich hätte zuhören sollen«, keuchte Brennan. »Ich hätte damals zuhören sollen. Sogar Ian erkennt das.«

»Jehan ...«

»Wie soll ein Kind vertrauen, wenn seine Eltern ihm keine Möglichkeiten lassen auszusprechen, was es am meisten beunruhigt?« Brennan schloß die Augen. »Götter, ich war ein Narr ... und ich habe dich so gemacht, wie du bist.«

Aidans Stimme klang fest. »Wie, *Jehan?* Wie *bin* ich?«

»Anders.« Die Antwort erfolgte sofort. »Verschlossen. Zurückgezogen. Wachsam. Als vertrautest du niemandem.« Der Schmerz zerrte an seinen Lebensgeistern. »Das habe ich dir angetan.«

»Wenn du dir Sorgen darüber machst, daß ich alles wußte, was du dachtest, alles, was du *fühltest* ...«

»Nein«, unterbrach Brennan ihn. »Du weißt, was du weißt. Wieviel ist unwichtig. Wichtig ist jetzt, daß du diese Fähigkeit besitzt ... und daß du Träume träumst.«

Aidan lächelte frostig. »Jedermann träumt.«

»*Götter ...*« Aber er verfolgte das Thema nicht weiter. Sein Geist raste, spulte die Jahre zurück, die Erinnerungen, aus den tiefsten Tiefen der Quelle jener Dinge heraufgebracht, die am hellsten schimmerten, wie die scharfe Schneide einer neuen Klinge. »Du warst so oft krank, und so lange …« Es war keine Erklärung. Es war keine angemessene Entschuldigung. Es war nur die Bitte eines Vaters an sein Kind, das er durch Mißdeutung abgelehnt hatte –, die Bitte um Verständnis. »Du hast mit dem Mujhar gesprochen.«

Aidan klang jetzt verschlossen. »Ich habe mit meinem Großvater gesprochen.«

»Aber nicht mit mir, und auch nicht mit deiner *Jehana.*« Brennan biß die Zähne zusammen. »Vermutlich haben wir deine absolute Verschlossenheit verdient. Aber es ist schon so lange her – hast du niemals daran gedacht, es noch einmal zu versuchen?«

Aidan blickte Brennan unverwandt an. »Ich spüre *Empfindungen.* Zunächst wußte ich, daß du nur Angst hattest und dich um mein Wohlergehen sorgtest. Aber du ändertest dich, genau wie ich. Du begannst zu erkennen, daß die Phantasien eines Kindes mit ins Erwachsenenalter hinübergenommen werden.« Aidans Gesicht zeigte einen angespannten Ausdruck. »Deine Empfindungen teilten sich mir nur zu deutlich mit: Du hast meine geistige Gesundheit in Frage gestellt und bezweifelt, daß ich des Löwen würdig wäre.«

Brennans Gesicht wirkte wie verheert. »Wenn du uns nur von dieser Fähigkeit erzählt hättest …«

Aidans Stimme wurde schärfer. »Ich wußte nicht, was es war.«

»Wenn du nur *irgend etwas* gesagt hättest …«

»Du hast mir keine Möglichkeit dazu gelassen.« Aidan richtete sich unsicher auf. »Aber jetzt hast du es getan, und ich habe davon erzählt. Das genügt. Es hat jetzt einen Namen … Dabei sollten wir es besser belassen.«

»Wie? Es müssen Dinge geklärt werden …«

»So wie die Heirat?« Aidan lächelte. »Vielleicht ist das gar keine so schlechte Idee.«

Er wechselt schon wieder das Thema. Und vielleicht sollte

ich es zulassen. Brennan winkte ab. Seine Stimme klang jetzt versöhnlich. »Vielleicht hat deine *Jehana* recht. Vielleicht gehe ich *tatsächlich* zu schnell voran, wenn ich dich hierhin und dorthin dränge ...« Er brach seufzend ab und sah seinen Sohn an. »Manchmal denke ich zuviel darüber nach, was aus dem Löwenthron werden wird, obwohl er mir doch noch nicht einmal gehört. Ich blicke auf unsere Geschichte zurück und erkenne, wie schwach unser Stamm ist – wie verletzlich unser Volk wirkt. Wir sind noch immer stark in der Minderheit ... Wenn sich die Homaner jemals wieder gegen uns wenden würden ...« Aber er ließ den Gedanken unvollendet. Aidan hörte nicht zu. »Aidan ...« Er wartete. »Aidan, ich möchte dir Gerechtigkeit zuteil werden lassen. Wenn jetzt nicht die Zeit dazu ist ...«

Aidans Antwort klang gleichgültig. »Es macht keinen Unterschied.«

Brennan hielt seine Stimme nur mühsam ruhig, denn er war sich gewiß, daß er seinen Sohn verlieren würde, wenn er ihn jetzt drängte. »Eine Heirat ist ein großer Schritt für einen Mann. Für einen Prinzen ...«

»Es macht keinen Unterschied.« Aidan verschränkte seine Finger so vorsichtig in den Falten seines Wamses, als wollte er die Wundheit seiner Rippen prüfen. »Vielleicht ist eine solche Veränderung genau das, was ich nach alledem brauche.«

Brennan runzelte besorgt die Stirn. »Aidan ...«

Sein Sohn lächelte schief und machte dann eine um Schweigen bittende Geste. »Zuerst schlägst du vor, daß ich heiraten soll, und jetzt versuchst du es mir auszureden. Was willst du?«

Brennan regte sich mit Unbehagen. Aidan traf den Nagel, wie immer, zu genau auf den Kopf. »Ich möchte, daß du zufrieden bist.«

Aidans Lächeln verblaßte. Er blickte mit undurchdringlichem Gesichtsausdruck zur Tür, der Blick weit entrückt. »Vielleicht ist das nicht mein *Tahlmorra*. Vielleicht ist es statt dessen …« Aber er brach ab. Der Abstand löste sich in Ironie auf. »Eine Heirat wird vieles ändern.«

Wenn er das Thema fallenlassen will … Brennan zwang sich zu einem Lächeln. »Das tut eine Heirat üblicherweise.«

Der Tonfall änderte sich auf seltsame Weise. »Und wenn sie *alles* verändert …« Aidan beendete seinen Satz nicht, aber sein Gesichtsausdruck wirkte angespannt.

Brennans Lächeln schwand. Etwas Kaltes berührte sein Rückgrat. »Bist du in Ordnung? Beunruhigt dich etwas?«

Aidan antwortete nicht, sondern blickte nur starr in die Ferne.

Er ist nicht hier, dachte Brennan. *Körperlich vielleicht, aber nicht geistig. Er geht irgendwo – anders hin.* »Aidan«, sagte er laut. Und dann drängender: *»Aidan!«*

Sein Sohn regte sich – offensichtlich erschreckt. Und dann seufzte er und rieb sich sein betrübtes, blasses Gesicht. »Ich bin – verwirrt. Verzeih mir … Ich habe nicht aufgepaßt.«

Brennan beugte sich vor. »Dann erzähle es mir. Teile es mit mir. Laß mich der *Jehan* sein, der ich schon vor Jahren hätte sein sollen.«

Aidan wog seine Worte ab und seufzte dann enttäuscht. Sein Lächeln wirkte bitter und seltsam verletzlich, dachte Brennan. »Ich bin mehr als verwirrt – ich bin *verstört*. Es gibt Dinge in meinem Leben, die ich nicht verstehen kann und auf die ich keine Antwort erhalte. Gleichgültig *wen* ich frage …« Er seufzte tief und betastete erneut seine Prellung. »Hast du jemals mit einem Gott gesprochen?«

Das war eine merkwürdige Frage. »*Zu* ihnen, viele Male.«

»Zu einem bestimmten Gott?«

Er bemühte sich um Unbekümmertheit und darum, standzuhalten. »Nein. Ich richte meine Bemerkungen –

oder Bitten – im allgemeinen an möglichst viele Götter, einfach um meine Chancen zu verbessern.« Brennan erwartete ein Lachen. Als er überhaupt nichts hörte, ließ er von der erzwungenen Unbekümmertheit ab. Sein Sohn gab gerade mehr von sich preis als jemals zuvor. Dieses Mal würde der *Jehan* zuhören. »Warum? Sprichst du nur zu einem Gott?«

Aidan seufzte. »Ich hatte es niemals für nötig gehalten – ich sprach, genau wie du, zu ihnen allen. Aber jetzt ...« Er brach jäh ab, erhob sich und schritt auf die Tür zu. »Wenn fünf Prinzessinnen zur Auswahl stehen, dann sollte ich sie mir vielleicht ansehen.«

Er ist fort ... Ich habe ihn verloren ...

Von der plötzlichen Wendung des Gesprächs und der darin enthaltenen Abweisung seines Sohnes verwirrt, stand Brennan jäh auf. »Aber keine von ihnen ist hier.«

Aidan hielt an der Tür inne und wölbte die rötlichen Augenbrauen. »Dann sollte ich *sie* vielleicht aufsuchen.«

Kapitel Acht

Das Feuer war verglüht. Die Pferde standen in einiger Entfernung für die Nacht angepflockt und zupften zufrieden das ihre Standplätze spärlich umgebende Gras ab. Das Essen war wieder eingepackt, das zusammengerollte Bettzeug ausgebreitet, die Weinschläuche entkorkt. Locker an ihre Sättel gelehnt, blickten zwei Cheysulikrieger in die sternengesprenkelte Dunkelheit und teilten kameradschaftlich das Schweigen.

Schließlich brach Aidan es. »Morgen«, sann er müßig und kratzte über ein juckendes Augenlid. »Solinde statt Homana.«

Sein Gefährte brummelte abwesend etwas, während seine Finger über das Gewirr kastanienfarbenen Fells strichen, das den größten Teil seines Beins bedeckte.

»Es wird ein gutes Gefühl sein, Homana für eine Weile hinter mir zu lassen. Es wird mir die Möglichkeit zu einem Neuanfang verschaffen«, sann Aidan. Dann seufzte er, weil er zuviel verraten zu haben glaubte, und wandte sich grinsend seinem Großonkel zu. »Ich glaube, ich habe genug Begleitung … Teel, dich und Tasha.«

»Es ist sicherlich beruhigender. Ich mag es selbst auch lieber so.« Ians Antwortlächeln wirkte bitter. »Aber Aileen hätte den Kampf beinahe gewonnen.«

Aidan trank etwas Wein, wischte sich anschließend einige Tropfen vom Kinn und schüttelte dann ein wenig verwirrt den Kopf. »Warum bestehen Frauen auf soviel Förmlichkeit? Es ist nicht nötig, mich mit hundert Männern im Schlepptau nach Solinde zu schicken … Und was das Gerede über den notwendigen Schutz betrifft, so finde ich das unsinnig. Wir leben im Frieden mit Solinde – und das schon seit zehn Jahren. Teirnans *A'saii* sind verschwunden, und sogar die Ihlini verhalten sich ruhig. *Wovor* sollte ich beschützt werden?«

Ians Lächeln verblaßte. Er hielt seine Stimme sorgfältig zurück, während er die große Katze an seiner Seite streichelte, deren Kiefer auf seinem Oberschenkel ruhte. »Vor dir selbst vielleicht?«

Aidans Zufriedenheit verging. Ein saurer Nachgeschmack breitete sich in seinem Mund aus. »Sie hat keine Zeit verschwendet, nicht wahr? Oder war es *Jehans* Werk?« Er regte sich gereizt. »Ich hätte nichts davon sagen sollen. Es ist persönlich ... Es sollte keinen Unterschied machen ...«

»Daß du weißt, was andere empfinden?« Ian neigte den Kopf. »Du mußt zugeben, *Harani,* daß das eine mächtige Gabe ist.«

»Tatsächlich?« unterbrach Aidan ihn stirnrunzelnd. »Ich habe nicht gewünscht, sie zu erhalten. Ich habe nicht gewünscht, sie zu gebrauchen. Ich weiß nur, was ich weiß, was ich *empfinde* ...«

»... und was andere empfinden.« Ians Stimme blieb freundlich. »Ich spreche es nur an, weil es vielleicht eine Erklärung dafür sein könnte ...«

»... , daß ich so anders bin?« Aidan verzog den Mund. »Kein Mensch ist wie der andere.«

»Nein.« Ian trank aus seinem Weinschlauch, ohne wie Aidan etwas zu verschütten. Er hatte weitaus mehr Übung darin. »Aber genau diese Andersartigkeit ist etwas, womit sich alle Cheysuli auseinandersetzen müssen, wenn sie einem ungeweihten Homaner gegenüberstehen, der zu verstehen versucht, wie wir gestaltwandeln können. Wir wirken *fremdartig* auf sie, wenn wir Haut und Knochen gegen Fell eintauschen ... Aber diese erinnische Gabe, die du offensichtlich besitzt, verstärkt sogar noch alles. Und daher beginne ich zu begreifen, warum wir die Ungeweihten verwirren. Du verwirrst *mich* auch. Du verwirrst uns alle.«

Aidans Hand schlich verstohlen zu seinem Gürtel. Die Finger berührten das schwere Kettenglied, das neben der Gürtelschnalle um das Leder geschlungen war. Er strich wie abwesend über das Gold. *Ich verwirre mich selbst.*

»Aber das ist nicht wichtig.« Ian legte sich in seinem Deckenlager bequemer zurecht, paßte sich Tashas Gewicht an. »Du bist du, und ich bin ich. Wir sind, wie uns die Götter bestimmt haben.«

Etwas klang durch die *Lir*verbindung: eine kaum wahrnehmbare Belustigung. Aidan starrte angestrengt durch die Dunkelheit zu Teel, der auf einem auf der anderen Seite des Feuers liegenden Bündel hockte. Der Rabe schwieg, aber Aidan übersetzte sein Schweigen. Er hatte jahrelange Übung darin.

Götter, tatsächlich … Er wurde plötzlich unruhig. Er setzte sich auf, legte den verschlossenen Weinschlauch beiseite und wandte sich auf den Knien zu seinem Verwandten um. »Ich *bin* anders«, sagte er angespannt. »Aber niemand weiß, wie sehr. Niemand weiß, wer ich bin. Niemand weiß, *was* ich bin …«

Das von den Kohlen ausströmende Licht schimmerte nur schwach. Aber Ians Gesichtsausdruck war dennoch erkennbar. Aidans heftiger Ausbruch hatte ihn zweifellos erschreckt. »Aidan …«

Jeder sagt, ich solle reden, ich solle offenbaren, was ich denke, daß es mir guttun würde …

Er dachte selbst nicht unbedingt so, war aber bereit, es zu versuchen. In ihm war zuviel Druck, er begriff zu deutlich. Er mußte beides mit jemand anderem als seinem *Lir* teilen, der soviel Wahrheit hinter Unklarheit verbarg.

Wenn sie nur *zuhören* könnten …

»Ich spreche mit Göttern, *Su'fali.* Mit Göttern – und mit den Toten.«

Ians Hand ruhte auf Tashas Kopf.

Aidan lächelte ein wenig verstört. »Vor zehn Nächten traf ich Carillon. Und davor Shaine.«

»Shaine«, wiederholte Ian.

»Den Vater des *Qu'mahlin.*« Aidan regte sich etwas, lockerte die Anspannung in seinen gebeugten Oberschenkeln. »Dann war da natürlich noch der Jäger, der Gott selbst ...« Er ließ den Satz unvollendet. »Aber du könntest jetzt behaupten, es wäre durch den Sturz gekommen – daß der Sturz meine Sinne verwirrt hat und ich das alles nur *geträumt* habe.« Aidans Stimme klang vielsagend nüchtern. »Aber wie würde das das Treffen mit Carillon erklären? Das habe ich nicht geträumt. Er war so wirklich wie du, stand vor dem Löwenthron. Er beanspruchte die Große Halle für sich, sogar obwohl ich dort war. Obwohl er schon so viele Jahre tot war ... wie viele auch immer es sind.«

»Sechsundsechzig«, murmelte Ian. »Hast du überhaupt nichts gelernt?«

Aidan betrachtete ihn scharf. Ian lag an seinen Sattel gelehnt, eine Seite von Tasha eingerahmt. Sein Gesicht zeigte jetzt einen ruhigen Ausdruck, und der Mund lächelte noch immer. Die Augen, so unheimlich gelb, blickten ernst zum Himmel.

»Du *glaubst* mir?«

»Ich habe dich niemals für einen Lügner gehalten.«

Jetzt mißtraute er der Wahrheit, sicher, daß niemand dies alles so leicht verstehen, noch es so ruhig aufnehmen könnte. »Aber ich *habe* Carillon gesehen! Ich *habe* mit Carillon gesprochen!«

»Und was hatte er zu sagen?«

Aidan runzelte die Stirn. Er hatte eine bestürzte Antwort erwartet, die Erwähnung seines möglichen Wahnsinns. Obwohl Ian ihm stets Raum gelassen hatte, er selbst sein zu können, hatte Aidan nicht geglaubt, daß es auch jetzt noch so bleiben würde. Nicht angesichts seiner Offenbarung.

Aber nun erregte etwas anderes seine Aufmerksamkeit. »Du kanntest ihn«, sagte Aidan. »Du kanntest ihn persönlich.«

»Carillon?« Ian brummte belustigt. »Sozusagen. Ich war vier Jahre alt, als er starb.«

»Er wurde getötet.«

»Im Kampf, ja. Tatsächlich *nach* einem Kampf. Der atvianische König hat ihn getötet. Osric selbst.« Ian trank erneut einen Schluck Wein. Seine Stimme klang nachdenklich. »Vor langer Zeit.«

Aidan streckte die Hand aus, nahm den Weinschlauch wieder auf, den er beiseite gelegt hatte und zog ihn über den grasbewachsenen Untergrund. »Wie war er?«

Ian wölbte eine Augenbraue. »Ich dachte, du hättest ihn vor zehn Nächten selbst getroffen.«

Aidan winkte ab. »Ja, ja – das habe ich ..., aber wie soll ich wissen, ob er wirklich war oder nicht? *Du* hast den Menschen gekannt. Den Kriegermujhar, der Homana von Solinde und den Ihlini zurückerobert hat.«

»Dein Ururgroßvater.« Ian lächelte und zupfte wie abwesend, aber liebevoll an Tashas Pinselohren. »Ich erinnere mich nur an sehr wenig. Ich war drei, als ich ihn zum letzten Mal sah ... Für mich war er kaum mehr als ein großer Mann in Lederkleidung und einem Kettenpanzer, der glitzerte und knirschte, wenn er sich bewegte. Er war vollkommen Homaner, sowohl von seiner Erscheinung als auch von seinem Verhalten her ... Für mich zählte nur das. Carillon der Homaner: Meine *Jehana* hat diesen Begriff geprägt. Er war Mujhar, ja –, aber ich wurde gelehrt, mir der Tatsache bewußt zu sein, daß sich sein Blut von meinem unterschied.«

»Aber du warst mit ihm verwandt.«

Ian zuckte die Achseln. »Meine Großmutter war seine Cousine ... Ja, wir waren miteinander verwandt, aber die Verbindung wurde niemals auf die Probe gestellt. Etwas anderes überwog ...« Er verlagerte sein und Tashas Gewicht etwas. »Ich war der uneheliche Sohn von Donals Cheysuligespielin. Die Homaner *mochten* mich nicht besonders, da sie wußten, daß Donal Carillons Tochter versprochen war.«

»Aislinn«, murmelte Aidan.

»Aislinn von Homana.« Ian seufzte und schob einen Arm unter seinen Kopf. Das grau-weiße Haar wurde in der Dunkelheit vom Mondlicht versilbert. »Meine *Jehana* war selbst zur Hälfte Homanerin, aber sie haßte es, Homanerin zu sein. Ich erinnere mich, daß sie die Götter viele Male bat, das Homanische aus ihrem Blut ausfließen zu lassen – wann immer mein *Jehan* den Keep verließ, um nach Homana-Mujhar zu reiten.« Ian schwieg einen Augenblick. »Schließlich tat sie es ... Im Keep jenseits des Blauzahn vergoß sie *all* ihr Blut – das homanische und das Cheysuliblut.«

Aidan schwieg. Es war seine eigene Geschichte, die er in seiner inzwischen weit zurückliegenden Kindheit gut gelernt hatte, aber sie von Ian zu hören, ließ sie wieder lebendig werden. Sein Großonkel hatte jene Menschen gekannt. Carillon, Finn, Donal – sogar Alix, die sich als Schlüsselfigur für das Wiederaufleben des Alten Blutes erwiesen hatte. Andere trugen es in sich, ja, aber Alix hauchte der Prophezeiung neues Leben ein, indem sie Duncan einen Sohn gebar.

Die neues Blut einbrachte ... Aidan lächelte grimmig. *Wenn das alte Blut zu schwach wird, wird es durch neues Blut gestärkt.*

Aber seine Gedanken verweilten nicht dabei. Die Empfindungen seines Großonkels waren genauso greifbar wie die anderer. Aidan spürte Scham, Bedauern, Kummer und eine Spur Verbitterung. Er verdrängte seine eigenen Empfindungen.

»*Su'fali*«, sagte er weich. »Hat dich das so lange verfolgt?«

Ian sah ihn erschreckt an. Aus seinem Blick sprach diese Frage.

Aidan beantwortete sie. »Deine *Jehana* hat sich getötet. Sie hat ihren Namen entehrt, ihr Runenzeichen aus den Geburtslinien ausgelöscht ... aber das zerstört nicht die Erinnerung eines Sohnes an seine Mutter.«

»Nein.« Ians Stimme klang rauh.

Aidan sprach vorsichtig weiter. »Du übst einmal im Jahr das *I'toshaa-ni* …«

Ian unterbrach ihn. »Das ist meine Sache.«

Aidan atmete tief durch und versuchte es erneut. »Ich halte es für falsch, wenn ein Mann – ein Krieger – die Verantwortung für Dinge übernimmt, mit denen er nichts zu tun hatte.«

»Und du glaubst, daß ich deshalb das *I'toshaa-ni* ausübe?« Ians Augen wirkten bis auf einen Saum ungezügelten Gelbs in der Dunkelheit schwarz. »Du weißt nicht alles, trotz deiner ›Gabe‹.«

Aidan machte eine beschwichtigende Geste. »Nein, vielleicht nicht –, aber ich glaube, daß es ein Teil davon ist. Und was den Rest betrifft, so weiß ich auch, was Lillith dir angetan hat und was aus eurem Kind geworden ist.«

Ian verschloß jäh seinen Weinschlauch. »Das sind persönliche, vertrauliche Dinge.«

»Ebenso das, was *ich* empfinde. Und doch will jedermann es wissen.«

Ians hielt in der Bewegung, den Weinschlauch fortlegen zu wollen, inne. Dann verstaute er ihn sorgfältig neben seinem Sattel. »Ja«, sagte er schließlich, »jedermann will es wissen.«

Aidan benetzte seine trockenen Lippen. »Und doch wendet sich jeder ab, wenn das Gespräch darauf kommt.«

Ians Schweigen war hörbar.

»Verboten«, sagte Aidan. »Allein die pure Erwägung, daß ein Cheysulikrieger mit einer Ihlinifrau schlafen könnte.«

Ian besaß vor allem anderen die Fähigkeit, stark mitempfinden zu können. Dennoch spürte Aidan jetzt bei ihm Zorn und Bitterkeit. »Wir haben wenig Grund, solch einen Beischlaf als wohltätige Sache anzusehen«, erklärte Ian. »Sieh dir Lillith an – die Tochter Tynstars, die Halbschwester Strahans … die Dienerin des Suchers.« Er seufzte und rieb sich seine müden Augen. Das Alter drückte ihn plötzlich schwer. »Die liebliche, tödliche Lillith – die mich, indem sie meinen *Lir* gefangenhielt, so gekonnt verhexte, daß ich bei dieser Angelegenheit kaum noch die Möglichkeit einer Wahl hatte ... und mir dann ein Scheusal gebar.«

»Das dann wiederum *meinem* Vater eine Tochter gebar.« Aidan strich sich das Haar aus dem Gesicht. »Du siehst, *Su'fali*, es geschah schon früher. Und Kinder wurden geboren.«

»Aber Kinder, die keine Erstgeborenen sind.« Ians Stimme wurde laut. »Jetzt müssen wir umsichtiger denn je vorgehen. Die Ihlini haben bewiesen, daß man uns täuschen kann, selbst im Bett ... Sie haben bewiesen, daß sie die Macht haben, die Prophezeiung zu ändern. Es ist unser Glück, daß die Blutlinien noch nicht vollständig waren ...« Seine Stimme veränderte sich plötzlich. »Aidan, wenn jemals ein Kind des Löwenthrons ein Kind für den Sucher zeugt, wird alles zunichte gemacht. *Alles* wird zunichte gemacht.«

Die Anspannung war greifbar. Aidan wollte sie durchbrechen. »Fürchte nicht um mich, *Su'fali*. Ich soll vielleicht heiraten, aber sie wird keine Ihlini sein.«

Ians Gesicht war starr. »Selbstzufriedenheit ist gefährlich.«

»Ja«, stimmte Aidan ihm zu. »Aber selbst wenn ich versagen sollte, werden sich die Götter um den Ausgang der Geschichte kümmern.«

»Du darfst nicht ...« Aber dann brach Ian ab.

Aidan mußte beinahe lachen. »Wolltest du mir raten, daß ich den Göttern nicht so sehr vertrauen soll? Aber das ist Ketzerei, *Su'fali*. Und du bist ein frommer Mensch.«

Ian kämpfte um Haltung. »Damit sollte man nicht scherzen. Wir haben unser Leben der Prophezeiung geweiht, alle Ehre und Untertänigkeit den Göttern geweiht ...«

»… mit denen ich spreche.« Aidan zuckte die Achseln. »Oder zumindest mit einem.«

»Aidan …«

»Schicksal«, erklärte Aidan. »Das homanische Wort für *Tahlmorra*. Wenn es sein soll, dann wird es sicherlich sein. Und ich kann nichts tun, um es zu ändern.«

Verzweiflung schwang in Ians Stimme mit. »Aber es *kann* geändert werden. Von mir, von dir, von …«

»… den Ihlini?« Aidan nickte. »Sie könnten es sicherlich versuchen. Und vielleicht können sie *gewinnen* – die Götter haben uns allen eine freie Wahl gelassen.«

Ian schüttelte mit entsetztem Blick zögernd den Kopf. »Macht es für dich keinen Unterschied? Ist dir nichts von alledem wichtig?«

Aidan seufzte. Müdigkeit wogte aus der Dunkelheit heran und drohte ihn vollständig zu lähmen. »*Su'fali*, ich will nicht streiten oder verstockt sein. Aber ich habe diese Gedanken, diese *Empfindungen* …« Er schüttelte den Kopf und ließ das Thema fallen. »Ich verspreche dir – das alles ist mir wichtig. Aber was den Unterschied betrifft …« Er sank gegen seinen Sattel, zu müde, um aufrecht sitzen zu bleiben. Er sagte gähnend: »… wir werden abwarten müssen.«

Der Tag dämmerte hell und warm herauf, und nichts deutete in der Luft auf Regen. Sie ritten in kameradschaftlichem Schweigen voran und fühlten sich in der bloßen Gegenwart des jeweils anderen wohl. Es war fast Mittag, als Ian seinen Grauen auf einem kleinen Hügel zügelte. »Dort«, sagte er. »Solinde.«

Aidan, der seinen Braunen ebenfalls zum Stehen brachte, schaute blinzelnd in die Ferne. »Woher weißt du denn das?« fragte er. »Es sieht genauso aus wie Homana.«

»Da spricht das Unwissen.« Ian grinste. »Ist dieses Land das gleiche wie das Land um Mujhara?«

»Nein, natürlich nicht …«

»Ist dieses Land das gleiche wie das, welches wir gestern verlassen haben?«

»Nein, nein … natürlich nicht …«

»Und obwohl es Ähnlichkeiten zwischen diesem und jenem Flecken Erde *gibt,* sind doch auch Unterschiede erkennbar.« Ian brachte seine Zügel wieder in Ordnung, indem er graues Pferdehaar aus rot gefärbtem und geflochtenem Leder befreite. »Genauso wie bei Menschen.«

Aidan versagte sich die Antwort. Sein Großonkel sprach in Rätseln.

Nicht mehr als du, erinnerte ihn Teel. Der Rabe war nur als schwarzer Fleck am blauen Himmel erkennbar, während er von der Grenze zu seinem *Lir* zurückkehrte.

Aidan sah stirnrunzelnd in die Luft. »Wie weit ist es noch bis Lestra?«

Ian zuckte die Achseln. »Ungefähr sechs Tage … Ich bin nicht sicher. Das einzige Mal, als ich dorthin gereist bin, geschah es in *Lir*gestalt. Das verändert das Maß der Entfernung.«

Aidan nickte wie abwesend. Er saß eine ganze Weile still da, sog die Sonne in sich ein und entspannte sich dann im Sattel. Er empfand eine ebenso tiefe wie unerwartete Erleichterung. Dann setzte er sich kerzengerade auf und streckte beide Arme in die Luft, um den Tag zu umarmen. »Götter … Ich kann wieder *atmen!*«

Ian fragte ruhig: »War es so sehr schlimm?«

Aidan zuckte die Achseln und senkte die Arme wieder. Er wollte nicht darüber sprechen. Nicht jetzt. Nicht *hier*. Er wollte die neue Freiheit, die er empfand, nicht zerstören. »Nicht die ganze Zeit über. Aber das ist jetzt unwichtig. Ich bin nicht mehr in Homana, von Göttern und Geistern heimgesucht, sondern in einem anderen Reich. Und beginne ein neues Leben – ergänzt durch eine *Cheysula.*« Er grinste seinen Verwandten an. »Vier Töchter«, lachte er. »Hart muß sich nach Söhnen verzehren.«

»Hart verzehrt sich nur nach den Mitteln zu wetten.« Ians Stimme klang nüchtern, aber auch liebevoll.

Aidan lachte. »*Jehan* sagte, daß ich ihn mögen würde.«
Ian nickte zustimmend. »Jedermann mag Hart …, bis er ihr Geld gewinnt.«

Lir. Das war Teel. *Lir, dort kommt ein Sturm auf.*

»Ein Sturm?« fragte Aidan laut. »Der Himmel ist so blau, wie er nur sein kann …«

Schau hinter dich, Lir. Dort ist der Himmel schwarz.

Aidan seufzte, wandte sich im Sattel um und schaute den Weg, den sie gekommen waren zurück. »Teel sagt, daß ein Sturm …« Er hielt keuchend inne. »Wo kommt *das* her?«

»Tasha hat auch …« Aber dann hielt Ian ebenfalls inne. Und dann sagte er ausgesprochen ruhig: »Ich glaube, wir sollten uns besser beeilen.«

Die Welt hinter ihnen war dunkel. Aidan schaute erneut in Richtung Solinde – das sommerumrahmte Solinde – und dann wieder in Richtung Homana, das windzerfetzte, schwarze und graue Gewänder trug, deren Saum aus Blitzen bestand. »Wie sollen wir *dem* entkommen?«

»Indem wir es versuchen«, rief Ian und gab seinem Pferd die Sporen.

Aidan verschwendete noch einen Augenblick, indem er den unerbittlich auf sie zufegenden Sturm betrachtete, der wie eine brackige Meereswoge aus Homana heranrollte. Es war unmöglich zu glauben. Wo sie sich befanden, war es warm, hell und ruhig.

Dann begann sich die Ruhe zu regen. Die Helligkeit fing an zu schwinden.

Indem wir es versuchen, stimmte Aidan Ian im Stillen zu und folgte ihm. Über ihm stieß der zunehmende Wind Teel umher, der sein Mißvergnügen hinausschrie.

»Es gibt keinen Schutz!« rief Aidan seinem Verwandten zu. »Die Grenze ist zu frei … Wir können nirgendwo unterkriechen!«

»Beeil dich einfach!« erwiderte Ian über eine Schulter.

Aidan duckte sich auf den Hals des Pferdes und erinnerte sich dabei an die letzte Flucht vor einem Sturm, die er mit dem Wallach erlebt hatte. Damals hatte sie sich als unheilvoll erwiesen. Er fürchtete, daß es jetzt genauso kommen könnte. Es gab zwar keine Bäume, gegen die sie hätten prallen können, aber das verkümmerte Gras des Grenzlandes konnte alle möglichen Arten von Vertiefungen bergen. Ein flüchtendes Pferd könnte sich leicht den Hals brechen.

Oder der Mann, der es reitet …

Er wagte einen Blick über die Schulter und mußte blinzeln, weil ihm das Haar in die Augen stach. Der Himmel war indigofarben-schwarz. Er konnte den Horizont nicht mehr sehen. »Teel!« schrie er. *Lir …*

Hier, antwortete der Rabe. *Dieser Sturm bringt meine Federn in Unordnung.*

Aidan spähte aufwärts und war beruhigt, als er den Raben sehen konnte. Teel kämpfte gegen den Wind an und siegte, obwohl seine Bewegungen verwirrt schienen.

Wir brauchen Bäume, sandte Aidan über die Verbindung. *Bäume – oder noch besser: ein Haus …*

Zu spät … schrie Teel.

Der Vorhang aus Dunkelheit erreichte sie und legte seine Falten um sie. Er verwandelte den Tag in Nacht.

Der Braune kämpfte. Angst ließ eine Schweißspur auf seinen sommerglatten Schultern zurück. Der kalte feuchte Wind badete die bloßliegende Haut. *»Su'fali …«,* schrie Aidan. »Wir können sie nicht ewig antreiben!«

Der erste Lichtblitz brach aus dem Himmel herab, traf auf den Boden vor ihnen auf und sprengte die Erde in einem Staub- und Grasregen auf. Die Helligkeit blendete Aidan. Der darauffolgende Donnerschlag war ohrenbetäubend und erschütterte seinen Schädel.

Der braune Wallach schrie auf und versuchte dann durchzugehen. Daß es ihm nicht gelang, war nur der Tatsache zu verdanken, daß Aidan all seine Kraft und sein Können einsetzte, um ihn zurückzuhalten. Ein geblendeter Mann, der von einem erschreckten Pferd fiel, wäre sicherlich dem Tode geweiht gewesen. Er kämpfte genauso wie das Pferd, spie Erde aus seinem sandigen Mund und blinzelte ab und zu, versuchte das Brennen in seinen Augen und die Schwärze zu vertreiben.

... nicht blind ... Ich bin es nicht ...

»Teel!« schrie er. *»Su'fali ...«* Es toste in seinen vom Donner gequälten Ohren nur Lärm.

Kein Regen, nur Wind. Die Dunkelheit schien vollkommen. Sie dämpfte die Welt um ihn herum, wie Leichentücher eine Leiche umhüllten.

Teel ... durch die Verbindung.

Ein Blitz fuhr in die Erde vor ihm. Die Luft stank und zischte, ließ die Haare auf seinen Armen aufrechtstehen. Vor der Helligkeit zeichnete sich die Gestalt eines Mannes auf einem Pferderücken ab.

»Ian ...«, schrie Aidan. »O Götter ... nein ... nicht *er* ...«

Der Wallach schlug mit den Hufen um sich und bäumte sich auf, genauso blind und taub wie Aidan.

»Warte ... *warte,* du dreimal verfluchter Gaul aus der Unterwelt ...«

Aber der Braune zog es vor, nicht zu warten. Er warf Aidan mühelos ab und galoppierte in die sich verdichtende Dunkelheit davon.

Aidan landete hart, einen Arm unbeholfen verdreht, aber er rappelte sich wieder auf, ohne über sein eigenes Unbehagen nachzudenken. Irgendwo vor ihm befanden sich sein Großonkel und dessen Grauer, der gestürzt war.

Teel, klang sein panischer Ruf durch die Verbindung. *Lir – wo ist er ... Frage Tasha ...*

Die vertraute Stimme klang ohne die übliche Bissigkeit durch die Verbindung. *Nur sechs Schritte voraus.*

Sechs Schritte ... Aidan zählte. Und fiel fast über Tasha, die zusammengekauert an Ians Seite lag.

»Su'fali ...? Su'fali ...«

Ian antwortete nicht.

»O Götter, nicht so ... bitte, sei nicht tot ...«

Die Lider zuckten. »O nein«, platzte Ian heraus.

»Nein … das nicht … Ach, Götter, *Harani …*« Seine Stimme klang vor Schmerz angespannt. »Was – ist mit dem Pferd?«

Aidan sah hin und strich sich dabei das Haar aus dem Gesicht. Der Sturm war erbarmungslos. »Wo … oh.« Der Graue stand erschöpft auf drei Beinen. Ein zerschmettertes Vorderbein baumelte herab. Aidan schaute wieder zu seinem Verwandten. »Er hat sich das Bein gebrochen«, antwortete er knapp. »*Su'fali,* was ist mit dir?«

Ians schwaches Lächeln verging schnell. »Ich habe mir auch etwas gebrochen …«, keuchte er. »Aber, ich glaube, die Hüfte, nicht das Bein …« Eine Hand schwebte über der Hüfte. »Das Pferd stürzte und fiel … Götter, ich schäme mich …«

»Weil es schmerzt?« Aidan lockerte sanft Ians Gürtel. »Du kannst ruhig *weinen,* wenn du willst … Glaubst du, ich hätte etwas dagegen?«

Ians Gesicht war grau. Seine Unterlippe blutete an der Stelle, wo er seine Zähne hineingepreßt hatte. »Kümmere dich zuerst um das Pferd. Er war ein gutes Pferd.«

Aidan antwortete nicht, sondern blinzelte nur gegen den Sturm und den Sand und seine Haare an, während er auch den Hosenbund um Ians Taille lockerte.

Die schwache Stimme gewann an Gewicht. »*Harani,* ich kann warten. Das Pferd verdient einen gnädigen Tod.«

»Und du überhaupt keinen.« Aber Aidan kannte seinen Verwandten. Er trat zu dem Pferd.

Es war keine leichte Aufgabe. Er sorgte genauso für die Pferde, wie schon sein Vater dafür gesorgt hatte: mit ganzem Geist und Körper. Aber ein gebrochenes Bein war ein Todesurteil und erforderte sofortiges Handeln. Aidan spürte durch seine erinnische Gabe Bestürzung und Schmerz, als der Graue zu laufen versuchte.

Aidan bemühte sich, ihn auf erinnisch zu trösten. Die Sprache war wie für die Pferde erfunden. Er nahm Sattel und Satteltaschen vom Rücken des Grauen und streichelte dann den schwitzenden Hals. »*Shansu*«, flüsterte er sanft, während er sein Messer mit der langen Klinge aus der Scheide zog. »Die Götter kümmern sich um die ihren.«

Er trat blutbefleckt wieder zu seinem Verwandten und kniete sich an Ians Seite. Tasha grollte warnend. »*Shansu*«, wiederholte Aidan und streichelte mit einer Hand ihre Schultern. Tasha grollte erneut mit angelegten Ohren.

Ian hielt die Augen geschlossen. Im Licht der Blitze war sein Alter deutlich erkennbar. Die scharfgeschnittenen Knochen staken unter der alternden, von Bronze zu Weiß verblaßten Haut hervor. Blut verschmierte sein Kinn. In der Ferne dröhnte Donner.

»Wie kann ich dich bewegen?« fragte Aidan flehend und fast außer sich. »Der Schmerz allein könnte dich umbringen. Und wenn nicht das – wer weiß, ob die Bewegung es nicht täte?« Der Sturm peitschte grau-weißes Haar über Ians Gesicht. Aidan strich es zurück. »*Su'fali*, was kann ich tun?«

»Bleib dir selbst treu«, murmelte Ian. »Bleib dem Blut in deinen Adern treu.«

»Erdmagie«, sagte Aidan starr. »Aber ... ich habe sie noch niemals benutzt. Ich habe noch nie auch nur *versucht* ...« Die Aussichtslosigkeit schmerzte. »Ich weiß nicht, wie man es tut!«

»Frage danach«, keuchte Ian abgehackt. »Du bist ein Cheysuli ... *frage* ...«

Aidan warf den Kopf zurück, suchte den schwarzen Himmel nach einem kleineren dunklen Fleck ab. *Lir* ... flehte er. *Teel* ...

Würde ich dir etwas anderes sagen? Benutze, *was dir gegeben wurde!*

Tasha klagte neben ihrem *Lir*.

»*... Zeit ...*«, murmelte Aidan. »Götter ... gebt mir *Zeit ...*«

Du verschwendest sie! belehrte Teel ihn. *Worauf wartest du?*

Aidan erkannte es nicht. Mut, dachte er verschwommen, die Gewißheit eines Erfolges.

Tashas Klagen verstärkten sich.

Die Stimme des Raben drang in seine Gedanken. *Alte Männer sterben daran!*

Alte Männer, wiederholte Aidan. Und schaute erneut zu seinem Verwandten, der einst Carillon gekannt hatte.

Tasha schlug mit dem Schwanz auf den Boden. Die aufgeregten Augen glühten schwach. Der Sturm wütete unvermindert, erschütterte sie. Er fegte über das Land und verteilte Staub und Gras und Feuchtigkeit.

»Jetzt ...«, murmelte Aidan und grub die Finger in die Erde. »Laßt uns sehen, wer Cheysuli ist ... Laßt uns *sehen,* was die Götter tun können ...«

Der Blitz schlug ein drittes Mal ein und zersprengte ihn.

Kapitel Neun

Er stand vor einer Tür. Die Tür schwang lautlos auf. »Komm herein«, forderte die Frau ihn auf und legte ihre Hand auf seinen Arm.

Sie zog ihn in das Kleinpächterhaus, wo zuvor kein Kleinpächterhaus gewesen war. Es war klein, strohgedeckt, weiß gekalkt und roch nach Wärme und Garn. Er sah drei Katzen: eine Schwarze auf dem Herd, eine Braune auf einem Stuhl, eine weißpfotige Silbergetigerte in einem Gewirr farblosen, ungeordnet auf dem Boden aufgehäuften Garns. Mitten im Raum stand ein Webrahmen.

Die Frau schloß die Tür hinter Aidan. Und als er zu sprechen versuchte, verschloß sie ihm mit der Hand den Mund. »Nein«, sagte sie ruhig. »Ian wird es gut gehen. Du brauchst dich nicht zu fürchten.« Sie deutete auf einen Stuhl.

Er hatte nicht die Absicht, sich hinzusetzen, merkte aber, daß er dennoch gehorchte. Und er sah sie verwundert an.

Sie schien unauffällig. Eine kleine zerbrechliche Frau mit schwieligen Händen und ergrauendem Haar, das auf ihrem Kopf zu einem Knoten aufgesteckt war. Sie trug einen aus vielen Stücken zusammengesetzten Wollrock, als hätte sie jedes Mal, wenn der Rock zerschlissen gewirkt hatte, einen Webstreifen hinzugefügt. Darüber trug sie eine Tunika in der Farbe von Wintergras: blaß und glanzlos. Ein einzelner farbloser Stein schimmerte an ihrem Gürtel: ein einsames, starres Auge. Ihre eigenen Augen waren blau und schienen mit den Jahren verblaßt, ihre Gesichtshaut wirkte verwelkt.

Aidan regte sich träge, sobald er der Benommenheit entrann. »Lady, ich habe keine Zeit …«

»Du hast soviel Zeit, wie ich dir gewähre.«

Ihre ernste Sicherheit erfüllte ihn mit Angst. Aidan versuchte es erneut, mit mehr Nachdruck. »Ein Sturm tobt, und mein Verwandter …«

Ihre Haltung blieb gelassen. »Ian wird es gut gehen. Ich habe den Sturm gesandt.«

»*Ihr* habt ihn gesandt …« Er hielt inne, von Entsetzen gebannt und im Hinblick auf Ian von Zorn ergriffen. »Lady, er ist *verletzt* …«

»Er kann geheilt werden.« Sie hob ruhig die Katze von einem Stuhl und setzte sich vor den Webrahmen. Die Katze fand auf ihrem Schoß einen neuen Platz und schlief wieder ein. Die Frau streckte die Hand aus und ergriff das Weberschiffchen.

Aidan, der sie betrachtete, wußte, daß dies die einzige Antwort für ihn sein würde, bis sie sich entschied, ihm eine andere zu geben. Nichts, was er sagen könnte, würde sie aus ihrer Ruhe aufschrecken. Sie war kein Mensch, der von Empfindungen berührt wurde. Ihre Sorgen galten anderen Dingen.

Ungeduld wird nichts nützen … Aidan bannte sie mühsam. Statt dessen griff er auf die ruhige Höflichkeit zurück, die Homana-Mujhar ihn gelehrt hatte. »Wie soll ich Euch nennen, Lady? Der Erste war der Jäger.«

»Du kannst mich die Weberin nennen.« Sie lächelte strahlend. »Tritt an meine Arbeit heran, Aidan. Komm und sieh dir die Farben an.«

Er folgte ihrer Aufforderung und stemmte sich aus seinem Stuhl hoch. Ein Teil seines Selbst leugnete die Ereignisse, erinnerte sich nur an den Lichtblitz. Ein anderer riet zur Geduld. Er war Shaine, Carillon und einem Gott begegnet. Jetzt begegnete er einer Göttin.

»Teel«, murmelte er verwirrt. Die Verbindung schwieg.

»Teel ist sehr geduldig … Komm und sieh dir die Farben an.«

Aidan trat vor den Webstuhl. Er war sich kaum der Wärme in dem Kleinpächterhaus, dem Schnurren der

Katzen, dem Geruch des frisch gesponnenen Garns bewußt. Es war grau, grau und braun, und webte graues und braunes Gewebe – und dann betrachtete er den Webstuhl. Er betrachtete ihre Farben.

Er konnte sie nicht alle benennen. Er hatte noch niemals ein solches Leuchten gesehen.

Die Weberin ließ das Weberschiffchen hin- und hergleiten und verlieh dem Muster Mattigkeit. Aidan hielt es für eine Entweihung – bis er die Wahrheit erkannte.

Die Farben kamen von ihr. Während sie das Weberschiffchen durchzog, nahm jeder Faden eine andere Farbschattierung an.

»Es gibt für dich etwas zu tun«, sagte sie ruhig. »Eine Aufgabe, die bewältigt werden muß, die du aber ablehnen wirst. Es ist eine Aufgabe von großer Wichtigkeit, von großer *Notwendigkeit*, aber wir können nicht sicher sein, daß du sie bewältigen wirst. Wir machten der Menschheit das Geschenk der Selbstherrschaft, aber sogar die Götter können jene nicht lenken, die nicht zuhören wollen.« Sie ließ das Weberschiffchen in neuerlichem Schweigen hin- und hergleiten. »Wir machen die Dinge leicht. Wir machen die Dinge schwer. Die Menschheit trifft die Wahl.« Sie hielt in ihrer Bewegung inne. »Sieh in die Farben hinein und sage mir, was du siehst.«

Er schluckte schwer. »Einen Mann«, sagte er heiser, »und eine Kette. Die Kette bindet ihn, bindet seine Seele …, aber sie besteht nicht aus Eisen …« Aidan schloß die Augen. Als er erneut ängstlich hinsah, wirkten die Farben noch strahlender. »Gold«, sagte er rauh. »Das Gold der Götter, das geweiht ist …, aber ihm wohnt Schwäche inne. Eines der Glieder wird brechen.«

Die Weberin lächelte süß. »Manchmal wohnt der Schwäche auch Stärke inne.«

Er bekämpfte den Drang davonzulaufen. »Werde ich also versagen? Bin ich das schwache Glied?«

»Nicht allen Menschen gelingt, was sie am meisten ersehnen. Was dich betrifft, so weiß ich es nicht. Dein Weg liegt noch vor dir.«

»Und meine … Aufgabe?«

»Die Zeit für deine Entscheidung ist noch nicht gekommen.«

»Aber … dies …?«

»Dies ist nur der Auftakt davon.«

Aidan erschauderte. »Warum habt Ihr den Sturm gesandt? Warum habt Ihr ihm Schmerzen bereitet?«

Die Weberin betrachtete ihn. Ihr Blick schien nicht mehr freundlich. »Wenn ein Mensch nicht zuhören will, müssen wir uns verständlich machen.«

»Es war nicht nötig, *ihn* zu verletzen …«

Ihre Stimme peitschte durch den Raum. »Du sollst allein gehen.«

»Bei den Göttern …«, begann er, brach aber dann ab. Er lachte unangemessenerweise. »Ja, nun …« Aidan rieb sich das starre Gesicht. »Ich hoffe, Ihr werdet mir vergeben, wenn ich Euer Handeln unnötig finde. Er ist ein gottesfürchtiger, ergebener Cheysuli …«

»Und er wird belohnt werden.« Die Stimme der Weberin klang sanft. »Dies ist deine Reise, Aidan. Deine Aufgabe. Du sollst allein gehen.«

»Ihr hättet darum *bitten* können …«

»Götter bitten oft. Aber wir werden zu oft überhört.« Sie deutete auf den Webstuhl. »Sage mir, was du siehst.«

Aidan sah wenig begeistert hin. Die Farben waren seltsamerweise verblaßt – bis auf die Garnkette. Ihre Farbschattierung war noch immer ein strahlendes Gold, reinstes Gold, das im Feuerschein glänzte.

Aidan streckte die Hand aus, wie er es immer tat. Er wußte, daß er Garn berühren würde. Als er Metall spürte, ließ er es sofort fallen.

Das Kettenglied fiel herab. Es klang dumpf auf der festgetretenen Erde wider und verlor sich dann zum Teil im Garn, in stumpfem, farblosem Garn.

Aidan beugte sich zögernd herab und löste die Garnfäden. Das Kettenglied war vorhanden und ganz.

Er richtete sich, das Kettenglied umklammernd, wieder auf. Dann machte er sich an seinem Gürtel zu schaffen, öffnete die Schnalle, zog den Gürtel hindurch. Er ließ das neue Glied neben das alte gleiten. Sie fügten sich harmonisch aneinander, ruhten auf seiner rechten Hüfte. Aidan schloß den Gürtel wieder.

Er betrachtete das Webstück. Die Farben waren, seiner Meinung nach, verblaßt. »Welches *Tahlmorra* webt Ihr mir?«

Die Weberin lächelte: eine kleine, grauhaarige Frau mit Magie in den Augen. »Du wirst dir dein eigenes weben, Aidan. Das verspreche ich dir.«

Er öffnete den Mund und schloß ihn gleich wieder. Dann öffnete er ihn erneut. »Bin ich dessen wert?«

»Vielleicht. Vielleicht auch nicht.«

Aidan schloß eine Hand um die Kettenglieder. Die Kanten schnitten in seine Handfläche ein. Er konnte die Enttäuschung nur mühsam aus seiner Stimme verbannen. »Soll ich so mein Leben verbringen?« Seine Beherrschung schwand allmählich: Jetzt wurde seine Enttäuschung deutlich. »Aus dem Tag oder der Nacht gerissen, um Unklares mit Göttern – *und* Göttinnen – zu verhandeln – wer spielt hier sein eigenes Spiel? Muß ich mich Euren Wünschen fügen wie ein zahmer kleiner Cheysuli, der seine unbekannte Aufgabe niemals in Frage stellt?« Zorn ersetzte die Enttäuschung. Er schrie laut im Kleinpächterhaus. »Wißt Ihr, wie es ist, wenn Euch jedermann für wahnsinnig hält?«

Stille, als das Schreien erstarb. Er schämte sich einen Augenblick. Dann erkannte er, daß dies nötig gewesen war. Wenn er noch mehr hätte in sich verschließen müssen, hätte er seine Ausgewogenheit verloren, und was dann?

Die Götter haben uns so geschaffen. Sie schenkten uns sowohl die Gabe des Gestaltwandels als auch den Fluch zu wis-

sen, daß der Verlust der Ausgewogenheit auch den Verlust des Selbst bedeutet.

»Wißt Ihr es?« wiederholte er, weil er eine Antwort brauchte.

Tränen schimmerten in den Augen der Weberin. »Weißt du, wie es ist, wenn man Bitten und Gebete übergehen muß? Wenn man ein Kind sterben lassen muß, auch wenn andere um sein Leben bitten?«

Aidan war sprachlos. »*Warum übergeht* Ihr solche Dinge dann?«

»Weil die größte Kraft manchmal aus dem größten Schmerz erwächst.«

»Aber ein *Kind* …«

»Es gibt für alles einen Grund.«

Aidan antwortete schneidend. »Welchen Grund gibt es für den Tod eines Kindes? Welchen Grund gibt es für die Vernichtung eines Volkes?«

Die Weberin legte das Weberschiffchen fort, hob die Katze von ihrem Schoß, stand langsam auf und wandte sich ihm zu. Aidan war viel größer, aber das beeindruckte sie nicht. »Die Welt ist vielfältig«, belehrte sie ihn. »Ihre Einzelheiten sind sehr schwer erkennbar, selbst wenn man zu sehen imstande ist. Aber die Augen der Menschen sind blind.«

Das genügte Aidan nicht, der an der Undeutlichkeit fast erstickte. »Ich denke …«

Sie ließ ihn seinen Satz nicht beenden, sondern brachte ihn ruhig zum Schweigen. »Einige wenige sehen mehr als die meisten. *Du* siehst mehr als die meisten. Darum haben wir dir die Aufgabe zugeteilt. Aber wenn du alles gesehen hättest, wenn du *alle Einzelheiten* gesehen hättest, wärst du sicherlich wahnsinnig geworden.«

Er spürte seine Hilflosigkeit. »Dann steht unser *Tahlmorra* in keinem Zusammenhang damit, wie wir unser Leben leben.«

»Allem wohnt ein Schicksal inne. Die Menschen entscheiden sich nur, es nicht zu erkennen. Sie erkennen nur die unmittelbare Gegenwart. Sie fordern selbst in ihrem Kummer Zufriedenheit.« Die Weberin atmete tief ein. »Wenn niemand jemals stürbe, würde das Rad des Lebens anhalten. Es würde durch Horden von Menschen gestoppt und würde ihnen letztlich fehlen.«

Aidans Stimme klang verbittert. »Blut schmiert es.«

»Das Rad des Lebens muß sich drehen.«

»Würdet *Ihr* sterben, wenn es anhielte? Würden die Götter verschwinden?«

Die Augen der Weberin schienen ausdruckslos. »Wir verschwinden jeden Tag.«

Hilflosigkeit brach über Aidan herein. Er streckte, zornig vor Unvermögen, die Hände aus. »Was soll ich tun? Wie soll ich dienen? Ihr sagt mir, daß Ihr Kinder tötet, und doch erwartet Ihr von mir, daß ich diese Aufgabe erfülle, die Ihr Euch dann zu offenbaren weigert. Dreht sich das Rad auf diese Weise? Wird so unser Wert festgelegt?«

Ihr Gesichtsausdruck veränderte sich. Die Augen wirkten jetzt verhüllt. »Ist es grausam, das Kind davon abzuhalten, von der Mauer zu springen, weil es glaubt, daß es fliegen kann?«

Respektlosigkeit brach hervor. »Wenn das Kind ein Cheysuli ist, kann es vielleicht *tatsächlich* fliegen ...« Aber der Spott verging ihm wieder. »Ihr malt das Bild schwarz und weiß.«

»Die Wahlmöglichkeiten liegen häufig in diesem Bereich.«

»Aber was ist mit den Wahlmöglichkeiten im *grauen* Bereich? Was ist mit den Feinheiten?«

Ihre Stimme klang unerbittlich. »Für einen Menschen, den es nicht kümmert, gibt es keine Feinheiten. Aber dann gibt es auch kein Mitgefühl, kein Einfühlungsvermögen.«

Er ließ seine Hände kraftlos herabsinken. »Dann weiß ich nicht weiter.«

»Jedermann weiß weiter. Das Ergebnis ist nicht immer

erfreulich. Das Ergebnis ist oft ein blutiges. Aber jedermann geht damit um. Jedermann trifft seine Wahl.«

Es war zuviel, zu*viel*. Er war unfähig zu begreifen. Er roch Garn, Katzen, sich selbst. Er schmeckte die Sinnlosigkeit.

Aidan rieb sich das Gesicht, kämpfte um Worte. »Ich muß gehen … da ist Ian … Ich muß von hier fortgehen …«

Die Tür öffnete sich lautlos. »Dann geh«, sagte die Weberin.

Aidan lag ausgebreitet auf dem Boden, von der Macht des Blitzes wie betäubt. Sein Kopf war erfüllt von Lärm, wie von fest zusammengezurrtem Garn gestopft. Er sah nichts. Die Haut wand sich über seinen Knochen. Seine gesamte Körperbehaarung stand aufrecht.

Er stieß etwas hervor, stemmte sich hoch und klammerte sich an das Tageslicht. Er spie Blut und Staub aus und sog die Lungen voll Luft. Die Kettenglieder an seinem Gürtel klangen.

Glieder? Aidan griff hin. Und dann sah er Ian an.

Das alternde Gesicht wirkte verheert. »Ich habe es gesehen«, keuchte Ian. »Ich habe gesehen, wie der Blitz *einschlug* …«

»Nein. Nein … *Su'fali* …«

»Ich habe *es gesehen* …«, wiederholte Ian. »Du bist wie ein Scheiterhaufen entflammt, und als das Feuer erstarb, warst du fort. Als es erstarb, warst du *fort* …«

Aidan begann zu zittern. Schock und Müdigkeit überwältigten ihn. »Du würdest nicht … du würdest nicht glauben …« Er lachte benommen. »Du würdest niemals glauben, was geschehen ist …«

»Aidan, du wurdest *getroffen* …«

»Du würdest niemals glauben, was ich sah …«

Ians Hand krampfte sich in Tashas Nackenfell. »Du würdest niemals glauben, was *ich* sah!«

Aidan versuchte, ein Lachen zu unterdrücken. Er

wußte nur zu genau, daß er dem Abgrund zu nahe kam. »Was ich sah ... was *ich* sah ...« Er strich sich mit beiden Händen übers Gesicht, streckte die Haut. »O Götter ...« Weiteres Lachen. »O *Su'fali,* wenn ich es dir nur sagen könnte ...« Er brach jäh ab. »Sie sagte, es würde dir gut gehen. Sie *versprach* mir, daß es dir gut gehen würde.«

»Wer ...?« Ians Augen weiteten sich. Er schwieg.

Aidan, der auf Händen und Knien kauerte, kroch neben seinen Verwandten. Er achtete nicht auf das Grollen der Katze. »Dann soll *ich* es tun ... Sie hat mir diese Aufgabe überlassen ...«

Ian schwieg noch immer.

»Sie sagte, es würde dir gut gehen, also werde ich das tun müssen.« Aidan lächelte grimmig. »Aber ich weiß *immer* noch nicht wie.«

»O Götter«, murmelte Ian. »Kein Wunder, daß über dich geredet wird ...«

»Du wirst zurückkehren müssen, *Su'fali*. Ich muß allein gehen.«

Ian schloß die Augen. Der *Lir* neben ihm grollte.

Teel? flehte Aidan.

Die Stimme des Raben klang heiter. *Man braucht nur zu fragen.*

Aidan fragte und erhielt die Antwort.

Teil II

Kapitel Eins

Die Stadt Lestra lag, anders als Mujhara, auf einer Hügelkette. Keiner der Hügel war wesentlich größer als seine Geschwister, aber sie ragten in der Stadt vereinzelt und wie eigensinnig hervor, jeder war wie ein Klumpen geronnener Milch mit Ansammlungen von Gebäuden bedeckt.

Dadurch wirkte Lestra bogenförmig, fand Aidan, während er sich seinen Weg durch das Labyrinth gepflasterter Straßen bahnte, wobei jede Biegung verwirrender war als die vorige. Er fragte mehrere Male nach dem Weg zum Palast, erhielt immer eine andere Antwort und zweifelte allmählich daran, jemals den Weg zum Heim seines *Su'fali* zu finden.

Teel fragte trocken: *Soll ich den Weg für dich suchen?*

Das wäre natürlich die einfachste Möglichkeit, aber Aidan zog es zu diesem Zeitpunkt noch vor, den Palast selbst zu finden. Er wollte Teel nicht gern noch mehr Grund geben, sich überlegen zu fühlen, da sich der Rabe stets bemühte, nur zu oft auf Aidans menschliche Unzulänglichkeiten hinzuweisen.

Aber sie schienen sich verirrt zu haben – oder *er* schien sich verirrt zu haben – und sah keinen Ausweg.

Aidan seufzte und regte sich im Sattel. *In Ordnung. Ich gebe auf. Finde den Palast für uns.*

Teel, der auf dem vorderen Sattelbaum kauerte, flog nicht sofort los. *Du könntest ihn selbst finden, wenn du dieses nutzlose Pferd aufgeben würdest. Warum bestehst du darauf zu reiten, obwohl du die Mittel hast zu fliegen …* Teel seufzte in der Verbindung.

Ich bestehe darauf zu reiten, weil ich dem Jäger erklärt habe, daß es eine phantastische Freiheit bedeutet. Ich bestehe darauf, dieses *besondere Pferd zu reiten, weil sich Ian, falls du dich erinnerst, geweigert hat, es anstelle seines eigenen Pferdes anzunehmen.*

Teel plusterte einen Flügel auf. *Weil er statt dessen in Lirgestalt nach Hause geeilt ist. Wie jeder vernünftige Cheysuli.*

Aidan lächelte grimmig. *Ich bin das, wozu du mich gemacht hast.*

Der Rabe widersprach. *Ich habe nichts gemacht. Ich habe mich mit dir verbunden, um dir die Hilfe zu gewähren, die alle Krieger benötigen – obwohl du, wie ich zugeben muß, mehr brauchst als die meisten.* Teels Augen glitzerten. *Außerdem bist du viel zu eigensinnig, um irgend jemandes Führung anzunehmen, nicht einmal die Führung eines Gottes. Du hast dich selbst gemacht.*

Aidan schlug laut vor: »Dann gewähre mir Hilfe, *Lir:* Suche den Palast.«

Das tat der Rabe, brauchte weitaus weniger Zeit, als Aidan erwartet hatte und gab ihm genau die Richtung an, in der Aidan – und sein Pferd – unmittelbar zum Vordertor gelangten. Aidan versuchte, den Wächtern seinen Namen und Titel zu nennen, aber sie winkten ihn nur durch. Dann bemühte er sich, den diensthabenden Hauptmann zu finden, der, natürlich, den Palast benachrichtigen und dann mit der angemessenen Aufforderung zurückkehren würde –, aber er wurde nur erneut hindurchgewunken. Er ritt nachdenklich durch den äußeren Hof in den Inneren hinein, ohne angehalten zu werden. Und als er stirnrunzelnd und enttäuscht versuchte, einem Pferdeburschen Geld dafür zu geben, daß er den Palast benachrichtigen sollte, grinste der Junge nur, verneigte sich und führte dann mit einem Kopfnicken zur Eingangstür sein Pferd davon.

Teel, der auf der nächstgelegenen Mauer saß, schlug Aidan vor hineinzugehen. *Diese Solinder sind sehr entgegenkommend.*

Nach sinnlosem Zögern näherte sich Aidan der wuchtigen Vordertür. *Mein Su'fali ist kein Solinder, wie du sehr wohl weißt*. Er erklomm die erste Treppenflucht. *Könntest du durch die Verbindung wenigstens Rael benachrichtigen? Ich denke, es wäre besser, wenn zumindest irgend jemand wüßte, daß wir kommen.*

Warum?

Das ist übliche Höflichkeit. Aidan erklomm die zweite Treppenflucht. *Wie auch eine angemessene Verteidigung … Wenn ich ein Feind wäre, brauchte ich nur durch die Tür zu spazieren …*

Du bist es nicht, und dort ist die Tür.

Aidan hielt inne und schaute zurück. *Kommst du nicht mit hinein?*

Später. Im Augenblick ziehe ich die Sonne vor.

Also ließ Aidan Teel auf der Mauer in der Wärme eines Sommertages zurück und trat unangemeldet durch die Vordertür der Behausung seines *Su'fali*.

Innen war der Palast, wie Aidan entdeckte, nicht besser bewacht als außen. Er blieb in der Vordertür stehen und verweilte höflich einen Augenblick, während er darauf wartete, daß Diener herbeieilen würden. Als aber niemand herankam, gab Aidan schließlich auf. Er eilte den ersten Gang hinab, den er finden konnte.

Niemand erschien, um ihn zu fragen, wer er sei oder was er wolle. Er begann verstimmt, schwere, geschnitzte Türen zu öffnen. Alle Räume waren leer. *Wenn ich einen Mord plante, wäre ich sicher erfolgreich*. Er schloß geräuschvoll eine weitere Tür und wandte sich wieder der Halle zu. *Aber andererseits vielleicht auch nicht – ich kann niemanden finden, den ich töten könnte!*

Ein Geräusch unterbrach seine trüben Gedanken. Aidan hielt sofort inne, lauschte erwartungsvoll und hoffte, daß endlich jemand käme, der ihn zu Lebenden bringen oder ihm zumindest den Weg zu ihnen weisen könnte.

Echos hallten durch die Gänge. Über Aidans Kopf wölbte sich von uraltem Gestein herabhängendes, hölzernes, bogenförmiges, kunstvoll gearbeitetes Balkenwerk. Die Gewaltigkeit des Palastes dämpfte und verzerrte die Geräusche und entstellte ihre Klarheit.

Ich könnte hier drinnen sterben, dachte Aidan angewidert. *Ich könnte auf genau diesem Fleck verhungern, und man würde nur meine ausgetrocknete Leiche finden …*

Eine Stimme. Eine junge kindliche Stimme, die fordernd und mit Nachdruck erhoben war. Er konnte die Worte nicht verstehen, aber er erkannte den Tonfall. Jemand wurde gescholten.

Und dann drangen die Worte deutlicher zu ihm. »Er hat *mir* schöne Augen gemacht, Cluna! Nicht dir! Er hat dich nicht einmal *angesehen!*«

»Dir!« höhnte eine zweite Stimme, die der ersten sehr ähnlich war. »Warum sollte er dir schöne Augen machen, wenn *ich* doch da bin? Du *wünschtest* nur, er würde dir schöne Augen machen!«

Aidan kreuzte lächelnd die Arme über der Brust, lehnte sich an die nächste Säule und wartete ab.

»Er mag *mich,* nicht dich! Er macht mir, wann immer möglich, Komplimente.«

»Man kann einen Mann nicht nach Komplimenten beurteilen, sondern nach *Worten* …«

»Aber *du* läßt ihm niemals eine Chance zu sprechen, Cluna! Wie willst du dann wissen, was er sagen will?«

»O Jennet, nur weil er höflich zu dir war, heißt das nicht, daß er dich wirklich reizvoll findet. Er war nur freundlich …«

»Freundlich zu *dir*«, entgegnete Jennet. »Während er, was mich betrifft …«

Aber dann kamen sie um die Ecke – und so in Aidans Reichweite. Als sie ihn sahen, blieben sie jäh stehen.

»Oh«, sagte die eine.

»Ummmh«, sagte die andere.

Aidan lächelte nur.

Sie betrachteten ihn genau und bemerkten seine Kleidung und seinen Schmuck, besonders das *Lir*gold an seinen Armen. Er war ohne Zweifel mehr als ein Diener, galt aber nach homanischer Rangordnung auch weniger, als er war. Sie hatten, genau wie er, gelernt, jemanden nach Feinheiten zu beurteilen, und waren geübt darin, keine voreiligen Schlüsse zu ziehen, wenn diese Schlüsse kränken könnten.

Was ihm sagte, wer sie waren, auch wenn er es bereits geahnt hatte.

»Cluna und Jennet«, sagte er. »Wer von euch ist wer?«

Zwei Paar blaue Augen schimmerten. »Wie wir wollen.«

»Aha.« Aidan nickt. »Es ist also ein Rätsel? Ich soll raten?«

Zwei Köpfe nickten. Sie warteten gespannt.

Sie glichen sich. Beide hellhaarig, blauäugig, ein wenig rundlich und von einer robusten Weiblichkeit. Eine von beiden trug veilchenblau gefärbte Röcke und eine ebensolche Tunika, das helle Haar mit einem passenden Band zurückgebunden. Die andere trug ähnliche Kleidung – und ein ähnliches Band – ein hellblaues, aber die Farben sagten ihm nichts. Er kannte die Mädchen nicht und konnte daher nicht diese kleinen Dinge, wie das Anheben des Kinns, ein Neigen des Kopfes, die gleichmäßige Anordnung der schmalen Schultern beurteilen, aber er brauchte auch nichts zu beurteilen. Zum ersten Mal in seinem Leben nutzte Aidan sein erinnisches *Kivarna,* um besondere Ansprüche zu erfüllen.

»Du«, sagte er zu dem Mädchen in Veilchenblau, »bist Jennet. Und du bist natürlich Cluna.«

Die gleichen Münder wurden sprachlos geöffnet. Cluna, in blau, sprach zuerst. »*Niemand* hat uns jemals richtig angesprochen. Nicht bei der ersten Begegnung!«

Jennet musterte ihn genau. »Wie habt Ihr das gemacht?«

»Leicht«, erwiderte er. »Für einen Fremden seht ihr euch sehr ähnlich. Aber zwei Menschen sind sich niemals wirklich vollkommen gleich. Ihr denkt unterschiedlich, empfindet unterschiedlich … Ihr wünscht euch unterschiedliche Dinge.«

Sie starrten. Zuerst ihn und dann einander an. Dann wieder ihn. Cluna schüttelte den Kopf. »Niemand sonst denkt so.«

Aidan zuckte die Achseln. »Weil niemand sonst wirklich zwillingsgeboren ist, nicht wie ihr. Sogar euer *Jehan* ist anders – zwillingsgeboren, ja, aber er und mein *Jehan* sind in Erscheinung und Temperament ziemlich verschieden. Niemand *erwartet*, daß sie gleich wären. Aber von euch erwartet man es, und so hat keine von euch die Freiheit, sich anders zu entwickeln.«

»Er *weiß* es!« keuchte Cluna.

Jennet betrachtete ihn erneut. »Das sagt Euch Euer *Lir*.«

Aidan lachte. »Nein, mein *Lir* hockt in diesem Augenblick draußen in der Sonne.«

Blaue Augen verengten sich, während sie wie abwesend an ihrem gelösten Haarband zupfte. »Wie *könnt* Ihr es dann wissen?«

Er versagte es sich, die Gabe zu erklären. »Ich spüre Empfindungen«, sagte er und dachte, das würde genügen. »Nun, was euch betrifft …«

»Seid Ihr *Aidan?*« fragte Cluna.

Jennet verhinderte seine Antwort. »Er *kann nicht* Aidan sein«, erklärte sie und schnippte das veilchenblaue Band hinter eine Schulter. »Aidan ist sehr krank. Das sagt jeder. Man erwartet, daß er nicht überlebt.«

Das war eine ernüchternde Zusammenfassung. Aidan betrachtete beide Mädchen eine Weile und seufzte dann schwach. »Es gab eine Zeit, in der ich kränklich war«, stimmte er ihr zu. »Es gab sogar eine Zeit, in der befürchtet wurde, daß ich sterben könnte. Aber jetzt nicht mehr.«

Jennet wölbte fragend ihre hellen Augenbrauen. »Nun«, begann sie, »wen werdet Ihr dann heiraten?«

Cluna war entsetzt. »Jennet, das kannst du ihn doch nicht fragen!«

»Warum nicht? Ich denke, es ist eine angemessene Frage.« Jennet wickelte eine herabgesunkene Locke um ihren Finger. »Wir sind jetzt dreizehn Jahre alt, und es war bereits die Rede davon, uns mit diesem oder jenem Königreich zu verloben. Auch Homana wurde erwähnt.«

»Oh, tatsächlich?« Aidans Stimme klang sanft. »Ich glaube, ich könnte dazu vielleicht auch noch etwas zu sagen haben.«

Jennet vermutete: »Ich bezweifle, daß man das zulassen wird. Sie fühlen sich wichtig, wenn sie bestimmen, wie wir leben sollen.«

»Jennet!« stöhnte Cluna.

Ihre Schwester antwortete nicht. »*Seid* Ihr auf der Suche nach einer Ehefrau hierhergekommen?«

Aidan lächelte. »Vielleicht.«

Clunas Gesicht glühte. »Er wird niemals *dich* nehmen«, erklärte sie. »Eine Königin muß ihren Platz kennen …«

»Ich *kenne* meinen Platz!« fauchte Jennet. »Wie jeder Narr erkennen kann, sind wir in heiratsfähigem Alter und hervorragender Abstammung.«

Eine neue Stimme schaltete sich ein. »Aber ihr habt *keine* hervorragenden Manieren.« Eine junge Frau kam schnell auf sie zu, die gelben Röcke mit beiden Händen hoch gehalten. »Ich konnte euch den ganzen Weg bis zu meinen Räumen zanken hören. Ein solches Benehmen erwartet unsere Mutter *nicht* von euch … Ihr seid Prinzessinnen, keine Straßenkinder – obwohl ihr mit euren gelösten Haaren letzteren ähnlicher seht.« Sie schaute kurz zu Aidan und dann wieder zu den Mädchen. »Jennet, hast du überhaupt keinen Verstand? Du belästigst einen Fremden mit unschicklichen Reden …« Sie lächelte Aidan höflich an und glättete dabei die gelben Röcke und den bernsteinverzierten Gürtel um ihre schmale Taille. »Ich hoffe, Ihr werdet ihnen verzeihen, wenn sie zu offen gesprochen haben. Jennet hat durch solch kühne Reden schon mehr als einen Freund verloren.«

»Nicht Tevis«, erklärte Jennet. »Er *mag* solche Reden.«

Cluna widersprach. »Tevis ist nur höflich. Er will unseren Vater nicht verletzen.«

»Das reicht«, schalt die Frau. »Habt ihr kein Gefühl für Anstand? Dieser Mann ist ein Fremder!«

»Er ist ein Cousin«, teilte ihr Jennet mit.

Das ließ die junge Frau innehalten. Sie wandte Aidan erstmals ihre ganze Aufmerksamkeit zu. Sie schien ihren Schwestern so unähnlich wie nur möglich, aber er erkannte sie an der Hautfärbung und am Alter. Die älteste von Harts Sprößlingen: Blythe, nur wenige Monate jünger als er selbst.

Sie sah großartig aus, dachte er. Das schwere Samtgewand, in ein üppiges, warmes Gelb gefärbt, hob sich von ihrer dunklen Cheysulihautfarbe ab, obwohl ihre Augen blau statt gelb waren. Ihr Gesicht ähnelte sehr den Gesichtern der Cheysulifrauen im Stammeskeep. Es war wenig Solindisches an ihr. Das war eher Clunas und Jennets Domäne. Blythes schwarzes Haar war gedreht und am Hinterkopf hochgebunden, wodurch ihr schlanker Hals sichtbar wurde.

Sie war die Reise wert … Aidan unterbrach seine Gedanken. Er hatte zuviel Zeit mit niedriger gestellten Frauen verbracht, die seine Aufmerksamkeit ermutigt hatten. Im Umgang mit ihnen und in der schnellen Beurteilung ihres Ranges hatte er Erfahrung. *Aber diese Frau ist nicht wie sie* …

Blythe blickte ungerührt drein. »Seid Ihr wirklich Aidan?«

Er sah sie an. *SIE könnte mich vergessen machen. All die Träume, die Kette* … Er unterbrach seine Gedanken erneut. »Ja«, antwortete er ruhig. »Ich werde nicht erwartet, so daß ich hoffe, daß Ihr mir mein unangemeldetes Eintreffen vergebt. Mein *Jehan* glaubte, daß Hart mich nicht abweisen würde.«

»Natürlich nicht. Ihr seid in Lestra willkommen.« Blythes Homanisch war von einem leichten solindischen

Akzent durchsetzt. Aidan fand ihre Sprache anziehend. »Aber Ihr müßt mir versprechen, daß Ihr diesen kleinen Plappermäulern vergebt, die leicht zu persönlich werden.«

Beide Plappermäuler sahen ihre Schwester an und wandten ihre Aufmerksamkeit dann wieder Aidan zu. Er erinnerte sich seiner Erziehung und versicherte schnell, daß er ihnen verzieh.

Jennet legte ihre Zerknirschtheit wieder ab. »*Seid* Ihr auf der Suche nach einer Ehefrau hierhergekommen?«

Blythe wölbte die Augenbrauen. »Was ist denn in dich gefahren, daß du so unbesonnen bist? Glaubst du, Aidan wäre den ganzen Weg von Homana nur hierhergekommen, um nach einer Ehefrau zu suchen?«

Aidan öffnete den Mund, schloß ihn dann wieder und kratzte sich vielsagend am Kopf.

»Siehst du?« frohlockte Jennet.

Blythes Augen weiteten sich. »*Seid* Ihr also deshalb hier?«

»Siehst du?« wiederholte Jennet. »Du willst es ebenso sehr wissen wie wir.«

Aidan behielt einen nüchternen Ton bei. »Es besteht eine gewisse Möglichkeit …«

»Königin von Homana«, sann Jennet.

Cluna starrte sie an. »Noch viele Jahre lang nicht. Zuerst wird man *Prinzessin* von Homana …«

Wieder war Blythe an der Reihe. »Und auch *das* noch viele Jahre lang nicht«, erklärte sie. »Es gibt bereits eine Prinzessin von Homana: Aidans Mutter, Aileen.«

Cluna lächelte schüchtern. »Jennet ist vielleicht älter, aber ich bin netter.«

Jennet sah sie fragend an. »Und Blyhte ist die Älteste von uns. *Sie* kommt bei allem zuerst.«

»Das reicht!« rief Blythe, um den Streit zu beenden. »Ihr kommt jetzt alle mit mir. Aidan muß *Jehan* treffen.«

Jennet zupfte an ihren Röcken. »Er spielt mit Tevis Bezat. Er hat uns hinausgeschickt, als Cluna die Schale umgestoßen und alle Steine verstreut hat.«

»Es war ein Versehen!« rief Cluna. »Und in Wahrheit war es *deine* Schuld –, wenn du die Schale nicht so nahe an der Tischkante stehengelassen hättest ...«

»Und wenn du *deine* klebrigen Finger herausgelassen hättest ...«

»Egal«, sagte Blythe unheilvoll. »Ich weiß, wo Tevis ist. Ich weiß, wo sie *beide* sind. Und ich weiß, wo ihr hingeht.« Blythe legte eine Hand auf Jennets Schulter und führte sie die Halle hinab. »Cluna, du auch. Und Aidan ...« Blythes Lächeln war sowohl wunderschön als auch flehend. »Kommt Ihr mit uns?«

Aidan war ohne Schwestern aufgewachsen. Er mochte Frauen sehr, aber diejenigen, mit denen er den größten Teil seiner Zeit verbracht hatte, waren vollkommen anders gewesen. Wenn er seine Verwandten betrachtete, die sich gegen Ablehnung zusammenschlossen, bezweifelte er, daß er sich anders verhalten könnte. Nicht angesichts so vieler um eine einzige Sache bemühter Frauen, wobei diese nichts mit dem Bett zu tun hatte.

Kapitel Zwei

Der runde Raum war klein, aber gemütlich und zusätzlich hell getüncht, und lag in einem Eckturm des Schlosses. Eine Handvoll Fensterschlitze ließen das Licht eines verblassenden Tages ein und bemalten das Zimmer mit gedämpften Streifen. Es gab Stühle, Sessel, dreibeinige Kerzenleuchter, einen niedrigen Tisch. Am Tisch saßen zwei Männer: ein Cheysuli in indigofarbener Lederkleidung, an dessen dunklen Armen Gold schimmerte, und ein jüngerer, edlerer Mann in rostbraunem Samtwams über einer braunen Jagdlederhose.

Aidan erkannte den älteren Mann, obwohl sie sich noch nie begegnet waren. Er sah seinem Vater sehr ähnlich.

In ihr Spiel verloren, schaute keiner der Männer auf. Blythe seufzte, wechselte einen belustigten Blick mit ihrem frisch eingetroffenen Cousin und brachte dann Cluna und Jennet mit erhobenem Finger zum Schweigen. Blythe übernahm die Vorstellung im Ton ausdrücklicher Feierlichkeit.

Zwei Köpfe hoben sich, wandten sich um und zeigten bestürzte Gesichter. Hart schaute sie an und hielt dann plötzlich mitten in seiner Bewegung, einen knochenfarbenen Stein aus einer mit Runen versehenen Silberschale zu ziehen, inne. Zunächst wirkten die blauen Augen wie benommen, dann nahmen sie einen Ausdruck des Unglaubens an. »Nein«, sagte er nur.

Aidan grinste erheitert. »Doch.«

Hart runzelte die Stirn. Er betrachtete Aidan kurz und aufmerksam, sah auf das Haar, erkannte die Augen, das Gold, die Form der Gesichtsknochen. Dann verging das

Stirnrunzeln. Seine Stimme klang zweifelnd. »Aidan von *Homana?*«

»Nicht Aidan von Falia«, antwortete Aidan trocken. »Soll ich den Rest meines Lebens damit verbringen, meine Verwandten davon zu überzeugen, daß es mir gut geht und ich wirklich lebe?«

»Brennans Sohn«, murmelte Hart, während sich langsam ein Lächeln um seinen Mund ausbreitete. Und dann sprang er auf und ließ den vergessenen Bezatstein fallen. »Bei allen Göttern, *Aidan!*«

Aidan kam flüchtig ein spöttischer Gedanke. *Tatsächlich bei allen Göttern* ... Aber dann umarmte Hart ihn, zog ihn in die stolzen Arme eines Verwandten, und Aidan hatte keine Zeit mehr für weitere Gedanken.

Hart sagte etwas in der Alten Sprache, etwas, das mit endlich beantworteten Gebeten für seinen *Rujholli* zu tun hatte, und ließ Aidan dann wieder los. Die blauen Augen strahlten. »Du mußt mir meine Zweifel vergeben ... All diese Jahre fürchteten wir um dein Wohlergehen, und jetzt spazierst du in mein Schloß – jeder Zoll ein Krieger!«

Aidan deutete auf sein Haar. »Bis auf das, glaube ich.«

Hart winkte ab. »Ja, nun ... du hast sicherlich bemerkt, daß auch zweien *meiner* Kinder die Cheysulifärbung fehlt.« Er grinste seine hellhaarigen Töchter an. »Das kommt von der Heirat unter Nichtverwandten. Zuerst Aileen, dann Ilsa. Wenn wir nicht aufpassen, werden wir die Färbung noch verlieren.«

Aber er klang nicht besonders besorgt wegen der Abschwächung wahrer Cheysulimerkmale. Aidan betrachtete Harts Gesicht und sah die gleichen Knochen, die das Gesicht seines Vaters aufwies, und das gleichermaßen – oder zumindest einst gleichermaßen schwarz gewesene Haar. Jetzt war es ebenfalls von Silber durchzogen –, aber Harts Augen waren blau. Blythe sah ihm sehr ähnlich.

Blythe. Aidan sah sie an. Nach der Vorstellung hatte

sie den Raum durchquert und sich neben den jungen Mann im rostbraunen Samt gestellt. Er wartete höflich schweigend. Aidan sah nur sein Profil, während er müßig die Steine mischte. Blythe griff hinab und nahm den Weinbecher neben seinem Ellenbogen auf, während sie leise etwas sagte.

Aidan begann etwas zu ahnen. Er war durchaus daran gewöhnt, Zuneigung oder auch eine Art von Einladung in den Augen anziehender Frauen zu erkennen. Blythe war anders, aber er merkte, daß er sich von ihr etwas ähnliches wünschte. Doch ihre Gedanken galten zweifellos einem anderen Mann. Und Aidan erkannte, daß hier, trotz all seiner Erfahrung, andere Regeln wirksam schienen. Er war hierhergekommen, um eine Ehefrau zu suchen, nicht eine kurzlebige Liebelei.

Die Ahnung verstärkte sich. *Komme ich bei Blythe zu spät?*

Harts überschäumende Stimme drängte sich in seine Gedanken. »Wie geht es meinem königlichen *Rujho?* Und *Jehan?* Besteht Mujhara noch genauso wie früher oder ist es angewachsen? Hat Deirdre ...«

Aber Jennet und Cluna, die jetzt vom zuvor geforderten Schweigen entbunden wurden, redeten schon auf ihren Vater ein.

»Jetzt nicht«, sagte er über den schrillen Lärm hinweg, der die Verständigung mit Aidan erschwerte. »Es gibt zu vieles, was ich Aidan fragen will ...« Und dann, liebevoll aufgebracht: »Nicht *jetzt,* habe ich gesagt. Ihr werdet Aidan glauben machen, daß ich euch verziehe.«

Aidan, der das bereits bemerkt hatte, lächelte in sich hinein. Auf der anderen Seite des Raumes schaute Blythe auf, bemerkte seinen Gesichtsausdruck und lächelte zurück. Sie teilten diesen winzigen Augenblick des Verständnisses. Dann setzte Blythe den Becher ab und trat vom Tisch fort.

»Jennet«, sagte sie, »das reicht. *Und* du, Cluna. Ihr könnt später reden ... Jetzt müssen wir unseren Verwandten bewirten und ihn solindisch ehrenhaft behandeln.« Sie schnippte mit den Fingern. »Ihr wißt, wo die Küchen sind. Schickt nach Essen und Wein.«

Jennet verzog kurzzeitig den Mund. »Wenn er wegen einer Ehefrau hierhergekommen ist, dann betrifft es mich. Ich sollte bleiben dürfen.«

Der junge Mann an dem niedrigen Tisch hörte auf, die Steine zu mischen.

»Eine Ehefrau?« fragte Hart.

»Nicht *jetzt*«, belehrte Blythe Jennet. »Eine Heirat wird von Erwachsenen festgelegt, und *du* mußt erst noch beweisen, daß du mehr als nur ein Kind bist. Und jetzt geh, und nimm deine Schwester mit.«

Auch die ruhigere Cluna lehnte sich kurz auf. »Aber er könnte auch *mich* wählen.«

Blythe deutete heftig zur Tür. »Er könnte vielleicht sogar Dulcie nehmen.«

Zwei Kinnladen fielen herab. Zwei Stimmen sagten im Chor: »Aber Dulcie ist noch ein *Kind*.«

»Umso besser«, erwiderte Blythe rasch. »Kinder kann man leichter erziehen.« Sie lächelte Aidan an und bedeutete ihren Schwestern dann endgültig zu gehen. Schließlich folgten sie der Aufforderung.

»Eine Ehefrau?« wiederholte Hart. »Aber Brennan hat in keinem seiner Briefe etwas davon erwähnt.«

Aidan wußte, daß sein Vater und Hart einander oft schrieben, um ihr Getrenntsein zu erleichtern. Sie lebten sogar für die *Lir*verbindung zu weit voneinander entfernt und zogen aus dem Briefwechsel daher soviel Trost wie möglich.

Aidan schüttelte den Kopf. »Das Thema kam recht plötzlich auf. *Jehan* und *Jehana* bemerkten, daß ich bereits dreiundzwanzig bin ... Offensichtlich kommt diesem Alter eine gewisse Bedeutung zu.« Er lächelte Blythe zu, die nicht wesentlich jünger war als er. »Es ist anscheinend ein Familienbrauch, daß kein Mann und keine Frau ein Alter von vierundzwanzig Jahren erreichen darf, ohne geheiratet zu haben.«

Blythe errötete. Sie wandte sich ruckartig ihrem Vater zu. »Vielleicht sollte ich besser gehen … Vielleicht sollte ich Cluna und Jennet begleiten …«

»Cluna und Jennet werden sehr gut ohne dich zurechtkommen.« Hart winkte sie zurück und schaute dann zum Tisch. »Nein, Tevis … setz dich. Du brauchst nicht zu gehen.«

»Aber … Mylord …« Der junge Mann blieb stehen. Er war groß, dunkelhaarig, gutaussehend und wirkte in seiner Leder- und Samtkleidung sehr würdig. Aidan erinnerte sich, daß Cluna und Jennet beide recht angetan von ihm waren. »Wenn Ihr wirklich beabsichtigt, über eine königliche Heirat zu sprechen …«

»Nicht jetzt«, erklärte Hart. »Bei den Göttern, jetzt nicht. Ich bin ein Mann mit vier Töchtern … Dafür wird noch ausreichend Zeit sein. Und es wird auch genug Zeit sein, über Familienangelegenheiten zu sprechen.« Er zog einen weiteren Stuhl zum Tisch herüber und sah Aidan erwartungsvoll an. »Spielst du?«

»Nicht das. Ich habe von Bezat gehört. Ich hielt es für das Beste, dem aus dem Weg zu gehen. Es kann … Folgen haben.«

»*Alle* Spiele können Folgen haben.« Hart setzte sich wieder hin. »Wenn du meine fehlende Hand meinst, so hatte das wenig mit Bezat zu tun. Es hatte damit zu tun, ein großer Narr zu sein … Ich habe seit jener Zeit dazugelernt.« Er deutete ungeduldig auf den zusätzlichen Stuhl. »Setz dich, Aidan. Das Gespräch über eine Ehe kann warten … Es gilt, ein Spiel gründlich zu erlernen.«

Aidan zögerte. »Ich bin vor dir gewarnt worden.«

»Es ist alles wahr«, bestätigte Hart heiter. »Wollen wir den Geschichten noch neue Nahrung geben?«

»*Jehan*«, sagte Blythe warnend. »Du weißt, was *Jehana* sagen wird, wenn du wieder die ganze Nacht aufbleibst.«

»Deine *Jehana* hat im Augenblick andere Sorgen, als sich darum zu kümmern, wann ich zu Bett komme. Sie weiß mich ohnehin lieber *außerhalb* davon …« Harts Augen glitzerten, während er Aidan angrinste. »Setz dich, *Harani*. Wie können wir einander besser begegnen, als bei Wein und einem Spiel?«

Das Spiel dauerte bis zur Dämmerung. Tevis gab schließlich gähnend auf, entschuldigte sich und schob alle seine Münzen über den Tisch zu Hart. Seine geröteten Augen waren blutunterlaufen.

»Das genügt«, murmelte er schläfrig. »Ihr habt mir all meinen Verstand und jetzt auch all mein Geld genommen … Ich gehe zu Bett, Mylord. Ihr habt mir eine letzte Nacht Ruhe versprochen.«

Hart lehnte sich auf seinem Stuhl zurück und reckte seinen steifgewordenen Hals. Schwarzes Haar berührte seine Schultern. Das Silber war nur an seiner Stirnlocke zu erkennen. »Hier gibt es immer ein Bett für dich … Wenn ich es dir verweigerte, würden alle meine vier Töchter mich verfluchen.« Er grinste und rollte die Schultern. »Sogar Dulcie betet dich an.«

»Sie hat einen ausgezeichneten Geschmack.« Tevis erhob sich und strich sich wie abwesend über das dichte Haar. Es war fast braunschwarz und kurzgeschnitten. Ebenso dunkle Brauen wölbten sich sanft über den braunen Augen und begrenzten seine Stirn. »Aber man kann ihre Ergebenheit auch leicht erringen.« Er gähnte, streckte sich kurz und schaute zu Aidan hinab. »Mylord, wenn Ihr noch einen Rest Verstand besitzt, könntet Ihr Euch überlegen, dieses Spiel zu beenden. Er wird auch all *Euer* Geld einheimsen.«

Aidan brummte und griff nach seinem Wein, überlegte es sich dann aber anders. »Ich bin ein vorsichtiger Mann.«

»Das war ich einst auch.« Tevis verbeugte sich kurz vor Hart und eilte dann zur Tür.

Hart wartete, bis sie sich geschlossen hatte. »Er ist hier, weil er Blythe heiraten will.«

Die abgeschweiften Gedanken kehrten augenblicklich in die Gegenwart zurück. Aidan blinzelte. »Aha.«

»Natürlich ist noch nichts festgelegt – es wurde noch nichts *gesagt* ..., aber darum ist er hier.« Hart erhob sich, trat steif zum nächsten Fenster und öffnete die Läden, um das hellrötliche Licht der Dämmerung hereinzulassen. »Er entstammt einer der ältesten und vornehmsten Familien Solindes ... Ein *Jehan,* ob Prinz oder nicht, könnte sich keine bessere Partie für seine Tochter wünschen.«

Aidan erinnerte sich an Blythes kaum wahrnehmbare Vertraulichkeiten und an den Ausdruck in Tevis' Augen, als das Gespräch auf Heirat gekommen war. Er hatte es schon vermutet, obwohl er wünschte, es verhielte sich anders. »Du mußt tun, was das Beste ist, *Su'fali.*«

»Nein.« Hart schritt zu einem anderen Fenster und öffnete dessen Läden. »Nein, ich muß mich nach den Wünschen meiner Tochter richten.« Aidan sah bestürzt und schweigend zu, wie Hart die Fensterläden zweier weiterer Fenster öffnete, und sich dann wieder zu ihm umwandte. »*Du* solltest dies als Notwendigkeit begreifen.«

»Ich?«

»Natürlich.« Harts sentimentales Lächeln geriet schief. »Aileen und Brennan haben aus Pflichtbewußtsein geheiratet und weil sie eine Verlobung ehren wollten, die ohne ihre Zustimmung schon vor ihrer Geburt geschlossen wurde.«

»Aha«, sagte Aidan.

»Ich war der mittlere Sohn, derjenige, dessen Stellung nicht so ins Gewicht fiel ... Niemand hat mich mit irgend jemandem verbunden. Ilsa und ich heirateten zum Nutzen Solindes, aber damals war es ein strittiger Punkt. Wir waren bereits gebunden.« Hart lehnte sich ans Fenstersims und verschränkte die Arme über der Brust. Die *Lir*bänder schimmerten. »Hätte sie die Wahl gehabt, hätte Aileen Brennan niemals geheiratet. Sie liebte Corin, aber er entfloh nach Atvia, so daß Brennan seine *Cheysula* bekam.« Harts Gesichtsausdruck und Tonfall gaben nichts preis. »Ich werde meiner Tochter die Wahl lassen.«

Aidan seufzte und betrachtete wie abwesend die Schale mit den knochenfarbenen Steinen. »Ein Mann, der ein Pferd verkaufen will, würde dessen offensichtliche Vorzüge auflisten. Ich werde eines Tages Mujhar sein ...« Aidan hob den Kopf. »Aber das macht keinen Unterschied, nicht wahr? Nicht für dich. Die Geschichten, die ich gehört habe, besagen, daß du stets derjenige warst, der am wenigsten durch Titel und Ränge zu beeindrucken war.«

Hart zuckte die Achseln. »Das Einzige, was mich jemals beeindrucken konnte, war der Wille eines Mannes zu wetten.« Aber er sagte es ernst. Er fuhr sich mit den Fingern seiner verbliebenen Hand müde durchs herabgefallene Haar und strich es aus seiner Stirn zurück. Die Geste ließ einen Doppelkreis von Linien sichtbar werden, die tief in seine Haut eingegraben waren. Das Alter machte sich allmählich und genauso schleichend bei ihm bemerkbar wie bei Aidans Vater, aber dennoch erreichte es auch sie. »Du hast meine Erlaubnis, sie zu fragen, wenn du willst – soviel kann ich dir gewähren ..., aber Blythe wird entscheiden.« Aidan hob selbstbewußt und einverstanden eine Schulter. Sie wußten beide, was sie sagen würde.

Harts Stimme klang nüchtern. »Wenn du eine Verwandte heiraten möchtest, damit die Blutlinien erhalten bleiben – ich habe noch drei weitere Töchter.«

Aidan zuckte erneut die Achseln. »Inzwischen brauchen wir nur noch das Blut, um die Prophezeiung zu erfüllen, es sei denn ...« Er brach ab. Es war auch so klar, was er noch hatte sagen wollen.

Hart sagte es dennoch. »Es sei denn, die Ihlini ...« Er seufzte und rieb sich wie abwesend die Haut seines linken Unterarms, wo die Ledermanschette um den Stumpf lag. »Ja, das stimmt …, aber wer von uns wird diese widerliche Aufgabe übernehmen?« Schwarze Brauen wölbten sich. »Am wahrscheinlichsten du.«

Aidan schüttelte den Kopf. »Nein, *Su'fali*. Ich bin nicht mein *Jehan*.«

Hart behielt einen gelassenen Gesichtsausdruck. »Brennan wurde überlistet.«

Er wird nicht gern daran erinnert. Er schützt meinen Jehan genauso, wie Jehan ihn schützt. Selbst jetzt noch. Aidan sagte leichthin: »Ja, das stimmt. Ich hasse ihn nicht dafür und achte ihn deshalb auch nicht weniger. Er war nicht der Erste … Es ist sogar Ian geschehen.«

»Und Ian bezahlt noch immer dafür … und, ich glaube, auch mein *Rujho*.« Hart hörte auf, seinen Arm zu reiben und wechselte jäh das Thema. »Da sind die anderen Mädchen. Sie sind noch jung, ich weiß …, aber solche Dinge sind nicht ungewöhnlich, wenn sich ein Haus mit einem anderen verbindet.«

Aidan dachte an Cluna und Jennet. Dreizehnjährige Rangen. Und dann war da noch die zweijährige Dulcie. Er wollte mit einer Frau leben und nicht ein Kind erziehen. Kein Mädchen, das sich für erwachsen hielt und nicht wußte, was sonst von ihm erwartet wurde. Auch wenn er den Löwenthron noch viele Jahre lang nicht erben würde, wollte er die Zeit bis dahin doch angemessen verbringen und nicht warten, bis eine Kindfrau endlich entdeckte, daß sie eine Frau war.

Da ist noch ein letztes Thema … Er rieb sich die brennenden Augen. »Du hast keinen Sohn«, sagte er vorsichtig. »Was wirst du wegen eines Erben unternehmen?«

Hart blieb ernst. »Willst du mir einen Erben versprechen, wenn ich Blythe überzeuge?«

Aidan seufzte. »Nein.«

Hart stieß sich vom Fenstersims ab und trat zum Tisch. Er goß sich erneut Wein ein, hob seinen Becher und trank. Dann setzte er den Becher wieder ab. »Ilsa liegt zu Bett, weil der Zeitpunkt sehr nahe ist. In einer oder vielleicht zwei Wochen könnte ich doch noch einen Erben haben.«

Die Worte kamen ungebeten: *»Ru'shalla-tu, Su'fali. Tahlmorra lujhalla mei wiccan, Cheysu.«*

»Du klingst wie ein *Shar Tahl.*« Hart lächelte. *»Leijhana tu'sai, Harani.* Ich hoffe auch, daß es so ist.«

»Also.« Aidan erhob sich und schob seinen Stuhl zurück. »Es bleibt noch eine Prinzessin – eine *ältere* Prinzessin – Keelys Tochter, Shona. Sie ist … neunzehn? Zwanzig? Vielleicht sollte ich sofort weiterziehen, damit Blythe nicht in Schwierigkeiten gerät. Sie weiß, warum ich hier bin, und Tevis weiß es auch. Es würde sie verwirren, wenn sie denken müßten, ich wollte mich zwischen sie stellen.«

»Bleib«, sagte Hart. »Du brauchst nicht so übereilt aufzubrechen. Wenn Blythe und Tevis deine Anwesenheit nicht überstehen, können sie auch eine Ehe nicht überstehen. Bleibe wenigstens bis zur Geburt. Dann kannst du einem Verwandten deinen Segen geben.«

Aidan grinste. »Und die Rangen beschäftigen?«

»Sie werden eher *dich* beschäftigen.« Hart betrachtete ihn nachdenklich. »Bist du wach genug zu reiten?«

Aidan blinzelte. »Jetzt?«

»Die Dämmerung ist meine liebste Zeit, und Rael wird froh sein, fliegen zu können. Kommst du mit?«

Er hatte daran gedacht, zu Bett zu gehen. Aber die Morgenluft würde ihn nach einer mit Spielen verbrachten Nacht erfrischen, so daß er bereitwillig zustimmte. Auch Teel würde es gefallen.

»Gut. Die Pferde sind stets bereit – ein Vorteil unseres Ranges.« Hart öffnete schwungvoll die Tür. »Ich werde dir Lestra zeigen, so, wie Lestra gesehen werden sollte.«

Kapitel Drei

Hart führte Aidan durch leere Hallen und Gänge zielstrebig auf den Hof zurück. Er wartete leise lächelnd, und nach einem kurzen Augenblick nur liefen Pferdeburschen aus dem Stallgebäude herbei. Ein großer schwarzer, gesattelter und erwartungsvoll wirkender Hengst wurde zu Hart geführt. Aidan bekam einen Kastanienbraunen.

»Ich habe ein Pferd«, sagte er.

Harts Stimme klang sanft. »Das zweifellos von der Reise erschöpft ist. Probier statt dessen dieses aus.« Er schwang sich in den Sattel, nahm die Zügel in seine einzige Hand und sah geduldig zu Aidan hinab. »Was ist los?«

Aidan seufzte und gab nach. »So, wie du dein Schloß führst ... *Su'fali,* du weißt, daß ich nicht respektlos sein will, aber als ich hierherkam, schien niemand durch die Anwesenheit eines Fremden beunruhigt. Niemand fragte mich auch nur, ob ich *dich* aufsuchen wollte oder ob ich nur ein Händler sei.« Er streichelte die Nase des Kastanienbraunen. »Und als ich ins Schloß ging ...«

»... hat sich niemand auch nur die Mühe gemacht, dich zu fragen, wer du seist«, beendete Hart seinen Satz. »Ja, ist das nicht tröstlich? Keine Diener, die um dich herumscharwenzeln, kein ›Mylord dies‹, ›Mylord das‹, bevor man überhaupt nachdenken kann.« Er lächelte zu Aidan hinab. »Ich bin dem Mujhar nicht sehr ähnlich, der in seinen etwas zu hilfsbereiten Dienern fast erstickt, und bin auch kaum wie mein *Rujho,* der so von seiner Verantwortung niedergedrückt wird, daß er kaum noch atmen kann. Ich finde das Protokoll ermüdend ... Oh, ich tue, was getan werden muß, wenn es notwendig ist –

dafür sorgt schon Ilsa –, aber am glücklichsten bin ich mit meinen Kindern und der Freiheit zu sein, wie und was ich bin.« Er wandte den Hengst zum Tor um. »Willst du den ganzen Tag warten? Die Dämmerung hält nicht lange an.«

Aidan stieg eilig auf. Der Hengst hatte Feuer im Blut, aber auch ausgezeichnete Manieren. Aidan lächelte erfreut und ritt hinter dem Schwarzen her.

Hart führte ihn vollkommen sicher durch die gewundenen Straßen – was Aidan auch nicht anders erwartet hatte – und eine Hügelkette westlich der Stadt hinauf. Als sie schließlich einen Gipfel erklommen hatten, war Aidan recht beeindruckt. Hellrötliche und silber-goldene Gebäude lagen vom Tau glitzernd im Sonnenschein. Rauchfäden entschwebten grauen, gemauerten Schornsteinen, verbanden sich und trennten sich wieder. Aidan wurde jäh an das farblose Garn und den farbenfrohen Teppich der Weberin erinnert.

Er erschauderte. Eine Hand glitt zu den beiden schweren Kettengliedern an seinem Gürtel. Sie waren noch immer da. Sie waren noch immer wirklich. Er hatte nichts von alledem geträumt.

»Dort«, sagte Hart.

Aidan nahm die Hand mühsam von den Kettengliedern fort. Seine Handfläche war feucht, aber seltsam warm, als hätte das Metall sie gewärmt. Das Gefühl war beunruhigend. Er wischte die Hand verstohlen an seinem lederbekleideten Oberschenkel ab und schaute dann in die von Hart gezeigte Richtung.

Zuerst sah er nichts. Dann einen Fleck vor der Dämmerung. Er blinzelte, versuchte den hellen Fleck vom frühen Tageslicht zu unterscheiden. Weiße Schwingen teilten die Luft mit mächtigen, anmutigen Schwüngen und blieben dann im aufwärts geführten Gleitflug ruhig.

»Rael«, murmelte er laut.

Der dunkeläugige Falke war großartig. Weiß gerändertes Kohlschwarz, jede Feder einzeln erkennbar. Er glitt mit trügerischer Leichtigkeit und Anmut durch die Luft, ritt die Ströme der Dämmerung.

Ein spöttisches Flüstern erklang durch die Verbindung. Aidan lächelte und neigte den Kopf. »*Und* dort.«

Hart schaute stirnrunzelnd herüber. »Wo?«

»Dort.« Aidan deutete hin. »Vielleicht nicht so groß wie Rael, aber dennoch befiedert. Sein Name ist Teel.«

Hart blickte lächelnd auf. »Brennan schrieb mir, als du ihn bekamst ... Ein wenig außergewöhnlich, denke ich. Über hundert Jahre lang hatte niemand mehr einen Raben als *Lir,* und über denjenigen erzählt man sich Geschichten.«

»Lorcha«, stimmte Aidan ihm zu. »Sein *Lir* starb beim *Qu'mahlin.* Und was die Geschichten betrifft, nun ...« Er grinste. »Ich glaube, Teel wird noch zu weiteren Geschichten anregen. Und wenn nicht, wird er seine eigenen erfinden.«

Hart legte den Kopf zurück, als Teel, der Rael folgte, durch die Luft schnitt. Dann sah er Aidan an. »Wie geht es meinem *Rujho?*«

»Sehr gut ...«, begann Aidan pflichtgemäß, hielt aber dann inne. Hart kannte Brennan besser als jeder andere. »Gefestigt«, sagte er dann ruhig. »Er hat einen schweren Stand, ja, aber ihm gefällt die Verantwortung. Du weißt, wie er ist ... Die Verantwortung vermittelt ihm das Gefühl, gebraucht zu werden.«

Hart lächelte schwach. »Er würde einen guten Schafhirten abgeben.«

Zuerst war Aidan verblüfft. Dann lachte er laut auf. Er hatte die Fähigkeiten seines Vaters niemals auf diese Art beschreiben hören. »Ja, das würde er ... und die Herde würde gedeihen.« Er beugte sich im Sattel vor und stützte sich auf die ausgestreckten Arme. »Ich weiß, was du fragst, ohne es auszusprechen.« Und dann stellte er statt dessen die Fragen. »Wie wirkt die Ehe? Ist mein *Jehan* glücklich? Ist er in sich zufrieden?«

»Das alles und mehr.« Hart seufzte, während er die Zügel über den Sattelknauf hängte. Die Ledermanschette ruhte auf einem indigobedeckten Oberschenkel. »Er schreibt natürlich oft –, aber das ist nicht dasselbe. Brennan hatte immer seine Geheimnisse, in die er sich vor jedermann zurückzog.«

Aidan war bestürzt. »Selbst vor dir?«

»Er dachte vielleicht, ich könnte oder *würde* nicht verstehen, was er empfand.« Hart wirkte einen Augenblick beschämt. »Und ich gebe zu, daß ich wirklich nicht der aufmerksamste *Rujholli* war. Als sein Zwilling verstand ich ihn zwar *besser* – aber ich verstand nicht alles. Brennan und ich sind verschieden. Er war immer der Hirte ...«, er grinste flüchtig »... und ich immer das schwarze Schaf, das sich zu weit von der Herde entfernte.«

»Und Corin war der Hund?«

Hart lachte. »Corin? Nein, nicht der *Hund* ... eher der Fuchs im Hühnerstall, der dem Koch Ärger bereitete.«

Aidan zuckte die Achseln. »Nun, Kiri *ist* ein Fuchs.«

Hart klang jetzt ernst, obwohl seine Augen belustigt schimmerten. »Die Götter sind weise.«

Aidan suchte Teel und fand ihn. Der Rabe kreiste noch immer über ihnen, genau wie Rael. *Sind sie das?* fragte er angespannt.

Teels Stimme klang sanft. *Du kennst sie besser als ich.*

»Also haben Aileen und Brennan endlich Frieden geschlossen«, sagte Hart.

Aus der Verbindung zurückgerissen, zuckte Aidan die Achseln. »Sie standen niemals im Krieg.«

»Nein, aber ...«

»Aber?« Er wölbte die rötlichen Augenbrauen. »Willst du, daß ich dir Dinge berichte, die mein eigener Vater dir nicht erzählt hat?«

Hart fühlte sich keineswegs ertappt. »Wenn du von solchen Dingen weißt.«

Aidan flocht die Mähne seines Pferdes, um Zeit zu

schinden. Er fühlte sich seltsam dabei, über seine Eltern zu sprechen, selbst mit seinem Onkel. Das, was er jetzt als *Kivarna* kannte, machte ihn weitaus scharfsichtiger, aber auch eindringlicher als alle anderen. Und jetzt verlangte Hart Antworten auf Fragen, die Aidan als verwirrend empfand.

»Sie sind recht zufrieden«, sagte er schließlich. »*Jehana* wäre glücklicher, wenn sie noch einen oder zwei Söhne hätte … aber ich drohe nicht zu sterben – zumindest nicht mehr als früher –, und ich glaube, das Konzil beharrt nicht mehr so hartnäckig darauf, daß sich der Prinz von Homana einer anderen Prinzessin zuwendet.«

Hart war entsetzt. »Das hätten sie von ihm verlangt?«

»Sie haben es von ihm verlangt. Als ich klein und zum tausendsten Mal erkrankt war.« Aidan seufzte und blickte, sich erinnernd, stirnrunzelnd über Lestra hinweg. »Natürlich wollte niemand ihr gegenüber respektlos sein … Sie versprachen ihr einen Titel ehrenhalber, großzügige jährliche Bezüge und alle gebührende Ehre. Ich glaube, sie hofften, sie würde nach Erinn zurückkehren, um damit alles ein wenig zu erleichtern …«

Hart lachte kurz und bitter auf. »Brennan hätte das niemals hingenommen.«

»Nein. Das hat er auch nicht getan. Und jetzt wissen sie es besser.« Aidan zuckte die Achseln. »Aber ich weiß, daß sie sich sorgt. Es gibt noch andere Dinge als Krankheiten, die den Erben eines Prinzen bedrohen können. Niall hatte *drei* Söhne. Damit wäre wohl jedermann glücklicher.«

Hart schwieg eine Weile. Die Stille hallte im Morgen laut wider. Dann sagte er ruhig: »Es muß für dich besonders schwer sein.«

Aidan betrachtete ihn scharf.

Hart zuckte die Achseln. »Zu wissen, daß so viele Menschen in der Befürchtung um deine Wiege standen, du würdest sterben … Und selbst, als du dem entwachsen warst, stand die *Frage* noch immer im Raum …« Er seufzte und rieb sich die rotgeränderten Augen. »Als sie über deine *Jehana* sprachen – hat da niemand an dich gedacht?«

Das war ein seltsamer Gedanke. »Warum sollten sie an mich denken?«

Hart sah ihn offen an. »Ich bin ohne *Jehana* aufgewachsen – ohne leibliche *Jehana* –, denn sie wurde fortgeschickt. Aber man hat mir in sehr frühem Alter klargemacht, daß Gisella reichlich wahnsinnig war. Daß sie das Unaussprechliche getan und versucht hatte, ihre Söhne Strahan zu übergeben. Es war richtig, sie zu verbannen.«

Aidan wartete mit Unbehagen ab.

Harts Stimme klang sehr ruhig. »Aber du bist anders aufgewachsen. Du hattest eine *Jehana* – eine leibliche *Jehana* –, die diese Bezeichnung ganz und gar verdient hat. Und doch dachte man daran, auch sie fortzuschicken, weil sie nur einen Sohn gebar. Und das wertete dich ab. Du mußt es sicher gewußt haben – du mußt es *gespürt* haben.«

Gewiß hatte er es gespürt.

Aidan schaute fort, blickte auf die Stadt hinab. Kurz darauf räusperte er sich. »Aber niemand wußte, daß ich es wußte. Niemand dachte an die Diener, die untereinander darüber redeten. Ich war sehr jung … Niemand erkannte, daß ich da war.«

»Hast du Brennan jemals etwas davon gesagt?«

»Nein.« Aidan entflocht die Mähne wieder. »Nein. Was gab es schon zu sagen?«

»Und Aileen?«

»Nein. Niemandem.« *Außer dem Löwen, und später natürlich Teel.*

»Nein, das würde ich auch nicht tun.« Hart lächelte über Aidans bestürzten Gesichtsausdruck. »Wir haben alle unsere Geheimnisse. Ich werde dir deines lassen.« Er regte sich im Sattel, setzte sich zurecht. »Durch ihren festen Glauben, daß noch mehr Prinzen notwendig wären, haben sie das Offensichtliche übersehen. Niall mußte noch zwei andere Reiche an zusätzliche Söhne verteilen. Brennan fehlt der Überfluß, jetzt, da Solinde und Atvia bereits von Cheysuli regiert *werden*. Es wäre für ihn sicher bedeutend schwieriger, noch mehr Jungen als dich unterzubringen – wie bei einem Hundehalter, der einen viel größeren Wurf bekommt als erwartet.«

Aidan erwiderte Harts Lächeln. »So schwierig, wie es für dich ist, vier Mädchen zu verheiraten?«

Das traf. Hart lächelte bitter. »Blythe hätte genügt ..., aber nach ihr kamen die Zwillinge, die im Sommer am Schweißfieber starben – beides Mädchen – und dann Cluna und Jennet und als nächste Dulcie.« Hart lächelte kläglich. »Ich würde keine von ihnen eintauschen –, aber wie geht ein Mann *tatsächlich* mit vier heiratsfähigen Töchtern um?«

»Nun, Dulcie ist noch ein wenig zu *jung*, um als heiratsfähig zu gelten.«

»Nicht wenn es sich um königliche Grünschnäbel handelt.« Hart seufzte. »Du hast großes Glück gehabt. Der älteste Sohn – der Erbe – ist immer der Wichtigste im Heiratsplan. Mein armer *Rujho* wurde mit Aileen verlobt, bevor sie auch nur geboren waren.«

»Und Keely mit Sean.« Aidan nickte. »Es gab niemals Druck ... niemals auch nur Streit – zumindest soweit ich gehört habe. Bis jetzt.« Er grinste. »Aber ich bin verantwortlich. Man hat mir meine Freiheit gewährt, ohne jemals Pflichten zu erwähnen. Vielleicht ist die Zeit jetzt gekommen.«

Harts Hengst stampfte auf und scharrte auf dem feuchten Gras. Er nahm die lose herabhängenden Zügel mit seiner verbliebenen Hand auf und beruhigte das Pferd mit einer einzigen ausgesprochenen Ermahnung. »Nun, ungeachtet der üblichen Handhabung, werde ich für Cluna und Jennet in Homana auch nicht werben. Sie sind zu jung.« Er mußte über Aidans Gesichtsausdruck lachen, der teils Schuldgefühle, teils Erleichterung preisgab. »Auch wenn sie älter *wären*. Sie sind entsetzlich eigensinnige Mädchen.«

Aidans Stimme klang vielsagend düster. »So daß nur Blythe übrig bleibt, und sie ist bereits versprochen.«

»Nicht versprochen«, erwiderte Hart ruhig. »Wie ich schon sagte, noch ist nichts festgelegt ...«

Aidan zuckte die Achseln und wurde ernster. »Das ist auch nicht nötig. Man kann es in ihren Augen erkennen.«

Hart richtete die Zügel, verlagerte sein Gewicht und strich über den schwarzen samtigen Hals. Dann blickte er auf seine Stadt hinab und seufzte traurig. »Es würde die Heilung alter Wunden erheblich beschleunigen.«

Aidan war bestürzt. »Warum? Ich dachte, sie *seien* durch deine Heirat mit Ilsa geheilt.«

»Es gab einmal einen Mann«, sagte Hart ruhig. »Einen stolzen, starken Mann, der Solinde verschrieben war. Er mochte die homanischen Eindringlinge nicht. Er wollte den Thron für Ilsa und wollte ihr Gemahl sein. Damit sein Sohn König werden könnte. Der erste solindische König, seit Carillon Bellam getötet hatte.«

Eine alte Geschichte. Und eine noch ältere Feindschaft. »Ein Patriot«, sagte Aidan.

»Ein wahrer Solinder einer der ältesten Blutlinien.« Hart regte sich erneut im Sattel. »Ich ließ ihn hinrichten.«

Aidan, der den lange bestehenden Kummer und auch eine Spur von Scham an seinem Onkel spürte, blickte auf Harts verdeckten Armstumpf. »Meinst du den Mann, der dich deine Hand gekostet hat?«

»Dar von High Crags, ja. Tevis ist sein Neffe. Der Sohn von Dars jüngster Schwester.«

Das Erstaunen überwog die Zurückhaltung. »Willst du damit sagen, daß du Tevis Blythe gibst, um für Dars *Tod* zu bezahlen? Um dich von der Schuld reinzuwaschen, obwohl es nicht notwendig wäre?«

»Aidan ...«

»Der Mann hat dich deine *Hand* gekostet ... und beinahe dein Leben! Dar hat dich Strahan übergeben – glaubst du, mein *Jehan* hätte mir das nicht erzählt?« Aidan schüttelte entsetzt den Kopf. »Er hat mir alles darüber erzählt. Dar hatte den Tod verdient. Es war das einzige, was du tun konntest.«

Harts Gesicht schien angespannt. »Glaubst du, das wäre der einzige Grund für diese Heirat? Sie ist politisch vorteilhaft, ja – ich habe zumindest *etwas* über die Königschaft gelernt –, aber das ist nicht die einzige Sorge. Es geht auch um Blythe und Tevis ..., und das hast du selbst bemerkt.«

Ja, das hatte er. Er hatte es Hart sogar gesagt. »Ja. Ja, *Su'fali* ...« Aidan seufzte. »Aber eine Heirat mit *mir* ist auch politisch vorteilhaft ... Blythe ist in meinem Alter, halb Cheysuli und auch alles andere – außer Erinnierin, aber das Blut trage *ich*.« Er strich sich das Haar aus dem Gesicht. »Ich habe Homana verlassen, um eine Braut zu finden. Eine Braut, die sowohl diese Rolle erfüllen, als auch der Prophezeiung dienlich sein kann.« Er warf Hart einen Seitenblick zu. »Kannst du es mir vorwerfen, *Su'fali?* Deine Tochter ist wunderschön.«

Das Unbehagen schwand, und Hart grinste strahlend. »Ich *dachte* mir schon, daß es dazu kommen würde!«

»Sie ist es wirklich.« Aidan schämte sich nicht. »Welcher lebende Mann wäre einer schönen Frau gegenüber blind ..., besonders wenn er eine *Cheysula* für sein Bett braucht?« Er hielt inne. »*Und* für einen Thron.«

Hart runzelte leicht die Stirn. »Du bist doch nicht in der Erwartung gekommen, sie *auf jeden Fall* zu erobern?«

»Ich habe mir gute Chancen ausgerechnet.« Aidan lächelte entwaffnend. »Ich bin der einzige Sohn deines Zwillings*rujho* – der einzige, den es geben *kann* – und Erbe des Löwenthrons. Ein Teil der Prophezeiung.«

Weiße Zähne schimmerten in einem dunklen Gesicht. »Wir verlegen uns also auf verwandtschaftlichen Druck, hm? Du willst mich allein durch die Blutsverbindung überzeugen?«

Aidan wölbte die Augenbrauen. »Es war sicherlich den Versuch wert. Und du hast in deinen Briefen an meinen *Jehan* nichts von diesem Tevis von High Crags erwähnt … Wie sollte ich es da wissen?«

»Ja, nun … Tevis kam erst vor vier Monaten nach Lestra. Er wuchs im nördlichen Solinde auf, hoch oben in den Bergen … Die Gebirgssolinder sind anders als wir. Sie halten sich abseits.«

»›Wir‹?« fragte Aidan.

Hart nickte zustimmend. »Ich bin immerhin ihr Herr. Und schon darum unterscheide ich mich, woran ich oft genug erinnert werde. Es hat keinen Sinn, alten Kummer neu zu entfachen …. Dies ist mein *Tahlmorra,* Aidan. Ich trage sowohl solindisches, als auch alles andere Blut in mir.«

»Nicht *alles.*« Aidan grinste, spürte die Heiterkeit aber dann schwinden. »Ich dachte, du hättest mir erzählt, Tevis sei *gekommen,* um Blythe zu heiraten. Wenn er sie noch gar nicht kannte …«

»*Du* hast sie auch noch nicht gekannt.«

»Nein.« Er wollte sich nicht abweisen lassen. »Aber du hast es so ausgedrückt, als hätten sie sich schon seit Jahren gekannt.«

Hart zügelte seinen unruhigen Hengst und zog den edlen schwarzen Kopf von Aidans Kastanienbraunem fort. »Wußtest du, daß dies Banes Sohn ist? Ich habe eine Stute vor vier Jahren zum Decken zu Brennan geschickt, und dies ist das Ergebnis. Ich bin recht zufrieden … Er ist ein eigensinniger junger Bursche, aber er ist es auch wert.«

Aidan mochte und achtete seinen Verwandten, aber etwas in ihm ließ nicht zu, daß er sich der Wahrheit verschloß. Obwohl Aidan allgemein als Erwachsener angesehen wurde, waren besonders die älteren Verwandten in seinen Augen untadelig. Und doch zeigte ihm sein *Kivarna,* daß die Älteren Tadel mehr verdienten als jeder andere.

Das *Kivarna,* dachte Aidan, zeigte ihm viel zuviel.

Er sagte ruhig: »Du weichst aus, *Su'fali.*«

Hart sah Aidan an und seufzte dann ergeben. »Tevis' *Jehan* starb vor zehn Monaten bei einem Sturz. Ilsa, die sowohl eine entfernte Verwandte als auch die Königin ist, sandte ein persönliches Beileidsschreiben an die Witwe. Sie begannen sich öfter zu schreiben und tauschten bald Neuigkeiten über die Kinder aus, einschließlich Tevis und Blythe.« Hart zuckte die Achseln. »Das tun *Jehanas* nun einmal.«

Aidan nickte. »Und so wurde Tevis schließlich selber hierher geschickt, um die Hand der Prinzessin zu erobern.«

»Es gab keinen Grund für ihn, nicht zu kommen. Er hatte lange in der Festung von High Crags ausgeharrt ... Es war an der Zeit, daß er Lestra besuchte, um seinen Herrn zu treffen ...«

»*... und* die älteste Tochter seines Herrn.«

Harts Stimme klang fest. »Nichts steht ihnen im Wege.«

Und du willst auch nicht, daß ich es tue. Aidan lachte Hart an und hob ergeben die Hände. »Ja, ja, ich verstehe ... kein Wort mehr davon.« Er verbarg mit einer Hand ein Gähnen. »Die Dämmerung ist vorbei, *Su'fali.* Es wird Zeit, daß ich Schlaf bekomme, bevor ich von meinem Pferd falle.«

»Du bist ein zu guter Reiter, und es ist ein zu gutes Pferd. Das hast du von Brennan gelernt. Und das Pferd hat es von mir gelernt.« Hart hielt nach Rael Ausschau. »Dort. Wollen wir losreiten?«

Kurz darauf nickte Aidan und wandte den Kastanienbraunen südwärts und wieder den Hügel hinunter. Die Freude an dem frühen Morgenritt wurde jetzt durch sein Einfühlungsvermögen beeinträchtigt. Er hatte den kurzzeitig auf dem Gesicht seines Onkels erkennbaren wehmütigen Ausdruck bemerkt, die kaum wahrnehmbare Anspannung der Haut, als Hart seinen *Lir* suchte und fand. Aber er spürte noch mehr als Wehmut. Er spürte mehr als Erleichterung.

Hart wollte mit jedem Funken seines Daseins fliegen.

Mit jeder Faser seiner fehlenden Hand, die ihm diese Möglichkeit verwehrte.

Kapitel Vier

Aidan drehte sich im Bett um. Die Laken hatten sich um ihn verknäult. Er streifte sie mühsam ab, blickte stirnrunzelnd ins unerwartete Tageslicht und blinzelte, bis seine noch immer brennenden Augen klar wurden. *Was mache ich zu dieser Tageszeit im Bett?*

Und dann erinnerte er sich: eine ganze mit Spiel verbrachte Nacht und die Dämmerung auf einem Hügelkamm. Er erinnerte sich unsicher, daß er endlich ins Bett gefallen war, als alle anderen schon aufwachten.

Wie lange …? Er betrachtete das Stundenglas. Vier Stunden im Bett, kaum Zeit genug, sich an seinen Namen zu erinnern.

Ein langes, ausgiebiges Strecken genügte, seinen Körper daran zu erinnern, daß er einen anderen Zweck zu erfüllen hatte, als im Bett zu liegen. Dann bewegte sich auf dem Betthimmel etwas. Aidan schaute schnell und einen Augenblick lang erschreckt hin, grinste dann erleichtert und spöttisch und lehnte sich erneut entspannt zurück. Der Rabe hockte auf dem Betthimmel.

Also, bemerkte Teel. *Der Tag ist schon halb vorüber.*

Aidan gähnte geräuschvoll. *Noch nicht ganz halb … vielleicht halb halb …* Er gähnte erneut, aber sein knurrender Magen unterbrach das Gähnen. Er legte sich eine Hand auf den Bauch. *Wie lange ist es her …?* begann er und erinnerte sich dann an den Käse, den er zu solindischem Wein gegessen hatte.

Und der Wein erinnert mich … Er rollte sich aus dem Bett und stellte sich hin, während er sich sein vom Schlaf zerknittertes Gesicht rieb. Er fragte sich, was er am nötigsten brauchte: ein Bad, etwas zu essen, oder noch mehr Schlaf? Und in welcher Reihenfolge?

Keine Zeit, bemerkte Teel. *Die Lady hat nach dir geschickt.*

Einen unwirklichen Augenblick lang glaubte Aidan, sein *Lir* meinte die Weberin. Dann erkannte er, was er tatsächlich gemeint hatte. »Jetzt?« fragte er laut.

Der Rabe überlegte. *Vielleicht lieber später,* schlug er vor, was Aidan verdeutlichte, wie schlecht er aussah.

Er bestellte sofort ein Bad und etwas zu essen. *Dann* würde er die Lady aufsuchen. Sie würde es ihm wahrscheinlich danken.

*

Ilsa von Solinde.

Aidan hatte all die Geschichten gehört, die Gesänge und Reime, die ihre Schönheit priesen, aber solches wurde, wie er schon sehr früh gelernt hatte, oft übertrieben. Und wenn es um weibliche Schönheit ging, wußte er sehr gut, daß das, was ein Mann als schön bezeichnete, für einen anderen oft anders aussah.

Ilsa war wunderschön.

Ilsa war *herrlich.*

Ein steter Blick aus langlidrigen, eisblauen Augen, und er hatte sich schon fast in die Frau seines Onkels verliebt. Und seine andere Hälfte ließ ihn sich linkisch wie ein Junge im ersten Erblühen der Männlichkeit fühlen, der die Frauen und das, was sie einem männlichen Körper antun konnten, gerade erst entdeckte.

Er rief sich im Stillen in Erinnerung: *Sie ist vierzig Jahre alt – oder noch älter.*

Ilsas strahlendes Lächeln und ihre zarten Züge verspotteten ihn. »Aileen hatte nichts zu befürchten.«

Aidan blinzelte und nahm sich mühsam zusammen. Er dachte nicht an seine Mutter, obwohl Aileen fast im gleichen Alter war wie Ilsa, auf jeden Fall näher daran als er, Aileens Sohn.

Diese Frau konnte nicht alt genug sein, um Blythe oder die Zwillinge geboren zu haben.

Ihr Homanisch war von dem gleichen leichten solindischen Akzent durchzogen, den er zuerst bei Blythe gehört hatte. Er hatte ihm bei Blythe gefallen. Er fand ihn anziehend. Jetzt hörte er ihn auch bei der Mutter. »Mit Sorge verschwendete Jahre. Viel Zeit ist vergangen.«

Da verstand er sie. »Aber noch nicht zuviel.« Er lächelte, neigte seinen rötlichen Schopf und erwies ihr damit die ihrem Rang und ihrer Schönheit gebührende Ehre. *»Cheysuli i'halla shansu.«*

»Resh'ta-ni«, antwortete sie, auch wenn sie dies mit starkem Akzent aussprach. Ilsa lachte über seinen Gesichtsausdruck, den er stark zu verbergen versucht hatte. »Hart hat mir ein wenig von der Alten Sprache beigebracht, aber nicht den Akzent. Verzeih den armseligen Versuch.«

Er würde ihr, wie jeder Mann, alles verzeihen. Er hätte es auch beinahe ausgesprochen, versagte es sich aber dann. Er vermutete, daß sie das schon viel zu oft gehört hatte. Er wünschte zum ersten Mal, er besäße Gewandtheit der Rede, die Fähigkeit, mit einem Lächeln, einer Geste, einem Wort zu schmeicheln. Aber er war kein Schmeichler und mochte dieses Spiel auch nicht. Sein *Kivarna* ließ ihn sich vor falschen Reden in acht nehmen.

Ilsa strich sich, noch immer lächelnd, eine gelöste Haarsträhne aus dem geschwungenen Bogen einer Augenbraue. Er wußte, daß ihr Haar schon immer weißblond gewesen war, denn darüber erzählte man sich Geschichten. Der perlenartige Schimmer war unverändert und würde auch wahrscheinlich so bleiben. Niemand würde den Unterschied benennen können, wenn sie einst wirklich weißhaarig würde. Es war eine Gnade, für die andere töten würden. Sie nahm sie dankbar an. Sie trug ihr Haar in zwei schweren, mit dünnem Golddraht gebundenen Zöpfen. Es glänzte im Tageslicht.

Er hatte gewußt, daß sie zu Bett lag. So kurz vor der Geburt wollte Ilsa nichts riskieren. Hart hatte ihm erzählt, daß Dulcies Geburt nicht leicht gewesen war und daß Ilsa nicht mehr jung genug sei, um eine Schwangerschaft leicht zu ertragen. Niemand wollte das Leben des Kindes, das noch immer ein Erbe werden konnte – oder das Leben der Frau – riskieren, die die Königin war.

Der Raum wurde von Tageslicht überflutet. Keine geschlossenen Fensterläden für Ilsa. Sie hieß die Mittagssonne willkommen und gewährte ihr die Freiheit, überallhin zu strahlen. Die Vorhänge ums Bett waren zurückgezogen und mit goldenen Kordeln an den Bettpfosten festgebunden.

Ilsa betrachtete ihn kritisch. »Er hat dich die ganze Nacht wachgehalten.«

Aidan lachte und strich sich mit den Fingern übers Kinn. Das Bad hatte Wunder gewirkt, wie auch eine Rasur und gutes Essen. Aber Ilsa war zu scharfsichtig. Sie besaß jahrelange Übung. »Ja. Aber ich habe vorhin geschlafen.« Er sagte ihr nicht, daß er durch ein Leben voller beunruhigender Träume an wenig Schlaf gewöhnt war.

Schlanke, zarte Hände strichen die sich über ihrem Bauch wölbende Decke glatt. Satinbezogene Kissen stützten sie. »Ich habe ihm immer und immer wieder gesagt, daß nicht jedermann so an schlaflose Tage und Nächte gewöhnt ist wie er«, sagte sie enttäuscht seufzend. »Selbst *er* ist nicht so sehr daran gewöhnt …, aber ich habe es aufgegeben, ihm Vorhaltungen zu machen. Er tut, was er will. Ich hätte es besser wissen sollen, als zu glauben, er würde sich jemals ändern.«

Es lag keine Bitterkeit in ihrem Tonfall oder in den Worten. Nicht einmal leichter Groll. Gleichgültig was sie sagte, er wußte, was sie dachte. Auch ohne das *Kivarna* erkannte Aidan sehr wohl, wie stark der Bund war, der Hart und Ilsa zusammenschmiedete.

»Aber du hast es geglaubt«, erwiderte er. »Ich habe gehört, wie schlimm er als junger Mann gewesen sein mußte … wie er jegliche Verantwortung abgelehnt hat, um sich im Spiel zu verlieren. Ich habe ihn mit seinen

Töchtern erlebt. Ich habe ihn von Pflicht sprechen hören. Ungeachtet des Grundes – er ist nicht mehr derselbe Mann.«

Ilsa lächelte. Zarte Röte überzog ihr Gesicht. »Auf vielerlei Arten doch. Und so will ich es auch haben. Warum sollte man verändern, was man liebt?«

Er dachte an seinen Großvater und Deirdre. Ihr Band war auf andere Art genauso stark wie das zwischen Hart und Ilsa. Als Kind war er sich etwas Unantastbarem bewußt gewesen, das Niall und Deirdre teilten. Als er älter wurde und bereits mit einer Frau geschlafen hatte, verstand er es besser. Begierde war eine Sache, Liebe eine andere. Die Herzlichkeit und die ihr zugrunde liegende Achtung, die Niall und Deirdre teilten, machte die Verbindung äußeren Einflüssen gegenüber unverwundbar. Er spürte dasselbe bei Ilsa und Hart. Aber er hatte es niemals bei seinen Eltern gespürt. Er wußte, daß sie einander zugetan waren. Und Angst hatten, es zuzugeben.

»Ja, tatsächlich, warum?« stimmte er ihr zu, während er an sich selbst dachte. *Wer wird mein Leben teilen? Wird es so glücklich werden wie dieses?*

Ilsas Haut war durchscheinend und blaß wie Lilien. Die Augen glänzten. Er sah in ihr die blonden Zwillinge Jennet und Cluna. Und Blythe, die nicht so hellhäutig war, aber die gleiche schlanke, geschmeidige Kraft mit dieser starken Anziehungskraft besaß. Wie hatte Hart sich gefühlt, als er sie zum ersten Mal gesehen hatte?

Wie habe ich mich gefühlt, als ich Blythe zum ersten Mal gesehen habe?

Gestern. Er verzog das Gesicht. Ein Lebensbund brauchte mehr Zeit. Er war zu sehr daran gewöhnt, eine Bettgefährtin durch ein herzliches Lächeln oder eine Geste zu gewinnen. Die Frauen Homana-Mujhars und der Stadt waren sowohl in der Hoffnung auf verschiedenartige Belohnungen, auf den Titel als auch auf ihn selbst sehr willig. Bevor er nach Solinde gekommen war, hatte er Frauen als angenehme Zerstreuung oder als

Fluchtmöglichkeit vor quälenden Träumen betrachtet. Es war töricht, mehr als die erste Erregung der Anziehung zu erwarten.

Obwohl ich auch diese zu leicht eingestehe. Blythe ist großartig …, aber ich denke, Tevis' Anwesenheit wird die Dinge erschweren …

Ilsa deutete auf einen Stuhl. »Möchtest du dich setzen?«

Aidan schaute auf den betreffenden Stuhl nahe dem Bett und schüttelte dann den Kopf. »Nein, tut mir leid. Ich möchte dich nicht ermüden.«

Sie winkte ab. »Sie halten mich schon einen Monat lang im Bett. Dir zuzuhören, wird sich nicht als beschwerlich erweisen.«

Er betrachtete die Wölbung der Bettdecke über ihrem Bauch. Sie hatte sechs Kinder geboren, von denen nur vier überlebt hatten. Und jetzt gebar sie ein weiteres, um ihrem Mann einen Erben zu schenken.

Die Frage kam unerwartet: »Was wäre, wenn es ein Mädchen wird?«

Er hatte die Frage nicht stellen wollen. Der Gedanke hatte kaum *bestanden.* Er errötete verlegen.

Ilsas Lachen verhinderte seine Bitte um Entschuldigung. »Nein, nein – glaubst du, du wärst der erste, der diese Frage stellt? Du hast sie bis jetzt als letzter gestellt … Gerade erst gestern abend hat eine meiner Damen mich dasselbe gefragt.«

»Es geht mich nichts an …«

»Es geht jedermann etwas an«, verbesserte sie ihn sanft. »So war es von Anfang an … Dies wird mein letztes Kind sein.«

Er öffnete den Mund. Und schloß ihn dann wieder.

»Harts Entscheidung«, sagte sie. »Und vielleicht auch ein wenig die meine. Dulcies Geburt war schwierig, obwohl ich dabei nicht in Lebensgefahr geriet. Die Ärzte drängten zu Vorsichtsmaßnahmen, so daß ich Bettruhe einhalte.« Sie spreizte die Hände und senkte sie dann wieder auf die Bettdecke. »Ob es ein Junge wird oder nicht: Es ist das letzte Kind. Vielleicht ist die Zeit gekommen.« Ilsa neigte den Kopf und lächelte. »Anstatt Kinder zu bekommen, würde ich lieber *Enkel*kinder bekommen.«

Er lächelte kläglich. »Blythe.«

»Und möglicherweise bald auch die anderen.« Das Strahlen in ihren Augen erstarb. »Hart hat vorhin mit mir gesprochen. Es tut mir leid, Aidan … Ich wünschte, wir hätten es ein halbes Jahr früher gewußt. Dann hätten wir uns mehr nach Homana statt nach Nordsolinde richten können.«

Aidan zuckte die Achseln. »Hart hat mir alles erklärt.«

»Aber wenn ich *keinen* Sohn gebäre …« Sie machte eine vielsagende Handbewegung. »Ein Enkel könnte auch erben.«

Aidan dachte an Dar, der Ilsa hatte heiraten wollen, um seinen Sohn auf den Thron zu bringen. Jetzt konnte dieser Sohn statt dessen Hart geboren werden. Und der Neffe Dars von High Crags würde statt der Cheysuli regieren.

Er richtete sich unbehaglich auf. »Lady, ich werde wieder gehen. Ich wurde zwar gebeten zu bleiben, bis das Kind geboren ist, um dem Verwandten meinen Segen zu geben, aber danach gehe ich nach Erinn.« Es hatte keinen Sinn zu bleiben. Hier wäre Blythe die einzige Wahl gewesen. Jetzt blieb keine mehr, also wollte er nach Erinn reiten.

Ilsa lächelte herzlich. »Keelys Mädchen ist älter als meine blonden Zwillinge. Und zweifellos höflicher. Ich glaube, du wirst zufrieden sein.«

Er spürte, daß sie darüber erleichtert war, daß er keinen Einspruch gegen die Heirat zwischen Blythe und Tevis erhob. Er wußte sehr wohl, daß eine Verbindung zwischen Homana und Solinde die beiden Reiche festigen und die Homaner zweifellos erfreuen würde, während sie den Solindern mißfiele. Hart war schon seit weit mehr als zwanzig Jahren sowohl tatsächlich als auch dem Titel nach Prinz von Solinde, und doch war nur zu offensichtlich, daß er sich nicht vollkommen sicher war, daß Solinde hinter ihm stand. Ilsa war ihre Königin. Ihr zuliebe ertrugen sie Hart.

Ihren Sohn würden sie anerkennen, um ihretwillen. Er wird annehmbares Blut besitzen, wenn es auch cheysuligefärbt ist. Ich frage mich, ob sie erwägen, den Thron eines Tages zurückzuverlangen, wenn Hart begraben ist und sein Sohn – Ilsas *Sohn – den Platz seines Vaters eingenommen hat?*

Ilsa war Solinderin. Er konnte ihr nicht verübeln, daß sie sich für Blythe einen Solinder wünschte – er würde sich für *seine* Tochter vielleicht dasselbe wünschen, wenn er ein Solinder wäre –, aber er wünschte, das Blut würde eine weniger wichtige Rolle spielen. Sein eigenes Leben wurde von der Vermischung der richtigen Blutlinien beherrscht, und jetzt wurde auch Blythe darin verstrickt, die eigentlich frei davon sein sollte. Solinde war *Solinde* – und doch überließen sie es jetzt den Cheysuli.

Er schloß seine Hand um die beiden Kettenglieder, die an seinem Gürtel hingen. *Vielleicht ist das der Grund für diese Unterstützung. Wenn man das Blut vermischt und die Erstgeborenen wieder hervorbringt, entfällt die Notwendigkeit, die Reiche aufzuteilen. Vier Reiche werden zu einem, sechs Völker werden gleich.* Ein kalter Schauer lief sein Rückgrat hinab. *Und keiner von uns besitzt mehr einen Lir?*

»Aidan …?« begann Ilsa, aber das Öffnen der Tür unterbrach sie.

Cluna und Jennet natürlich. Sie stürmten in den Raum und verlangten die Aufmerksamkeit ihrer Mutter. Hinter ihnen kam Hart mit einem kleinen Mädchen auf dem Arm herein: die schwarzhaarige, gelbäugige Dulcie, durch und durch eine Cheysuli.

Aidan lächelte das Mädchen an. Etwas in ihm regte sich auf den weltentrückten Ausdruck in ihren Augen hin. *Blut, das Blut anspricht?* Er trat einen Schritt näher heran. »Ein hübsches Mädchen, *Su'fali.*«

»Meine kleine Cheysuli«, erklärte Hart, blieb einen Augenblick stehen, um Aidan sie sich ansehen zu lassen und trat dann an ihm vorbei zu Ilsa. »Die Götter haben schließlich geruht, wenigstens *eine* von uns dieser Rolle entsprechen zu lassen.«

Cluna und Jennet plapperten auf ihre Mutter ein, achteten aber beide darauf, sie nicht zu sehr zu bedrängen. Ihr helles Haar war, wie zuvor schon, zerzaust. Ilsa schalt sanft. Hart stand auch nahe bei ihr und setzte sich dann hin, um Dulcie abzusetzen, damit Ilsa sie berühren und ihr das zarte schwarze Haar zurechtstreichen konnte.

Aidan stellte fest, daß der Raum jetzt voller Menschen war. Er war nicht an Kinder und genauso wenig an Verwandte gewöhnt. Tief in sich spürte er, was er sich wünschte: die Freiheit, am Himmel zu fliegen.

Er wußte, daß Hart es verstehen würde und keine Erklärungen brauchte. Die anderen übergingen ihn ohnehin meist, aber Ilsa hatte eine Erläuterung verdient.

Aidan hielt an der Tür inne und schaute zu ihr zurück. Ihr Bett war voller Töchter, bis auf die Älteste. Diejenige, die es ihn am meisten zu sehen verlangte. »Mögen die Götter euch einen Sohn gewähren.«

Ilsa schaute von ihrem bevölkerten Bett auf. Ihre liebliches Gesicht strahlte. *»Leijhana tu'sai,* Aidan. Mögen deine Worte von den Göttern erhört werden.«

Während Aidan in den Gang hinaustrat, fragte er sich, ob sie es wohl würden.

Kapitel Fünf

Er wartete auf sie, wie sie es erbeten hatte. Im Schatten, in einem Sessel, die Hände unruhig auf die abwärts führenden Rundungen beider Lehnen gelegt. Ein Ring glitzerte an einem Finger: in Silber eingelassene Saphire. Und noch ein anderer, goldgefaßter schwarzer Gagat.

Blythe schloß leise die Tür und sah ihn besorgt an. Die Haut spannte sich fest über seine Gesichtsknochen. Das verlieh ihm ein fast wildes Aussehen. »Vielleicht ist es nichts«, sagte sie. Sie hatte es auf dem Weg zu ihrem Treffen mit ihm allein bereits zweimal vor sich hin gesagt.

Er bewegte sich überhaupt nicht, nicht einmal, um ihr zuzustimmen oder den Kopf zu schütteln. Er war verärgert, verängstigt, verwirrt, hatte aber auch Angst, es zuzugeben. Angst, daß er kein Recht dazu hätte. Sie konnte es in seinen Augen erkennen.

Sie durchquerte langsam den Raum und stellte sich vor den Sessel. Der darin sitzende Mann sah ihr nicht in die Augen, sondern starrte wie gebannt auf den ihre Taille umgebenden Gürtel. Silber klang, als sie sich bewegte, und schwang mit ihren Röcken mit. Und es blieb still, als sie innehielt. Das Silber sang nicht mehr.

Sie konnte es kaum ertragen, ihn anzusehen, ohne ihn zu berühren. So war es von Anfang an gewesen, seit ihrer allerersten Begegnung. Sie glaubte jenen Geschichten nicht, in denen es hieß, er würde sich mit törichten Dienstmädchen die Zeit vertreiben, aber andererseits war Tevis mit der Einladung Ilsas, so lange hierzubleiben, wie er wollte, aus seinem Gebirgsexil herabgekommen. Sie und Tevis waren gleichaltrig und dachten über viele Dinge ähnlich. Die sofortige Anziehung loderte auch zwischen ihren Körpern auf. Und doch verstärkte das Wissen, daß sie sich ihren sehnlichsten Wunsch nicht zu erfüllen wagten, die Anspannung noch um ein vielfaches. Ilsas Einladung bewies, daß ihre Eltern die Verbindung guthießen. Blythe wußte, daß dies ihre Art war, ihr mitzuteilen, daß Tevis auf jede Weise standesgemäß war.

Nun mußte sie nur noch entscheiden: Konnte sie diesen Mann lieben und mit ihm leben?

Er füllte ihre Tage und Nächte aus. Sie verglich jeden anderen Mann mit ihm, verglich die Art der Gesichtsknochen, die Anordnung der Augen, die Kinnlinie und sogar den Haarwuchs. Bei Tevis war es leicht zu erkennen, weil er sein Haar kurz geschnitten trug. Sie glaubte, daß er alles das war, was ein Mann sein sollte, wenn er die Welt einer Frau erhellen wollte. Das Gerede unter den Dienstmädchen und Hofdamen zeigte ihr, daß sie recht hatte. Er erhellte mehr Welten als nur ihre, oder hätte es getan, wenn er die Gelegenheit zum Abschweifen gehabt hätte.

Aber Tevis war niemals abgeschweift.

Er war ein Mann, wie Männer zu sein pflegten. Und doch so einfühlsam wie eine Frau. Die Widersprüche in ihm sprachen sie am meisten an: die Gelassenheit, die von Zurückgezogenheit und Tiefgründigkeit zeugte, aber auch die unterdrückte Macht der Persönlichkeit. Sie wollte sie alle verschlingen, wenn sie sich frei entfalten könnte.

Blythe atmete tief ein und langsam wieder aus. Sie streckte beide Hände aus, verschränkte sie in seinem Haar und zauste es. Sein fast schwarzes kurzes Haar ließ seine edle Kopfform erkennen. Im Nacken war das Haar etwas länger und gewellt. Dichte, federnde Locken reizten sie.

Sie zog ihn langsam nach vorn. An der Art, wie sie ihn berührte, war ihre Besorgnis und Qual zu erkennen, daran, daß sie so die Vertrautheit erzwang, die sie beide so sehr ersehnten, aber noch nicht geteilt hatten. Sie hatten es beide noch nicht gewagt. Sie wußte, daß sie es jetzt wagen mußten.

Sein Atem liebkoste ihren Gürtel. Sie drängte sich noch näher an ihn und wandte sein Gesicht ihrem Becken zu. Durch den Samt spürte sie die harte Wölbung seines Wangenknochens.

Sie bemühte sich, gleichmütig zu sprechen. »Wir können nicht sicher sein …«

Schmale, langfingrige Hände umfaßten ihre Hüften. Seine Worte wurden durch ihre Röcke gedämpft, aber sie hörte sie dennoch. »Doch, ich glaube, wir können es tun.« Seine rauhe Stimme klang fest, aber auch nach Verzweiflung. »Er hat kein Geheimnis daraus gemacht: Der Erbe Homanas ist nach Solinde gekommen, um eine Ehefrau zu suchen.«

Sie spürte Angst in ihrer Brust aufkeimen. Ihre Hände krallten sich fester in sein Haar. »Wenn du zu meinem Vater gingst …«

»Er weiß es bereits.«

Verzweiflung stieg in ihr auf. »Du hast mit ihm gesprochen? Hast du ihm wirklich *gesagt*, daß du mich heiraten willst?«

Er zog sich jäh von ihr zurück und löste ihre Hände von sich. Sein Gesicht verkrampfte. »Nein. Natürlich nicht. Wie kann ich es tun? Er ist der Prinz von Solinde, und ich bin …«

»… ein Verwandter« beendete sie seinen Satz tonlos »… ein Verwandter der *Königin* von Solinde.«

Es war eine verworrene Geschichte. Hart gebrauchte noch immer seinen homanischen Titel und verzichtete auf den stolzeren solindischen Rang, bis sein Vater sterben und er zum Erben würde. Aber Ilsa war Solinderin, die Höchste der Hochgeborenen, und das solindische Konzil hatte ihr den Titel verliehen, als sie Hart heiratete. Ihre unbedeutende Rache, wie Blythe wußte. Und sie wußte auch, daß es nicht wichtig war. Ihren Vater kümmerte es nicht.

Und gerade jetzt könnte es hilfreich sein.

Er erhob sich und trat von ihr fort. Sie befanden sich in ihrem Zimmer, einem eigenen Wohnzimmer, das sich an ihre Räume anschloß, und sie wußten beide, daß es unklug war. Sie genoß viele Freiheiten, aber alle nur im Vertrauen. Sie fragte sich, ob sie dieses Vertrauen enttäuschen würden.

Er wandte sich um. In der Dämmerung des späten Nachmittags wirkten seine dunkelbraunen Augen noch dunkler. Sein Gesicht war ausdruckslos, aber sie wußte, wie sie die Maske anheben und den Menschen darunter betrachten konnte.

Er sagte fest: »Er wird dich zur Königin von Homana machen.«

Blythe hob den Kopf. »*Wird* er das? Auch ohne meine Zustimmung?«

Die Haut um seine Augen zuckte. »Welche Frau würde nicht wollen …«

Sie ließ ihn seinen Satz nicht beenden. »Die Frau, die lieber in Solinde leben würde, in der hoch im Norden gelegenen Festung von High Crags.«

Er schloß kurz die Augen. Ein flüchtiger Schmerz ließ ihn die Stirn runzeln. Aber dann glättete sie sich augenblicklich wieder. »Du bist eine Cheysuli«, erwiderte er rauh. »Ich habe von der Prophezeiung gehört.«

Sie konnte ihn zunächst nur anstarren. Jedermann wußte um ihr Erbe – man brauchte sich nur ihren Vater anzusehen –, aber darüber wurde niemals gesprochen. Nicht mit Tevis. Er war aus seinen Bergen herabgekommen, ohne etwas über ihr Volk zu wissen, und hatte daher keinen Grund, sie zu fürchten.

Und auch keinen Grund, sie an ihre Pflicht zu erinnern.

Sie bewahrte mühsam die Fassung. »Ich wurde in *Solinde* geboren. Ich stamme *aus* Solinde. Ich würde lieber meiner Heimat dienen als einer Ansammlung fremder Worte.«

Einen Augenblick lang sah er sie nur starr an. Und dann lachte er laut auf. »Ein ›Ansammlung fremder Worte‹!« Tevis lachte erneut. Blau und Schwarz glitzerte an seinen Händen. Die beiden Ringe waren die einzigen Anzeichen von Eitelkeit an ihm. »Weißt du, was dein Vater tun würde, wenn er dich so ketzerisch reden hörte?«

Sie fühlte sich eigenartig ruhig. »Ich könnte mir vorstellen, daß er etwas ungehalten mit mir wäre. Ich könnte mir vorstellen, daß er es sich vielleicht sogar in den Kopf setzen würde, mich in Cheysuligeschichte zu unterweisen. Sicherlich würde ich erneut über das *Tahlmorra* in uns allen belehrt.« Blythe verzog kurz das Gesicht. »Aber das hat nichts mit mir zu tun. Ich bin viel mehr als nur eine Cheysuli.«

Braune Augen wirkten in den Schatten schwarz. »Viel mehr«, stimmte er ihr sanft zu und streckte die Hand aus, um ihr Gesicht zu berühren. Die Finger streiften kaum ihre Kinnlinie. Ein weiterer Schritt, und er berührte ihren Mund. Ein dritter Schritt, und die Schläfe berührte mit einer Zärtlichkeit den Wangenknochen, daß die Haut brannte.

Blythe beugte sich ihm entgegen. Die Anspannung sang zwischen ihnen.

Dann ließ er sie jäh los. »Ich weiß, was ich bin. Weißt du es auch?«

Sie beschönigte es nicht. »Der Neffe eines Verräters.«

Seine Gesichtszüge verhärteten sich. »Man wird sagen, daß dies meine Rache sei.«

Blythe lächelte. »Vielleicht ist es das.«

»Du bist die Älteste«, sagte er, »und es lebt kein männlicher Erbe.«

»Das könnte sich innerhalb einer Woche ändern ...«

»Und wenn es sich nicht ändert?« beharrte er. »Wenn das Kind wieder ein Mädchen ist und die Königin keine weiteren Kinder mehr gebärt ...«

»Es wird keine weiteren Kinder geben.«

Er hielt augenblicklich inne.

»Keine mehr«, wiederholte sie. »Das wurde beschlossen. Dies ist das letzte Kind, ganz gleich ob es ein Junge oder ein Mädchen wird … Wenn es aber ein Junge wird, hat Solinde einen Erben.«

»Und wenn nicht …?«

Sie brach in Lachen aus. »Du hast es selbst gesagt, oder nicht? Ich bin die Älteste. Ich werde die nächsten Erben hervorbringen.«

Jetzt klang seine Stimme verbittert. »Man wird behaupten, daß ich es *geplant* hätte.«

»Ist das wichtig?« fragte sie. »Ich muß jemanden heiraten.«

»Warum dann nicht Aidan?«

»Weil er, du *Ku'reshtin,* nicht derjenige ist, den ich liebe.«

Tevis blieb ernst. »Sie könnten dich zwingen.«

Sie schüttelte den Kopf.

»Wenn Aidan es forderte …«

»Dazu ist er zu stolz.«

»Stolz hat wenig mit einer Heirat zu tun, wenn ein Prinz eine Frau begehrt.«

Sie lächelte. »Du weißt nichts über sein Leben. Eine Frau, die einen anderen liebt, wäre das Letzte, was Aidan wollte. Glaube mir, ich *weiß* es.«

Seine Hände schlossen sich um ihre Schultern. »Wenn ich dich jetzt verlöre …, wenn sie dich mir fortnähmen …«

»Nein.« Sie schüttelte den Kopf.

»Aber sie *könnten* es tun. Blythe, siehst du es denn nicht? Du bist zu wertvoll, um an ein ungeschliffenes Gebirgsherrchen verschwendet zu werden, wenn ein Prinz zur Wahl steht!«

Blythe löste ihren Gürtel. Silber entglitt ihren Händen und fiel zu Boden. »Dann werde ich mich dieses Wertes entledigen. Kein Prinz kann es sich leisten, eine Frau zu heiraten, die ihre Unschuld nicht mehr besitzt.«

Er ergriff ihre Hände und hielt sie so fest, daß sie vor Schmerz keuchte. »Nicht so!« zischte er.

»Ich will es. *Du* willst es. Du würdest es nicht zu leugnen wagen!«

»Nein«, bestätigte er heiser. »Nein. Du weißt das.«

Blythe entzog ihm ihre Hände und legte sie um sein Gesicht. »Dann vergiß alles andere. Schieb alles andere beiseite. Laß dies nur für *uns*, weil wir es so sehr wollen.«

»Sie könnten mich dafür hinrichten!«

Ein wildes Auflachen entrang sich ihr. »Darin werde ich eine Cheysuli sein. Ich werde mein Erbe heraufbeschwören.«

»Blythe ...«

»Stammesrechte!« zischte sie. »Ich übertrage sie dir freiwillig. Dann laß sie sich *damit* auseinandersetzen!«

Aidan verwandelte sich und flog. Er jubilierte jedes Mal, wie auch jetzt, von der Magie erfüllt, die ihm eine andere Gestalt und die Möglichkeit gewährte, den Himmel zu erobern. Er konnte nicht verstehen, wie es war, erdgebunden zu sein, an den Boden gefesselt, da es doch ringsum soviel Freiheit gab, die man dann nicht kennenlernen konnte. Sogar die Krieger, die alle Gaben der Götter besaßen, waren manchmal durch erdgebundene *Lirs* gefangen.

Er hatte seinen Vater einmal gefragt, wie es war, ein Rotluchs zu sein, und hatte zu verstehen versucht, daß ein *Lir* ein *Lir* – und keiner besser als ein anderer war. Aber es war ihm nicht gelungen. Brennans Erklärung war zugleich hervorragend – nur ein Cheysuli konnte die alles umfassende Freude an der *Lir*gestalt verstehen –, und auch mangelhaft gewesen. Aidan glaubte, daß kein Mensch wahrhafte Freiheit erfahren konnte, wenn er nicht die Fähigkeit zu fliegen besaß.

Wie war es für Hart? Einst Herr der Lüfte, genau wie Rael – jetzt durch den Verlust der Hand, durch den das

Gleichgewicht des Raubvogels gestört war, für immer gefangen. In menschlicher Gestalt bedeutete dieser Verlust lediglich ein Hindernis, aber in *Lir*gestalt die vollkommene Verhinderung. Zu vieles von ihm fehlte.

War das der Grund, fragte sich Aidan, aus dem er Ilsa so liebte? Ersetzte er den Verlust, indem er sich Frau und Kindern zuwandte?

Er mußte diese Frage selbst entschieden verneinen, so sehr es ihm auch mißfiel. Tief in seiner Seele wußte er, daß nichts einen Krieger für den Verlust der Gabe der *Lir*gestalt entschädigen konnte. Rael lebte, und daher war Hart nicht in Gefahr, wahnsinnig zu werden, aber die Unfähigkeit zu fliegen mußte einer Ursache für Wahnsinn sehr nahe kommen. Er war ein ganzer Mensch – und doch auch nicht. Aidan konnte sich nicht annähernd vorstellen, wie ein solcher Schmerz sich anfühlen mußte.

Sei dankbar, sagte Teel. *Betrachte nicht als selbstverständlich, was die Götter dir gewähren.*

Er dachte, daß sich der Rabe vielleicht auf Harts Verlust und auf seine Vollständigkeit bezog. Aber er konnte auch auf die Aidan aufgetragene, von der Weberin erwähnte Aufgabe gemeint haben. Eine Aufgabe, die er noch immer ablehnen konnte.

Er war seit seiner Ankunft nicht mehr mit Träumen von der Kette geplagt worden. Er fragte sich, ob es etwas mit dem Besitz der beiden Kettenglieder zu tun hatte. Sie waren jetzt wirklich geworden, ein greifbarer Beweis der Götter. Ihr Vorhandensein konnte bedeuten, daß er eine Aufgabe hatte oder daß er wahnsinnig wurde. Auch mit einem *Lir*.

Wind liebkoste seine Schwingen. Er paßte sich dem Luftstrom leicht an und sank dann auf eine andere Luftschicht herab, die ihn weitertrug. Winzige Muskeln spannten sich an und entspannten sich wieder und veränderten seinen Flug. Teel flog neben ihm.

Wenn ich dies mit Blythe teilen könnte …

Er brach den Gedanken augenblicklich ab.

Tevis kann ihr dies nicht geben.

Er zuckte verwirrt zusammen. Er konnte es auch nicht.

Warum solltest du eine Cheysula wollen, die einen anderen Mann liebt?

Warum tat sein Vater es?

Es schmerzte. Es schmerzte so sehr, daß er den Atem anhielt. Die *Lir*gestalt war jäh bedroht. Er fand sein Gleichgewicht nur mühsam wieder.

Wir landen, teilte er Teel mit.

Aidan stolperte bei der Landung, weil er die menschliche Gestalt schneller als üblich wieder annahm. Die mit Stiefeln bekleideten Füße prallten auf die Erde auf, er fiel hin, und ein Ellenbogen grub sich ins Gras. Einen Augenblick lang behielt er diese unbeholfene Haltung bei und rollte sich dann auf den Rücken. Es war ein milder und heller Tag und das Gras äußerst bequem. Er war schläfrig und wenig geneigt, sich jetzt zu erheben. Also faltete er die Hände über dem Bauch, legte nachlässig die Knöchel übereinander und blieb, wo er war.

»Ich bin ein Narr«, sagte er laut. »Ich bin ausgezogen, um mir eine Ehefrau zu suchen, und beschließe, gleich die erste Frau zu nehmen, die ich sehe. Ich halte nichts vom Bitten, weil ich niemals bitten mußte: Ich bin, wie mir jedermann sagt, dazu bestimmt, Mujhar von Homana zu werden.«

Teel hockte auf Aidans Stiefelspitze und schwieg.

»Sie ist eher wunderschön als unansehnlich, was das Blut noch mehr in Wallung bringt. Ich sehe sie an und sehe eine Frau, die ich gern in mein Bett nehmen möchte, womit sie noch anziehender wird. Und sie ist noch dazu eine Frau, die ich *mögen* könnte … eine Frau, die ich *tatsächlich* mag …« Aidan seufzte schwer. »Vielleicht ist es zuviel verlangt zu hoffen, eine *Cheysula* zu finden, die ich lieben könnte und die mich auch im Bett erfreut. Prinzen und Könige finden so etwas selten … Hart hat es mit Ilsa gefunden und Keely vermutlich ebenso, soweit ich gehört habe … Aber welche Möglichkeiten bleiben mir? Blythe liebt Tevis.«

»Blythe liebt Tevis.« Er erkannte, während er die Worte aussprach, daß der Schmerz bereits nachgelassen hatte. Es war töricht von ihm gewesen, sich das so zu Herzen zu nehmen. Blythe wäre vollkommen geeignet gewesen, aber Blythe war nicht mehr frei. Und das hatte ihn zusätzlich veranlaßt, wie er jetzt erkannte, sie so sehr zu begehren. Wäre sie von Tevis frei gewesen, würde es vielleicht nicht dasselbe sein.

Er hatte das Unerreichbare gewollt, und dadurch hatte er sie umso mehr begehrt.

Er wußte, daß einige Männer ihr dennoch nachstellen würden, wobei sie das Spiel umso mehr genossen, weil sie sich dagegen wehrte, und wegen des Ansporns durch die Konkurrenten. Aber das war nicht Aidans Art.

Er grinste Teel höhnisch belustigt an. »Ich habe es lieber einfach«, sagte er. »Vielleicht bin *ich* von allen königlichen, in fünfzig Jahren aufgezogenen, unerfahrenen Menschen am besten für eine geplante Heirat geeignet. Und doch läßt man mir die freie Wahl.« Er lachte laut auf. »Wie viele meiner Verwandten hätten wohl gern mit mir getauscht?«

Aber die Belustigung schwand schnell. Er kannte zumindest einen Menschen: seine Mutter. Wäre es nach ihren Wünschen gegangen, dann hätte sie Corin geheiratet. Und er, der ihnen geboren gewesen wäre, würde der Erbe Atvias, nicht der des Löwenthrons sein.

Aber ich wäre nicht ich gewesen. Ich wäre ein anderer gewesen – und daher auch mein Tahlmorra und die Prophezeiung.

Das ernüchterte ihn. Aidan setzte sich verwirrt auf, während sich Teel von seiner Stiefelspitze erhob. Er hatte sich bei seinen Überlegungen an Dinge erinnert, die zu gewaltig waren, als daß er sie wieder vergessen konnte.

An den Jäger in den Wäldern und die Weberin am

Webstuhl. Und an goldene Kettenglieder an seinem Gürtel, die im Lauf des Tages schwerer wurden.

Aidan stieß sich vom Boden hoch. Es war an der Zeit, daß er nach Lestra zurückkehrte.

Er nahm wieder *Lir*gestalt an. *Es wird Zeit, daß das Kind geboren wird, damit ich nach Erinn weiterziehen kann.*

Kapitel Sechs

Aidan wußte es in dem Augenblick, als er sie sah. *Kivarna* oder nicht, er wußte es. Sie verrieten es durch die kaum wahrnehmbaren Vertraulichkeiten von Bettgefährten: das Wechseln eines tiefen, glühenden Blicks, eine flüchtige Berührung, kleine veränderte Bewegungen. Tevis merkte er stummes Siegesempfinden an, den Stolz und die Zufriedenheit eines Mannes, der die Frau erobert hat, die er begehrte. An Blythe bemerkte er die trägen, sinnlichen Bewegungen einer Frau, die jetzt wahrhaft eine Frau war, und eine weiche neue Wärme in ihren Augen.

Er setzte sich beunruhigt an den gemeinsamen Tisch und schaute sofort zu Hart. Jetzt war nicht die richtige Zeit, darüber zu sprechen – beim Essen waren alle Verwandten außer Ilsa und Dulcie anwesend –, aber er war auch nicht davon überzeugt, daß es überhaupt seine Aufgabe war, darüber zu sprechen. Offiziell war nichts über seinen möglichen Heiratsantrag verlautbart worden, und daher ging ihn, als Nachfolger auf dem Löwenthron, Blythes Jungfräulichkeit nicht wirklich etwas an. Aber als Verwandten betraf es ihn doch.

Er griff ungehalten nach dem Apfelwein. Nein, auch als Verwandter ging es ihn nichts an. Blythe war eine freie Frau – von Verlobungen und Übereinkünften ungebunden – und eine Cheysuli. Es war die Aufgabe ihrer Eltern, die Rechtmäßigkeit oder Unrechtmäßigkeit ihrer Handlungen zu bestimmen, und auch dann blieb sie noch eine Cheysuli. Hart würde eines der vorrangigsten Gesetze der Stämme leugnen – das der freien Wahl des Bettgefährten –, wenn er Einspruch erhöbe. Und Ilsa hatte deutlich gemacht, daß Tevis die Voraussetzungen für eine Einheirat in eine königliche Familie erfüllte. Sie hatten nichts Falsches getan, nur die Zeremonie vorweggenommen.

Cluna und Jennet setzten sich auf beide Seiten Aidans. Er beobachtete sie wachsam. Sie kicherten, behandelten ihn mit höflicher Aufmerksamkeit und versuchten an Ilsas statt die – wenn auch geteilte – Rolle der Schloßherrin zu spielen. In Ilsas Abwesenheit fiel diese eigentlich Blythe zu, aber ihre Aufmerksamkeit den Pflichten gegenüber wurde von Tevis erheblich beeinträchtigt.

Hart schien das alles nicht zu bemerken, und das hatte seinen Grund. »Ilsa glaubt, daß das Kind heute nacht oder morgen geboren werden könnte – sie sollte es nach sechs Kindern wissen –, so daß ich die Vorbereitungen für eine angemessene Feier in Gang gesetzt habe. Wenn die Götter es wollen, werden wir einem neuen Prinzen von Solinde huldigen, bevor diese Woche vergangen ist.«

Aidan hob seinen Becher. »Auf den Willen der Götter, *Su'fali.*«

Tevis und Blythe sahen einander – höchst auffällig – nicht an.

Aidan räusperte sich. »Wo ist Dulcie?«

Jennet antwortete für ihren Vater. »Oh, *sie* kann noch nicht an den Mahlzeiten teilnehmen. Sie kleckert noch zuviel.«

»Du auch«, sagte Hart liebevoll. »Du hast gerade Marmelade auf deine Tunika gekleckert.«

Jennet nahm sie ungerührt mit einem Finger fort. »Wann gehen wir auf die Jagd?« fragte sie. »Ich habe euch gestern abend darüber sprechen hören.«

Hart trank von seinem Apfelwein. »Ich dachte, nach dem Essen. Ich habe bereits angeordnet, daß die Pferde und die Falken bereitgemacht werden.« Er schaute zu seiner Ältesten. »Ich will dir nicht den Tag verderben, aber vielleicht wäre es das Beste, wenn du bei deiner *Jehana* bliebst. Sie könnte dich brauchen.«

Blythe öffnete den Mund, als wollte sie widersprechen,

schloß ihn aber dann fast augenblicklich wieder. Aidan bemerkte den Blick zu Tevis und die leichte Röte auf ihrem Gesicht. Hatte sie den Tag mit dem Mann im Bett verbringen wollen?

»Das ist nicht gerecht«, wandte Cluna ein. »Rael sieht das Wild *immer* als erster und tötet auch *immer* als erster.«

Hart lächelte mit strahlenden Augen. »Dann werde ich Rael sagen, daß er nicht hinabstoßen, sondern euch anderen Zeit lassen soll.«

Tevis, der Aidan gegenüber saß, lächelte. Es war ein seltsam triumphierendes Lächeln, voll von unterschwelligen Feinheiten und Erkenntnis, aber Aidan verstand es. Als Tevis seinem Blick begegnete, verstand er es nur zu gut. Der Wettbewerb um Blythe schien, so wenig anerkannt er auch gewesen war, vorüber. Für Tevis war es nicht wichtig, wessen Falke zuerst tötete, da er die Jagd bereits gewonnen hatte.

Aidan hob schweigend seinen Becher und neigte leicht den Kopf. Etwas flackerte kurz in Tevis' Augen auf – Überraschung? Unglauben? –, aber dann lächelte er, hob seinen Becher ebenfalls und nahm die Ehrenbezeigung an. Aidan wußte, daß sich unter dem Tisch ihre Finger berührten und dann verschränkten.

Cluna und Jennet wirkten in ihrem Cheysulileder, den Hosen und Leinentunikas wie flachshaarige Krieger, die aus dem Keep herausritten. In diesem Fall war Lestra der Keep. Draußen, von den Beschränkungen des Schlosses – und den Vorschriften ihrer Mutter – befreit, konnten sie sich in der Cheysulihälfte ihres Blutes verlieren. Beide Mädchen schwelgten darin und schrien ihre Begeisterung laut heraus. Beide ritten feurige Pferde, die sie leicht beherrschten.

Hart, der Dulcie vor sich auf den Sattel genommen hatte, sah ihnen nach und lächelte, als sie an Tevis vorbeiritten und die Führung übernahmen.

»Die Mauern reiben sie auf«, bemerkte Aidan, »obwohl sie es noch gar nicht wissen.«

Hart nickte. »Das ist der Cheysulianteil in ihnen. Ilsa vergißt das oft – niemand denkt bei blauen Augen und Ilsas Haar an mein Gestaltwandlerblut –, aber ich niemals. Sie sind genauso sehr Cheysuli, wie ich es stets war. Sie haben nur nicht die Hautfarbe.«

Tevis ritt jetzt neben ihnen. »Werden sie eigene *Lirs* bekommen?«

Hart schüttelte den Kopf. »Das ist unwahrscheinlich. Das ist eine Gabe, die überwiegend Kriegern verliehen wird, obwohl gelegentlich auch eine Frau mit den *Lirs* sprechen oder gestaltwandeln kann. Meine *Rujholla*, Keely, kann es, aber das muß sich in meiner Blutlinie erst noch zeigen.«

Tevis sah Dulcie an. »Was ist mit der Kleinsten? Sie ähnelt einer wahren Cheysuli von allen Kindern am meisten.«

Hart lachte. »Ja, in der Tat – sogar mehr als Aidan oder ich. Und was die *Lir*gaben betrifft – wer weiß? Sie ist noch zu jung, als daß sie sich zeigen würden, selbst wenn sie sie besäße.«

»Wäre das wichtig?« fragte Aidan Tevis. »Was wäre, wenn Blythe geweiht wäre?«

Tevis zögerte nicht. »Es kümmert mich nicht, was sie tun kann oder woraus ihr Blut besteht. Es kümmert mich nicht, wer sie *ist*, sondern nur, daß sie mein sein wird.« Er hielt inne. »Falls der Prinz von Homana zustimmt.«

Nun, sann Aidan, *jetzt ist es heraus.*

Harts linker Arm lag um Dulcie und hielt sie an seine Brust gedrückt. Er lenkte sein Pferd mit der rechten Hand. Nicht Banes schwarzen Sohn, sondern eine ruhigere, gesittetere kastanienbraune Stute. Er lächelte schwach. »Das muß Blythe entscheiden.«

»Aber … Mylord …«

»Blythe«, wiederholte Hart. »Wenn du ihrer nicht wert

wärst, würdest du nicht unter dem gleichen Dach mit ihr leben.«

Oder in ihrem Bett? Aber Aidan tat den Gedanken kopfschüttelnd ab. Hart konnte es nicht wissen. *Und jetzt ist es gesagt. Wenn Tevis auf ein sicheres Zeichen der elterlichen Zustimmung gewartet hatte, brauchte er keine Zweifel mehr zu hegen.*

Cluna und Jennet jagten schreiend über die Wiese. Aidan stöhnte beinahe. »Sie werden das Wild auf diese Art verschrecken.«

»Hast du erwartet, etwas zu erwischen?« fragte Hart überrascht. »Nein … wir werden kaum Wild zu sehen bekommen, solange *diese* beiden frei herumreiten. Aber andererseits war es eine gute Entschuldigung davonzukommen. Niemand mißgönnt es uns.«

Aidan mußte fast lachen. »Dann reiben die Mauern *dich* auf.«

»Ja«, stimmte Hart ihm inbrünstig zu. »Ich habe mich niemals daran gewöhnt … Ich glaube, das ist ein Überbleibsel aus der Zeit, als wir noch in Keeps lebten. Mauern binden unsere Seelen …« Er sah Tevis an, der ruhig neben Aidan einherritt. »Reiben die Berge *dich* jemals auf? High Crags liegt so einsam … Wünschst du dir jemals etwas anderes?«

Etwas Unbestimmbares flammte in den braunen Augen auf. Dann schaute Tevis zu dem mit einer Kappe bedeckten Falken, der ruhig auf seinem vorderen Sattelbaum saß. »Immer«, sagte er ruhig.

Einen Augenblick lang erwachte Aidans *Kivarna* zum Leben. Und dann verglühte es zu Asche und offenbarte ihm doch nichts über den Mann. Tevis blieb ihm verschlossen.

Warum nicht? fragte er sich verärgert. *Er hat, was er will. Was gibt es sonst noch zu erkennen?*

»Da«, sagte Hart drängend. »Rael hat etwas gesehen.«

Der Falke schraubte sich träge in die Luft und schwebte dann wieder herab. Aidan wollte Hart gerade daran erinnern, daß der Falke nicht in erster Linie ein Jagdfalke war, als ein durchdringender Schrei die Luft durchschnitt, während Rael jäh herabstieß.

»*Cluna!*« schrie Hart. Er drückte Dulcie mit dem gesunden Arm fester an seine Brust und gab seiner Stute die Sporen.

Teel stieg ebenfalls in die Luft auf, als Aidan Hart folgte. Tevis bildete die Nachhut, obwohl der Falke, der auf seinem vorderen Sattelbaum saß, schrie und aufgebracht die Glocken an seinen Riemen zum Klingen brachte. Sie konnten Jennet schreien hören.

Cluna kauerte weinend am Boden. Dicht daneben stieß Rael wieder und wieder auf die gefleckte Schlange hinab und fügte dem Reptil tödliche Schläge zu. Der Falke war zu groß, um wendig zu sein, aber seine Versuche lenkten die Schlange doch von Cluna ab.

Hart versuchte fluchend abzusteigen, aber Dulcies ihn umklammernde Arme hinderten ihn daran. Jennet, die jetzt still und sehr blaß war, stand mit den Pferden daneben, fürchtete sich aber, näher heranzukommen.

Cluna stieß schluchzend etwas auf solindisch hervor, was Aidan nicht verstand. Aber er konnte an der Art, wie sie ihren linken Arm an der Brust barg, erkennen, daß die Schlange sie gebissen hatte. Wenn sie sie nicht töteten und Cluna schnell erreichten, konnte es zu spät sein, sie zu retten.

Teel, rief er durch die Verbindung, während er sich in dem Augenblick von seinem Pferd schwang, als Hart endlich zu Boden sprang und auch Tevis abgestiegen war und etwas auf solindisch sagte.

»Warte!« Aidan hielt Hart am Arm fest und zog ihn zurück. »Überlaß diese Aufgabe unseren *Lirs* … Wenn wir zu viele sind, könnten wir ihre Bemühungen zunichte machen. Und wir müssen auch an Dulcie denken …«

Jennet stieß weinend etwas hervor, während sie noch immer die Zügel umklammerte. Harts Kopf fuhr zu ihr herum. »Hat sie dich getroffen? Jennet – hat die Schlange dich auch gebissen?«

Sie schüttelte wortlos den Kopf. Tränen strömten über ihr Gesicht. »Nein … nein … nur Cluna …«

Teel tanzte um die Schlange herum, lockte sie hierhin und dorthin. Hinter ihm kam Rael heran und hackte auf eine Stelle hinter dem Kopf der Schlange ein. Klauen sanken tief ein, verschränkten sich, und dann stieg Rael auf, fort von ihnen allen, und die Schlange baumelte in seinen Fängen.

»Hier …« Hart schob Aidan Dulcie in die Arme.

Während er dies tat, war Tevis schon an Clunas Seite. Das Messer blitzte in seiner Hand auf, während er in die weiche Unterhaut ihres Unterarms einschnitt und die bereits angeschwollenen und verfärbten Abdrücke der Zähne der Schlange herausschnitt. Cluna wimmerte, hielt aber ansonsten still, während Tevis jetzt den Mund auf den Schnitt legte und das Gift aus ihrem Arm saugte. Das Messer fiel wie vergessen ins Gras.

Jennet verließ ihren Posten bei den Pferden, trat zu Aidan und faßte nach seiner Hand. Er spürte sie durch seine Haut hindurch zittern. Er spürte durch sein *Kivarna* Entsetzen, Qual, Scham und einen vollkommen verängstigten Geist.

Sie sagte etwas auf solindisch. Aidan legte eine Hand sanft auf ihr blondes Haar, das sich, wie immer, aus dem Zopf gelöst hatte. »Ich kenne deine Sprache nicht sehr gut, *Meijhana*. Es tut mir leid.«

Sie schluckte einmal und versuchte es dann auf homanisch. »Ich habe *Angst* …«

»Das brauchst du nicht«, belehrte er sie ruhig. »Dein *Jehan* ist ein Cheysuli, erinnerst du dich? Er braucht nur die Erdmagie anzurufen.«

Ihr Gesicht war sehr blaß. »Aber er hat nur eine Hand …«

»*Shansu, meijhana* – ich verspreche dir, das macht keinen Unterschied. Dein *Jehan* ist nicht verkrüppelt.«

»Aber er kann kein Krieger sein. Kein richtiger, wegen seiner Hand. Das hat *er* gesagt.«

Aidan vernahm darin einen Teil der Scham und Qual des Vaters. Aidan umfaßte fest ihre Schulter. »Dein *Jehan* ist genauso ein Krieger wie jeder andere Cheysuli, den ich kenne. Altmodisches Unwissen hat ihm die Stammesrechte verweigert, was aber nicht sein Fehler war. Ich verspreche dir, *Meijhana,* deiner *Rujholla* wird es gut gehen.«

Cluna, die leise weinte, streckte die Arme nach Hart aus, als er sich neben sie kniete. Tevis wich zurück, als der Vater seine Tochter hochhob. »Ich blute …«, stieß sie zitternd hervor.

»Das ist das Beste«, belehrte Hart sie. »Komm, *Meijhana …,* ich werde dich zum Schloß zurückbringen. Dort kann ich die Erdmagie anrufen.«

»Warum nicht hier?« fragte Aidan. »Ich kann dir alle notwendige Hilfe leisten.«

»Ich danke dir, aber nein. Es wird für sie auch so schon ziemlich beängstigend werden, selbst wenn es heilt. Daher sollte dies besser in ihrem eigenen Zimmer geschehen, wo sie sich sicherer fühlen wird. Tevis hat sie schnell genug bluten lassen … der Rest kann solange warten.« Er näherte sich den Pferden, während er Cluna weiterhin mit beiden Armen umfangen hielt. »Jennet?«

Sie löste sich von Aidan, die Hände in der Tunika verschränkt. »Es war meine Schuld«, flüsterte sie. »Das Pferd scheute vor der Schlange. Cluna fiel hinab, als es zur Seite sprang, und die Schlange biß sie …« Ihr Homanisch versagte völlig, und sie verfiel wieder ins Solindische, wobei sie zu schnell sprach, als daß Aidan sie hätte verstehen können. Aber er bemerkte Harts Mitgefühl, als er kurz neben ihr stand.

»Nein, *Meijhana,* es war nicht deine Schuld. Jetzt steig auf dein Pferd – du reitest mit uns zurück.« Er sah Aidan an. »Könnt du und Tevis Dulcie zurückbringen?«

»Natürlich, *Su'fali.*« Aidan lächelte, als sich das Mädchen in seinen Armen wand und eine Faust zu ihrem Vater ausstreckte. »Ich werde sie nicht im Stich lassen, da ich ihr doch gerade erst begegnet bin.«

Tevis erhob sich von der Stelle, an der er Cluna hatte bluten lassen. »Ich werde ihr Pferd herbringen.«

Hart nickte aufgewühlt und wandte sich ebenfalls seinem Pferd zu. Er hob Cluna in den Sattel, stieg dann selbst eilig auf und drückte sie an sich, indem er den geschützten Armstumpf um ihren Leib legte. Sie lehnte den Kopf an seine Schulter, so daß man ihr überaus blasses Gesicht sah. Dulcie, die diesen Platz zuerst eingenommen hatte, wehrte sich in Aidans Armen.

Hart schaute zu Jennet. »Beeile dich«, wies er sie an und bewirkte so, daß sie regelrecht zu ihrem Pferd flog. Im Handumdrehen waren beide Pferde und der große Falke fort.

Aidan sah Tevis an. »Er wird Euch zweifellos noch danken, wenn Cluna erst behandelt ist. Bis dahin nehmt bitte *meinen* Dank an.«

Tevis lächelte schwach. »Für Cluna, oder auch für Blythe?«

Aidan seufzte. »Ja, nun … ich werde mich nicht dagegen wehren. Ihr wißt genauso gut wie ich, daß es, wenn ich es täte, keinen Unterschied machen würde. Ich bin weder blind noch ein Narr … Ihr habt gesiegt, Tevis. Seid stolz, aber nicht *zu* stolz. Sie ist noch immer meine Verwandte und eine Cheysuli. Wenn Ihr einen von uns heiratet, heiratet Ihr uns alle.«

»Wenn ich einen rothaarigen Cheysuli zum Verwandten wollte, hätte ich mit *Euch* geschlafen.«

Aidan, der Dulcie festhielt, erstarrte. Und dann bemerkte er den stillen Spott in Tevis' Tonfall, während sich der Herr von High Crags umwandte, um die Zügel von Clunas Pferd aufzunehmen, das geduldig graste.

Er lächelte bitter. *Wenn ich mich erst einmal von dem bedauerlichen Verlust Blythes gelöst habe, könnte ich den Mann vielleicht sogar mögen …*

Etwas glitzerte im Gras. »Wartet.« Aidan beugte sich herab, um Tevis' Messer aufzuheben. »Hier ... das habt Ihr vergessen.« Er streckte es ihm entgegen.

Tevis faßte nach seiner Scheide, fand sie leer vor und streckte mit gemurmeltem Dank die Hand aus. Aidan legte das Messer in Tevis' ausgestreckte Hand, und in diesem kurzen Augenblick der Berührung erwachte das *Kivarna* zum Leben. Tevis war für ihn offen.

Feindseligkeit. Stolz. Kaum unterdrückter Ehrgeiz. Ungeduld, weil er warten muß, obwohl es so vieles gibt, was er sich nehmen kann.

Aidan stutzte. »Ihr wollt *tatsächlich* den Thron! Den Thron und alles andere!«

Braune Augen umwölkten sich. Tevis machte sich nicht die Mühe, Aidan zu fragen, woher er es wußte. »Ja«, sagte er rauh. »Ich will ihn zurückhaben. Ich will *alles* zurückhaben.«

»Zurückhaben«, sagte Aidan. »Aber er hat Euch niemals gehört ...«

Tevis unterbrach ihn. »Nicht mir, aber er hätte Dar gehört. *Er* war der Erbe Solindes und auch Ilsas ..., aber der Gestaltwandler kam hierher und nahm ihn, nahm sie, nahm alles ...«

»Er hat alles *geerbt*«, erklärte Aidan, »von seinem Vater, dem Mujhar, der es wiederum von *seinem* Vater erbte, dem es von Carillon vermacht worden war.«

»Glaubt Ihr, mich kümmert die homanische Geschichte? Oder die Geschichte der Cheysuli?« Tevis trat nahe an Aidan heran. Seine Hand ergriff das Messer. »Bei allen Göttern von Solinde, Gestaltwandler, was glaubt Ihr, was ich bin? Ein kleiner Junge, der schweigend abwartet, während seine Heimat dem Eindringling überlassen wird? Wir sind nicht so sehr anders, unabhängig vom Gestaltwandlerblut ... Ich kenne Euch gut genug, um vollkommen überzeugt sagen zu können, daß Ihr dasselbe tun würdet.«

Aidan hielt es für angeraten, dies zu übergehen, da er

sich nur zu bewußt war, wie nahe Tevis damit der Wahrheit kam. Statt dessen bezog er sich auf das, was er als offensichtlich falsch erkannte. »Eure Heimat wurde wohl kaum von einem Eindringling übernommen, Solinder. Carillon hat sie im Kampf gewonnen. Er konnte sie vermachen, wem immer er wollte, und er hat sie *meinem* Verwandten vermacht. Solinde gehört jetzt uns.«

»Mir«, sagte Tevis tonlos. »Oder noch eher meinen Söhnen.« Er lächelte, als er Aidans Bestürzung bemerkte. »Was denn … habt Ihr geglaubt, ich wollte morden? Denkt Ihr, ich wollte Blythe nur, damit sie mir zu meinen Zielen verhilft? Nein, Gestaltwandler … Ich will Blythe um ihretwillen *und* zum Nutzen Solindes. Der Thron ist nicht für mich bestimmt – ich ehre die Könige unter meinen Vorfahren zu sehr, um *mich* seiner würdig zu fühlen –, aber wenn der Gestaltwandler mit der Königin keinen Sohn bekommt, fällt diese Aufgabe mir zu. *Ich* werde den Erben zeugen … und ich werde noch zu meinen Lebzeiten, wenn auch nicht zu Dars, einen Mann aus High Crags auf dem Thron sehen.«

Aidan hielt Dulcie fester, als sie sich erneut wand. »Und wenn die Königin einen Sohn gebärt? Was dann, Tevis? Dann gerät Euer Plan durcheinander.«

Tevis' Lippen teilten sich, als wollte er eine heftige Erwiderung anbringen. Aber statt dessen lächelte er. Es war ein verzerrtes und verdrehtes Lächeln, das seine Heftigkeit in ein klägliches Eingeständnis verwandelte. »Wenn Ilsa einen Sohn gebärt, dann sind meine Hoffnungen dahin. Dann war mein ganzer Ehrgeiz umsonst.« Er sah Aidan fest an. »Mylord von Homana, ich bin weder ein Narr, noch dumm. Ich will das erreichen, was für Solinde das beste ist. Dar wollte das ebenfalls, auch wenn er es unglücklicherweise auf die falsche Art begonnen hat …«

Aidans Stimme klang boshaft. »Er hat meinem Onkel die Hand abgeschlagen und ihn dann dem Ihlini überlassen, Strahan selbst, der ihn fast vernichtete.«

Tevis nickte. »Ja, nun … das war Dar. Man sagte mir, er sei ungestüm und besessen gewesen …«

»Und Ihr seid es nicht?«

Tevis' Gesicht spannte sich kurz an. »Ich will weder Euch noch dem Mann schaden, der sich Prinz von Solinde nennt. Es gibt auch friedliche Umbrüche, Mylord … Wenn ich Blythe heirate und einen Sohn zeuge, wird ein solcher Umbruch ohne Blutvergießen ausgeführt. *So* kämpfe ich.«

Aidan ließ Dulcie an seiner Schulter lehnen, und sein Geist wurde durch ihre Anwesenheit und ihr verdrießliches Unbehagen abgelenkt. Sie wünschte sich ihren Vater, nicht ihn. Aidan konnte es ihr nicht vorwerfen.

Er seufzte. »Dann kämpft Ihr klüger als Euer Verwandter.«

Tevis lächelte schwach. »Vielleicht werde ich Erfolg haben, wo er versagte.«

Groll wallte in Aidan auf. Er wollte Tevis schlagen. Er tat es nicht. »Seid Ihr deshalb hierhergekommen? Seid ihr von Eurer Gebirgsfestung herabgekommen, um die Tochter eines Königs zu verführen?«

Und er erkannte, während er diese Frage stellte, daß er sie sich auch selbst hätte stellen können, auch wenn er dann andere Worte hätte wählen müssen. Es war so einfach erschienen: nach Solinde zu gehen, der Verzweiflung zu entsagen und sich eine Ehefrau zu suchen. Damit wäre alles zufriedengestellt worden: der Rang, der Titel, der Körper und sogar das Bedürfnis nach Flucht.

Aber da war Tevis, dem er sich stellen mußte. »Ist es so?« fragte er noch drängender als zuvor. Jetzt bezog sich die Frage auf sie beide.

Tevis wandte ihm den Rücken zu. Er schwang sich behende in den Sattel und blickte dann zu Aidan herab. »Die Verführung fand bereits lange, bevor ich kam, statt. Sie erfolgte schriftlich, Mylord von Homana … Eine Werbung zweier Mütter, die das Beste für ihre Kinder wollten. Sie haben es mir leicht gemacht … Ich habe meine Chance erkannt und sie ergriffen. Nur ein Narr hätte dies nicht getan.«

Aidan fühlte sich hilflos. »Wenn Blythe darunter leiden muß …«

Tevis nahm die Zügel auf und beugte sich dann erneut herab, um auch die Zügel von Clunas Pferd aufzunehmen. »Sie wird nicht leiden«, sagte er tonlos. »Ich bin ein Patriot, Homaner … ein treuer Solinder. Aber ich bin auch ein *Mann*. Welcher Mann, der ihrer ansichtig wird, würde sie jemals verletzen wollen? Welcher Mann, der ihr Bett teilt, würde sie jemals daraus vertreiben wollen?«

Aidan wußte keine Antwort. Er hielt Dulcie wortlos fest, während er beobachtete, wie Tevis davonritt und Clunas Pferd hinter sich herzog.

Als er fort war, seufzte Aidan und preßte eine Wange an Dulcies Haar. »O Dulcie-*Meijhana,* was sollen wir jetzt tun?«

Über ihnen krächzte Teel. *Reite zum Schloß zurück,* sagte er. *Hier kannst du gar nichts tun*.

Aidan trat mißmutig zu seinem Pferd und stieg auf, wobei er vor allem auf Dulcie achtete. Dann wandte er sich wieder in Richtung Lestra.

Hier konnte er *tatsächlich* nichts tun, aber dort eine Menge.

Kapitel Sieben

Aidan fand das Schloß in Aufruhr vor, als er mit Dulcie hineinritt. Er glaubte zuerst, Cluna wäre der Grund. Aber dann erkannte er fast augenblicklich, daß Ilsa in den Wehen lag.

Ein Kindermädchen nahm ihm sofort Dulcie ab und entledigte ihn damit seiner unerwarteten Pflicht. Das Mädchen war froh fortzukommen, aber nicht bevor sie eine Handvoll rötliches Haar gepackt und daran gezogen hatte. Aidan zuckte zusammen, löste die Finger vorsichtig aus seinen Haaren, beugte sich dann herab und küßte Dulcie kurz auf die Stirn.

Das Kindermädchen richtete ihm lächelnd aus, er solle sofort in den Sonnenraum des Prinzen kommen, wo sich die restliche Familie versammelt hatte. Aidan ging, ließ Teel tun, was er wollte, und suchte die anderen.

Hart saß steif auf dem Rand eines Sessels, die Beine gespreizt, die Ellenbogen auf die Oberschenkel gestützt. Er massierte wie abwesend die Haut seines Unterarms oberhalb der Ledermanschette. Er schaute kaum auf, als Aidan eintrat. Sein dunkles Cheysuligesicht war angespannt und grau.

»Was ist mit Cluna?« fragte Aidan. Nur Blythe, Hart und Tevis waren anwesend.

Hart regte sich ein wenig. »Sie ist im Bett. Die Heilung beginnt. Sie hat ein wenig Fieber, aber das wird vorbeigehen.«

Aidan schloß die Tür. Obwohl er die nächste Frage an Hart richtete, sah er Tevis an. »Und wie geht es der Königin?«

Tevis, neben dessen Sessel Blythe stand, schwieg.

Hart sank jäh tiefer in seinen Sessel und fuhr sich mit

einer Hand heftig übers Gesicht. »Es wird Stunden dauern – es dauert immer Stunden. Blythes Geburt war leicht ...« Er schaute kurz zu seiner Ältesten, lächelte wie abwesend und regte sich dann erneut in seinem Sessel, als könnte er keine bequeme Stellung finden »... , aber die anderen waren schwieriger.«

Tevis stand ruhig von seinem Platz auf und beugte sich vor, um Wein einzugießen. Er brachte Aidan den Becher. Er sagte nichts, blickte ihn aber eine Weile lang fest an.

Er fragt sich, ob ich Hart etwas sagen werde. Aidan nahm den Becher an. *»Leijhana tu'sai.«*

Wenn Tevis die Alte Sprache verstand, so zeigte er es nicht. Er wartete nur.

Aidan seufzte. So sehr ihm diese Lage auch mißfiel, sah er jedoch keinen Grund, im Augenblick noch zu Harts Sorgen beizutragen. Er schüttelte Tevis gegenüber kaum wahrnehmbar den Kopf. Er ergab sich in diesem Kampf erneut.

Etwas Unerklärliches trat in die braunen Augen. Einen Augenblick war darin ein neuer Blick und dann eine seltsame Art von Achtung zu erkennen. Tevis lächelte. Die durch die Fenster hereinscheinende Sonne fiel auf sein Gesicht, zeichnete die wohlgestalteten Knochen und die helle Haut nach und schimmerte auf seinem dichten schwarzen Haar. Er würde hübsche Söhne zeugen, dachte Aidan. Und die Töchter würden, mit Blythe als Mutter, wunderschön werden.

Tevis neigte ebenso – kaum wahrnehmbar dankend – den Kopf. Dann machte er auf dem Absatz kehrt und ging zu Hart. »Mylord, ich habe Euch etwas zu sagen.«

Aidan beobachtete ihn stirnrunzelnd und sehr genau. Er hörte eine unterschwellige Hochachtung in dem High Crags-Dialekt, die er niemals zuvor bemerkt hatte. Er erkannte, daß Tevis ein Mann mit vielfältiger Ausstrahlung war. Aidan begann zu glauben, daß er zu allem fähig war.

Hart sah ihn nur verwirrt an. »Warte damit.«

»Nein, Mylord. Das kann nicht warten.«

»Tevis?« Sogar Blythe war überrascht.

Er hob Ruhe gebietend eine Hand, ohne sie anzusehen. Sein Blick haftete auf Hart. »Mylord, ich muß Euch eingestehen, daß ich nicht der Mann bin, für den Ihr mich haltet. Und obwohl es die Wahrheit ist, daß ich Eure Tochter liebe und ehre und sie nur glücklich machen will, ist da noch etwas. Ich werde nicht länger lügen.«

Aidan stand ganz still. *Er spielt ein gefährliches Spiel.*

Harts Blick richtete sich fest auf Tevis' angespanntes Gesicht. »Du willst mir sagen, daß du den Thron von Solinde begehrst.«

Alle Farbe wich aus Tevis' Gesicht. »Mylord ... Ihr wußtet ...?«

Ein Laut des Entsetzens erklang von Blythe.

Hart zuckte nur die Achseln. »Ich weiß es schon einige Zeit.« Er schaute kurz zu Aidan und richtete sich dann in seinem Sessel auf. Seine Stimme klang vollkommen gleichmütig. »Du bist nicht der erste und du wirst auch nicht der letzte sein, der das will. Ich habe noch drei weitere Töchter.«

»Mylord ... wenn Ihr es *wußtet* ...«

»... warum habe ich dir dann zu bleiben erlaubt?« Hart sah Blythe an. »Weil meine Tochter dich liebt. Und weil du sie auf deine Art auch liebst. Welchen Sinn hätte es, etwas zu beenden, was ihr beide ersehnt, nur weil du ehrgeizig bist?«

Tevis strich einen Ärmel seines Samtwamses glatt. »Auch wenn dieser Ehrgeiz Eure Herrschaft bedrohen könnte?«

Hart fuhr sich mit dem Finger über die Unterlippe, während er über den vor ihm stehenden jungen Mann nachdachte. Schließlich lächelte er. »Wenn man jung ist, ist es sehr leicht, an persönliche Überzeugungen zu glauben. Es ist sehr leicht, einer Sache so vollkommen verschrieben zu sein, wie du Solinde verschrieben bist. Ein Eiferer verstellt sich selbst die Sicht, weil er es tun muß, um Erfolg zu haben. Aber dadurch trennt er sich von einem Teil seines Selbst, der den Unterschied zwischen Erfolg und Versagen ausmacht.«

»Mylord …?«

Hart lächelte. »Meine Tochter ist der Schlüssel zu deiner Kraft. Aber wenn du dich gegen mich stellen solltest, wird sie sich von dir abwenden. Und dann wird dir nichts mehr bleiben, genau wie es Dar erging.« Er hielt bedeutungsvoll inne. »Mit dem gleichen Ergebnis.«

Blythes Gesicht war bleich. Tevis schwieg.

Hart lächelte erneut. »Du kannst bekommen, was du willst, *ohne* es zu fordern …, wenn mir die Königin keinen Sohn gebärt.«

Tevis schwieg noch immer.

Hart seufzte. »Glaubst du, ich wollte, daß Solinde in inneren Streitereien erstickt? Ich weiß sehr wohl, daß es noch immer Gruppen gibt, die mich vertrieben sehen wollen und die vielleicht Gewalt anwenden werden, um das zu erreichen. Dar von High Crags – einen als Verräter bekannten Mann – hinzurichten, brachte seine Gefolgsleute einige Zeit zum Schweigen, aber das wird nicht ewig andauern. Der Friede dieses Reiches liegt vollkommen in Ilsas Hand – es sei denn, er läge in deiner.«

»In meiner«, sagte Tevis dumpf.

»Ein Sohn Ilsas entstammt Bellams Blutlinie. *Diese* Blutlinie hat mehr Anspruch, als du dir jemals erträumen könntest … High Crags ist immerhin nur eine abgelegene Gebirgsregion mit geographisch begrenzter Macht.« Hart neigte den Kopf. »Wenn Ilsa mir diesen Sohn schenkt, sind die Gruppen außer Gefecht gesetzt. Aber wenn sie mir *keinen* Sohn gebärt, fällt die Erbfolge einem anderen zu. Sie fällt Blythe zu, wie du sehr wohl weißt – durch den Sohn, den sie gebären könnte.« Hart lächelte. »Dadurch wirst du zwar genauso wenig den

Thron einnehmen können, wie es Dar tat …, aber andererseits vergrößern Väter häufig ihre Macht durch die Beeinflussung ihrer Kinder.«

Blythe sah Tevis an. Eine vorübergehende Hoffnung keimte in Aidan auf. *Wenn er sie hierdurch verloren hat …*

Harts Stimme klang sanft. »Wenn du sie heiratest, bleibst du hier. Du gibst deinen Anspruch auf High Crags auf und wirst *mein* Lehnsmann.«

Tevis schloß die Augen. Dann öffnete er sie wieder und kniete sich ruhig vor den Prinzen von Homana. »Mylord, ich habe mich in Euch geirrt.«

Hart lächelte. »Du hast mich unterschätzt.«

Die Antwort kam aus tiefstem Herzen. *»Ja.«*

»Nun, ich habe die letzten zweiundzwanzig Jahre meines Lebens damit verbracht, von den Solindern unterschätzt zu werden. Vielleicht werden sie eines Tages weiter sehen können als nur bis zu dem Gold, das ich trage – und dem Falken, der mir gehorcht – und statt dessen den Menschen erkennen.«

»Ja, Mylord, das werden sie zweifellos …, wenn sie sich ihre Sicht nicht vollständig verstellt haben.«

Der trockene Spott überraschte Aidan. Aber andererseits war Tevis nicht der Mensch, der sich völlig überrumpeln ließ. Er war zumindest ein Überlebenskünstler. Er würde, trotz all seines verqueren Ehrgeizes, wahrscheinlich *tatsächlich* einen treuen Lehnsmann abgeben.

Und ein gutes Beispiel für die anderen. Aidan lächelte. *Su'fali, auch ich habe dich unterschätzt. Vielleicht werden deine Verwandten eines Tages über die Narrheiten deiner Jugend hinaussehen und den König erkennen können, der du geworden bist.*

Hart machte eine abwehrende Handbewegung. »Geh. Du kannst den Schwur ein anderes Mal leisten. Nimm meine Tochter und geh … Ich glaube, ihr habt einiges zu besprechen – unter vier Augen.«

Tevis benetzte seine Lippen, erhob sich und wandte

sich zu Blythe um. Er schwieg eine ganze Weile. Dann sagte er sehr ruhig: »Kommst du mit mir?«

Sie errötete. »Ich bin immerhin die Tochter meines Vaters. Glaubst du, ich würde zulassen, daß du ihn auf irgendeine Weise verletzt? Glaubst du, ich würde zulassen, daß du es auch nur *wagst?*«

»Nein«, antwortete er ruhig. »Das habe ich immer schon gewußt.«

»Dann denke auch immer daran!« fauchte sie. Blythe sah zuerst ihren Vater und dann kurz Aidan an. Ihr Gesicht war jetzt vor Scham und Verlegenheit noch stärker gerötet. Tevis war vor dem Mann entlarvt worden, der sich wohl am ehesten darüber hämisch freuen würde. Sie schaute wieder zu Tevis. »Ich *werde* mit dir kommen. Und wir *werden* miteinander reden, Mylord von High Crags. Über *alles*.«

Aidan trat zur Seite, als Blythe aus dem Raum fegte. Tevis folgte ihr nach einer kurzen Verbeugung in Harts Richtung. Die Tür schloß sich geräuschvoll hinter ihnen.

Hart sah seinen Neffen an. »Ich habe ihn von Anfang an beobachten lassen. Der Grund, warum Dar beinahe Erfolg gehabt hätte, war, daß ich ihn nicht ernst genommen hatte und nicht wußte, was er tat. Daher tut Tevis nichts ohne mein Wissen.«

»Das ist auch sehr empfehlenswert, *Su'fali*.«

Hart lächelte. »Aber du denkst, daß ich meine Tochter verschwende, wenn es einen anderen Mann gäbe, der eher zu ihr paßte … ein Mann, der besser für den Thron geeignet wäre.«

Aidan trat zum nächsten Sessel, setzte sich und trank endlich von dem Wein, den Tevis ihm gebracht hatte. Er zuckte die Achseln. »Ich werde schon einen Thron bekommen, *Su'fali*. Brauche ich noch einen?«

Hart lachte. »Der Löwe hat sich in der Vergangenheit als äußerst selbstsüchtig erwiesen. Ich bezweifle, daß er sich jetzt ändern wird.«

In gemeinschaftlichem Schweigen nahmen sie die Bezatschale auf, die auf dem Tisch stand, und begannen zu spielen. Es gab nichts zu tun, außer abzuwarten.

Aidan betrachtete seinen Onkel, dessen gesenkter Kopf sein Gesicht verbarg, während er die Spielsteine betrachtete. *Wir warten,* sann er rasch begreifend, *auf die Zukunft Solindes.* Und dann, als Hart einen Stein aus der Schale zog: *War es auch für meine Eltern so schwer, abzuwarten und zu sehen, ob ich leben oder sterben würde? Ob der Löwenthron einen Erben bekäme?*

Hart drehte den Stein um. Er war auf beiden Seiten leer.

»Bezat«, sagte Hart ruhig. »Du bist tot.«

Aidan stellte seinen Weinbecher ab. Das Vergnügen an dem Spiel war ihm vergangen.

Er schlief schon fast, als der Diener endlich kam. Wie Hart vorausgesagt hatte, waren viele Stunden vergangen. Es war Abend, lange nach dem Abendessen, und sie hatten zuviel Wein getrunken. Aidan vertrug nicht soviel und wollte nur noch ins Bett. Aber Hart brauchte Gesellschaft, um die Zeit zu vertreiben, und so hatten sie die Stunden mit Gesprächen über alles Mögliche geteilt. Aidan konnte sich nur an einen Teil davon erinnern.

Er wurde geweckt, als der Diener die Tür öffnete und Hart etwas zuflüsterte. Der Prinz von Solinde sprang auf, trat zu Aidan, schüttelte ihn in einem Gefühlsausbruch der Freude und erzählte ihm, daß ein Sohn geboren war.

»Ein Sohn«, wiederholte Aidan pflichtbewußt, aber da war Hart schon fort. »Ein *Sohn*«, sagte er erneut, strahlte, als er es begriff, und stieß sich aus dem Sessel hoch.

Der größte Teil der Familie und einige Diener hatten sich in einem Vorzimmer von Ilsas Räumen versammelt. Tevis lehnte am Sims eines hohen Fensters, als wollte er sich in den Schatten verbergen. Blythe stand überraschenderweise nicht bei ihm. Sie wartete statt dessen unruhig an der Tür, als Aidan eintrat. Cluna war nicht anwesend – wahrscheinlich schlief sie sich das Fieber aus dem Körper –, aber Jennet war da. Sie stand, genau wie Tevis, sehr ruhig abseits und halb in den Schatten verborgen. Sie umklammerte mit zwei starren Fäusten ihr Nachtgewand.

Aidan erkannte es sofort. Er durchquerte den Raum zu ihr. »Komm mit«, sagte er sanft und führte sie zu einem Stuhl. Sie setzte sich, nachdem er sie dazu aufgefordert hatte, und sah ihn dann blind an, während er sich ebenfalls einen Stuhl heranzog. Aidan nahm ihre Hände in seine. »Es wird dir sicher helfen, darüber zu sprechen.«

Es war nichts mehr von der lebhaften Offenheit an ihr, an die Aidan sich inzwischen gewöhnt hatte. Das helle Haar war für die Nacht gelöst und schimmerte schwach im Kerzenschein. Sie trug ein weißes Leinennachthemd und einen üppig blauen Morgenmantel, der um ihre Knöchel lag. Ihre Hände lagen kalt in seinen.

Jennet atmete sehr tief ein. »Ich bin froh, daß es ein Sohn ist. Ein Prinz für Solinde.«

Aidan nickte. »Aber du glaubst, daß seine Ankunft deinen *Jehan* blind für dich machen wird.«

Jennets Mund zitterte. »So wird es sein.« Sie atmete erneut tief durch. »Er hat ja Blythe. Sie war schon immer sein Liebling. Und jetzt hat er noch dazu einen Sohn bekommen, und es wird für Cluna und mich kein Platz mehr sein.«

»Du hast ihn natürlich danach gefragt.«

Die blauen Augen weiteten sich. »Nein!«

Er tat überrascht. »Wie kannst du es dann wissen?«

»Ich weiß es einfach.«

Sie war keine Erinnierin. Es war kein *Kivarna* in ihr, nur Angst und Einsamkeit. Aidan drückte ihre Hände. »Du solltest ihm besser keine Worte oder Gefühle unterstellen, es sei denn, du weißt, daß sie wahr sind. Es würde ihn tief verletzen, wenn er wüßte, daß du so empfindest.«

»Aber ... was ist, wenn er so denkt?«

»Ich verspreche dir – das tut er nicht. Beim Leben meines *Lir*, Jennet – und du weißt, wie bindend ein Schwur ist.«

Sie wußte es ohne Zweifel. Aber ihr Elend blieb unvermindert.

Aidan drückte erneut ihre Hände. »Du bist selbst eine Prinzessin, *Meijhana*. Du bist alt genug zu verstehen, daß ein Reich einen König und der König einen Erben als Nachfolger braucht. Solinde war schon zu lange ohne Erben. Aber Prinzessinnen sind auch wichtig. Solinde braucht auch sie.«

Jennet kniff den Mund zusammen. »Nur weil *Jehan* uns mit Männern verheiraten kann, die er gewinnen will.«

Diese Verbitterung paßte überhaupt nicht zu ihrem Alter. Aidan sah sie mit neuerlicher Aufmerksamkeit an. »Hat dir das jemand erzählt?«

Sie zuckte die Achseln. »Ich habe gehört, wie Blythe so etwas vorhin zu Tevis sagte.« Blaue Augen flackerten. »Sie war verärgert.«

Aidan blieb ernst. »Ja, das war sie.«

Jennets Gesicht nahm wieder einen besorgten Ausdruck an. »Ich verstehe es nicht. Blythe hat Tevis immer heiraten wollen. Von Anfang an.«

Aidan konnte nicht anders. »Und jetzt will sie es nicht mehr?«

Jennet zuckte die Achseln. Blythe war im Augenblick nicht ihre Sorge. »Sie sagte ihm, daß sie ihn heiraten würde … daß sie zwischen sich sichergestellt hätten, daß sie es tun müßte.« Sie runzelte die Stirn. »Ich verstehe das nicht.«

»Nein«, stimmte Aidan ihr zu und hielt es so für das beste. »Ich glaube, du brauchst dir über solche Dinge noch keine Gedanken zu machen. Und ich glaube, du brauchst dir noch weniger Gedanken darum zu machen, wenn es soweit ist – ich glaube, *niemand* könnte dich dazu zwingen, einen Mann zu heiraten, den du nicht heiraten möchtest.« Er lächelte. »Und was nun den neuen Prinz betrifft … Ich werde dich nicht belügen, Jennet. Es mag so *scheinen,* als hätte dein Vater dich im Augenblick, mit dem neuen Gefühl, einen Sohn zu haben, vergessen, aber das wird vergehen. Dein *Jehan* wird dich niemals durch irgend jemanden ersetzen. Das könnte er nicht tun, denn niemand sonst ist Jennet.«

Sie betrachtete ihn ernst und wog den Wert seiner Worte ab. »Versprecht Ihr mir das beim Leben Eures *Lir?*«

Sie war eine wahrhaft königliche Tochter, dachte Aidan, da sie bei allem die vollkommene Sicherheit suchte. Er lächelte, ließ ihre Hände los und berührte kurz ihren Kopf, während er sich erhob. »Ich verspreche es.«

Hart kam aus den angrenzenden Räumen herein. Er lächelte strahlend, als er sie alle sah. »Solinde hat einen Prinzen«, verkündete er mit stillem Stolz, *»und* eine gesunde Königin.«

Jennet lief quer durch den Raum und warf sich in seine Arme. Er lachte laut und Jennet ebenso. Sie hatte die aufkeimende Reife vertrieben, die Aidan an ihr bemerkt hatte, und war wieder nur ein Kind, das in den Armen seines Vaters Frieden fand.

Aidan schaute zu Tevis und stellte fest, daß dieser ihn ebenfalls ansah. Das Gesicht des jungen Herrn von High Crags zeigte einen seltsamen Ausdruck, und Aidan bemerkte erneut, daß seine Gefühle verhüllt waren. Das *Kivarna* schwieg.

Tevis lächelte. Es war ein Lächeln bittersüßer Niederlage, voller Einverständnis. Etwas glitzerte in seinen Augen. Eine kurze Geste sagte Aidan, daß Tevis die Bedeutung der Geburt des Jungen vollkommen begriff. Seine Hoffnungen auf den Thron – durch *seinen* Sohn – waren damit begraben. Blythe konnte ihm jetzt nur noch einen Neffen schenken, genau wie er einer war. Ein königlicher Neffe vielleicht, aber nicht ein Teil der Erbfolgelinie.

Aidan sah Blythe an. Sie beobachtete Tevis ebenfalls, als wolle sie ihn genauso beurteilen, wie Aidan es tat. Ihr Gesichtsausdruck gab nichts preis.

Aidan trat nachdenklich in die Verbindung zu Teel ein. *Glaubst du, es besteht doch noch eine Möglichkeit?*

Aber dann durchquerte Blythe den Raum und trat zu Tevis, der ihr Gesicht mit beiden Händen umfaßte.

Aidan seufzte. *Nein.*

Von Teel, der es zweifellos gewußt hatte, erfolgte keine Antwort.

Kapitel Acht

Hart beraumte innerhalb von drei Tagen eine offizielle Taufzeremonie an. Ein Cheysulibrauch schrieb vor, daß der Vater den nackten Säugling auf körperliche Mängel untersuchen mußte, da eine alte Übereinkunft bei einem Krieger Unversehrtheit verlangte. Wenn er ihn makellos vorfand, mußte er ihn vor den Göttern und den versammelten Familienmitgliedern laut benennen.

Aber bei dem neugeborenen Prinzen mußte noch mehr beachtet werden: Nach solindischem Brauch sollte ein Zweitvater benannt werden, um das Kind vor Schaden zu bewahren, falls den leiblichen Eltern etwas zustoßen sollte. Also versammelte Hart alle Familienmitglieder in seinem Audienzraum, um beiden Hälften des Erbes des Kindes gerecht zu werden.

Hart stand mit Ilsa neben sich auf einem niedrigen Podest. Auf einer glänzenden Stange hinter ihm saß Rael, im Sonnenlicht pechschwarz und weiß schimmernd. Hart barg den kleinen Jungen in starken, dunklen, vor *Lir*gold glänzenden Armen an seiner lederbekleideten Brust. Hart hatte noch niemals glücklicher ausgesehen, dachte Aidan, als er lächelnd auf das schlafende Gesicht des Kindes hinabblickte. Sein Stolz war offenkundig, und doch fragte sich Aidan, ob der Cheysulianteil an der Zeremonie ihm unerwartete Qual bereiten würde. Hart würde aufgefordert sein, seinen Sohn auf körperliche Mängel zu untersuchen, bevor er ihn taufen konnte, aber er selbst war *der Verwandtschaft beraubt*, wegen seiner fehlenden Hand aus den Stämmen ausgestoßen. Das war eine schwer zu ertragende Tatsache. Brennan hatte versucht, diesen Brauch ändern zu lassen, indem er das

Stammeskonzil anrief, aber er hatte die Ansicht, es seien bereits zu viele der alten Bräuche verlorengegangen, nicht widerlegen können.

Ilsa hält den Schmerz in Schach, sann Aidan, während er die Frau zu Harts Linken betrachtete.

Eine blasse, schlanke Hand ruhte sanft auf seinem Arm. Die Spuren der Erschöpfung auf ihrem Gesicht wurden von einer überirdischen Freude, die ihre bereits große Schönheit noch verstärkte, gemildert. Diese Frau besaß eine Anmut, die Aidan noch bei keiner anderen Frau erlebt hatte. Er war, wie immer, überrascht davon. Sogar die mit Edelsteinen besetzten Klammern, mit denen ihr blondes Haar auf dem Kopf aufgesteckt war, konnten das Strahlen ihrer Augen nicht übertreffen, als sie die als Zeugen für die Taufe ihres Sohnes hergebetenen Menschen ansah.

Blythe stand still bei Tevis. Cluna, die sich weitgehend erholt hatte, stand bei Jennet. Dulcie weilte in Aidans Armen, obwohl ein Kindermädchen in der Nähe wartete, um ihn seiner Pflicht zu entledigen, falls das Kind müde wurde. Im Augenblick war sie von dem Reif um seinen Hals gebannt. Aidan löste die kleinen Finger lächelnd davon und versuchte, die Kleine mit einer Münze zu bestechen, damit sie nicht so fest zöge.

Hart lächelte sie alle strahlend an. »Dieses Kind ist ein Kind zweier Reiche und zweier Erben, und beide sollten geehrt werden. Niemand sollte einem Teil seines Selbst den Rücken kehren müssen, denn die Summe jener Teile macht ihn zu dem, was er ist. Daher haben wir uns heute hier versammelt, um diesem Kind nach den Gebräuchen Solindes *und* Homanas – damit keiner der Götter verletzt und kein Volk vergessen sei – einen Namen zu geben.«

Aidan schaute zu Tevis, der ruhig an der Seite stand, und fragte sich, wie sehr es den jungen Herrn von High Crags enttäuschte, seine Hoffnungen so öffentlich ausgelöscht zu sehen. Tevis' Gesicht schien ausdruckslos, nur seine Augen glitzerten, als er seinen Lehnsherrn und den neugeborenen Prinzen ansah. Er gab seine Gedanken nicht preis.

Harts Stimme lenkte Aidans Aufmerksamkeit wieder zum Podest. »Ein solindisches Kind – und besonders ein königliches Kind – muß einen Zweitvater haben. Das unterscheidet sich nicht sehr von dem homanischen Brauch eines Lehnsherrn, der den Mujhar vor körperlicher Bedrohung schützen soll … Ein Zweitvater kümmert sich auch um das Wohlergehen des Kindes.«

Hart legte den Säugling in seiner linken Armbeuge zurecht und schlug vorsichtig die Leintücher zurück, befreite das Kind aus seinem Kokon. Als es aus den Tüchern gewickelt und vollkommen nackt war, zählte Hart laut die Finger und Zehen, schaute in die winzigen flachen Ohren, untersuchte die noch unscharfen Augen und versicherte sich, daß die kleine Männlichkeit vorhanden war. Dann zeigte er ihnen allen das Kind.

»Ich erkläre dieses Kind vor den Göttern Homanas, die überall sind, als gesund und makellos und für Verwandtschaft und Stamm geeignet. Es hat keinerlei Makel in Fleisch und Blut. Durch die Namensgebung wird es ein wahrer Cheysuli, der für einen *Lir* und den treuen Dienst für die Prophezeiung bestimmt ist.« Er atmete tief durch und beruhigte seine Stimme. Aidan konnte seine Gefühlsaufwallung über den Raum hinweg spüren. »Ich nenne dieses Kind Owain, Sohn von Hart und Ilsa, jetzt als Prinz Owain, Erbe des Throns von Solinde, bekannt. Ich handele mit dem vollkommenen Segen der Götter und kann nur hoffen, daß sie ihm ein *Tahlmorra* gewähren, das seiner wert ist.« Er schaute kurz zu Aidan. »Niemand kann sein *Tahlmorra* erwählen und gewiß vor allem ein Kind nicht.«

Aidan wandte sich um, als das Kindermädchen herankam, und legte ihr Dulcie in die Arme. Dann trat er vor, um sich als Ehrenbezeugung kurz vor Hart zu verneigen. Anschließend nahm er vorsichtig Owains winzige rechte Hand auf und küßte sie. Innerlich flüsterte er die Segensworte für einen Blutsverwandten und wünschte dem Kind Gesundheit und Glück. Dann sprach er in der Alten Sprache ähnliche Worte laut aus, wobei er das Gewicht der beiden goldenen Kettenglieder an seinem Gürtel spürte.

Als er geendet hatte, beugte er erneut den Kopf, machte die Cheysuligeste für das *Tahlmorra* und wandte sich zu den anderen um.

»Dieses Kind ist ein Kind der Götter. Sie müssen ihm sein *Tahlmorra* zuteilen. Es muß ihnen dienen. *Tahlmorra lujhala mei wiccan, Cheysu*. Mögen die Götter diesem Kind den vollkommenen Dienst an der Prophezeiung der Erstgeborenen und dem Volk von Solinde gewähren, das er eines Tages regieren wird.«

Er wartete. Von jenen, die die Zeremonie kannten, erfolgte die erwartete Antwort: *»Ru'shalla-tu.«* Möge es so sein.

Aidan lächelte. Sein Teil der Zeremonie war vollbracht. Er kehrte zu seinem Platz zurück, nahm Dulcie wieder auf den Arm und wartete.

»Leijhana tu'sai«, sagte Hart ruhig und strahlenden Blicks und wickelte den neu benannten Prinzen Owain wieder ein. Er ließ nur eine Hand und den Arm frei. »Die Pflicht eines Zweitvaters ist es, für dieses Kind zu sorgen, falls den leiblichen Eltern etwas zustoßen sollte. Es ist seine Pflicht, das Kind als sein eigenes aufzuziehen, es als sein eigenes zu behandeln, ihm nichts zu ersparen, was er auch Kindern seines eigenen Leibes nicht ersparen wurde, und ihm nicht weniger zu geben, als er Kindern seines eigenen Körpers geben würde.«

»Wenn dieses Kind ein Mann wird, soll es das Haus des Zweitvaters verlassen und sein eigenes Leben leben. Aber es wird den Mann stets als seinen wahren Vater – seinen *Jehan* – ehren, wie er auch die Götter ehren würde.« Harts Gesicht wurde sehr ernst, aber in seinen Augen schwelte etwas. »Die Wahl des Zweitvaters ist niemals eine leichte Aufgabe. Es ist eine Ehre, die nur einem Mann zuteil wird, der sich als stark und treu erwiesen hat. Sie wird als Zeichen des Respekts und des Vertrauens nur dann übertragen, wenn die Verantwortung vollkommen angenommen wird.«

Harts Blick hielt kurz bei Aidan inne. »Oft wählt man einen Verwandten, weil in seinen Adern ähnliches Blut fließt und Blut einen Menschen fester an einen anderen Menschen bindet als irgend etwas sonst. Aber nicht nur Verwandte werden geehrt.« Hart lächelte. »Tevis, Herr von High Crags.«

Klare braune Augen weiteten sich fast unmerklich. »Mylord.«

»Willst du, als Zweitvater, schwören, Prinz Owain als dein eigenes Kind aufzuziehen? Willst du den Eid leisten, diesem Kind zu dienen, wie du dem Prinzen von Solinde und jedem Kind deines eigenen Körpers dienen würdest? Willst du ihn als deinen Lehnsherrn annehmen, für die Erfüllung seiner Bedürfnisse sorgen und dieses Vertrauen niemals enttäuschen?«

Tevis wurde seltsam blaß. »Mylord – Ihr habt von einem Verwandten gesprochen ... was ist mit Prinz Aidan?«

Hart sah seinen Neffen nicht an. »Aidans *Tahlmorra* schreibt ihm eine andere Richtung vor. Wir möchten dich als Zweitvater für unseren Sohn erwählen.«

Blythe, die neben Tevis stand, strahlte. Aidan verstand sehr gut, warum Hart so handelte. Er hielt es für ungewöhnlich geschickt.

Tevis atmete langsam und tief durch. »Mylord ... Mylord, ich werde alles tun, was Ihr verlangt. Es wird mir eine Ehre sein, Prinz Owain als Zweitvater zu dienen.«

Ilsa lächelte strahlend. »Dein Schwur ehrt uns.«

Blythe drückte Tevis' Arm. Er trat langsam näher, den Kopf ehrerbietig gebeugt. Als er vor dem Podest angelangt war, kniete er sich hin, damit sein Kopf den des Kindes nicht überragte.

»Erhebe dich«, sagte Hart. »Nimm diese Hand in deine.«

Tevis stand benommen auf und ergriff die winzige Hand. Er betrachtete die seidenweiche, zarte Haut und das verschrumpelte, vom Schlaf faltige Gesicht. »Ich schwöre«, sagte er ruhig. »Ich schwöre, Euch als Kind meines eigenen Körpers aufzuziehen. Ich schwöre, Euch zu dienen. Ich erkenne Euch als meinen Lehnsherrn an. Ich werde Eure Bedürfnisse befriedigen. Und ich schwöre, daß ich Euer Vertrauen niemals enttäuschen werde.« Tevis beugte den Kopf und küßte die winzige Hand.

Aidan sah, daß Blythe Tränen in den Augen hatte. Cluna und Jennet machten ernste Gesichter, während ihre Augen geweitet waren. Sie verstanden die Bedeutung der Zeremonie vollkommen. Ilsa, die noch immer Harts Arm umfaßt hielt, sah Tevis mit sehr stolzem Gesichtsausdruck an, während Harts Gesicht vieles ausdrückte – nicht zuletzt Zufriedenheit und stillen Triumph.

Aidan lachte in sich hinein. *O ja, Su'fali, du weißt genau, was du getan hast.*

Hart schaute über Tevis' gebeugten Kopf hinweg. Sein Blick begegnete dem Aidans. Ein neu gewonnener Friede trat in seine Augen.

Aidan nickte anerkennend. *Er hat seinen Sohn ... seine Zukunft ... seine Unsterblichkeit ...*

Tevis trat wieder fort. Er verneigte sich kurz und kehrte dann an Blythes Seite zurück. Seine Augen zeigten einen merkwürdigen Ausdruck. Er schien ungewöhnlich bewegt, aber Aidan spürte durch das *Kivarna* keine besonderen Empfindungen. Die Gabe erwies sich, wie stets, als unbeständig. Sie war nicht beeinflußbar.

Aber Tevis wandte sich um, als hätte er Aidans Blick gespürt. Einen Augenblick lang blieb sein Gesicht ganz ausdruckslos, und dann lächelte er offen.

Aidan erwiderte das Lächeln höflich, aber innerlich

verspürte er ein tiefes Gefühl der Erleichterung. *Vielleicht wird er damit letztlich doch zufrieden sein.*

Es war Abend, und sie befanden sich in Harts Sonnenraum. Das Tageslicht war geschwunden, aber Kerzen glichen den Mangel aus. Es war ihnen gelungen, die Frauen aus dem Raum zu vertreiben, damit sie nicht mehr über neugeborene Kinder sprechen mußten und sich anderen Dingen zuwenden konnten, wie gutem Wein, phantastischen Geschichten und dem Wetten.

Hart lachte laut auf und beugte sich vor, um seinem bereits beeindruckend hohen Stapel Münzen neue Gewinne zuzuschieben. Tevis fluchte leise, zählte, was ihm noch blieb, und schaute dann auf Aidan zu seiner Linken. »Jemand wird ihn aufhalten müssen, bevor er uns alle ausraubt.«

Aidan brummte. »Ich nicht. Ihr seht, wie wenig mir noch geblieben ist – *Ihr* habt noch mehr als ich.«

Tevis betrachtete erneut seinen Stapel rotgoldener solindischer Münzen. Er war erheblich geschrumpft, aber Tevis besaß tatsächlich noch mehr als Aidan. Er nickte vor sich hin, nahm seinen Weinbecher auf und trank ihn halb leer.

Hart deutete auf Aidans Hand. »Du hast *ihn* noch.«

Aidan legte eine schützende Hand über den schweren Topas. »Das ist mein Siegelring.«

»Ja, nun … Das hat *mich* niemals aufgehalten. Ein wahrhafter Spieler läßt sich bei einer Wette nicht von solch unbedeutenden Dingen wie persönlichem Besitz beeinflussen.«

Rötliche Brauen schossen in die Höhe. »›Ein wahrhafter Spieler‹? Meinst du einen Mann, der die Kontrolle verloren hat?«

Hart runzelte die Stirn. »Nein.«

Aidan konnte nicht widerstehen. »Ein wahrhafter *Mann* verwettet nichts Wichtiges.«

Harts Stirnrunzeln vertiefte sich. »Was ist dann mit

jenen Kettengliedern an deinem Gürtel? Sie dienen keinem nützlichen Zweck.«

Tevis nickte kurz. »Daran habe ich auch schon gedacht.«

Eine Hand schloß sich über den Kettengliedern. »Nein.«

»Warum trägst du sie, *Harani*? Doch nicht etwa als Schmuck ...«

Aidan winkte ab. »Ich trage sie, weil ich sie tragen will. Hier, wenn es dich so sehr nach einer Wette verlangt ...« Er schob die wenigen ihm noch verbliebenen Münzen in die Mitte des Tischs. »Da. Das wird genügen. Es ist vielleicht wenig, aber man kann darauf setzen.«

Hart seufzte und ließ die Bezatschale klappern. Das Spiel war ein Versuch. Das Ergebnis war jetzt ein anderes.

»Hah!« rief Tevis. »Seht Ihr? Das Glück wendet sich schließlich einem Mann zu, der es mehr verdient.«

Hart schob die entsprechende Menge Münzen wieder über den Tisch zurück, während er den jungen Mann finster anblickte. Der Saphirring an seiner Hand glitzerte in frostigem Feuer. Daneben steckte der feuerrote Rubinsiegelring der Könige von Solinde. Bis auf das Gold an seinen Armen und an seinem linken Ohr waren die Ringe der einzige Schmuck, den Hart mochte. Die Saphire waren ähnlich eingefaßt wie Aidans Topas und auch mit winzigen Runen versehen, und Aidan erinnerte sich plötzlich, daß Hart in Homana noch immer als Prinz angesehen wurde.

Aidan schaute zu Tevis, als dieser die Hand ausstreckte, um die Münzen einzusammeln. Wie Hart, trug auch er einen Saphirring. Waren sie in diesem Jahr so beliebt? Aber sein Ring schien nicht so massiv und die Einfassung ganz neu. Der Gagat wirkte dagegen weitaus älter, da er fest in altem Gold gefaßt war.

Hart sah Aidan angespannt an. »Du wirst erneut spielen müssen.«

»Aber ich habe verloren, *Su'fali* … Und das war mein letztes Geld.«

Hart brummte. »Brennan hält dich kurz.«

Aidan lachte und goß sich Wein nach. »Er gibt mir alles, was ich brauche. Ich lebe nicht verschwenderisch.«

»Nun?« fragte Tevis. »Wie viele Teilnehmer hat dieses Spiel?«

»Drei«, erklärte Hart. »Ich werde Aidan mit weiterem Gold unter die Arme greifen.«

»Nur damit ich spielen kann? *Su'fali,* ich schwöre dir, es ist mir nicht wichtig …«

»Du bist mein Gast, und du wirst spielen.« Hart lächelte entwaffnend. »Ich weigere mich, am Tag der Taufe meines Sohnes der einzige Verlierer zu sein.«

Aidan hob pflichtbewußt seinen Becher. »Auf Prinz Owain, mögen die Götter ihm ein gutes *Tahlmorra* gewähren.«

Tevis hob hastig auch seinen Becher. »Auf Prinz Owain«, wiederholte er wie abwesend, während er die Bezatschale betrachtete. »Wollt Ihr sie mischen?« Er reichte Aidan die Schale.

Solchermaßen aufgefordert, streckte Aidan zwei Finger in die Schale und mischte den Inhalt, wobei Elfenbein klappernd an den Rand stieß. Das Spiel hatte seinen Reiz ziemlich verloren, weil er jetzt das Geld eines Anderen riskierte, aber die guten Manieren verlangten weiterzuspielen, da sein Onkel so großzügig war. Er hoffte nur, daß er genug gewann, um das Geliehene zurückzahlen zu können, da er es haßte, jemandem etwas schuldig zu sein.

»So.« Hart wartete, bis Aidan die Schale hinstellte, und tauchte dann mit der Hand hinein, um einen Stein zu ziehen.

Sie spielten überwiegend schweigend, besprachen nur kurz, was sie zogen, oder drückten leise ihre Unzufriedenheit aus. Tevis' Blick haftete auf der Schale, aber Aidan hatte den Eindruck, daß er sie gar nicht richtig sah. Seine Augen zeigten den benommenen Ausdruck eines Mannes, der in Gedanken woanders war und seine Handlungen und die Umgebung vergessen hatte. Sein Gesicht schien angespannter denn je, als sei er krank oder stünde unter Druck, aber andere Hinweise auf seine Unaufmerksamkeit waren nicht erkennbar.

»Tevis?« sagte Hart.

Tevis zuckte zusammen. »Mylord?«

»Ihr müßt ziehen. Für Aidan.«

»Ah.« Er griff in die Schale, zog einen Stein heraus und drehte ihn um. »Bezat«, sagte er tonlos. »Der Todesstein.«

Hart lachte über Aidans ergebenen Gesichtsausdruck. »Du hast verloren! Jetzt müssen Tevis und ich zu Ende spielen ...«

Die Tür wurde aufgestoßen. Dulcies Kindermädchen strich sich eine Haarsträhne aus den Augen. »Mylord ... Ihr müßt sofort kommen ...«

Hart schob stirnrunzelnd seinen Stuhl zurück und erhob sich. »Helda, was ist los?«

»Oh, Mylord ... das *Kind ...*«

Hart ließ seinen Weinbecher fallen. Er schlug klirrend auf dem Tisch auf, wobei er auf dem polierten Holz eine blutrote Lache hinterließ. Aidan stand so jäh auf, daß er seinen Stuhl umwarf, und ging Hart nach. Tevis ließ den Todesstein mit kalkweißem Gesicht in die Weinlache fallen und folgte den beiden anderen Männern.

Aidan traf nur kurz, nachdem sich Hart einen Weg durch die versammelten Frauen gebahnt hatte, im Kinderzimmer ein. Ilsa kniete neben der Wiege und preßte den in Leinen gewickelten Säugling an ihre Brust. Ihre Augen zeigten nur grausamen, entsetzlichen Kummer.

»Nicht schon wieder«, murmelte Hart und fuhr dann wie rasend zu ihnen allen herum. »Hinaus!« schrie er die Frauen an. »Ihr alle, *hinaus!* Sofort.«

Aidan und Tevis traten beiseite, als die Frauen hastig gingen. Blythe traf in diesem Augenblick ein – in ihrem

Nachtgewand. »Was ist los?« rief sie. Und als sie dann zu ihrer Mutter schaute: »O Götter – nicht *Owain* ...«

Ilsa sprach leise zu dem stillen Bündel und schien sich Harts Anwesenheit gar nicht bewußt. Sie hob erst den Blick, als er sich hinkniete und sie berührte.

»Meijhana ...«

»Er ist tot«, sagte sie nur.

Hart schlug mit zitternden Fingern die Tücher zurück. Er berührte das Gesicht. »Er ist kalt«, murmelte er tonlos. »Kalt und bleich wie der Tod ...«

Blythes Gesicht war ebenso bleich. »Aber es ging ihm doch gut ... vorhin, bei der Zeremonie ... Es ging ihm *gut* ...«

Harts Hand zitterte, als er sie auf Ilsas Kopf legte. *»O Meijhana,* ich kann dir nichts sagen, was deinen Schmerz lindern würde ...«

Und was ist mit dir? fragte sich Aidan benommen. *Was ist mit* deinem *Schmerz, Su'fali ... Ein Sohn und Erbe, im Zeitraum von drei Tagen geboren und wieder genommen ...*

Tevis murmelte etwas. Dann sagte er lauter: »Er war mein Sohn. Er war auch mein Sohn ... Ich war sein Zweitvater.«

Blythe griff nach seinem Arm, aber er entzog sich ihr wieder. Er trat langsam zur Königin, die trauernd am Boden kauerte, und zu dem Cheysuli, der mit gebeugtem Kopf kniete, mit einer großen Hand die kleinen Finger des Sohnes umklammernd, der niemals anstelle seines Vaters regieren würde.

»O nein«, sagte Blythe gebrochen. »Er sollte nicht ... Er ist kein Cheysuli und versteht diesen Kummer nicht ...«

Aidan verstand ihn. Er trat sofort vor, um den Solinder aufzuhalten. »Tevis, nein. Wartet. Laßt sie jetzt allein ...« Er legte seine Hand auf Tevis' Arm. »Laßt erst den ersten Kummer vergehen ...«

Finger schlossen sich und verkrampften sich dann. Es durchlief Aidan wie Feuer, ließ seine Knochen erglühen, während sich sein Blut in Eis verwandelte, still und dunkel und kalt, so *kalt* ...

»Ihr«, krächzte er. *»Ihr* ...«

Tevis' Augen wirkten schwarz. »Legt niemals wieder Hand an mich.«

»Ihr ...«, würgte Aidan hervor.

Sogar Hart wurde von seinem Kummer abgelenkt, als er Aidans Entsetzen bemerkte. Er wandte sich um und erhob sich offensichtlich verwirrt.

Das *Kivarna* verbrannte Aidan wie ein Scheiterhaufen. In diesem Augenblick waren ihm Tevis' Absichten klar. »*Ihr* habt das Kind getötet!«

Blyhtes Stimme klang schrill. »Bist du verrückt? Warum sollte *Tevis ...?*«

Hart ergriff Aidans Arm und riß ihn herum. »Was sagst du da?«

»Es war Tevis«, erklärte Aidan. Die Wahrheit war ihm so klar – konnten sie sie nicht auch erkennen? Sie spüren wie er? »Es war *Tevis* ...«

Das Gesicht des Solinders wurde bleich. »Ich bin sein Zweitvater. Ich habe ihm geschworen, ihn zu beschützen ... Und Ihr sagt, ich hätte ihn *getötet?*«

Harts Stimme klang rauh. »Aidan, das ist Unsinn ... Tevis ist schon seit Stunden mit uns zusammen.«

Aidan zitterte. »Ich weiß es. Ich weiß es. Ich *spüre* es ...« Der letzte Rest von Unglauben löste Tevis' Schutzschild endgültig auf. »Bei den Göttern ... *Ihlini* ...«

»Bist du *verrückt?*« schrie Blythe erneut.

Die Schranken waren gefallen. Aidan spürte brodelnden Ehrgeiz und pure Macht in dem Mann, die gewaltige Aufwallung von *soviel* Macht, daß sie kaum zu zähmen war. Und Haß, soviel Haß, *zuviel* Haß und Macht und völlige Hingabe an den Dienst für einen Gott, den niemand sonst zu verehren wagte.

Tevis hob eine Hand. Der ganz schwache Schein einer Flamme tanzte um seine Finger, einer kalten, purpurfarbenen Flamme. *Gottesfeuer* an seinen Fingerspitzen, das nur zu deutlich enthüllte, was er war. Wie er es jetzt auch beabsichtigt hatte.

»Wartet«, sagte er sanft.

Aidan wollte boshaft lachen. »Ihlini«, sagte er erneut und wunderte sich über seine Blindheit. Wie konnte er es nicht bemerkt haben? Wie konnte das Cheysuliblut in ihm oder das erinnische *Kivarna* es nicht erkannt haben? Er vor allen anderen ...

»Ja«, stieß Tevis zwischen zusammengebissenen Zähnen hervor. »Ein Kind der Götter, ein Kind der Prophezeiung – *wie Ihr!*«

»Er war noch ein Baby!« schrie Hart. »Ein hilfloser Säugling! Welchem Zweck kann es dienen, *sein* Leben zu beenden?«

»Ich muß *alle* Leben beenden«, fauchte Tevis. »Jedes einzelne Leben, das ich finden kann – jedes Leben und jeden Samen ...«

»Tevis«, flüsterte Blythe.

»... bis keine Samen außer Euren mehr übrig sind.« Tevis warf Hart einen feindseligen Blick zu. »Hättet Ihr diesen Sohn ungeboren gelassen, müßtet Ihr diesen Kummer nicht erleiden. Es ist Euer Fehler, Mylord von Solinde ... Um der Lady diesen Schmerz zu ersparen, hättet Ihr nur eines tun müssen.«

Aidan hörte die träge Zerstreutheit in Harts Stimme. Der Schock begann ihn von einer Wirklichkeit abzusondern, die er nicht ertrug. »Eines ...?«

Tevis lächelte. »Mich zu Eurem Erben machen, Mylord. Mich nach Euch auf den Thron bringen ...«

»Nein!« rief Blythe. »O Götter ... *nein ... NEIN ...*«

»Ah«, bemerkte Tevis. »Sie hat gerade erst erkannt, daß der Mann, mit dem sie geschlafen hat, ein Ihlini ist. Eine Cheysuli und ein Ihlini, geschlechtlich vereint ... genau das, worauf die Prophezeiung hinwies.«

Ilsa, an die niemand mehr gedacht hatte, erhob sich langsam. Ihr Gesicht war vom Kummer verheert, was aber ihre Stärke nicht verringerte. »Ihr habt mit Erwachsenen Krieg geführt, Ihlini – immer. Warum wendet Ihr Euch jetzt einem Kind zu? Welchen Schaden konnte er Euch zufügen?«

Ein vielsagendes Achselzucken. »Nun, sehr wenig. Aber für mich ist wichtig, daß kein Same überlebt. Asar-Suti hat sehr deutlich gemacht, daß wir zuerst die Cheysuli und alle, die ihnen dienen, vernichten müssen, wenn die Ihlini wieder die Weltherrschaft übernehmen wollen.«

»Wie?« fragte Aidan. »Ihr wart bei *uns*. Warum haben wir es nicht bemerkt? Wie konntet Ihr das Kind aus dieser Entfernung anrühren?«

Tevis zeigte den Saphir. »Ein Andenken an Euren Vater, Mylord von Homana ... Etwas, was er meiner Tante vor vielen Jahren gab. Er war uns inzwischen sehr dienlich. Alles, was einst von einem Mann oder einer Frau getragen wurde, enthält einen Rest dieser Person – woraus wir mit unseren Ihlinikünsten einen Schild fertigen, damit wir frei unter Euch und den *Lirs* wandeln können. Und daß ich ihn aus dieser Entfernung angerührt habe – das ist bei einem Säugling leicht. Ich dachte nur an ein kleines Herz, das ganz still war, und wünschte mir, daß es wahr würde.« Er lächelte. »Dieser Ring ist ein Glücksfall – Brennan hätte ihn nicht Rhiannon schenken sollen.«

»Eure Tante«, sagte Hart. »*Rhiannon?*«

Der glatte, liebenswürdige Ausdruck auf dem Gesicht des solindischen Adligen schwand. Aidan hörte Blythe die Leugnung unterdrücken und sah, wie Harts Gesicht alle Farbe verlor. Tevis war nicht mehr eigentlich *Tevis*. Seine Züge waren geblieben, wurden aber jetzt deutlicher, wilder. Aidan stellte sich die Augen ein wenig hellbraun vor, fast gelb, und die Haare eine Schattierung dunkler und dann schwarz.

»O Götter«, entfuhr es Aidan. »Strahan hatte einen *Sohn.*«

Blythes Stimme war nur ein Zerrbild. »Wo ist dann Tevis? *Gab* es einen Tevis?«

»Selbstverständlich«, bestätigte Strahans Sohn ihr. »Ich habe ihn getötet.« Er zeigte den schwarzen Ring an seiner anderen Hand. »Ich habe Tevis und seinen Vater in High Crags getötet, sobald ich wußte, daß er herkommen sollte. Den Körper des Vaters habe ich dort gelassen – ich brauchte ihn nicht –, aber Tevis' Körper brauchte ich, um den richtigen Reiz zu bieten.« Er lächelte. »Diejenigen, die Tevis kannten, *sahen* Tevis, wenn sie mich anblickten. Und diejenigen, die ihn nicht kannten, sahen mich. Also ja, *Meijhana,* du hast auch mit Tevis geschlafen … zumindest mit dem Teil von Tevis, der noch geblieben ist – in diesem Ring.«

Blythe preßte zitternd beide Hände auf den Mund. Ihr Gesicht wurde bei der Erkenntnis aschgrau.

Ilsa trat nur einen Schritt vor und blieb dann stehen. Sie barg noch immer das ermordete Kind an ihrer Brust. »Ich verfluche Euch«, sagte sie einfach. »Ich entstamme dem ältesten Haus in diesem Reich, Ihlini. Und ich verfluche Euch mit allem, was ich war, was ich bin und was ich sein werde.«

Tevis lächelte sie an und beugte leicht den Kopf. Dann sah er Hart an. »Ich habe den Sohn getötet«, sagte er. »Jetzt muß ich den Vater töten.«

Etwas glitzerte in seiner Hand. Silber, nicht Purpur, denn das *Gottesfeuer* war fort. Kein Messer, aber mit ebenso tödlicher Klinge. Aidan hatte von den dünnen Silberplatten mit den fein gebogenen Dornen gehört. Er hatte auch den Namen gehört: der Zahn des Magiers. Er glitzerte erneut auf, als der Mann, den sie als Tevis gekannt hatten, ihn durch den Raum schleuderte.

»Lochiel«, sagte er weich. »Damit Ihr mich kennt, wenn Ihr sterbt.«

Aidan handelte, ohne nachzudenken. Er wollte den Zahn beiseiteschlagen, Hart von dem tödlichen Geschoß abblocken. Aber er wußte, schon als er die Hand ausstreckte, um es abzufangen, daß er einen tödlichen Fehler begangen hatte.

Das Geschoß glitt schmerzlos in die Haut. Es schnitt in seine Handfläche ein, dann trat es durch sie hindurch und trennte Muskeln, Knochen und Gefäße, während sich die Dornen durch die dünnen Handknochen bohrten und auf der anderen Seite wieder hervortraten. Die Finger schlossen sich einmal, verkrampften sich, und dann schwanden Aidan die Sinne.

Hart fing ihn auf, als er fiel. Und während er fiel, erinnerte er sich, daß die Ihlini ihre Zähne in Gift schmiedeten.

Blythe schrie. Und dann hörte es auf.

Alles hörte auf.

Kapitel Neun

Es war kalt, wo er sich befand. So kalt, daß es schmerzte. Er konnte sich nicht bewegen, konnte nicht sehen, konnte nicht hören oder sprechen, aber sein Geist flackerte zu etwas wie Leben auf, obwohl er wußte, daß er tot war.

Jemand hatte ihn auf ein Boot gebracht. Er lag auf einer Totenbahre, war mit einem seidenen Leichentuch bedeckt und seine Haut hing tot um seine Knochen.

Er schwebte in vollkommener Stille auf einem See aus Glas, der so klar war, daß er die Dunkelheit der Tiefen erkennen konnte. Er war allein. Niemand steuerte das Boot. Niemand hielt neben ihm Wache. Niemand jammerte oder klagte oder trauerte, als bedeute sein Tod für niemanden irgendeinen Unterschied, nicht einmal für seinen *Lir*.

Teel.

Er war allein. Es schmerzte ihn ein wenig, daß sein Leben so wenig Bedeutung gehabt haben sollte und daß sein Tod noch weniger Bedeutung hatte. Er war ein Prinz, ein Krieger, ein Kind der Prophezeiung und Erbe des Löwenthrons. Es war, als hätte er nie gelebt. Das Boot schwebte still auf den Wassern des glasschwarzen Sees, und er war noch immer allein.

Teel.

Jetzt hörte er, wie sich das Wasser kräuselte. Es war nur ein schwaches Geräusch, so schwach, daß er es sich zunächst einzubilden glaubte, aber das Geräusch wurde allmählich lauter, bis er überzeugt war, daß es wirklich war. Jemand – oder etwas – näherte sich ihm durchs Wasser.

Teel?

Er bemühte sich, die toten Augen zu öffnen. Und bemühte sich erneut, einen Arm zu bewegen. Beides gelang ihm nicht. Seine Haut blieb still und kalt und schwer, so schwer. Aidan begann den Tod und die Nutzlosigkeit und Hilflosigkeit eines lebendigen, in einem toten Körper gefangenen Geistes zu verstehen.

Das leise Geräusch sich kräuselnden Wassers wurde zu einem Platschen. Aidan, der noch immer blind war, hörte, daß etwas den Rand des Bootes ergriff. Er verspürte keine Angst – er war *tot* –, sondern Neugier überwog die Hilflosigkeit. Er riß mit aller ihm verbliebenen Kraft die Augen auf und schaute.

Ein Mann. Ein Krieger: ein Cheysuli. Er trug bei den Stämmen gefertigtes Leder und Gold und hatte die richtige Hautfarbe. In seinem glatten, aber wilden Gesicht war eine seltsame Sorge zu lesen. Er zog sich leise aus dem Wasser, das er dabei nicht bewegte, und stand dann auf dem Boot. Aidan sah, daß er trocken war.

Lippen und Kehle gehorchten ihm. »Seid Ihr nicht geschwommen?«

Der andere lächelte. »Ich bin geschwommen. Aber wo ich bin, kann Wasser mich nicht berühren.«

Aidan starrte ihn an und sah dann das Schwert in seiner linken Hand. Ein wahrhaftiges, zweihändiges Breitschwert aus Stahl und Gold mit einem wuchtigen Heft samt dem wilden Löwen von Homana darauf. In seinen wuchtigen Knauf, der das Gewicht der schweren Klinge ausglich, war ein blutroter Rubin eingelassen. Runen waren die Klinge entlang zu sehen.

Zwei Kettenglieder besaß Aidan bereits. Von zwei Mujhars: Shaine und Carillon. Und jetzt stand der dritte Mujhar vor ihm.

»Donal«, flüsterte er.

Der Krieger lächelte. »Ja.«

Aidan betrachtete erneut den Rubin. Groß und strahlend und *rot,* das Auge des Mujhar, wie er wußte ..., das nicht mehr am Leben war.

Donal bemerkte seinen Gesichtsausdruck. »Niall hat es mir zurückgegeben.«

»Aber ... du warst tot. Und er warf das Schwert fort ... Er stieg in den Schoß der Erde und warf das Schwert in das Verlies hinab.«

Die Stimme klang sehr sanft. »Das Schwert wurde für mich geschmiedet, von Hale, meinem Großvater. Wenn ich es brauche, antwortet es mir.«

Aidan benetzte seine trockenen Lippen, etwas, was er bei einem Toten für unmöglich gehalten hätte. Er richtete sich sehr behutsam in eine sitzende Stellung auf. Das seidene Leichentuch – karmesinrot und schwarz, die Farben von Homana – glitt auf seine Hüften hinab. Er zitterte, denn er war unter der dünnen Seide nackt. »Da war keine Kette«, sagte er. »Ich habe nicht von einer Kette geträumt. Vorher war es immer wieder zuerst die Kette und dann der Mujhar.«

Donals strenges Gesicht wurde weicher. »Bist du so sicher?«

Aidan sah hin. Gold glitzerte in der Seide. Zu seinen Füßen, auf der Bahre, lag die Kette. Die Glieder waren wie immer massiv, vollkommen ... tödlich.

Er mußte fast lachen. Er erkannte jetzt den Plan. »Was willst *du* mir mitteilen?«

»Muß ich dir etwas mitteilen?« Donal schaute über den See in die untergehende Sonne. »Nein. Ich werde die anderen für mich sprechen lassen. Die Götter haben mir eine andere Aufgabe zugewiesen.«

Aidan zitterte, aber nicht vor Kälte. »Welche Aufgabe?«

»Du kannst mich im Augenblick den Steuermann nennen.« Donal trat zu einem Ende des Bootes und hob das Schwert so an, wie jemand einen Stock halten würde. Lange braune Finger schlossen sich um den Stahl. Es sollte rechtmäßig zerteilen.

Aber Aidan beobachtete erstaunt, wie sich das Schwert verwandelte. Der Stahl und das Gold flossen in zwei

Richtungen, bis sich das Schwert streckte und verlängerte. Und als der Vorgang beendet war, erkannte Aidan, daß es kein Schwert mehr war, sondern eine goldene Stange, eine Bootsstange. Als Donal sie ins Wasser gleiten ließ, sah Aidan, daß der Rubin einen Sternenregen strahlenden Lichts aussandte.

»Um die Dunkelheit abzuwehren«, erklärte Donal.

Aidan betrachtete die untergehende Sonne. Er glaubte in diesem Augenblick, daß sein Leben oder Tod dadurch beschlossen würden, was er zu tun zustimmte – oder verweigerte.

Donal steuerte das Boot ruhig. »Deine Reise wurde unterbrochen. Ich bin hier, um dich wieder auf den richtigen Weg zu bringen.«

»Dann ... bin ich noch nicht tot.«

»Nicht so, wie ich den Tod kenne. Aber du lebst auch nicht so, wie ich das Leben kenne. Vielleicht sollte man am besten sagen, daß du im Augenblick *woanders* bist.«

Aidan schwieg.

»Menschen sterben«, sagte Donal. »Sogar Cheysuli sterben. Aber gelegentlich sorgen die Götter dafür, daß ein bestimmter Mann – oder eine Frau – nicht stirbt, weil sie noch eine Verwendung für ihn haben.«

»Verwendung«, wiederholte Aidan. »Ich glaube, das ist ein gewichtiges Wort.«

»Das sind die meisten Worte.« Wasser platschte leise. »Sie haben mich geschickt. Daher vermute ich, daß sie eine bestimmte Verwendung für dich haben.«

Aidan dachte darüber nach. Er erinnerte sich an Dinge, die der Jäger und die Weberin und die beiden Mujhars ihm gesagt hatten. »Und haben sie dir auch gestattet, mir zu sagen, welche Verwendung sie für mich haben, oder soll ich es vermuten?«

Donal sah ihn an. Die untergehende Sonne beleuchtete sein Gesicht. Aidan erkannte, daß das Gesicht dem seinen ähnlich war, obwohl die Hautfarbe erheblich dunkler und die Züge schärfer geschnitten schienen.

Der Erinnier in ihm hatte Hautfarbe und Härte abgemildert und die Wildheit etwas gemäßigt. Man konnte leicht erkennen, warum die Homaner, wenn sie einen stammesgeborenen Cheysuli sahen, ihn sofort fremdartig fanden.

Das hätte auch ich sein können, anstatt zu sein, was ich bin. Wenn sich meine Erblinie nicht nach fremden Heiratskandidaten umgesehen hätte …

Er berührte eine Strähne rötlichen Haars. Die Augen stimmten, aber sicherlich nicht das Haar. Er wußte nicht, ob er dankbar dafür sein oder es bedauern sollte.

Donals Stimme klang gedämpft. »Es wäre nicht sehr gut für mich, wenn ich dir alle Antworten gäbe, Aidan. Menschen sind Menschen und nicht Götter. Sie leugnen das Wissen um bessere Möglichkeiten oft. Menschen sind eigensinnig, aber dieser Eigensinn ist göttergegeben. Und so warten die Götter den rechten Augenblick ab, um zu sehen, ob der Mensch seinem richtigen *Tahlmorra* folgen oder sich davon abwenden wird.« Seine gelben Augen wirkten seltsam ruhig. »Was ist mit dir, Verwandter? Welchen Weg wählst du?«

»Alle Cheysuli folgen ihrem *Tahlmorra*«, antwortete Aidan sofort und erkannte dann, wie töricht das angesichts Teirnans Handlungsweise und der der *A'saii* klang. Er bestätigte schnell: »Ich beabsichtige, *meinem* zu folgen.«

»Freiwillig oder weil du durch dein Blut und Erbe dazu gezwungen wirst?«

»Natürlich freiwillig.« Aidan spreizte die Hände. »Aber ich habe kaum eine echte Wahl … Welcher andere Weg stünde mir offen?«

»Viele Wege stehen dir offen. Und jeder einzelne davon wird leichter erscheinen als der dich erwartende, wahre Weg. Du bist noch sehr jung, Aidan … Nimm das, was gewesen ist, nicht als Maßstab für alles, was kommen wird. Du könntest die Götter verschmähen, bevor deine Zeit auf Erden vorüber ist.«

Aidan widersprach ihm höflich. »Das glaube ich nicht, Verwandter.«

Donal wölbte die schwarzen Brauen. »Die Unschuld spricht eilig.«

Aidan sah ihn verächtlich die Stirn runzelnd an – diese Begegnung mit einem weiteren toten Verwandten war genauso geheimnisvoll wie all die anderen – und wunderte sich dann, daß er es wagte. Donal war bereits seit vielen Jahren tot. »Ich wurde angemessen aufgezogen, Mylord Mujhar. Ihr braucht nicht zu fürchten, daß Euer Sohn seine Pflicht versäumt hätte, und auch *sein* Sohn nicht … Ich werde tun, was immer die Götter von mir fordern.«

»Und wenn sie dein Leben fordern?«

»Sie haben *Eures* gefordert«, erwiderte Aidan. »Und Ihr habt es gegeben.«

Sorge veränderte Donals Gesicht. Er berührte kurz ein *Lir*band – in Gold gearbeitet und einen Wolf und einen Falken zeigend – und ließ die Hand dann wieder sinken. »Ich habe es gegeben. Aber meine *Lirs* waren tot … Ich wollte kein leeres Leben führen, den Wahnsinn nicht erleben. Es war besser, wissentlich und tatsächlich zu sterben, als *lir*loser Wahnsinniger.«

Aidan zitterte, obwohl er nicht fror. Ganz entgegen seinen Gewohnheiten zog er das Leichentuch hoch, um seine Nacktheit zu bedecken. Und während er dies tat, hörte er das Klingen herabfallender Kettenglieder. Er versagte sich, die Kette zu berühren.

Er sah Donal offen an. »Ihr seid mein Urgroßvater.«

»Ja.«

»Dann bitte ich um einen Verwandtschaftsdienst.« Aidan atmete tief durch. »Sagt mir, was ich tun muß. Erklärt mir, was aus mir werden soll.«

Donal, der sich jetzt vor dem Licht der untergehenden Sonne befand, obwohl sich das Boot nicht gedreht hatte, gab nur eine Silhouette ab. Aidan konnte seine Gesichtszüge nicht mehr erkennen. Aber er sah, wie der Stock schrumpfte und flacher wurde, bis er wieder ein Schwert in den Händen seines Herrn war. Die Schwertspitze wurde durch eines der Kettenglieder geführt. Als sie wieder angehoben wurde, baumelte die Kette davon herab. Aidan beobachtete gebannt, wie sie näher herangebracht wurde.

Donal neigte das Schwert. Die Kette glitt von dem Stahl ab und landete auf Aidans seideverhülltem Schoß. »Ich kann dir nicht sagen, was du tun mußt. Das haben mir die Götter vorenthalten. Aber ich *kann* dir sagen, was du werden sollst.«

Aidan löste seinen Blick mühsam von der Kette, die so nahe an seiner Männlichkeit lag, und betrachtete das umschattete Gesicht seines Verwandten. »Dann sagt es mir.«

Donals Blick wirkte seltsam ernst. »Du mußt Aidan werden«, sagte er sanft. »Nicht Aidan von Homana, Aidan der Prinz, Aidan, der Sohn Brennans, Enkel Nialls und Urenkel Donals.« Er lächelte. »Du mußt einfach du selbst werden.«

»Aber ich *bin* all das andere! Wie kann ich es nicht sein?«

»Das ist deine Wahl.«

Aidan streckte eine zitternde Hand aus und berührte die Kette auf seinem Schoß. »Ist es das?« fragte er. »Ist es meine Wahl ... oder die der Götter?«

Aber als er auf eine Antwort, ein Zeichen, irgend etwas hoffend aufschaute, waren Donal – und das Schwert – fort.

Er erwachte ruckartig und keuchte. Seine Brust fühlte sich schwer und leer an, als hätte lange Zeit ein Gewicht darauf gelastet. Er erschauderte, atmete krampfhaft durch, öffnete dann die Augen und sah Harts hageres, verstörtes Gesicht.

Der Atem strömte langsam in seinen Körper zurück und füllte seine Brust aus, bis er dachte, sie würde platzen. Dann schluckte er, bewegte kraftlos den Mund und schaffte es nur mühsam, eine Frage zu stellen.

Zunächst sah Hart ihn nur an. Und dann murmelte er einiges, einschließlich eines *Leijhana tu'sai* – eher für die Götter als für ihn, wie Aidan erkannte –, was ihm seltsam belustigend erschien. Er wartete ruhig ab.

»Weißt du«, sagte Hart erschüttert, »ich hatte es in Gedanken zwar bereits gesagt, aber die Vorstellung, es auf Papier bringen zu müssen …« Er schüttelte den Kopf und strich sich dann geistesabwesend sein von Silberfäden durchzogenes Haar aus den Augen. »Wie hätte ich es Brennan beibringen können? Wie hätte ich die Worte finden können?«

Aidan lächelte schwach. »Das ist jetzt nicht mehr nötig.« Er schluckte. »Wie lange, *Su'fali?*«

»Vier Tage«, antwortete Hart rauh. »Ich dachte, wir hätten dich verloren. Ich dachte, ihr *beide* …« Er fuhr sich mit der Hand über das Gesicht, das jetzt älter als zuvor wirkte. »Wie konnten wir ihm gegenüber so blind sein? Ihn in unser Heim zu holen, in das *Bett* meiner Tochter …« Er stand jäh auf und wandte sich ruckartig ab, als könnte er Aidan nicht in die Augen sehen. Seine Stimme klang gedämpft. »Blythe schwört, daß sie sich umbringen wird.«

Entsetzen und Abscheu ließen Aidan erstarren. Selbstmord war mehr als verboten.

Alle Würde wich aus Harts Stimme und ließ nur die Angst und Qual eines Vaters übrig. »Sie schwört, daß die einzige Möglichkeit, ihren Fehler wiedergutzumachen, darin bestehe, ihren Körper zu zerstören.«

Aidan seufzte müde. »Dann ist sie tatsächlich eine Närrin und keine wahre Cheysuli.«

Daraufhin wendete sich Hart jäh wieder um. »Wie kannst du das sagen …?« Aber er verstand sofort. »Oh. Ja. Wenn sie es vielleicht so betrachtete …« Er setzte sich wieder hin. »Ich denke – ich *hoffe* –, daß sie wieder vernünftiger wird, wenn der Schock vorüber ist. Immerhin haben Ian und Brennan auch überlebt …«

»… und Keely.« Aidan fühlte sich seltsam benommen. »*Su'fali* … vier Tage?« Er hatte das Gefühl, es sei nur eine Stunde gewesen. Er meinte, es seien vier Jahre gewesen.

Hart nickte. »Zuerst dachte ich, die Erdmagie sei zu schwach, um die Wirkung des Gifts zunichte zu machen. Aber heute morgen begann das Fieber zu sinken.«

Aidan betastete sein juckendes Gesicht und spürte die Stoppeln. Er verzog angewidert das Gesicht. Seine Neigung zum Bartwuchs gefiel ihm nicht. Es fühlte sich seltsam unrein an. Oder vielleicht nur zu fremd, da es seine anderen Blutlinien heraufbeschwor.

Hart lächelte angestrengt. »Das ist der Homaner in dir. Brennan und ich haben glatte Haut, wie Kinder …« Er brach ab. Nur seine geschlossenen Augen ließen seinen Kummer erahnen. Dann öffnete er sie wieder. Neue Falten durchzogen seine Haut.

Aidan sah sich um. Er befand sich im ihm zugewiesenen Gästeraum. Der Raum war bis auf Hart, der auf einem Stuhl neben dem Bett saß, leer.

Teel.

Hier. Der Rabe schlug kurz mit den Flügeln. Er kauerte wie immer auf dem Betthimmel. *Ruh dich aus, Lir … Ich bin hier.*

Das Bewußtsein kehrte vollständig zurück. Aidan sah Hart scharf an. »Der Ihlini?«

»Fort. Blythes Schreien hat die Diener angelockt … Tevis – nein, *Lochiel* – wagte nicht zu bleiben. Es waren zu viele Cheysuli da.« Harts Stimme klang grimmig. »Er ging, wie so viele von ihnen es tun: in Rauch und purpurfarbenem Feuer.«

Aidan fühlte sich jäh in den Audienzraum zurückversetzt, wo er ein kleines Kind im Arm hielt, das gerade getauft worden war. Er erinnerte sich an das kaum spürbare Gewicht, an das verschrumpelte, schlafende Gesicht, an die Hoffnung auf dieses Leben.

Er erinnerte sich auch an den stolzen Ausdruck und

den Frieden auf Harts Gesicht, als er Tevis zum Zweitvater bestimmt hatte.

Der Schmerz war stärker als erwartet, weil er doppelt kam. Das bewirkte das *Kivarna*. Er erfuhr seinen eigenen Schmerz und auch Harts.

Aidan atmete tief durch. Er konnte die richtigen Worte nicht finden. Also sagte er lediglich: »Es tut mir leid, *Su'fali*.«

»Ich weiß.« Eine kaum wahrnehmbare Geste beendete das Gespräch. Eine Geste mit der rechten Hand, da ihm die linke fehlte.

Und plötzlich galt Aidans Angst und Sorge ihm selbst. Er hob jäh die linke Hand an und betrachtete sie wie erstarrt. Sie war mit Verbänden umwickelt. Er erinnerte sich unangenehm deutlich, wie der Stahl die Haut durchbohrt hatte, zu leicht durch Haut und Blut und Muskeln geschnitten war und sogar die Knochen durchtrennt hatte.

»Ist sie heil? O Götter, *Su'fali* … Ist sie heil?«

Hart atmete tief ein. »Sie ist da«, sagte er, »aber verletzt.«

»Wie stark verletzt?« Er konnte nur den alten Schmerz in Harts Augen erkennen, wann immer er darüber sprach, daß er dem Stamm nicht mehr angehörte. Würde er dieses Schicksal nun teilen? »Werde ich sie noch gebrauchen können?«

»Das kann ich dir nicht sagen.«

Aidan setzte sich mühsam auf. »Kannst du es mir nicht sagen, oder willst du nicht? Versuchst du, mir Kummer zu ersparen? Versuchst du, mir die Erkenntnis zu ersparen …?«

Harts Gesicht verhärtete sich. »Ich habe dir die Wahrheit gesagt, Aidan. Niemand kann es dir sagen. Die Hand ist heil, aber verletzt. Vielleicht wirst du sie noch gebrauchen können und vielleicht auch nicht. Ich verspreche dir gar nichts.«

»Für einen verkrüppelten Krieger ist bei den Stämmen kein Platz«, zitierte Aidan ihn tonlos.

Schmerz und Qual flammten mit solcher Macht erneut in Hart auf, daß sie in Aidans Bewußtsein prallten wie ein von einer Steinschleuder abgeschossener Stein. »Nein«, stimmte er ihm zu.

Aidan sank in die Kissen zurück. Alle Kraft und Angst entluden sich. Er hatte den Schmerz nicht schon wieder an Hart weitergeben wollen. Das Ihlinigift hatte ihn geschwächt. »Aber«, sagte er ruhig, »ich bin noch immer ein Prinz, wie auch du, mit einem Platz an der Seite des Löwenthrons, ob mit oder ohne Hand.«

Als er wieder dazu in der Lage war, lächelte Hart. »Ja.«

»Die Götter werden sich so mit mir zufriedengeben müssen, wie ich bin – *sie* haben mir diese Last aufgebürdet.« Aidans Augen schlossen sich. »Wo sind meine Kettenglieder?«

»Deine Kettenglieder?«

Die Augen blieben geschlossen. »Die Kettenglieder von meinem Gürtel.« Er war unter der Decke nackt, wie er es auch auf der Totenbahre gewesen war.

»Sie wurden fortgelegt. Möchtest du sie?«

»Nein. Ich wollte nur wissen, daß sie in Sicherheit sind.« *Weil noch ein drittes dazukommen wird. Es muß so sein, denn ich traf Donal.*

»Aidan.«

Er konnte zur Antwort nur brummen.

»Soll ich dafür sorgen, daß du nach Hause ziehen kannst, wenn du dich erst wieder kräftiger fühlst?«

Das machte Sinn. Er wollte auch nach Hause. Er war beinahe gestorben – er würde seine Heimat und alle seine Verwandten gern wiedersehen –, aber sein Urgroßvater Donal war gekommen, um ihn wieder auf den richtigen Weg zu bringen.

»Nein«, gelang es ihm zu flüstern. »Ich muß mir noch Erinn ansehen.«

Also, stellte Teel fest, *hast du noch nicht* all *deinen Verstand verloren.*

Träge Verwirrung. *Nur die Brauchbarkeit einer Hand.*

Teel antwortete aus Achtung vor ihm nicht darauf. Er steckte nur den Kopf unter einen seiner Flügel.

Blythe kam, wie er es erwartet hatte. Sie kam, als er gerade seine letzten Habseligkeiten in die Satteltasche steckte, und blieb unmittelbar hinter der Tür stehen. Er fand sie sogar in ihrer Trostlosigkeit wunderschön.

Er schloß den Überwurf der Satteltasche mit der rechten Hand und steckte den Riemen lose durch die Schnalle. Dann schaute er zu Blythe.

Sie hatte ihre Hände fest in den Röcken verschränkt. Er wünschte, er könnte es ihr gleichtun. »Sie sagten …« Sie hielt inne. »Sie sagten, sie ließe sich nicht bewegen.«

»Die *Hand* läßt sich bewegen«, verbesserte er. »Sogar der Daumen ein wenig. Aber die Finger sind fast nutzlos.« Aidan versagte sich einen Blick darauf. Er wußte, wie die Hand unter den Verbänden aussah. Er hatte sie äußerst sorgfältig betrachtet, nachdem deutlich wurde, daß der Heilungsprozeß beendet war.

Sie hob leicht den Kopf. »Wirst du dadurch *deiner Verwandtschaft beraubt* sein?«

Es kostete ihn all seine Kraft, beiläufig zu antworten, um seine Angst nicht zu erkennen zu geben. »Wahrscheinlich.«

Sie errötete. »Wie kannst du so klingen, als … als machte das keinen Unterschied? Als machte es dir kaum etwas aus? Du brauchst dir nur meinen Vater anzusehen, um zu wissen, was das bedeutet … den Schmerz, mit dem er leben muß – nur wegen eines götterverfluchten, uralten Brauchs eines Volkes, das zu blind ist, um sehen zu können, daß ein Mann auch mit nur *einer* Hand ein Mann sein kann …«

»Ich weiß«, sagte er angespannt.

»Wie kannst du dann dastehen und so leichtfertig die Achseln zucken, während du all dein Gold trägst, während du *weißt,* daß sie es tun könnten – es dem Mann antun könnten, der einst der Mujhar sein wird!«

»Ich weiß«, sagte er erneut.

Tränen schimmerten in ihren Augen. »*Was* weißt du?«

»Wie sehr es schmerzt.«

Blythe hatte sich das Haar geschnitten. Jetzt verschränkte sie die Finger darin. Es reichte ihr kaum noch bis zu den Schultern. »Er hat mir erzählt, was du gesagt hast. Daß ich keine wahre Cheysuli sei. Daß ich das Tabu nicht wert sei.«

»Nein. Nur ein *lirloser* Mensch kann das Todesritual annehmen, oder sein Tod ist nicht ehrenhaft.«

»Ehre!« fauchte sie. »Welche Ehre habe ich noch? Ich wurde *geschändet* ...«

Aidan schüttelte den Kopf. »Du wurdest nur getäuscht.«

»Ich habe mit einem Ihlini geschlafen!«

»Weißt du, wer er ist?«

Blythe blinzelte. »Wie?«

»Weißt du, wer er ist? Der Mann, den du für Tevis gehalten hast?«

Sie ahnte offensichtlich nicht annähernd, was er meinte. »Natürlich weiß ich, wer er ist. Er hat es uns gesagt: Lochiel.«

»Strahans Sohn«, sagte Aidan, »der Neffe Rhiannons, die die Tochter unseres Großonkels ist.«

»Was?« fauchte Blythe. »Was hat das mit alledem zu tun?«

Aidan zuckte die Achseln. »Ich dachte, ich hätte mich deutlich genug ausgedrückt.«

»Aber das ergibt alles keinen *Sinn* ...«

»Nein?« Er zuckte erneut die Achseln. »Ich dachte, ich hätte gerade eine oder zwei unserer Geburtslinien aufgezählt.«

»Aidan ...«

Das Mitgefühl schwand. »Bei den Göttern, Blythe, du bist nicht die erste Cheysuli – *und* nicht die Erste unserer

Geburtslinie –, die mit einem Ihlini geschlafen hat! Ian tat es zuerst. Dann Brennan, mein Vater … dann Keely, meine Tante. Und *sie alle wurden getäuscht,* Blythe. Hörst du, was ich dir sage?«

Sie schrie zurück. »Erwartest du, daß es mir *gefällt?* Erwartest du, daß ich *stolz* darauf bin? Erwartest du, daß es mich *nicht kümmert?*«

»Nein«, sagte er sanft. »Ich erwarte, daß du es überlebst.«

Sie schluckte mühsam. »Er begehrte mich wegen des Throns.«

»Und wegen eines Sohnes«, fügte er hinzu. »Ich weiß, Blythe – ich weiß, daß es schmerzt, wenn man erkennt, daß man getäuscht wurde, *benutzt* wurde …, aber es hätte noch viel schlimmer werden können.«

»Schlimmer?« Sie war entsetzt. »Er hat ein drei Tage altes Kind getötet!«

»Aber nicht dich. Dulcie und auch die Zwillinge nicht. Deine Mutter nicht und deinen Vater nicht. Denk nach, Blythe … Es hätte noch viel schlimmer werden können.«

»Er hätte uns alle getötet. Du warst dabei. Er wollte meinen Vater zuerst …«

»Weil er entlarvt wurde.« Aidan seufzte. Er ermüdete noch immer rasch. »Hätte ich nicht entdeckt, wer er war, wäre Owains Tod als traurige, tragische Sache – kein wahrer Erbe für Solinde – in Erinnerung geblieben. Aber Hart verdeutlichte, daß es eine andere Möglichkeit gab – *dein* Kind, Blythe … dein Sohn von Tevis von High Crags. Lochiel kam nicht mit dem Plan hierher, jedermann für den Thron zu töten, sondern für den Thron zu *heiraten.*«

Sie preßte die Lippen fest zusammen. »Sollte mich das freuen?«

Aidan nahm die Satteltasche auf. »Im Augenblick vielleicht nicht. Vielleicht kannst du jetzt nur die Erniedrigung sehen, die du empfindest, weil du mit einem Ihlini geschlafen hast.«

Sie wurde zornig. »Spar dir dein Mitleid, Aidan. Du weißt nicht, wie es war.«

»Wie es war?« Er warf die Satteltasche hin. »Dann werde ich es dir sagen, damit wir es *beide* wissen: Du hast freiwillig mit ihm geschlafen. Es ist wahrscheinlich sogar deine Idee gewesen, damit du der unerwünschten Werbung eines unerwünschten Verwandten, der gekommen war, um eine Ehefrau zu finden, ein Ende bereiten konntest. Und *darum,* meine hochwohlgeborene Solinderin, bist du jetzt so verärgert!«

Alle Farbe wich aus Blythes Gesicht. Sie starrte bleich vor sich hin, während ihr die Tränen übers Gesicht liefen. Ihr Kinn zitterte. »Ich schäme mich«, flüsterte sie. »O Götter – ich schäme mich *so sehr!*«

Aidan berührte Blythe zum ersten Mal, seit er hier eingetroffen war. Und das *Kivarna* schwieg.

»Ich weiß«, sagte er weich, während sie sich in seine Arme schmiegte. »*Shansu, Meijhana* – ich weiß.«

»Ich möchte sterben«, flüsterte sie. »O Götter – ich möchte *sterben …*«

Er streichelte ihr zerzaustes Haar. »Deine Eltern haben drei Kinder verloren. Willst du ihnen noch eines nehmen?«

Ein Schaudern ließ ihren Körper erbeben. »Ich will es wieder so haben, wie es einmal war. Wie es war, bevor er kam.«

»Das Rad des Lebens hat sich gedreht.«

Und dann sagte sie mit ruhiger, tödlicher Inbrunst: »Dann sind die Götter sehr grausam.«

Aidan betrachtete über ihre Schulter hinweg die Hand, die sich nicht gebrauchen lassen wollte. »Manchmal«, stimmte er ihr traurig zu.

Und er dachte an die Weberin, die so viele Menschen sterben ließ, damit sich das Rad erneut drehen konnte.

Teil III

Kapitel Eins

Er ritt westwärts, Richtung Andemir an der wild zerklüfteten, vom Idrianischen Ozean gepeitschten Küste. Dort würde er ein Schiff nach Kilore besteigen, wo der Adlerhorst auf den weißen Kalkklippen Erinns thronte und den Drachenschwanz überschaute. Er hatte von seiner Mutter und von Deirdre viel über Kilore gehört. Er fragte sich, ob es den Tatsachen entsprach.

Teel flog über ihm. *Wirst du das Mädchen nicht heiraten?*

Aidan blickte stirnrunzelnd himmelwärts, aber dichte Bäume schirmten den Raben ab. Die Ebenen lagen bereits weit hinter ihnen. Er konnte nur noch Wälder und den sich vor ihm erstreckenden Weg sehen, der von Laubwerk geschützt war. *Blythe? Nein, zumindest nicht jetzt. Sie könnte schwanger sein … Wir waren uns alle einig, daß es besser wäre zu warten.* Er hielt inne und dachte an Blythe, wie sie gewesen war – lebendig in ihrer Liebe zu Tevis –, und an die Blythe, die er zuletzt gesehen hatte – von Lochiel verheert. *Sie braucht Zeit. Jetzt zu heiraten, wäre ganz verkehrt. Sie vergleicht mich mit Lochiel. Wenn ich aus Erinn zurückkomme und sie nicht schwanger ist, können wir vielleicht an eine Heirat denken.*

Sind Kinder nicht erwünscht?

Aidan fragte sich, wie er dem Raben, der menschliche Belange nicht immer allzu gut verstand, diese Dinge erklären konnte. Die *Lirs* waren sehr weise, aber nicht allwissend.

Schließlich antwortete er ihm. *Vorzugsweise meine eigenen.*

Es gibt die Prophezeiung, sagte Teel leichthin. *Zwei magische Völker vereint …*

Rötliche Brauen versanken unter dem Haar. *Willst du damit sagen, ich* sollte *Blythe heiraten, auch wenn sie einen Ihlinibastard gebärt?* Das war der letzte Rat, den er von einem *Lir* erwartet hätte.

Ob du es solltest oder nicht solltest, sagte Teel, *mußt du selbst entscheiden.*

Wie immer. Aidan blickte stirnrunzelnd in Richtung des Raben. *Warum sollte sich das auch jetzt ändern?*

Teel antwortete nicht auf die Verärgerung seines *Lir*, obwohl Überheblichkeit durch die Verbindung drang.

Aidan dachte darüber nach. Tatsächlich zwei magische Völker. Wie sonst sollte man die Blutlinien vermischen, als mit einem Ihlini zu schlafen?

Er verzagte innerlich. Auch wenn er einer verängstigten, verärgerten Cousine Trost gespendet hatte, wollte er nicht, daß das, was ihr geschehen war, auch *ihm* geschah.

»Dieser götterverfluchte Ring«, sagte er plötzlich. »Ich hätte ihn ihm nehmen sollen. Irgendwie. Auf irgendeine Art. Dieser götterverfluchte Ring meines *Jehan* ist unser aller Verderben.«

Er betrachtete seine linke Hand. Er trug dort keine Ringe, weil er keinen Sinn darin sah, nutzlose Finger zu schmücken. Die Hand war nicht mehr verbunden, aber sie war jetzt eher eine Behinderung als eine Hilfe. Die Finger hatten sich zu krümmen begonnen, als die zertrennten Sehnen abstarben, aber nicht alle in gleichem Maße. Der Zahn hatte so durch die Hand geschnitten, daß der Schnitt von den Fingern bis zum Handballen quer über die Handfläche verlief. Er konnte seinen Daumen und den kleinen Finger teilweise benutzen, aber die anderen drei waren zu beschädigt. Sie verkrümmten sich jeden Tag mehr. Schließlich würde das, was einmal eine Hand gewesen war, zu einer ungeschickten Klaue werden.

Aidan legte die Hand auf den Oberschenkel und versuchte, nicht darauf zu achten. Aber sein Magen wand sich unangenehm. Die Angst, die er bekämpfte, seit er von der Art seiner Verletzungen erfahren hatte, riß erneut an gezielt errichteten Schilden.

Ich bin nicht so tapfer, dachte er dumpf. *All meine angelernte Gelassenheit, als Blythe mich anschrie, war nur Heuchelei. Es bekümmert mich* tatsächlich, *fast zu sehr – ich will nicht der Verwandtschaft beraubt sein. Ich will nicht wie Hart sein, der aus den Stämmen ausgestoßen wurde. Ich besitze nicht diesen Mut …*

Er versuchte fast gegen seinen Willen, die Hand zur Faust zu ballen. Sie verkrampfte sich nur und ließ seinen ganzen Arm schmerzen.

»Ich kann nicht nach Hause ziehen«, sagte er laut. »Wenn ich es tue, werden sie es wissen – *alle* werden es wissen … Und dann werden sie meinen Namen aus den Geburtslinien im Stammeskeep streichen. Ein *der Verwandtschaft beraubter* Mann wäre ich. Welch ein Mujhar wäre das?«

Lir, fragte Teel, *hast du jemals vor anzuhalten? Oder willst du die ganze Nacht durchreiten?*

»Die ganze Nacht!« fauchte Aidan und schimpfte sich dann selbst einen Narren. Was nützte es, seinen *Lir* zu beschimpfen? Teel wußte genauso gut wie er, wie hilflos er sich fühlte, welche Angst er davor hatte, *seiner Verwandtschaft beraubt* zu sein.

Lir. Erneut Teel. *Die Sonne geht unter.*

So war es. Die Wälder waren im Licht des Sonnenuntergangs entflammt, die Stämme vergoldet. Wenn er nicht bald anhielt, würde es vollkommen dunkel sein und er müßte im Dunkeln lagern, in einem Wald, den er nicht kannte.

Aidan seufzte. »In Ordnung, *Lir*. Du hast recht. Flieg davon und suche dir eine Mahlzeit – ich werde inzwischen ein Lager errichten.«

Nachdem er sich in einem schützenden Dickicht junger Bäume niedergelassen hatte, bemerkte Aidan, wie selbstverständlich ihm seine zwei gesunden Hände gewesen waren. Es war fast unmöglich, sein Pferd abzusatteln, und er erkannte, daß dies der erste vieler Griffe sein würde, die er nicht mit einer Hand tun könnte. Die Erkenntnis war schmerzlich. Er versuchte sie zunächst nicht zu beachten und weiterzumachen wie bisher. Als er endlich vollkommen besiegt war, fluchte er über die für ihn in Lestra eingerichteten, schlaufenreichen Schnallen und verfluchte die gedankenlosen Pferdeknechte. Schließlich fühlte er sich gedemütigt. So vieles hing von *zwei* Händen ab, von *acht* Fingern und zwei Daumen. Er hatte nur noch einen der Letzteren und vier der Ersteren zur Verfügung.

Er konnte die letzte Schnalle nicht lösen. Enttäuschung wallte in ihm auf. Ihre Macht erstaunte sogar Aidan. »Ist dies eine Art Prüfung?« rief er, während er in den von Bäumen abgeschirmten Himmel schaute. »Oder nur ein höhnischer Zufall, etwas, worüber man lachen kann?«

Keine Antwort war zu hören, außer dem klappernden Geschirr eines nur halb abgesattelten Pferdes. Aidans verletzte Hand fiel herab, während er sich an das Pferd lehnte und die Stirn an den Sattel preßte. Enttäuschung, Angst und Hilflosigkeit überwältigten ihn jäh. Er fühlte sich ziemlich so, wie er sich als Kind angesichts des Löwen gefühlt hatte, als er über eine Kette geschimpft hatte, die es nur in seinen Träumen gab.

»Warum?« murmelte er gegen das Leder. »Warum mußte *mir* das passieren? Was habe ich getan, um das zu verdienen?« Er wußte, noch während er die Fragen stellte, daß sie seiner nicht würdig waren. Sie waren auch selbstsüchtig und unverschämt, aber das kümmerte ihn in diesem Augenblick nicht. Er war verärgert und sehr verängstigt und fühlte sich wieder vollkommen wie ein Kind.

Aidan schloß fest die Augen. »O Götter – ich werde *meiner Verwandtschaft beraubt* sein … Ich werde vor das Stammeskonzil treten, ihnen sagen, was geschehen ist und mein Gebrechen zeigen müssen …« Die Erniedrigung bohrte tief in ihm. »Sie werden all die Dinge tun, die sie bei Hart getan haben …« Er atmete tief und geräuschvoll ein und versuchte so, die aufsteigende Panik einzudämmen. »Es sei denn … Es sei denn, ich *bestehe* darauf … Ich bin nicht Hart, der für Solinde bestimmt war … Ich bin der Prinz von Homana und werde eines Tages Mujhar sein … Wenn ich darauf *bestehe,* daß der Brauch geändert wird …« Aidan stieß sich mit neuerlicher Entschlossenheit von dem Pferd ab. »Ich werde darauf bestehen. Ich *werde* es tun. Wie könnten sie es mir verweigern? Ich werde eines Tages *Mujhar* sein …«

Aber noch während er diese Gedanken aussprach, spürte er die kindliche Entschlossenheit wanken. Er wollte nicht vor das Stammeskonzil treten und eine der ältesten Überlieferungen seines Volkes brandmarken. Sein Vater hatte darum gebeten, darum gefleht. Er hatte das Stammeskonzil sogar, wie man Aidan erzählt hatte, angeschrien, aber es hatte nichts geändert. Die Regeln der Überlieferung konnten auch für den mittleren Sohn des Mujhar nicht geändert werden. Zu viele Dinge waren bereits verändert worden. Jetzt klammerten sich die alten Krieger, von den *Shar Tahls* unterstützt, an die alten Bräuche, um die neuen in Schach zu halten.

»Narren«, sagte Aidan laut. »Blinde, eingebildete Narren … Welchen Sinn hat es, einen Krieger jetzt zu verschwenden? Wir werden nicht mehr gejagt, führen keine Kriege mehr … All jene *Shar Tahls* täten besser daran, sich nach der Zukunft statt nach der Vergangenheit zu richten.«

Das Pferd schüttelte den Kopf. Es fühlte sich, noch immer gesattelt, unwohl. Das entfachte Aidans Zorn erneut. »Narren, sie alle … Wenn ich etwas zu sagen hätte, *würde* ich die Dinge ändern.«

Teels Worte klangen ernst. *Stellst du dein Tahlmorra in Frage?*

War die Jagd so schlecht, daß du schon zurück bist? Aidan zog plötzlich sein Langmesser und durchschnitt den Sattelriemen. »Warum soll ich es nicht in Frage stellen?«

fragte er laut. »Wenn sie es nicht gewollt hätten, hätten sie uns nicht die Worte gegeben, diese Fragen zu stellen.«

Den Sattelriemen durchschnitten zu haben, wird dir morgen beim Aufsatteln wenig hilfreich sein.

Nein. Der Zorn verging. »Zu spät«, murmelte Aidan und zog den Sattel und die Satteltaschen herab. Teel hatte natürlich recht. Teel hatte üblicherweise immer recht.

Aber wenn du in Lirgestalt gingst, spielten die Schnallen keine Rolle mehr.

Aidan hielt in der Bewegung inne. Er hatte Angst gehabt, diese Frage zu stellen. Jetzt wurde ihm bewußt, daß er sie stellen mußte. »Habe ich noch Zugriff zur *Lirgestalt*?«

Du hast die Hand nicht verloren. Sie hat nur ihre Gestalt verändert.

Die durch diese Antwort gewonnene Erkenntnis ließ ihn sich schwach fühlen. Er atmete geräuschvoll aus – ein mit tiefempfundener Erleichterung vermischtes Lachen. »*Leijhana tu'sai* dafür.«

Teel stieß ein Krächzen aus. *Und auch für andere Dinge.*

Aidan grinste, nahm das Zaumzeug ab und kümmerte sich dann um das Pferd. Er fühlte sich bereits besser, seit er wußte, daß er noch fliegen konnte. Es wäre schlimm genug, *der Verwandtschaft beraubt* zu sein, aber nicht mehr fliegen zu können …

Aidan vertrieb diesen Gedanken. Statt dessen dachte er an seinen Großvater, Niall, der ein Auge verloren hatte. Er hatte schlimmere Narben als Aidan. Niemand nannte *ihn* nur einen halben Mann oder einen Versager. Alle wußten es besser.

Wenn er wie Niall werden könnte …

»Also«, sagte er laut, »wenn ich mich selbst nicht als verkrüppelt ansehe, werde ich nicht verkrüppelt *sein*.«

So ist es schon viel besser, bemerkte Teel. *Jetzt bist du wieder erträglich.*

Aidan kniete sich hin, um ein Feuer anzufachen.

»Noch einmal *Leijhana tu'sai.*« Er sagte es trocken dahin.

Das reicht für zwei.

Aidan hielt erneut in der Bewegung inne und spähte durch das Zwielicht zu dem Schatten in Rabengestalt, der auf einem nahen Baum hockte. »War die Jagd *so* schlecht?«

Nicht für mich – für ihn.

Aidan ließ alles fallen, fuhr herum und sprang auf. Eine Hand lag auf seinem Langmesser, aber er zog es nicht.

»Klug«, lobte ihn der Mann. »Zumindest handelt Ihr nicht übereilt.«

Seine Gänsehaut verging. »Wenn Ihr dies häufig tut, *wird* eines Tages jemand übereilt handeln.«

»O nein … das glaube ich nicht. Die anderen hören in mir nicht den Menschen. Sie hören in mir den Wind oder ein Tier oder etwas anderes, das keine Bedrohung bedeutet. Versteht Ihr?«

Der Fremde trat aus den schützenden Bäumen heraus. Er ging unbeholfen, ungelenk. Er stützte sich auf eine unter einen Arm geklemmte Krücke. Sein rechtes Bein war unterhalb des Knies abgenommen worden, und doch bewegte er sich fast lautlos. Er klang nicht wie ein Mensch.

Aidan nahm die Hand vom Messer. »Mein Essen reicht für zwei.«

»Seht Ihr? Es ist nicht so schlimm, verkrüppelt zu sein … es besänftigt die Seelen anderer.«

Aidan beobachtete, wie der Fremde aus der Dunkelheit herankam. Er war alt, wenn auch nicht wirklich uralt, und weißes Haar ringelte sich um seine Ohren. Darüber war sein Kopf kahl. Sein Gesicht zeigte die Landkarte von Homana. Aidan unterdrückte den Drang, nach ihm bekannten Landmarken zu suchen. Der Fremde verdiente Besseres, und *er* hatte bessere Manieren.

Dunkelbraune Augen schimmerten unter den buschigen, weißen Brauen hervor. »Ein feiner junger Mann«, sagte er. »Mit guten Manieren … und hochgeboren?« Er nickte vor sich hin, bevor Aidan ihm antworten konnte. »Ihr erinnert an einen Fuchs: Rote Haare und gelbe Augen … Könnte ein Fuchs Euer *Lir* sein?«

Aidan verspürte nur milde Überraschung. Cheysuli waren keine Fremden mehr. »Nein«, sagte er, »ein Rabe.« Er dachte an seinen anderen Onkel. »Obwohl ein Verwandter eine Füchsin als *Lir* hat.«

»O ja, natürlich.« Er trug eine rauhe, selbstgefertigte Baumwolltunika über einer ebenso grob zusammengenähten Hose und einen einzelnen festen Schuh. Sein rechtes Hosenbein war unter dem Stumpf verknotet. Aidan dachte mit Unbehagen an Tevis, der überhaupt nicht Tevis, sondern der verkleidete Lochiel gewesen war und Ausflüchte benutzt hatte, um einen König zu stürzen. Dies war immerhin Solinde, die Heimat des Ihlini. Aber sein *Kivarna* zeigte ihm nichts, und auch sein *Lir* warnte ihn nicht.

Der Fremde ließ sich neben dem Feuer nieder, das noch gar keines war. Er blickte lächelnd zu Aidan hoch. »Ihr erwähntet Essen, nicht wahr?«

»Ja«, antwortete Aidan und kniete sich erneut hin, um seine Arbeit wieder aufzunehmen. Als der Steinkreis gelegt und das Holz ausgestreut war, zog er Feuerstein und Wetzstahl hervor.

Und erkannte fast augenblicklich, daß er zwei Hände brauchen würde, um das Feuer zu entfachen.

Er errötete vor Scham. Er biß die Zähne fest zusammen und vermied es, den Fremden anzusehen. Er dachte kurz daran, ihn zu bitten – der Fremde besaß zwei Hände –, aber dann erkannte er, daß es töricht wäre. Es wäre nicht immer jemand da, der ihm helfen könnte. Er mußte lernen zurechtzukommen.

Schließlich gelang es ihm. Eine Drehung der nutzlosen Hand, Druck aus neuen Quellen, sorgfältige Überlegung. Das Feuer war endlich entzündet. Aidan wandte sich seufzend um, wischte sich den Schweiß von der Stirn und sah, wie der Fremde nickte.

»Die Geduld wird kommen«, sagte er sacht. »Wie auch das Einverstandensein.« Er deutete auf seinen Beinstumpf.

Hilflosigkeit ließ ihn sich verkrampfen. »Wann?« brach es schließlich aus Aidan heraus. »Im Augenblick kann ich nur daran denken, wie ich vorher war!«

»Das ist nur natürlich. Das habe ich auch getan.« Der alte Mann schlug sich mit der Handfläche auf einen Oberschenkel. »Die Verbitterung wird vergehen, und auch die Hilflosigkeit. Es gibt schlimmere Dinge auf der Welt als ein wenig fehlendes Fleisch.«

Aidan brummelte höflich, während er das Feuer weiter schürte.

Dunkle Augen schimmerten. »Haltet Ihr Euch für minderwertig?«

Aidan, der Holz aufschichtete, wollte nicht antworten. Er konnte nicht richtig erklären, was es für einen Mann wie ihn bedeutete – als Krieger geboren und aufgezogen. Aber ein Blick auf den Fremden sagte ihm, daß der Mann eine Antwort haben wollte.

Das kannst du ihm nicht vorwerfen ... also bestrafe ihn auch nicht. Aidan seufzte und bemühte sich um einen geduldigen und nachsichtigen Tonfall. »Ihr seid kein Cheysuli ... Es ist schwer zu erklären, aber unsere Bräuche verbieten einem verkrüppelten Mann, Stammesmitglied zu bleiben. Der Krieger wird vertrieben, ausgeschlossen ... Er wird, in der Alten Sprache, *seiner Verwandtschaft beraubt*.«

»Warum?« fragte der Fremde. »Warum sollte man einen Krieger aufgeben, weil ihm eine nützliche Hand fehlt?«

Ja, stimmte Aidan ihm zu. Aber er schob seine Verbitterung beiseite und antwortete: »Als wir in früherer Zeit gejagt wurden, war es notwendig, daß jeder Krieger kämpfen konnte. Wenn er nicht kämpfen konnte, war er nicht imstande, seine Verwandten und seinen Stamm zu beschützen … Er aß Nahrung, die besser jemandem zukommen sollte, der kämpfen konnte.«

Der Fremde kratzte seinen Beinstumpf. »Das ist ein harter Brauch. Aber es gibt Zeiten im Leben eines Mannes – oder im Leben seines Volkes –, in denen harte Entscheidungen getroffen werden müssen. Wenn es ums Überleben geht …« Er deutete erneut auf den Stumpf.

Aidan verzog den Mund. »Ich bin weniger zuversichtlich als Ihr. Bei mir ist es erst vor zwei Wochen geschehen.«

»Dann stelle ich die Frage erneut: Haltet Ihr Euch für minderwertig?«

Zunächst war er ärgerlich: Wer war dieser alte Mann, dieser Fremde, daß er ihm solch eine Frage stellte? Aber dann verging die Verärgerung. Er wußte, daß die Frage berechtigt war, obwohl ein Teil von ihm es zu leugnen versuchte. »Nein. *Das* bin ich nicht. Ich bin nicht eine Hand. Nicht ein Bein. Was ich bin, setzt sich aus etwas anderem zusammen … aus etwas hier drinnen.« Aidan deutete auf seine Brust.

Der Fremde nickte. »Aber Ihr hättet Eure Unversehrtheit lieber zurück.«

Aidan dachte an Hart – und ihm sank der Mut. »Wer würde sie nicht zurückhaben wollen?«

»Und was würdet Ihr dafür aufgeben?«

Aidan sah dem Mann in die Augen. Sie wirkten in der Dunkelheit ausdruckslos, aber seltsam entschlossen. Er bezweifelte nicht mehr, daß der Fremde mehr als nur ein Fremder sein sollte, der ihm zufällig begegnet war.

Nicht hier. Nicht in Solinde. Nicht dort, wo Lochiel umherstreift.

Er legte die Hand wieder ans Messer. Er dachte erneut an Hart, wie der die Anfügung seiner noch gesunden Hand am Tor Asar-Sutis, in den Tiefen von Strahans Festung anbot. Er hatte die Geschichte gehört. Der Preis war der Dienst für Strahan. Der Preis war das Gewicht seiner Seele.

Der Groll schwand. Und auch die Verbitterung. Sicherheit und eine unerwartete Entschlossenheit ersetzten sie. »Es ist nur eine Hand«, sagte er deutlich. »Den von Euch verlangten Preis nicht wert.«

»Aber wieder vollständig zu sein … ein wahrer Krieger … nicht der *Verwandtschaft beraubt* zu sein …«

Aidan lachte den Mann an. »Ich werde mein *Tahlmorra* um keinen Preis riskieren.«

Der Feuerschein ließ den alten Mann jung wirken. Seine Augen waren so dunkel wie Höhlen. Er saß auf seinem Felsen, das gesunde Bein vor sich ausgestreckt und die Krücke neben sich. Er rieb den Stumpf. »Denkt erneut nach«, schlug er vor. »Denkt zweimal oder dreimal oder noch häufiger darüber nach.«

Aidan schüttelte den Kopf.

Der alte Mann lächelte. Er berührte erneut seinen Beinstumpf, nur daß das Bein jetzt heil war. »Komm her«, sagte er.

Aidan kniete sich vor ihn hin.

»Gib mir deine verkrüppelte Hand.«

Aidan bot dem Gott die Hand dar. »Wie heißt Ihr?«

»In dieser Verkleidung bin ich der Krüppel.« Er untersuchte Aidans Hand und überprüfte die gekrümmten Finger und die beidseitige Narbe. »Der Ihlini hat gut getroffen. Aber er hat nicht auf dich gezielt.«

»Nein.«

»Du hast auf dich genommen, was für jemand anderen bestimmt war.«

»Es war ein Verwandter. Und ein König.«

»Auch Könige sind Menschen. Woher willst du wissen, daß es nicht sein *Tahlmorra* war zu sterben?«

Daran hatte er nicht gedacht. »Aber – ich mußte es tun. Ich konnte nicht zulassen, daß er niedergestreckt wurde. Ich *mußte* es tun. Ich hatte keine andere Wahl.«

»Vielleicht war es *Tahlmorra*. Vielleicht war es *deines*, Aidan.«

Er wagte einen Blick in die höhlendunklen Augen. »Habt Ihr Donal gesandt?«

»Ich habe ihn gesandt. Ich konnte nicht zulassen, daß du dabei schon sterben würdest, genauso wenig, wie du zulassen konntest, daß dein Verwandter niedergestreckt wurde. Und daher lebst du.« Er zuckte die Achseln. »Im Augenblick.«

Aidan erschauderte. Er versuchte, es zu unterdrücken, aber es gelang ihm nicht. »Könnt Ihr mir sagen, was Ihr für mich geplant habt? Soll ich stets blind umherreisen? Ich werde Euch bereitwillig dienen, wenn Ihr mir die Gelegenheit dazu gebt.«

»Nein.« Die Stimme des Krüppels klang kalt. »Niemand nimmt alles bereitwillig an. Es müssen Opfer gebracht werden. Zu häufig würde ein Mann, der um ein Opfer *weiß*, es nicht bringen, genauso wie du deinen Verwandten nicht von dem Ihlini töten lassen wolltest.«

»Aber ...«

»Du wirst erfahren, was du wissen mußt, wenn die Zeit dafür reif ist. Und was nun dies betrifft ...«

Aidan schaute hinab. Die verkrümmte Hand lag noch immer in den Händen des Gottes, aber eine Flüssigkeit ergoß sich daraus. Zunächst fürchtete er, es wäre Blut, aber die Flüssigkeit war üppig golden und dickflüssig.

»Öffne deine Hand, Aidan.«

Etwas in ihm wollte lachen. Aber er wußte es jetzt besser. Er würde keine Fragen mehr stellen.

Die Finger, deren Sehnen wieder heil waren, schmerzten auf seinen Versuch hin, sie zu bewegen. Die Flüssigkeit gerann und formte sich dann. Über seiner narbenlosen Handfläche lag ein schweres, mit Runen versehenes Kettenglied, das vollkommen zu den beiden anderen paßte.

Der Gott lächelte ihn an. »Du hast keinen Teil deines *Tahlmorra* geopfert. Ehrlichkeit war der Preis für deine Hand. Du hast sie zehnfach bewiesen.«

»Donal«, sagte Aidan, während er das Kettenglied betrachtete.

Der Gott antwortete nicht. Der Krüppel mit seiner Krücke war fort.

Aidan lachte. Und er wollte weinen. Aber er lachte lieber. Als er sich wieder beruhigt hatte, sah er das Kettenglied erneut. Dann sah er seine Hand an, die wieder vollkommen und heil und unbeschädigt war.

»Warum?« fragte er Teel.

Der Schatten, der sein *Lir* war, plusterte sich kurz auf. *Er hat dir Fragen gestellt. Du hast sie beantwortet. Ich denke, es wäre klug zu vermuten, daß du geantwortet hast, was er hören wollte.*

»Aber was *wollen* sie von mir?«

Sie sind Götter. Wer kann es wissen?

Sinnlosigkeit überwältigte ihn. »Teel … bitte … hilf mir …«

Als der Rabe schließlich sprach, klang seine Stimme sanfter, als Aidan es jemals bei ihm erlebt hatte. *Ich tue, was ich kann. Mehr kann ein Lir nicht tun und sicherlich ich nicht … Die Götter haben auch uns erschaffen. Und sogar die Lirs können ein Tahlmorra nicht erklären oder vorhersagen, das noch entsteht.*

Aidan griff nach dem Kettenglied. »Warum ich, Teel? Was sehen sie in mir? Warum kommen sie zu *mir?*«

Er hörte ein Seufzen durch die *Lir*verbindung. *Ich weiß es nicht*, antwortete Teel. *Es hat* mir *auch noch niemand gesagt.*

Kapitel Zwei

Aidan wachte jäh auf, schreiend, und setzte sich in der Dämmerung kerzengerade auf. Eine ganze Weile wußte er nicht, wo er war, nur daß er *irgendwo* war ... Und dann erkannte er, daß er sich nicht in der Großen Halle Homana-Mujhars befand und eine Kette im Schoß des Löwen zu berühren versuchte. Und er war auch nicht in Lestra und starrte entsetzt auf seine vom vergifteten Ihlinistahl fast entzweigeschnittene Hand.

»Ach«, sagte er laut, »sie fangen *tatsächlich* wieder an!«

Teel, der auf einem Baum saß, plusterte sich auf. *Wer fängt wieder an?*

»Die Träume.« Aidan rieb sich übers Gesicht, strich sich das taufeuchte Haar aus den brennenden Augen und war nur froh, daß er sah, wie beide Hände sich bewegten. Er senkte seine genesene Hand und betrachtete sie noch einmal prüfend, wie er es jeden Morgen getan hatte, seit er dem Krüppel begegnet war. Das war jetzt fünf Tage her. Die Erleichterung war noch nicht vergangen.

Und auch die Träume nicht.

Er trug drei Kettenglieder an seinem Gürtel, nicht nur zwei. Sie klangen, während er dahinritt, und erinnerten ihn ständig an Träume und Götter und Aufgaben. Er schlief schlecht und wachte während der Nacht zu häufig auf. Er versuchte, die Traumkette stets lange genug zu verbannen, damit er nachts genug Schlaf bekam. Er konnte sich nicht erinnern, wann er sich schon einmal so verwirrt gefühlt hatte. Zumindest hatte er, bevor die Götter zu ihm gekommen waren, geglaubt, er sei nur seltsam. Jetzt hielt er sich für wahnsinnig.

Aidan schlug seufzend die Decken zurück und trat seine Beine frei. »Es wird Zeit zu gehen, *Lir*. Erinn kommt nicht näher, wenn ich hier im Warmen liegen bleibe und über Träume nachgrüble.«

Es rückt aber auch nicht weiter weg.

Aidan versagte sich eine Antwort und fuhr fort, sein Pferd zu beladen. Er hatte schon lange gelernt, daß es keinen Unterschied machte, ob er etwas auf Teels Bemerkungen erwiderte – oder nicht. Der Rabe war klüger als er. Es war am besten, ihn völlig zu übergehen, weil er dann nicht so deutlich den Sieg davontrug.

Das bedeutete aber natürlich auch, daß der Wettbewerb weiterging.

Aber das war besser als gar nichts.

Als Aidan dem Wagen mit seiner hell bemalten Segeltuchplane begegnete, machte er einen großen Bogen darum. Er beabsichtigte, an ihm vorbeizureiten und ihn zu vergessen, wie Reisende das unterwegs meistens tun. Oft war es auch der sicherste Weg. Aber die Frau auf dem Sitz des Planwagens wirkte so reizvoll, daß sie seinen Blick auf sich zog und er den Kopf wandte. Aidan starrte sie fast an.

Sie lächelte zur Antwort so offen und herzlich, daß er es nicht einfach übersehen konnte – nicht wenn er sich den Rest seines Lebens einen Mann nennen wollte. Er zügelte sein Pferd sofort, wartete darauf, daß der Wagen herankäme und ritt dann nebenher. Er begrüßte sie in akzentuiertem Solindisch. Sie antwortete in der gleichen, aber makellos gesprochenen Sprache. Genau wie er es erwartet hatte.

Schwarzes Haar fiel in festen Locken bis auf ihre schmale Taille. Sie trug einen Kranz aus hellem Gold, an dem falsche, ein herzförmiges Gesicht umrahmende Perlen baumelten – und Kupferringe in beiden Ohren. Die schwarzen Augen blickten ihm gleichzeitig kühn und schüchtern entgegen, als wollte sie gern unzüchtig sein, hätte aber noch nicht gelernt, wie man es richtig anstellt. Sie schien nicht wirklich schön, nicht so wie Ilsa, aber ihr war eine lodernde geistige Lebhaftigkeit anzumerken, die Aidan an seine Mutter und an Deirdre erinnerte.

Er schaute über ihre Schulter zu der geschlossenen Segeltuchplane. »Ihr solltet auf diesem Weg nicht allein reisen.«

»Nein«, stimmte sie ihm ernst zu, obwohl ihre Augen vor Heiterkeit strahlten. »Das wäre sehr schlecht. Und darum tue ich es auch nicht.« Ihre Hand teilte das helle Segeltuch und wies auf das Gesicht eines jungen und so außergewöhnlich schönen Mannes, daß Aidan dachte, es hätte besser zu einer Frau gepaßt.

»Es wäre sehr schlecht«, sagte der junge Mann, kletterte durch die Segeltuchöffnung und setzte sich neben die Frau auf den Sitz. »Aber wir sind zu klug, als daß wir Ashra allein irgendwohin gehen lassen würden. Es gibt Männer, die geneigt wären, sie zu entführen, um mehr mit ihr zu teilen, als sie vielleicht möchte.«

Und es gibt Männer, die auch Euch *entführen würden ...* Aber Aidans Manieren erlaubten ihm nicht, es laut auszusprechen.

Der junge Mann hatte, genau wie Ashra, schwarzes Haar, das aber nicht so lang und weniger gelockt war. Seine Gesichtsknochen waren wahrhaft schön gestaltet und die Haut glatt, dunkel und makellos. Etwas an seinem Gesichtsausdruck und der Anordnung der Knochen erinnerte Aidan an sein eigenes Volk, obwohl er noch niemals einen Cheysuli mit solch ausgesprochen reinen Gesichtszügen oder grünen Augen gesehen hatte. Und doch war da auch noch etwas anderes. Er glich Ilsa, fand Aidan, obwohl seine Haut dunkel war. Seine Geschmeidigkeit zeugte von außergewöhnlicher Anmut, und seine Stimme klang fest, aber auch melodiös.

Grüne Augen betrachteten Aidan. »Ich bin Tye, von Beruf Sänger. Ashra tanzt. Und der alte Mann, Siglyn, ist ein Magier.« Er deutete auf das Segeltuch. »Reisen ist für alte Knochen hart. Er übersteht es recht gut, braucht aber Ruhe.« Er beäugte kurz Aidans Satteltaschen und den von der Reise beschmutzten, braunen, über beide Schultern gelegten Umhang. »Wohin wollt Ihr?«

»Westwärts nach Andemir.«

Ashra lachte. Ihre Stimme klang tief und, wie Aidan fand, anziehend. »Wir wollen auch nach Andemir. Vielleicht werden wir Weggefährten.«

»Ashra«, sagte Tye ruhig und mit der kleinen, schnellen und warnenden Geste einer Hand.

Sie lachte erneut, warf ihre Locken zurück und zuckte mit den Achseln. »Du bist an der Reihe, den Wagen zu fahren, Tye. Ich werde derweil diesen Fremden befragen, da du so mißtrauisch scheinst.«

»Aus gutem Grund«, erwiderte Tye grimmig, während sie ihm die Zügel übergab. »Was du genauso gut weißt wie ich.«

Aidan nannte ihnen zuvorkommend seinen Namen, obwohl er seinen Rang verschwieg. Er hatte erfahren, daß ein Mann, wenn er wirklich wissen wollte, was andere dachten, gut daran tat, sein Erbe und seine Titel zu verschweigen. Die Menschen sprachen offener, wenn sie sich für gleichwertig hielten.

Er wollte mehr über sie wissen, aber Teel unterbrach ihn, indem er sich auf seiner linken Schulter niederließ. Ashra schrie begeistert auf. »Ein zahmer Rabe!«

Aidan grinste. »Nur manchmal.«

»Und sonst?« neckte sie.

Tye warf ihr einen warnenden Blick zu, den sie aber nicht bemerkte. Aidan runzelte die Stirn. »Ihr scheint für eine Schauspielertruppe, die sich ihren Lebensunterhalt unterwegs verdient, ungewöhnlich wachsam.«

Tyes abweisender, für seine weichen Gesichtszüge viel zu angespannter Gesichtsausdruck entspannte sich ein wenig. »Aus gutem Grund, Fremder – wir wurden vor drei Tagen von einer Bande Straßenräuber heimgesucht, die uns unser weniges Geld nahmen. Der alte Mann wurde verletzt – auf den Kopf geschlagen –, und ich habe seitdem gelernt, jedermann gegenüber mißtrauisch zu sein.« Er betrachtete den Raben. »Aber von *ihnen* besaß keiner einen Vogel, weshalb ich bezweifle, daß Ihr dazugehört. Verzeiht mir meine schlechten Manieren.«

Ashra runzelte die Stirn über den schwarzen Brauen, die sehr dicht und seltsam gerade wirkten, aber Aidan fand ihr fremdartiges Aussehen anziehend. »Wenn der Rabe nur *manchmal* zahm ist, wie Ihr sagtet, wie ist er dann sonst?«

»Sonst ist er höchst lästig«, antwortete Aidan wahrheitsgemäß. »Aber um gerecht zu sein – er ist nicht zahm ... Teel ist ein *Lir*.«

Schwarze Augen weiteten sich. »*Lirs* sind von den Göttern gesegnet ...« Sie betrachtete Aidan genauer. »Aber Ihr seid kein Cheysuli. Wieso besitzt Ihr dann einen *Lir?*«

Er war einen Augenblick lang überrascht darüber, daß sie wußte, wer zu den *Lirs* gehörte und wer nicht, aber er beantwortete ihre Frage nur zu leicht, indem er den Umhang von seinen Schultern zurückschlug und das die bloßen Arme beschwerende Gold zeigte. Und als er sein Haar hinter das linke Ohr schob, wurde auch der rabenförmige Schmuck im Tageslicht sichtbar.

Sogar Tye runzelte die Stirn. »Ein *rot*haariger Cheysuli?«

Aidan lächelte. »Meine Mutter ist Erinnierin. Es ist ihr Erbe ... Wenn ich die Wahl gehabt hätte, wäre mir schwarz allerdings lieber gewesen.« Er zuckte beiläufig die Achseln. »Aber die Augen gleichen denen meines Vaters.«

Tye betrachtete sie – Bestätigung heischend. Und dann nickte er offensichtlich unbeeindruckt. »Gelb wie die eines Tieres ...« Er grinste. »Ja, nun ... es sollte keine Beleidigung sein. Ich ziehe Euch nur auf, Gestaltwandler.«

Ashra wölbte die ebenmäßigen Brauen. »Er wäre ein sehr hübsches Tier.«

Tye brummte. »Du bist eine Frau. Frauen haben häufig zuviel Phantasie.«

Sie strich sich eine Haarlocke zurück und steckte sie dann wieder unter den Kranz. »Solinde wird von einem Cheysuli regiert.«

»Der Eindringling«, bestätigte Tye und lachte dann, als sich Aidan versteifte. »Habt Ihr keinen Sinn für Humor? Ich *ziehe* Euch *auf,* Gestaltwandler ... hindert Euch das Tier in Eurem Blut daran, die Scherze und Späße anderer zu genießen?«

»Nur wenn sie auf meine Kosten gehen.« Aidan lächelte ausdruckslos. »Solche Worte werden zu oft ernst gemeint, Solinder ... Wie steht es mit Euren?«

Tye seufzte. »Wenn ich sie ernst gemeint hätte, würde ich nicht zulassen, daß Ihr mit uns nach Andemir reitet.« Er hielt inne. »Wenn Ihr mit uns reiten wollt.«

»Vielleicht will er es, wenn du singst«, schlug Ashra vor.

Tye warf ihr einen vernichtenden Blick zu. Aidan begann sich zu fragen, ob sie Bruder und Schwester oder Mann und Frau waren. Er hoffte, sie wären Ersteres.

»Wann halten wir an?« rief eine nörgelnde Stimme aus dem Wagen. »Oder wollt ihr meine Knochen zu Staub rütteln lassen?«

Teel flog von Aidans Schulter auf und schlug ihm dabei mit einem Flügel ins Gesicht. Aidan brummte und rieb sich über das brennende Auge, während Ashra lachte.

Tye nickte. »Wir halten an, alter Mann. Bald.« Er warf Aidan schnell einen Blick zu. »Wollt Ihr mit uns essen?«

Aidan blinzelte das Brennen fort und nickte dann. »Ich danke Euch. Ich habe Wein bei mir.«

Ashra lächelte erneut kühn und verführerisch. »*Wir* ebenfalls.«

Sie errichteten abseits der Straße in einer Ansammlung schützender Bäume ein Lager. Die bereits untergehende Sonne malte Licht- und Schattenstreifen auf die Segeltuchplane, die Aidan an die Zelte im Stammeskeep erinnerte. Diese war hellblau und lebendig mit Gestalten bemalt: ein Tänzer in rot-grün-goldener Kleidung, ein Sänger mit einer hölzernen Laute, ein Magier, der Rauch und Feuer aus der Luft heraufbeschwor. Der Wagen selbst war aus dunklem Holz gebaut, aber seine Räder waren rot angemalt und an den Innenrändern und den Speichen gelb umrahmt. Er bot insgesamt ein äußerst verlockendes – und gut sichtbares – Ziel für Straßenräuber.

Tye kümmerte sich um die Pferde, während Ashra dem alten Magier vom Wagen half und ihn zu dem Kissen am Feuer führte, das Aidan dort hingelegt hatte. Er war ein sehr alter Mann, der ein graues Gewand über indigofarbenen Stoff trug, der im Laufe der Zeit ausgeblichen war. Ein einfacher Ledergürtel mit einer matt gewordenen Silberschnalle schmiegte sich um seine schmale Taille. Das Gewand hing lose herab, so daß der halb aufgerissene Saum um die angeschwollenen Knöchel schwang. Seine Füße steckten in ausgeleierten Lederslippern. Er schlurfte übers Gras und die herabgefallenen Blätter, als schmerze ihn die Bewegung.

Aidan trat sofort zu ihm und bot ihm einen zweiten Arm an. Ein Paar feuchter blauer Augen hefteten sich auf sein Gesicht und betrachteten ihn. Aber es waren stolze Augen, und er verschmähte Aidans Arm nur zu bereitwillig. Der dünne Mund preßte sich noch fester zusammen, während er sich stärker auf Ashra stützte.

Aidan zog sich mit einer leichten Verbeugung augenblicklich zurück. Ashra half dem alten Mann, sich auf das Kissen zu setzen und schloß dann sein Gewand.

»Siglyn«, sagte sie sanft, »sein Name ist Aidan. Er reist nach Andemir – genau wie wir.«

»Was ist das an seinen Armen?« fragte der alte Mann barsch. »Er trägt genug Reichtum mit sich herum, um alle Straßenräuber der Welt anzulocken.«

»Schsch«, schalt sie freundlich. »Er ist ein Cheysuli,

aus Homana. Das ist das *Lir*gold, das ein Krieger erhält, wenn er ein Mann wird.« Schwarze Augen zuckten, schweigend um Verzeihung bittend, in Aidans Richtung. »Er ist kein Straßenräuber, der uns ausrauben will, oder jemand, der unerwünschte Mildtätigkeit anbietet. Schau ihn dir erneut an. Dann wirst du sehen, was er ist, einfach indem du ihm in die Augen blickst.«

»Pfui!« Der alte Mann starrte finster vor sich hin, während er sich bequemer setzte. Sein Haar war weiß, sehr dünn und sehr lang. Ein ebensolcher Bart bedeckte die Vorderseite seines Gewandes. Aber seine Augen blickten, trotz ihrer Betagtheit, scharf und klar, als er Aidan ansah. »Komm her, Junge«, befahl er barsch.

Aidan biß sich auf die Zunge. Er war noch nie in seinem Leben so grob und respektlos behandelt worden. Dennoch tat er, wie ihm geheißen, und trat näher heran. Er stand ruhig da, noch nicht bereit, sich zu verbeugen, obwohl der alte Mann zweifellos genau das erwartete.

Siglyn betrachtete ihn. »Du bist Gestaltwandler?« Seine Gesichtshaut war runzlig. »Ja, vielleicht bist du es, wenn man das Feuer auf deinem Kopf bedenkt … Und du hast diesen Blick in den Augen.«

Aidan blinzelte. »Den … Blick?«

»Die Wildheit, Junge! Die Weltentrücktheit. Eingebildet wie ein Adler in seinem Horst über der Welt … und manchmal ein in die Enge getriebener Wolf, der dieser Welt mißtraut.« Siglyn offenbarte gelbe Zähne. Seine Fingernägel waren sauber, aber eingerissen. Er kaute müßig darauf herum. »Ich lebe schon lange Zeit, Junge. Ich habe viele Dinge gesehen. Vor gar nicht allzu langer Zeit standen dein und mein Volk noch im Krieg miteinander.«

Aidan lächelte. Der Alte ließ die Zeit schrumpfen. »Lange genug.«

Siglyn runzelte die Stirn und nahm die Finger vom Mund. »Ich habe in den Kriegen mit Carillon gekämpft … Dir fehlt der Akzent, Junge.«

Rötliche Brauen wurden gewölbt. »Welcher?«

»Derjenige, den ich hörte, als wir Gefangene machten.« Der alte Mann grinste böse. »Du sprichst anders.«

Aidan zuckte die Achseln. »Ich komme aus Mujhara. Es gibt Dialekte …«

»Ha! Mujhara ist die Königsstadt.« Siglyn seufzte nachdenklich. »Ich war niemals dort … bin niemals aus Solinde herausgekommen. Aber ich war in Lestra, und *das* ist eine Königsstadt.« Die blauen Augen sahen Aidan erneut scharf an. »Warum bist du nach Solinde gekommen?«

Aidan seufzte. Aber man hatte ihn gelehrt, ältere Menschen mit großer Achtung zu behandeln, ungeachtet der Behandlung, die sie umgekehrt ihm zuteil werden ließen. »Ich bin auf dem Weg nach Erinn. Nach Kilore. Ich werde von Andemir aus ein Schiff nehmen.«

Siglyn bedachte ihn mit einem feindseligen Blick. »*Das* hättest du auch von Hondarth aus tun können. Warum bist du nach Solinde gekommen?«

Aidan räusperte sich und bemühte sich um einen gelassenen Tonfall. »Ich habe in Lestra Verwandte.«

Tye kehrte vom Anpflocken und Füttern der Pferde zurück. Er fuhr sich mit einer Hand durch das dichte schwarze Haar und ließ sich dann nieder, um sich um das Feuer zu kümmern, von dem Aidan fortgerufen worden war. »Lestra«, sagte er leichthin, als koste er das Wort. »*Gestaltwandler*verwandtschaft in Lestra.« Er legte ein Stück Holz aufs Feuer und warf dann Ashra und dem alten Mann einen Blick zu. »Das können nicht viele von sich sagen.«

»Einige.« Aidan, der froh war, Siglyn verlassen zu können, trat zum Feuer, kniete ebenfalls und half, es zu schüren.

Aber der alte Mann hatte noch nicht aufgegeben. Er erhob seine Stimme. »Wie geht es dem *Mujhar?*«

Aidan lachte und legte ein Reisigbündel aufs Feuer. »Als ich ihn das letzte Mal sah, ging es ihm recht gut. Aber so werdet Ihr mich nicht überlisten, alter Mann …

Ich habe nichts zu verbergen. Ihr brauchte nur zu *fragen,* anstatt Eure – und meine – Zeit mit Anspielungen zu verschwenden.«

Der Magier lachte freudlos. »Ich *mag* Anspielungen«, sagte er. »Viel mehr bleibt einem alten Mann nicht.«

Ashra kniete sich neben Aidan und legte eine Hand auf seinen Arm. »Wer seid Ihr?« fragte sie. »Siglyn ist sonst nicht so garstig … Kennt er Euch?«

Aidan lachte kurz auf. »Ich bin jemand, den er zu kennen *glaubt,* weil er ein Wichtigtuer ist.« Er sah Ashra an. Ihre kühnen Gesichtszüge wurden durch den Feuerschein gemildert. »Ich bin der Enkel des Mujhar.«

Ihr Mund sank leicht herab. Dann warf sie mit einer heftigen Kopfbewegung ihre Locken zurück. Die Hand war von seinem Arm verschwunden.

Tye brummte. »Ich dachte sofort, daß ihr für einen bloßen Krieger zu weich wirkt … Und doch reitet Ihr ohne Diener.«

Aidan seufzte ergeben. »Wir reisen nicht *alle* mit gewaltigen Scharen von Dienern im Schlepptau durchs Land.« Obwohl seine Mutter es gutgeheißen hätte. »Es ist kein Cheysulibrauch, von anderen abhängig zu sein.«

Tye lachte und wölbte eine schwarze Augenbraue. »Tatsächlich? Nun, ich bin überrascht. Ich hätte geglaubt, daß alle Menschen von königlicher Geburt so dünnes Blut hätten, daß sie durch die Arbeit anderer, weitaus weniger Begünstigter gestützt werden müßten.«

Aidan stöhnte. »Da spricht die Unwissenheit. Wärt Ihr Eurem Herrn schon einmal begegnet, würdet Ihr so etwas nicht sagen.«

Tyes Stimme klang trocken. »Leute wie wir treffen nur selten auf seinesgleichen.«

Aidans Geduld war am Ende. Er erhob sich und legte sich seinen Umhang wieder um. »Ich habe Euch Wein angeboten. Ihr könnt ihn bekommen. Aber vielleicht wärt Ihr ohne meine Gesellschaft zufriedener.«

Ashra trat sofort neben ihn. »O nein!« rief sie. »Vergebt

ihm, Mylord … Tye spricht oft übereilt, aber niemals, wenn er singt. Wartet nur, und Ihr werdet es hören.« Sie warf dem Magier einen Blick zu. »Und was Siglyn betrifft – er ist alt. Er weiß nicht, was er sagt. Bleibt heute nacht bei uns.«

Der alte Mann regte sich mürrisch. »Sprich nicht für mich, solange ich noch eine Zunge habe! Ich sage, was ich will, und zu *wem* ich es sagen will, gleichgültig ob es ihnen gefällt.«

Ashra verzog das Gesicht und lächelte Aidan dann zaghaft an. »Werdet Ihr bleiben? Ihr wärt in einer Gruppe sicherer … Und wir wären zweifellos bei einem Cheysuli sicherer.«

Tye grinste. »Beweist uns, daß ich mich irre. Zeigt uns, daß Ihr unsere Achtung verdient.«

Aidan öffnete den Mund zu einer Erwiderung, als sich Teel durch die Verbindung meldete. *Warum nicht?* fragte er. *Es erweist sich vielleicht als weniger langweilig als eine Nacht ohne Auseinandersetzung.*

Dafür habe ich dich.

Ein helles Auge glitzerte. *Ein Lir ist vieles, aber ein Lir ist keine Frau.*

Aidan mußte beinahe laut lachen, aber seine guten Manieren hielten ihn davon ab. Es war unhöflich, länger als nötig in der Verbindung zu bleiben, wenn Ungeweihte anwesend waren.

Er sah Ashra an, während er über Teels Bemerkung nachdachte. Und dann lächelte er. »Ich werde bleiben.«

Als Aidan entdeckte, daß seine solindischen Gastgeber nur wenig zu essen hatten, bot er ihnen an, zusätzlich zum Wein auch seine Essensvorräte mit ihm zu teilen. Das Angebot wurde erst nach einer kurzen Erörterung – auf solindisch – angenommen, der Aidan wegen des Dialekts kaum folgen konnte: Tye war unsicher, ob sie sich so sehr in die Schuld eines Fremden begeben sollten, während Siglyn etwas über Straßenräuber murmelte, die einen alten Mann verhungern ließen, weil sie ihm das Essen vom Munde stahlen. Ashra, die einfach hungrig war, nannte sie beide Narren und sagte, *sie* würde Gestaltwandlernahrung essen, auch wenn sie es nicht täten.

Tye erlaubte ihr stirnrunzelnd, das Angebot anzunehmen. Ashra dankte Aidan, die schwarzen Augen unter gesenkten Lidern hervorblitzend, während sie einen anmutigen, wenn auch ungeübten Hofknicks machte. Aber letztlich aß Siglyn mehr und schneller als alle anderen. Aidan fragte sich, wo sich dies denn bei dem alten Mann zeigte, da er so dünn war, daß man ihn fast als ausgemergelt bezeichnen mußte.

Als die Mahlzeit beendet war, wurden die Weinschläuche häufiger herumgereicht. Siglyn besaß seinen eigenen und war wenig geneigt zu teilen. Er sagte, der Wein sei sein Lieblingsjahrgang, aber zumindest Tye reichte seinen Schlauch bereitwillig an Aidan weiter. Ashra trank nur wenig, aber ihr Gesicht rötete sich dennoch, während sie gebannt ins Feuer blickte.

Tye machte es sich gemütlich, indem er sich eine zusammengerollte Decke in den Nacken legte. »Wie wird einem dabei?« fragte er. »Wie fühlt es sich an, die Gestalt eines *Tieres* anzunehmen?«

Da Aidan seinen Anteil am Wein gehabt hatte, war er über Tyes Respektlosigkeit nicht verärgert. Er lag an seinen Sattel gelehnt und lächelte. »Ihr fragt den Falschen. Andere wären geeigneter, die *Lir*gestalt zu erklären, die eine sehr persönliche Angelegenheit ist – und es wären auch andere besser geeignet zu verstehen.«

Eine ganze Weile unterbrach nur das Knistern des Feuers die lastende Stille, während Tye über Aidans Bemerkung nachdachte. Dann lächelte er, hob anerkennend seinen Weinschlauch und deutete mit dem Kopf auf Teel, der auf der Wagenplane saß. »Versucht es zu erklären. Ich werde *versuchen* zu verstehen.«

Aidan zuckte, leicht aus der Fassung gebracht, die Achseln. Er wußte nicht so recht, wo er beginnen sollte.

Tye runzelte die Stirn. »Verwandelt Ihr Euch nicht? Werdet Ihr nicht *er?*«

Die Antwort darauf war leichter. »Nein, nicht *er*. Ich werde ein anderer.«

»Aber ein Rabe.«

»Ja, ein Rabe. Ihr erkennt die Gestalt, die wir annehmen, an dem *Lir,* der uns begleitet.« Er zuckte die Achseln. »Gleichgültig welche Geschichten erzählt werden – es steht uns nicht frei, alles – oder *jeder* – zu werden, das oder der wir werden wollen. Wir sind keine Monster oder Wesen der Dunkelheit. Die Götter haben uns erschaffen, Tye ... und sie haben die *Lirs* erschaffen.«

Ashras Stimme klang seltsam losgelöst, während sie weiterhin gebannt ins Feuer starrte. »Warum habt Ihr einen Raben gewählt?«

»Es war nicht meine Wahl. Es ist niemals die Wahl des Kriegers ... Es ist viel mehr.« Aidan rückte sich bequemer zurecht und nahm den Weinschlauch zwischen Ellenbogen und Rippen. »Als ich vierzehn Jahre alt war, wurde ich krank – wir nennen es die *Lir*krankheit – und verspürte nur eine ungeheure und schreckliche Sehnsucht. Es gibt für diese Krankheit keine Heilung, keine Befriedigung der Sehnsucht, außer wenn man in die Wälder hinausgeht und einen *Lir* findet. Und das habe ich getan.«

Tyes Zweifel waren offensichtlich. »Allein?«

Aidan spürte kurzzeitig eine Verärgerung aufkommen. »Natürlich allein ... das kann man mit niemandem teilen.«

»Sie lassen einen vierzehnjährigen Jungen – einen Jungen, der eines Tages König sein wird – allein in die Wälder ziehen?«

»›Sie‹, wie Ihr sie nennt, sind auch Cheysuli. Niemand hätte sich mir in den Weg gestellt, am allerwenigsten Cheysuliverwandte.«

Tye runzelte nachdenklich die Stirn. »Und so habt Ihr *ihn* gefunden.«

Aidan zuckte die Achseln. »Teel und ich haben einander gefunden. Für die *Lirs* ist es sehr ähnlich: Sie empfinden eine Sehnsucht, und sie erfüllen sie. Ein Cheysuli ohne *Lir* – und ein *Lir* ohne Krieger – ist unvollständig. Erst wenn wir verbunden werden, bilden wir eine Einheit.«

»Und habt die Fähigkeit, Eure Gestalt zu verändern.«

Aidan nickte. »Aber ich kann nur die Gestalt annehmen, die der *Lir* verkörpert. Hätte ich zwei *Lirs*, wie mein Urgroßvater Donal, könnte ich zwei verschiedene Gestalten annehmen. Aber ich habe nur Teel … Die Götter verteilen ihre Gaben sparsam.«

Tye lachte spöttisch. »Wenn sie überhaupt etwas tun, verteilen die Götter alles sparsam. Besonders Glück. Nur das Schlechte wird großzügig ausgestreut.«

Aidan brummte wenig zustimmend. »Sie werden Euch hören.«

Tye winkte spöttisch ab. »Die Götter hören nichts. Warum sollten sie? Glaubt Ihr, es kümmert sie? Glaubt Ihr, sie achten auch nur im geringsten auf Leute wie uns?«

Ashra regte sich. »Schsch«, sagte sie leise. »Du beleidigst unseren Gast.«

Der Sänger streckte eine Hand aus und berührte Ashras Arm. Sie saß dicht neben ihm, und Aidan hatte schon mit Bedauern erkannt, daß sie keine Geschwister waren. »Du hast ihm bereits erklärt, daß ich manchmal übereilt spreche«, erinnerte Tye sie. »Warum sollte ich es jetzt ändern?«

Sie warf ihm einen Blick aus den Augenwinkeln zu. »Ein Gast sollte niemals beleidigt werden. Behalte deine Gedanken für dich … Es ist nicht nötig, sie auszusprechen.«

Aidan winkte ab. »Macht Euch darüber keine Sorgen, Ashra – ich denke, Tye und ich werden kaum jemals in irgendeiner Sache übereinstimmen.«

Siglyn sprach zum ersten Mal seit dem Essen. »Denkt

Ihr also, daß nur Euer Glaube der richtige ist? Infolge Eurer Geburt?«

Aidan seufzte tief. »Meine Geburt hat keinerlei Bedeutung. Warum beharrt Ihr darauf? Bei den Stämmen ist nur das Blut und sein Fortbestand wichtig und nicht, in welchem Körper es fließt. Versteht Ihr? Ich bin in erster Linie Cheysuli: ein Kind der Götter. Dann bin ich Krieger, und ich ehre mein *Tahlmorra*. Und zu allerletzt bin ich Prinz.«

»Das ist nicht möglich«, erklärte Tye.

Aidan, der in einen erinnischen Sprachrhythmus verfiel, betrachtete Tye unheilvoll. »Ich würde wetten, mein feines Herrchen, daß es für mich weitaus leichter wäre, meine königliche Abstammung abzulegen als für Leute wie Euch, sie zu *erringen*.«

Ashra lachte und war von Aidans wortgewandtem Angriff auf Tye überhaupt nicht überrascht. »Gut gesprochen!«

»Tatsächlich«, stimmte Siglyn ihr verdrießlich zu.

Tye, der sich nicht angegriffen fühlte, brummte nur. »Höchstwahrscheinlich. Aber ich verspüre nicht den Wunsch, ein Prinz zu sein.«

Aidan mußte fast lachen. Sein *Kivarna* strafte Tye Lügen. »Kein Mann verspürt *niemals* den Wunsch, ein Prinz zu sein. Wenn Ihr die Möglichkeit hättet …«

»… würde er sie sofort ergreifen«, beendete Ashra seinen Satz. »Und das *würdest* du, Tye.«

Tye brummte erneut. »Aber es ist sinnlos. Ich werde niemals die Gelegenheit haben, es herauszufinden. Ich bin nur ein Sänger und noch dazu ein armer Sänger.«

Ashra wurde sofort wütend. »Arm! Du bist der beste Sänger, den ich jemals gehört habe!«

Tye grinste sie an. »Und wie viele hast du schon gehört?«

Sie errötete. »Ausreichend viele«, sagte sie sanft und berührte mit den Fingern sein Gesicht. »Ausreichend viele – und mehr –, um es zu wissen.«

Der alte Mann zog sein Gewand fester um die schmalen Schultern. »Welche Magie beherrscht *Ihr,* Gestaltwandler?«

Aidan dachte nach, erinnerte sich, daß Siglyn ein Magier war und wählte seine Antwort demgemäß. »Keine Magie, die mit Eurer mithalten könnte, alter Mann.« Er lächelte entwaffnend. »Ich besitze nur die *Lir*gestalt.«

Siglyn brummte. »Nicht mehr? Nicht mehr als das?«

Aidan zuckte die Achseln und machte sich die Antwort damit leicht. »Wir können heilen, wenn es nötig ist.«

Die wäßrigen blauen Augen verengten sich. »Und?«

Aidan verzögerte die Antwort, indem er seinen Weinschlauch entkorkte, trank und ihn mit dem Korken dann sorgfältig wieder schloß. »Einige behaupten, wir besäßen noch eine dritte Gabe«, gab er offen zu. »Aber sie wird nur selten gebraucht. Wir setzen sie kaum ein, weil sie der Seele eines Menschen schadet.«

Der alte Mann lächelte. Es war kein erfreutes Lächeln. »Und inwiefern schadet sie der Seele eines Menschen, daß Ihr vor Ihrem Gebrauch zurückschreckt?«

Aidan wich seinem Blick nicht aus. »Sie nimmt«, antwortete er tonlos. »Sie bezwingt. Sie nimmt einem Mann den Willen und läßt ihn mit nichts anderem zurück, als dem, was die anderen ihm sagen.«

Siglyns Augen leuchteten. Er brummte zustimmend, als sähe er sich bestätigt. »Das dachte ich mir. Ich habe häufig erzählen hören, daß die Cheysuli die Macht besitzen, Dämonen zu sein, wenn sie wollen.«

Aidan antwortete barsch: »Wir *wollen* es nicht«, erklärte er. »Wir verstehen nur zu gut, was ein unwiderstehlicher Drang einem Mann antun kann, und wir entscheiden uns dagegen. Die Macht, Dämonen zu sein, ist den Ihlini vorbehalten. Sie üben sie aus.«

Buschige weiße Brauen schossen in die Höhe. »*Tun* wir das?« fragte Siglyn. »Üben wir sie aus?«

Sobald die purpurfarbene Flamme die Finger des alten

Mannes umhüllte, sprang Aidan auf. Das Messer lag in seiner Hand, aber Ashra war sofort neben ihm und berührte sein Handgelenk.

»Nein«, sagte sie weich.

Siglyn lachte. Es war ein rauher, krächzender Laut, als würde die Stimme nur selten benutzt. »Ich habe Euch überrascht.«

Aidan fand die von ihm sofort überprüfte *Lir*verbindung unbeeinträchtigt vor. Er sah den alten Mann stirnrunzelnd an. »Ja«, sagte er geistesabwesend. »Aber ... ich kann meinen *Lir* erreichen. Und er hat mich nicht gewarnt ...«

»Ist das wichtig?« fragte Ashra.

»Er hätte mich warnen sollen. Ein *Lir* warnt stets vor einem Feind.«

Sie drückte das Messer nach unten. »Das sollte Euch etwas sagen.«

Aidan hörte sie kaum. Er blickte über das Feuer zu Tye, dessen grüne Augen im flackernden Schein seltsam wirkten. »Und Ihr?«

Tye lächelte. »Ich bin, genau wie Ihr, vieles. Solinder: ja. Auch Ihlini. Aber auch ein Sänger. Taliesin war mein Lehrer.«

»Taliesin ist seit über zwanzig Jahren tot!«

»Ich bin älter, als ich aussehe.« Tye setzte sich auf und legte den Weinschlauch beiseite. »Ihr seid kein Narr, Aidan von Homana. Warum benehmt Ihr Euch dann jetzt wie ein Narr?«

Verbitterung stieg in Aidan auf. »Bin ich ein Narr, wenn ich mich vor dem Feind in acht nehme?«

Siglyn sah ihn an. »Wie schnell Ihr das Schlimmste von uns vermutet. Ja, Ihr seid ein Narr! Ihr habt nicht einmal genug Verstand, Euren Vogel zu fragen, ob wir Euch schaden wollen. Und doch geruhtet Ihr uns eben erst darüber in Kenntnis zu setzen, daß ein Prinz nicht anders sei als andere.«

Teel? fragte Aidan. *Warum hast du mich nicht gewarnt?*

Du hättest es mir sagen müssen … Und ich hätte die Behinderung in der Verbindung spüren müssen … Sein Magen verkrampfte sich. *… es sei denn, sie hätten für die Errichtung von Schilden auch Zugriff auf Cheysulimaßnahmen …*

Teel klang angewidert. *Bist du wirklich so blind? Oder bist du ein Dummkopf geworden?*

Ich bin kein Dummkopf, nur weil ich wissen *will, wer meine Feinde sind …* Aidan brach zögernd ab, als er zu spät begriff. *Ist es das? Solinder, Ihlini oder nicht – sie sind nicht meine Feinde?*

Teel seufzte in der Verbindung. *Noch besteht Hoffnung für dich.*

Aidan schaute erneut zu dem alten Mann. »Könnt Ihr es mir vorwerfen, daß ich mißtrauisch bin? Unsere Völker liegen seit Jahrhunderten im Krieg. Ihr habt *selbst* gekämpft …« Er runzelte die Stirn. »Und wenn Ihr Carillon bekämpft habt, bedeutet das, daß Ihr *mit* Bellam gekämpft habt.«

»Natürlich bedeutet es das«, fauchte der alte Mann. »Ich war ein getreuer Solinder …«

»… ein getreuer *Ihlini* …«

»… und meinem Land verschrieben.« Siglyn sah ihn an. »Ihr seid unhöflich. Ihr habt keine Achtung vor dem betagten …«

»Ihr habt keine Achtung vor *mir* …«

»Weil wir Euch narrten?« Siglyn grinste und entblößte dabei seine alten Zähne. »Ihr habt Euch selbst genarrt. Weil *wir* unser Volk nicht offenbarten, wie Ihr es mit all Eurem barbarischen, prahlerischen Gold tut, sind wir offensichtlich Betrüger, die Euch ans Leben wollen.« Siglyn deutete auf das noch immer von Aidans Hand gehaltene Messer. »Natürlich habt *Ihr* die Waffe …« Er seufzte und sah dann Tye an. »Die Cheysuli verbringen einen großen Teil ihrer Zeit damit, leichtgläubigen Homanern zu erzählen, daß wir alle Dämonen und Diener Asar-Sutis, des Suchers, sind – ohne an unsere Gefühle zu denken.«

»Eure *Gefühle!*« Aidan war verblüfft. »Ihr seid der

Feind – oder zumindest einige von euch …« Er sah den alten Mann finster stirnrunzelnd an. »*Zu* viele von euch sind es. Wißt Ihr, wie viele Angehörige meines Volkes – wie viele aus meiner *Verwandtschaft* – von eurer Art getötet wurden? Wißt Ihr, daß Strahans Sohn erst vor wenigen Wochen einen hilflosen Säugling getötet und dann versucht hat, unseren Herrn zu töten?«

»Welches Kind?« fragte Ashra. »Wir waren lange unterwegs, und Nachrichten kommen nur langsam voran …« Die dichten Brauen stießen in einer aufwärts verlaufenden Linie zusammen. »Welches Kind, Aidan?«

»Mein Cousin«, antwortete er knapp. »Lochiel hat ihn in seinem Bett ermordet, ohne ihn auch nur zu berühren.«

Sie wechselte einen Blick mit Tye. Keiner von ihnen sprach, aber Aidan spürte, daß ihnen diese Nachricht nicht gefiel. Ashra drückte sein Handgelenk kurz und, wie er es deutete, tröstend.

Siglyn regte sich auf seinem Kissen und war ohne Zweifel verärgert. »Strahan war ein aufgeblasener, eingebildeter Narr mit der Wahnvorstellung, ein Gott zu sein … Müßt Ihr uns alle nach ihm beurteilen?«

»Es ist ein wenig schwierig, es *nicht* zu tun, da er sich so sehr der Aufgabe verschrieben hatte, mein Volk zu vernichten. Und jetzt auch sein Sohn …«

»Aber wir sind nicht seine Söhne oder Töchter«, sagte Ashra ruhig. »Wir sind nur solindisch geborene Ihlini, die in einem Land ihren Lebensunterhalt zu verdienen versuchen, das vom Krieg wahnsinnig geworden ist.« Sie seufzte und nahm ihre Hand wieder von Aidans Handgelenk fort. »Strahan hat seinem Volk mehr Schaden zugefügt als jeder andere – außer Tynstar. Er hat mit alledem *angefangen*.«

Siglyn brummte. »Du weißt nichts über Tynstar, Mädchen. Ich habe ihn persönlich gekannt …« Aber er brach ab und sagte statt dessen zu Aidan: »Setzt Euch, setzt Euch. Wenn Ihr die Wahrheit hören wollt, solltet Ihr

Euch niederlassen und einen guten Wein zur Hand nehmen.« Die buschigen Brauen wölbten sich. »*Setzt* Euch, Junge!«

Teel riet ihm durch die Verbindung, der Aufforderung zu folgen. Es hätte keinen Sinn zu stehen, wenn man sich hinsetzen und es gemütlicher haben konnte.

Aidan ließ sich nieder. Aber ihm war keineswegs gemütlich.

Kapitel Drei

Zunächst«, forderte er, bevor einer der anderen etwas sagen konnte, »möchte ich wissen, wie. *Und* warum.«

Ashra, die das Feuer schürte, warf ihm über eine schlanke Schulter einen verwirrten Blick zu. Ihre Locken schwangen. »Was meint Ihr?«

»Ich hätte Euch erkennen müssen. Man hat mir mein ganzes Leben lang erzählt, ich würde spüren, wenn ein Ihlini in der Nähe wäre, weil die *Lir*verbindung dann beeinträchtigt würde. Und weil der *Lir* einen stets vorwarne ...« Aidan verzog das Gesicht und sah Teel nicht an. »Weil er einen *üblicherweise* vorwarne.« Er seufzte und rückte den Weinschlauch auf seinem Schoß zurecht. »Keiner von uns hat Lochiel erkannt, weil er einen Ring besaß, den einst mein Vater getragen hat. Er war jahrelang verhext, seitdem er ihn unwissentlich an eine Ihlinihexe, Rhiannon, weitergegeben hatte.« Er winkte ab. »Jetzt besitzt Lochiel den Ring, und er hat ihn benutzt. Ist das auch der Grund, warum Teel und ich Euch nicht erkannt haben? Besitzt Ihr einen ähnlichen Gegenstand?«

Tye schüttelte den Kopf, während er sich wieder an seine zusammengerollte Decke zurücklehnte. »Seid Ihr zuvor noch keinem von uns begegnet?«

Aidan mußte fast lächeln. »Viele, viele Jahre lang ist kein Ihlini nach Homana-Mujhar gekommen – oder in den Stammeskeep.«

Ashra war sichtlich bestürzt. »Und Ihr wart nirgendwo anders?«

Ihre ehrliche Überraschung verwirrte ihn zunächst, bis er erkannte, daß sie ihr Leben wahrscheinlich immer unterwegs verbracht hatte und einen Menschen nicht verstehen konnte, der nur an zwei Orten lebte.

Und dann dachte er darüber nach, wie es für ihn selbst klang: Er war bisher nirgendwo anders auf der Welt gewesen als in Homana-Mujhar und im Stammeskeep. Obwohl er eines Tages ein Reich regieren würde, für dessen Durchquerung zu Pferd man zwei Wochen benötigte.

Tye grinste. »Sie hat unbeabsichtigt den Nagel auf den Kopf getroffen.« Er trank Wein, schluckte und verschloß den Schlauch dann wieder. »Ihr habt uns nicht erkannt, weil es nichts zu erkennen gab.«

»Ihr seid Ihlini …«

»… und Verwandte.« Tyes grüne Augen wirkten im Feuerschein seltsam. »Ohne Euer Gold und Euren *Lir* – würde ein anderer Cheysuli Euch als Cheysuli erkennen?«

Aidan machte eine Geste der Sinnlosigkeit. »Ich habe vielleicht nicht die übliche Hautfärbung, aber …«

Siglyn unterbrach ihn. »Beantwortet die Frage.«

Aidan wartete einen Augenblick, beherrschte sich mühsam und kam Siglyns Aufforderung dann nach. »Ohne mein Gold und meinen *Lir* könnte er mich möglicherweise nicht …, aber wenn Ihr wüßtet, auf welche andere Dinge Ihr achten müßt …«

Tye seufzte angewidert. »Er will nicht mithelfen.«

»Aidan.« Ashras Stimme klang sanft. »Ihr habt uns nicht als Ihlini erkannt, weil wir Verwandte sind. Es stimmt, daß alle Cheysuli gewisse Ähnlichkeiten in Hautfarbe und Knochenform haben, aber darüber hinaus geht es nur darum, was hier besteht.« Sie berührte ihre Brust. »Wir sind weniger leicht erkennbar als Cheysuli, da uns eine gemeinsame Hautfarbe und die *Lirs* fehlen, aber unsere Herzen und unser Blut sind verwandt.«

Aidan mied ihren Blick und schaute statt dessen auf seine geheilte Hand hinab. Es war keine Narbe mehr vorhanden, aber er erinnerte sich nur zu gut an den Schmerz, den Schock, als er Lochiels Absicht begriff.

Siglyns Stimme klang barsch. »Die Antwort ist sehr

leicht, Junge: Wir haben nicht aus dem Becher getrunken. Wir sind ungebundene Ihlini – außer in bezug auf unser Land –, und daher ist Asar-Suti nicht in uns. Unser Blut gehört uns, nicht ihm ... Habt Ihr oder jemand aus Eurer Verwandtschaft jemals einen feindlich gesinnten Ihlini gekannt, der nicht dem Sucher verschrieben war?«

Aidan, der überhaupt noch keinen Ihlini gekannt hatte, konnte nur nach den Geschichten urteilen, die er gehört hatte. Seine Onkel hatten Ihlini gekannt, aber sie alle hatten Asar-Suti gedient. Keelys Verbindungen hatten sich auf Strahan und seine Günstlinge beschränkt – allesamt Gefolgsleute des Suchers. Jeder Ihlini, bis auf einen, hatte seinen Verwandten schaden wollen.

Bei dieser Erinnerung richtete er sich plötzlich auf. »Da war Taliesin.«

Tye schüttelte den Kopf. »Taliesin hat den Sucher nicht anerkannt. Darum hat Tynstar ihn gezwungen, von dem Blut zu trinken, damit er für immer mit dem Wissen leben sollte, was im Namen seines Volkes getan worden war ... Und darum hat Strahan seine Hände zerstört.«

Aidan blickte in die Flammen. »Dann habe ich noch nie einen feindlich gesinnten Ihlini gekannt – oder von einem Ihlini *gewußt* –, der nicht dem Sucher gedient hat.«

»Man trinkt das Blut, um sich an Asar-Suti zu binden«, sagte Siglyn. »Der einmal geschmiedete Bund kann nicht gebrochen werden, außer durch den Tod. Taliesin wurde schließlich davon entbunden – aber ein ungebundener Ihlini erkennt einen Gefolgsmann des Suchers immer, genau wie ein Cheysuli es tut.«

Tye schürzte die Lippen. »Jedem, den sie berühren«, sagte er deutlich, »haftet ein Gestank an.«

Aidan atmete tief durch. »Und damit wollt Ihr sagen, daß sie anders sind als Ihr?«

Ashra lächelte. »Sie waren schon immer anders.«

Das Atmen fiel ihm schwer. Er wollte lachen, aber es gab nichts, *worüber* man lachen konnte, nur die Erinnerungen an die Geschichten, die im Stammeskeep so sorgfältig gelehrt wurden. Geschichten, die alle Cheysuli lernten und blind glaubten, weil die *Shar Tahls* es sagten. Wenn ein *Shar Tahl* es sagte, war es so. Jedermann wußte das. Die *Shar Tahls* waren die Wächter der Prophezeiung, der alten Überlieferung, die sicherstellten, daß diese unberührt blieb und der Dienst ununterbrochen weitergeführt wurde.

»Unberührt«, murmelte Aidan, »von Dingen wie der Änderung eines Brauchs wie *der Verwandtschaft beraubt werden,* auch wenn die Notwendigkeit für diesen Brauch nicht mehr besteht.«

»Was?« fauchte Siglyn. Der alte Mann gab sich trotz der Enthüllung unverändert.

Aidan schluckte schmerzlich. »Was ist, wenn sie sich irren? Was ist, wenn es nach zu langer Zeit eine *Gewohnheit* geworden ist, die Ihlini zu hassen – eine *Gewohnheit* geworden ist, sie als Feinde zu bezeichnen, die den Tod verdienen? Versteht Ihr? Wir werden sehr jung gelehrt, zu hassen und zu fürchten und zu töten ...« Er schloß die Augen und rieb müde sein Gesicht. »Die Prophezeiung sagt, wir müssen zwei magische Völker vereinen, und doch erzählen die *Shar Tahls* uns immer wieder, wir sollen nicht mit den Ihlini zusammenkommen, da die Ihlini uns vernichten wollen.«

»Das wollen *sie*«, erklärte Ashra. »Die Gefolgsleute des Suchers *wollen* es –, aber nicht wir anderen.«

Tyes Stimme klang seltsam sanft. »Lehren können verkehrt werden. Es geschieht vielleicht nicht absichtlich, aber es kommt vor ... Und gelegentlich wird die Verkehrung unveränderlichen Überlieferung.«

Aidan sah sie alle an. »Irren wir uns? Sind alle Lehren falsch?«

Ein Glitzern wurde in Tyes Augen sichtbar. »Warum fragt Ihr uns? Wir sind Ihlini. Der Feind. Und dies ist nur ein ausgeklügeltes Spiel, das gespielt wird, um Euch Kummer, Verwirrung – und Zweifel zu verschaffen.« Er lächelte verzerrt. »Fragt Euren *Lir,* Cheysuli. Fragt Euer anderes Selbst.«

Aidan tat dies durch die *Lir*verbindung, weil trotz der Anwesenheit der Ihlini keine Beeinträchtigung bestand. Und weil er Angst hatte, es nicht zu tun – als hätte eine laut gestellte Frage den *Lir*bund herabgewürdigt, den sein Volk so sehr ehrte.

Sag es mir, bat er. *Sind alle Lehren falsch?*

Teel antwortete nicht.

Sag es mir, wiederholte Aidan. *Werden wir durch die bloße Tatsache geblendet, daß alle Cheysuli dienen?*

Die *Lir*verbindung erbebte kurzzeitig. Teels Widerwillen zu antworten war greifbar.

Aidan verließ die Verbindung. »Sag es mir!« rief er. »Ich habe mit *Göttern* gesprochen … Verdiene ich keine Antwort von dem *Lir,* den sie mir gaben?«

Teels Tonfall fehlte die übliche Schärfe. *Die Zeiten erfordern harte Wahrheiten,* sagte er schließlich. *Und manchmal noch härtere Lügen.*

Lügen. Aidan biß fest die Zähne zusammen. *Willst du damit sagen, daß alles eine Lüge ist?*

Sie haben gelehrt, was gelehrt werden mußte.

Warum mußte *es gelehrt werden?*

Unwissende Menschen tun dumme Dinge.

Dinge wie, Prophezeiungen zu übergehen.

Kurz darauf: *Ja.*

Und die Prophezeiung zu mißachten, endet damit, daß es keine Erstgeborenen gibt.

Teel plusterte sich auf. *Ja.*

Ihr habt uns, sagte Aidan angespannt. *Ihr habt uns und die Ihlini. Genügen wir nicht? Warum muß es noch die Erstgeborenen geben?*

Weil sie zuerst geboren waren … *Und die Götter wollen sie zurück.*

Ein Verdacht stieg in Aidan auf. *Erstgeborene* – Bestge*borene? Ist es das? Die Götter haben uns die Selbstherrschaft gegeben, und die Blutlinien zerfielen wegen des Ehrgeizes der Ihlini. Also ist die einzige Möglichkeit, das Gleichgewicht wiederherzustellen – die bestgeborenen Kinder wiederzubekom-*

men –, sie aus den aus allen Ländern ausgewählten Einzelnen zu erschaffen.

Nicht aus allen. Teel klang wieder wie er selbst. *Nicht aus allen – nur aus vier Ländern. Vier Reiche und zwei* Völker.

Aidan spürte Zorn aufsteigen. Er zügelte ihn mühsam. *Wenn sie sie so sehr wollen, warum* erschaffen *sie sie dann nicht einfach? Das haben sie doch auch zuvor getan!*

Teel seufzte schwach. *Sie gaben ihren Kindern die Selbstherrschaft. Die Selbstherrschaft währt ... Keiner von euch ist, was er einst war, und die Götter können nichts erzwingen. Sie können nur bitten und vorschlagen und anleiten ...*

Götter sind Götter! schrie Aidan. *Götter können alles tun!*

Auch ein Wesen erschaffen, das größer ist als sie selbst.

Größer ...?

Ein Gott kann nichts tun, was du nicht auch tun könntest.

Aber es gibt ...

Alles, was ein Gott tun kann, kann auch von seinen Kindern getan werden. Nur die Art und die Mittel unterscheiden sich.

Teel ...

Der Rabe seufzte erneut. *Es gibt den Verstand und die Freiheit und ein unfaßbares Können. Sie haben euch alles gegeben. Sie haben euch zu dem gemacht, was ihr seid* – du *hast dich zu dem gemacht, was du bist.*

Ich weiß nicht mehr, was ich bin.

Belustigung war durch die Verbindung zu spüren. *Ein Kind der Götter. Was sollte da noch zu wissen übrig bleiben?*

Es gab zuviel zu überdenken. Aidan zog sich aus der Verbindung zurück, saß regungslos beim Feuer und starrte blind in die Flammen. Der Feuerschein brannte ihm zunächst in den Augen und dann im Gehirn.

»Die Zeiten haben sich geändert«, murmelte er. »Alles hat sich geändert.«

Niemand sagte etwas.

»Es war ein Mittel.« Aidan regte sich leicht. »Ein Mittel, mehr nicht. Eine Art der Verständigung. Zu häufig hört ein Mensch einem anderen nicht zu, gleichgültig wie weise er ist …, aber wenn ein *Gott* es sagt …« *O Götter.* »… wenn ein Gott es sagt, hören vielleicht einer oder zwei Menschen zu. Dann noch einer oder zwei, bis eine Gruppe schließlich zu einem Stamm und ein Stamm zu einem Volk wird.« Er seufzte tief. »Wir dienen einer Ansammlung von Wörtern. Und die Wörter wurden verdreht.«

Ashras Stimme klang sanft. »Dann setzt sie wieder richtig zusammen«, sagte sie. »Ihr tragt es in Euch, Aidan.«

Er lachte bittersüß. »Ich habe nichts in mir außer einer unergründlichen Leere.«

Grüne Augen schimmerten. »Dann füllt sie aus«, schlug Tye vor.

Aidan seufzte und warf den Weinschlauch beiseite. »Ich brauche Schlaf. Ich brauche tiefen Schlaf, nicht dieses schwache Zerrbild, mit viel zu vielen Träumen angefüllt …«

»Jedermann träumt«, sagte Tye.

»Nicht so. Nicht so, wie ich träume.« Aidan breitete seine Decken aus. »Nicht so lebendig oder so beunruhigend.«

Ashra war sehr ruhig. »Siglyn deutet Träume.«

»Er *deutet …?*« Aber Aidan schüttelte den Kopf. »Es soll keine Beleidigung sein, aber ich kann die Tricks eines Straßenmagiers nicht gebrauchen …«

»Und ich werde sie Euch nicht gewähren«, fauchte Siglyn. »Ich sage Wahrheiten, keine Lügen.«

Wahrheiten und Lügen. Genau wie Teel sie erwähnt hatte. Aidan betrachtete den alten Mann über das Feuer hinweg. Schatten und Feuerschein kämpften auf seinem Gesicht und schufen Flächen, Höhlungen und Falten. Die wässerigen Augen wirkten hell. Stillschweigend stand eine Herausforderung darin.

Aidan nickte kurz. »Deutet meine Träume«, sagte er. »Trennt die Lügen von den Wahrheiten.«

Der alte Mann lächelte. »Zuerst kommt Tye an die Reihe und dann Ashra. Dann werde ich Eure Träume deuten.«

Kapitel Vier

Tye brachte seine Laute aus dem Wagen und setzte sich auf der anderen Seite des Feuers gegenüber von Aidan auf seine Decke. Das Instrument war fein gearbeitet, aus hellem Holz mit Elfenbeineinlegearbeiten. Die zarten Saiten schimmerten im Feuerschein golden.

Schlanke Hände liebkosten das Holz und die Saiten, ohne einen Ton hervorzubringen. Die Laute wartete. »Wollt Ihr mich hören, Homaner?«

Nicht Cheysuli. Aidan nickte stirnrunzelnd.

»Wollt Ihr mir *zuhören,* Homaner?«

Er wollte Einspruch erheben, aber er tat es nicht. Er nickte nur noch einmal.

Die Noten flossen aus der Laute wie Wasser, klar und kühl und süß. Sie sang von Mitgefühl und Freude, Liebe und düsterem Haß, Erstaunen und Einverständnis. Die Töne zwickten Aidan in die Haut und bewegten ihn, bis sein Geist unter der Üppigkeit ihres Gesangs zitterte. Und dann verblaßte der Lautengesang zur bloßen Begleitung des menschlichen Gesangs.

Tye sang in einem reinen Bariton, der fast nicht zu seiner Art von Schönheit passen wollte, denn Aidan hatte einen Tenor erwartet. Aber der Bariton erklang rein und mühelos, wurde bis zu einem gekonnten Bass herabgeführt und dann zum lieblichen Register des edelsten Tenors aufgeschwungen. Tyes Magie offenbarte sich.

Aidan blickte ins Feuer, bis es seine Sicht zum Lodern brachte. Er sah im Geiste Farben. Und dann zog ein Schatten über sein Sichtfeld, verdunkelte das Feuer, und er sah, wie Ashra zu tanzen begann.

Sie trug helle, übereinandergeschichtete Röcke in Grün,

Rot und Gold, und ein enges schwarzes Lederwams, das ihre vollen Brüste und die schmale Taille zur Geltung brachte. Sie verschränkte die schmalen Hände in den zerzausten Locken und hob sie an, bis sie kaskadenförmig wieder auf ihre Schultern und den Rücken hinabfielen. Sie legte den Kopf zurück und entblößte ihren zarten Hals, während sich Tyes Gesang jäh von der Anmut der Einbildung zu den drängenden Tönen der Verführung wandelte. Wenn Ashra tanzte, blieb das Rad des Lebens stehen.

Aidan merkte, daß sein Atem schwand. In seinem tiefsten Kern spürte er kurz ein warnendes, ihn daran erinnerndes Kribbeln, daß Ashra Tyes Frau war, aber er war sich auch lebhaft der störrischen Seite seiner Natur bewußt, die ihm versprach, er könne Tye wie eine lästige Mücke beiseite drängen. Er war von Anfang an, *ganz* von Anfang an, von Ashra begeistert gewesen. Er hatte den Bund zwischen Sänger und Tänzerin anerkannt, aber diese verging, als er sie jetzt beobachtete. Er konnte sich nicht helfen: Es verlangte ihn sehr nach Ashra.

Sie kam zu ihm. Ihr Haar hing ihr bis auf die Taille, fiel bei ihren Bewegungen herab und lag über Brüsten und Hüften. Sie beugte sich herab, berührte ihn, nahm seine Hände in ihre. Ihre Berührung entflammte ihn.

Schwarze Augen versprachen ihm alles, was er wollte – und mehr. Ashra lächelte für ihn, für ihn allein. Tye hatte keine Bedeutung mehr. Und als sie ihn hochzog, zunächst auf die Knie, dann auf die Füße, ließ er es zu. Er wollte es, *brauchte* es.

»Komm«, flüsterte Ashra.

Sie führte ihn von seinem Deckenlager zur bloßen Erde vor den alten Magier. Aidan sah benommen auf ihn herab. Er wollte jetzt nichts mit Siglyn oder seiner Traumdeuterei zu tun haben. Er begehrte nur Ashra.

»Komm«, sagte sie erneut und zog ihn zu Boden. Er kniete sich bereitwillig hin, weil sie es forderte.

Die Augen des alten Mannes wirkten sehr hell. »Setzt Euch dorthin«, wies er Aidan an. »Tut nichts, außer was ich Euch sage.«

Aidan, noch immer im Lautengesang und der Begierde verloren, nickte nur.

Ashra zog sich zurück. Der alte Mann legte die Hände auf Aidans Kopf und umfaßte sein Kinn wie das eines Kindes oder einer Frau. Seine Handflächen fühlten sich vom Alter rauh an, aber die sehnigen Finger waren kräftig. Aidan blickte in die wäßrig blauen Augen, weil er keine andere Wahl hatte.

»Sohn der Wälder, Sohn der Städte, Sohn des Sonnenlichts und der Dunkelheit«, sagte Siglyn weich. »Krieger und Prinz, Zweifler und Eingeweihter. Ihr seid mehr als viele andere und weniger, als Ihr sein müßt. Und Ihr träumt …«

Aidan atmete hastig ein, weil er vergessen hatte. Er wurde sich bewußt, daß die Musik geendet hatte und Ashra nicht mehr tanzte. Sie stand hinter ihm, während Tye starr wie ein Stein auf seiner Decke saß und die vom Mondlicht gebleichte Laute festhielt.

»Ihr träumt von Ketten«, sagte Siglyn. »Ketten, die einen Mann binden. Ketten, die ihn befreien. Gebunden, geht das Leben weiter. Zerbrochen, ist es befreit. Welche Möglichkeit seht Ihr?«

»Sie zerbricht«, brach es aus Aidan hervor. »Immer. Ich muß sie nur berühren …«

»Wollt Ihr, daß sie zerbricht?«

»Es macht keinen Unterschied, ob ich es will oder nicht. Sie *zerbricht* einfach …«

Siglyns Hände hielten die seinen jetzt fester. »Ein angeketteter Krieger. Ein angeketteter Prinz. Ein angeketteter Rabe – das sehe ich.«

Aidan schluckte unter Schmerzen. »Wenn ich sie zerbräche … Wenn ich die Kette zerbräche – wäre ich dann frei?«

»Das kann ich nicht sagen.«

»Aber Ihr sagtet, daß das Leben befreit wird, wenn die Kette zerbricht.«

Siglyn zog seine Hände zurück. »Habe ich etwas dergleichen gesagt? Oder habt Ihr es empfunden?«

Aidan lachte plötzlich hohl auf. »Ich könnte es Euch nicht einmal annähernd beschreiben.«

»Aber ich kann es Euch annähernd zeigen. Und ich werde es tun, wenn Ihr wollt.«

Aidan hob den Kopf. »Um welchen Preis?« fragte er. »Ein Preis muß immer bezahlt werden.«

»Natürlich muß ein Preis bezahlt werden«, stimmte Siglyn ihm zu. »Nichts kann ohne Risiko errungen werden. Nichts kann umsonst erlernt werden. Nichts kann ohne Preis gewonnen werden. Die Götter fordern einen gewichtigen Zoll.«

»Und Ihr, alter Mann? Was erwartet Ihr?«

Der alte Mann lachte. »Den Preis zu bezahlen, ohne ihn zu kennen, ist ein Teil der Übung. Die Wahl – und das Risiko – liegen bei Euch.«

Aidan kniete sich in den Staub, das Feuer – und Ashra – hinter ihm, und war sich eines fast überwältigenden Gefühls der Sinnlosigkeit bewußt. Er konnte es nicht begreifen. Er konnte die Rätsel nicht verstehen, die anzunehmen und zu lösen man von ihm erwartete. Er konnte nur hilflos vor einem alten Ihlinimagier sitzen und den Kopf schütteln.

»Zeigt es mir«, sagte er rauh. »Zeigt es mir. Ich werde den Preis zahlen.«

Blaue Augen verengten sich. »Bereitwillig?«

Er atmete tief ein und dann schnell wieder aus. »Es ist ein Teil meines *Tahlmorra*. Ich bin aufgefordert, es bereitwillig zu tun.«

»Tye«, sagte Siglyn, aber sein Blick ruhte weiterhin auf Aidans Gesicht.

Tye erhob sich, legte seine Laute hin und durchquerte die vom Feuer umzüngelten Schatten. Er kniete sich neben Aidan. Er machte sich kurz an seinem Gürtel zu schaffen, eine Schlange aus gehämmerten Gliedern, die flach an seinen Hüften lagen und vom Feuerschein vergoldet wurden. Er gab ihn Siglyn in die Hände.

Der Gürtel war schlecht gearbeitet. Aidan sah, wo der Hammer ein Glied zu flach geschlagen, ein anders zu schief abgeschrägt und das Gold sogar völlig verbogen hatte. Auch die Vergoldung schien schlecht und blätterte in Siglyns Händen ab.

Aber der alte Mann lächelte. Er hob den Gürtel auf und warf ihn ins Feuer. »Nehmt ihn heraus«, sagte er.

Aidan blinzelte. »*Dort* heraus?«

»Ihr habt zugestimmt zu tun, was ich Euch sage, gleichgültig um welchen Preis.«

»Und dies ist der Preis? Ich soll mir die Haut von den Knochen brennen?«

»Tut, was ich sage.«

Ein Rest Mißtrauen flammte erneut auf. »Woher soll ich wissen, daß dies kein Ihlinitrick ist?«

Siglyn lächelte. »Das wißt Ihr nicht.«

Aidan sah Tye an, der neben ihm kniete. Das glatte dunkle Gesicht schien ausdruckslos, die grünen Augen abgewandt. Tye wartete nur ab.

Ashra trat hinter Aidan hervor und neben Siglyn. Auch ihr Gesicht wirkte seltsam ausdruckslos, aber sie hatte die Augen nicht abgewandt. Sie hefteten sich auf Aidans Gesicht. Sie flehten nicht, aber er erkannte, daß er verführt wurde.

Er überlegte kurz, *Lir*gestalt anzunehmen. Ein Rabe könnte schnell in die Flammen schlüpfen und einen Gegenstand hervorholen, ohne sich in große Gefahr zu bringen, aber Aidan wußte, daß der Gürtel zu schwer war. Die einzige Möglichkeit, ihn herauszunehmen, wie Siglyn es forderte, war, in die Flammen zu greifen und ihn hoch zu heben.

Er wandte sich um und ließ sich am Feuer auf ein Knie nieder. Das Feuer war nicht so hoch, daß es sein Leben hätte bedrohen können, aber es würde dennoch schmerzen. Wenn er schnell genug wäre, versengte er sich vielleicht nur die Haare an Hand und Arm, aber sicher würde das heiße Metall seine Hand verbrennen. Und er konnte erst seit kurzem wieder beide Hände gebrauchen.

Man hat mir gesagt, ich hätte eine Aufgabe zu erfüllen. Vielleicht ist es diese.

Aidan biß die Zähne so fest zusammen, daß sie schmerzten. Dann griff er ins Feuer.

Er senkte die linke Hand durch die Flammen auf die Kohlen und griff nach dem Gürtel. Seine Finger fanden die erhitzten Glieder, hoben sie auf und zogen den Gürtel aus dem Feuer. Er fuhr herum und ließ ihn vor Siglyn in den Staub fallen, während er seine Hand an der Brust barg.

»Habt Ihr Euch verbrannt?« fragte der alte Mann.

Aidan öffnete den Mund, um zu rufen, daß er sich natürlich verbrannt habe – und erkannte dann, daß er keinen Schmerz verspürte. Er streckte die Hand aus und sah seine makellose Haut. Er hatte sich kein einziges Haar versengt.

Siglyn nickte. »Ihr habt Eure Hand in die Flammen gestreckt und erwartet, daß Ihr sie Euch verbrennen würdet. Es hat kaum Bedeutung, daß die Flammen keine wirklichen waren … nur daß Ihr sie dafür *hieltet* – und die Aufgabe dennoch erfüllt habt.« Er nickte erneut. »Es besteht noch Hoffnung für Euch.«

Aidan betrachtete Tyes im Staub liegenden Gürtel. Die billige Goldfarbe war fortgebrannt und hatte nur blankes Metall zurückgelassen. Er erkannte verbittert, daß ihm dies entsprach.

Siglyn griff hinab und hob den Gürtel auf. Er nahm je ein Ende in eine Hand, streckte ihn und riß daran. Metall knackte und zerfiel dann. Der alte Mann knüpfte schweigend Knoten in den billigen Metallgürtel. Insgesamt vier. Und als er erneut an dem jetzt zusammengeknoteten Gürtel riß, wurden die Knoten zu verbundenen Kettengliedern aus purem, reinstem Gold.

Aidan nickte. Natürlich.

»Angeketteter Krieger. Angeketteter Prinz. Angeketteter Rabe.« Siglyn lächelte. »Es ist Eure Wahl. Sie zu zerbrechen oder vollständig werden zu lassen.«

Aidan löste seinen Ledergürtel und ließ die drei passenden Kettenglieder in seine Hände gleiten. Eine kurze Überprüfung zeigte ihm, daß sie genauso gestaltet waren wie die verbundenen Glieder in Siglyns Händen.

»Wie?« fragte er. »Wie lasse ich sie vollständig werden?«

»Das ist Eure Wahl?« fragte Siglyn.

»Ja: sie vollständig werden zu lassen.«

»Seid Euch dessen sicher.«

Er lächelte. »Das bin ich. Ich möchte sie als ganze sehen.«

Siglyns Augen wirkten sehr ruhig. »Gebt Tye ein Kettenglied. Und Ashra eines. Und mir das letzte.«

Aidan tat, wie ihm geheißen.

»Benennt sie.«

Aidan betrachtete das Kettenglied in Tyes Hand. »Shaine«, sagte er ruhig. »Shaine der Mujhar.«

»Und?«

»Carillon.« Er betrachtete Ashras ausdrucksloses Gesicht. »Carillon von Homana.«

Das Kettenglied in Siglyns Händen glitzerte. »Das letzte?«

»Donal, der ein Cheysuli war.«

Siglyn nickte einmal. »Die Glieder sind verteilt. Die Kette gehört Euch. Und es ist an Euch, die Glieder zusammenzufügen.«

Aidan kniete sich langsam vor den alten Mann. Er nahm die Kette der vier miteinander verbundenen Glieder aus seinen Händen entgegen. Er berührte mit dem Kettenglied, das er Donal genannt hatte, das Kettenglied, das Siglyn festhielt. Er mußte wegen des darauffolgenden Aufblitzen blinzeln und wußte, daß die Verbindung vollendet war.

Er wiederholte das Ritual mit Ashra und dann mit Tye. Vier Kettenglieder wurden mit dreien zusammengefügt: Die Kette war endlich vollständig.

Aidan wartete und starrte gebannt auf das fünfte Kettenglied. Er wartete. Als die Kette vollständig blieb, lächelte er Siglyn froh an. »Vollständig«, rief er aus. »*Nicht* zerstört. *Nicht* zerbrochen. Sein Name ist nicht Aidan!«

Die Erleichterung war überwältigend. Aidan sah erst Tye an, dann Ashra – und suchte nach einem Zeichen der Anerkennung, aber sie gewährten ihm nur Schweigen. Es war nicht wichtig. Aidan lachte sie alle an und gähnte dann lauthals.

»Verzeiht«, sagte er, als er wieder dazu in der Lage war. »Ich wollte nicht unhöflich sein.«

»Magie ermüdet einen Menschen«, sagte der alte Ihlini ernst. »Aber nicht so sehr wie der Umgang mit Göttern.« Seine Hand lag auf Aidans Kopf. »Schlaft, Kind der Erstgeborenen … und träumt Eure Träume in Frieden.«

Er schlief traumlos und verspürte zum ersten Mal seit langer Zeit Frieden. Als er erwachte, erwartete er, allein zu sein. Aber der Planwagen stand noch immer bei dem Baum, und Ashra saß am Feuer.

Die Erinnerung kehrte jäh zurück. Aidan setzte sich auf und fuhr sich mit der Hand durchs wirre Haar. »Ich dachte …« Aber er brach verwirrt ab, weil er sich nicht mehr sicher war, was er dachte.

Ashra lächelte. »Ihr dachtet, allein zu sein. Nein. Noch nicht.«

Er blickte an ihr vorbei und sah, daß Tye die Pferde am Wagen festband. Siglyn war nicht zu sehen. Er befand sich wahrscheinlich *im* Wagen. Teel, der auf der Plane kauerte, krächzte einen Morgengruß.

Aidan schaute wieder zu dem Mädchen. »Warum?« fragte er. »Wozu diente das alles?«

»Das solltet Ihr inzwischen wissen.« Ashra warf den

Kopf zurück und ließ so die Locken fliegen. Kupferringe blitzten in ihren Ohren auf. »Wir sind wegen Euch hier.«

Er wurde sicherer. »Aber Ihr seid keine Götter.«

»Nein.« Sie lächelte lieblich. »Wir sind, was Ihr seht: Sänger, Tänzerin, Magier. Aber wir sind Diener der Götter, wie Ihr letzte Nacht erfahren konntet. Wir folgen ihren Wünschen.«

Aidan erinnerte sich nur zu gut, was in der Nacht zuvor geschehen war. »Seid Ihr wirklich?«

»So wirklich wie möglich, da die Götter uns erschaffen haben.« Ashras unerschrockene Augen wirkten hell und voller Wissen um das, was ihr Körper versprochen hatte. »Wir sind, wie Ihr uns wünscht. Es ist Eure Entscheidung.«

Er sah sie wieder tanzen. Er erinnerte sich an ihre kaum wahrnehmbaren, verführerischen Bewegungen, das strahlende Versprechen ihrer Augen. Und an das Brennen seiner Haut, als sie ihre Hand darauflegte. »Wirklich«, sagte er heiser. »Ich will, daß Ihr es seid.«

Ihr Lächeln hüllte ihn ein. »Dann bin ich es.«

Sein Körper verriet ihn. »Und wenn ich sagte, daß Ihr nicht länger das Bett mit Tye teilen solltet?«

Ashra lachte laut. »Ich teile das Bett mit Tye schon länger als ihr lebt. Länger als Euer Vater lebt, und sein Vater. Und ich halte es für sehr wahrscheinlich, daß ich auch weiterhin das Bett mit ihm teilen werde.«

Es schmerzte. »Dann gibt es keine Hoffnung für *uns* ...«

»Nein«, bestätigte sie ernst. »So sind Träume nun einmal: Wünsche und Einbildungen. Und Wahrheit. Wenn Ihr mit mir schlafen würdet, wüßtet Ihr niemals, ob es tatsächlich geschah. Und das würde Euch nicht zufriedenstellen.«

Trockener Spott ließ seine Stimme schärfer klingen. »Vielleicht eine Weile lang.«

Sie lachte erneut und erhob sich dann mit der anmutigen Bewegung einer geborenen Tänzerin. Der Kranz auf ihrem Haar schimmerte auf den schwarzen Locken.

»Wartet.« Er streckte eine Hand aus, um sie aufzuhalten. »Wenn nichts hiervon wirklich ist – warum habt Ihr es dann soweit kommen lassen? Letzte Nacht …« Er brach achselzuckend ab. »Ich bin kein enthaltsamer Mann und auch kein dummer Junge, der die Absichten einer Frau fehldeutet. Ich habe selbst Frauen verführt und bin verführt worden. Ihr habt mich letzte Nacht mit dem Versprechen gelockt, mit mir zu schlafen. Warum, wenn Ihr es nicht ernst gemeint habt?«

Eine Hand strich anmutig über ihre Brüste und dann abwärts über ihre geschwungenen Hüften. Sie verführte ihn so leicht, obwohl ihr Blick ernst blieb. »Weil Ihr ein Mann *seid*«, sagte sie, »und ein Mann muß seine eigene Sterblichkeit und seine eigenen Schwächen und Makel erkennen, bevor er sie ablegen kann. Das Verlangen ist eine der stärksten aller Empfindungen. Ein Mann hat es nicht immer in der Gewalt. Er kann es nicht immer beiseiteschieben, wenn es sein muß.«

Er dachte an zahllose Gelegenheiten, bei denen er sich erlaubt hatte, die Gewalt über sich zu verlieren. Es hatte sich sehr häufig um echtes Verlangen gehandelt. Aber *genauso* häufig hatte ihn sein Bedürfnis getrieben, sich in etwas zu verlieren, um vergessen zu können.

»Ich habe mit vielen Frauen geschlafen …« Es war eine wahre Feststellung, keine Prahlerei. Das hatte ihm nie gelegen. Frauen waren für ihn, wegen des *Kivarna,* etwas Besonderes. Er wußte, was sie im Bett empfanden. Es vertiefte sein eigenes Vergnügen zu wissen, was eine Frau dabei fühlte. Aber er hatte die Frauen *benutzt …,* wenn auch sehr rücksichtsvoll. Er hatte auf nicht mehr geachtet.

Ashras fremdartiges Gesicht wurde weicher. »Ich habe Euch nicht aus grausamer Launenhaftigkeit gereizt. Ich habe es getan, damit Ihr erkennt, wie leicht es möglich ist – damit es Euch nicht ins Unglück stürzt. Ihr seid ein

Mensch, kein Gott, und dessen müßt Ihr Euch stets bewußt sein. Selbst wenn Ihr Euch vielleicht für göttergeweihter haltet als die meisten anderen Menschen.«

Er brummte zweifelnd. »Bin ich das?«

Sie lächelte zögernd und ernst. »Ihr seid Vieles, Aidan. Aber Ihr müßt zu *einem* werden, bevor Ihr versteht.«

Tye trat neben sie und legte einen Arm um ihre Taille. »Wie kommst du mit der Übung voran?«

Sie lächelte und drückte ihn kurz. »Er versteht noch nicht.«

Tye nickte. »Die Einsicht wird zu gegebener Zeit und am gegebenen Ort einsetzen. Wir haben soviel getan, wie wir wagen konnten … Jetzt müssen wir weiterziehen.«

»Siglyn?« fragte sie.

»Im Wagen.« Tye küßte sie auf den Kopf. »Geh und kümmere dich um ihn, während ich mich von unserem Prinzen verabschiede.«

Ashra trat fort. Aidan sah Tye an, und seine Stimme war von Bitterkeit gefärbt. »Habe ich Euch erheitert?«

Tyes Gesicht war ernst und unaussprechlich schön. Es wirkte doch nicht weiblich, fand Aidan, es war nur meisterhaft gestaltet. »Die Kämpfe eines Menschen erheitern mich niemals«, sagte Tye ruhig. »Ich habe schon zuviel gesehen, um noch über irgend etwas zu lachen. Ashra, Siglyn und ich beschäftigen uns schon seit langer Zeit damit … Ihr seid nicht der erste und sicherlich nicht der letzte. Im Augenblick werdet Ihr Euch, während Ihr auf Euer *Tahlmorra* zustrebt, sehr allein fühlen. Sehr abgesondert. Aber haltet Euch niemals für *besser* als andere.« Seine grünen Augen wirkten gleichmütig. »Versteht Ihr?«

»Ich glaube, ich verstehe nichts«, gestand Aidan wahrheitsgemäß ein.

Tye lachte. »Das wird noch kommen.« Er beugte kurz den Kopf. »Nichts geschieht ohne Sinn. Erinnert Euch daran, Aidan.«

Aidan beobachtete, wie der Sänger auf den Planwagen

zuging. Tye kletterte auf den breiten Sitz und nahm die Zügel auf. Ahsra saß neben ihm, und ihr Haarkranz schimmerte in der Dämmerung. Der Wagen fuhr ruckartig an, während sich Teel von der Plane aufschwang. Als der Wagen davonrollte, schlossen sich die Nebel um ihn und dämpften die hellen Farben der Plane. Der Wagen war im Handumdrehen verschwunden.

Aidan betrachtete sein Lager aus Häuten und Stoff. Dort lag die Kette. Eine vollständige, unzerstörte Kette, wie er sie in der vorhergehenden Nacht gestaltet hatte.

Er kniete nieder und berührte sie. Er nahm sie in die Hände. Und erkannte zum ersten Mal, daß die Reise, die er unternahm, ihn auf verschiedene Wege und einer Entscheidung zuführen würde, wie sie selten geboten wurde.

Es blieb ihm überlassen, sie zu treffen.

Kapitel Fünf

Das erste, was Aidan an Kilore bemerkte, war die gezackte Linie der Kalkklippen, die wie eine gepanzerte, weiß behandschuhte Faust vom Meeresstrand aufragten. Auf der Faust kauerte, wie Aidan wußte, der Horst von Erinn, wo all die stolzen Adler aufgezogen wurden. Seine Mutter hatte dazugehört. Es schien seltsam, so weit von Homana entfernt daran zu denken. Aber dies war Aileens Heimat. Homana war die seine.

Das zweite, was Aidan an Kilore bemerkte, war der durchdringende Fischgeruch. Seine Verbreitung war beeindruckend. Er verzog recht angewidert das Gesicht, als das Schiff vorsichtig andockte. Er verließ es sofort, betrat hastig die Docks und stolperte prompt über ein Gewirr aus Netzen und Seilen, während er sich den Kopf verdrehte, um alles zu sehen.

Er bemühte sich, sein Gleichgewicht mit einem gewissen Maß an Würde wiederzuerlangen. Aber dennoch war er aus der Fassung gebracht. Er war selbst zur Hälfte Erinnier und hatte Meerblut in den Adern. Das war doch sicher von Bedeutung.

Aber niemand schien seinen Fehltritt bemerkt zu haben. Und wenn doch, kümmerte es niemanden. Der Tag war fast vorüber. Fischerboote kamen mit dem üppigen Tagesfang herein. Niemand hatte Zeit für ihn.

Aidan verließ die Docks und ging in die eigentliche Stadt, eine wirre Ansammlung von Gebäuden, die zusammengekauert zwischen dem Meer und den Klippen standen, und mied sehr sorgfältig Karren und Körbe voller Fisch und deren Ausdünstungen.

Bald fand er sich auf dem Marktplatz wieder, wo der

Fang angeboten wurde. Hier war der Gestank noch schlimmer.

»Hier liegen meine Ursprünge«, murmelte er. »Ich sollte mich besser daran gewöhnen.«

Warum? fragte Teel. *Beabsichtigst du, hier zu leben?*

Aidan lachte. *Nicht wenn ich es verhindern kann.* Er hielt inne und sah sich um. *Wie soll ich den Weg zum Schloß finden?*

Das ist von hier oben leichter.

Aidan schaute auf. Teel hob sich schwarz von einer Schar cremefarbener und weißer Seevögel ab. *Wohin soll ich gehen?* fragte er. *Du hast einen besseren Ausblick als ich.*

Teel stimmte ihm huldvoll zu. *Du könntest aufzusteigen versuchen.*

Ja, aber ich meinte, welchen Weg ich wählen soll ... Aidan grinste, als er verstand. *Ja, Lir, ›aufsteigen‹.*

Er stieg auf und immer weiter hinauf und schwelgte in der *Lir*gestalt und dem Vermögen zu fliegen. Er hätte noch eine oder zwei Stunden länger verweilen und über der Festung schweben können, aber es war wenig sinnvoll, dies zu tun, wenn sich der Grund für sein Kommen in der Festung befand. Aidan nahm oben auf dem Klippenpfad bedauernd wieder menschliche Gestalt an und legte den restlichen Weg über feuchte Wagenspuren bis zu den wuchtigen Toren Kilores zu Fuß zurück.

Seans Schloß wirkte, anders als Harts, ausreichend bewacht. Aidan wurde aufgefordert, zum Beweis seiner Selbst sein Siegel zu zeigen, und wurde dann sofort durch die Höfe in die eigentliche Festung geführt. Der Wind hatte das dunkle Gestein überall – sogar an den Ecken – blankgescheuert, wodurch der blockähnlichen Festung ein weich abgerundetes Erscheinungsbild verliehen wurde, was aber trügerisch war, wie Aidan erkannte. Niemand hatte Kilore jemals eingenommen. Die Festung war oben auf ihrer Klippe und ringsum von Gestein geschützt – ein unbezwingbarer Horst. Und die Mauern waren zusätzlich eisengespickt.

Ein Diener führte ihn zu einem Gelaß und hieß ihn eintreten. Zunächst kam es Aidan seltsam vor, daß er so jäh hineingeschickt wurde, seiner Tante und dem Herrn von Erinn – Liam, Aidans Großvater, war vor vier Jahren gestorben – gegenüberzutreten, aber der Diener lächelte nur und öffnete die Tür. Aidan trat ein.

Ein Mann stand unmittelbar hinter der Tür. Sein breiter Rücken war Aidan zugewandt. Er lehnte an einem Langschwert und nickte ab und zu. Als er hörte, wie die Tür geschlossen wurde, schaute er kurz hinter sich, wobei er kräftige Gesichtszüge zeigte, und wandte seine Aufmerksamkeit dann wieder den anderen Insassen des Raumes zu.

Es war ein Übungsraum, wie Aidan überrascht feststellte. Nicht die Gemächer eines Herrn oder seiner Lady, sondern ein für das Erlernen des Umgangs mit den Waffen bestimmter Raum. An den Wänden hingen Schwerter, Speere, Piken, Hellebarden und andere tödliche Gegenstände. Der Raum selbst war einfach gehalten und wies zur Beleuchtung nur hoch in die Mauern eingelassene Halterungen für Fackeln auf. Das Licht lief den Stahl entlang wie Wasser.

Zwei Menschen übten hier auf dem glatten Stein. Aidan beachtete sie kaum, während er leise die Tür schloß, neben den Mann, der unmittelbar vor ihm stand, trat und sich geistig darauf vorbereitete, eine andere Sprache zu gebrauchen. Er hatte sein Erinnisch von Aileen und Deirdre gelernt und sprach es leidlich gut, wenn auch mit homanischem Akzent.

»Mylord?« begann er zaghaft.

Der andere sah ihn nur an. »Einen Augenblick«, sagte er kurz angebunden. »Sie sind gleich fertig.«

Aidan schaute hin. Ein Mann und eine Frau. Er lächelte in sich hinein: Er wußte, auch ohne danach zu fragen, wer die Frau war. Nur Keely beherrschte das Schwert und war in der Kunst seines Umgangs so geübt.

Aber nichts an den Übenden führte ihn zu dem Glauben, daß sie und ihr Lehrer bald fertig wären. Sie schienen einander recht ebenbürtig und auch nicht in Eile, die Übungsrunde zu beenden. Sie stellten sich gegenseitig Fallen, parierten ausgezeichnet und begannen geduldig noch einmal. Die Gesichter waren gerötet und ihr Atem ging schwer, aber beide waren offensichtlich in ausgesprochen guter Verfassung und gar nicht erschöpft.

Es könnte noch den ganzen Tag dauern ... Nur daß der Mann neben ihm – Sean, wie er annahm – gesagt hatte, es sei fast vorbei. Aidan betrachtete den großen Mann. »Woher wißt Ihr das?«

Der andere lächelte. »Ich bin der Schwertmeister. Man erwartet von mir, daß ich solche Dinge weiß.«

Die Überraschung überwog seine Zaghaftigkeit. »*Ihr* seid der Schwertmeister?«

Der Mann grinste, und auf einer Seite seines Oberkiefers wurde eine Lücke sichtbar. Ein Eckzahn fehlte. »Ja. Dachtet Ihr, ich wäre der Herr?«

Aidan sah ihn an. Nein, jetzt begriff er es. Er war zu grob, zu verbraucht für einen Herrn. Und sicherlich auch zu alt. Aidan wußte, daß Sean eher fünfzig als vierzig Jahre alt war. Aber dieser Mann schien noch älter.

Er sah wieder zu den Übenden. »Dann ist *das* vermutlich Sean.«

»Ja. Und die Frau dort drüben die Lady.« Der Schwertmeister grinste. »Wenn er nicht aufpaßt, wird sie ihn besiegen. Und dann werden wir wenigstens eine Woche lang ständig alles darüber hören.«

»Er ist zu groß«, widersprach Aidan sofort, ohne Keelys Schnelligkeit zu unterschätzen. »*Viel* zu groß – wie könnte eine Frau ihn besiegen?«

Der ältere Mann sah Aidan nachdenklich an. »Ihr seid nicht aus Erinn, Bursche, trotz Eures Erinnisch – sonst würdet Ihr die Antwort kennen.«

Das traf. »Ich *entstamme* Erinn. Die Frau ist meine Tante – Euer Herr ist mein Onkel.«

Der Schwertmeister brummte. »Es ist ein weitläufiges Haus … Ich weiß nicht, wer Ihr seid.«

Aidan blinzelte. »Aus Homana«, sagte er. »Der Enkel des Mujhar.«

Das brachte ihm einen weiteren unbeeindruckten Seitenblick ein. »Es ist noch jemand aus Homana hier.«

Ja, das stimmte: Keelys Sohn, Riordan, wenn Aidan sich richtig erinnerte. »Ja, aber …« Er brach ab und schaute. »Sie wird ihn *tatsächlich* besiegen!«

»Ja. Sie hat es auch früher schon getan.« Der Schwertmeister grinste. »Das wird eine laute Mahlzeit werden.«

Aidan war erstaunt. Er hatte von seiner Mutter und auch von anderen von Seans legendärer Größe und seinem Mut gehört. Er hatte erwartet, Sean in Wahrheit kleiner vorzufinden, da Geschichten oft übertrieben, aber dieses Mal hatten sie der Wahrheit entsprochen. Sean von Erinn war ein sehr großer Mann mit offensichtlicher Kraft … und doch war Keely dabei, ihn zu besiegen.

Bis Sean ihr ein Bein stellte, und sie wie ein Stein zu Boden fiel.

»Du *Ku'reshtin!*« Sie schaute vom Boden zu ihm auf. »Es sollte ein reiner Schwertkampf werden und kein Ringkampf!«

Sean grinste auf sie hinab. »Ich wollte siegen, Mädchen. Um das zu erreichen, werde ich tun, was immer notwendig ist. Und das wird auch jeder andere Mensch tun, der ein wenig Grips im Kopf hat.«

»Ku'reshtin«, murmelte sie jetzt schon leiser. Sie richtete sich auf einen Ellenbogen auf und stöhnte ausgiebig. »Ich hätte dich besiegt, und das weißt du.«

»Das weiß ich«, stimmte Sean ihr heiter zu und stützte sich auf sein Schwert. »Warum, glaubst du, habe ich das getan?«

»Ein Cheysuli hätte niemals …«

»Ein Cheysuli hätte höchstwahrscheinlich gar nicht erst ein Schwert in Händen.« Sean griff hinab. »Hier,

Mädchen, halt dich fest ... Ich werde dich nicht auf dem Boden liegenlassen.«

»Aber du hast mich dorthin *befördert*.« Keely ergriff seine Hand und ließ sich von ihm hochziehen. Sie trug eng anliegendes Cheysulileder und weiche Stiefel, die hauptsächlich als Hausschuhe dienten. Das blonde Haar war aus einem nicht mehr jungen, aber auffallend lebhaften Gesicht zurückgeflochten. Sie war groß, schlank, in guter Verfassung. Sie schien auch über vierzig, aber das Alter machte sich bei ihr kaum bemerkbar. Es war die Bewegung einer jungen Frau, mit der sie sich herabbeugte und das Schwert aufhob. »Also«, sagte sie, »hast du gewonnen. Beim nächsten Mal wird es anders ausgehen.«

»Es wird immer anders ausgehen – beim nächsten Mal.« Sean warf Aidan einen Blick zu, während die dichten Augenbrauen fast unter einem Gewirr lockigen Haars verschwanden. Er war blond, bärtig, braunäugig, und hatte breite Schultern. »So, Bursche, Ihr seid also hier. Dürfen wir erfahren, wer Ihr seid, der Ihr so freimütig unser Heim betreten habt?«

Aidan lächelte und zeigte sein schweres Siegel. »Ich wurde hierhergeführt, wie es sich gehört, und habe der Prüfung standgehalten.«

Keely betrachtete ihn. Sie runzelte die Stirn, ihre Brauen zogen sich zusammen. »Ihr habt das Aussehen und die Augen ..., aber das ist *kein* Cheysulihaar.«

»Es ist erinnisches Haar«, bestätigte er seufzend und fragte sich, wie oft er das noch erklären müßte. »Aileens Haar, wenn auch etwas dunkler. Und auch Brennan hat mir etwas vererbt.«

Keelys Augen weiteten sich. Aidan belustigte es, daß *sie* seine Färbung ansprach. Sie selber hatte blondes Haar, eine helle Haut, blaue Augen und kein Gold an den Armen. Er hätte mehr Recht als sie, ihre gemeinsame Herkunft zu betonen.

»Nicht *Aidan*«, sagte sie. »Du warst ein kränkliches

Kind … Aileen sagte, du hättest es überwunden, aber dies hatte ich nicht erwartet!«

Aidan nickte ernst. »Es geht mir jetzt besser. Anstatt heute zu sterben, werde ich bis morgen damit warten.«

Sean lachte laut auf, während er sein Schwert wieder an die Wand hängte. Keely blieb ernst, obwohl ein Funkeln in ihren Augen erschien. Sie betrachtete Aidan genau – so wie sie es bei einem Pferd getan hätte, dachte er. »Brennans Sohn«, sann sie. »Bist du genauso verstockt und prahlerisch wie er?«

Aidan seufzte geräuschvoll, obwohl er innerlich lachen mußte. Sie schien all das zu sein, was man von ihr behauptete und wahrscheinlich noch mehr. Er freute sich darauf. »Er hatte gehofft, die Ehe hätte dich erwachsen werden lassen … Ich werde ihm die Wahrheit sagen: Du bist offensichtlich genauso schlimm wie früher.«

Keely runzelte die Stirn. »Verschone *mich* mit diesem erinnischen Kauderwelsch, mein Junge … Du warst noch nie hier, während ich schon fast länger hier lebe, als du auf der Welt bist.«

Sie sprach auch mit Dialekt. Aidan grinste und verbeugte sich höflich vor ihr, was sie, wie er wußte, verachten würde. Darum tat er es. »Man erzählt Geschichten über dich«, sagte er. »Möchtest du sie gern hören?«

Seans große Hand schloß sich um Keelys Schulter. »Nicht jetzt, Junge – wir sollten ein wenig Wein und Bier zu uns nehmen. Komm mit uns in die Halle. Keely wird ihre Zunge im Zaum halten.«

»Was mich enttäuschen wird.«

»Ku'reshtin«, sagte sie ruhig, während sie ihr Schwert dem noch immer an der Tür wartenden Mann übergab. »Nun? Er hat mich besiegt.«

»Er hat die Regeln übertreten«, sagte der große Schwertmeister unbewegt. »Nur so kann er siegen. Das habe ich Euch in den Jahren, seit Ihr hergekommen seid, gelehrt, Mädchen.«

Keely lachte und tätschelte seinen Arm. »Ja, das habt

Ihr …, aber vielleicht solltet Ihr Euch eine neue Übung überlegen, in der Ihr *mir* beibringt, wie man betrügt.«

Sean öffnete die Tür. »Das liegt dir nicht, Mädchen … Du hast zuviel Cheysuliehrgefühl in dir.« Er winkte sie ungeduldig durch die Tür und betrachtete derweil erfreut Aidan. »Bist du für längere Zeit hergekommen, Junge?«

Aidan folgte Keely. »Für eine so lange Zeit, um eine Frau zu finden.«

Seine Tante blieb jäh stehen und fuhr genauso jäh zu ihm herum. »Eine Frau«, sagte sie sanft. »Und könntest du damit vielleicht meine Tochter meinen?«

Aidan lächelte ausdruckslos. »Ich meine sicher nicht deinen Sohn.«

Es war vielleicht nicht der beste Weg, Keelys Gunst zu erringen, aber er war auch nicht hergekommen, um ihr die Freundlichkeiten und falschen Höflichkeiten zu gewähren, die sie, allen Geschichten nach, von jeher verachtet hatte. Er wußte genug über sie, um sich vollkommen bewußt zu sein, daß sie seine Werbung weniger gern erwägen würde als Sean, der ein vernünftiger, kluger Mann war, wie seine Schwester behauptete. Aileen hatte auch gesagt, daß das für Keely genauso gelte, daß sie aber auch schwierig werden könnte. Aidan wußte noch nicht, ob eine Heirat mit Shona genehm wäre, aber es hatte keinen Sinn, im Hinblick auf den Grund seines Hierseins zu lügen. Besonders Keely gegenüber nicht.

Selbst jetzt, während Sean in die mitten im Palast gelegene Halle vorausging, Aidan einen Sessel anbot und ihm einen Becher erinnischen Alkohols reichte, schien Keelys Gesichtsausdruck noch immer angespannt. »Will Brennan es?«

Aidan trank einen Schluck, blinzelte überrascht, weil der Alkohol in der Kehle brannte und hob dann seinen Becher, um Sean zuzuprosten. Währenddessen sah er unentwegt Keely an. »Nicht so *offen*«, antwortete er, »aber er will immerhin, daß ich heirate.«

Eine feine Linie erschien zwischen ihren Brauen. »›Nicht so offen‹«, wiederholte sie. »Das klingt seltsam. Bedeutet das, daß mein ältester *Rujholli* gegen eine Verbindung mit meiner Tochter wäre?«

Sean schnaubte. »Ich bezweifle, daß er ein solcher Narr sein könnte. Es wäre eine gute Verbindung.« Er übersah den düsteren Blick, mit dem Keely ihn bedachte, und ließ seinen massigen Körper auf einen eisengebundenen Stuhl nieder. Der blonde Bart teilte sich leicht, und weiße Zähne wurden sichtbar. »Du hast in Erinn eingeheiratet und Erinn in Homana. Er wäre kaum der Mann, der behaupten würde, das Mädchen sei Aidans nicht wert.«

Keely, die nahe bei Aidans Sessel stehengeblieben war, klopfte mit dem rechten Fuß leicht auf den Boden. »Nein«, räumte sie ein. »Also in Ordnung, Aidan – wie ist deine Meinung?«

Aidan antwortete nicht sofort. Die Umgebung verwirrte ihn. Kilore war kein sehr erlesener Ort. Sicherlich weder Homana-Mujhar, noch auch Harts Schloß in Lestra ähnlich. Es schien vor allem eine Festung. Die Fenster waren hoch, aber sehr schmal, eher wie Schießscharten, nicht wie Fenster, und die höhlenartige Decke wurde nur von grünlichen Balken vom Umfang eines Menschen unterbrochen. Die Beleuchtung war schwach, denn sie bestand nur aus einem lodernden Feuer in der großen Feuerstelle.

»Nun?« stichelte Keely.

Aidan erinnerte sich ihrer Frage und lächelte. »Er sagte nur, daß er mich verheiratet sehen will.« In seinem Lächeln lag Spott. »Es heißt, der Löwe wäre glücklicher, wenn ein weiterer Mann in der Erbfolge stünde, der den hölzernen Schoß besetzten könnte.«

Keely verzog den Mund. »Wie ähnlich ihm das sieht«, sagte sie leichthin und wandte sich dann von Aidan ab.

Sie nahm von einem nahestehenden Tisch den Becher auf, den Sean ihr eingeschenkt hatte, und hockte sich dann auf die Tischkante. »Und sagt Aileen dasselbe?«

»Sie sagt, mir sollte noch mehr Zeit bleiben.« Aidan zuckte die Achseln. »Ich bezweifle, daß das einen Unterschied machen würde. Der Mujhar ist guter Gesundheit, und mein *Jehan* ist jung genug, noch jahrzehntelang nach ihm zu regieren. Ob ich jetzt eine *Cheysula* nehme und einen Sohn mit ihr bekomme, oder ob ich noch zehn Jahre warte, wäre dem Löwen wohl einerlei.«

Keely sah ihn unverwandt an. Sie sagte dann: »Und doch bist du hier.«

Sean regte sich auf seinem Stuhl. »Mädchen, der Junge ist kein Kind mehr. Vielleicht ist er *bereit* für eine Frau.« Braune Augen blickten herzlich drein. »Obwohl er es sich vielleicht anders überlegen wird, wenn er unsere Tochter kennengelernt hat.«

Aidan erwiderte sein Lächeln. Er mochte Sean sehr. »Ist sie ihrer *Jehana* sehr ähnlich?«

Sean wölbte die Augenbrauen. »Sie ist uns beiden ähnlich, Junge ... Die ganze Bandbreite, könnte man sagen.«

»Sie hat ihren eigenen Kopf«, erklärte Keely. »Keine meiner Töchter wird jemals hinter einem Mann zurückstehen, wenn ihr Platz *neben* ihm ist.«

Sean nickte ausdruckslos. »Keine deiner Töchter würde es wagen, da du ihr den Kopf zurechtrücken würdest.«

Aidan lachte. »Ja, nun ... Ich bin eigentlich nicht wegen Shona aufgebrochen. Ich war zuerst in Solinde ...«

»Blythe«, sagte Keely sofort. Sie nickte nachdenklich. »Es gab schon früher eine in Solinde geborene Königin von Homana ..., aber das war vor sehr langer Zeit.« Sie runzelte ein wenig die Stirn. »Obwohl es nur Kummer gebracht hat – Electra hat Carillon betrogen, indem sie Tynstars Gespielin wurde.«

»*Und* ihm ein Kind gebar. Strahan.« Aidan seufzte, als

er an Strahans Sohn dachte. »Es ist nicht mehr so wichtig … Blythe ist im Augenblick zu keiner Heirat bereit, weder mit mir noch mit jemand anderem.« Er blickte stirnrunzelnd in seinen Becher und wählte die nächsten Worte sorgfältig. Er erzählte ihnen ruhig, was geschehen war.

Keely verfluchte Lochiel leise und doch unendlich böse, als Aidan geendet hatte. Und sie verfluchte den Mann, der ihn gezeugt hatte.

»Also greifen sie dieses Mal *Solinde* an«, stieß sie heftig hervor. »Wenn sie Homana nicht unmittelbar einnehmen können, versuchen sie es auf einem anderen Weg.« Sie setzte ihren Becher geräuschvoll ab. Wein schwappte über den Rand. »Ein hilfloses Kind zu ermorden …« Drei große starre Schritte führten sie zur Feuerstelle. Aidan konnte nur ihren Rücken und dessen auffällige Starrheit sehen. Kurz darauf wandte sie sich wieder um. »Für Blythe wird es noch schlimmer sein.«

Niemand sagte etwas, wie gebannt von ihrer Angespanntheit.

»Noch schlimmer«, wiederholte Keely. »Bei mir war Gewalt im Spiel. Aber Blythe hat *freiwillig* mit ihm geschlafen …« Ihr Gesicht verkrampfte sich. »Sie wird sich dafür hassen.«

Sean regte sich und streckte eine Hand aus. »Mädchen …«

Keely schüttelte den Kopf. »Es war richtig, sie zurückzulassen, Aidan. Sie wird jetzt nicht an eine Heirat denken wollen. Vielleicht noch einige Zeit nicht. Und wenn sie schwanger ist …« Ihr Gesichtsausdruck veränderte sich. Sie wirkte älter, und müde. »Sie wird ihre Wahl treffen müssen, genau wie ich. Obwohl die Götter letztlich selbst entschieden haben …« Keely seufzte, hob die Hand und strich sich ihr Haar aus dem Gesicht. »Wenn Hart nur ein wenig Verstand hat, wird er ihr zeigen, wie man das *I'toshaa-ni* richtig ausführt.«

Aidan lächelte. »Hart hat Verstand.« Er beugte sich in

seinem Sessel vor. »Ja, ich bin gekommen, um über Shona und eine mögliche Heirat mit ihr zu sprechen. Dennoch bin ich nicht *überzeugt*, daß sie die einzige Wahl ist … Wenn wir nicht zueinander passen, werde ich nicht darauf beharren.« Er dachte an seine Eltern. »Ich weiß es besser.«

Keelys Gesicht zeigte einen seltsamen Ausdruck. »Ich dachte, das hätte sich längst gegeben. Aileen schreibt in ihren Briefen, daß sie recht gut miteinander auskommen …«

Aidan, der sich nicht auf ein schwieriges Gespräch über die Gefühle zwischen seinen Eltern einlassen wollte, unterbrach sie sanft. »Sagen wir einfach, daß mir eine von Anfang an gute Verbindung lieber wäre – wie eure es war.«

Keely und Sean wechselten Blicke. Sean grinste schief, trank aber lieber von seinem Wein, als etwas dazu zu sagen. Keely antwortete schroff: »Ja, nun … Es spricht für dich, daß du bereit bist, eher Shonas Gefühle als die Staatskunst in Betracht zu ziehen. Ich könnte wetten, daß das Aileens Werk ist. Brennan denkt zu sehr an den Löwen.«

»Ein allgemeiner Fluch unserer Verwandtschaft.« Aidan lehnte sich entspannt zurück und stellte den Becher auf seiner Gürtelschnalle ab. Er war müde von der Reise, aber es war eine angenehme Müdigkeit. Er empfand vor allem eine tiefe Zufriedenheit. Er hatte das Gefühl, daß es an Kilore selbst lag … und an dem Ehepaar, das hier lebte.

Keely lächelte zum ersten Mal, seit er ihr begegnet war. »Du paßt besser nach Kilore als nach Homana-Mujhar oder auch zum Stammeskeep. Vielleicht ist mehr erinnisches als homanisches Blut in dir.«

Er lächelte arglos zurück. »Meine *Jehana* hat das auch ein- oder zweimal gesagt …, bis ich vom Stammeskeep zurückkommen werde, denn dann wird sie sagen, ich sei nichts als ein Cheysuli mit deren heiklem Stolz und allem.«

Sean brummte. »Ich glaube, ich kann das besser beurteilen, da ich unbeeinflußt bin.« Er übersah Keelys zweifelnden Ausdruck. »Und ich sage, es ist noch zu früh, um es zu wissen … Wie lange willst du bleiben?«

Aidan öffnete den Mund zu einer Antwort – er gedachte zu bleiben, bis Shona und er wußten, ob eine Möglichkeit bestand oder nicht –, wurde aber dann von einer schrillen, die Halle durchdringenden Stimme unterbrochen, als die von einem Diener geöffnete große Tür einen zornigen Jungen ausspie.

»Das ist nicht *gerecht!*« rief er, marschierte durch die Halle und blieb vor seinem Vater stehen. »Das ist *überhaupt nicht* gerecht. Sie hat kein Recht, mich herumzukommandieren, hierhin und dorthin – und *überhaupt kein* Recht, mir den Bogen wegzunehmen!«

Er war genauso blond wie seine Eltern, und seine Augen zeigten das gleiche Blau wie Keelys. Seine Haut war sehr hell, wie auch Seans Haut gewesen sein mußte, bevor der Wind und die Zeit sie gegerbt hatten. Wenn er Cheysulizüge besaß, konnte Aidan sie nicht erkennen.

»Den Bogen«, sagte Sean verständnislos.

»*Meinen* Bogen«, erklärte der Junge, und dann besaß er doch die Anmut, verlegen zu werden. »Zumindest wäre es mein Bogen, wenn du mich einen besitzen ließest.« Er sah seine Mutter an. »Shona hat einen Bogen.«

Keely nickte ernst. »Shona ist auch etwas älter.«

»Aber sie ist ein *Mädchen*«, erklärte Riordan.

Sean grinste. »Ein Bursche mit Augen im Kopf, nicht wahr?« Er beugte sich auf seinem Stuhl vor. Aidan fragte sich flüchtig, welchem Zweig seiner Familie Riordan nacheifern würde: Würde er den wuchtigen Körper seines Vaters oder die schlanke Geschmeidigkeit seiner Mutter annehmen? »Wenn du ein wenig älter bist, Junge, wirst du deinen eigenen Bogen bekommen. Wenn Shona ihn dir verweigert, dann nur, weil sie sich um dein Wohlergehen sorgt.«

»Das stimmt nicht«, erwiderte Riordan. »Sie tut es, weil sie denkt, daß sie *besser* ist.«

Keely seufzte. Das war offensichtlich ein alter Streitpunkt. »Ein Cheysulikriegsbogen ist kein Spielzeug für einen Jungen, Riordan ...«

»Ich habe nicht damit gespielt«, erklärte er. »Ich habe versucht, ein Ziel zu treffen, genau wie Shona es tut – genau wie *du* es tust –, aber sie hat mich dabei erwischt und mir den Bogen weggenommen.« Er seufzte betrübt. »Das ist allein schon schlimm genug ... Jetzt werden sie sagen, ich sei ein Feigling, der Angst vor seiner Schwester hat.«

»*Wer* wird das sagen?« fragte Sean.

Das schmale Gesicht war zu Boden gerichtet. »All die anderen Jungen.«

Sean und Keely sahen sich an. Es war ein kaum wahrnehmbares Zusammenspiel: Sean wölbte die Brauen, und Keely hob eine Schulter.

»Dann sollten wir uns darum kümmern, denke ich«, sagte Sean ruhig. »Wir werden morgen versuchen, einen Bogen für dich zu finden – einen Bogen für einen Jungen, Riordan, keinen Cheysulikriegsbogen –, und wir werden darangehen, dir den Umgang damit richtig beizubringen. Ich will nicht, daß sie sagen, du wärst ein Feigling, aber ich will auch nicht, daß ein Junge, der für einen Kriegsbogen noch zu klein ist, versehentlich jemanden verletzt.«

Riordan, der sich auf einen Kampf vorbereitet hatte, sah ein, daß er nur noch verlieren konnte. Also schwieg er. Er grinste seine Eltern kurz an, warf einen schnellen, neugierigen Blick zu Aidan und verließ dann eilig den Raum. Er zeigte eine unbezähmbare Wildheit.

»Neun«, sagte Keely, bevor Aidan fragen konnte. »Und durch einen viel zu nachgiebigen *Jehan* unglaublich verzogen.«

Sean setzte sich lächelnd zurück. »Ja, nun ... Ich *bin* der Herr von Erinn. Wer sollte mich hindern?«

Aidan beobachtete, wie die Tür geschlossen wurde. »Neun«, sann er. »Noch zu jung für die *Lir*krankheit oder Anzeichen davon.«

Keely verzog den Mund. »Er wird vielleicht niemals einen *Lir* brauchen. Ich habe erkannt, daß das erinnische Blut dicker ist als unseres ... Shona hat keine meiner Gaben, und Riordan bekommt sie vielleicht auch nicht.« Sie warf Sean einen unergründlichen Blick zu. »Aber da er Erinn erben wird, ist das vielleicht auch nicht notwendig.«

Aidan antwortete nicht darauf. Keely hatte ihre Stimme bewußt beiläufig klingen lassen, aber sein *Kivarna* zeigte ihm die Wahrheit. Sie hatte gehofft, daß Shona ihre einzigartigen Gaben teilen und so den Cheysulianteil ihres Erbes geltend machen würde. Das hatte das Mädchen nicht getan. Jetzt hoffte Keely – und betete wahrscheinlich auch darum –, daß Riordan es täte. Es war richtig, daß diese Notwendigkeit in Erinn nicht so dringend bestand wie in Homana – Aidans Großvater, Niall, hatte so spät erst einen *Lir* bekommen, daß sein Anspruch auf den Löwenthron in den Augen der Stämme gemindert gewesen war, aber Keely wollte ein Merkmal ihres Stammes in der Geschichte Erinns verankert sehen. Es war ein natürlicher Wunsch. Er verspürte ihn auch selbst. Aber bei Keely war er noch stärker.

Sie erinnert sich zu deutlich an das, was Strahan ihr angetan hat ... und an das Kind, das sie ihm vielleicht geboren hätte. Entehrt, wie auch Ian – Erinn einen Cheysuliherrn zu schenken, würde ihre Schuld mildern ...

Er brach den Gedanken ab. Es stand ihm nicht zu, Keelys Gefühle zu durchforschen. Sie waren zu persönlich. Ob *Kivarna* oder nicht – er sollte sie achten.

Sean fuhr sich mit den Fingern durch seinen Bart. »Shona ist mit den Hunden draußen auf der Landzunge. Es wäre vielleicht nicht schlecht, sie zunächst einmal allein zu treffen.«

Keely warf ihm einen scharfen Blick zu. »Sie ist keine

Frau, mit der man spielt.« Dann sah sie Aidan an. »Nenne ihr also den wahren Grund, aus dem du gekommen bist.«

Aidan lächelte offen. »Ich werde ein Plakat vor mir hertragen, wenn du willst.«

Seine Tante runzelte düster die Stirn. »Ich habe einen guten Grund für meine Bitte. Zu viele Männer belästigen und bedrängen eine Frau. Das soll Shona nicht widerfahren.«

Aidan stellte seinen Becher ab. »*Su'fala*, eine Frau zu belästigen und zu bedrängen, wäre das letzte, was ich tun würde. Ich verspreche dir, ich werde ehrlich zu Shona sein – ich sehe keinen Grund, warum ich mit einer Frau spielen sollte, die ich vielleicht heiraten werde –, aber ich werde ihr den Grund für mein Kommen erst im richtigen Augenblick nennen. Welche Wahl hätte ich sonst? Wenn sie dir auch nur im geringsten ähnlich ist, zieht sie die Wahrheit den Lügen vor, aber dann ist immer noch Raum für Diplomatie. Und für Höflichkeit.«

Keelys Augen verengten sich. »Das hat Brennan dich gelehrt.«

Aidan lächelte still. »Mein *Jehan* hat mich viele Dinge gelehrt, ja …, aber ich bin meinem Vater nicht ähnlicher als du deiner Mutter.«

Das hatte getroffen, wie es auch beabsichtigt gewesen war. Keelys Mutter – seine Großmutter, die wahnsinnige Gisella – hatte durch ihren Umgang mit dem Ihlini nur Verachtung geerntet. Keely wollte auf keinen Fall mit ihr verglichen werden.

Keely bedachte ihn mit einem zornigen Blick. Dann verzog sie den Mund. »*Ku'reshtin*«, sagte sie ruhig und deutete zur Tür. »Geh. Ich werde Shona sich mit dir beschäftigen lassen – du wirst in ihr eine würdige Gegnerin finden.« Sie winkte ihn fort. »Auf der Landzunge, wie er bereits sagte. Mitten in einem Rudel Hunde.«

Kapitel Sechs

Das Gras war saftig, dicht gewoben und kräftig grün. Keiner der Knüpfteppiche in Homana-Mujhar konnte mit dieser Dichte mithalten, nicht einmal die Bärenfelle in seinem eigenen Gemach, das so weit entfernt war. Erinn war viel feuchter als Homana, und seine Flora stand in kraftvollem, ungehemmtem Wachstum. Wo er auch hinschaute, war Grün. Sogar als er nach Kilore zurücksah, das hinter ihm lag, hatte er das Gefühl, das graue Gestein habe eine grünliche Schattierung angenommen, als wollte es sich mit dem Gras, den Bäumen und dem sturmgrauen Himmel vermischen.

So weit von Zuhause fort, dachte er flüchtig und spürte kurz ein Bedauern in sich aufsteigen. Er war noch niemals zuvor auf Reisen gewesen, wie er erst in Ashras Gesellschaft erkannt hatte. Es war ihm nie seltsam erschienen – er war mit dem Leben in Mujhara und im Stammeskeep zufrieden genug gewesen –, aber jetzt wußte er, daß es ihm nicht gereicht hatte. Es gab Orte auf der Welt, die er nicht besuchen konnte, und daher Teile seiner selbst, die er niemals kennenlernen würde. Ein Mensch, der sich an sein Zuhause kettete, zog sich einen Vorhang vor die Augen und machte sich der ganzen Erhabenheit der Welt gegenüber blind.

Und doch gedachte er sich eines Tages an ein Tier zu ketten. An den Löwen von Homana, der in Homana-Mujhar kauerte.

Ist das so schlimm? Teels Krächzen erklang über ihm. Aidan schaute auf. *Ein Mann könnte ein schlechteres Tahlmorra haben, als Mujhar zu werden.*

Aidan war nicht zum Streiten aufgelegt. *Das könnte er.*

Willst du Hunde?

Er runzelte verwirrt die Stirn und ging dann auf die Frage des Raben ein. *Genauer gesagt: Will ich die Frau mit den Hunden?*

Teel beschrieb einen Kreis in Richtung Kilore. *Begegne ihr und finde es heraus.*

Der Rabe flog schnell davon. Aidan lachte leise und schaute dann voraus. Die Landzunge war flach, ein grüner Grasfluß, der auf den Rand des Meeres zustrebte – nur daß der Rand scharf wie eine Klinge war und zu einer Kalkklippe abfiel. Irgendwo hier, erinnerte Aidan sich, war sein Großvater auf der Flucht über den Rand der Welt hinausgeritten. Deirdre hatte Niall darum gebeten, um so seine Ehre zu bewahren. Andererseits hatte er seine Ehre aber auch gebrochen, wie auch sein Ehrenwort gegenüber Shea, dem Herrn von Erinn –, doch die Umstände hatten es erfordert. Wäre er nicht geflohen …

Aidan lächelte. *Wäre er nicht geflohen, hätte er niemals Gisella von Atvia geheiratet, und nicht vier Kinder, einschließlich meines Jehan, mit ihr gezeugt …*

In der Ferne erklang ein Bellen. Und dann wieder. Und Aidan, der die Feinheiten solcher Laute heraushören konnte, hielt inne und blieb stehen.

Der Hochwasser führende Fluß strömte über das Gras. Aschgrau, Rauchgrau, Sturmgrau und sogar hellstes Silber. Eine Handvoll Hunde – nein, *mehr* – neun oder zehn. Er konnte sie nicht alle zählen. Aber sie zählten ihn und liefen um ihn herum. Jetzt bellte keiner der Hunde mehr. Die Warnung war erfolgt – jetzt warteten sie ab.

Es waren überwiegend Hündinnen. Und zwei oder drei halb erwachsene Rüden, noch immer jung, unbeholfen und tolpatschig. Und ein großer Rüde, der Aidan bis zur Hüfte reichte und dessen wuchtige Schultern angespannt schienen. Das Nacken- und Rückenfell war gesträubt, und ein Knurren entrang sich seiner Brust.

Wie viele Männer würden ihn auf die Probe stellen? fragte sich Aidan nüchtern. *Wie viele Männer würden es wagen?*

Er nicht. Er war kein Narr.

Die jungen Hunde hatten weniger Lust, ihn zu bedrohen, sie wollten nur erschnuppern, wer er war. Aber der große Rüde – zweifellos ihr Erzeuger – schien nicht in der Stimmung, jemanden näher an Aidan heranzulassen oder Aidan näher an sie. Und die Hündinnen – wie viele waren es noch? – würden nicht zulassen, daß ein Fremder ihren Jungen etwas antat.

Ausweglos. Aidan seufzte und fragte sich, wie lange es dauern würde, bis Shona ihn befreite. Er *konnte* natürlich *Lir*gestalt annehmen und dieser Umzingelung entkommen, aber er wollte ihr als Mensch begegnen, von gleich zu gleich. Die *Lir*gestalt anzunehmen, würde ihm einen Vorteil verschaffen, den er nicht, noch nicht, ausspielen wollte.

Dann sah er sie. Zuerst von fern, aber sie näherte sich und schritt den Rand der Klippe offensichtlich ohne den Gedanken an eine naheliegende Gefahr entlang. Das Gras, das sich über den Rand des Hügels erstreckte, konnte nachgeben und sie in den Tod schicken. Aber Shona schritt leichtfüßig, weich und ohne Eile voran. Konnte sie die Hunde nicht rufen? Oder nach ihnen pfeifen?

Nein. Das erkannte er, als sie näherkam. Sie kümmerte sich himmelschreiend wenig um sein Unbehagen oder die Angst vor den Wolfshunden. Nur an den Hunden selbst lag ihr.

Sie trat als eine der ihren zwischen sie, berührte hier einen Hundekopf und dort einen Rücken. Die dichten langen Schweife wedelten. Aber keiner der Hunde rührte sich vom Fleck, sondern zuckte höchstens mit einem Ohr oder schlug ihr mit dem Schweif gegen die Hüfte.

Sie sprach, wie erwartet, Erinnisch. Ihre Stimme klang kühl, ruhig, gemächlich. *Er* mußte warten, solange dies dauerte. Das konnte er in ihren Augen erkennen.

Aidan betrachtete sie. Sie war groß. *Sehr* groß. Sie war,

wie er entsetzt feststellte, mindestens genauso groß wie er selbst. Obwohl er nicht die erhabene Größe der meisten Cheysuli maß, waren es doch leicht sechs Fuß, und Shona schien ebenso groß zu sein.

Und sie war ihrer Größe entsprechend grobknochig und besaß breite, gerade Schultern. Es war nichts Zartes oder Zerbrechliches oder auch nur annähernd Weibliches an ihr. Sie war ganz ohne Zweifel Seans Tochter. Keely würde neben Shona kleiner, leichter und schmaler wirken.

Eine wahre Erinnierin, grobknochig und groß …

Er dachte unpassenderweise an Blythe, die schlanke, zarte Blythe, die so sehr eine Frau war. Und obwohl kein Zweifel an Shonas Geschlecht bestand – niemand hätte es anzuzweifeln gewagt –, erinnerte doch nichts in ihr an Blythe. Die Aidan für wunderschön gehalten hatte.

Nein, dachte er, *das ist Shona gegenüber nicht gerecht.*

Aber etwas war da. In der Bewegung, in der Haltung, im Ausdruck waren Shonas Gaben *gegenwärtig.*

Sie war blond, wie Keely und Sean. Ein wildes, ungebärdiges Blond, wenn sie ihr Haar kurz getragen hätte. Aber das tat sie nicht. Jedoch waren ihre Locken gezähmt. Der lange, schwere Zopf vom Umfang seines Unterarms hing über ihre linke Schulter bis auf die Hüfte hinab. Sie hatte ihn mit einem Lederband gebunden, mit Bernsteinperlen geschmückt. Die Farbe der Perlen paßte zu ihrer Tunika, während ihre Hose dunkel ockerfarben war.

Wahrhaftig Seans Tochter: Die braunen Augen betrachteten ihn ruhig. Er hätte sich ihre Gesichtszüge nicht ausgesucht, wenn er die Wahl gehabt hätte, obwohl sie vollkommen regelmäßig wirkten. Aber ihnen fehlte die anziehende Zartheit von Blythes Zügen. Es war ein starkes, fast männliches Gesicht, dem Schönheit und Feinheit mangelten. Es vermittelte nur Stärke. Und ausdauernde Kraft.

Etwas kribbelte in seinem Bauch. *Diese Frau war für*

einen Thron geboren ... Es scheint aus ihr heraus wie ein Leuchtfeuer ...

Er fragte sich, was Teel sagen würde.

Er fragte sich, was Shona sagen würde.

»Das genügt«, sagte sie leise – mit tiefer, rauchiger Stimme.

Einen merkwürdigen Augenblick lang dachte er, sie meinte ihn, weil sie wüßte, warum er gekommen war und ihn fortschicken wollte. Aber dann sah er, wie sich das Nacken- und Rückenfell des Wolfshundrüden wieder senkte. Er wedelte mit dem Schwanz.

Das Knurren hörte auf. Aidan blinzelte. Der Laut war so tief und so unendlich leise gewesen, daß er ihn nicht wirklich gehört hatte. Aber jetzt war es still. Die Bedrohung schien gebannt. Er spürte, wie er sich entspannte.

»Also«, sagte sie. »Ihr seid hier. Was wollt Ihr von mir?«

Dich heiraten, sagte er. Aber nur zu sich selbst.

Blonde Brauen wölbten sich. »Seid Ihr stumm?« fragte sie.

Bisher nicht. Aidan räusperte sich. »Schöne Hunde«, sagte er. Seine Geistlosigkeit erstaunte ihn.

Shona betrachtete ihn sinnend. »Ziemlich«, ging sie ruhig auf seine Bemerkung ein. »Das ist meine Vorliebe. Ich züchte die Hunde selbst, die Rüden und Hündinnen, aber natürlich entstammen nicht *alle* Hündinnen meiner eigenen Zucht. Die Blutlinie darf nicht zu eng gehalten werden, sonst verdirbt das Blut.«

Ja, stimmte er ihr inbrünstig zu. *Genau wie bei unserer Blutlinie.*

Shona deutete auf einen der Hunde. »Diese, seht Ihr, stammt von der Hauptinsel. Und diese aus Atvia ...« Sie zuckte die Achseln. »Atvia ist nicht für seine Wolfshunde bekannt, aber ich mag diese Art. Ich habe die Hündin hergebracht, um *meinen* Bestand zu verbessern.«

Warum reden wir über Hunde? Aidan lächelte. »Mir gefällt dieser.«

Shona sah kurz in die angezeigte Richtung. Ihre Verachtung war offensichtlich. Sie lächelte aus reiner Höflichkeit. »Er ist ein prachtvoller Wolfshund, nicht wahr?«

»Nein«, widersprach er.

Die Haut um ihre Augen kräuselte sich. »Gut. Ihr habt es bemerkt. Dieser Bursche entstammt dem schlechtesten Wurf. Seine Hinterhand ist ein wenig zu gekrümmt, als daß er in einem Rudel jagen könnte ... Aber das erkennt Ihr sicher selbst.«

»Nein«, sagte er erneut. »Ich weiß nichts über Wolfshunde.« *Und noch weniger über mich selbst. Diese Frau würde ich in Homana nicht einmal ansehen ...*

Shona lachte laut. Es war ein volles, herzliches Lachen, das eher einem Mann als einer Frau entsprach. »Also weiß er, was er nicht weiß – nicht viele Männer würden das zugeben, und noch weniger einer Frau gegenüber. Ihr müßt das Wissen wert sein.« Sie neigte leicht den Kopf. »*Seid* Ihr das Wissen wert?«

»Eines Tages vielleicht«, anwortete er.

Shona lächelte, so daß ihr Gesicht erstrahlte. Und dann wandte sie sich den Wolfshunden zu, sagte nur ein Wort, und Aidan war eingekreist.

»Seht Ihr«, sagte sie, »sie sind frei. Genau wie Ihr, wenn Ihr wollt. Keiner der Hunde wird Euch jetzt mehr etwas antun.«

Ob sie das sagen wollte oder nicht, aber zehn oder zwölf Wolfshunde – auch wenn einige davon erst halb ausgewachsen waren – genügten, um einen Mann niederzureißen.

Dic jungen Hunde waren natürlich noch unerzogen, aber die anderen schienen nur unwesentlich zurückhaltender. Aidan fand seine Ellenbogen in sanft beharrlichen Schnauzen gefangen und seine Männlichkeit von wedelnden Schweifen, dick wie Baumäste, bedroht. Er tat, was er konnte, um sich zu schützen – etwas tief in ihm mußte über die Vorstellung lachen, daß Homanas Zukunft von einem Rudel Hunde entmannt werden könnte –, und dann richtete sich einer von ihnen auf und legte beide Vorderpfoten auf Aidans Brust.

Aidan verlor fast das Gleichgewicht, taumelte zurück, spürte eine Pfote unter seinem Stiefel und hörte ein gequältes Jaulen. Er wollte sein Gewicht verlagern und tat es dann auch: Er landete in voller Länge auf dem Gras.

»Ach, geht weg von dem Mann … laßt ihn *atmen*, hört ihr …?« Shona trat hinzu und verteilte Klapse auf Hüften und Schultern. Schließlich löste sich der Knoten. Aidan konnte den Himmel wieder sehen, anstatt eines Waldes von lauter Beinen.

Er lachte. Er konnte nicht anders. Er war kaum mit Hunden aufgewachsen – Cheysuli, die *Lirs* besitzen, halten keine Haustiere – und wußte nur wenig über die Empfindlichkeiten ungeweihter Tiere, die als Gefährten gelten können. Er hatte Homaner gekannt, die Hunde für die Jagd dressierten oder Katzen hielten, die Ungeziefer töteten, aber er hatte niemals darüber nachgedacht, wie das war. In seiner Kindheit hatte es Serri und Tasha und gelegentlich Teel gegeben. Aber die *Lirs* waren etwas anderes. Ein Mann konnte mit seinem *Lir vernünftig reden*. Jetzt, in diesem Augenblick, konnte er nur lachen und die überschwenglichen Wolfshunde abwehren.

Shona drängte sie zurück, um Aidan Platz zu machen. Schließlich setzte er sich auf. Er stellte sich nicht sofort hin, weil er dachte, er könnte sein Gleichgewicht auf dem Boden leichter bewahren. Die Hunde tobten um ihn herum und schnupperten an seinen Ohren und seinem Hals. Die Nasen waren kalt und feucht. Aidan zog seinen Umhang hoch und legte ihn sich um den Hals.

Shona lachte. »Sie wollen Euch nichts tun. Es ist ihre Art, Euch zu begrüßen.«

Er mußte unpassenderweise an eine andere Begrüßung denken. An die Begrüßung einer Frau einem Mann gegenüber, der von der Jagd oder aus dem Krieg heimkehrte. Er sah Shona vor einer einfachen Berghütte stehen, das wilde Haar und die groben Wollröcke vom Wind zerzaust, und auf seine Rückkehr warten. Er sah Shona als Königin geschmückt, die Gesandte aus fernen Ländern empfing, die auf die Größe und Haltung der homanischen Königin gespannt waren, auf die überwältigende Kraft, die in ihrem Geist Funken schlug. Und er sah Shona auf einem verschmutzten Lager knien, schweiß- und blutverschmiert, und versuchen, einem langbeinigen jungen Hund auf die Welt zu helfen.

Er beachtete die umhertollenden Wolfshunde nicht, nur Shona in ihrer Mitte und die plötzlich quälende Erkenntnis, die ihn am Boden festhielt.

So ist es also, wenn man sein Tahlmorra erkennt …

Shona streckte ihm lächelnd eine Hand entgegen. »Ihr solltet besser aufstehen, sonst machen sie Euch zum Teppich.«

Ihre Finger verschränkten sich – und dann auch Hände. Und Aidan, der gerade aufstehen wollte, spürte die Macht zwischen ihnen aufflammen.

Taub. Blind. Stumm. Die Haut schälte sich von seinen Knochen und offenbarte den ihr innewohnenden Aidan. Sein Körper pulsierte unter einem Gewirr von Gefühlen, die so fremdartig waren, daß er sich krank vorkam.

Entsetzen … Erstaunen … Abwehr … Zorn … Angst … ein seltsames Erkennen …

… ein scharfes und jähes Wissen, das tief und schmerzhaft erwachte …

Und so plötzliche Erkenntnis, daß sie wie ein Messer einschnitt.

Shona.

Und dann entzog sie ihm ihre Hand. Die Berührung war unterbrochen. Die Klarheit, das Einfühlungsvermögen, das Verständnis, alles war unterbrochen, und er blieb schwitzend und zitternd und elend und allen Verstehens beraubt zurück. Er empfand nur seine unbehagliche Halbheit.

Wie ein *lirloser* Krieger.

Seine Sicht klärte sich. Er merkte, daß er mit starr gespreizten Fingern noch immer auf dem Gras kniete. Sein Atem klang abgehackt und geräuschvoll, als hätte er einen Kampf ausgefochten – und verloren.

Shonas Gesicht schien weiß wie die Kalkklippen. Auch sie zitterte. »Wer …?« platzte sie heraus. »Wer *seid* Ihr …?«

Er versuchte zu sprechen und konnte es nicht. Seine freie Hand streckte sich nach ihr aus.

Shona taumelte einen Schritt zurück. *»Nein …«*

Die Wolfshunde knurrten.

»Wartet …«, gelang es ihm krächzend hervorzubringen.

Drei weitere Schritte. Dann wirbelte sie mit fliegendem Zopf herum und lief davon.

Kapitel Sieben

Er lag da, Rücken, Fersen, Gesäß und Schulterblätter aufs kühle Gras gepreßt. Ein Grashügel diente ihm als Kopfkissen. Wind blies die Landzunge herab und ließ die Falten seines Umhangs, den er über seine Brust gelegt hatte, sich kräuseln. Haar kitzelte seine Augen, aber er ließ es gewähren, vergaß es, bis es zwischen seine Wimpern geriet. Dann strich er es träge zurück und steckte die Hand wieder in den Umhang.

Er wußte nicht, warum er so nahe an den Kalkklippen auf erinnischem Gras lag und dem heftigen Wind trotzte, sondern nur, daß es eine seltsame Art von Betäubung bedeutete. Keinen wahren Frieden, denn der erforderte geistige Zufriedenheit, aber doch ein gewisses Losgelöstsein, ein Abstand, der es ihm ermöglichte, die Folgerungen aus dem, was geschehen war, zu verdrängen.

Er roch Salz, Meer, Fisch und durchdringende Feuchtigkeit. Und die reiche Erde Erinns, die gewebeartiges Gras hervorbrachte. Aber vor allem spürte er eine Leere, wenn auch nur in seinem Geist. Und eine himmelschreiende Sinnlosigkeit.

»Ich sollte nach Hause ziehen«, sagte er laut.

Er hatte dies schon mehrere Male gedacht, seit Shona ihn alleingelassen hatte. Aber er hatte es bis jetzt nicht ausgesprochen. Jetzt wurde es zu einem Entschluß. Er *würde* nach Hause ziehen …

»Junge.«

Es dauerte einen Augenblick, bis Aidan erkannte, daß die Stimme tatsächlich da und keine Einbildung seiner zur Zeit recht wirren Gedanken war. Er setzte sich auf. Er wollte sich hinstellen, aber Sean winkte ab. Der Herr von Erinn, vom Wind zerzaust und gerötet, setzte sich neben Aidan auf das feuchte grüne Gras und blickte, genau wie Aidan, zum Himmel jenseits des Klippenrandes. Sean hatte die einfache Stoffkleidung für Schwertübungen gegen eine edlere Tunika und eine Hose aus tiefem Rot ausgetauscht. Silberbänder mit einem Umfang von Aidans Unterarmen umgaben seine gewaltigen Handgelenke.

Aidan atmete tief durch und sagte dann: »Sie hat es dir erzählt.«

Sean blickte weiterhin in den Himmel. Seine Stimme war ein rauher Bariton. »Sie hat uns erzählt, daß ein Fremder gekommen sei, der seinen Namen nicht genannt habe. Und daß die Welt in Stücke zerfiel, indem er sie berührte, als sie eine Hand ausstreckte, um ihm aufzuhelfen.«

Sean legte schweigend eine Hand aufs Gras und riß mit sanfter Gewalt einige Halme aus. Dann, als erkenne er, was er getan hatte, legte er sie zurück und drückte sie mit breiten, aber geschickten Fingern wieder in die Erde. Und lachte leise, als er die Nutzlosigkeit seines Tuns erkannte.

Aidan wartete ab. Er fühlte sich noch immer leer und betäubt und von etwas beraubt, das er erst kürzlich – in jenem Augenblick der Berührung – zu begreifen begonnen hatte.

Seans Lachen erstarb. Er hatte ein gutes Gesicht, voller – durch fast fünfzig Lebensjahre – fast ungetrübter Kraft und Persönlichkeit. Die Götter waren freundlich mit ihm umgegangen, indem sie ihn mit starken, aber wohlgeformten Knochen und einem entsprechenden Geist ausgestattet hatten. Aidan hatte Geschichten darüber gehört, wie Sean aus Erinn gekommen war, um Keelys Aufmerksamkeit zu erwecken, wobei er sehr wohl wußte, daß er alles verlieren würde, wenn es ihm nicht gelänge. Er hatte letztlich gesiegt, aber der Kampf war anstrengend und gefährlich gewesen. Aidan wußte, daß er nicht dumm und kein Narr war. Sean von Erinn war ein wertvoller Verbündeter.

Er hatte Shonas Gesicht, ihre Augen, das Haar, durch die Männlichkeit noch betont. Und das schmerzte derart heftig, daß er es nicht für möglich gehalten hätte.

Sean runzelte die Stirn. »Eines an Erinn, mein Junge, ist sehr schwer zu erklären. Es hat mit dem Blut zu tun, genau wie deine *Lir*gaben, mit etwas, wofür unter gewissen Umständen derselbe Preis bezahlt werden muß.«

Erkennen machte sich träge bemerkbar. »Du meinst das *Kivarna?*«

Sean sah ihn scharf an. »Was weißt du darüber?«

Aidan zuckte die Achseln. »Nur daß es besteht und daß es einigen Menschen die Fähigkeit verleiht, wahrzunehmen, was andere empfinden.« Er hielt inne. »Und daß ich es *besitze*.«

Sean seufzte tief. »Wie lange weißt du es schon?«

»Daß es einen Namen hat? Erst einige Monate, nicht länger. Meine *Jehana* sagte es mir, als sie erkannte, daß ich die Fähigkeit habe …« Aidan verzog den Mund. »Bis dahin dachte ich, es sei etwas, was jedermann besäße. Ich habe es niemals auch nur *in Frage gestellt*.«

Sean schüttelte den Kopf. »Nicht jedermann, Junge. Diese Fähigkeit ist nicht mehr so weit verbreitet, wie sie es einmal war – und selbst da war sie hauptsächlich auf den Horst beschränkt. Wir haben in früheren Zeiten zuviel untereinander geheiratet …« Er schaute blinzelnd zum Himmel. »Shona hat die Fähigkeit von mir geerbt.«

Aidan runzelte die Stirn. »Aber wenn sie sie *besitzt* – was bedeutet das? Wieso hat das *Kivarna* etwas mit dem zu tun, was geschehen ist, als wir einander berührten?«

Sean sah ihn nicht an. Er blickte auf seine Hände hinab, die emsig Gras auszupften und es zerpflückten. »Als ich zum Mann wurde«, begann er, »war ich nicht mehr als ein schmachtender Frischling. Ich nahm mir jede Frau, die ich wollte, wenn sie willig war … Und sie waren willig. Sie waren es *immer:* Ich war der Prinz von

Erinn.« Er sah Aidan kurz an, der auch um seinen Rang und Titel wußte. »Man hat mich sehr jung über das *Kivarna* belehrt, damit ich verstehen konnte, warum ich es abstoßend fand, einer nicht willigen Frau nachzustellen, und warum ich kein Tyrann war und warum es mir wehtat, wenn jemand anderes Gefühle verletzt wurden. Das war für mich als Kind schwer zu verstehen, aber dann wußte ich Bescheid.« Er lächelte bitter. »Man sagt mir nach, ich hätte die Hälfte der unehelichen Kinder der Insel gezeugt, aber nein – da war auch noch der Rotbart ... Vielleicht sind wir beide *zusammen* für die Hälfte dieser Kinder verantwortlich.«

Aidan fragte sich stirnrunzelnd, warum Sean ihm die Geschichte seiner Jugend erzählte. Es ging Aidan nichts an, wie viele uneheliche Kinder Sean gezeugt hatte, oder daß er sie überhaupt gezeugt hatte. Und es hatte überhaupt nichts mit seinem *Kivarna* zu tun.

»Mylord ...«

Sean hob Ruhe gebietend eine Hand. »Was ich damit sagen will, Junge, ist, daß ich großes Glück gehabt habe, weil ich das *Kivarna* beachtete. Ich wußte, daß ich eines Tages die königliche Prinzessin von Homana heiraten würde, und daß ich allein, wenn ich *nicht* sehr vorsichtig wäre, die Zukunft Erinns – und vielleicht auch Homanas – vereiteln könnte.«

Aidans Stirnrunzeln vertiefte sich.

»Das *Kivarna*«, sagte Sean weich, »hat seinen eigenen Preis.«

Aidan zügelte seine Ungeduld nur mühsam. »Mylord ...«

»Ein Mann, der die Fähigkeit des *Kivarna* besitzt, ist auch im Bett geweiht«, sagte Sean offen, »weil er weiß, was die Frau empfindet. Und derselbe Mann, der mit einer *Frau* mit dieser Fähigkeit schläft, schließt sie für immer in sich ein, wie sie auch ihn für immer in sich einschließt.«

Aidan starrte ihn an und erinnerte sich nur zu deutlich

an den Augenblick, als Shona und er einander berührt hatten.

Sean atmete tief durch. »Wenn ich mit einer Frau geschlafen hätte, die die Fähigkeit des *Kivarna* besessen hätte, hätte ich niemals mit Keely schlafen können. Verstehst du? Es ist eine *gegenseitige* Bindung … Du *weißt* vielleicht, daß du mit einer anderen Frau schlafen solltest, mit einer Frau, der diese Fähigkeit fehlt, aber dein Körper sagt dir etwas anderes. Der Körper weigert sich.«

»Weigert sich?« fragte Aidan.

Sean machte ein seltsames Gesicht. »Es gibt mehr als eine Art, einen Mann zu verstümmeln.«

»Aber …« Aidan sah ihn verständnislos an. »Willst du damit sagen, daß ich nicht in Gefahr bin, solange ich mit einer Frau schlafe, der die Fähigkeit des *Kivarna* fehlt?«

»Ja, Junge. Und ich nehme an, daß du das bereits herausgefunden hast.« Sean wölbte mit Bitterkeit eine Augenbraue. »Stimmt es nicht?«

Aidan winkte ungeduldig ab. »Ja, ja … Ich war niemals ein schmachtender Frischling …« Er brach ab. »Oder vielleicht war ich es ein wenig …, aber aus anderen *Gründen* …« Er sah Sean in sich hineinlächeln. Er runzelte die Stirn und fuhr fort. »Also willst du sagen, daß Shona und ich dieses *Kivarna* teilen – und wir aneinander gebunden wären, wenn wir miteinander schliefen.«

»Für immer«, bestätigte Sean.

»Aber du teilst es nicht mit Keely.«

Der Herr von Erinn grinste. »Das ist deine Art zu fragen, ob ich treu bin, nicht wahr?« Und als Aidan widersprechen wollte, schüttelte Sean den Kopf. »Das war niemals eine Frage, Junge. Sie hat nichts Erinnisches an sich und besitzt nicht die Fähigkeit des *Kivarna,* aber das ist gleichgültig. Keely ist für jeden Mann mehr als genug eine Frau, auch wenn er ein geläuterter Frischling ist.« Dann wurde er ernst. »Verstehst du, was ich mit alledem sagen will?«

»Ja.« Seltsamerweise frohlockte er. Jetzt verstand er. Jetzt hatte es einen Namen. Jetzt hatte es einen *Sinn*. Aidan lächelte. »Wo liegt die Schwierigkeit? Ich bin nach Erinn gekommen, um zu sehen, ob Shona und ich zueinander passen. Offensichtlich tun wir es.«

Sean blieb ernst. »Wirklich?«

»Ja! Sogar dieses *Kivarna* sagt es.«

Kurz darauf nickte Sean. »Ja. Aber du vergißt etwas.«

Aidan spreizte die Hände. »Was?«

»Shona. Sie will nichts von dir wissen.«

*

Sie schritt auf und ab, weil sie nicht stillstehen konnte. Hin und her, hin und her – bis die Hunde zu winseln begannen. Bis ihre Mutter, die eher ruhiger war als erwartet, ihr sagte, sie solle damit aufhören.

Shona fuhr herum. »Aufhören!« schrie sie. »Du sagst mir, ich soll aufhören? Es ist das einzige, was mich noch zusammenhält ...«

Keely versuchte, ihre Einstellung nicht zu zeigen, aber sie offenbarte sich dennoch. »Es hat keinen Sinn, dich so übermäßig aufzuregen.«

Shonas Augen blitzten. »Würdest *du* dich an meiner Stelle nicht übermäßig aufregen?«

Keely seufzte, während sie ihre Tochter betrachtete. Sie hatte dem Mädchen ihren Eigensinn und ihre Freimütigkeit vererbt – Shona verachtete Dinge wie höfliche Diplomatie, wenn Offenheit genauso genügte, und sie hatte wenig Geduld für schwierige Verbindlichkeiten. Sie war genauso, wie sie sie gewollt hatte, sann Keely ... Und jetzt mußte ihre Mutter damit leben.

Aber Shona ebenfalls. Und das war gerade jetzt unmöglich.

Sie befanden sich in der Halle inmitten des Palastes, wo Shona ihr Eintreffen damit verkündet hatte, daß sie die Tür aufstieß, bevor der Diener sie ihr – weniger heftig – öffnen konnte. Shonas stürmischer Auftritt zusammen mit elf Wolfshunden war dennoch schnell vergessen, als Keely sah, daß die braunen Augen vor Verwirrung und Schreck schwarz wirkten und Shonas Gesicht bleich war. Sie war mit dem herausgeplatzt, was geschehen war. Daraufhin hatte sich Sean sofort auf die Suche nach Aidan gemacht. Keely hatte die Diener entlassen und die Tür persönlich geschlossen, um ihrer Tochter dann den Grund für Aidans Besuch mitzuteilen.

Jetzt schritt das Mädchen vor der Feuerstelle hin und her. Die Hunde, die wie lebende, atmende Teppiche an verschiedenen Stellen des Raums verteilt lagen, beobachteten sie unruhig. Keely, der die Fähigkeit des *Kivarna* fehlte, hatte dennoch ein Gespür für Shonas Besorgnis. Aber sie wollte nicht, daß ihre Tochter es merkte.

Shona wandte sich auf dem Absatz um und schritt wieder in die andere Richtung. »Heiraten, nicht wahr? Sie hätten mich vielleicht warnen können. Sie hätten mir vielleicht *schreiben* können. Sogar *er* hätte es vielleicht tun können. Dachte er, ich würde ihn willkommen heißen?«

»Zweifellos«, antwortete Keely. »Wir heißen alle unsere Gäste willkommen.«

Shona sah sie stirnrunzelnd und voller Ungeduld an. »Das habe ich nicht gemeint … Ich *meinte*, daß er darüber hätte nachdenken können, was ich empfinden würde, wenn ich ihm so begegnete.«

»Ich bezweifle, daß er das Aufflammen des *Kivarna* erwartet hat«, sagte Keely trocken. »Aileen hat in keinem ihrer Briefe an mich etwas davon erwähnt, und ich hätte es zuallerletzt erwartet. Wir vergessen alle, daß er zur Hälfte Erinnier ist …« Sie seufzte. »Und es hat bestimmt nicht nur dich überrascht, sondern auch ihn. Bist du so selbstsüchtig, daß du nur an dich denkst?«

Shona besaß zumindest Anmut genug, beschämt zu wirken. Sie blieb stehen und warf sich dann in einen Sessel. Es war der Lieblingssessel ihres Vaters, der sie aufnahm. Ihr Gesichtsausdruck veränderte sich langsam von wildem Zorn zu so etwas wie Mitgefühl. Sie lächelte schief. »Er war nicht mehr darauf vorbereitet als ich. Du hättest sein Gesicht sehen sollen ...« Shona schwang ein muskulöses Bein über die Lehne und schmiegte sich tiefer in den Sessel. »Als wir einander berührten, habe ich alles gefühlt, was er fühlte – es spiegelte meine Gefühle wider, warf sie zu mir zurück ...« Sie runzelte die Stirn und regte sich mit Unbehagen. »Es war nichts, was ich wiederholen möchte ... Götter, aber er war so *offen* ...« Shona verschränkte die Finger in ihrem Zopf und zog daran, als wollte sie sich gezielt ablenken. »Und ich wußte, als er mich berührte, daß er mich begehrte – daß er mich *brauchte* ...«

Sie brach mit einem unterdrückten Fluch ab und war eindeutig sowohl verwirrt als auch enttäuscht. Keely wartete ab und versuchte, ihren eigenen Gefühlstumult zu ordnen.

Plötzlich setzte sich Shona auf, nahm das Bein von der Lehne und stellte beide Füße auf den Boden. Sie stützte sich auf die Ellenbogen und legte ihr Gesicht in die Hände. Ihre Worte klangen gedämpft, aber die pure Hilflosigkeit ihres Tonfalls war deutlich erkennbar. »Die Götter mögen mir helfen, aber *ich* habe es auch gewollt ... Ich wollte das alles ... Ich konnte nicht anders ...« Sie nahm die Hände herunter und warf ihrer Mutter einen gequälten und hilfesuchenden Blick zu. »Was sollte ich denn tun? Ich konnte es nicht ertragen, diese bloßliegenden Gefühle, dieses Wissen, was er wollte *und* was ich wollte ... Ich konnte nur davonlaufen! Wie ein Kind, ein kleines Kind, das flieht ...« Ihre Selbstverachtung war offensichtlich. »Und weil ich die ganze Zeit über wußte, daß ich nachgegeben hatte, war es vorbei ... selbst wenn ich *gezweifelt* hätte ...« Sie schloß die Augen. »Götter, ich fühle mich so hilflos ... Es hat mich so *hilflos* gemacht ...«

Keely atmete tief durch und versuchte, ihre Stimme ruhig klingen zu lassen. »Es war das *Kivarna* ...«

Shona rieb heftig über ihre Stirn. »*Das* weiß ich nur zu gut ... Ich hätte nur niemals gedacht ...« Sie brach ab, stand auf und begann erneut, hin- und herzugehen. »Wie kann ich ihn heiraten? Wir sind einander fremd, wissen nichts über unsere gegenseitigen Gewohnheiten und Wünsche. Wie konnte er glauben, daß ich dazu bereit wäre?«

Keely zuckte beiläufig die Achseln. »So wie jedermann glaubt, daß ein Mann oder eine Frau bereit ist, wenn sie einander zum ersten Mal begegnen.«

Shona starrte blind zu den Hunden, die auf dem Steinboden ausgestreckt lagen. Schließlich ließ sie sich neben einer der Hündinnen nieder und begann, den schmalen, drahtigen Kopf zu streicheln. Einer der jungen Hunde kam herüber, ließ sich so nahe wie möglich bei Shona fallen und legte den Kopf auf ihren Schoß. Shona tätschelte beide Hunde wie abwesend.

»Bei Vater und dir war es nicht so.«

Keely antwortete: »Du kennst die Geschichte. Ich habe sie dir erzählt.«

»Er ebenfalls.« Shona grinste kurz. »Aber ihr habt einander schon geliebt, bevor ihr heiratetet. Das habt ihr *beide* gesagt.«

»Dein *Jehan* und ich hatten, als wir uns begegneten, weniger gemeinsam als Aidan und du. Uns fehlte das *Kivarna*.«

Shonas Wangen röteten sich. »Ich will mehr als das, was wir empfunden haben.«

Keely lächelte. »Ja, nun … ich sollte dir etwas zur Leidenschaft und zum Frieden sagen. Manchmal überwiegt das eine das andere, aber gelegentlich zieht auch beides gleich stark.«

Shona streichelte weiterhin beunruhigt die Wolfshunde. »Aber ich kenne den Preis des *Kivarna*. Ich weiß, was es bedeutet. Wenn Aidan und ich heirateten und er stürbe, würde ich allein zurückbleiben. Für immer. Ohne einen Mann, den ich lieben könnte oder der mich lieben könnte.« Sie sah ihre Mutter an. »Was würdest du tun, wenn Vater stürbe?«

Keely atmete tief und schmerzlich ein und dann wieder aus. »Weitermachen«, antwortete sie ruhig. »Das würde er von mir erwarten.«

Shonas Blick blieb fest. Sie war ihrem Vater zu ähnlich. Keely fand es schwierig, diesem Gesichtsausdruck standzuhalten. »Was würdest du von dir selbst erwarten?«

Kurz darauf lächelte Keely. Es war ein spöttisches und bittersüßes Lächeln. »Früher hätte ich dir geantwortet, daß kein Mann die Treue einer Frau oder ihrer Seele wert ist. Daß kein Mann so wichtig ist, daß sein Ableben eine Frau beraubt zurücklassen würde. Sie hat ihre eigene Kraft und ihren eigenen Wert und sollte auch ohne ihn sehr gut zurechtkommen.« Sie strich sich eine Haarsträhne aus dem Gesicht. »Aber ich habe inzwischen gelernt, daß eine Frau sich nicht unterwerfen muß, um mit einem Mann zu leben, und auch ihren Glauben nicht aufgeben muß. Es steht einer Frau frei zu lieben, wie sie lieben möchte, und daher steht es ihr auch frei zu trauern.« Sie betrachtete das angespannte Gesicht ihrer Tochter. »Wenn dein Vater mich jemals um etwas bitten würde, was mir zutiefst widerstrebte, würde ich es ablehnen. Niemand hat das Recht, von einem anderen zu erwarten, daß er seinen persönlichen Glauben aufgibt, nur um sich dem anderen anzupassen. Wenn er mich bitten würde, nicht zu trauern, würde ich ihm ins Gesicht lachen. Aber wenn ich denken müßte, daß er von mir erwartete, mein Leben bei seinem Tod zu beenden, würde ich ihn sofort verlassen.«

»Obwohl du ihn liebst?«

»Ich werde deinen Vater immer lieben. Aber ich würde ihn verlassen. Und das weiß er.«

Shona sagte: »Du denkst, ich *sollte* ihn heiraten.«

Keely lächelte ruhig. »Ich denke, du solltest die Wahl selbst treffen und dann damit leben.«

Shona runzelte die Stirn. »Das kannst du leicht sagen.«

Keely lachte laut. »Wirklich? O mein törichtes Mädchen. Du hast keine Ahnung. Du hast *überhaupt* keine Ahnung.«

Shona war beleidigt. »Wie kannst du das sagen? Du bist nicht in meiner Lage …«

Keely stand auf und rückte ihr Wams zurecht. »Wir alle treffen Entscheidungen«, sagte sie. »Männer, Frauen und Kinder. Und dann müssen wir damit leben.«

Shonas Stimme wurde lauter, als sich Keely der Tür näherte. »Aber deine Wahl ist nicht die gleiche wie meine. Das war sie niemals. Du hast meinen Vater *geliebt*. Du weißt nicht, wie dies hier ist.«

Keely wurde jäh um Jahre zurück zur freudlosesten Zeit ihres Lebens getragen. Zur schwersten Entscheidung, die sie jemals hatte treffen müssen. Zu dem Wissen, daß das Kind, das sie trug, das Kind eines Vergewaltigers – sowohl körperlich als auch gefühlsmäßig – und der Nachkomme ihres verhaßtesten Feindes war. Sie hatte gewußt, daß das Kind, wenn es geboren würde, gleichermaßen Zugriff auf eine Magie haben könnte, die mächtiger war als alle zu dem Zeitpunkt bekannten, und daß er oder sie sie zum Bösen verwenden könnte.

Sie wurde zu der Entscheidung zurückgeführt, daß sie das Scheusal nicht gebären konnte, nicht gebären wollte, und tun würde, was immer ihr möglich war, um es abzutreiben. Weil es für sie die einzige Antwort war. Die einzige Möglichkeit.

Keely atmete tief ein. »Es gibt Menschen auf dieser Welt, die Entscheidungen für dich treffen wollen. Einige von ihnen tun dies sogar aus fehlgeleiteter Güte, aus gut gemeinter Freundlichkeit. Sie glauben aus ganzem Herzen, daß sie dir einen Gefallen tun, wenn sie dir im Namen ihrer Moral die Wahlfreiheit nehmen. Wer bin ich, daß ich *dir* dein Recht zu wählen nehmen will?« Sie spreizte die Hände. »Ich werde dir alle deine Fragen beantworten und dir allen Rat geben, den du erbittest, aber ich werde die Entscheidung nicht für dich treffen. Das ist deine Aufgabe.«

Shona wollte widersprechen. Aber sie tat es nicht, sondern lächelte statt dessen kurz darauf. »Ja, so ist es. Und ich sollte für diese Freiheit dankbar sein.«

»Ja«, stimmte Keely ihr zu, während sie an Brennan und Aileen dachte, die eine solche Freiheit nicht erfahren hatten.

Und an ihren Sohn und ihre Tochter, deren unerwartete ›Gaben‹ ihnen vielleicht ihren Anteil nehmen würden.

Kapitel Acht

Aidan stand neben seinem Gästebett und betrachtete nachdenklich sein Gepäck. Zwei Satteltaschen mit Kleidung zum Wechseln, Essensvorräten und einigen wenigen anderen Gegenständen. Ein Diener war geschickt worden, sie für ihn auszupacken, aber Aidan hatte ihn dankend entlassen. Er war sich noch nicht sicher, ob er lange genug bleiben würde, um alles auszupacken.

Teel, der auf einem Bettpfosten kauerte, schlug mit den blauschwarzen Flügeln. *Du kannst wenigstens bis zum Abendessen bleiben. Warum willst du mit leerem Magen davonlaufen?*

Aidan verzog das Gesicht. *Ich laufe nicht davon. Warum soll ich hierbleiben, wenn ich offensichtlich nicht willkommen bin?*

Shona ist die Tochter, nicht die Herrin … Laß die anderen über dein Willkommen entscheiden.

Er hatte die Tür offengelassen. Jemand trat hindurch. Er wußte, noch bevor sie sprach, wer es war. Das *Kivarna* teilte es ihm deutlich mit. »Also«, sagte sie kühl. »Ich glaube, wir haben etwas zu klären.«

Aidan wandte sich nicht um. »Ja. Und ich kläre es genau in diesem Augenblick.«

Die rauchige Stimme war kurz angebunden. Sie verstand seinen Hinweis nicht. »Was?«

Jetzt wandte er sich um. Sie war genauso, wie er sie in Erinnerung hatte: lange Glieder, breite Schultern, ungewöhnlich willensstark. Sie barst vor Entschlossenheit. »Soll ich gehen oder bleiben?« Er deutete beiläufig auf seine noch nicht ausgepackten Satteltaschen. »Ich brauche sie mir nur über die Schulter zu schlingen und wieder in die Stadt hinabzureiten. Dort werde ich ein Schiff finden, mit dem ich nach Hause fahren kann.«

Shonas Augen verengten sich, als sie ihn taxierten. »Du gibst leicht auf.«

»Aufgeben?« Er wog die Worte offensichtlich überrascht ab. »Ich wußte nicht, daß wir schon *so* weit gekommen waren.«

Jetzt wurde ihre Stimme eiskalt. »Wir sind nirgendwohin gekommen, denke *ich,* außer daß wir das *Kivarna* erkannt haben.« Sie stand mit angespannt gespreizten Beinen da – zum Krieg bereit, dachte Aidan, auf die eine oder andere Art. Sie biß die Zähne fest zusammen. »Wußtest du, was geschehen würde?«

Er stieß einen angewiderten Laut aus. »Ich weiß soviel über das *Kivarna,* wie du darüber weißt, einen *Lir* zu haben.« Er hielt jäh inne und dachte an Keely. Wenn Shona wie ihre Mutter war, hatte seine letzte Bemerkung keinerlei Bedeutung. »Du hast doch keinen *Lir,* nicht wahr? Oder Zugriff auf die *Lir*gestalt?«

Muskeln spannten sich an ihrem Kinn. »Nein.«

Das *Kivarna* flammte kurz auf. Er hatte einen Nerv berührt. Ihm war klar: Shona zeigte keinerlei Merkmale des Volkes ihrer Mutter und auch nicht die Magie der Cheysuli. Sie war offensichtlich ganz eine Erinnierin, einschließlich des erinnischen *Kivarna.*

Und sie fühlt sich deshalb minderwertig.

Aidan schüttelte den Kopf und antwortete ihr freundlicher. »Nein, ich wußte, daß ich es hatte, aber nicht, was es war. Noch was es bewirkte.«

Das schien sie zu besänftigen. Und er erkannte unerwartet plötzlich, daß Shona ihn ebenso ergründen konnte, wie er sie.

Er war sich nicht sicher, ob ihm das gefiel.

Unerwartet lachte Shona. »Ja«, stimmte sie ihm zu, »unerfreulich. Und beunruhigend, denke ich – *und* du. Verstehst du, womit wir es tagein, tagaus zu tun hätten?«

Widerstand regte sich. »Das bedeutet mehr als nur das.«

Der Spott war offensichtlich. »O ja, auch das. Glaube ich.« Und sie durchschritt den Raum, nahm seine Hände in ihre und hielt sie fest. »Und auch dies. Glaubst du, wir könnten *damit* umgehen?«

Es flammte genauso stark zwischen ihnen auf wie zuvor, aber jetzt mit stärkerem Gewicht. Es war weniger das reine, drängende Verlangen, sondern mehr Erwartung, versprochenes Vergnügen, Wärme, Heiterkeit und die Gewißheit, sich zu ergänzen. Aidan erkannte, daß es auch beim körperlichen Bedürfnis verschiedene Ebenen gab, die von Geist und Gefühl verstärkt wurden. Zwischen ihnen bestand weit mehr als das Verlangen nach rein körperlicher Befriedigung. Mit Shona gab es nach einer Nacht – oder Stunde – im Bett eine Zukunft.

Das hätte ihn vielleicht einst erschreckt. Aber jetzt wollte er es.

Dieses Mal unterbrach Aidan die Berührung, um ihr zu zeigen, daß er es konnte. Als sie sich gerade anspannte, um ihn loszulassen, entzog er seine Hände ihrem Griff.

Aidan deutete aufs Bett. »Leben bedeutet mehr als das. Und ich *will* mehr.«

Sie errötete. Dieses Mal gab es keine Furcht, keine Flucht, kein Leugnen. Dieses Mal bestand ein gegenseitiges Verständnis. Und doch war sie durch das *Kivarna* ohne Zweifel genauso erschüttert wie er. »Ich will …« Ihre Stimme klang rauh. Sie schluckte schwer. »Ich will Freiheit der Entscheidung.«

»Die hast du.«

»Tatsächlich?« Ihre Züge wirkten in dem herrschenden Licht hart. »Wenn uns *dies* bei jeder Berührung bevorsteht, welche Wahl ist das dann? Das, mein Lieber, ist Hilflosigkeit …«

Er unterbrach sie. »Als du zum ersten Mal auf einem Pferd saßest, und es mit dir davonlief – das war Hilflosigkeit. Als einer deiner Wolfshunde dir zum ersten Mal ein totes Junges gebar – das war Hilflosigkeit. Aber du reitest immer noch, nicht wahr? Und du züchtest immer noch Hunde.«

Ihr Gesicht war sehr blaß. »Ich werde mich hiervon nicht binden lassen. Ich werde meine Freiheit nicht für eine Laune der Götter aufgeben, die dies zweifellos erheiternd finden würden.«

Aidan mußte fast lächeln, als er an den Jäger, die Weberin und den Krüppel dachte, aber das würde sie nicht verstehen. Statt dessen setzte er auf ihre Streitlust. »Dann erweise dich als stärker. Besiege es.« Aidan wandte sich ganz zu ihr um. »Fordere dieses *Kivarna* zu einem Duell heraus. Finde heraus, wer von euch beiden stärker ist.«

Die ebenmäßigen Brauen wurden zusammengezogen. »Warum?« fragte sie. »Du hast mich vor Stunden zum ersten Mal gesehen, und jetzt willst du dich schon einlassen auf etwas, was uns sehr wohl vernichten könnte. Wir *müssen* nicht heiraten... Wir sind beide nicht verlobt. Dies ist nicht wie bei deinen oder meinen Eltern. Wir sind an überhaupt nichts gebunden.« Sie schüttelte den Kopf. »Wie kannst du persönlichen Wünschen so leicht entsagen und dich im Namen des *Kivarna* an eine Fremde ketten?«

Er zuckte die Achseln. »Weil dieses *Kivarna* durchaus mit meinem *Tahlmorra* in Verbindung stehen könnte, das wiederum ein Teil der Prophezeiung ist...« Aidan seufzte und kratzte sich müßig am Hals. »Ich bin es irgendwie gewohnt zu tun, was die Götter und die Eltern von mir erwarten.«

Shona verzog das Gesicht. »*Tahlmorras,* Prophezeiungen...« Sie schaute jäh zu Teel, der noch immer auf dem Bettpfosten hockte, und schüttelte dann mit einem Ausdruck ungeduldiger Nachsicht den Kopf. »O ja, meine Mutter hat mir von all diesen Dingen erzählt...« Die Nachsicht schwand jäh. Shona wandte sich ab und tat zwei Schritte zur Tür, bevor sie wieder herumfuhr.

»Glaubst du solches Geschwätz wirklich? Ich weiß, daß meine Mutter es glaubt – und *du?*«

Aidans rechte Hand schloß sich um die an seinem Gürtel befestigte Kette. »Ja«, antwortete er, »ich glaube es auch.«

Sie starrte ihn an, während sie sein Eingeständnis zu beurteilen versuchte. Als sie erkannte, daß er seine Worte ernst gemeint hatte, fragte sie ungläubig: »Und wegen dieses Glaubens bist du bereit, den Preis des *Kivarna* zu bezahlen? Daß, wenn einer von uns stirbt, der andere zu einem Leben in Enthaltsamkeit und Einsamkeit verdammt ist?«

Aidan zuckte die Achseln. »Wenn man den Preis des *Lir*bundes bedenkt, empfinde ich die Forderungen des *Kivarna* eher als harmlos.«

Ihre Stimme klang giftig. »Du bist ein Lügner, mein Lieber.«

»Tatsächlich? Ich?« Aidan lachte sie aus. »Du solltest es wissen, *meine Liebe*. Gebrauch dein verfluchtes *Kivarna*.«

Die braunen Augen wirkten fast schwarz. Ihr kräftiges Kinn war herausfordernd emporgereckt. »Woher soll ich wissen, daß du dabei nicht lügst? Es ist nur eine Sache des *Gefühls,* nicht der Worte. Und ich kenne nicht *alle* deine Empfindungen …«

»Worte lügen«, belehrte er sie. »Gefühle, auch sorgfältig verborgene, sagen stets die Wahrheit.«

Shona fluchte. »Du bist voller süßer Worte. Vergib mir, wenn ich nicht in Ohnmacht falle, aber ich bin keine so schwache Frau.«

»Gut«, sagte er tonlos. »Ich bin ein Mann, der eine Gefährtin will und keine Dienerin.«

Shona Verachtung war offensichtlich. »Vergiß nicht, wessen Tochter ich bin. Sie haben beide keine Närrin aufgezogen.«

Aidan nahm seine Satteltaschen hoch. »Keine Närrin«, stimmte er ihr zu. »Nur einen eigensinnigen Dickkopf mit Scheuklappen.« Er warf sich die Satteltaschen über die Schultern und ging an ihr vorbei durch die Tür.

Lir. Kommst du?

Teel klang belustigt. *Ich werde zum Fenster hinausfliegen. Draußen ist die Luft klarer.* Er flog vom Bett zum Fenstersims, glitt dann durch den schmalen Spalt und flog in den Himmel hinauf.

Aidan wandte sich nach rechts und eilte auf die Wendeltreppe zu, die nach unten führte.

»Aidan. *Aidan!*«

Er ging weiter.

»Komm zurück, du *Skilfin*. Glaubst du, ich würde dich so gehen lassen?«

Er verlangsamte seinen Schritt nicht.

Sie kam hinter ihm näher. »Was würden meine Eltern sagen, wenn sie denken müßten, *ich* sei der Grund für deinen überstürzten Aufbruch?«

»Du bist der Grund«, antwortete er. »Du kannst ihnen genauso gut die Wahrheit sagen ... Oder bist du feige?«

»Ich habe keine Angst vor ihnen. Dazu geben sie mir keinen Grund.«

»Nein. Du hast nur Angst vor dem *Kivarna* selbst.« Aidan stieg, ihre Nähe berücksichtigend, die Wendeltreppe hinab. Ihre Schritte erlahmten nicht, während sie ihm hinabfolgte.

Einige Augenblicke lang hörte er nur ihre Schritte, die ein Echo seiner eigenen bildeten. Aber dann schlossen sich ihre kräftigen Finger um den Stoff seines Umhangs und ergriffen auch noch das Lederwams darunter. »*Halt*«, befahl sie.

Er blieb in dem Augenblick stehen, als sie ihre Hand zurückriß und sich umwandte. Sie stand zwei Stufen über ihm, so daß sie über ihm aufragte. Sie stützte beide Hände gegen die Wände des Treppenschachts, als müßte sie sich festhalten. Die losen Ärmelaufschläge rutschten hoch und gaben kräftige Handgelenke und sehnige Unterarme frei, die eher zu einem Krieger als zu einer Frau gepaßt hätten. Der dichte Zopf fiel über eine Schulter bis auf die Taille und Hüfte und berührte die Oberfläche ihres verhüllten Oberschenkels. Ihr Gesichtsausdruck blieb in der Düsterkeit des engen Treppenschachts weitgehend verborgen, aber er sah die Anspannung ihres Kiefers, die Wildheit ihrer Augen, die steilen Wangenknochen, die für Cheysulianmut zu grob geschnitten waren, und dennoch angenehm wirkten. Die reine Kraft ihrer Persönlichkeit, die sich in Gesichtsausdruck, Gestalt und Geist widerspiegelte, raubte ihm die Worte. Er konnte sie nur anstarren.

Shona trat eine Stufe tiefer. Die Handflächen schabten an den Wänden entlang. »Ich *habe* Angst«, gab sie zu. »Aber das weißt du. Du brauchst nur zu nutzen, was auch *ich* nutze, wenn ich die Wahrheit über einen Menschen erfahren will.« Noch eine Stufe tiefer. Ihr Kopf war jetzt auf gleicher Höhe mit seinem. »Ich kann mit Schwert und Bogen und Messer umgehen, und ich beschäftige mich lieber mit Männer- als mit Frauendingen. Darin ähnele ich meiner Mutter ...« Shona lächelte flüchtig. »Aber an mir ist noch mehr. In mir befindet sich noch eine andere Frau, eine Frau, die einen Mann so will, wie andere Frauen ihn wollen ... So wie sie es sich erträumen. Die Frau, die sich wünscht, daß ein Mann sie liebt und daß sie ihn wiederlieben kann ...« Sie hob Ruhe gebietend eine Hand, als er etwas sagen wollte. »Nein. Hörst du mich? *Fühlst du es?* Ich sage die Wahrheit: Ich will alles, Aidan, so wie es die Geschichten versprechen. Ein Mann und eine Frau begegnen sich und verlieben sich und heiraten dann ...« Sie verzog kurz den Mund. »Du verkehrst das alles für mich. Du nimmst ihm den Sinn.«

Nach längerer Überlegung nickte er. »Ich wollte niemals, daß es so geschähe. Ich kam her, damit wir uns begegnen könnten, damit wir sehen könnten, ob wir, zunächst als Freunde, zueinander paßten. Ich wollte dich niemals unter Druck setzen oder dir das Gefühl geben, gefangen zu sein. Das verspreche ich dir. Aber als du die Hand ausstrecktest und meine Hand nahmst, wurde mir die Entscheidungsmöglichkeit genommen. Die Zeit, die die Geschichten versprechen, wurde uns beiden genommen …«

»Ich weiß.« Shona atmete tief ein und dann wieder aus. »Das *Kivarna* ist launisch. Das weißt du genauso gut wie ich.« Sie griff nach ihrem Zopf und warf ihn hinter ihre Schulter. »Versteh doch, es ist für uns beide nicht richtig. Du wirst mit einer Frau, die nicht durch *erinnische* Magie gebunden ist – vielleicht eine Cheysuli oder eine Homanerin –, besser zurechtkommen, und ich glaube, ich werde mit einem Erinnier, einem großen, lärmenden Inselbewohner, der gar kein *Kivarna* kennt, leichter leben, so daß wir beide nicht leiden müssen.«

Wen meinte sie mit ›wir beide‹? fragte Aidan sich. *Sich und ihren lärmenden Inselbewohner? Oder sich und mich?*

»Aidan.«

Nicht Shona blickte offen und neugierig an ihm vorbei, sondern ihr Vater, der am Fuß der Treppe wartete. Aidan wandte sich um. »Ja, Mylord?«

Seans Gesicht war ernst. »Du solltest lieber mit mir kommen.«

Wie können sie bereits wissen, daß ich zu gehen beabsichtige? Er runzelte ein wenig die Stirn und versuchte, die richtigen Worte zu finden. »Mylord …«

»Aidan, komm mit mir. Es geht um Gisella.«

Einen Augenblick klang ihm der Name fremd. Aidan sah Sean an. »Gisella …?« Und dann wußte er. »Meine Großmutter?«

Sean nickte. »Corin hat uns aus Atvia benachrichtigt. Gisella liegt im Sterben.«

Keelys Gesicht war wie verheert, eine steinerne Maske. Nur die Augen lebten: blau und hell wie Glas und vor Empfindungen glitzernd. Es waren Zorn, Entsetzen, Groll und sogar Haß darin zu erkennen. Aber hauptsächlich ein kalter und starker Wunsch, überhaupt nichts zu empfinden, so sehr sie es auch mußte.

So sehr sie es auch *mußte.*

Sie wartete schon, als sie die Halle betraten: Sean, Aidan, Shona. Sie stand steif an einem der Sessel, setzte sich aber nicht hin. Und ihre Haltung drückte auch nicht die Absicht aus, sich setzen zu wollen. Ein zusammengefaltetes, zerknittertes Pergament lag unbeachtet auf einem nahen Tisch. Sie hielt einen Silberbecher in Händen. Sie preßte die Finger so fest dagegen, daß sie weiß wurden.

»Also geschieht es jetzt«, sagte sie. »So viele Jahre zu spät, aber es geschieht.«

Sean ging nicht gezielt zu ihr. Er ging an ihr vorbei, als wollte er sich in den Sessel setzen, den sie verschmähte, und hielt dann inne. Eine große Hand legte sich auf ihre rechte Schulter. Kurz darauf umfaßte er auch die andere Schulter. Er drückte sie sehr sanft, und Aidan sah die Anspannung von Keelys Fingern fast unmerklich nachlassen. Jetzt zitterte der Becher.

Aidan betrachtete ihr Gesicht. *Bietet er ihr Trost? Oder Selbstbeherrschung?*

»Also«, wiederholte Keely. »Gisella liegt im Sterben und möchte ihre Verwandten sehen.«

Das erschreckte Aidan. Er setzte sich zögernd hin, während er merkte, daß Shona auf die Feuerstelle zustrebte. Seine Sinne tobten, als die Entfernung größer wurde, aber er überging es geflissentlich. Wenn das das *Kivarna* war – diese starke körperliche Bindung –, so war er nicht sicher, daß er sich dem verpflichten wollte. Die Empfindungen anderer zu verstehen, war schlimm genug.

Aidan räusperte sich. »Wirst du gehen?«

Keely erstaunte diese Frage offensichtlich. »Ich?«

»Ja. Sie ist deine *Jehana*. Wenn sie ihre Verwandten sehen will, meint sie sicher dich.«

Keely lachte einmal freudlos auf. Sie trank aus ihrem

Becher und stellte ihn dann geräuschvoll auf dem Tisch ab. »Ob sie es meint oder nicht, ist gleichgültig. Sie hat jeden Anspruch auf mich bereits vor über vierzig Jahren aufgegeben, als sie versuchte, meine *Ruholli* Strahan auszuliefern.« Keelys Gesicht verhärtete sich. »Ich habe mich im Leben von ihr losgesagt. Jetzt sage ich mich auch im Tod von ihr los.«

Seans Hände lagen noch immer auf ihren Schultern und strichen sanft über die angespannten Sehnen zwischen Hals und Schultern. »Mädchen, du solltest an Corin denken. Es wird ihn entehren, wenn niemand geht.«

»Corin wird es verstehen.« Keelys Augen waren hart wie Stein. »Ich dachte, Aidan könnte vielleicht gehen.«

»Ich!« Er sah sie überrascht an. »Ich bin ihr niemals auch nur begegnet. Gisella bedeutet mir nichts ... *Deirdre* ist meine Großmutter, wenn auch nur dem Namen nach.« Er zuckte die Achseln. »Es verlangt mich nicht danach, eine sterbende alte Frau zu sehen.«

»Ihr Blut fließt in deinen Adern«, sagte Keely. »Es macht dich zu einem Teil der Prophezeiung, Aidan ...« Sie entzog sich Sean, schritt von ihnen allen fort, wandte sich aber nach drei Schritten unbeholfen wieder um. »Ich kann nicht gehen. Ich kann mich nicht *zwingen* zu gehen, selbst wenn ich es sollte. Ich hasse diese Frau schon mein ganzes Leben lang. Sie ist alt und krank und stirbt, und sie ist *wahnsinnig* ...« Sie rieb sich müde die Stirn, was ihre Gesichtshaut spannte. »Jemand sollte gehen, zumindest um Corins willen ... und um Gisellas willen. Aber nicht ich. Ich würde sie ansehen und die Frau erkennen, deren Handlungen mich beinahe vernichtet hätten, und ich würde sie hassen. Und niemand, der stirbt, verdient Haß. Er verdient Vergebung ...« Keelys Gesicht wirkte erstarrt. Tränen schimmerten kurz auf. »Ich kann ihr keine Vergebung gewähren.«

Seans Stimme klang ruhig und rauh, während er Aidan ansah. »Sie hat ihre Enkelkinder noch nie gesehen,

Junge. Ich bezweifle nicht, daß sie jetzt eine einsame alte Frau ist – das Sterben fiele ihr vielleicht leichter, wenn sie dich sähe.«

»Ich weiß, aber …« Aidan seufzte und gab auf. »Ja, ich verstehe. Wenn sonst schon nichts, so kann ich meinem Großvater dann wenigstens die Nachricht bringen, daß die Königin von Homana tot ist … Das kann vielleicht besser ein Verwandter als ein Bote übermitteln.« Er zog sich aus dem Sessel hoch. »Ich werde gehen.«

»Warte.« Das war Keely. »Wenn du gehst, mußt du etwas tun.«

Aidan nickte bereitwillig.

Ihr Blick blieb fest. »Du mußt deinen *Lir* zurücklassen.«

»Teel zurücklassen! Warum? Wie kannst du nur darum bitten?«

Seans Stimme klang beschwichtigend. »Das hat seinen Grund, Junge.«

»Ich kann meinen *Lir* nicht zurücklassen!«

Keely schüttelte den Kopf. »Du mußt es tun, Aidan, sonst riskierst du, ihn zu verlieren. Raben sind in Atvia Todesomen. Sie erschießen sie, wann immer sie können, damit die Vögel keine Kunde zum nächsten Sterbenden tragen können.«

Es war unglaublich. »Aber Corin regiert dort. Er ist ein Cheysuli. Er hat ihnen doch sicher beigebracht, was ein *Lir* ist.«

»Das wissen sie. Aber sie kennen nur Kiri, und sie ist ein Fuchs. Die Atvianer töten Raben schon seit Jahrhunderten. Diese Angewohnheit ist nicht leicht abzugewöhnen, auch nicht durch einen König – und besonders nicht durch einen fremden König …« Sie seufzte. »Ist es das Risiko wert? Laß Teel hier.«

Er schüttelte den Kopf. »Wenn er hier bleibt, habe ich keinen Zugriff auf die *Lir*gaben. Kein Gestaltwandeln, kein Heilen …«

»Wirst du dort irgend etwas davon brauchen?« Keely

legte eine Hand auf seinen Arm. »Bleibe eine Woche. Oder höchstens zehn Tage. Dann komm zurück ...« – sie warf einen geheimnisvollen Blick auf ihre Tochter – »... und tue, was immer du tun mußt, um deine Angelegenheiten zu regeln.«

Aidan sah Shona an. Ihre Blicke verschränkten sich einen Augenblick lang. Dann wandte sie den Kopf ab und sah entschlossen ins Feuer. Sein Widerwille, nach Atvia zu gehen, schwand. Vielleicht war es in diesem Augenblick für sie am besten, wenn er ging und die Dinge wieder zurecht rückte. Um besser und genauer zu verstehen, was das *Kivarna* bedeutete, ohne seine Gegenwart so greifbar zu spüren.

Aidan schaute wieder zu Keely. »Ich werde zunächst mit Teel reden. Dann werde ich gehen.«

Sean lächelte schwach. »Es *eilt* nicht so sehr, Junge ... Bleib noch über Nacht und laß uns dich bewirten. Ich werde dich gleich morgen früh über den Drachenschwanz bringen lassen.«

Aidan nickte. Shona wandte sich auf dem Absatz um und verließ die Halle.

Kapitel Neun

Die Atvianer hatten zweifellos Keely oder zumindest jemanden aus ihrem Haushalt erwartet. Als nur Aidan eintraf, ein Fremder ohne einen einzigen Diener oder eine Nachricht von dem Herrn oder seiner Lady, zeigten sie sich verwundert und brachten erst verspätet die angemessene Höflichkeit auf, ihn in ein Zimmer zu geleiten. Er wurde angewiesen, auf angemessene Betreuung zu warten.

Aidan, der nun Zeit hatte, darüber nachzudenken, ob sein Kommen klug gewesen war, durchschritt müßig den Raum. Wie Kilore war auch Rondule eine Festung, erbaut, um Atvia zu verteidigen und nicht als Wohnsitz mit besonderem Komfort. Es gab Stühle, Tische, Bänke, drei Fellteppiche, ein frisch entzündetes Feuer. Das Balkenwerk war grobschlächtig, aus massiven Stämmen herausgehauen und bewußt ursprünglich belassen – Homana-Mujhars glatten, seidenweichen Balken, die sich in anmutigen Schwüngen unter den dunklen Steinbögen wölbten, wenig ähnlich.

Aidan seufzte, blieb an der Feuerstelle stehen und wärmte sich die morgenkalten Hände. Die kurze Reise über den Drachenschwanz war schnell und leicht vonstatten gegangen, aber er hatte den Magen eines Landbewohners – und war froh, wieder festen Boden unter den Füßen zu haben.

Über dem Kaminsims hing ein wuchtiger, messingbeschlagener Holzschild. Er war offensichtlich sehr alt und besaß eine ganz eigene Würde. Kerben überzogen das dunkle Holz, und das Messing war an manchen Stellen beschädigt. Hier und dort fehlten Stücke, so daß die dunklen Umrisse der darunter befindlichen Originalverzierung sichtbar wurden. Aidan glaubte nicht, es sei ein von Corin von Homana mitgebrachtes Andenken. Er war wohl eher aus den Kriegen zwischen Atvia und Erinn übriggeblieben.

Es schien seltsam, jetzt daran zu denken. Aber die Feindschaft zwischen den beiden Inselreichen, die nur durch einen schmalen Kanal voneinander getrennt waren, hatte eine verbitterte Rivalität zu beständiger Feindschaft werden lassen, so daß sich zwei Völker, einander sonst sehr ähnlich, generationenlang bekämpft hatten. Jetzt waren sie in einem – durch Corins Übernahme des atvianischen Throns und durch einen zuerst mit Liam geschlossenen, und dann mit Sean erneuerten Vertrag – erzwungenen Frieden vereint, aber Aidan zweifelte daran. Menschen veränderten ihre Gewohnheiten nicht so schnell. Alaric hatte erst ungefähr zwanzig Jahre zuvor regiert, ein reiner Atvianer der alten Art, ein Mann, der dem Ziel verschworen war, Erinn zu einem Teil seines Reiches zu machen. Corin, sein Enkel, hatte diesem Ehrgeiz ein Ende gesetzt, indem er nach Alarics Tod zum Erben geworden war. Sean, der mit Corins Schwester verheiratet war, wollte die Kämpfe nicht fortführen, die Erinn bis zu Liams Zeit jedes Jahr einen Teil seiner Kraft genommen hatten.

Die Tür schwang auf. Aidan wandte sich um und erwartete Corin, sah aber statt dessen eine Frau.

Sie hielt inne, betrat den Raum dann und schloß die Tür hinter sich. Schlanke Hände blieben in den Falten ihres rostroten Gewandes verschränkt. Diese Farbe wirkte auf der dunklen Haut höchst vorteilhaft. Dunkelbraunes Haar war ordentlich aus einem zarten Gesicht und von einem schlanken Hals zurückgeflochten und in einem Goldnetz am Hinterkopf hochgesteckt. Eine Kette aus dunklen Granaten umgab ihre Taille und reichte bis zum Saum ihrer Röcke. Die braun gefärbten Slipper ragten unter dem Saum hervor, während sie auf ihn zukam und ihn zur Begrüßung anlächelte.

Sie war ganz offensichtlich keine Dienerin. Aidan sammelte sich sofort wieder und bemühte sich, sie ebenfalls angemessen zu begrüßen, indem er höflich den Kopf neigte und erklärte, wer er war und warum er statt Keely oder Sean gekommen war.

Große Augen spiegelten ihre vorübergehende Überraschung wider. Dann nahm sie mit geschickten, anmutigen Händen – und noch immer lächelnd – die herumwirbelnden Röcke zusammen und machte einen Hofknicks. Die Granate klapperten dabei. Sie erhob sich wieder, legte eine Hand flach über ihr Herz und beugte anerkennend den Kopf. Unter ihren gesenkten Lidern erkannte Aidan üppig braune und ausdrucksvolle Augen. Der leicht geschwungene Mund in dem zarten Gesicht von ruhiger Schönheit schien nicht sprechen zu wollen.

Sie war dünn, sehr dünn, aber sie besaß eine geschmeidige Anmut, die die Zerbrechlichkeit ihres Körpers Lügen strafte. Der lange, schlanke Hals, durch das hochgesteckte Haar noch betont, wirkte ausgesprochen zart. Er dachte an die so große, kräftige und starke Shona und erkannte, daß die erinnische Prinzessin neben dieser Frau wie ein derbes Küchenmädchen wirken würde, wenn auch wie eines von königlicher Herkunft. Aber die Kraft dieser Frau fand weniger in ihrem Körper als in den Augen Ausdruck, sobald man sie ansah. Aidan stellte, als er diese Unzulänglichkeit erkannte, fest, daß sie keinen Unterschied bedeutete.

Die Tür schwang erneut auf. Die Frau wandte sich mit schwingenden Röcken um, und Aidan erkannte, daß sie nur stumm war, aber nicht taub. Er sah ihr zartes Gesicht erstrahlen, als der Mann eintrat –, und dann ging sie zu ihm, nahm seine Hand und zog ihn durch den Raum. Sie lächelte strahlend, als sie sich wieder Aidan zuwandte, die Hand des Mannes noch immer umfassend. Sie streckte ihre andere Hand aus, machte eine anmutige Geste und schien mit dieser einzigen Bewegung alles Wesentliche gesagt zu haben.

Dies war natürlich Corin. Aidan erkannte ihn sofort. Es gab nur wenige Männer auf der Welt, die dem Mujhar so sehr ähnelten, obwohl Nialls besondere Merkmale durch das andere Blut in Corins Adern abgeschwächt waren. Außerdem war der Herr von Atvia erheblich jünger. Er hatte lohfarbenes Haar und blaue Augen, trug aber, wie Sean, einen Bart. Ihm fehlte auch Nialls beeindruckende Größe. Er war kleiner und schmaler, obwohl niemand ihn *klein* nennen würde. Er war mindestens so groß wie Brennan und Hart, dachte Aidan, vielleicht sogar ein wenig größer. Er trug das übliche Cheysulileder, was Aidan im Hinblick auf Corins Reich überraschte. Er trug Gold an den Armen und in seinem linken Ohr. Er war seinen Brüdern überhaupt nicht ähnlich, fand Aidan. Aber seiner Schwester, ja. Keely war in seinem Gesicht und seinem Lächeln wiederzuerkennen.

Corin nickte gedankenvoll, während er Aidan schnell betrachtete. Seine Stimme klang sehr nüchtern. »Jetzt bist du gar nicht mehr so schwächlich, nicht wahr? War es Brennans Rechtschaffenheit oder Aileens Eigensinn, was dich all den Schwarzsehern hat trotzen lassen, die deinen Tod weisgesagt haben?«

Aidan lächelte höflich. »Und warst du einer davon?«

Weiße Zähne blitzten auf. »Kaum! Du vergißt, *Harani* – ich kenne deine *Jehana*. Ich habe keinen Augenblick geglaubt, daß ein Sohn von Aileen und Erinns Blut so leicht aufgeben würde.«

Aidan hatte nach so vielen Jahren der Traurigkeit mehr erwartet. Groll. Vielleicht Verbitterung. Statt dessen spürte er Stolz und unterschwellige Anerkennung. Es war fast, als sähe Corin Aidan als seinen eigenen Sohn an und als gefiele ihm, was er sah. Es war nicht der von Aidan erwartete Empfang.

»Es geht ihr gut«, sagte er ruhig. »Sie läßt grüßen.«

»Brennan zweifellos auch.« Lachen glitzerte in Corins Augen. »Ich weiß, was du tust, *Harani*. Zweifellos haben dich alle Diener mit den Geschichten versorgt. Nun, ich könnte mir vorstellen, daß die Narrheiten unserer Jugend *tatsächlich* guten Stoff für Geschichten bieten.« Er zuckte die Achseln und lächelte herzlich der Frau an seiner Seite zu. »Aber alte Wunden heilen, Aidan. Ich habe sie einst sehr geliebt. Aber jetzt ist die Liebe nur noch eine frohe, wenn auch bittersüße Erinnerung.« Eine Hand führte die schlanke Frau vorwärts. »Erweise deinen Respekt, *Harani*. Diese Frau ist Atvias Königin.« Corin wölbte ein wenig die Brauen. »In der Alten Sprache meine *Cheysula*. Ihr Name ist Glyn.«

Aidan öffnete den Mund und schloß ihn dann wieder. Er wollte widersprechen. Wollte sagen, daß die Frau natürlich nicht Corins Frau war, da in Homana niemals eine Nachricht über diese Heirat eingetroffen war. Aber wer war er, daß er darüber rechten wollte? Und warum? Es lag durchaus in Corins Macht, zu heiraten, wen immer er heiraten wollte, öffentlich oder privat – und doch empfand Aidan ein seltsam freudloses Gefühl. Nach so langer Zeit und so vielen Geschichten war er zu dem Glauben gelangt, daß Corin niemals heiraten würde, weil Aileen Brennan geheiratet hatte. Es war fast, als hätte Corin seine Mutter betrogen.

Er schluckte schwer, trat vor, nahm die zarte Hand der Frau und ehrte sie mit einem Handkuß. Ihr herzliches Lächeln und die beredten Augen besänftigten ihn augenblicklich und vertrieben den verbliebenen Groll, bis er ihr Lächeln erwiderte.

»Wenn ich es gewußt hätte, hätte ich ein Brautgeschenk mitgebracht.« Damit brachte er Corin gegenüber einen Vorwurf zum Ausdruck und bot ihm die Gelegenheit, sich zu erklären.

Corin zuckte gelassen und reuelos die Achseln. »Es war meine eigene Angelegenheit. Ich wollte Glyn mit niemandem teilen.« Seine Stimme klang sehr ruhig, während die Frau wieder an seine Seite trat. »Nur wenige hätten es verstanden, daß der Herr von Atvia eine Frau hat wählen können, die nicht sprechen kann.«

Zunächst vielleicht nicht. Aber Aidan spürte, daß Glyns Stummheit nicht wichtig war. Man brauchte sich nur ihren Gesichtsausdruck anzusehen und zu bemerken, wie sie Corin ansah, um zu wissen, woraus ihre Welt bestand.

Corins Bart verbarg sein bitteres Lächeln zum größten Teil. »Wenn ein Mann aufhört, mit seinem *Tahlmorra* zu hadern, belohnen ihn die Götter oft mehr, als er verdient hat. Nach zu vielen Jahren der Einsamkeit haben sie mir Glyn gesandt. Ich habe gelernt, die Vergangenheit hinter mir zu lassen und statt dessen in der Gegenwart zu leben.« Das Thema wurde mit einer Geste beendet. »Nun, Keely hat sich vermutlich geweigert zu kommen.«

Aidan nickte. »Sie sagte, du würdest es bestimmt verstehen.«

Corin verzog das Gesicht. »Das tue ich. Ich wünschte, sie würde ...« Er winkte ab. »Weißt du, ich glaube, daß Keely weniger verbittert wäre, wenn Gisella Strahan außer ihren Söhnen auch ihre Tochter zu übergeben versucht hätte. Aber das tat Gisella nicht. Keely schien ihm unwichtig, weil sie ein Mädchen war.« Er lächelte schwach. »Das ist Keelys Deutung, *Harani:* Sie wäre lieber inmitten irgendeiner Ihlinigemeinheit gefangen gewesen, als nur wegen ihres Geschlechts davon *verschont* zu bleiben.«

»Und Shona ist ihr sehr ähnlich«, seufzte Aidan betrübt, ließ das Thema dann aber fallen. »Du hast die Nachricht gesandt, daß Gisella ihre Verwandten sehen will. Wird sie sich mit dir begnügen?«

Corin machte ein seltsames Gesicht. Und seine Stimme klang noch sonderbarer. »Das ist die falsche Frage. Es geht nicht nur einfach darum, ob sie sich mit dir *begnügen* wird, sondern ob du es mit unbeschadeter Würde überstehen wirst.« Er deutete auf die Tür. »Komm mit mir.«

Der Raum lag in tiefen Schatten, da die Fensterschlitze mit Läden versehen waren und nur eine Handvoll Kerzen das Schlafzimmer beleuchteten. Der vermischte Geruch von Bienenwachs und Tod stieg ihm in die Nase, als er eintrat. Die Tür fiel geräuschvoll hinter ihm zu, als die Dienerin hinausging und ihn in dem Raum allein ließ. Corin hatte gesagt, Gisella habe nicht mehr genügend Kraft für mehr als einen Besucher zur gleichen Zeit. Aidan, der ungern an der Tür verweilte, war nicht sicher, ob *er* für diesen Besuch stark genug war.

Er war dem Tod noch niemals zuvor so nahe gewesen. Er hatte zu kämpfen gelernt, wie es von einem Mann erwartet wurde, der der Mujhar sein würde, aber er war noch niemals in den Kampf gezogen. Seine Verwandten waren voller Leben und stark. Er hatte niemals erlebt, daß Alte verfielen, bevor ihre Lebensgeister sie nicht verließen.

Er war auch nicht auf den Geruch vorbereitet gewesen. Er hatte die Empfindungen nicht erwartet. Er begegnete der sterbenden Frau mit entsetzlicher Angst vor dem, was er sehen und empfinden würde, weil er fürchtete, sein *Kivarna* könnte ihn überwältigen.

Als sich seine Augen an das Dämmerlicht gewöhnt hatten, sah er den schwachen Umriß ihres Körpers unter der Seidendecke des Betts unter dem Betthimmel. Der Stoff war üppig indigofarben und fast nicht vom Dämmerlicht zu unterscheiden. Erst nach einem Augenblick der Gewöhnung konnte Aidan die Bettdecke und die Schatten auseinanderhalten. Gisella schien die Decke wie ein Leichentuch zu tragen.

Sie wurde von Polstern und Kissen gestützt. Zunächst konnte er ihr Gesicht kaum sehen, das mit dem Dämmerlicht verschmolz, aber dann bemerkte er das Schimmern ihrer Augen. Helle, ungezähmte Augen wie seine eigenen, der Blick durchdringend auf ihn gerichtet – auf den Eindringling.

Götter – jetzt verstehe ich, warum die Ungeweihten uns so

sehr fürchten, wenn sie uns zum ersten Mal begegnen … Aidan schluckte schmerzlich und befeuchtete seine trockenen Lippen.

Ihr Haar war überwiegend grau, ein dunkles, geflecktes Grau, aber ihr Gesicht war von Silber-Weiß umgeben. Das Haar lag auf indigofarbener Seide in zwei kordeldünnen Zöpfen auf den mageren Schultern. Ihre Haut, einst cheysulidunkel gewesen, war durch Alter und Krankheit gelblich geworden, und ihr Gesicht bestand nur noch aus Höhlungen. Aidan fragte sich beunruhigt, welche Krankheit sie ins Grab bringen würde. Allein das Alter verheerte einen Cheysuli selten so stark. Mitglieder seines Volkes starben üblicherweise als anmutige Erscheinungen.

Aidan blieb am Fuß des Bettes stehen. *Sie ist wahnsinnig*, erinnerte er sich. *Eine kranke, sterbende, wahnsinnige alte Frau …*

Die hellen Augen blickten fest. »Wer bist du?«

Die Stimme klang farblos. Aidan tat sein Bestes, seine Stimme lebhaft erklingen zu lassen. »Aidan«, antwortete er. »Aidan von Homana, Brennans Sohn.«

Gisella lächelte böse. »Noch ein Sohn, den ich nicht mehr gesehen habe.«

Er war vorsichtig. »Du hast doch Corin.«

Ihre Stimme klang heiser. »Wen?«

»Corin.« Aidan atmete tief durch. »Dein drittgeborener Sohn. Corin, jetzt Herr von Atvia …«

»Mein Vater ist der Herr von Atvia. Ist Corin mein Vater?«

O Götter … »Corin ist dein Sohn.«

Jetzt mürrisch: »Wer bist du?«

»Aidan.« Er begann erneut. »Aidan von Homana …«

»Brennans Sohn, ich *weiß*.« Ihre Zähne wurden kurz sichtbar. »Sie erzählen mir Dinge, sie alle … Und dann erzählen sie sie mir wieder und wieder und *wieder* – halten sie mich für eine Närrin?«

»Nein.« Aidan hielt aus den Augenwinkeln flüchtig

nach einem Stuhl Ausschau, ließ aber dann sofort wieder davon ab. Er wollte nicht so lange bei Gisella bleiben. Er wollte gehen, sobald der Anstand es zuließ.

»Und wirst *du* Mujhar sein?«

Er schrak aus seinen Gedanken auf. »Ja. Eines Tages.«

Die hellen Augen glitzerten. »Aber Niall lebt noch. Regiert noch. *Niall* regiert noch …« Gisella legte dünne Finger an den Mund und strich über die vertrockneten Lippen, als erinnere sie sich nur zu deutlich, wie sie einst das Bett eines Mannes geteilt hatte. »Niall«, sagte sie weich.

»Mein Großvater.« Aidan schaute verstohlen zur Tür. »Vielleicht sollte ich ein anderes Mal wiederkommen …«

»Komm her. Komm *her*. Komm näher. Komm *her*.«

Er gehorchte wider Willen.

Gisella sah zu ihm hoch. Er stand dort, ließ sich anschauen und bekämpfte den Drang, davonzulaufen. Sein *Kivarna* entflammte unter dem wilden Aufruhr ihrer Empfindungen, die so verworren, düster und unverständlich waren. Sie war wahnsinnig, nur zu offensichtlich, aber mehr war nicht an ihr. Hinter der Verwirrung war sie das Mädchen, das sie vielleicht einst gewesen wäre, wenn Lillith sie nicht verhext hätte. Ein kindliches, unschuldiges Mädchen, im Körper einer Frau gefangen, aber dennoch unschuldig. Sie war jetzt nicht zur Königin geeignet und war es auch niemals gewesen. Aber sie hatte auch die tiefe und allumfassende Verwandlung ihres Geists nicht verdient. Lillith hatte die Unschuld zerstört. Lillith hatte Gisella zerstört – weil sie Homana zerstören wollte.

Gisella deutete auf ihn. »Du.«

Er wartete ab.

»Cheysuli«, sagte sie. »Sie haben es mir erzählt. Lillith. Mein Vater. Sie haben es mir *erzählt* …« Sie lächelte. »Cheysuli, Atvianer, Erinnier, Solinder, Homaner. Alle werden gebraucht, um die Prophezeiung zu erfüllen.«

Sie war auf unheimliche Weise klar. Aidan sah sie an.

»Sie verbinden die Häuser miteinander und mischen das Blut – mein Blut, dein Blut, *ihr* Blut …, um das richtige Kind zu schaffen. *Das Kind*. Den Jungen, der König aller Länder werden wird. Ein Mann, der das Blut zweier magischer Völker vereint und … und …« Sie neigte den Kopf und runzelte leicht die Stirn. »Frieden.«

Aidan nickte. »Die Prophezeiung, Großmutter. Zwei magische Völker und vier kriegführende Reiche werden in Frieden vereint.«

»*Tahlmorra*«, murmelte sie.

Aidan nickte erneut. »Wir alle haben eines.«

Ihr Blick schärfte sich. »Hast du eines?«

»Natürlich.«

Sie schüttelte zögernd den Kopf. »Nein. Nein. Nein.«

»Großmutter …«

Gisella sah ihn an. »Lillith hat mir davon erzählt … ein *Tahlmorra* ist nichts anderes als ein von Menschen – die sich die Erstgeborenen nennen, damit die Leute glauben, sie seien großartiger als alle anderen – vor langer Zeit geschmiedetes Band.«

»Großmutter, Lillith hat gelogen …«

»Gib ihnen eine Prophezeiung, sagte sie. Gib ihnen ein Schicksal und nenne es *Tahlmorra*, etwas, was sie so stark bindet, daß sie niemals ausbrechen werden … Etwas, das sie zu Dienern macht, aber laß ihnen ihren Stolz, damit sie sich für besser, *besser* halten … besser als jeder andere, damit sie an dem Bund *fest*halten …«

»Nein, Großmutter …«

»Lillith hat es mir erzählt«, sagte sie nur. »Sie hat mir die Wahrheit darüber erzählt: Die Cheysuli sind durch die stillschweigende Einwilligung der Erstgeborenen, die die Macht der Ihlini erkannten und fürchteten, zu dem gemacht worden, was sie sind. So haben sie sich ein Heer gebildet – Lillith hat es *gesagt* –, aber sie nannten es ein Volk, um die Cheysuli wie Waffen zu benutzen. Sie wandten Krieger gegen Magier, Kind gegen Kind …«

Aidan unterbrach sie. »Großmutter, *sie hat gelogen*.« Er

wartete ab, bis sie ihn tadelnd ansah. Dann fuhr er ruhiger fort: »Du bist krank und verärgert und verwirrt … Großmutter, Lillith hat dich all diese Jahre lang nur belogen …«

»Du belügst mich jetzt.«

»Nein.« Aidan seufzte. »Großmutter, ich habe eine Aufgabe zu erfüllen, und ein *Tahlmorra*. Lilliths Lügen zu wiederholen, wird mich nicht von dem abbringen, was ich tun muß.«

»Der Thron wird niemals dir gehören.«

Das verschlug ihm die Sprache.

Gisella lächelte und neigte den Kopf zu einer Seite. »Niemals.«

»Großmutter …«

»Er lehnt dich ab.« Sie sah sein Entsetzen, seinen Schreck. »Der Löwe. Ich *weiß* es, Aidan.« Sie nahm ihre Bettdecke zwischen die dünnen Finger und beugte sich vor. Ihre Stimme klang sehr sanft, und Aidan hörte aus ihrer Ruhe die Überzeugung und den Tenor der Prophezeiung heraus. »Thronloser Mujhar. Ungekrönter König. Ein *Kind*, von Schicksalen umhergestoßen, die es nicht verstehen kann …« Sie sank wieder in die Kissen zurück. »Von den Göttern berührt, aber unwissend … Ein Mann, der so sehr berührt wurde, so sehr als einer ihrer eigenen Art beansprucht wurde, kann den Frieden der Königschaft niemals kennenlernen.« Gisella lächelte herzlich, die gelben Augen leicht geschlossen. »Du wirst Homana niemals regieren.«

Aidan platzte mit dem ersten Gedanken heraus, der ihm in den Sinn kam. »Willst du damit sagen, daß ich sterben werde, Großmutter? Muß ich *sterben?*«

Gisella begann mit kleiner, kindlicher Stimme zu singen.

Kapitel Zehn

Er erwachte in der Dämmerung, verstört, zitternd und verängstigt. Seine Räume wirkten im falschen Licht der Dämmerung kalt, aber auch das krampfhafte Hochziehen der Decken wärmte ihn nicht. Aidan setzte sich auf, fluchte und rieb sich heftig die brennenden Augen.

Teel?

Aber dann erinnerte er sich fast augenblicklich, daß der Rabe nicht bei ihm war. Teel wartete in Erinn, in Shonas Nähe, auf ihn. Eine krankhafte Einsamkeit machte sich tief in ihm breit. Er war ganz allein, *zu* allein, auch wenn sein Verwandter in der Festung schlief.

Wie auch seine Großmutter.

»Noch ein Traum«, murmelte er angewidert, aber dieser war ganz anders gewesen.

Er erinnerte sich nur bruchstückhaft daran: Er saß in der Großen Halle Homana-Mujhars auf dem Löwenthron; er lag tot auf dem Löwenthron, während ihm Blut aus Mund und Kehle lief; man trauerte um ihn als um den thronlosen Mujhar, den ungekrönten König. Aidan von Homana war kein richtiger Monarch, sondern nur ein namenloser Prinz, der allzu schnell in Vergessenheit geriet.

Er strich sich das wirre Haar aus dem Gesicht und zog absichtlich zu fest daran, als könnte das Unbehagen seine Erinnerungen verdrängen. Es gelang nicht. »Eine Hexe«, murmelte er. »Eine atvianische Hexe, die von einem Ihlini in Verrat geübt wurde ...«

Er war leer. Unvollständig. Teel war selbst für die *Lir*-verbindung zu weit entfernt.

Und Shona war für das *Kivarna* zu weit entfernt.

Er brauchte eines davon oder beides. Das war ihm vollkommen klar, als er zusammengekauert und zitternd im Bett saß. Teel für die *Lir*verbindung und alle ihre Gaben, und Shona für Körper, Geist und Gefühl. Sie waren beide in sein *Tahlmorra,* in sein Leben eingebunden. Wenn er eines von beiden zurückwies oder aufgab, vernichtete er einen Teil von sich selbst.

Gisellas Erklärung kam ihm in den Sinn. Er hörte sie erneut so deutlich, als stünde sie neben seinem Bett und beuge sich über ihn wie eine Mutter über ihr Kind, wie eine Großmutter über einen vollkommen von Alpträumen verängstigten Enkel.

Aber Gisella bot ihm keinen Trost. Gisella machte ihm Angst und Selbstzweifel. *»Du wirst Homana niemals regieren.«*

Aidan schlug die Decken zurück, kletterte hastig aus dem Bett und zog frische Lederkleidung, Stiefel, seinen Gürtel und einen dunkelblauen Umhang an. Bei den Satteltaschen hielt er inne, griff in eine hinein und zog die Goldkette heraus. Die Glieder waren massiv und schwer. Er konnte sechs davon benennen: Shaine, Carillon, Donal, Niall, Brennan und ihn selbst. Aber von den anderen wußte er nichts. Eines gehörte zweifellos seinem Sohn und die anderen den Mujhars nach ihm.

Aidan legte einen Finger an das sechste Glied, sein eigenes, und fragte sich, welche Art König er sein würde.

Und dann fragte er sich, ob er überhaupt König sein würde.

Aidan riß seinen Gürtel fast gewaltsam heraus. Er zog das Leder durch die Kettenglieder und legte sich den Gürtel dann wieder um. Er konnte das Gewicht und die Rundung jedes Gliedes spüren. Für solch ein Vermögen könnte ein Mensch töten. Aidan zog seinen Umhang über den Gürtel, verließ den Raum und hielt im Gang ausreichend lange inne, um einem Diener mitzuteilen, daß es ihm gut ginge, er aber Luft benötige. Er war in der Nacht zuvor lange mit Corin aufgeblieben. Sie hatten

Neuigkeiten ausgetauscht und Wein getrunken. Niemand würde sich über einen Morgenritt wundern, den er auch wirklich brauchte.

Ohne Teel war er nur ein halber Mensch, ein Schatten. Er spürte, wie sich sein Geist von seinem Körper entfernte wie ein Boot, das von seiner Vertäuung gelöst wird. Das machte ihn mürrisch und ungeduldig. Der Pferdeknecht, den er aus dem Schlaf schreckte, eilte davon, um ein Pferd zu satteln, noch während Aidan sich entschuldigte. Als das Pferd bereit war, schwang er sich schnell hinauf und ritt mit lautem Hufgeklapper aus dem Hof, in der Absicht, das restliche Unbehagen und die schlechte Laune so bald wie möglich loszuwerden. Grund dafür war natürlich der Traum, das wußte er. Seit die Kette in Solinde ergänzt worden war, hatte er keine Alpträume mehr gehabt, sondern jede Nacht tief geschlafen. Aber der Alptraum, den er erst vor einer halben Stunde geträumt hatte, erfüllte ihn mit namenloser und zunehmender Furcht.

Aidan verließ die Stadt so schnell wie möglich, ritt in die Hügel hinauf und am Rande der den Drachenschwanz überragenden Landzunge entlang. Die Stadt unter ihm wirkte ruhig. Rauch stieg aus den Schornsteinen auf und verbreitete einen dünnen Schleier über den Dächern, aber er konnte kaum andere Bewegungen erkennen. Unmittelbar vor der Dämmerung befand er sich allein oben auf den Wallanlagen der Stadt, ritt auf dem Rückgrat Atvias entlang. Das Schloß selbst kauerte auf einer gezackten, himmelwärts ragenden Felsgruppe. Die wulstige Kuppel wurde Drachenkopf genannt.

Er sah die zerfallene Landzunge in der Ferne aufragen. Morgennebel wickelte sich um feuchtes graues Gestein, aber die Sonne färbte Silberperlen safranfarben und veränderte die narbige, körnige Oberfläche zu glattem Ockergold.

Aidan betrachtete das Schauspiel und zuckte dann die Achseln. *Ich habe nichts besseres zu tun …*

Er hielt es für eine leere Hülle, bis er näher herankam. Dann sah er die Bank neben der niedrigen Tür – sowie die Fensterläden, die geöffnet waren, um Licht in den Turm zu lassen. Es war ein eigenartiges Wohngebäude. Es hatte einst als Vorhut gegen die Annäherung von Feinden Erinns gedient. Jetzt war es kaum noch mehr als die kümmerliche Hütte eines Kleinpächters. Aidan, der hungrig war, stieg ab und warf die Zügel über den Kopf seines Pferdes. Er ließ das Tier grasen und schritt in der Hoffnung über das hügelige Gras zum Turm, daß sein Bewohner eine Morgenmahlzeit mit ihm teilen würde.

Die Tür war geöffnet, wie auch die Fensterläden. Aidan rief, aber es erfolgte keine Antwort. Nach einem Augenblick der Unentschlossenheit duckte Aidan sich unter dem niedrigen Sturz hindurch und trat ein. Er hatte Geld. Er kannte keinen lebenden Kleinpächter, der gutes Geld verschmäht hätte – selbst von einem Fremden nicht, der zu hungrig und ungeduldig war, um auf eine Einladung zu warten.

Der Turm war rund. Der Raum ebenso. Die Wände kahl, aber getüncht. Feuerholz war in der einfachen Feuerstelle aufgelegt worden, aber das Feuer schien erloschen. Aidan, der Feuerstein und Wetzstahl in seiner Gürteltasche hatte, kniete sich hin, um es neu zu entzünden.

Im grauen Licht der Dämmerung wirkte der Turm verlassen, und doch straften andere Anzeichen das Gefühl Lügen. Ein schmales Bett war an die gewölbte Wand geschoben worden. Ein Tisch mit leicht abgeschrägten Beinen stand mitten im Raum. Ein Stuhl war daruntergeschoben. Eine wacklige Bank lehnte an der Wand neben der Tür. Auf der anderen Seite befand sich eine Wendeltreppe, die zum oberen Stockwerk und zum Dach führte.

Aidan hörte Schritte im Eingang. Er wandte sich, noch immer auf Knien, um. Er dachte, daß diese Haltung auf den Turmbewohner weniger bedrohlich wirken würde, besonders da er Feuerstein und Wetzstahl in der Hand hielt – statt eines Messers oder eines Schwertes. Aber der erwartete Mann erwies sich als eine Frau. Aidan erhob sich hastig und steckte die Werkzeuge wieder ein.

Hinter ihr war Nebel und Sonnenlicht zu sehen. Beides haftete an ihrem groben grauen Umhang, zerriß, als sie sich bewegte, und verschwand, als sie lächelte. Ihr ungebundenes, unter dem Umhang verborgenes Haar war schwarz und glänzte wie Rabenflügel. Etwas an ihr erinnerte Aidan an jemanden – schwarzes Haar, große schwarze Augen, eine lebendige, verlockende Schönheit.

Der Gedanke kam ungebeten auf und vertrieb einen Rest von Angst. *Sie könnte mir Zuflucht gewähren. Sie könnte mich erlösen.*

Das hatten so viele Frauen erreicht. Und diese Frau erwartete es. Er hatte gelernt, es in ihren Augen, an kaum wahrnehmbaren Bewegungen zu erkennen.

Sie kann mich beruhigen …

Er lächelte, als sie den Turm betrat, und nahm ihr den Wassereimer aus den Händen. Ihre Finger berührten sich kurz.

Das *Kivarna* – und anderes – vermittelte ihm die Wahrheit. *Sie will es genauso wie ich.*

Er stellte den Eimer auf den Tisch und hoffte, daß er nicht zu schwer dafür wäre. Der Tisch hielt stand. Wie auch ihr Blick, der auf seinem Gesicht ruhte. Ihr Gesicht wirkte geheimnisvoll. Sie stellte seine Anwesenheit im Turm nicht in Frage. Sie schien nicht verängstigt oder erschreckt, einen Fremden in ihrer Behausung vorzufinden. Sie ließ einfach den Umhang von ihren Schultern gleiten, warf ihn neben den Eimer auf den Tisch und lächelte.

Ihr Gewand war unpassenderweise so hell karmesinrot wie frisch vergossenes Blut. Es war an den Schultern und um die schmale Taille lose geschnitten. Er sah, daß ihr jetzt vom Umhang befreites Haar gänzlich ungebunden war und ihr fast bis auf die Knöchel reichte. Das lose Gewand, das gelöste Haar, der feuchte, lächelnde Mund – Aidan spürte die heftige Erwiderung tief in sich, während er mühsam einatmete.

Er dachte an Shona. An Ashra. An Blythe. An Frauen, mit denen er geschlafen hatte, und an Frauen, mit denen er hatte schlafen wollen. Vor *dieser* Frau verblaßten sie alle zur Bedeutungslosigkeit.

Sie wird mir meinen Seelenfrieden geben und Gisellas Worte verbannen.

Sie hatte lange schwarze Wimpern. Sie wußte, wie sie ihre Augen, ihr Gesicht, ihren Körper einsetzen mußte. Ihre Stimme klang sinnlich. »Wurdet Ihr geschickt?« Sie hielt inne, und strich sich mit ihren, an den Spitzen silbern gefärbten Fingernägeln eine Haarsträhne zurück. »Oder seid Ihr von Euch aus gekommen?«

»Ich … bin gekommen.«

»Ah.« Sie trat an ihm vorbei zum Feuer, während das lose Gewand und ihr Haar schwangen, und streckte zarte Hände aus. Ein Vorhang seidigen Haars fiel über ihre rechte Schulter und verbarg ihr Gesicht vor ihm. »Vielen Dank für das Feuer, Mylord.«

Die Ohrringe wurden vom Haar und seine *Lir*bänder und der Gürtel vom Umhang verborgen. Nichts an ihm, dachte er, wies auf seinen Rang hin. »Warum nennt Ihr mich so?«

Ihr Gesicht blieb ihm noch immer verborgen. »Ihr tragt es wie eine Krone.« Sie wandte sich mit leuchtenden Augen um. »Wißt Ihr, wer ich bin?«

Er schüttelte stumm den Kopf. Es kümmerte ihn nicht wirklich.

Sie lachte weich: ein rauher, verlockender Klang. »Ich bin eine Frau, und Ihr seid ein Mann. Vielleicht braucht Ihr nicht mehr zu wissen.« Sie lächelte geheimnisvoll. »Ich bin eine Hure, Mylord – oder zumindest würden *sie* es Euch glauben machen wollen.«

Seine Stimme klang heiser. »›Sie‹?«

»Die Schloßbewohner.« Sie deutete anmutig in die

Ferne jenseits der Tür, des Nebels, des Morgens. »Eure Art, Mylord.«

»Sind sie es? Seid Ihr es?« Er wußte, daß es ihn nicht kümmerte. Nicht in diesem Augenblick. Sie war die anziehendste Frau, die er jemals gesehen hatte. Sie erstrahlte so hell, daß er es auf seiner Haut und in den Knochen spüren konnte.

Sie hob beide Hände, fuhr sich mit den Fingern durchs Haar und hob es von den Schultern, vom Nacken, vom Gesicht an. Es glitt kaskadenförmig durch schlanke Finger und betonte den zarten Umriß ihres Gesichts. »Begehrt Ihr mich, Mylord?«

Aidan wollte lachen, aber es gelang ihm nicht. Sie war sehr offen, aber er stellte fest, daß es ihn nicht störte. »Wenn ich mit Euch schliefe, würde das die Schloßbewohner bestätigen.«

»Kümmert es Euch?«

Nein. Nein und nein. »Was ist der Preis?«

Schwarze Augen verengten sich. Als sie ihre Hände herunternahm, fiel das Haar seitlich ihres Gesichts herab. »Ihr könntet ihn nicht bezahlen, Mylord. Und vielleicht werdet Ihr dafür dankbar sein.«

Er glaubte es nicht. Er glaubte, daß sie log. Ein Blick auf das schmale Bett, zu schmal für zwei Menschen, bestätigte es. Er wußte nicht, worauf sie anspielte oder warum, aber er war es müde. »Ich kam herein, weil ich hungrig bin. Ich hoffte, Essen kaufen zu können … Aber wenn es Euch lieber ist, werde ich wieder gehen.«

Nichts war ihm jemals so schwergefallen, da er so gerne geblieben wäre.

Sie lachte. »Nein. Es wäre mir nicht lieber. Euren Umhang, Mylord … Und ich werde Euch etwas zu essen geben.«

Er legte den Umhang ab und gab ihn ihr. Ihre Augen verengten sich kurz, als sie die *Lir*bänder bemerkte. Und noch etwas anderes trat in ihre Augen, als sie die Kettenglieder an seinem Gürtel sah. Etwas wie Habsucht.

Aidan begann sich mit Unbehagen zu fragen, ob sie tatsächlich eine Hure war und ihren Preis im voraus berechnete.

Sie gab ihm Gerstenbrot und Eier, und als er fragte, wo ihre Hühner seien, lächelte sie und antwortete, sie brauche keine. Er trank Milch, versagte es sich aber, nach der Kuh zu fragen, weil er fürchtete, sie könnte vielleicht antworten, sie habe keine. Sie schien sehr wenig zu besitzen und gab ihm doch alles.

Als er fertig war, nahm sie seine Hand und führte ihn die schmale Treppe hinter der Tür hinauf zu ihrem Schlafraum.

Kein schmales Bett war an die Wand geschoben. Ein breites Bett stand mitten im Raum, das mit edlem Stoff bezogen und üppig mit Fellen ausgelegt war. Nichts sonst befand sich in dem Raum. Das durch ein einziges breites Fenster hereinfallende Licht beleuchtete das Bett.

Er sah sie an. Er konnte sie keine Hure nennen. Etwas in ihren Augen hinderte ihn daran, obwohl er sie jetzt verstand. Sie brauchte keine Kuh und keine Hühner. Sie brauchte nur die stetigen Aufmerksamkeiten eines jeden Mannes, der ihren Preis bezahlen konnte.

Er konnte es sicherlich. Er würde der Mujhar von Homana sein.

»Könnt Ihr Träume verbannen?« fragte er. Und dann eindringlicher: »Könnt Ihr … Alpträume verschwinden machen?«

Das Lächeln der Frau war seine Antwort. Er streckte die Hand aus, und sie ergriff sie.

Er erwachte vom Klingen des Goldes. Es klang wiederholt, als zähle jemand Münzen. Als er genauer hinhörte, erkannte er, daß es gar keine Münzen, sondern Kettenglieder waren. Und er setzte sich im Bett auf.

Sie hatte sich in seinen Umhang gehüllt. Die bloßen Füße und Knöchel ragten unter dem Saum heraus. Der Umhang war nachlässig um den schlanken, wunderbaren Körper geschlungen, den er so zutiefst genossen hatte. Ihr Haar floß auf die Felle herab und bildete blauschwarze Teiche auf Indigo.

»Wo ist Euer *Lir?*« fragte sie.

Er sah sie an. Dann wanderte ihr Blick von der Kette zu seinem Gesicht. Sie wiederholte ihre Frage sehr sanft.

»In Erinn«, antwortete er schließlich. »Ist das wichtig?«

Ihre Lippen teilten sich zu einem strahlenden Lächeln. »Ich denke, es könnte vielleicht wichtig sein.« Sie ließ die Kette von einer Hand herabbaumeln. Sie schimmerte im hereinfallenden Sonnenlicht. »Wie seid Ihr *dazu* gekommen?«

Ihre Art störte ihn nicht. Er paßte sich ihr einfach an und hoffte, daß die Antwort ihre Anmaßung schlagartig vertreiben würde. »Ein Geschenk«, sagte er, »von den Göttern.«

»Aha.« Sie nickte sinnend. »Das dachte ich mir.« Die Kette wurde erneut klingend von einer Hand in die andere gegeben. »Das dachte ich mir tatsächlich.«

Er stellte ihr stirnrunzelnd die Frage, die er ihr, wie ihm inzwischen dämmerte, schon zu Beginn hätte stellen sollen. »Wer seid Ihr?«

Etwas regte sich in ihren Augen. Etwas Dunkles und Gefährliches und unendlich *Belustigtes.* »Lillith«, belehrte sie ihn sanft. »Lillith von den Ihlini.«

Er spürte, wie sich sein Magen verkrampfte und tief in ihm Angst, Abwehr, Ekel und eine tiefe Erkenntnis aufstiegen. Eine schreckliche Erkenntnis.

Lilliths schwarze Augen funkelten. »Ich konnte nicht glauben, daß es so *leicht* sein könnte. Ich dachte, Ihr würdet mich sicherlich erkennen. Ich dachte, Ihr wärt gekommen, um die Magierin zu bezwingen ...« Sie lächelte. »Corin hat mich natürlich verbannt, und eine Weile ging ich auch fort ..., aber Valgaard wird ohne meinen Bruder mit der Zeit langweilig, und Lochiel hielt es für angemessen, nach Solinde zu gehen und sich dort zu versuchen ...« Sie zuckte die Achseln. Der Umhang glitt herab und entblößte seidige Haut. »Also bin ich wieder hierher gekommen, nach Atvia. Eine Weile. Um aus der Ferne zu beobachten, wie Corin mit Gisella zurechtkommt.« Lillith lächelte. »Arme, verwirrte Gisella ... Hat sie auch *dich* schon zu quälen begonnen?«

Er konnte nur einen Satz hervorbringen. »Gisella liegt im Sterben.«

»Tatsächlich?« Lillith dachte darüber nach. »Ja, nun, das ist der Preis dafür, ganz und gar menschlich zu bleiben ... Ich diene natürlich Asar-Suti und habe damit einen Vorteil.« Ihre vielsagenden Augen prüften ihn. »Wißt Ihr, wie alt ich bin?«

Aidan atmete angespannt ein. »Alt genug, um besser Bescheid zu wissen.«

Lillith lachte. Es klang frei, unbeschränkt, und es ängstigte ihn. »Ja«, stimmte sie ihm zu. »Aber wie alt bin ich *tatsächlich?*«

Er hatte die Geschichten natürlich gehört. Lillith war Tynstars Tochter. Tynstar war seit fast einhundert Jahren tot und hatte Lillith Hunderte von Jahren vor seinem Tod gezeugt. Und doch wußte Aidan, während er sie ansah, sehr genau, daß er die Geschichten nicht glauben konnte. Sie war jung, wunderschön und unendlich gefährlich.

Er überhörte die Frage und stellte statt dessen selbst eine. »Was wollt Ihr von mir?«

Lillith dachte darüber nach. »Oh, ein Kind, denke ich.«

Aidan zuckte zusammen.

Sie nickte. »Ein Kind, so wie dasjenige, das ich Ian gebar. Rhiannon. Um es für Ihlinizwecke zu benutzen.« Sie betrachtete ihn nachdenklich. »Eure Prophezeiung drängt Euch, die Erstgeborenen wieder einzusetzen. Es könnte den Cheysuli sogar gelingen, das zu Ende zu führen ...« Sie runzelte leicht die Stirn und tippte mit einem silbernen Fingernagel gegen eines der Kettenglieder. »Wir konnten euch bisher nicht aufhalten. Vielleicht wäre es das Beste, wenn wir euch *helfen* würden – nur in einer etwas anderen Richtung.« Lilliths Lächeln vertiefte sich, während sie zur Erklärung eine anmutige Geste machte. »Wenn wir die Erstgeborenen in der Gewalt haben, beherrschen wir alles. Eine Möglichkeit, sie zu beherrschen, ist, sie zu den unseren zu machen.« Das Lächeln verblaßte. Ihre Augen bohrten sich in seine. »Ihr, Mylord, seid für mich, und für uns alle, sehr wichtig. *Ihr,* Mylord, habt das richtige Blut. Ihr seid alles: Cheysuli, Homaner, Solinder, Atvianer, Erinnier. Euch fehlt nur das erforderliche *Ihlini*blut.« Sie neigte den Kopf und machte eine weitere anmutige Geste. »Versteht Ihr? Ein Kind von Aidan von Homana und Lillith von den Ihlini *wäre* ein Erstgeborener. Die Prophezeiung wäre erfüllt ... nur daß sie zu *Ihlniibedingungen* erfüllt wäre.«

Einen Augenblick lang konnte er sie nur ansehen. Ihre Erklärung war so klar, so genau. Sie umriß mit beunruhigender Sachlichkeit das Schicksal seines Volkes.

Und das Schlimmste für ihn war das Wissen, daß sie es tun konnte. Es *war zum* Teil bereits getan worden. Zuerst durch Ian, der Rhiannon gezeugt hatte, dann durch Brennan, der die Götter wußten was – mit Rhiannon gezeugt hatte.

Und was hatte *er* vielleicht gezeugt?

Ein Schaudern schüttelte Aidans Körper. »Ihr verursacht mir Übelkeit«, erklärte er und wußte sehr wohl, daß sie beide für diese Lage verantwortlich waren.

Lillith lächelte. Sie streckte eine Hand aus, malte eine Rune, und ein Nachtgeschirr erschien auf dem Boden neben dem Bett. »Hier, Mylord. Es ist nicht nötig, die Decken zu beschmutzen.«

Die Leere in seinem Magen begann sich schmerzhaft zusammenzuziehen. Er wußte sehr wohl, daß sie tun konnte, was immer sie ihm androhte. Aber das würde er ihr gegenüber nicht zugeben. »Wollt Ihr Euch auf Vergewaltigung verlegen?«

Lillith lachte. »Vergewaltigung, Mylord? Ihr habt Euch gerade erst als überaus fähig erwiesen, auf meine Reize zu antworten … Und was eine Wiederholung des Aktes betrifft – muß ich Euch daran erinnern, daß sich Euer *Lir* in Erinn befindet? Ihr seid *lirlos,* genau wie Ian es war, und daher machtlos. Ihr werdet tun und sagen, was immer ich verlange.« Sie rückte auf Knien zu ihm heran. Der Umhang glitt herab und legte sich um ihre Fersen. »Ihr seid recht hilflos, Aidan – muß ich es Euch beweisen?«

Die letzten Worte hatte sie nahe an seinem Mund ausgesprochen. Er versuchte, sich ihr zu entziehen, ihre Arme von seinem Körper abzuschütteln, aber etwas hinderte ihn daran. Sie zog ihn auf das Bett herab, erregte ihn, entzog ihm seine Kräfte und den gesunden Verstand.

Sie zwang ihn zu handeln, führte ihn bis zum Rand, aber nicht weiter, auch wenn er es kaum ertrug, und zog sich dann lachend zurück, während er sich und sie verfluchte. Sie hob die Kette vor sein Gesicht und ließ sie dann aus den Händen gleiten. »*Lirloser* Mann«, höhnte sie. »Ihr seid ein Kind der Götter? Eher ein Kind der Erde, *meines* …«

Sein Blick heftete sich auf die Kette. Die schweren Glieder schimmerten in ihrem Griff. Er dachte an den Jäger, die Weberin, den Krüppel. Er dachte an sich selbst, wie er auf Knien vor dem Löwen lag und laut schluchzte, während er die Hände nach einer nicht vorhandenen Kette ausstreckte. Und doch war sie hier vor ihm, vollständig, ungebrochen, unbeschädigt, von seinen eigenen Händen in der von Siglyn geleiteten Zeremonie zusammengefügt, von Tye und Ashra bezeugt.

Ashra, die ihn gewarnt hatte, daß ein Mann die Gewalt über sich verlieren könnte, wenn sich die Arme einer Frau als zu verführerisch erwiesen.

Ich bin *ein Kind der Götter …*

»Nein«, sagte er laut.

Lillith lachte. »Ian hat dasselbe gesagt, viele Male. Aber dieser Zauber ist schwach. Die Verbindung versagt immer.«

»Ich sagte NEIN …«

Die Kette bewegte sich in ihren Händen. Aidan beobachtete gebannt, wie sie sich zusammenrollte. Lillith stieß einen entsetzten Schrei aus und wollte die Kette zu Boden werfen, aber sie haftete an ihren Armen wie Handschellen.

Gottesfeuer entsprang ihren Fingerspitzen und erlosch dann zischend wieder. Die Kette wand sich um ihren rechten Arm und begann auf ihre Schulter zuzukriechen.

»Haltet sie auf!« zischte Lillith. »*Haltet* sie *auf!*«

Aidan sprang vom Bett, stolperte gegen die Wand und spürte den kalten Stein an seinem bloßen Gesäß entlangschaben.

»Aidan!« schrie sie. »*Haltet* sie *auf* …«

Die Kette kroch an ihrem Ellenbogen vorbei. Sie leuchtete im Licht, das durch das Fenster fiel.

»*Aidan!*«

Die Kette grub sich in ihr Haar und wickelte sich um ihren Hals.

Lillith gab ihr Flehen auf und flüchtete in eine ihm unbekannte Sprache. Sie schrie, zischte, sang, rief den schändlichen Gott an, dem sie so lange gedient hatte. Aber die Kette achtete nicht auf ihre Umklammerung, ihre verzweifelten Finger, sondern schmiegte sich eng um ihre Kehle und brachte ihre Stimme vollständig zum Schweigen. Aidan hörte nur noch ersticktes Einatmen.

Weiße Zähne zeigten sich in einem verzerrten Grinsen. Lillith erhob sich taumelnd vom Bett, nur in Haar und Gold gekleidet, und wandte sich wortlos flehend zu Aidan um. Ihr Gesicht rötete sich. Die schwarzen Augen traten leicht hervor.

Aidan stand regungslos neben dem Fenster. Lillith stolperte auf ihn zu, die Kette noch immer umklammernd, und zerrte an Haaren, Haut und Metall.

Sie sah die Antwort in seinen Augen. Die Einsicht überwältigte sie. Dann wandte sie sich von ihm ab, tat zwei Schritte und warf sich durch das Fenster nach draußen in den Himmel.

Sobald er sich wieder rühren konnte, zog er sich an. Langsam, weil er noch immer zitterte. Er wartete, zusammengesunken auf dem breiten Bett sitzend. Als seine Kraft zurückkehrte, glaubte er, die Treppe bewältigen zu können. Er stand vorsichtig auf, nahm seinen Umhang von dem schiefen Tisch und ging hinaus, um sie zu suchen.

Sie lag ausgebreitet auf dem dichten grünen Gras, im Tode so unbeholfen, wie sie es im Leben niemals gewesen war. Er hatte geglaubt, sie wäre im Tod vielleicht gealtert und hätte ihre wahren Züge gezeigt. Aber sie war noch immer Lillith. Noch immer jung, noch immer wunderschön – und nun sehr tot.

Ihre Hände waren um die Kette verschränkt. Widerwillen regte sich kurz in ihm, aber die Benommenheit überwog. Aidan zog ihre Hände fort, befreite die Kette und wickelte sie dann von ihrer Kehle und dem schwarzen Haar. Er legte sie beiseite und schüttelte seinen Umhang aus.

Als sie zugedeckt war, bis auf den Haarvorhang, der auf dem Gras ausgebreitet lag, trat Aidan an den Rand der Klippe. Die Kette baumelte von einer Hand herab. Er dachte einen zornigen Augenblick lang darüber nach, sie in das tief unter ihm liegende Meer zu schleudern, aber er tat es nicht. Der Zorn wich. Die Kette gehörte ihm, ausdrücklich von den Göttern selbst für ihn gestaltet. Sie war so ganz und gar ein Teil seiner selbst, daß sie sogar seinen Wünschen folgte.

Oder waren es die Götter?

Aidan starrte blind über den aufgewühlten Drachenschwanz zum Adlerhorst von Erinn, der auf der Klippe kauerte. Und nickte ergeben.

»Resh'ta-ni«, murmelte er. *»Tahlmorra lujhala mei wiccan, Cheysu. Y'ja'hai.«*

Kapitel Elf

Als Aidan, noch immer leicht erschüttert, zum Schloß zurückkehrte, traf er auf einen Diener, der ihm ausrichtete, er solle sofort Gisellas Zimmer aufsuchen. Eine Vorahnung schwebte über die Mauer heran, die er Stein für Stein in seiner Seele errichtet hatte, als er vom Vorgebirge herabgeritten war, und er erkannte, daß der zart genährte Gleichmut nur eine Täuschung war. Er verstand die Götter – und sich selbst – nicht besser als *vor* Lilliths Tod, und jetzt befahl Gisella schon wieder seine Anwesenheit.

Unmittelbar vor ihrem Gemach begegnete er Corin. Sein Gesicht wirkte unter dem blonden Bart äußerst starr. Nur die Augen verrieten ihn. »Sie verlangt nach dir«, sagte er rauh. »Die Ärzte sagen, daß sie nur noch sehr wenig Zeit hat …« Er fuhr sich mit der Hand über die blutunterlaufenen Augen. »Ich denke, sie haben recht, gleichgültig was sie glaubt.« Er preßte den Mund zusammen, während er die Hand wieder herunternahm. »Sie sagte, sie könne sich etwas vorsingen, bis du kämst.«

»Götter«, platzte Aidan heraus. »Wie hast du das so lange ertragen können? Sie ist wahnsinnig, vollkommen wahnsinnig – wie kannst du es ertragen, sie anzusehen und zu wissen, daß sie deine *Jehana* ist?«

Corin zuckte unbeholfen die Achseln. »Ich habe schon vor Jahren gelernt, daß es leichter fällt, wenn ich an sie als an jemand anderen denke. Deirdre war immer meine *Jehana* …« Er sah den Ausdruck auf Aidans Gesicht, die Zustimmung, und nickte seufzend. »Deirdre galt vielen von uns sehr viel. Während Gisella einfach … Gisella war.« Er deutete zur Tür. »Geh hinein, Aidan. Es wird das letzte Mal sein.« Unter seinem Auge zuckte ein Muskel. »Nun komme auch ich mit hinein.«

Aidan betrat den Raum. Er bemerkte fast augenblicklich Glyns Anwesenheit, die ihn sonderbar tröstete. Sie saß sehr still auf einem Stuhl neben der Tür und hielt Wache. Eine Königin, selbst eine verbannte Königin, verdiente bei ihrem Tod alle mögliche Ehre. Und der Mann, den sie vor so vielen Jahren geheiratet hatte, mußte benachrichtigt werden.

Glyn lächelte nicht, sondern sah nur zu ihm auf. Ihre so großen und sprechenden Augen schienen ihm die nötige Kraft zu spenden. Er nickte dankbar und trat dann zögernd zum Bett.

Gisella atmete geräuschvoll. Der Atem stockte, klang erst erstickt und rasselte dann in ihrer Kehle, als wären die Lungen zu erschöpft für ihre Aufgabe. Ihre Haut wirkte kränklich und grau-gelb. Sie hatte die Augen geschlossen, aber als Aidan geräuschlos neben ihr Bett trat, öffnete sie sie.

Gisella lächelte. »Kennst du die Geschichte?«

Er schwieg vorsichtshalber.

»Die Geschichte«, wiederholte sie. »Wie ich wahnsinnig geworden bin.«

O Götter … Aidan schluckte mühsam. »Ich habe sie gehört.«

Ihre Stimme klang schwach, aber unnachgiebig. »Meine Mutter war ein Rabe … Sie wußte nicht, daß dies etwas Schlimmes war. Sie wußte nicht, daß Raben hier in Atvia, wann immer es möglich ist, getötet werden. Sie gelten als Todesomen, verstehst du?« Die Sehnen standen wie knotiger Draht an ihrer Kehle hervor. »Mein Vater sah sie – sah einen Raben – und schoß sie aus dem Himmel herab. Er wußte nicht, daß es Bronwyn in *Lir*gestalt war. Er wußte nicht, daß sie ihm entflohen war und nach Homana zurückkehren wollte … Er schoß sie herab. Und als sie starb, gebar sie mich.« Die gelben Augen blickten unbewegt, von der Geschichte unberührt. »Sie sagen, darum sei ich wahnsinnig geworden.«

Sie klang nicht danach. Sie klang vollkommen klar. Vollkommen gewöhnlich. Und Aidan, der die dahinwelkende, alte Frau betrachtete, fragte sich, ob Lilliths Tod Gisellas verwirrten Geist rätselhaft durchdrungen hatte und zu einem darunter verborgenen Menschen gelangt war. Zu der *wahren* Gisella, die im Geist vielleicht genauso gesund war wie alle anderen – und wert, eine Krone zu tragen.

Gisellas Atem rasselte. »Die Kette ist zerbrochen.«

Er zuckte zusammen. »Was?«

»Die Kette. Lillith hat mir davon erzählt. Sie sagte, sie würde sie zerbrechen. Sie zerstören. Damit die Prophezeiung stürbe.«

Aidan runzelte die Stirn. »Wann hat Lillith dir das gesagt?«

Gisellas Gesicht legte sich in nachdenkliche Falten. »Vor Tagen? Vor Wochen? Vielleicht vor Monaten.« Sie schaute an ihm vorbei zu Corin, der leise herankam. Sie kam seiner Frage zuvor. »*Er* sagte, er habe sie fortgeschickt, aber sie kam zurück. Lillith kam immer zurück. Sie hat mich *geliebt*.«

Aidan nickte beiläufig und nicht gewillt zu bestreiten, daß Lilliths Aufmerksamkeit etwas mit Liebe zu tun haben konnte. »Großmutter …«

»Sie hat sie zerbrochen.«

Wieder die Kette. Aidan versuchte, Geduld aufzubringen. »Nein.«

»Sie *sagte,* sie würde es tun.«

»Die Kette ist nicht zerbrochen.« Er legte seine Hand auf eines der Glieder. »Siehst du.«

Der wirre Blick richtete sich auf die schimmernden Kettenglieder. Gisella versuchte, sich im Bett aufzurichten, aber es mißlang. Und Aidan konnte sich nicht überwinden, sie zu berühren, so gern er ihr auch helfen wollte.

Gisella öffnete den Mund. »Sie sagte, sie würde sie zerbrechen! Sie hat es *versprochen!*«

»Sie hat versagt.« Aidan sah Corin von der Seite an. »Lillith ist tot.«

Gisellas Augen weiteten sich. *»Nein ...«*

»Sie sind alle tot. Tynstar. Strahan. Und jetzt Lillith. Verstehst du, Großmutter? Ihre Zeit ist zu Ende. Die Prophezeiung ist fast erfüllt. Alles, was Lillith dir erzählte, war gelogen. Die Kette ist heil. Ich lebe. Und die Prophezeiung *wird* vollendet werden.«

»Nein.« Sie sah zitternd zu ihm hoch. »Thronloser Mujhar. Ungekrönter König ...«

»Großmutter, es ist vorbei.«

»Ich spreche mit den Göttern«, flüsterte sie.

Aidans Magen verkrampfte sich.

»Ich spreche mit den *Göttern*«, wiederholte sie.

Corin murmelte leise etwas. Etwas, das mit Wahnsinn und Sterben zu tun hatte. Aber Aidan glaubte daran. Vielleicht sprach sie *tatsächlich* mit den Göttern.

Er atmete vorsichtig ein. »Was haben sie dir gesagt? Daß ich sterben muß?«

Ihr Blick wurde unscharf. »Du sollst nicht Mujhar werden. Der Thron verlangt nach jemand anderem.«

Das ließ ihn bis auf die Knochen frösteln. Aidan unterdrückte ein Schaudern und schloß seine Hand um ein Kettenglied. Nach allem, was er wußte, gehörte es ihm. Aber das war im Augenblick nicht wichtig. »Großmutter ...« Es kostete ihn alle Kraft, ganz ruhig zu klingen. »Lady, wenn das wahr ist, dann werden die Götter es sicherlich *mir* sagen.«

Gisella sah ihn an. »Das zerbrochene Kettenglied ...«, flüsterte sie.

Aidan bemerkte die Blaufärbung ihrer Lippen, die schwächer werdende Stimme. »Großmutter ...«

Aber sie sah ihn nicht mehr an. Ihr Enkel war vergessen. Jetzt versuchte sie, ihren Sohn zu erreichen, den Drittgeborenen von Nialls Kindern. »Strahan hätte dich niemals getötet«, sagte sie eindringlich. »Er wollte dich nur *benutzen*. Er brauchte dich. Er brauchte mich. Er brauchte uns alle.« Die Sehnen an ihrem Hals spannten sich. »Ich hatte es nötig, gebraucht zu werden. Was ich tat, war nicht so schlimm.«

Corins Haltung wirkte ungewöhnlich starr. »Was du getan hast, hat dich in den Augen deiner Kinder für immer verflucht«, sagte er rauh. »Du mußt entscheiden, ob es das Opfer wert war.«

Ihr Blick war auf sein Gesicht gerichtet. Als der letzte Atemzug rasselnd ihre Kehle verließ, flüsterte sie etwas, das niemand im Raum hören konnte.

Als ihr Tod gewiß war, rief Corin einen Diener aus dem Gang herein und traf Anordnungen, daß die Nachricht in Atvia verbreitet würde. Dann trat Corin langsam wieder zum Bett. Er beugte sich herab, schloß die welken Lider und setzte sich dann auf die Bettkante. Er nahm eine gedrehte Goldkette vom Nachttisch auf.

Er betrachtete sie, drehte sie in den Händen um. Aidan, der sie ebenfalls ansah, erkannte, daß es eine Cheysuliarbeit war. Er besaß selbst einige ähnliche Ketten, wenn auch keine solche. Er erkannte sie als eine Hochzeitskette der Cheysuli, die den Bund zwischen einem Krieger und seiner Ehefrau bezeichnete.

Corins Stimme klang seltsam. »Er hat sie ihr geschenkt, bevor er einen *Lir* besaß. Bevor er wußte, was sie war und was sie vorhatte.« Er seufzte tief und runzelte die Stirn. Aidan spürte Qual, Bedauern, Kummer und große Verwirrung. Corin hatte zweifellos erwartet, Erleichterung zu empfinden. Aber diese trat nur zögernd ein. Er empfand hauptsächlich Trauer. »Sie war einst eine Cheysuli. Aber sie gaben ihr niemals die Möglichkeit zu erkennen, was das bedeutete.«

Aidan unterdrückte das *Kivarna* bewußt, um Corin ungestört gewähren zu lassen. »Ich kann nicht für Hart und meinen *Jehan* sprechen und sagen, daß sie ihr vergeben hätten. Ich weiß, daß Keely es nicht getan hat.« Er hielt inne. »Was ist mit dir?«

Corin verzog schmerzlich den Mund. »Sie hat niemals darum gebeten. Ich bezweifle, daß sie gewußt hätte, wie sie es tun mußte.«

»Und wenn sie es getan hätte?«

Corin sah Glyn eine ganze Weile an. Tränen standen in seinen Augen. »Ich glaube«, sagte er schließlich, »ich hätte ihr vergeben, wenn sie darum gebeten hätte. Wenn sie es *versucht* hätte.«

Aidan blickte ein letztes Mal zu der Frau in dem Bett und wandte sich dann zum Gehen. Aber Glyn, die aufgestanden war, hielt ihn an der Tür auf. Ihre Hände lagen auf seinem bloßen linken Arm und hielten ihn fest. Er sah sie überrascht an und erkannte tiefes Mitgefühl in ihren Augen. Sie besaß vielleicht kein *Kivarna,* aber ihr Einfühlungsvermögen war offensichtlich.

»Warte«, sagte Corin und erhob sich vom Bett.

Aidan wollte nichts mehr als gehen. Glyns Hände auf seinem Arm schienen sich in seine Haut zu brennen und erinnerten ihn daran, wie leicht er Lilliths Macht erlegen war. Er hatte die Ihlinifrau von dem Augenblick an gewollt, in dem er sie gesehen hatte, und obwohl er glaubte, daß jeder Mann in seiner Lage dasselbe empfunden hätte, nagte es an seiner Seele, zu erkennen, daß er so gefügig gewesen war.

»Komm mit in den Gang hinaus.« Corins Hand auf seiner Schulter führte Aidan aus dem Raum, während Glyn die Tür öffnete. Sie schloß sie hinter ihnen wieder, blieb aber im Zimmer zurück und errichtete so eine Barriere zwischen der toten Frau im Bett und den beiden Männern, die ihr ihr Leben schuldeten, wenn nicht sogar Respekt, Ehre und Liebe.

Aidan, der die Frage fürchtete, blickte entschlossen den Gang hinab, als könnte sein ausdrücklicher Überdruß Corins Willen ablenken.

Aber wenn Corin den unausgesprochenen Wunsch bemerkte, ließ er ihn unbeachtet. Seine Stimme klang hart. »Du sagtest, Lillith sei tot.«

Aidan biß die Zähne zusammen. »Das ist sie.«

»Wir sind auch früher schon genarrt worden, *Harani,* zu unserem Schaden. Bist du sicher …«

Aidan antwortet kurz: »Ganz sicher.«

Corin machte ein grimmiges Gesicht. »Ich hoffe, daß du verstehst, wenn ich darauf beharre zu erfahren, wie sie umgekommen ist. Lilith hat uns alle zu viele Jahre lang heimgesucht …«

»Ich habe sie getötet.«

»Du …« Aber Corin brach ab. Zweifellos erinnerte er sich daran, daß seine eigene Schwester für Strahans Tod verantwortlich gewesen war. Er entspannte sich. »Dann schulden wir dir alle Dank. *Leijhana tu'sai, Harani.*«

Aidan zuckte die Achseln. Was geschehen war, war zu persönlich, zu beunruhigend für ihn, um es jemandem mitzuteilen. Er erinnerte sich zu deutlich der Macht, die sich auf *seinen* Befehl hin erhoben hatte. Obwohl er nicht selbst Hand an Lillith gelegt hatte, waren ihm die Götter auf sein Geheiß zu Hilfe geeilt. Sie war genauso tot, als hätte er die Kette selbst um ihre Kehle geschlungen und sie vom Turm geworfen.

Diese Art von Macht, diese Art *Einfluß* erschreckte ihn.

»Aidan …«

»Du würdest es nicht verstehen.«

»Vielleicht doch.« Corin seufzte. »Ich weiß sehr gut, zu was diese Frau imstande war. Aber laß nur. Wichtig ist allein, daß sie tot ist.« Sein Blick wanderte zu Aidans Taille, zu dem Gold an seinem Gürtel. »Gisella hat davon gesprochen. Sie sagte, Lillith wollte sie zerbrechen.«

»Sie sagte viel.« Eine Vorahnung ließ ihn nur kurz antworten. »*Su'fali,* verzeih mir, aber es gibt Dinge, die zu persönlich sind, um darüber zu sprechen. Laß es dabei bewenden, daß Lillith und Gisella tot sind und die Kette heil ist.«

»Und was Gisella über dich sagte?« Corin griff kurz

nach seinem bloßen Arm. »Du wirst einer Wahnsinnigen auf dem Totenbett keinen Glauben schenken. Sie hat nur geschwatzt – mit den Göttern sprechen?« Er schüttelte den Kopf. »Wir sollten in die Halle hinuntergehen. Es müssen Vorkehrungen getroffen werden …«

»Nein.« Aidans Vorahnung verstärkte sich. Er erinnerte sich mit schmerzlicher Klarheit, daß Gisella nicht die erste oder einzige gewesen war, die ihm gesagt hatte, er würde den Thron niemals bekleiden. Auch Shaine hatte es behauptet, und dann Carillon. Sogar die Götter schienen ihn auf etwas anderes vorzubereiten, auf *mehr*. Und der Löwe hatte ihn immer wieder zurückgewiesen.

Er strich sich über die feuchte Stirn. Das eindringliche Begreifen machte ihn verdrossen. »Ich muß gehen.« Er hörte sich selbst: eine halb erstickte, schwankende Stimme. »Teel ist in Erinn. Ich war zu lange ohne meinen *Lir*.«

»Aidan.« Corins Hand schloß sich erneut um seinen Arm. Er sprach jetzt in befehlendem Tonfall, so daß kein Raum für Mitgefühl blieb. »Gisella war wahnsinnig und ein Werkzeug der Ihlini. Was immer sie über dich gesagt hat, was immer ihr Geschwätz bedeutete, laß es keine Früchte tragen. Sie war *wahnsinnig*.«

Aidan blickte in die stetig blauen Augen, die dem einen Auge seines Großvaters so ähnelten. Er wollte nachgeben und zustimmen, lachen und scherzen und vorschlagen, in die Halle zu gehen, wie Corin es wollte, aber er konnte nichts von alledem tun. Er konnte die Worte nicht finden, um Corin mitzuteilen, daß Gisella nicht nur geschwatzt hatte.

Daß sie nicht die erste gewesen war, die ihn im Hinblick auf sein Ende gewarnt hatte.

Daß er große Angst hatte.

Kapitel Zwölf

Die Wolfshunde versammelten sich um sie. Muskeln spannten sich, Schweife wedelten, dunkle Augen strahlten erwartungsvoll. Shona hielt den Stock in der Hand: Die Hunde waren bereit, ihm nachzujagen, bis sie das Spiel abbrach.

Es war ein guter Wurfstock: so lang wie ihr Arm, knorrig und abgerundet und in der Mitte gerade genug geknickt, daß sein Gewicht sich angemessen verteilte. Es war ihr Lieblingsstock – und der der Hunde. Die in das Holz eingegrabenen Spuren der Zähne stammten bereits aus fünf Generationen. Shona hob den Stock hinter ihren Kopf und schleuderte ihn dann mit aller Kraft von sich. Ein Meer von Hunden begann die Jagd.

Sonst genoß sie dieses Spiel, lachte laut und ermutigte den Sieger, der dann gegen das restliche Rudel ankämpfte, das ihm den Stock entreißen wollte. Aber heute, an diesem Morgen, lachte sie nicht und trieb die Hunde auch nicht an. Sie warf den Stock nur immer wieder, bis auch der letzte der kräftigsten Hunde mit hängender Zunge auf das Gras sank. Der Stock lag zu ihren Füßen, wo der große Rüde ihn hatte fallenlassen.

Sie fühlte sich weder schlechter noch besser. Vielleicht hätte *sie* dem Stock nachjagen sollen.

»Shona.«

Ihre Mutter. Shona schloß einen Augenblick die Augen und wandte sich dann um. »Ja?«

Keely lächelte. »Ich dachte, du wärst *froh,* ihn gehen zu sehen.«

Shona beugte sich herab und hob den Stock auf. »Richtig.«

»Tatsächlich?«

»Natürlich. Ich denke, wir haben gesagt, was zu sagen war ... warum soll man tote Hunde wecken?«

Keely seufzte. Der Wind riß an ihrem geflochtenen Haar und versuchte, den Zopf, der über eine Schulter hing, zu lösen. Sie trug, genau wie ihre Tochter, eine Tunika und eine Hose, die von erinnischem Kupfer gehalten wurde. »Ich möchte etwas dazu sagen, daß du deine Meinung offen kundgetan hast, anstatt dich hinter diplomatischen Lügen zu verstecken. Du bist mir sehr ähnlich: Du sagst, was du denkst. Aber diese Offenheit hat ihren Preis, Shona. Diese Art Geradheit macht es schwierig, deine Gefühle zu verbergen, auch wenn du es unbedingt willst.«

Shona warf den Stock. Die noch immer auf dem Gras liegenden Hunde beobachteten seinen Flug und sein Fallen. Aber keiner der Hunde regte sich.

Sie machte eine auf sich selbst und die Hunde bezogene Geste der Ergebenheit. »Was soll ich tun? Ich wollte ihn abweisen. Und dann hat mich Corins Ruf davor bewahrt, mehr zu erklären, als ich bereits erklärt hatte: daß ich mich weigere, die Gewalt über mein Leben etwas so Bindendem wie dem *Kivarna* zu übertragen. Es ist nicht *gerecht.*« Sie brach ab und verzog das Gesicht. »Aber es läßt mir jetzt keine Wahl mehr. Es ist in meinem und seinem Blut begründet ... wir haben beide einen Vorgeschmack davon bekommen.« Sie betrachtete mürrisch die Hunde. »Wie ein neugeborener Welpe an der Zitze: Gib mir mehr – und mehr – und *mehr*.«

Keely seufzte tief. »Götter ... wie konnten wir das ahnen? Dein *Jehan* und ich haben aus vielen Gründen Abstand davon genommen, sofort ein Kind zu bekommen. Und als ich schließlich wußte, daß ich schwanger war, mußte er mir versprechen, daß du, wenn du ein Mädchen wärst, alle Vorteile nutzen dürftest, die auch ein Junge beim Aufwachsen hätte – wenn du es wolltest. Dazu gehörte auch die freie Wahl des Ehepartners ...« Keelys freudloser Gesichtsausdruck spiegelte den ihrer Tochter wider. »Und jetzt ist dir diese Wahl genommen.«

Shona zuckte die Achseln. »Ich könnte mich noch immer weigern. Es ist jetzt schwierig, aber wenn er erst fort ist und die Erinnerung an das *Kivarna* verblaßt …« Sie lachte jäh auf. »Vielleicht sollte ich mir einen Inselbewohner mit dem *Kivarna* suchen …« Aber sie brach erneut ab. »Nein. Es ist zu spät. Ich lüge, wenn ich es leugne.« Sie preßte beide Hände an ihr Gesicht und rieb sich dann heftig die Stirn. »Ach, ich hätte mit jemandem schlafen sollen. Wenn ich bereits gewußt hätte, was es bedeutete, hätte ich dieses *Kivarna* vielleicht bekämpfen können.« Sie nahm die Hände fort und lächelte ihre Mutter betrübt an. »Aber gerade jetzt denke ich nur darüber nach, wie ich mich fühlte, als Aidan mich berührte. Und wie sehr ich mir *mehr* wünsche.«

»Wie ein neugeborener Welpe an der Zitze.« Keely lächelte traurig. »Ich entstamme einem vom *Tahlmorra* gelenkten Volk. Ich bin darum vielleicht nicht geeignet, dir einen Rat zu geben. Aber mir scheint, daß es einen Grund dafür geben muß, wenn die Götter sein *und* dein Blut mit dieser ›Gabe‹ ausstatten und euch dann zusammenbringen.«

Shona schnaubte. »Ich denke, das ist der leichte Weg – die Götter die Wahl treffen zu lassen.«

Keely schüttelte den Kopf. »*Du* mußt die Wahl treffen. Und dann mußt du damit leben.«

Shona schüttelte den Kopf. »Nein. Mit der getroffenen Wahl zu leben, ist nicht das Entscheidende. Mit dem *Mann* zu leben – das ist es.«

Keely schaute an ihrer Tochter vorbei zu den Hunden, die sich von ihrer Rast erhoben, um erneut dem Stock nachzujagen. »Sie sind schwerer zu bändigen als Aidan.«

»Und er *ist* zur Hälfte Erinnier.« Shona grinste schief, während sie dem großen Rüden den Stock abnahm. »Das spricht für ihn – dies, und daß die Hunde ihn mögen.«

Keely seufzte enttäuscht. »Es gibt vermutlich schlechtere Möglichkeiten, einen Mann zu beurteilen.«

»Und keine besseren«, sagte Shona und schleuderte den Stock himmelwärts.

Aidan trat in Kilore vom Schiff auf die Docks und blieb dann jäh stehen. Die *Lir*verbindung griff in dem Augenblick, als er den vorsorglichen Ruf an Teel aussandte.

Die Erleichterung über die gelingende Verbindung wogte derart plötzlich durch ihn hindurch, daß er fast das Gleichgewicht verlor. Er lehnte sich zitternd gegen den nächsten Kistenstapel und überließ sich erneut der Gewißheit, wobei er sich der seltsamen Blicke Fremder bewußt war. Aber das kümmerte ihn nicht. Nur Teel war wichtig. Nur Teel.

Lir.

Er öffnete ruckartig die Augen. *Wo bist du?*

Hier.

Aidan blickte angestrengt nach oben und sah den dunklen Fleck am Himmel, der über der Festung auf den Kalkfelsen aufstieg. Ein Lächeln umspielte seinen Mund und wurde bald zu einem Ausdruck der Erleichterung und Heiterkeit.

Der Fleck schien langsam größer zu werden, und die Flügel wurden sichtbar. Aidan seufzte zutiefst zufrieden. Er murmelte immer wieder seinen Dank, stützte sich weiter gegen den Kistenstapel und wartete auf die körperliche Berührung. Als sich Teel auf seiner linken Schulter niederließ, grinste Aidan einfältig ins Sonnenlicht.

Kurz darauf lachte er. *Ging es dir ähnlich?*

Teel antwortete nicht sofort. Aber als er es tat, fehlte die übliche Schärfe. *Wir gehören zusammen. Sie haben dich und mich füreinander geschaffen.*

Du *hast gesagt, ich solle gehen.*

Aber ich habe nicht gesagt, daß es uns gefallen würde. Teel hielt inne. *Wirst du fliegen?*

Ja, antwortete Aidan inbrünstig. *Ich war schon zu lange am Boden.*

Teel erhob sich von seiner Schulter und flog los. Aidan,

den es nicht im geringsten störte, wer, ob vorgewarnt oder nicht, Zeuge seines Gestaltwandels wurde, hob beide Arme, öffnete die Hände und übergab sich dem Wandel.

Die Leere setzte schnell und kraftvoll ein, vom vertrauten Jubel erfüllt. Er ging, wie immer, bis an die Schmerzgrenze und füllte jede Faser seines Seins mit dem Triumph. Er würde dies gegen nichts anderes eintauschen, gegen überhaupt nichts.

Die Muskeln verkrampften sich. Die Knochen gestalteten sich um. Das Herz, das Blut pumpte, suchte und fand neue Wege. Aidan schrie laut auf, hörte, wie sich die menschliche Stimme während des Schreis veränderte und wußte, daß der Wandel vollendet war.

Er flog nicht sofort zur Festung, sondern verweilte mit Teel über Kilore, flog über das Meer und kehrte dann wieder zurück. Er war kein Falke, der sehr hoch fliegen, und kein Jagdfalke, der im Sturzflug herabstoßen konnte, sondern ein Rabe. Er flog, wie Raben fliegen, genoß die Freiheit, wußte aber auch, daß das, was vor ihm lag, dadurch nur aufgeschoben wurde. Also flog er zu den Toren der Festung, nahm wieder menschliche Gestalt an und grüßte die Wachhabenden höflich.

Aidan lächelte gütig. »Sicherlich habt Ihr die Lady schon Ähnliches tun sehen.«

Einer der Männer räusperte sich. »Ja. Aber sie warnt uns immer vor.«

Das klang nicht nach Keely. Aber andererseits hatte sie sich während ihrer Zeit in Erinn vielleicht geändert. Er hatte sie ja vorher nicht gekannt. Sie war von Homana fortgesegelt, als er kaum älter als ein Jahr gewesen war. Er erwies ihr einen schlechten Dienst, wenn er *allen* Geschichten Glauben schenkte.

Er wurde augenblicklich eingelassen, betrat die Festung und suchte Sean und Keely. Er fand sie von Gästen belagert in der großen Halle – inmitten der Festung. Er blieb im Eingang stehen und dachte, daß er besser später wiederkommen sollte. Aber Keely sah ihn, stellte etwas ab, erhob sich und rief ihn herein. Sean, der mit einem anderen Mann über einem Spielbrett saß, schaute auf, sah ihn und schob seinen Stuhl zurück.

Aidan folgte Keelys Aufforderung, wobei der in *Lir*gestalt gewonnene Friede nur allzu schnell wieder verging. Er spürte die Blicke auf sich, alle Blicke, und betrachtete die Besucher kurz, während er zu Keely ging. Und er erkannte, als er den Mann bei Sean betrachtete, daß er sich unter Verwandten befand. Nur ein Mann auf der Welt konnte Seans Größe und seinem flammend roten Bart entsprechen und sie sogar noch übertreffen.

»Nun?« Keelys Stimme klang streng.

Er sah keinen Grund, die Wahrheit zu beschönigen. »Die Königin von Homana ist tot.«

Sie war sehr still. Dann atmete sie tief durch und nickte dann. *»Leijhana tu'sai.«*

Aidan spürte in sich eine ungewohnte Feindseligkeit aufkommen. »Dankst du mir für die Nachricht, oder dankst du den Göttern dafür, daß sie deine Bitte erhörten?«

Keely öffnete den Mund. Die blauen Augen weiteten sich erstaunt, von seiner Mutmaßung verletzt, und dann sah er, daß sie begriff. Keely wandte sich steif von ihm ab und setzte sich vorsichtig wieder auf ihren Stuhl. Sie nahm den Gegenstand vom Tisch auf, den sie in der Hand gehalten hatte, als er eingetreten war. Er sah, daß es ein Schwert war. Jetzt lag es über ihren Knien, als wollte sie es weiterhin polieren, aber sie machte keinerlei Anstalten, auch das Tuch aufzunehmen. Beide Hände lagen auf der Klinge und dämmten ihren Schein. Er sah die Anspannung in ihren Fingern, als sie die Hände schloß, und fragte sich, ob sie sich schneiden wollte, um mit dem körperlichen Schmerz das Gefühl in Schach zu halten.

»Jehana«, murmelte Keely dumpf. Niemand sagte etwas, nicht einmal Sean, der sie voller Mitgefühl ansah,

noch die blonde Frau neben ihr, die ein kleines Kind auf dem Schoß hatte.

Der Augenblick schien so lang wie ein Jahr zu dauern. Dann schüttelte Keely mit neuerlicher Entschlossenheit den Kopf. »Nein. Das war Deirdre ...« Sie sah Aidan an und blinzelte ein paar Tränen fort. »Hier sind Verwandte, die du kennenlernen solltest.«

Aidan lächelte. »Ich weiß. Rory Rotbart, nicht wahr?« Er nickte grüßend, während er den großen Mann ansah.

»Und deine *Su'fala*«, fuhr Keely standhaft fort, als würde die Vorstellung den Eindruck von Gisellas Ableben vielleicht verzögern. »Maeve. Und vier von fünf Cousins.«

Nur die Höflichkeit ließ ihn in der Halle verweilen. Er begrüßte sie alle – die blonde, grünäugige Frau, die Deirdre, ihrer Mutter, sehr ähnlich sah; den rothaarigen Sechzehnjährigen, der so offensichtlich Rorys Sohn war; das blonde Mädchen von ungefähr vierzehn Jahren und ein weiteres im Alter von vielleicht zehn Jahren, beide mit lieblichen Gesichtern und schüchtern; und schließlich ein sehr kleines Kind in Maeves Armen –, aber er wollte nur Shona finden. Er mußte ihr einiges sagen.

»Wo ist ...«

Sean antwortete ihm. »Draußen, mit Riordan. Und Blais.« Seine braunen Augen blickten fest. »An der Südseite der Mauer, zum Pfeilschießen.«

Aidan nickte abwesend und wandte sich sofort zum Gehen, wobei er sich unsicher war, ob er doch bleiben sollte – zum Reden, um Nachrichten auszutauschen –, aber es tatsächlich zu tun, würde ihn jetzt überfordern. Er hatte seine Verbindung zu Teel erneuert, und jetzt mußte er sich um Shona kümmern.

»Aidan.«

Er wandte sich verwirrt wieder um. Keely stand mit dem Schwert in Händen auf. »Ich möchte, daß du dies bekommst. Ich ließ es anfertigen – es ist die Klinge einer Frau.«

Der erinnische Dialekt brachte ihn beinahe zum Lächeln. »Ich danke dir für deine Großzügigkeit, *Su'fala*, aber welchen Nutzen hat die Klinge einer Frau für mich?«

»Nicht für dich. Für deine Tochter. Für Shonas ...« Keely brach ab, während sie die Klinge düster und stirnrunzelnd betrachtete. »Ich will keine verweichlichte Enkelin in Homana-Mujhar. Gib ihr ein Schwert, Aidan – und ermögliche ihr, es zu benutzen.«

Keely legte ihm das Schwert in die Hände. Er hielt es vorsichtig, bemerkte seine vorzügliche Ausgewogenheit, das gute Gewicht und die Kostbarkeit – und bedauerte, daß er sowohl die Gabe beleidigen als auch Keely verletzen würde. Aber es gab keine andere Möglichkeit. Er würde sie nicht belügen.

Aidan gab das Schwert zurück. »Behalte es«, sagte er sanft. »Und schenke es *Shonas* Tochter.«

Er betonte den Namen bewußt. Er hörte sie entsetzt einatmen, als er sich abwandte, und wußte, daß sie ahnte, was er ihrer Tochter zu sagen beabsichtigte.

Er fand sie, wie Sean gesagt hatte, auf der Südseite der Festungsmauer. Drei von ihnen: Riordan, Shona und ein Fremder. Ihre Rücken waren ihm zugewandt, während er sich ihnen näherte. Shonas dichter blonder Zopf halbierte ihren Rücken und reichte bis zu den Oberschenkeln, und Riordans ungebärdiges, schulterlanges Haar wehte im Wind. Aber das Haar des Fremden war tiefschwarz, ebenfalls lang – wenn auch nicht so lang wie Shonas – und auch geflochten. Einen Augenblick lang hielt Aidan den Fremden für eine Frau, bis er außer auch dessen Größe, Schultern und Statur wahrnahm.

Er trug erinnische Kleidung: eine langärmelige, dunkelgrün gefärbte Stofftunika mit kupferbeschlagenen Lederbändern, die sich um seine Unterarme schmiegten; eine lederne Übertunika, die mit Kupferringen und -plättchen gegürtet war, sowie eine grüne, in Kalbsstiefeln mit flachem Absatz steckende Hose. Obwohl die meisten Erinnier hell- oder rothaarig waren, hatte Aidan auch schon einige mit fast schwarzen Haaren gesehen. Aber an der Herkunft des Fremden bestand kein Zweifel, ungeachtet dessen, wo er sich befand oder was er trug. Als er sich umdrehte, sah Aidan, daß seine Augen rein cheysuligelb waren.

Aidans *Kivarna* regte sich. Erkennen, Eingeständnis. Sein Blut wußte sehr genau, auch wenn *er* nicht wußte.

Der Fremde lächelte. Das Haar wurde, obwohl es als Kriegerzopf eines Erinniers zurückgeflochten und von einem Band durchzogen war, noch zusätzlich von einem schmalen Lederband zurückgehalten.

Dieser Mann sieht einem Cheysuli ähnlicher als ich, auch ohne das Gold ... Es war ein beunruhigender Gedanke. Aidan erkannte ihn nicht. Und auch sein *Kivarna* nicht.

Aber dann wandte Shona sich um, und Aidan vergaß den fremden Cheysulikrieger. Und sie ebenfalls. Alle Farbe wich aus ihrem Gesicht, so daß sie grau wie der Tod wirkte, stieg ihr dann jäh wieder in die Wangen und ließ die braunen Augen tief, aber unruhig schimmern. Sie hielt den Bogen in lautem Schweigen umklammert. Ein wuchtiger Cheysulikriegsbogen, der ihrem Bruder kürzlich noch verwehrt wurde.

Aber jetzt ganz offensichtlich nicht mehr. Riordan, der für die plötzliche Anspannung blind und taub war – was das Fehlen des *Kivarna* bei Seans Sohn verriet –, klopfte ungeduldig gegen den Bogen. »Schieß den Pfeil ab, Shona – oder laß es *mich* tun!«

Aidan näherte sich ruhig und achtete dabei auf jeden Schritt. Er zögerte nicht absichtlich, aber seine Nerven schrien in ihrer Gegenwart. Er weigerte sich, dem Gefühl oder der körperlichen Empfindung nachzugeben, nur um eine Gabe zufriedenzustellen, die er nicht vollkommen verstand. Sein *Kivarna* brauchte Übung. Er war bereit, es zu unterweisen.

Riordan zog jetzt an dem Bogen, aber Shona blieb ungerührt und achtete nicht auf den Tadel ihres jüngeren Bruders. Sie war genauso angespannt wie Aidan. Er fragte sich, ob auch sie den stillen Kampf mit ihren Sinnen focht. Er wollte mit Shona sprechen, aber der Fremde, der neben ihr stand, kam ihm zuvor. »Aidan, nicht wahr?« fragte er. »Sie sagten, daß Ihr kommen würdet ..., aber nicht so bald, denke ich ... es sei denn, Gisella ist gestorben.«

Aidan hatte in seiner Verwirrung nur einen vernichtenden Blick für den Fremden übrig. Seine Welt lebte durch Shonas Nähe, und doch erweckte auch etwas an dem Fremden seine Aufmerksamkeit. Es war überaus erstaunlich, einen Cheysulikrieger reines fließendes Erinnisch mit breitem erinnischen Akzent sprechen zu hören. Sein Gebrauch der Sprache und ihrer Feinheiten schien gekonnt genug, um ihn als Insulaner zu kennzeichnen, nur war er so offensichtlich ein Cheysuli.

Und dann wußte Aidan es. Er gehörte doch nicht zur Insel, aber beinahe. So beinahe wie möglich, wenn man seinen ersten Atemzug in Homana tat. »Blais?« fragte er zögernd, als er sich an Seans flüchtige Erwähnung dieses Namens erinnerte.

Der andere nickte grinsend. »Wir sind Halbcousins. Maeve ist meine Mutter. Und der Rotbart, nun ...« Blais zuckte die Achseln. »Rory ist zumindest im Geiste, wenn auch nicht dem Blut nach, mein Vater.«

Nur im Geiste. Aidan erinnerte sich mit beunruhigender Klarheit genau, wer Blais war.

Gelbe Augen verengten sich abschätzend. »Wenn du nichts dagegen hast, Cousin, werde ich mit dir zurücksegeln.«

»Zurück?«

»Nach Homana.« Er lächelte mit leichtem Spott. Auch wenn er mit erinnischem Akzent sprach, war seine Haltung doch die eines Cheysuli. »Ich denke, du *wirst* zurückgehen ... Wer würde einem Thron wie dem Löwenthron den Rücken kehren?«

Ja, wer? Sicherlich nicht Teirnan, Blairs wirklicher Vater. Teirnan kämpfte mit seinen tückischen Gefolgsleuten noch immer *um* den Thron.

Blais' Augen glitzerten. Er sagte flüssig in der Alten Sprache: »Ich glaube, es wird höchste Zeit, daß ich meinem *Jehan* begegne. Ich habe einen *Lir,* aber kein Gold, keine Ehrenzeremonie, keinen richtigen *Shu'maii.* Ich bin genauso sehr Cheysuli wie du, Cousin … Glaubst du nicht, daß mir auch zusteht, was andere Krieger bekommen?« Er hielt vielsagend inne und fügte dann auf homanisch hinzu: »Ein Krieger sollte seine Blutlinie kennen. Dann ist es für die Götter leichter, ihn im Auge zu behalten.«

Eine gut geschulte Zunge … Aber Aidan, der von Blais zu Shona schaute, vergaß seinen Verwandten fast augenblicklich wieder.

»Nun denn.« Blais, der in sich hineinlächelte, kehrte wieder zur erinnischen Sprache zurück, während er Shona den Kriegsbogen abnahm. »*Ich* werde den Jungen unterweisen, während ihr beide einen Spaziergang macht.«

Shona widersprach nicht. Sie trat zu Aidan und ging dann an ihm vorbei auf die Landzunge jenseits Kilores zu.

Schließlich blieb sie an einem Aussichtspunkt über dem Drachenschwanz stehen. Wind peitschte sie beide und wühlte in Aidans Haaren, während Shonas Haar sicher in ein Netz aus komplizierten Zöpfen eingebunden war, wobei kleinere Zöpfe um die größeren gewickelt waren und dann zu einem einzigen, dichten Zopf wurden, der wie ein Seil von ihrem Kopf herabhing. Sie trug noch immer Hose und Tunika, aber aus sehr edlem Stoff, der sorgfältig hellgelb gefärbt und wunderschön bestickt war. Sie trug keinen Halsschmuck. Aidan verlangte es danach, ihren Hals zu berühren und einen Reif in der Gestalt seines *Lir* darum zu legen.

Oder vielleicht auch einen Reif, der einen Wolfshund darstellte, um zu zeigen, daß sie den Bund *teilten.*

Shonas Stimme klang angespannt. »Ich dachte, du würdest länger dort bleiben.«

Das war nicht ganz, was er erhofft hatte. »Sie ist gestern mittag gestorben.«

Shona zuckte leicht die Achseln. »Ich dachte, du würdest vielleicht bei Corin bleiben, um ihm, bei welcher Zeremonie auch immer, zur Seite zu stehen.« Sie hielt inne. »Sie war auch meine Großmutter.«

Daran hatte er nicht gedacht. »Hast du sie jemals gesehen?«

Shona lachte heiser auf. »Meine Mutter wollte es nie. Aber andererseits habe ich auch nie darum gebeten.« Schließlich sah sie ihn an. Etwas flackerte in ihren Augen auf. »Es tut mir leid, Aidan. Für dich, wenn auch nicht für sie … Meine Mutter hat niemals zugelassen, daß ich an Gisella dachte, ohne an das, was sie getan hat, aber für dich bedeutete sie vielleicht etwas anderes. Dein Vater hat sie wahrscheinlich nicht so sehr gehaßt.«

»Mein Vater hat nur selten von ihr gesprochen. Er hat sie nicht gehaßt – er hat nur nicht an sie gedacht.« Aidan zuckte ergeben die Achseln. »Deirdre war da. Niemand wollte sie entehren. Also erwähnte niemand Gisella.«

»Und jetzt ist der Mujhar frei …« Shona lächelte. »Glaubst du, daß er sie jetzt heiraten und endlich zur Königin machen wird?«

Aidan lachte. »Der Mujhar wird in dem Augenblick, in dem er die Nachricht hört, einen Geistlichen herbeirufen.« Dann erstarb die Heiterkeit. »Nein, vielleicht doch nicht – Gisella *war* die Königin, und es gilt, Anstandsregeln zu beachten …« Er seufzte. »Deirdre wird noch warten müssen. Aber sie hat bereits so lange gewartet, daß es sie wohl nicht stören wird.«

»Und Maeve wird eine echte, eheliche Prinzessin.« Shona lachte. »Für meine Mutter ein wenig zu spät … Sie sagte, sie hätte Maeves Unehelichkeit lange Zeit übelgenommen, seit Keely von Homana dadurch stärker aufgewertet wurde als ihr zustand. Sie sagte mir, *sie* hätte mehr Freiheit gehabt, wenn Maeve als rechtmäßige Prinzessin geboren worden wäre.«

»Und sie hätte wahrscheinlich deinen Vater geheiratet, und du wärst nicht hier.« Aidan hielt inne. »Ich gehe nach Homana zurück.«

Shona nickte. »Ich weiß.«

»Allein.«

Sie erblaßte. »*Warum?*«

»Weil ich sterben werde.«

Zorn. Groll. Ihrer beider *Kivarna* entflammte. »Wie kannst du das wissen?« fauchte sie. »Wie kannst du so etwas glauben? Und wie kannst du ein solcher *Narr* sein zu denken, daß *ich* dir glauben würde?«

»Shona ...«

»Sag einfach, daß du mich nicht willst. Laß diesen Unsinn vom Sterben. Ich brauche keine erfundenen Lügen, die die Wahrheit verhüllen sollen, nur um meine Gefühle zu schonen.« Ihre braunen Augen wirkten jetzt fast schwarz. »Glaubst du, ich könnte es durch das *Kivarna* nicht erkennen? Glaubst du ...« Und dann brach sie mit entsetzt geweiteten Augen ab. »Bei den Göttern des ganzen alten Volkes – du glaubst *tatsächlich*, daß du sterben wirst!«

Aidan wandte sich von ihr ab. Er konnte es nicht ertragen, ihr in die Augen zu blicken und das Entsetzen, das Begreifen zu sehen, daß das seine nur noch verstärkte. Shona verstand vielleicht besser als jeder andere Mensch, wie er sich fühlte, und das verdoppelte Verständnis erschreckte ihn noch mehr. Er könnte es vielleicht übergehen, wenn er versuchte, die nagende Angst zu verdrängen, aber Shona brachte sie zurück. Shona verstärkte sie.

»Aidan.«

Er trat steif zum Rand der Klippe und blickte auf das aufgewühlte Meer hinab.

»Aidan ...« Und dann brach sie erneut ab, murmelte verärgert etwas in gewöhnlichem Erinnisch, was er nur annähernd verstehen konnte, weil seine Mutter es ihm niemals beigebracht hatte.

»Geh zurück«, sagte er rauh. »Blais paßt vielleicht besser zu dir.«

Sie schwieg. Und dann klang ihre Stimme nüchtern. »Blais segelt mit dir.« Sie trat neben ihn. Der Wind pfiff über die Landzunge und wirbelte über den Klippenrand. »Warum wirst du sterben?« fragte sie.

Etwas verkrampfte sich tief in ihm. »Weil ich glaube, daß ich sterben *muß*.«

»*Mußt!* Warum? Welcher Mensch *muß* sterben, außer wenn er alt geworden ist?«

Er wußte nicht, wie er beginnen sollte. »Es gibt diese Prophezeiung.«

»*Das* weiß ich.«

»Und es gibt Götter.«

»Das weiß ich auch.«

»Und dann gibt es *dies*.« Er griff nach der Kette an seinem Gürtel.

Shona schwieg.

Aidan kreuzte die Arme über der Brust, um sich zusammenzunehmen. Ein Schaudern überlief ihn. »Ich habe eine Frau getötet«, erklärte er, »ohne sie auch nur zu berühren!«

Sie streckte die Hand nach ihm aus. Dieses Mal zog sich Aidan zurück, wehrte die Vertraulichkeit ab.

»Nein.« Shona legte ihre kühlen Finger um seinen Unterarm. »Du brauchst es, Aidan. Wer bin ich, daß ich mich abwenden wollte? Ich bin manchmal selbstsüchtig, wenn ich will, aber ich bin nicht grausam. Du *brauchst* mich, gerade jetzt ... Wer bin ich, daß ich die Augen vor deinem Schmerz verschließen wollte? Welcher Grund wäre ausreichend?«

Ihm fiel ein Grund ein: das *Kivarna*.

Aber dann berührte sie ihn richtig, und das *Kivarna* flammte auf und erschütterte sie beide in seiner Heftigkeit, und er begann zu sprechen, erzählte ihr, was geschehen war und wie, nur daß er nicht *wußte* wie, er wußte nur, daß es geschehen war; nur, daß *er* sich in seiner Dummheit, in seiner Männlichkeit, von einer Ihlinihexe hatte anlocken und verführen lassen, die dies schon früher getan hatte, obwohl er davor gewarnt worden war. Eine Ihlinihexe hatte ihn gesehen, hatte sein Begehren erkannt und einen Weg durch ihn hindurch, durch seinen Körper und durch das Kind, das er ihr zeugen würde, auf eine zusätzliche Macht hin beschritten. Er war von Ashra gewarnt worden, die ein beinahe, aber nicht gänzlich menschliches Werkzeug der Götter gewesen war. Er war von Carillon und Shaine selbst gewarnt worden. Er war von Gisella – der wahnsinnigen, sterbenden Gisella, die zu den Göttern zu sprechen behauptete – gewarnt worden, und wer war er, *das* zu bestreiten. *Er* sprach *selbst* zu den Göttern und mit ihnen – von Angesicht zu Angesicht. Sie erzählten ihm Dinge, sagte er, und hielt ihre Hand so fest, daß er sie fast zu zerbrechen fürchtete. Sie erzählten ihm Dinge und erwarteten etwas von ihm, und er glaubte nicht, daß er die Kraft hatte zu tun, was sie von ihm verlangten.

Shonas Stimme schwankte. »Und was glaubst du, was sie von dir verlangen?«

»Sie erwarten von mir, daß ich sterbe.« Er brachte es hastig hervor. Dann schloß er fest die Augen. »Götter, Shona, verstehst du? Verstehst du mich? Ich habe mit ihr geschlafen, obwohl ich gewarnt worden war, ohne auch nur darüber nachzudenken, und als ich erkannte, was sie war und was sie tun konnte – was sie zu tun *beabsichtigte* –, tötete ich sie. Ich rief die Götter an, und sie antworteten mir. Weil *ich sie darum gebeten habe.*« Er konnte nicht aufhören zu zittern.

Shona trat näher an ihn heran. Er versuchte zurückzuweichen, aber sie hielt ihn fest, kam noch näher und umarmte ihn tröstend. Und es tröstete ihn wirklich, aber er empfand noch mehr. Etwas, wovon er hoffte, daß sie es nicht erkennen würde.

Ihre rauchige Stimme klang beruhigend. »Schsch … du weißt nicht, was du sagst … Du bist innerlich und äußerlich ganz verkrampft, in Göttern und Träumen und Ungewißheiten verstrickt … Es ist kein Wunder, daß du so leidest. Glaubst du, ich könnte es nicht spüren, mit oder ohne das *Kivarna?*« Sie seufzte tief. »Und ich denke, du weißt überhaupt nichts … Ach Aidan, wie kannst du so töricht sein zu glauben, daß sie deinen *Tod* wollten? Woher willst du wissen, daß sie dich nicht für etwas anderes bestimmt haben?«

Er gab nach und umarmte sie fest, froh über ihre Nähe, dankbar, daß sie bei ihm blieb, ihn berührte, mit ihm sprach, einfach *da* blieb, damit er nicht so furchtbar allein war.

Er war die meiste Zeit seines Lebens sehr allein gewesen, auch wenn er unter Menschen gewesen war.

Aber nicht mit ihr. Nicht mit ihr. Mit Shona war er niemals allein.

Aidan klammerte sich mit all seiner schwindenden Kraft an sie. Er brauchte sie in diesem Augenblick sehr. »Warum nicht für etwas anderes?« Er verschränkte seine Finger in dem wirren Geflecht ihrer Zöpfe. »Wegen der Träume und all dessen, was mir gesagt wurde …« Er war sich plötzlich bewußt, wie gefährlich nahe sie sich waren, wie quälend nahe. Wenn sie ihre Vorsicht außer acht ließen, könnten sie sich verletzen. Oder sogar töten. »Götter, Shona … nicht …«

»Glaubst du, es ist wichtig?«

Er war verloren, und er wußte es. »Ich kann die Gelegenheit nicht ergreifen. Ich will dich nicht bestrafen … Ich will dich nicht zu einem Leben in Einsamkeit und Enthaltsamkeit verdammen … Ich werde keine Frau heiraten, nur um zu sterben und sie zur Gefangenen des *Kivarna* zu machen …« Er preßte sie an sich, wiegte sie, wiegte sie und versuchte, den Schmerz, das Verlangen, das Bedürfnis zu lindern. »Das werde ich dir nicht antun.«

»Aidan …«

Er schob sie zurück und hob Schweigen gebietend eine Hand. Er atmete hastig und hinderte sie, ihn zu berühren. »Nein. Nein. Ich kehre zurück. Allein. Wenn ich sterben muß, will ich sterben, ohne dich zu verletzen.«

»Und wenn du *nicht* sterben mußt?« schrie sie. »Was *dann,* du *Skilfin?*«

»Nein«, sagte er. »Nein.« Und dann wandte er sich steif von ihr ab und schritt nach Kilore zurück.

Kapitel Dreizehn

Sie kam, als er, von Selbstzweifeln und Verachtung geschüttelt, wach in der Dunkelheit lag. Wer war er, daß er sich für ein Werkzeug der Götter hielt, das sorgfältig für einen besonderen Zweck ausgewählt worden war? Wer war *er*, daß er sich für etwas anderes als alle anderen hielt, da doch jeder lebende Mann und jede lebende Frau Zweifel und Ängste und Verwirrung kannten?

Aber wer war er auch, daß er es leugnen wollte, da er doch den Beweis in Gestalt einer schweren Kette aus makellosem Gold besaß?

Wer war er *überhaupt?*

Sie kam, zog die Bettvorhänge beiseite, und er erkannte sie sofort.

Er hörte, wie das Gewand von ihren Schultern glitt. Er schlief, wie immer, ohne eine Kerze entzündet zu haben. Er brauchte kein Licht. Er hätte sie bei Tageslicht und in der Dunkelheit überall erkannt.

Er erschauderte tief. Und dann erwachte das *Kivarna.*

Sie kam ins Bett. Ihr helles offenes Haar breitete sich auf dem Kissen aus. Sie war nackt. Und auch er war bis auf die Seelenqual nackt.

Er empfand heftige Qual, und das Wissen war bittersüß. Shona kniete sich neben ihn und legte dann langsam eine kühle Hand auf seine Brust. Sein Herz schlug unter der Haut und den Knochen. Er atmete kurz.

»O nein«, flüsterte sie. »Laß keine Angst zu. Laß nur Freude zu.«

Seine Stimme klang heiser. »Du kennst die Wahrheit, *Meijhana.*«

»Tatsächlich?« Ihre Hand schlich aufwärts und berührte seinen Hals, sein Kinn, seinen Mund. »Tatsächlich?«

Alle Sinne wurden geweckt, als sie ihn berührte. Sein Körper klang davon wider.

Shonas rauchige Stimme sprach sanft. »Wenn es eine Bestimmung ist, werden wir nur die Freuden einer Nacht geteilt haben. Wenn es die Wahrheit ist, werden wir, glaube ich, *weitere* solche Nächte teilen.«

Er lächelte wider Willen. Und nahm sie in die Arme.

*

Zwei Monate später legte Keely am Dock das in einer Scheide steckende Schwert in Aidans Hände. »Da«, sagte sie fest. »Welche Ausrede hast du *dieses* Mal?«

Er lachte. »Überhaupt keine Ausrede. Ja, *Su'fala,* ich werde dafür sorgen, daß du in den Hallen Homana-Mujhars keine verweichlichte Enkelin haben wirst. Sie wird dieses Schwert bekommen und lernen, es zu gebrauchen.«

Keely schaute an ihm vorbei zum Schiff. Dann wandte sie sich jäh ab, als könnte sie den Anblick des Bootes, das ihre Tochter davontragen würde, nicht ertragen. Sie wandte sich heftig wieder den Klippen zu. »Wo ist Shona?«

»Sie bringt die Hunde her«, sagte Aidan trocken.

Sogar Keely war bestürzt. »*Alle?*«

Aidan lächelte angestrengt. »Der große Rüde und die Hündin von der anderen Insel und die aus Atvia und die zwei trächtigen Hündinnen und diejenige, die sie im vorigen Jahr von der hellbraunen Hündin bekommen hat, die gestorben ist, und die Welpen aus dem letzten Wurf …« Er seufzte. »Mindestens zehn oder zwölf. Wir werden Homana-Mujhar wieder bevölkern.«

Keely betrachtete sein Gesicht. »Macht es dir etwas aus? Sie ist eigensinnig, ja – das war mein Werk –, aber sie weiß, was sie tut.« Sie seufzte. »Ich glaube, die Hunde sind ein Ausgleich dafür, daß sie keinen *Lir* hat.«

»Oder vielleicht liebt sie sie einfach.« Aidan grinste. »Da kommt sie – und Sean. Und Blais.«

»Und die Hunde«, murmelte Keely. »Es wird auf dem Schiff kein Platz mehr sein.«

»Nicht wenn die zwei Hündinnen erst geworfen haben. Ah, hier kommt auch Riordan.«

Sie kamen auf das Dock zu, gefolgt von den Hunden und den Dienern mit dem Gepäck. Blais betrat das Dock als erster, von seiner rötlichen Wölfin begleitet. Sie lief dem Rudel Hunde unbeeindruckt voraus, obwohl es zur Tötung von Wölfen gezüchtet worden war. Sie hatte ihren Frieden mit den ungeweihten Tieren gemacht, wie es von *Lirs* verlangt wurde. Oder sie hatte den großen Rüden an seinen Platz verwiesen und er wiederum die anderen Hunde.

Aidan betrachtete das Schiff. Hoch in der Takelage, auf einem Mast hockend, putzte sich Teel.

Sean beaufsichtigte das Einladen von Shonas Gepäck persönlich, indem er mit seiner rauhen Stimme Befehle rief. Die Hunde liefen umher und waren jedem im Wege. Shonas Ermahnungen konnten inmitten der allgemeinen Verwirrung nichts bewirken, da die Hälfte der Hunde auch zu jung war, um bereits ein anständiges Benehmen gelernt zu haben. Als das Einladen schließlich beendet war, schickte Shona die Hunde über die Planken aufs Schiff – und stellte fest, daß keiner von ihnen gehen wollte.

»Ach, Götter«, murmelte Sean und hob eine der Hündinnen auf. Ohne weiteres Zögern trug er sie über die Planke auf Deck.

»Da«, sagte Shona, »seht ihr? Wollt ihr jetzt auf euren vier Beinen laufen oder wie Mehlsäcke getragen werden?«

Der große dunkle Rüde, der das Schiff kläglich betrachtete, lehnte sich an ihre Taille. Shona stolperte und fiel beinahe hin.

Aidan befreite sie aus dem Rudel und zog sie vom

Wasser fort. »Er wird gehen, wenn du gehst. Bring die anderen an Bord – um ihn können wir uns später kümmern.«

Einer nach dem anderen wurden die übrigen Hunde über die Planke auf Deck geführt. Als nur noch der große Rüde übrig war, kniete Sean sich hin und sah ihm in die Augen. »Du bist ein feiner, kluger Bursche, mein Freund, und es tut mir leid, daß du gehst. Aber wir haben noch andere hier – obwohl keiner ein so feiner Bursche ist wie du –, und das Mädchen wird dich brauchen. Kümmere dich gut um sie, mein Junge, und komm zurück, wann immer du willst. Die Mädchen werden um dich trauern.«

Sean ebenfalls. Shona trat zu ihm und umarmte ihn, klammerte sich an seine große Gestalt, ließ dann los, wandte sich ab und legte ihre Hand auf den Hals des Hundes. Ohne daß weiteres Drängen nötig gewesen wäre, kletterte er über die Planke zu seinem Rudel.

Aidan, der Sean und Keely betrachtete, fühlte sich hilflos. Er entriß Shona ihrer herzlichen, liebenden Familie, die sie mit Mut, Verstand und Entschlossenheit, sowie mit Stolz und einem mächtigen Gefühl von Treue ausgestattet hatte. Er konnte nicht vorhersagen, ob sie in Homana dasselbe finden würde. Einen entsetzlichen Augenblick lang glaubte er, er führe sie in eine verhängnisvolle Zukunft.

Sean schüttelte den Kopf, als Aidan ihn ansah. »Jeder Mann empfindet so«, sagte er. »Und jeder Frau steht dies bevor.« Seine braunen Augen blickten herzlich und ermutigend drein, und Aidan erkannte, daß das *Kivarna* in Sean genauso stark lebte wie in seiner Tochter. »Du machst es recht gut, Junge. Und mein Mädchen wird es dir gleichtun.«

Blais kam auf Deck und lehnte sich gegen die Reling. »Segeln wir *heute* noch los?«

»Skilfin«, murmelte Shona, wandte sich dann jäh um und umarmte ihre Mutter.

Aidan überquerte die Planke. Der große Wolfshundrüde begrüßte ihn winselnd. »Sie wird gleich hier sein.« Er tätschelte den schlanken Kopf.

»Oder in zwei Tagen«, verbesserte Blais ihn.

Aidan sah seinen Cousin an. »Sie hat alles Recht der Welt, sich soviel Zeit zu nehmen wie sie will. Erinn ist ihre Heimat … *und* auch deine, denke ich.«

Blais grinste. »Ein Erinnier, nicht wahr? Ja, nun … soll sie sich die Zeit nehmen. Es ist tatsächlich ihre Heimat, die sie verläßt …, während ich in meine Heimat fahre.«

Aidan war überrascht. »Du beabsichtigst, in Homana zu bleiben?«

Blais zuckte die Achseln. »Das hängt von vielerlei ab.«

»Wie, zum Beispiel, von deinem Vater?«

Die gelben Augen flackerten. »Ein Mann hat jedes Recht, seinen *Jehan* aufzusuchen.«

Aidan lächelte kühl. »Ein Cheysuli, nicht wahr? Nach all dieser Zeit?«

Blais seufzte. »Ja. So ist es. Und du solltest in meine Fußstapfen treten, Cousin …« Er streckte einen Stiefel vor. »Ich habe das Haar, die Augen, die Hautfarbe, den *Lir* …, aber in Erinn versteht das niemand wirklich.«

»Keely vielleicht.«

»Keely versteht es. Sie hat mir den Vorschlag gemacht zu gehen.«

Aidan runzelte zweifelnd die Stirn. »Obwohl sie weiß …«

»… wer mein Vater ist?« Blais zuckte erneut die Achseln. »Sie sagte, nur weil *sie* Teirnan von den *A'saii* nicht mag, würde sie einem Sohn nicht vorwerfen, daß er seinen *Jehan* kennenlernen will.«

Vielleicht weil sie niemals ihre Jehana kennenlernen wollte und sich deshalb schuldig fühlt. Aidan nickte. »Ein Mann hat das Recht, seinen Vater zu kennen. Aber vielleicht gefällt ihm nicht, wem er begegnet.«

Blais' Gesicht wurde ernst. »Meine Mutter hat mich niemals belogen. Ich weiß, was er getan hat. Ich weiß, was er plant. Aber ich denke, es ist nur gerecht, wenn ich auch *seine* Geschichte höre.«

Das mußte Aidan ihm zugestehen. Aber er glaubte nicht, daß es von Dauer sein würde.

Schließlich löste sich Shona von ihren Verwandten, umarmte Riordan ein letztes Mal und betrat aufrecht die Planke. Ihr Gesichtsausdruck gab ihre Gefühle nicht preis, aber Aidan wußte, was sie empfand. Auch wenn sie versprochen hatten, sobald es der Anstand ermöglichte zurückzukehren, änderten sich solche Pläne häufig. Keely war selbst in zweiundzwanzig Jahren nur zweimal zu Hause gewesen. Sie wußte genauso gut wie jeder andere, daß die Wahrscheinlichkeit, Shona bald wiederzusehen, gering war.

Blais lehnte noch immer am der Reling. Er blickte, genau wie Shona, auf das Dock hinab. Rory und Maeve und ihre Kinder standen hinter Sean und Keely, wobei Rory alle außer Sean überragte. Beide Schwestern weinten. Nur Maeves Augen blieben trocken.

Blais biß die Zähne zusammen. »Sie will nicht, daß ich gehe.«

Shona zuckte die Achseln, während das Schiff abfahrbereit gemacht wurde. »Keiner von ihnen *will,* daß wir gehen.«

»Sie noch weniger als die meisten. Sie denkt, ich werde mich meinem Vater anschließen.«

Shonas Stimme klang jetzt hart. »Ich denke, das ist deine Entscheidung. Ein Narr zu sein oder nicht.«

Blais sah sie an. »Er hat deine Zunge nicht entschärft, nicht wahr?«

Shona grinste. »Er ist zu klug, um es zu versuchen.«

Aidan hob eine Hand, als sich das Schiff langsam von seinem Liegeplatz fortbewegte. Auf den Docks winkten auch die Adler.

Teil VI

Kapitel Eins

Als das Schiff homanische Gewässer erreichte, waren aus elf Wolfshunden vierundzwanzig geworden. Blais verbrachte einen großen Teil seiner Zeit zurückgezogen, in persönliche Gedanken verloren, mit seinem *Lir*. Und Shona und Aidan, die im Wind, der Freiheit und der Magie des *Kivarna* schwelgten, tat es fast leid, das Ende der Reise nahen zu sehen. Sie hatten begonnen, die Einsamkeit des Schiffes zu schätzen, da sie wußten, daß Aidan nur zu bald den zunehmenden Verantwortlichkeiten seines Titels ausgesetzt sein würde. Sie hatten Wochen damit verbracht, die Vorlieben und Abneigungen des jeweils anderen kennenzulernen – im Bett und außerhalb – und waren noch nicht ganz bereit, ihre Ungestörtheit aufzugeben.

Aber als das Schiff in den Hafen einsegelte, stand Shona doch gespannt an der Reling und deutete auf die Hondarth so nahegelegene, nebelumhüllte Insel. »Ist sie das?«

»Die Kristallinsel? Ja.« Aidan beugte sich zu ihr. »Die *Shar Tahls* lehren uns, daß sie der Geburtsort der Cheysuli sei, daß die Erstgeborenen dort erschienen und dann nach Homana gingen.«

Shona hörte genau zu. »Dorthin hat er sie also gebracht.«

»Wer wurde dorthin …? Oh.« Aidan umfaßte eine verkrampfte Hand. »Ja. Und dort hat sie ihn getötet.«

Shona entzog sich ihm unruhig, trat zwei Schritte fort und wandte sich dann mit schwingendem Zopf wieder um, der Insel zu. »Sie sagte, Strahan hätte diesen Ort in Ihlinigebiet verwandelt.«

»Eine Zeitlang. Aber jetzt lebt dort niemand mehr …

Die Insel war, bis auf zwei kurze Besatzungszeiten, schon immer ein bedeutsamer Cheysuliort.«

»Bedeutsam«, murmelte Shona. »Darüber weiß ich durch mein überwiegend erinnisches Blut nichts ...« Sie seufzte, erneut von der nebelumhüllten Landmasse gebannt. »So viele Jahre lang habe ich darum gebetet, wie meine Mutter zu sein, mit den *Lirs* sprechen zu können und jede Gestalt annehmen zu können ..., aber es geschah nichts. Ich hatte nur das *Kivarna*.«

Aidan lachte. »Ich glaube, das genügt auch.«

Sie warf ihm einen ungeduldigen Blick zu, obwohl ein kleines Lächeln ihre Lippen umspielte. »Könnten wir dorthin gehen?«

Er war bestürzt. »Jetzt? Aber wir sind schon so nahe am Festland ...«

»Ich würde gern, Aidan. Ich weiß so vieles von dem, was meiner Mutter zugestoßen ist ... Und doch habe ich noch keinen der Orte gesehen, von denen ich gehört habe.«

Blais kam, von seiner rötlichen Wölfin begleitet, vom Bug des Schiffes heran. Wie Shona, betrachtete auch er die Insel genau. »Wenn wir hier geboren sind, wie die *Shar Tahls* behaupten, sollten wir diesen Ort *alle* sehen. Er bedeutet Geschichte und Überlieferung ...« Er warf Aidan einen spöttischen Blick zu. »Oder bist du dir deines Erbes so sicher, daß du keine Erinnerungen brauchst?«

Aidan verstand den betonten Spott sehr gut. Blais hatte von allen den wenigsten Grund, die Insel sehen zu wollen. Sein Cheysulivater hatte Dingen wie Überlieferung und Erbe den Rücken gekehrt und seinen eigenen abtrünnigen Stamm von Unzufriedenen gegründet, die durch zu große Veränderungen innerhalb der bereits bestehenden Stämme beunruhigt waren. Aber wenn Blais die Kristallinsel sehen wollte, zeigte das, daß er zumindest abzuwägen beabsichtigte, bevor er sich für eine Seite entschied.

Etwas, was für unseren hochnäsigen Verwandten spricht …

Aidan gab nach, wandte sich um und erteilte dem Kapitän die entsprechenden Befehle, der sie wiederum an seine Leute weitergab. Das Schiff drehte von Hondarth ab und segelte statt dessen auf die Insel zu.

Gewundene weiße Strände erstreckten sich in beide Richtungen und blendeten im Sonnenlicht. Shona, Aidan und Blais, begleitet von den erwachsenen Wolfshunden und ihren beiden *Lirs,* verließen das Schiff und betraten die zermahlenen weißen Muscheln. Ein Weg wand sich vom Strand fort auf das bewaldete Innere der Insel zu. Hier und dort konnten sie durch die Bäume das Schimmern weißen Gesteins sehen, das vom Sonnenschein hell gebleicht war.

Shona führte die Hunde den Strand hinauf und lachte, als sie umhertollten, wandte ihre Aufmerksamkeit aber dann wieder dem Weg und seinem Ziel zu. »Wohin führt er?«

»Zweifellos zum Palast.« Aidan deutete auf die hinter dem Laubwerk des Waldes nur undeutlich sichtbare weiße Masse. »Er war jahrzehntelang ein wahrhaftiger Palast der Erstgeborenen, aber später wurde er nicht mehr bewohnt. Carillon nutzte ihn dann wieder als Gefängnispalast für seine verbannte Königin, Electra, und dann verbarg sich Strahan eine Zeitlang darin …, aber ansonsten ist er seit vielen Jahren nicht mehr richtig bewohnt.«

»Warum warten?« fragte Blais leichthin und eilte den Weg hinauf auf den Palast zu.

Shona schaute zu den Hunden zurück. Alle außer den zwei Hündinnen, die geworfen hatten, und den beiden neuen Welpen waren da, tobten spritzend durch die Brandung und sprangen übereinander. Meerwasser schimmerte auf drahtigem Fell, das im Sonnenschein einen Silberschimmer annahm.

»Sie haben Nasen«, erinnerte Aidan sie. »Sie werden uns finden, wenn es ihnen zu langweilig wird.«

Sie sah ihn ungehalten an. »Sie wurden wegen ihres Sehvermögens gezüchtet, nicht wegen ihres Geruchssinns.«

»Ist das wichtig? Wenn du willst, kann Teel auf sie aufpassen.«

Sie warf einen letzten prüfenden Blick auf die Hunde, dachte kurz nach und eilte dann hinter Blais her, wobei es Aidan überlassen blieb, sich ihr anzuschließen.

Der Weg zum Palast war fast vollständig überwuchert, da sich seit über zwanzig Jahren niemand mehr um die Insel gekümmert hatte, aber Aidan und Shona fanden ihn weniger ermüdend als erwartet. Hier und dort waren eine Ranke oder ein Zweig abgebrochen – als Beweis für Blais' früheres Vorübereilen –, und der mit weißen Muscheln und Steinen ausgelegte Weg war mit einer Schicht jahrelang angesammelten Staubs und Blättern und den zufälligen Hinterlassenschaften von Tieren bedeckt. Aber man konnte ihm dennoch recht einfach folgen. Er führte geradewegs zu den großen Holztoren in der Hofmauer.

»Hier«, keuchte Shona. »Sie sagte, sie sei das Tor hinauf und hinübergeklettert ...« Sie schritt langsam durch einen weit geöffneten Torflügel. »Siehst du? Sie sagte, die Eisennägel hätten ihren bloßen Füßen Halt gewährt.«

Aidan folgte ihr und betrachtete das Tor. Er würde es nicht erklettern wollen. Daß Keely es inmitten eines wütenden Sturms getan hatte, um Strahan zu entkommen, unterstrich ihre Beherztheit nur noch.

»Und irgendwo hier ist Taliesin gestorben. Er hat sie aus dem Palast befreit und seine Magie benutzt, um Strahan eine Weile in Schach ...« Shona sah sich um. »Sie müssen von dort gekommen sein. Siehst du? Eine fast verborgene Seitentür ...«

Aidan nickte verwirrt. Etwas drang in sein Bewußtsein ein. Etwas *zerrte* an ihm wie ein Kind an der Tunika seines Vaters, um seine Aufmerksamkeit zu erregen.

»Und dann hier herüber, zum Tor ... Sie gelangte hinüber und lief in den Wald.«

Er nickte erneut. Er war sich Shonas Beobachtungen nur undeutlich bewußt.

»Wollen wir hier hineingehen? Oder durch den Vordereingang?«

Aidan zuckte die Achseln. Etwas Kühles berührte sein Rückgrat. »Wo immer du willst, *Meijhana*.«

»Also hier. So wie sie mit Taliesin gekommen ist.« Sie hielt inne. »Kommst du?«

Aidan nickte beunruhigt und folgte ihr über die Pflastersteine zu der kleinen Seitentür, die kaum mehr als ein Holzspalt in der dicken Steinmauer schien. Ihre Scharniere waren festgerostet, aber Shona ergriff einfach den Riegel und zog daran, von etwas so Harmlosem wie zwanzig Jahren Vernachlässigung wenig beeindruckt.

Rost bröckelte herab. Und auch die Scharniere. Die Tür fiel aus der Wand.

»Ach …« Shona fing sie auf und grinste, als Aidan fluchte und an seinem Daumenballen saugte. Sein unwillkürlich erfolgter Griff nach der fallenden Tür hatte mit einem kleinen Schnitt geendet. »Bist du verletzt?«

Er zuckte nur die Achseln und lehnte die Tür an die Wand, während Shona ins Innere spähte. Sie schnupperte. »Ich rieche Magie.«

»Du riechst Schimmel und Staub und Feuchtigkeit – und vielleicht einen Cousin, der uns ein wenig ärgern will.«

»Er ist nicht hier hindurchgekommen. Die Tür war heil … Und außerdem – glaubst du, er würde jemals die Seitentür benutzen, wenn es eine eindrucksvollere *Vorder*tür gibt?«

Aidan schaute in den Eingang. »Wahrscheinlich nicht.«

»Geh hinein«, schlug sie vor und berührte seine Schulter.

Teel? rief Aidan.

Der Rabe klang belustigt. *Schimmel und Staub und Feuchtigkeit. Und irgendwo ein Cousin.*

Aber nicht mehr?

Nicht hier.

Das klang nicht annähernd so beruhigend, wie Aidan erwartet hatte. ›Nicht *hier*‹? Was bedeutet das?

»Gehst du jetzt hinein?« fragte Shona. »Oder willst du, daß ich vorgehe?«

Aidan nieste. Schimmel und Staub und Feuchtigkeit. »Nein«, murmelte er verdrießlich und betrat den schmalen Gang.

Er wurde von einem breiteren Gang gekreuzt, der in zwei Richtungen führte. Auch der Boden war staubbedeckt. Zwei Spuren führten tiefer in den Palast hinein: die Stiefelabdrücke eines Mannes und Wolfspfotenabdrücke.

»Hier entlang«, schlug Aidan vor und folgte den Spuren im Staub.

Schließlich erreichten sie einen noch breiteren Gang, der in eine weite Halle mündete. Die Decke wölbte sich hoch über ihnen. Die Halle selbst war rechteckig, mit hoch in das weiße Gestein der Mauern eingeschnittenen Bogenfenstern. Unter jedem Fenster hing ein verblaßtes Banner. Fenster auf Fenster, Banner auf Banner, die die geweißten Wände entlang verliefen. Die Farben waren mit der Zeit verblaßt, die Muster aber erkennbar geblieben. Aidan, der um die Geschichte seines Stammes wußte, erkannte, daß es keine von Cheysuli gefertigten Banner waren, sondern daß sie erst viel später entstanden sein mußten.

»Carillon«, murmelte er. »Er muß sie hier aufgehängt haben.«

»Aber hätte Strahan sie *hängen gelassen?*«

»Als Erinnerung an seinen Sieg? Das glaube ich schon.« Aidan trat neben Shona weiter in die Halle hinein. Shona ging mit zurückgeneigtem Kopf und gerecktem Hals voran, um die gewölbte Decke zu betrachten.

Dann blieb sie stehen. »Sieh dir die Säulen an!« Ihre Stimme hallte eigenartig wider. »Alle spiralförmig … und die *Runen* …«

Aidan beobachtete, wie sie die nächststehende Säule berührte. Sie führte, wie Shona bereits gesagt hatte, spiralförmig zur Decke. Auf beiden Seiten der Kante, die den Aufwärtsbogen der Spirale kennzeichnete, waren Runen tief in den Stein eingemeißelt worden.

»Kannst du sie lesen?« fragte sie.

Aidan betrachtete die nächste Reihe von Schriftzeichen, die sich vom Boden bis zur Decke höher hinauf erstreckten, als er sehen konnte. »Einige davon«, sagte er schließlich, da er nicht gern zugeben wollte, daß er zu wenig über die Zeichen wußte. »Es hat etwas mit der Bitte um den Segen der Götter und der Geburt der Erstgeborenen zu tun ...« Aidan brach zitternd ab. Er hatte eine Gänsehaut auf den Armen.

»Es ist *tatsächlich* kalt hier«, bestätigte Shona ihn. »All dieses Gestein und keine Feuer ...«

»Das ist es nicht«, murmelte er und trat weiter in die Halle hinein. »Ich denke, daß es hier früher Felle und Möbel gab ...« Er brach erneut ab und schaute nur noch.

»Aidan«, keuchte Shona.

Sie waren hinter einer Säule hervorgetreten, so daß jetzt das Podest in Sicht kam. Sie standen seitlich davon, fast dahinter. Aus ihrem Blickwinkel konnten sie nur eine wie eine Flanke gewölbte Seite aus dunklem Holz und die aufwärts geschwungene Biegung der Rückseite erkennen. Die Rückseite war nach oben und dann nach vorn gebogen und bildete somit einen Holzbaldachin.

»Der Löwe«, platzte Aidan heraus. Und dann erleichtert: »Nein. Nein. Dieser ist kleiner, weniger kunstvoll gearbeitet ...« Er atmete tief durch. »Sogar der Kopf ist anders. Die Kiefer sind nicht geöffnet ...« Er lachte und trat dann näher heran. »Wie konnte ich ...«

Und dann blieb er jäh stehen, weil sich auf dem Thron etwas bewegt hatte.

Er dachte irrigerweise an einen weiteren toten Mujhar, der gekommen sei, um ihn an seine Aufgabe zu erinnern und ihn für sein Fehlen zu tadeln. Aber es war keiner mehr übrig. Er war allen begegnet, von denen er wußte, zumindest den unmittelbaren Vorfahren. Jene vor Shaines Zeit waren nur insofern wichtig, als man ihre Geschichten kennen sollte. Hauptsächlich Shaine war für die Notlage der Cheysuli und für die Behinderung der Prophezeiung verantwortlich gewesen, indem er die Cheysuli zum Handeln *gezwungen* hatte.

Shona lachte. Der Ton klang in der Halle wider und vertrieb die Dunkelheit. »Es ist *Blais* – o Götter, wir hätten es wissen sollen.« Und sie nahm Aidans Hand und zog ihn um die Seite des Podests herum.

Blais lehnte lässig an der gewölbten Rückseite des Throns und hatte ein muskulöses Bein über eine Lehne gelegt. Er hob eine rabenschwarze Augenbraue. »Ich glaube, er paßt zu mir.«

Shona stieß einen verächtlichen Laut aus. »Nicht besser als zu *mir*, du *Skilfin*.«

Aidan löste seine Hand aus der Shonas und trat zwei Schritte näher heran. Das dunkle Steinpodest war niedrig, erhob sich kaum über den Boden, und der Thron selbst war ein viel kleinerer Nachbau des Löwenthrons von Homana-Mujhar, aber er sprach dennoch von Erhabenheit und Großartigkeit und von lange vergessener Macht zu ihm. Von Dingen, die er wissen mußte, obwohl er nichts davon wußte.

»Beanspruchst du ihn?« fragte Blais leichthin. »Willst du mit mir darum kämpfen?«

Aidan vermutete, daß sein Cousin nur scherzte. Blais war trotz all seiner Einbildung ein aufrichtiger Mensch. Er scherzte zweifellos nur um des Scherzens willen, mehr nicht. Aber für Aidan, der sich vor dem Thron wie erstarrt fühlte, klang es wie Ketzerei.

Er stieg auf das Podest. Blais, der sich mit seinem *Lir* neben sich so behaglich niedergelassen hatte, regte sich nicht. Nicht einmal, als Aidan innehielt und eine Hand ausstreckte, um die Armlehne des Throns zu berühren.

Sie hatte die Gestalt der Vorderpfote eines Löwen, wobei die abwärtsgerichtete Pranke die Handstütze bildete. Dieser Thron schien dem in Homana-Mujhar sehr ähnlich, und doch war sich Aidan einer vollkommen anderen Bedeutung bewußt. *Jener* Thron hatte ihn zurückgewiesen. Dieser tat es aus irgendeinem Grunde nicht.

Blais richtete sich auf und erhob sich. »Da. Er gehört dir. Ich glaube, du hast mehr Recht darauf als ich – zumindest bis ich mit meinem Vater im reinen bin.«

Abwesend: »Dein *Jehan* ist ein Verräter. Ein Ketzer. Er ist *der Verwandtschaft beraubt*. Willst du auch selbst verdorben werden?«

Blais' Stimme wurde härter. Er benutzte die Alte Sprache, um Aidans unerwartetem Sprachwechsel zu entsprechen. »Mein *Jehan, leijhana tu'sai,* weiß nicht einmal, daß ich lebe. Meine *Jehana* hat es niemals für nötig gehalten, ihm zu sagen, daß sie schwanger war *oder* daß sie mich geboren hat, bevor sie mit Rory Rotbart nach Erinn davongesegelt ist.« Jetzt verfiel er wieder in die erinnische Sprache. »Ich werde tun, was immer ich will, ob ich *der Verwandtschaft beraubt* bin oder nicht. Das steht uns beiden zu.«

Das Holz glänzte. Aidans *Kivarna* erzählte ihm von noch unerfüllten Aufgaben, von noch ungelerntem Wissen, von einem noch ungeborenen Volk. »Ja«, antwortete er Blais ruhig und nahm seine Hand dann fort. Er wandte sich zu Shona um. »Willst du hierbleiben? Es gibt etwas, was ich tun muß.«

Sie sah ihn verständnislos an. »Jetzt? Hier? Aber …«

»Wirst du hierbleiben?«

Shona und Blais wechselten Blicke. Schließlich nickte sie. »Ich werde warten. Blais und ich können derweil darüber streiten, welcher Raum für was genutzt wurde …« Sie brach ab. »Bist du in Ordnung, Aidan?«

»Ich muß gehen«, sagte er.

Shona deutete hinter sich. »Dort ist die Tür. Und in *die-*

ser Richtung liegt das Schiff. Wenn du zu lange brauchst, werde ich dort sein.«

Blais ließ sich grinsend wieder auf dem Thron nieder. »Und ich werde *hier* sein. Dieses Tier paßt gut zu mir.«

»Skilfin«, murmelte Shona, aber Aidan hatte die beiden bereits verlassen und hörte sie nicht mehr.

Kapitel Zwei

Aidan verließ den Palast durch den Vordereingang, ohne es selber ganz zu merken. Dann schritt er über den gepflasterten Hof unmittelbar zu den geöffneten Toren, ohne an Keelys Flucht oder Taliesins Tod oder auch nur an Strahans Niederlage zu denken. Statt dessen spürte er das Aufflackern seines Geistes, der ihn leitete. Es war nicht wirklich das *Kivarna* und auch nicht der *Lir*bund, die ihm Zugriff zur Erdmagie verschafften. Es war etwas Älteres, etwas Stärkeres ... etwas, das tiefer in dem wurzelte, woraus sein Leben – und zahllose Leben vor ihm – bestand, etwas, das ihn aus dem alten Cheysulipalast hinaus, in dem ein anderer Löwe kauerte, und in die bewaldeten Tiefen der Kristallinsel hineintrieb.

Er hörte ein Flattern in den Bäumen, schaute auf und sah, wie sich Teel auf einem Ast niederließ. Die Stimme des Raben klang fast zu ruhig für Teel. Zu *freundlich.*

Bist du sicher, daß du hier entlanggehen willst?

Aidan blieb stehen. *Ich muß diesen Weg gehen.* Etwas stieg aus seinem Geist auf und flüsterte vorahnungsvoll. Er wandte sich sofort an Teel. *Sollte ich umkehren?*

Das habe ich nicht gesagt und dir auch nicht geraten. Ich habe nur gefragt: Bist du sicher, daß du hier entlanggehen willst?

Aidan atmete tief durch und sah sich um. Vor sich sah er einen Weg, der kaum mehr war als ein enger Durchgang zwischen Bäumen und dichtem Laub. Hier war seit Jahrzehnten niemand mehr entlanggegangen, und doch würde er nur zu leicht hindurchkommen, sogar durch hinderliche Kriechgewächse und tief herabhängende Zweige. Und er sah keinen Grund, nicht zu gehen. Er spürte keine drohende Gefahr, und Teel würde ihn sicher warnen, wenn sich sein Vorhaben als lebensgefährlich erwiese.

Er atmete ruhig aus. *Es scheint das Richtige. Es scheint, ich muß es tun.*

Der Rabe betrachtete ihn eine ganze Weile, als wäge er seinen Wert ab. Seine Augen glänzten schwarz. *Nun gut,* sagte Teel schließlich und flog in die Schatten davon.

Aidan ging weiter. Er umrundete eine Kurve des gewundenen Pfads und sah die Ruine vor sich: übereinandergestürzte, rechteckige Steine, die einst aufrecht in einem Kreis gestanden und eine Kapelle bewacht hatten. Die Steine lehnten wie zufällig übereinander oder lagen umgestürzt im Staub. Der Eingang war schmal und schief und sein Sturz zerbrochen. Die Steine selbst schienen einst allesamt grau gewesen zu sein. Jetzt waren sie vom Alter gesprenkelt und verfärbt, und trugen grüne Flechtenumhänge über geschwärzten Vertiefungen und Narben.

Aidan näherte sich zögerlich, während er das Laubwerk zerteilte. Er fühlte sich sehr allein. Teel war fort und die Verbindung verdächtig still. Aidan wußte, daß der Rabe in Rufweite war, wenn er ihn herbeibeordern wollte, aber offensichtlich sollte er ohne tröstliche Begleitung weitergehen. Nicht einmal in Begleitung seines *Lir.*

Ein einzelner Stein stand drei Schritte von der Tür entfernt. Aidan ging daran vorbei, hielt inne, duckte sich dann unter dem zerbrochenen Türsturz hindurch und trat ein.

Das Innere der Kapelle war in noch schlimmerem Zustand als ihr Äußeres. Verrottetes Balkenwerk war – wie bei einem Glücksspiel die ausgestreuten Runenstäbe – herabgestürzt und bedeckte den größten Teil des Bodens. Der Ort schien kaum noch mehr als eine Hülle, aber Aidan spürte die Macht. Sie war greifbar gegenwärtig.

Der Altar stand schief wie ein Betrunkener zu einer Seite geneigt und wurde nur noch von umgestürzten

Steinen gestützt. Sonnenlicht drang durch die Lücken zwischen den stehenden Steinen, sandte seine Strahlen tief ins Innere der Kapelle und bemalte den Altar mit goldenen und grauen Streifen. Abgewetzte Runen hoben sich dunkel und fast unleserlich von dem Stein ab, erregten aber dennoch Aidans Aufmerksamkeit und zogen ihn zu dem zerbrochenen Sockel und dem geneigten Altar wie einen Säugling zur Brust.

Er stellte plötzlich fest, daß er kniete. Er konnte sich nicht erinnern, wann er sich hingekniet hatte oder ob er hingefallen war. Er spürte nur, daß die Feuchtigkeit durch seine Lederkleidung drang. Seine Hände waren gegen das Gestein des Altars gepreßt, als huldige er ihm. Er begann zu glauben, daß er es tatsächlich tat. Oder daß er es tun mußte.

»Götter«, flüsterte er hohl.

Betete er? Oder drückte er nur Ehrfurcht aus, wie es so viele taten, die gar nicht an die Götter glaubten? Aidan wußte es nicht. Er wußte nur, daß es tief innen schmerzte. Von Zweifeln, Verachtung, Verwirrung erschüttert, war er sich ausgesprochen sicher, daß er selbst voller Bedeutungslosigkeit war.

Er kniete vor dem Altar seiner Vorfahren und weinte. Aus Qual, aus Zweifel, aus Unsicherheit. Weil er sich so wertlos vorkam. Weil seine Farbe im Webteppich der Götter so stumpf war, seine Verbindung so schwach, so zerbrechlich, so gewiß dem Verlust anheimgestellt. Er war Aidan, und er war nichts.

»Du bist, was du sein willst.«

Aidan fuhr hoch und wirbelte auf den Knien herum, eine Hand unwillkürlich an sein Messer gelegt. Aber die Hand sank herab, als er den Mann sah. Den Jäger.

Ein durch den jetzt abklingenden Schreck entstandenes, unangenehmes Kribbeln durchlief seinen Körper. Es gelang ihm nur mühsam zu sprechen. »Werdet Ihr mir jetzt meine Antworten geben?«

»Wenn du die richtigen Fragen stellst.« Der Jäger betrat die Kapelle und fand einen Stein, auf den er sich setzte. Die Widersinnigkeit wurde Aidan schlagartig bewußt. Hier war ein Gott, für den die Kapelle gebaut worden war, der aber vollkommen gleichmütig auf ihren Trümmern saß.

Aidan schüttelte den Kopf. »Wie soll ich auch nur beginnen?«

Der Jäger lächelte freundlich. »Du hast schon vor geraumer Zeit begonnen. Schon als Junge. Die Träume, Aidan ... all jene wirren Träume, die deinen Schlaf störten.«

»Ich träume sie nicht mehr. Nicht seit ich von Erinn fortgesegelt bin.«

Der Jäger verzog den Mund. »Ja, nun ... Frauen sind häufig in der Lage, einen Mann an andere Dinge als beunruhigende Träume denken zu lassen.« Er lächelte stärker. »Genieße deinen Frieden – und schlafe –, solange du es kannst. Du hast einen großen Teil deines Lebens ohne beides verbracht.« Er hielt inne. »Werden deine Knie nicht taub?«

In der Tat. Aidan verstand die Frage als Aufforderung, sich zu erheben. Er stand langsam auf, zog das feuchte Leder von seinen Knien und sah den Jäger, wie er hoffte, zwingend an. »Warum seid Ihr hier? Habe ich Euch gerufen?«

»In gewisser Weise, aber nicht durch ein Gebet oder durch Beschwörung.« Die Stimme des Jägers klang nüchtern. »Ich kam hierher, weil es an der Zeit ist, daß du mehr erfährst. Um alle Fragen zu beantworten, die du hattest, ohne jemanden zu haben, dem du sie stellen konntest.«

»Gut«, sagte Aidan, bevor er darüber nachdenken konnte.

Der Jäger – der Gott – lachte. »Die Menschen glauben, wir handelten rätselhaft, nur um Verwirrung zu stiften. Nein. Wir haben stets einen Grund für unser Handeln. Wenn ich es in Stein schriebe, würden die meisten Menschen vergessen, es zu lesen. Wenn wir uns jedermann auf die Art zeigten, wie wir uns dir gezeigt haben, würden wir aus diesem Grund zur Alltäglichkeit und daher unwichtig werden. Götter müssen zum Teil geheimnisvoll bleiben, sonst lassen Ehrfurcht und Achtung nach, und nichts wird jemals vollendet.«

Aidan hatte niemals so darüber nachgedacht.

Der Jäger nahm ein Klümpchen Erde von seiner Lederkleidung. »Es gibt Männer und Frauen auf der Welt, die die Götter für kaum mehr als Ergebnisse der Einbildung halten – weil wir euch auch diese schenkten – und für kaum mehr als ein Mittel, durch das einige – jene, die geistig reger und ehrgeiziger sind – andere überwachen können. Es ist eine einfache und wirkungsvolle Erklärung. Es gibt auch Menschen auf der Welt, die alles einem natürlichen Fortschritt opfern und unsere Macht, unsere Gegenwart und unser *Dasein* leugnen.« Er zuckte die Achseln. »Sie wollen nicht glauben.«

»Aber das ist Ketzerei«, widersprach Aidan.

»Unwissen«, verbesserte der Gott. »Sie haben Angst und sind von Eigendünkel erfüllt, weil sie glauben, daß die Kraft darin läge, Götter *nicht* zu brauchen. Sie glauben, sie hätten die Wahrheit entdeckt, die woanders läge. Nicht in den Händen der Götter.«

Der Jäger machte lächelnd die Cheysuligeste des *Tahlmorra.* »Aber wir waren es tatsächlich selbst – die Götter, Aidan –, die den Menschen die Selbstherrschaft und die Fähigkeit, selbständig zu denken, gaben. Darum erlauben wir ihnen auch ihre kleinlichen Ketzereien. Es ist die Entscheidung jedes Einzelnen, welche Nachwelt er bevorzugt – oder ob er keine wünscht.«

Aidan fühlte sich wie zerschlagen. »Aber ich habe immer geglaubt.«

»Das wissen wir. Und jetzt wirst du den Nutzen daraus ziehen.« Der Jäger wandte seinen Blick einen Augenblick lang von Aidan ab und lächelte dann. Eine Frau trat durch den niedrigen Eingang: eine kleine, grauhaarige Frau mit magischen Augen und den schwieligen Händen einer Weberin.

»Aidan«, sagte sie freundlich, »du hast weitaus mehr Geduld aufgebracht, als die meisten Menschen imstande gewesen wären.«

Er errötete vor Scham. »Das stimmt nicht. Ich habe gezweifelt und gefürchtet und gehadert. Ich habe Fragen gestellt.«

Die Weberin blieb von seinem Eingeständnis unbeeindruckt. »Natürlich«, stimmte sie ihm ruhig zu. »Menschen müssen ständig Fragen stellen. Wir gaben ihnen Neugier und Ungeduld und Zorn und das Bedürfnis, wissen zu wollen. Du bist ein Mensch. Du bist nichts anderes. Aber du warst dennoch sehr geduldig.«

Aidan hatte das Gefühl, vor einer großen Entdeckung zu stehen. Und er hatte Angst. »Also ... werdet Ihr jetzt alles sagen?«

»Wir werden dir die Möglichkeit verschaffen, deine Entscheidung zu treffen.«

Er antwortete schnell. »Das ist nicht nötig. Ich werde tun, was immer Ihr von mir fordert.«

Sie lächelte, die Hände in ihrem aus farblosem Garn gewebten, bunten Rock verschränkt. »Wir fordern keinen blinden Gehorsam, obwohl es oft so scheint ... Und einige würden auch so weit gehen zu behaupten, daß wir es forderten.« Sie schüttelte den Kopf. »Nein. Wir fordern Opfer und Mühsal, aber freiwillig gegeben und auf sich genommen, weil man ohne beides nicht lernen kann.«

»Habe ich etwas gelernt? Oder nichts?«

Ein Geräusch erklang vom eingestürzten Eingang her. »Du hast sicherlich *etwas* gelernt«, bemerkte der Krüppel, während er die Kapelle auf Krücken gestützt betrat. »Du hast gelernt, wie leicht ein Mann durch eine Frau vom richtigen Weg abgebracht werden kann.«

Aidan sah den alten Mann angespannt an und bemerkte erneut das rissige Gesicht und den glänzenden Schädel, aber vor allem das fehlende rechte Bein. Es war, als hätte der Gott beschlossen, sich in der Verkleidung zu zeigen, die Aidan zuerst gesehen hatte.

Er schluckte schwer und riß sich mühsam zusammen. »Meint Ihr Shona?« Furcht wogte in ihm auf. »Wollt Ihr damit sagen, daß ich sie *nicht* heiraten sollte?«

Die dunklen Augen des Krüppels glitzerten. »Wir wollen nichts dergleichen sagen. Sie hat das für dein Haus benötigte Blut.«

»Wen meint Ihr ...?« Er errötete. »Lillith.«

Der alte Mann stützte sich auf seine Krücke. »Ashra hat dich gewarnt«, schalt er sanft. »Sie hat dich vorgewarnt, und du hast es vorgezogen, nicht darauf zu hören.«

Er antwortete erneut übereilt. »Ich war *lirlos*.«

»Eine Ausrede.«

»Aber die *Wahrheit*. Sie hat Magie angewandt.«

»Nein. Du hast *geglaubt*, sie hätte Magie angewandt, weil du aufhörtest, an dich selbst zu glauben.« Der Krüppel schüttelte den Kopf. »Lillith hat, obwohl sie tatsächlich Macht besitzt, nur sich selbst eingesetzt. Es hat genügt.«

Schamröte übergoß ihn. Er schwitzte, fror gleichzeitig und konnte keinem der anderen in die Augen sehen.

Die Stimme des Krüppels wurde weicher. »Aber ich gestehe dir zu, daß du etwas daraus gelernt hast.«

»Ja.« Dieses einzige Wort kam aus tiefstem Herzen. »Ihr habt mir geantwortet. Als ich rief. Als ich um Eure Fürsprache bat. Die Kette.« Er nahm das schwere Gold in die Hände. »Ihr habt meine Bitte erhört.«

Der Krüppel schwieg. Auch die Weberin sagte nichts. Aidan blickte jäh zum Jäger und versuchte eine Vorahnung zu unterdrücken, die ihn sich in ihrer Heftigkeit verkrampfen ließ.

Die Stimme des braunen Mannes klang unendlich ruhig. »Denk darüber nach, was es bedeutet«, schlug er vor, »wenn ein Mann von sich behaupten kann, die Götter willentlich herbeizurufen.«

Aidan wußte keine Antwort.

Der Blick des Jägers war fest. »Macht *ihn* das zu einem Gott?«

»Nein!«

»Denk darüber nach, Aidan. Sicherlich bedeutet es etwas.«

»Es bedeutet ...« Schweiß bildete sich an seinen Schläfen. Aidan benetzte seine trockenen Lippen. »Es bedeutet, daß sie ihn für etwas auserwählt haben.«

»Und macht ihn das besser als andere Menschen?«

»Nein.«

»Vielleicht ... anders.«

Groll schärfte seine Stimme. »Ihr *wollt*, daß ich anders zu sein behaupte, damit Ihr mich beschämen könnt. Damit ihr Demut erzwingen könnt.«

Der Jäger lachte. »Wir sind nicht *so* grausam, Aidan. Antworte wahrheitsgemäß.«

»Halte ich mich für anders?« Aidan schaute von einem zum anderen. »Ja. Weil ich es *bin*.«

Der Jäger betrachtete müßig einen eingerissenen Daumennagel. »Und was wirst du mit deiner Andersartigkeit anfangen?«

Plötzlich unendlich müde, setzte sich Aidan auf einen umgestürzten Stein. Er konnte keine Antwort finden, die ihnen gefallen oder ihre schwere Prüfung zu einem zufriedenstellenden Ergebnis geführt hätte, und so schwieg er.

Die blauen Augen der Weberin strahlten. »Zumindest sprichst du nicht, bevor du nicht weißt wie«, bemerkte sie trocken. »Das ist schon etwas.«

»Etwas«, wiederholte der Krüppel. »Ich glaube, er ist unserer müde geworden. Ich glaube, er übt sich in Ungeduld.«

»Was erwartet Ihr?« fauchte Aidan. »Ihr erschlagt mich mit Wörtern und versteckten Andeutungen, weist auf Aufgaben und Unternehmungen hin ... Glaubt Ihr, ich werde demütig dasitzen und *ewig* warten, während

Ihr entscheidet, ob ich für welches Spiel auch immer geeignet bin?« Er sah sie an. »Welchen Sinn hat es, uns Selbstbeherrschung und Neugier zu schenken, wenn wir beide nicht benutzen sollen?«

»Einige Menschen sitzen ewig demütig da.« Der Krüppel sprach sanft. »Jedermann – und alles – hat seinen Platz im Rad des Lebens.«

Aidan, der diese Unterhaltung schon mit der Weberin geführt hatte, sah sie an. Sie blieb ernst.

»Angeketteter Krieger«, murmelte der Jäger.

»Angeketteter Prinz«, fügte die Weberin hinzu.

»Angeketteter Rabe«, sagte der Krüppel.

Der Jäger nahm den Gedanken auf. »Ketten, die einen Mann binden. Ketten, die einen Mann befreien.«

Die Weberin nickte. »Gebunden geht das Leben weiter. Befreit ist es verwirkt.«

Der Krüppel lächelte. »Welche Möglichkeit wählst *du?*«

Aidan berührte die Kette. »Ich habe sie vervollständigt.«

Dunkle Augen wirkten unergründlich. »Die Wahl wurde freiwillig getroffen?«

»Ja. Ich habe frei gewählt.«

»Wer bist du?« fragte die Weberin angespannt.

»Aidan von Homana.« Er betrachtete sie alle. »Prinz von Homana, der nach meinem *Jehan* Mujhar sein wird. Ein Krieger des Stammes. Ein Cheysuli.« Er hielt inne. »Und sehr, sehr verwirrt.«

Der Jäger lachte erneut. »Letzteres ist offensichtlich. Und was die anderen Punkte betrifft – nun, dein Weg liegt noch vor dir. Du bist noch nicht so weit gelangt, wie wir gehofft hatten.«

Angst erwachte zum Leben. »Nicht ...?«

Die Stimme der Weberin klang sanft. »Du hast noch immer die Aufgabe zu erfüllen.«

Aidan sprang auf. »*Welche Aufgabe?*« schrie er.

»Und du mußt noch immer das Opfer bringen«, fügte

der Krüppel hinzu und überging damit Aidans Ausbruch. »Aber ich glaube, daß er es freiwillig bringen wird, wenn die Zeit kommt.«

Aidan öffnete verärgert und verängstigt den Mund, um eine weitere Frage zu stellen. Aber er war ganz allein in der Kapelle.

Und nicht klüger als zuvor.

Kapitel Drei

In Hondarth kauften sie sich Pferde und trafen Vereinbarungen, daß Shonas Gepäck langsamer nachfolgen sollte. Jetzt, nachdem sie die Entfernung zwischen der Hafenstadt und Mujhara fast ganz zurückgelegt hatten, sah Blais Aidan an.

»Wohin?«

»Nach Osten. Dort entlang.« Aidan deutete in die entsprechende Richtung. »Mujhara liegt westlich, aber einige Meilen den Weg hinauf. Zum Stammeskeep wirst du von hier aus einen halben Tag brauchen.«

Blais zuckte die Achseln. »Ich habe zweiundzwanzig Jahre darauf gewartet, ihn zu sehen. Da wird mich ein halber Tag nicht stören.«

Shona schüttelte den Kopf. Die Wolfshunde tollten um ihr Pferd herum. »Du solltest mit uns nach Homana-Mujhar kommen. Dort findest du Verwandte und den Löwenthron … Kannst du nicht noch einen oder zwei Tage warten, bevor du auf der Suche nach Teirnan davonjagst?«

»Es ist nicht nur das«, sagte Blais ruhig. »Es geht zunächst um die Ehrenzeremonie, um meinen *Lir* und darum, die Kriegerschaft auf Cheysuliart zu feiern und das Gold zu empfangen, das mir zusteht.« Er schaute lächelnd zu Aidan. »*Dann* werde ich ›davonjagen‹, um meinen Vater zu suchen.«

Aidan runzelte die Stirn. »Ich hoffe, es kränkt dich nicht, wenn ich dich frage, wer dein *Shu'maii* sein wird. Du kennst bei den Stämmen niemanden … Es sei denn, du willst mich benennen.«

»Nein.« Blais grinste heiter. »Und ich kenne *doch* jemanden – tatsächlich einen *Shar Tahl*. Sein Name ist Burr.«

Aidan brauchte einen Augenblick, bevor er sich erinnern konnte. Dann sah er Blais angespannt an. »Burr stammt aus dem Norden, von jenseits des Blauzahn. Ich habe mit ihm gesprochen … Woher kennst *du* ihn?«

»Ich habe an den Stammeskeep geschrieben. Und Burr hat mir zurückgeschrieben und mir über meinen Vater erzählt, was er wußte, da niemand sonst es tun wollte.« Sein Gesicht nahm einen härteren Ausdruck an. »Befürchten sie, daß ich dasselbe wie er tun könnte? Ohne mich überhaupt zu kennen?«

Diese Frage bereitete Aidan Unbehagen. »Ich kann nicht für den Stammeskeep antworten … Ich weiß nur, daß Teirnans Rune aus den Geburtslinien gelöscht wurde. Er war *seiner Verwandtschaft beraubt,* Blais – das bedeutet, daß es ihn in den Augen des Stammes nicht mehr gibt.«

Die Härte von Blais' Gesicht zeigte sich deutlicher, als er Aidan jetzt ansah. »Einen Krieger *seiner Verwandtschaft zu berauben,* sollte nicht auf den Sohn übertragen werden, wenn dieser keine Schuld trägt. Sie wissen nichts über mich und am allerwenigsten darüber, ob ich meinem Vater folgen werde. Warum beurteilen sie mich nicht nach mir selbst?«

Aidan regte sich im Sattel. »Er hat allem entsagt. Den Stämmen, der Prophezeiung, dem Löwenthron – *allem.* Er hat Krieger, *Lirs,* Frauen und Kinder mit sich genommen. Erwartest du, daß das Stammeskonzil einen Mann, der allem, wofür unser Volk steht, den Rücken kehrt, wohlwollend betrachtet?«

Blais verfiel wieder in die Alte Sprache. »Nein. Ich erwarte, daß es einen Sohn, der des Verbrechens seines *Jehan* nicht schuldig ist, wohlwollend betrachtet.«

Aidan sah seinen Cousin an. Er konnte Blais seine Verbitterung nicht wirklich vorwerfen. Er war sich nicht sicher, ob *er* sich sehr wohl fühlen würde, wenn er nach den Taten eines Verwandten beurteilt würde, den er niemals gesehen hatte. Es war ungerecht, dachte er, aber andererseits war er zu dem Glauben gelangt, daß an den Cheysuligesetzen einiges ungerecht war.

»Geh«, sagte er ruhig. »Burr ist ein guter Mann – ein *Shar Tahl* mit Scharfblick –, und er wird dir helfen. Er wird einen guten *Shu'maii* abgeben. Aber wenn du mich brauchst, schicke deinen *Lir*. Oder komm selbst. Du wirst in Homana-Mujhar willkommen sein.«

Blais lachte. »Ich denke, das ist immerhin etwas.« Er sah Shona an. »Geh vorsichtig mit dem Burschen um, Mädchen. Homaner sind zarter besaitet als Erinnier.«

»Blais ...« Sie beruhigte ihr Pferd. »Blais, denk über alles nach, was du tust. Das war nicht immer deine größte Stärke ...«, sie lächelte »... und manchmal dein größter Fehler. Nimm dir *Zeit,* um dir dessen sicher zu sein, was du tust.«

»Hast du das auch getan?« fragte Blais. »*Du* hast alle diese Wolfshunde mitgebracht.« Und dann hob er zum Abschiedsgruß den Arm und ritt den östlichen Weg entlang. Sein Wolf lief neben ihm her.

*

Abgelegene Kleinpächterhäuser, in Mulden zwischen Hügeln eingebettet, wichen bald Dörfern und dann schließlich den eigentlichen Randgebieten Mujharas selbst, bis Aidan und Shona schließlich hufklappernd durch enge Kopfsteinpflasterstraßen auf das rötliche Gemäuer Homana-Mujhars tief im Herzen der Stadt zuritten. Shona mußte ihre Wolfshunde häufig zurückpfeifen und – rufen, die jedermann begrüßen – oder bedrohen – wollten, und Aidan war sehr erleichtert, als die massiven Bronze- und Holztore schließlich vor ihnen aufragten.

»Homana-Mujhar?« fragte Shona und ließ davon ab, den großen dunklen Rüden zu schelten.

»Die Vordertore.« Aidan zog die Zügel an, beugte sich ein wenig herab und zeigte als Erkennungszeichen den Siegelring, aber die Männer an den Toren kannten ihn und grüßten ihn, bis sie Shona erspähten und ihre Zungen besser zu gebrauchen wußten.

Aidan lachte, winkte sie hindurch, zählte dabei die Wolfshunde und war erleichtert, als auch das letzte der großen Tiere durch das Tor geschlüpft war. Die beiden Hündinnen mit ihren Jungen waren beim Gepäck zurückgelassen worden, damit er und Shona von den Welpen nicht behindert wurden.

Zunächst ging es durch den äußeren Hof, dann unter dem Fallgatter entlang, das den Durchlaß zum inneren Hof darstellte, und schließlich zum Palast selbst. Shona murmelte leise etwas, während sie ehrfürchtig die Außenmauern, die Wallanlagen und die Brustwehren betrachtete. Homana-Mujhar fehlte die rauhe, offenkundige Strenge Kilores, dachte Aidan, aber man konnte seine herrliche Pracht genauso wenig übersehen wie seine Verteidigungsanlagen.

»Es ist kein Wunder, daß es niemals eingenommen wurde«, hauchte Shona.

»Aber das wurde es«, belehrte er sie. »Einmal, von Bellam von Solinde – mit der Hilfe Tynstars des Ihlini.« Er sprang von seinem Pferd, übergab die Zügel einem Pferdeburschen und wandte sich dann um, um Shona vom Pferd zu heben.

Aber davon wollte sie nichts wissen. Hosen waren weniger hinderlich als Röcke, und so sprang sie selbst herab, während sie ihm einen spöttischen und belustigten Blick zuwarf und dann die Hunde um sich versammelte. »Was ist mit den Hunden?«

»Wir haben natürlich Zwinger.«

Sie nickte nachdenklich. »Aber … jetzt sofort? Können sie nicht zuerst mit uns hineinkommen?«

Er wurde blaß, als er sich vorstellte, wie die riesigen Wolfshunde durch die Gänge Homana-Mujhars rannten. »Sie alle?«

»Wir können sie in unseren Zimmern unterbringen.«

»Es wird ›unsere‹ Zimmer nicht geben. Zunächst nicht.

Die Homaner sind sehr auf Anstand bedacht … Wir werden bis nach der Hochzeitszeremonie getrennte Räume beziehen müssen.«

Shonas Augen weiteten sich. »Wir schlafen seit Monaten zusammen! Wir haben niemals ein Geheimnis daraus gemacht.«

»Die Homaner …«

»… sind *Skilfins*«, murmelte sie. »Nun, wenn wir also getrennte Räume haben, werde ich die Hunde in meinen bringen.« Sie wandte sich auf dem Absatz um und schritt auf die Treppe zu, während ihr langer Zopf schwang.

Aidan folgte ihr und versuchte zu schlichten. »Das heißt nicht, daß wir allein schlafen müssen, Shona – nur in getrennten Räumen *leben*. Niemand braucht zu wissen, wer wo schläft …« Nur daß sie es wissen würden. Jedermann wußte solche Dinge. Sie sprachen sich schnell herum. »Schon gut«, sagte er. »Bring die Hunde, wohin immer du willst …, aber wenn einer von ihnen mich beißt, während ich nachts dein Zimmer betrete, werden sie alle in die Zwinger gebracht.«

Shona warf ihm einen undurchdringlichen Blick zu. »Vielleicht.«

»Oder du könntest in *mein* Zimmer kommen.«

Sie wölbte eine Augenbraue, als sie die letzte Stufe der Treppe erreicht hatten. »Wenn die Homaner es so genau nehmen? Ich denke, *du* hast mehr Recht als ich, nachts durchs Schloß zu schleichen.«

»Aber ich halte keine vierzehn Hunde auf meinem Bett.«

»Elf«, verbesserte Shona ihn mit Nachdruck. »Und im Augenblick sind es sogar nur *neun*, bis die beiden Hündinnen und die Jungen eintreffen.«

Aidan seufzte. »Ist das wichtig?« Und dann ließ er die Tür öffnen. »Dies ist der offizielle Eingang. Es gibt noch andere, weniger auffällige Wege ins Schloß …«

»Mylord.« Ein Diener verbeugte sich kurz. »Mylord,

Ihr sollt sofort in die Gemächer des Mujhar kommen. Auf Anordnung des Prinzen von Homana.«

»In die Gemächer … warum?«

Der Diener war nicht sehr gesprächig und wiederholte nur, daß Eile geboten sei. »Sofort, Mylord.«

Aidan wandte sich verständnislos zu Shona um. Aber bevor er etwas sagen konnte, sprach sie bereits mit den Wolfshunden und ließ sie sich alle auf eine Geste hin legen. Dann wandte sich Shona wieder Aidan zu. »Sie werden hierbleiben und niemanden stören.«

Zu einem anderen Zeitpunkt hätte er vielleicht mit ihr darüber gestritten – seine Erfahrung mit Hunden ließ ihn nicht darauf vertrauen, daß sie blieben, wo sie zurückgelassen wurden –, aber im Augenblick kümmerte es ihn nicht wirklich. Er nickte nur abwesend und führte Shona dann durch fackelbeleuchtete Gänge und zwei Wendeltreppen hinauf zu den weiträumigen Gemächern des Mujhar im dritten Stock.

Zwei Männer im karmesinroten Wappenrock der mujharischen Wache flankierten den größten Eingang. Die Tür stand offen. Als Aidan mit Shona herankam, verbeugten sich die beiden Wächter. Aidan nickte ihnen abwesend zu und ging dann mit Shona an seiner Seite hinein.

Er erriet die Neuigkeit, als er Deirdre sah. Sie saß sehr still und blaß in einem Sessel neben Nialls Bett. Ihr Blick war auf den Bettlägerigen gerichtet.

Ian stand mit dem Rücken zum Eingang an einem der Fenster. Aidan konnte nur seine Silhouette erkennen, aber mehr war auch nicht nötig. Ians starre Haltung zeugte vom Ausmaß seines Kummers.

Brennan kam durch den Raum zu Aidan. Sein Blick blieb kurz auf Shonas betroffenem Gesicht haften, aber dann wandte er sich seinem Sohn zu. »Er wird dich sehen wollen. Komm.«

Aidan fror. Er fror und fühlte sich elend. Er wollte nicht hier sein. Er wollte sich umwenden und den Raum sofort verlassen, um irgendwohin zu gehen, wo ihn niemand finden würde, damit das Sterben sich nicht vollziehen könnte, wenn er fort wäre.

Aber er wandte sich nicht um und verließ den Raum nicht. Langsam, wie benommen trat Aidan auf das Bett unter dem Betthimmel zu. Aileen war auch dort, saß auf einem Stuhl neben Deirdre. Gleich neben Niall hatte sich sein rötlich-brauner Wolf Serri zusammengerollt.

Niall lag unter seidenen Decken. Aber sein Gesicht war unbedeckt und zeigte die Verwüstung, die das angerichtet hatte, wovon sein Leben geprägt war. Die Augenklappe konnte die Schlaffheit der rechten Gesichtshälfte und auch den verzerrten Mund nicht verbergen. Seine welke Gesichtshaut war wächsern.

»*Jehan*«, sagte Brennan leise. »Aidan ist nach Hause gekommen.«

Einen furchtbaren Augenblick lang fürchtete Aidan, sein Großvater sei bereits tot, aber dann hörte er den mühsam flachen Atem und sah das einzelne Auge sich öffnen. Es blickte klar und vom Schmerz unbeeinträchtigt. Aidans *Kivarna* erwachte jäh zum Leben und machte ihm schmerzhaft bewußt, daß Niall genau wußte, was geschehen war, und genau wußte, wieviel Zeit ihm noch blieb.

Nialls rechter Arm lag schlaff über dem Wolf, drückte Serri nicht, weil er nicht dazu imstande war, berührte ihn aber, behielt die körperliche und geistige Verbindung bei. Serris Kopf ruhte sehr sanft auf Nialls Brust. Aidan dachte unpassenderweise an Shonas Wolfshunde. Und schämte sich dann.

Ein Lir ist in keinster Weise wie ein Hund …

Er war seltsamerweise vollkommen ruhig. Er stand neben dem Bett, neben seinem Vater, und blickte auf den geschundenen Körper seines Großvaters hinab.

»Nimm seine Hand«, sagte Brennan sanft. »Er kann nicht nach deiner Hand greifen – und das würde er wollen.«

Aidan kniete sich benommen hin und griff nach Nialls Hand. Die Haut war kalt und leblos. »Großvater. Ich bin nach Hause gekommen.«

Das eine Auge blieb geöffnet. Die Lippen bewegten sich und verzogen sich dann. Niall sprach langsam und stockend, aber er machte sich verständlich. »Das Mädchen?«

Aidan nickte, wandte sich um und streckte eine Hand nach Shona aus. »Ich habe sie nach Hause gebracht, Großvater. Den ganzen Weg von Erinn. Keelys Tochter, Großvater ... und Seans.«

Shona durchquerte langsam und ohne ihre natürliche Anmut den Raum. Aidan spürte ihre Trauer und ihr Entsetzen und Bedauern: Sie sah ihren Großvater, den Mujhar, zum ersten und zum letzten Mal, denn es war gewiß, daß Niall den Morgen nicht mehr erleben würde.

Sie blieb neben Aidan stehen, kniete sich aber nicht hin. Sie wirkte selbst in diesem Raum voller großer Männer groß und durch die reine Kraft ihrer Persönlichkeit ungewöhnlich stark. Aidan, der auf sie eingestimmt war, spürte ihre Kraft zittern und lächelte bittersüß, als er die Erkenntnis in Nialls Augen sah, daß dieser das gleiche bemerkte.

Shona trug wie immer eine erinnische Tunika und eine Hose mit Gürtel, sowie Stiefel. Der schwere, zwei- und dreifach geflochtene Zopf hing ihr über eine Schulter und baumelte bis auf die Bettdecke. Es war nichts auch nur annähernd Weibliches oder Sanftes an ihr. Sie leuchtete wie ein Fanal.

»Keelys Tochter«, sagte Niall undeutlich. »Ach, Götter, ich wußte, daß sie ein dem Blut und dem Vertrauen und der Wahrheit würdiges Kind gebären würde ...« Er schluckte mühsam. »Du mußt warten, bis du an der Reihe bist, mein strahlendes, tapferes erinnisches Mädchen, aber eines Tages wirst du diese Hallen genauso zieren wie meine Deirdre ...«

Aidan zuckte zusammen. »Großvater ...«

Brennan berührte seine Schulter. »Nicht jetzt, Aidan. Später.«

Aber Aidan wußte: Es würde kein Später mehr geben.

»Großvater, ich bringe Nachrichten aus Atvia.« Er warf einen Blick auf Deirdre, die so bleich und still in ihrem Sessel saß. »Was würdest du dir am meisten auf der Welt wünschen?«

Niall wurde sichtbar schwächer. »Ich habe, was ich mir am meisten gewünscht habe.«

»Nein ...« Aidan ergriff Deirdres Hand, zog sie aus ihrem Sessel auf die Knie neben das Bett und legte ihre Hand dann auf die des Mujhar. »Nein, da ist noch mehr. Da war immer noch mehr.«

Das trüber werdende Auge flammte noch einmal auf. »Ist es wahr? Gisella ...?«

Aidan schluckte den schmerzhaften Kloß in seiner Kehle hinunter. »Ja. In meiner Gegenwart.« Und dann, da er sehr wohl wußte, daß eine solche Erklärung vor den Verwandten als Zeugen nötig war, bevor sie vom homanischen Konzil anerkannt würde, erhob er seine Stimme. »Die Königin von Homana ist tot.«

Die kalten Finger zuckten. Aidan nahm seine Hand fort und ließ Deirdre und Niall ihre Finger verschränken. Nialls Stimme verfiel, aber es gelang ihm, den Befehl zu geben. »Laßt sofort den Priester holen.«

Deirdre war entsetzt. »Niall – *nein* ... das hat Zeit ...«

Er sammelte seine nachlassenden Kräfte. »Wenn ich vor meinem Tod auch nichts anderes mehr tun kann, meine stolze erinnische Prinzessin, so werde ich dich doch noch zu einer Königin machen.«

Aidan, der an der Tür stand, schickte einen der Wächter nach einem Priester. Dann wartete er dort, da er den Mujhar und seine *Meijha* nicht stören wollte.

Die Hochzeitszeremonie war notwendigerweise kurz. Es kostete Niall Mühe, die Schwüre zu leisten. Deirdre antwortete leise, aber fest, und als es vorüber war, beugte sie sich herab und küßte seinen verzerrten Mund.

»Königin von Homana«, flüsterte er. »Der Titel hätte dir von Anfang an gebührt.«

Deirdre schüttelte den Kopf. »Ich wollte ihn nie«, antwortete sie. »Ich wollte immer nur dich. Die Götter waren freundlich genug, das zuzulassen … aber, o mein Lieber, die Zeit war so kurz …«

Niall blickte Deirdre von Erinn, die jetzige Königin von Homana, fest an. »Besser als keine …«, flüsterte er. »Besser als gar keine Zeit …«

Sie war einen Atemzug lang Königin. Als Niall zu leben aufhörte, ging der Titel auf Aileen über, und Brennan wurde anstelle seines Vaters Mujhar.

Ian vollzog den Brauch. Er trat langsam zum Bett, nahm Nialls Hand in seine, löste den schweren, schwarzen Siegelring von der leblosen Hand und wandte sich dann um. Zu Brennan.

»Mylord«, sagte er förmlich, »Ihr seid der Mujhar. Werdet Ihr diesen Ring, und damit meine Treue, annehmen?«

Brennans Mund bewegte sich kaum. *»J'hai-na«*, sagte er. *»Tu'halla dei, y'ja'hai … Tahlmorra lujhala mei wiccan, Cheysu. Cheysuli i'halla shansu.«*

Ian wartete, bis Brennan die Hand ausstreckte, und dann zog er den schimmernden Rubinsiegelring des Prinzen von Homana ab. An seiner Stelle steckte er den schwarzen, mit einem wilden Löwen verzierten Ring auf.

Brennan nickte mit starrem Gesicht. *»Y'ja'hai.«* Er nahm den Rubinring wieder von Ian entgegen und wandte sich um.

Aidan, der noch immer an der Tür stand, erkannte jäh, daß die Zeremonie auch ihn einbezog. Er trat erschreckt einen Schritt zurück, stieß mit der Ferse gegen die Wand und blieb stehen.

Brennan nahm Aidans kalte Hand in seine und löste den Topasring von seinem rechten Zeigefinger. Er wurde durch den Rubinsiegelring ersetzt. *»Tu'jhalla dei«*, sagte

Brennan förmlich. »Ich erkläre dich zum Prinzen von Homana, dem Erben des Löwenthrons.«

Aidan fühlte sich leer. Er sah seinen Vater an und sah einen Fremden. Er empfand sich selbst als Fremden, durch einen einzigen Satz verwandelt, der seinem Gefühl nach nicht wirklich jemanden bezeichnete, am wenigsten ihn selbst.

»Tu'jhalla dei«, wiederholte Brennan. Der Herr zum Gefolgsmann. Sie waren jetzt alle Gefolgsleute, wenn auch durch eine von den Cheysuligebräuchen abweichende Regel. Das war Ians Platz gewesen. Und Aidan erkannte entsetzt, daß Brennan keinen wahren Gefolgsmann hatte.

Er schluckte schwer. *»Ja-hai-na«*, flüsterte er. *»Y'ja'hai, Jehan. Leijhana tu'sai. Cheysuli i'halla shansu.«*

Er hörte Aileen leise weinen. Sah Deirdres kalkweißes, trockenes Gesicht. Sah Ians angespannte Haltung und die Trauer und das Verständnis in den Augen seines Vaters. Spürte Shonas verwirrte Empfindungen genauso schmerzlich wie seine eigenen.

Etwas regte sich. Er schaute zum Bett. Serri saß jetzt aufrecht, die bernsteinfarbenen Augen in den Schatten. Dann sprang er vom Bett herunter und trottete aus dem Raum.

Aidan machte eine Bewegung. »Laß ihn gehen«, murmelte Brennan.

»Aber ... *Serri* ...«

»Serri ist ein *Lir*.«

Das genügte, wie Aidan wußte. Es genügte als Erklärung. Und während er noch zustimmend nickte, hörte er, wie sie alle, das schon ferne, klagende Heulen durch die Gänge schweben.

Die Wolfshunde antworteten im Chor.

Kapitel Vier

Aidan befand sich in den fahlen, stillen Stunden der Dämmerung in der Großen Halle. Kohlen waren in der Feuergrube aufgeschichtet. Durch das Buntglas war das erste Morgenlicht nur andeutungsweise wahrnehmbar – es dämpfte die Farben pastellfarben weich. Die Dämmerung erhellte noch nichts unter dem verwinkelten Balkenwerk der hohen Decke.

Aidan blieb einen Augenblick unmittelbar hinter den Silbertüren stehen, belauschte die Stille und ging erst dann weiter.

Er betrachtete dabei die Wände: die verblaßten, Generationen alten Wandteppiche und die helleren, bunteren, die Deirdre und ihre Damen angefertigt hatten. Er besah sich die genaue Anordnung der Waffen an den Wänden: Spiralen von Messern und Lanzen, Messinggebilde mit Bossen versehener Schilde, die schimmernde Patina der Klingen. Sogar die Böden wirkten jetzt nicht mehr so starr. Aus fernen Ländern eingeführte Teppiche dämpften die harte Rauheit des Gesteins. Homana-Mujhar war einst kaum mehr als eine Festung, eine Steinhülle gewesen. Jetzt war es in all seiner großartigen Pracht ein Leitstern, der Sitz der Macht Homanas. Und der Löwe war die Quelle dieser Macht.

Schließlich schaute Aidan zum Thron und dachte an dessen kleinere Ausführung auf der Kristallinsel. Aber dieser war anders. Dieser war erfüllt. Dieser beherbergte einen Mujhar.

Aidan blieb jäh stehen. Er fühlte sich betrogen, seine Absicht vereitelt. Es war unwichtig, daß er den Mann auf dem Thron kannte oder daß er von ihm abstammte.

Wichtig war nur, daß er gekommen war, um seinen Großvater zu beschwören, und sein Vater hatte ihm die Gelegenheit genommen.

Brennan betrachtete ihn ausdruckslos. Er saß eingesunken auf dem Thron. Er trug wie üblich Schwarz und verschmolz mit der matten Hohlheit des kauernden Löwen.

Das *Kivarna* flammte auf. Aidan spürte Trauer und Zorn, Sorge und Schmerz – und die Gewißheit einer neuen Aufgabe. Sowie den Wunsch, dem allen abzuschwören, wenn es die Gegenwart ändern könnte.

Aidan ging weiter. Und blieb dann stehen. Nun stand er vor dem Löwen und dem Mujhar, den er jetzt beschützte.

Brennan rührte sich nicht, sondern bewegte nur die Lippen. »Männer begehren Throne«, sagte er ruhig. »Männer schmieden Komplotte und töten und beginnen Kriege und zerstören Städte – alles nur, um einen Thron zu erringen. Aber sie denken selten darüber nach, was es bedeutet, einen Thron *innezuhaben* ... oder die Folgen anzuerkennen, den Grund des Machtwandels.«

Aidan schwieg.

»Die erstgeborenen Söhne von Königen wissen, daß sie eines Tages erben werden«, fuhr Brennan fort. »Aber sie denken niemals darüber nach, wie sie dieses Erbe antreten werden. Sie überlegen nur, was sie tun werden, wenn sie anstelle ihrer Väter Könige sind, und welche Veränderungen *sie* vielleicht vornehmen könnten und wie sie sich verhalten werden ..., aber sie denken niemals darüber nach, wie der Thron auf sie übergeht.«

Eine Erwiderung schien gefordert. »Wie denn?« fragte Aidan.

»Ein Mensch *stirbt*«, antwortete Brennan, »um einen anderen an seiner Stelle zum König zu machen.«

Aidan dämpfte sein reges *Kivarna* mit Absicht. Er wollte sich nicht in die Qualen seines Vaters drängen und wollte auch nicht, daß sie auf ihn eindrangen. »Er hätte nicht ewig leben wollen«, sagte er ruhig. »Besonders nicht so. Das weißt du, *Jehan*. Seine Zeit war vorüber. Deine Zeit ist gekommen.«

»Das ist mir zu leicht dahingesagt, Aidan.«

»Aber es ist die Wahrheit.« Aidan schaute zur Feuergrube und setzte sich dann vorsichtig an deren Rand. »Wann ist es geschehen?«

»Vor zwei Tagen. Mittags.« Brennan rieb sich mit einer Hand über das müde Gesicht. »Er war bei Deirdre, in ihrem Sonnenraum ... Sie sprachen über die Notwendigkeit, die Gästeräume zu erneuern. Nichts Wichtiges ...« Er seufzte. »In einem Augenblick ging es ihm noch gut und im nächsten – wie du ihn gesehen hast.«

Aidan nickte. Er hatte schon früher von dieser Erkrankung gehört, obwohl er noch nie deren Ergebnis gesehen hatte.

»Wir befanden uns nicht im Krieg«, sagte Brennan. »Und wir werden auch höchstwahrscheinlich niemals wieder Krieg führen, so daß er im Kampf hätte sterben können ..., aber ich habe immer geglaubt, er würde auf andere Art sterben.«

Aidan mußte an etwas denken, was er einmal gehört hatte, und wiederholte es in der Hoffnung, seinen Vater zu trösten. »›Ein Krieger kann seinen Tod nicht mehr voraussagen als sein *Tahlmorra*.‹«

Brennan verzog das Gesicht. »Das ist mir wieder zu allgemein. Aber andererseits verfügst du stets über glatte Worte, wenn niemand sonst mehr etwas vorzuweisen hat.« Er setzte sich auf und fragte. »Warum bist *du* hergekommen?«

Aidan, der noch immer am Rand der Feuergrube kauerte, starrte mit – vor ungeweinten Tränen – blinden Augen das Podest an. »Ich wollte ihn zurückbringen.«

Zunächst schwieg Brennan. Und dann seufzte er kummervoll, aber auch voller Verständnis. »Ich wünschte, es gäbe einen Weg ...«

»Es gibt ihn.« Aidans Gesicht spannte sich an. »Ich

habe es schon zuvor getan … mit anderen toten Mujhars.«

»O Aidan …«

»Ich *habe* es getan.«

Brennan legte seine verkrampften Hände auf die klauenförmigen Armlehnen und beugte sich unter dem Maul des Löwen hervor. »Jetzt ist weder die richtige Zeit, noch ist hier der richtige Ort, von Träumen zu sprechen …«

Aidan sprang auf. »Aber ich *spreche* davon –, weil es mehr als Träume sind!« Er trat zwei lange Schritte vor und blieb dann an der ersten der drei Stufen, die das Podest hinaufführten, stehen. »*Jehan,* du kannst dir nicht vorstellen, was es für mich bedeutet – was es schon *immer* für mich bedeutete …«

»Ich kann es mir sehr genau vorstellen!« schrie Brennan ihn an. »Bei den Göttern, glaubst du, wir wären nachts nicht wachgeblieben? Deine *Jehana* und ich haben unzählige Tage und Nächte damit verbracht, über dich und deine Träume zu sprechen und einen Sinn in diesen scheinbar sinnlosen Dingen zu sehen … Aidan, kannst *du* dir vorstellen, was es für *uns* bedeutete?« Er umklammerte den dunklen Holzthron. »Und jetzt kommst du in der Nacht des Todes deines Großvaters hierher und sagst, du könntest ihn *zurückbringen!*«

»Ich kann es«, flüsterte Aidan.

Schweigen. Brennans Augen loderten vor Kummer und etwas wie Enttäuschung. »Wir haben ihn alle geliebt. Wir würden ihn alle gern zurückbringen. Aber keiner von uns erfindet eine Geschichte …«

»Es ist *keine Geschichte!*« schrie Aidan. »Ich habe mit toten Mujhars gesprochen: mit Shaine, Carillon, Donal – warum sollte ich jetzt nicht mit *Niall* sprechen können?«

Brennans Gesicht wurde aschfarben. Seine Hände auf den Armlehnen des Throns zitterten.

»Ich kann es«, wiederholte Aidan.

Brennan schloß die Augen.

Ich werde es ihm beweisen. Ich werde es ihm beweisen –

Aidan umfaßte die Kettenglieder an seinem Gürtel. *Wenn ich ihm dies nicht beweisen kann, wird er mir niemals wieder vertrauen. Es muß sein.*

»Nein«, krächzte Brennan.

Aidan zuckte zusammen und sah ihn an. Er hatte sich bereits zu sammeln begonnen.

»Nein«, wiederholte Brennan. »Du wirst es nicht tun.«

»Wenn ich es nicht tue ...«

»Er ist tot. Laß ihn ruhen.«

»Die anderen sind gekommen, *Jehan* ...«

»Ich sagte, *laß ihn ruhen!*« Brennan beugte sich vor. »Ich weiß nicht, was – oder *wer* – du bist ... Aber im Augenblick wäre es mir lieber, du wärst einfach mein Sohn.« Er überlegte kurz. »Ich brauche dich als meinen Sohn.«

Durch die Heftigkeit der Gefühle seines Vaters bestürzt und zum Schweigen gebracht, konnte Aidan ihn nur ansehen. Und dann, als er wieder dazu in der Lage war, nickte er. Er ließ die Kettenglieder los.

Schließlich entspannte sich Brennan. Seine Haltung wirkte jetzt weniger erstarrt, sein Tonfall weniger angespannt. Er richtete geschickt sein Wams. »Also hast du dich für Keelys Tochter entschieden.«

Aidan verstand sehr wohl, was Brennan tat. Er wollte nicht länger über das sprechen, was sie gerade erörtert hatten: Aidans Begegnungen mit toten Mujhars. Sie würden es beide niemals vergessen, aber Brennan wollte es zumindest verdrängen, um sich nicht damit auseinandersetzen zu müssen.

Aidan zuckte die Achseln. »Wir haben uns beide nicht füreinander ›entschieden‹. Die Götter haben uns geleitet ... Wir hatten keine andere Wahl.«

»Sie ist Keely nicht sehr ähnlich ... Sie ist eher wie Sean.«

Aidan lächelte leise. »Innerlich ist sie Keely sehr ähnlich. Äußerlich – nun, auch da ist sie Keely ähnlich. Wenn man die erinnische Größe und Statur und Seans

Hautfarbe beiseite läßt ...« Jetzt lächelte er breiter. »Shona ist vor allem Shona.«

»Du bist dir bewußt, daß die Hochzeit warten muß«, warnte Brennan ihn vor. »Wegen des homanischen Trauerbrauchs für einen verblichenen Mujhar ... Die Homaner würden jegliche Heirat – auch eine königliche – so kurz nach dem Ableben des Mujhar beargwöhnen.«

Aidan zuckte die Achseln. »Dann werden wir warten. Das macht nichts. Shona ist keine Frau, die sehr auf Zeremonien erpicht wäre ... Es wird ihr kaum schwerfallen, noch ein wenig länger zu warten, bis der Priester die Worte spricht.«

»Eine Frau mit Verstand.« Brennan lächelte. »Natürlich wird Aileen versuchen, ihre Meinung zu ändern ...« Er brach ab. Er konnte das Thema nicht umgehen, das er sorgfältig abzuschließen versucht hatte.

Aidan wartete.

»Ist es wahr?«

Er war müde, verwirrt und voller Trauer. Aber sein Vater nicht weniger. »Hat Ian etwas gesagt, als er von der solindisch-homanischen Grenze zurückkam?«

Brennan runzelte die Stirn. »Etwas gesagt?«

»Über mich.« Er erinnerte sich nur zu deutlich an den Sturm der Weberin und an Ians gebrochene Hüfte. »Darüber, daß etwas geschehen ist.«

»Nur daß er und du es für besser hieltet, daß du allein weitergingst.« Brennan zuckte die Achseln. »Ich habe das nicht in Frage gestellt. Ian hätte dich niemals verlassen, wenn er dich in Gefahr geglaubt hätte, und du bist kein Mensch, der die Gefahr sucht.« Er hielt inne. »Warum? Hätte er mir etwas sagen sollen?«

»Nein. Er hat es mir überlassen.« Aidan rieb sich müde die brennenden Augen. Er hatte zu schlafen versucht, konnte es aber nicht. »*Jehan* ... ich habe dir schon einmal erzählt, daß ich mit den Göttern spreche.«

Brennan schrak kaum merklich zurück. »Ja.« Seine Stimme klang wachsam.

»Was wäre, wenn ich dir sagte, daß noch mehr daran wäre? Daß ich ihnen persönlich begegnet bin?«

Das *Kivarna* entlarvte den aufgesetzten Ton der Nüchternheit. »Wie bei den Mujhars.«

»Ja. Ich bin ihnen allen begegnet.«

Brennan seufzte schwer und gab nach. »Ich würde sagen, daß du deinen Träumen vielleicht zuviel Bedeutung beimißt.«

Aidan lächelte. »Ich habe immer geträumt. Aber ich habe niemals davon geträumt, mit Göttern zu sprechen oder ihnen gar zu *begegnen*.«

Brennan regte sich beunruhigt auf dem Thron und wirkte plötzlich sehr viel älter. »Menschen sprechen nicht *mit* Göttern, Aidan. Sie sprechen durch Bitten und Gebete *zu* ihnen. Bei den *Shar Tahls* ist es vielleicht anders …, aber selbst die homanischen Priester sagen, daß sie im Vertrauen und aus dem Glauben heraus dienen und nicht aufgrund persönlicher Erfahrung.«

Aidan verzog spöttisch den Mund. »Ich bin kein Priester, *Jehan* … Ich weiß nicht, *was* ich bin. Ich kann dir nur zustimmen, daß die Umstände recht ungewöhnlich sind.«

Brennan zog die schwarzen Augenbrauen zusammen. »Aidan, das ist nicht möglich …«

Er sagte es nüchtern. »Dann muß ich wahnsinnig sein.«

Das ließ Brennan erstarren. Er sah seinen Sohn gebannt und in dem Versuch an, die Wahrheit zu erkennen. »Aber … mit *Göttern,* Aidan?«

»Nur mit drei Göttern. Sie haben dafür menschliche Gestalt angenommen, um mich nicht zu Tode zu erschrecken. Und sie sprachen – sie sprechen – in Rätseln, teilen mir mit, daß ich eine Aufgabe erfüllen und Opfer bringen und eine Kette zusammensetzen müßte.« Er hielt inne. »Letzteres habe ich bereits getan.«

Brennan betrachtete verständnislos die von Aidans Gürtel herabhängende, schwere Kette. Seine Gedanken wurden deutlich: Aidan hätte sie auch kaufen oder selbst anfertigen können. Das war die einzige Erklärung.

Aidan seufzte. »Die Aufgabe bleibt noch zu erfüllen. Aber ich wollte, daß du es weißt, damit du und *Jehana* aufhören könnt, euch um mich zu sorgen.«

»*Aufhören,* uns zu sorgen!«

»Ich bin nach allem doch nicht verflucht. Ich bin sogar geweiht. Für einen bestimmten Zweck auserwählt.«

»Für *welchen* bestimmten Zweck?«

Aidan zuckte die Achseln. »Sie haben es mir noch nicht gezeigt oder gesagt.«

Brennan bemühte sich um Verständnis. »Du wirst eines Tages Mujhar sein«, grollte er. »Das ist, wie mir scheint, Aufgabe und Weihung genug. Und was den bestimmten Zweck betrifft – wie viele Menschen werden für einen Thron geboren und noch dazu für den Löwenthron?«

Aidan schüttelte den Kopf. »Es geht um mehr. Sie wissen sehr genau, daß ich in der Erbfolge des Throns stehe – sie haben es so eingerichtet, nicht wahr? –, und doch haben sie mir sehr deutlich klargemacht, daß ich noch etwas anderes tun muß.«

Brennan schüttelte zögernd den Kopf. »Wie kann ein Mujhar ein Reich regieren, wenn er mit den Göttern spricht, als wären sie sterbliche Menschen?«

»Ich würde sagen, diese Vorstellung geht weit über jedermanns Verständnis hinaus«, antwortete Aidan. »Und vielleicht ist das von Vorteil. Wenn ein Mensch *wüßte,* daß er mit dem Segen der Götter handelt …« Er zuckte die Achseln und rieb sich die Augen. Seine zunehmende Müdigkeit ließ ihn von der Folgerung Abstand nehmen. »Es ist eine so unklare Sache …«

»Ja«, stimmte Brennan ihm aus tiefstem Herzen zu. Er betrachtete seinen Sohn nachdenklich und zweifellos sowohl besorgt als auch verwirrt. »Wie haben Aileen und ich dich bekommen? Du warst niemals, was wir erwarteten, vom ersten Augenblick an nicht.«

Etwas verkrampfte sich tief in Aidan. »Und bist du enttäuscht?«

Brennan setzte sich jäh auf. »Nein! *Das* niemals, Aidan – du verkörperst alles, was ein Mann und eine Frau sich von einem Sohn wünschen könnten. Aber du *bist* ...«

»... anders?« Aidan lächelte, als er an sein letztes Gespräch mit den Göttern dachte. »Aber mir wurde immerhin deutlich klargemacht, daß ich dadurch nicht *besser* bin.«

Brennan seufzte und setzte sich im Löwenthron zurück. Er rieb sich müde beide Augen. Als er Aidan wieder ansah, zeichnete die Dämmerung Linien und Schatten auf seinem Gesicht nach, die zuvor nicht dagewesen waren. »Du wirst jetzt mehr Verantwortung übernehmen müssen. Du bist der Prinz von Homana. Menschen werden dich aufsuchen und dich nach deiner Meinung zu allen möglichen Dingen fragen, sowie dich bitten, mir ihre Anliegen vorzutragen. Sie werden dich Tag und Nacht verfolgen ...« Er lächelte angestrengt. »Dir wird alle Ehre gebühren, aber auch deren Last. Und sie wiegt manchmal so schwer ...« Seine Hand schloß sich um den wuchtigen schwarzen Ring, den er jetzt trug. »Du wirst den Frieden, den du bis heute erfahren hast, niemals wieder erleben.«

Aidan dachte über den ›Frieden‹ nach.

»Es wird nie wieder wie früher sein. Bereite dich bestmöglich darauf vor.«

Aidan betrachtete angestrengt den Ring, der an seiner Hand blutrot leuchtete. *»Tahlmorra lujhala mei wiccan, Cheysu.«*

Brennan schüttelte den Kopf. *»Cheysuli i'halla shansu.«*

Kapitel Fünf

Aidan durchquerte seinen Schlafraum zu dem Sessel neben dem Bett und ließ sich langsam darin nieder. Die Kerze auf dem Tisch leuchtete zu hell. Er blinzelte, beugte sich hinüber und löschte sie.

Shona schloß die Tür. Sie trat schweigend zu ihm und ergriff mit beiden Händen sein Golddiadem. »So«, sagte sie ruhig. »Ich denke, das wird den Schmerz lindern.«

Es half tatsächlich. Als das feste Metallband gelöst war, ließ auch die Anspannung allmählich nach. Er seufzte und sank im Sessel zusammen. Er seufzte erneut, als Shona das Diadem auf den Tisch legte und ihm dann die Schläfen zu massieren begann. »Lange zwei Monate«, murmelte er.

»Jetzt ist es vorbei«, sagte sie. »Niall ist mit allem ihm gebührenden Zeremoniell beerdigt worden … Es wird Zeit, daß ihr anderen wieder zu atmen beginnt.«

So hatte er es noch nicht gesehen. Er hatte nur gewußt, daß die Homaner volle sechzig Tage lang tägliche Sterbezeremonien verlangten, um den toten Mujhar zu ehren. Auf diese Art angemessen gewürdigt, wurde Niall in Homana-Mujhars Mausoleum endlich bestattet. Sein Sarkophag ruhte neben Carillons. Für Donal gab es keinen Sarkophag, da er sich aufgrund des Todes seiner *Lirs* dem Todesritual der Cheysuli überantwortet hatte, aber Nialls Ableben hatte kein Festhalten an den strengen Cheysulibräuchen erfordert. Es hatte nur vielfältige Ehrenzeremonien auf homanische Art zu seiner Erinnerung gegeben.

Aber jetzt war es vorbei. Die sechzig Tage waren, bis auf wenige Stunden, vorüber. Und er konnte wieder atmen.

Sein Kopf fühlte sich schon besser an. Aidan ergriff lächelnd Shonas geschickte Hände. »Vielleicht können wir jetzt an *unsere* Zeremonie denken.«

Shona zuckte die Achseln, wandte sich um und setzte sich auf die Sessellehne. Sie trug wegen der Zeremonien Röcke statt einer Hose – und einen edelsteinbesetzten Gürtel um die Taille. »Ich brauche keine Zeremonie, um zu wissen, daß wir einander verbunden sind.«

»Nein. Aber die Homaner brauchen sie.« Er verschränkte seine Finger müßig in ihrem Haar. »Und sie wird Deirdre beschäftigen.«

Shonas Stimme wurde weicher. »Ja. Arme Deirdre ... Götter, wie sehr sie trauert, und doch kümmert sie sich auch um alle anderen. Zuerst um Brennan, der wie ein Schiff ohne Ruder ist, und dann um Ian, der sich in einer, wie wir *beide* wissen, schrecklichen Leere vergraben will.«

»Er war der Gefolgsmann des Mujhar.«

»Gefolgsmann, Bruder, Gefährte – glaubst du, der Titel zählt?« Sie stand auf, setzte sich dann auf das nur drei Schritte entfernte Bett und zupfte ihr Gewand zurecht. »Er hat sein Leben damit verbracht, unserem Großvater zu dienen, wie es Liebe und Brauch erforderten, und jetzt ist dieser Dienst beendet. Was, denkst du, wird er tun?«

Aidan rieb sich die Schläfen. Die Kopfschmerzen ließen zwar nach, aber ein Rest war noch geblieben. »Wir sind sein ganzes Leben. Er hat weder *Cheysuli* noch *Meijha* ... Ich denke, er wird bei uns bleiben und uns helfen, wo immer er kann.«

»Und auch sich selbst damit helfen.« Shona seufzte nachdenklich. »Aber was ist mit Deirdre? Wird auch sie bleiben? Oder wird sie gehen?«

»Nach Erinn zurück?« Aidan schüttelte den Kopf. »Homana ist ihre Heimat. Sie hat den größten Teil ihres Lebens hier verbracht.«

»Aber Niall ist tot, und ihre einzige Tochter und alle ihre Enkel leben in Erinn.«

»Bis auf Blais.« Aidan runzelte die Stirn. »Ich wünschte, er wäre mitgekommen. Der Mujhar war auch *sein* Großvater ... Und doch ist er bei keiner der Zeremonien erschienen. Du *weißt,* daß er es erfahren haben muß – die Nachricht ist in ganz Homana verbreitet worden.«

Shona verzog höhnisch den Mund. »Blais ist nicht der Mensch, der tut, was andere von ihm erwarten oder erhoffen. Er ist ein eigensinniger *Skilfin.* Er hat die Nachricht wahrscheinlich bekommen, es aber vorgezogen, nicht zu erscheinen.«

»Er wäre willkommen gewesen.«

»Tatsächlich? Er ist der Sohn des Verräters.«

Aidan regte sich unruhig. »Bei den Cheysuli wird er wahrscheinlich weniger willkommen sein als bei den Homanern. Die Homaner kümmert Teirnan kaum – was hat er ihnen schon getan? Seine Ketzerei hat nur mit seinem eigenen Volk zu tun. Es ist eine Cheysuliangelegenheit.«

»Ja, nun ... Wahrscheinlich hatte Blais seine Gründe.« Shona betrachtete ihn aufmerksam. »Deine Kopfschmerzen haben nachgelassen.«

»Ja.«

»Gut. Dann wirst du nichts gegen einen Spaziergang einzuwenden haben.«

»Ein Spaziergang?« Aidan runzelte die Stirn. »Es ist schon spät. Ich dachte, wir würden zu Bett gehen.«

»Das werden wir danach tun«, sagte sie. »Ich möchte etwas sehen. Ich habe vorher nicht darum gebeten, weil es aufgrund von Nialls Tod nicht angemessen war. Aber jetzt steht dem nichts mehr im Wege.« Sie stand erwartungsvoll auf, zog ihre Röcke zurecht und richtete den Gürtel. »Ich möchte den Schoß sehen.«

Aidan wölbte die Brauen. »Den Schoß der Erde?«

Shona nickte. »Ich habe alles darüber gehört. Meine Mutter hat mir davon erzählt und andere auch ... über das Verlies unter dem Boden der Großen Halle und all die Marmor*lirs.*«

Aidan betrachtete einen Augenblick lang das Bett und dachte an süßes Vergessen und ein Ende bohrender Kopfschmerzen. Aber Shona hatte eine Einführung in ihr Erbe zu den Bedingungen, die sie selber vorgab, verdient, und er sah keinen Grund, es ihr zu verweigern. Seine Kopfschmerzen *hatten* nachgelassen. Er stand nickend auf und führte sie aus dem Raum.

»Keine Hunde«, warnte er.

Sie warf ihm einen finsteren Blick zu. »Ich habe sie alle in *meinem* Zimmer gelassen.«

»Gut. Wenn du den *Lirs* begegnen willst, kannst du das ohne Hunde tun.«

Shona drückte die Tür mit der Schulter auf. »Es ist nur so, daß sie *mich* lieber mögen, weil du sie ablehnst.«

»Ich lehne deine Hunde nicht ab. Es sind nur so viele ... Weißt du, wie wenig Platz mir bleibt, wenn sie auf meinem Bett schlafen wollen?«

Shona trat ihm voraus durch die Tür. »Sie schlafen in *meinem* Bett, da du sie aus deinem Zimmer verbannt hast.«

»Sie kommen trotzdem, wann immer sie können. Gerade gestern haben es sich vier von ihnen auf ...«

»Das kommt, weil sie mich dort riechen. Aber wenn du willst, kann ich zukünftig in meinem eigenen Bett schlafen ...« Shona eilte die Treppe hinab, wobei sie ihre Röcke raffte.

»Nein. Aber wir haben Hundezwinger.«

»Sie werden sich mit deinen Hunden streiten.«

»Ich habe keine Hunde. Die Zwinger gehören zu Homana-Mujhar.« Aidan folgte einen Schritt hinter ihr und achtete darauf, nicht auf ihre Fersen oder den Saum ihrer Röcke zu treten. »Ich weiß, daß du sie liebst, *Meijhana* ...«

»Ja.« Es klang entschieden.

»... aber könntest du sie vielleicht wie Hunde behandeln? Die Diener beklagen sich über ihre Haare und die überall herumliegenden Knochen und die *anderen* Dinge.«

»Die Welpen sind fast sauber.«

»Und beabsichtigst du sie alle zu behalten?«

Shona stieg schweigend weiter die Treppe hinab. Als sie unten angekommen war, blieb sie stehen und wartete auf Aidan. »Nein«, sagte sie schließlich. »Aber es ist schwer, sie aufzugeben.«

»Das weiß ich, aber …«

»Sie werden gehen«, sagte sie heftig. »Nicht alle, aber einige. Dafür habe ich sie gezüchtet …, um die Blutlinien zu verbessern und die Hunde zu verkaufen. Ich habe bereits Angebote.«

»Für sie alle?« fragte er hoffnungsvoll.

Shona runzelte düster die Stirn. »Für *einige*«, sagte sie. »Einige behalte ich auch.«

Das war zumindest ein Anfang. Aidan ließ das Thema fallen und bedeutete ihr weiterzugehen. »Zur Großen Halle«, sagte er. »Dort ist der Eingang.«

Als sie die Silbertüren erreichten, nahm Aidan eine Fackel aus einer der Halterungen im Gang und trug sie hinein. Nur Stunden zuvor hatten Verwandte und hochrangige Homaner, die sich alle in Nialls Namen versammelt hatten, die Halle bevölkert. Jetzt befanden nur sie beide sich darin.

Shona blieb innerhalb der Türen stehen, nachdem sie zugefallen waren. »Es sieht jetzt anders aus.« Sie schaute auf. »Sie haben alle schwarzen Banner – und alle Girlanden – abgenommen.« Sie drehte sich langsam im Kreis. »Sie haben *alles*, was zur Trauerzeremonie gehörte, entfernt.«

»Die Trauerzeit ist abgeschlossen.« Aidan verfiel in Schweigen und verbesserte sich dann. »Die *offizielle* Trauerzeit ist abgeschlossen. Jetzt beginnt die Regentschaft eines neuen Mujhar.«

Shona spähte die Halle entlang. »In diesem Licht wirkt der Löwe feindselig.«

»In jedem Licht«, murmelte Aidan und trug die Fackel dann zur Feuergrube. »Aber der Löwe auf der Kristallinsel wirkte noch weitaus feindseliger.«

»Findest du?« Shona folgte ihm. »Blais und ich hielten ihn nur für ein Stück aus Eitelkeit gestaltetes Holz. Es war kein Leben in ihm.« Sie beobachtete, wie Aidan auf den Rand der Feuergrube trat und die Kohlen beiseitezuschieben begann. Als er ihr die Fackel reichte, nahm sie sie bereitwillig entgegen und hielt sie so, daß er sehen konnte. »Weißt du, sie hätten es uns ein *wenig* leichter machen können, die Treppe zu erreichen ... Warum haben sie die Öffnung *hier* verborgen?«

Aidan fuhr fort, den Inhalt der Feuergrube umzuschichten und wehrte mit den Händen wedelnd herumfliegende Asche ab. »Ursprünglich hat sich die Feuergrube nicht so weit erstreckt. Die Cheysuli haben Homana-Mujhar schon vor Jahrhunderten erbaut – damals bestand keine Notwendigkeit, irgend etwas zu verbergen. Aber als sie beschlossen, den Löwen an die Homaner zurückzugeben, wurde die Feuergrube ausgeweitet, um die Öffnung zu der Treppe zu verbergen.« Er hielt inne und wählte seine Worte sorgfältig. »Man hielt es für das Klügste, den Schoß der *Jehana* zu verstecken, damit keine Schändung geschehe.«

»Glaubst du ...?« Sie brach ab. »Ja. Das hätten sie getan. Meine Mutter hat mir erzählt, wie blutdürstig die Homaner zu zeiten des *Qu'mahlin* waren.« Sie trat auf einen Wink Aidans hin beiseite und staunte dann, als er einen an einer mit Scharnieren versehenen, fast bündig in den Boden eingelassenen Platte befestigten Eisenring ergriff. »Kein Wunder, daß sie sie niemals fanden, nicht wahr? So verborgen ...«

Aidan sammelte all seine Kraft, hob die Platte an und ließ sie dann gegen den Rand der Feuergrube sinken. Schale Luft stieg aus der Öffnung herauf und ließ die Fackel spucken und ihr Licht tanzen. Aber kurz darauf beruhigte sie sich wieder, und die Flamme loderte erneut auf.

»Sicher«, murmelte er und nahm Shona die Fackel wieder ab. »Bleib dicht hinter mir, *Meijhana*. Die Stufen können gefährlich sein, wenn sie feucht sind.«

Shona antwortete trocken. »Natürlich. Ich weiß ja nichts über solche Dinge, da ich von der Insel komme.«

»Ich sagte dies nur wegen deiner Röcke. *Darüber* weißt du nicht viel.« Aidan warf ihr einen strahlenden Blick zu und stieg dann die flachen Stufen hinab, während er die Fackel vor sich ausgestreckt hielt. Die Treppe war, steil und schmal, unmittelbar aus dem massiven Gestein herausgeschlagen worden. Man hatte ihm erzählt, es seien einhundertzwei Stufen. Er zählte sie zum ersten Mal in seinem Leben.

»Götter« keuchte Shona, »wie tief steigen wir hinab?«

Ihre Stimme klang als seltsames Echo hinter ihm wider. »Nicht so tief«, antwortete er. »Nicht so tief wie der Schoß selbst ist.«

Shona schwieg daraufhin, bis sie am unteren Ende der Treppe angelangt waren. Die Stufen endeten jäh und ohne Vorwarnung in einer kleinen Nische. Aidan fand den richtigen Stein und drückte darauf. Ein Teil der Mauer drehte sich knirschend. Schwärze gähnte vor ihnen.

Dann ergoß sich das Fackellicht in das Gewölbe und liebkoste Goldadern und die glatte, elfenbeinerne Seidigkeit polierten Marmors. *Lirs* sprangen aus den Schatten, brachen aus den Marmorketten frei, zogen Schwingen und Schnäbel und Klauen aus dem Gestein heraus. Wolf, Bär, Rotluchs, Jagdfalke, Falke, Adler und unzählige andere *Lirs* drehten sich hierhin und dorthin, als hätten sie einst gelebt und die Erde oder den Himmel bevölkert.

»Götter …«, keuchte Shona erneut.

»*Lirs*«, antwortete Aidan.

»Sieh sie dir alle an …« Shona spähte in das Gewölbe. »Können wir hineingehen?«

»Ja. Aber Vorsicht vor dem Verlies.«

Sie schaute hin. Inmitten des Gewölbes, halbwegs im gedämpften Fackellicht verborgen, breitete sich das Nichts des Schoßes aus. Eine makellos runde Öffnung, von runenversehenem Marmor gesäumt, fiel steil in die

Tiefen der Erde selbst ab. Das Verlies war von den vier *lir*versehenen Wänden jeweils drei Schritte entfernt.

Sie empfand Ehrfurcht, aber keine Angst. Shona trat zwei Schritte in das Gewölbe hinein und wandte sich dann um. Er sah in ihren Augen, daß sie begriff, ein umfassendes, beständiges Erkennen. Sie war, genau wie er, eine Cheysuli, ein Kind der Götter, der Erde und dem Wind und dem Himmel geboren, dem Stolz und der Macht und der Magie.

Shona lächelte. Sie streckte ihre Hand aus, und er ergriff sie. Zwei Schritte, und er stand neben ihr in dem Gewölbe, das den Schoß der Erde beherbergte. Sie betrachteten zusammen die *Lirs,* bewunderten die Kunstfertigkeit, die sie so lebendig, in dem Gestein so lebenssprühend erscheinen ließ. Sogar die Decke war mit *Lirs* aller Gestalten und Größen bedeckt, die sich bemühten freizukommen. Im gedämpften Fackellicht schienen sie sich alle der geöffneten Tür zuzuwenden, als wollten sie dem Gewölbe entfliehen. Als wenn sie es *könnten,* sobald man sie ließe. Als wenn sie die Macht dazu hätten.

Aidan erschauderte. Shona lachte weich und drückte seine Hand. »Ja. Ich spüre es auch. Siehst du? Sie wollen alle entfliehen.«

Er fühlte sich merkwürdig losgelöst. »Eines Tages werden sie es tun.«

»Was?«

Er schüttelte sich. »Was?«

»Was du gesagt hast, Aidan. ›Eines Tages werden sie es tun‹.« Shona sah ihn an. »Was hast du damit gemeint?«

»Das habe ich gesagt?«

»Gerade eben.« Sie runzelte die Stirn. »Hast du es bereits vergessen?«

Er erschauderte erneut und sah sich dann um. »Es ist dieser Ort. Ich spüre es in den Knochen. Eine kalte, tiefe Dunkelheit ...« Er spähte über den Rand des Verlieses, ohne auch nur einen Zeh zu bewegen. »Es gibt eine Geschichte, nach der sich einer unserer Verwandten in den Schoß hinabgestürzt hat.«

Sie war entsetzt. »*Dort* hinab?«

»Ja. Carillon.«

»Aber ... Carillon war Mujhar.« Shona klang verwirrt. »Wenn er sich in den Schoß gestürzt hat – wie wurde er dann Mujhar? Ist er nicht gestorben?«

»Damals nicht. Er wurde vermutlich Mujhar, *weil* er sich in den Schoß stürzte.« Aidan runzelte die Stirn, während er sich erneut in dem Gewölbe umsah. »Es heißt, daß ein wahrer Mujhar früher so auf seinen Wert geprüft wurde. Er tauchte als Kind hinein und kam als Mann wieder daraus hervor. Er tauchte als Prinz hinein und kam als König wieder hervor. Er wurde dem *Jehan* geboren.« Aidan sah sie an und bemerkte ihren Gesichtsausdruck. »Es ist eine der *Geschichten,* Shona. Ich bezweifle ihren Wahrheitsgehalt.«

»*Das* hat mir meine Mutter niemals erzählt.«

»Ja, nun ...« Er zuckte die Achseln. »Es gibt Hunderte von Geschichten über unsere Vorfahren, *Meijhana* ... und über uns wird es zweifellos eines Tages genauso viele Geschichten geben.«

Shona wölbte eine Augenbraue. »Und auch Kinder, denen man sie erzählen kann?«

Er grinste. »Eines Tages.«

Sie berührte den geknoteten Gürtel. »Eher, denke ich.«

Er öffnete den Mund zu einer Frage, aber das *Kivarna* flammte im gleichen Augenblick auf, als sie zu lachen begann. Obwohl er die Gegenwart des Kindes nicht spüren konnte, spürte er doch ohne jeden Zweifel die Wahrheit. Shonas Empfindungen waren leicht lesbar.

»Götter«, platzte er heraus. »*Wann?*«

Sie strich mit einer Hand über den Gürtel, so daß die Edelsteine klimperten. Die Farben blitzten im Fackellicht auf. »Hast du es wirklich nicht geahnt?«

»*Nein.*« Er sah sie an. »Nicht einmal jetzt. Bist du sicher?«

»O ja.« Sie verzog das Gesicht. »Ich erkenne es deutlich – siehst du, wie eng das Gewand geworden ist? Und wie weit der Gürtel gebunden ist?« Sie seufzte und verzog den Mund. »Ich wollte es verbergen, damit ich es dir erst kurz vor der Geburt sagen könnte …, aber Aileen und Deirdre haben es zu früh bemerkt. Sie haben die Hebamme zu mir geschickt.« Sie grinste. »Drei Monate, Mylord … und wir werden unser eigenes Kind haben.«

»Drei Monate …«

Sie nickte. »Ich bin so groß und breit, daß es sich gut verteilt. Wäre ich kleiner, würde man es hier deutlicher sehen.« Sie legte eine Hand auf ihren Bauch.

Daran hatte er nicht gedacht. »Aber das würde bedeuten …« Er hielt inne und zählte zurück. »Das würde bedeuten, daß wir damals noch in Erinn waren.«

Shona nickte. »Und wenn man genau zählt, war es sogar in unserer ersten gemeinsamen Nacht.« Sie lachte. »Ich glaube, du bist recht zeugungsfähig.«

Aidan runzelte die Stirn. »Und ich dachte, es läge am homanischen Essen.«

»Also *hast* du es gemerkt!« Sie runzelte betont finster die Stirn. »Warst du also nur zu höflich zu erwähnen, daß du glaubtest, ich würde fetter?«

Er errötete. »Es gab Schmeichelhafteres.«

»Ja, nun …« Shona grinste. »Ist es wichtig? Es geht um ein Kind, nicht um zuviel homanisches Essen. Glaubst du, es wird ein Junge?«

»Woher soll *ich* das wissen?« Aidan steckte die Fackel in eine Halterung neben der Tür, wandte sich dann um und zog sie an sich. »Und ist *das* wichtig? Wenn nicht, werden wir noch Zeit haben, einen Jungen zu zeugen.«

»Sechs oder sieben«, stimmte sie ihm zu und stieß dann einen erstickten Entsetzensschrei aus. »Aidan … *schau …«*

Er fuhr von dem Schreck in ihrer Stimme ernsthaft beunruhigt herum und sah den durch den Eingang fallenden Schatten. Und dann trat der dazugehörige Mann ins flackernde Fackellicht und betrachtete sie beide blind.

Das ergrauende, lange, ungekämmte schwarze Haar reichte ihm bis auf die Schultern. Seine Lederkleidung war fleckig und zerrissen und hing lose an ihm. Den bloßen Armen fehlte das *Lir*gold. Aber die Spuren der Bänder waren geblieben, hatten sich in die Haut eingegraben. Genauso wie sich ihr Verlust – und der seines *Lir* – in seinen Geist eingegraben hatte. Teirnan von den *A'saii* war wahrhaftig vollkommen wahnsinnig.

Aidan ahnte etwas. Er tastete nach seinem Messer. »Was wollt Ihr?«

Teirnan stand im Türrahmen. Seine Stimme ertönte in einer seltsamen Mischung aus Losgelöstheit und Anspannung. »Was ich schon immer gewollt habe.«

Er spürte Shonas Bewegung hinter sich, bevor er sie hörte. Er streckte sofort eine schützende Hand aus, da er an das ungeborene Kind dachte. »Wie seid Ihr hereingekommen?«

Teirnan lächelte böse. »Einem Cheysuli eine solche Frage zu stellen.«

Aidan verdrängte die aufkommende Angst. Er war dem Mann noch niemals begegnet und kannte nur seinen Ruf. Aber dieser Ruf machte ihn zu einem Feind. »Euer *Lir* ist tot«, sagte er. »Also erzählt mir keine Märchen von der *Lir*gestalt. Ihr seid *der Verwandtschaft beraubt* und *lirlos*. Und daher ist hier kein Platz für Euch.«

Das Fackellicht unterstrich seine Anspannung. »Aber Ihr habt mich gerade einen Verwandten genannt. Und das *bin* ich.« Er schaute an Aidan vorbei zu Shona. »Seid Ihr Keelys Tochter?«

Ihre Stimme klang ruhig. »Ja.«

Er nickte. »Blais hat Euch mir beschrieben. Und die anderen …, aber sie sind unwichtig. Selbst *Ihr* seid nicht wichtig. Ihr entstammt nicht meinem Blut.« Gelbe Augen loderten im Fackellicht heftig auf. »Und ganz sicher nicht meinem Geist.«

Er sah Blais ähnlich. Aidan konnte es trotz der im Alter und Entbehrung entstandenen Härte erkennen. Sie hatten die gleiche Größe, Statur und Hautfärbung. Maeve hatte ihrem Sohn nichts vererbt.

Außer vielleicht ihre Vernunft. Aidan atmete tief durch. »Nur sehr wenige entsprechen Eurem Geist«, erwiderte er. Dann betrachtete er den Krieger genauer, suchte erneut nach Anzeichen von Blais, von Maeve, und bemerkte die so tief in die Haut um die Augen eingegrabenen Linien und die Höhlungen unter den gewölbten Wangenknochen. Teirnans selbsterwähltes Exil war eine schwere Prüfung gewesen. Aber Aidan glaubte, daß seine geistige Leere eher mit der *Lirlosigkeit* als mit seinem entbehrungsreichen Leben zu tun hatte. »Also seid Ihr Blais begegnet. Was haltet Ihr von Eurem Sohn?«

Muskeln zuckten in dem verheerten Gesicht. »Er ist nicht mein Sohn. Er ist *ihr* Sohn … Maeve hat einen Homaner aus ihm gemacht – einen *erinnischen* Homaner … Wäre er mir überlassen worden, wäre er ein Krieger geworden. Da er *ihr* gehört, ist nichts aus ihm geworden, ein Schattenmensch, ein seelenloser Mischling ohne Verständnis für die Wahrheit.«

»Ah«, sagte Aidan. »Er hat Euch abgelehnt.«

»Ein kluger Mann«, zischte Shona.

»Er kam zu mir und sagte, er sei mein Sohn … *mein* Sohn, den sie all diese Jahre von mir ferngehalten hat … Sie hätte ihn mir überlassen sollen.«

»Damit Ihr ihn hättet ausnutzen können? Damit Ihr ihn tief in die Wälder hättet mitnehmen und ihn mit Lügen aufziehen können?« Aidan schüttelte den Kopf. »Maeve wußte, was Ihr tun würdet. Und darum hat sie Homana verlassen.«

»Er war einst *mein* Sohn …«

Aidan fiel ihm ins Wort. »Er ist ein Krieger, den Stämmen geboren, von wahrem Blut … Gleichgültig was Ihr sagt, Teirnan – er ist ein echter Cheysuli, der das Recht hat zu wählen. Die Götter haben uns dieses Recht gewährt. Selbst Ihr habt Nutzen daraus gezogen – wenn Ihr das Zerrbild Eures Lebens nutzbringend nennen wollt.« Aidan schüttelte erneut den Kopf. »Ihr wart ein Narr. Es gibt andere Möglichkeiten, Dinge zu lösen, und ruhigere Arten, Veränderungen durchzuführen.«

Teirnan war zu dünn, zu angespannt, zu *unausgeglichen*. Er hatte seinen Lebenshalt freiwillig aufgegeben, indem er der Prophezeiung und allem, wofür sie stand, entsagt hatte. Und der Tod seines *Lir* hatte ihn noch zusätzlich alles anderen beraubt. Teirnan bestand aus nichts außer der Wildheit, die ihn von den Stämmen fortgetrieben hatte, aber selbst diese hatte er übertrieben. Ohne *Lir* war Teirnan nichts. Vor Aidan stand eine leere, in menschliche Haut gekleidete und annähernd wie ein Mensch gestaltete Hülle.

»Warum seid Ihr gekommen?« fragte Aidan.

»Wegen des Löwen«, antwortete Teirnan. »Niall ist tot. Jetzt gehört er mir.«

Aidan schüttelte den Kopf. »Der Löwe gehört bereits jemand anderem.«

»Brennan?« Teirnan lachte. »Das ist ein alter Streitpunkt… Es begann schon, bevor Ihr geboren wurdet. Brennan und ich sind alte Feinde und noch ältere Rivalen, die den Löwenthron beide begehren.« Er lächelte breit. »Wenn er glaubt, daß er ihm gehört, dann sagt ihm, er soll *hierher* kommen.«

Aidan runzelte die Stirn. »Was wollt Ihr damit sagen?«

»Sagt ihm, er soll hierherkommen. *Hierher,* in dieses Gewölbe. Und dann soll er bei *geschlossener* Tür hierbleiben, während der Schoß der Erde ihn erwartet.«

Aidan spürte Shonas Nähe. Und auch ihre Verwirrung, die ungestellten Fragen: Was wollte Teirnan? Was erwartete er?

Teirnan berührte die Marmor*lirs*. »Sagt ihm, er soll hierher zum Schoß der Erde kommen und den Segen der Götter auf die *alte* Art erbitten. So wie Carillon es tat, als er Mujhar werden wollte.«

Besorgnis wurde zu Angst. »Warum?«

Teirnans Augen loderten. »Weil er es nicht tun wird. Weil er sich *fürchtet*. Kennt Ihr die Geschichten? Brennan von Homana hat Angst vor Orten wie diesem. Weil er *weiß*, daß der Schoß ihn vollständig verschlingen und niemals wieder freigeben wird.«

»Das hat nichts damit zu tun.« Aidan wußte sehr wohl, daß sein Vater das Gewölbe nicht betreten würde, aber das hatte nichts mit Angst vor dem Schoß zu tun. Er hatte vielmehr Angst vor engen Räumen. Das war schon immer Brennans Schwäche gewesen. »Er *ist* der Mujhar, Teirnan. Das homanische Konzil hat es so bestimmt, das Stammeskonzil der Cheysuli ...«

»Nur die Götter zählen.«

Aidan mußte fast lachen. »*Darüber* weiß ich Bescheid, Teirnan. Aber Ihr? Ihr habt dem allen den Rücken gekehrt. Ihr habt Eure *A'saii* genommen und alles verlassen, Eurem Erbe entsagt. Wie könnt Ihr erwarten, jemanden – selbst Euren eigenen Sohn – überzeugen zu können, daß ihr dem Rang eines Mujhar würdig seid?«

»Wie?« Teirnan trat einen Schritt in das Gewölbe hinein und dann noch einen weiteren. »Indem ich geboren werde ... wie die alten Mujhars geboren wurden.«

Endlich begriff er. »Teirnan ... *nein* ...«

Er stand am Rande des Schoßes. »Er wird mich zurückgeben«, sagte er. »Das wird er. Ich bin ein Kind der Götter. Ein Kind der *Jehana*. Ich werde als Mann hineingehen und als Mujhar wieder hervorkommen.«

»Teirnan ...«, rief Shona aus.

»Er wird mich zurückgeben«, wiederholte er. »Es ist ein fruchtbarer Schoß. Er hat Carillon zurückgegeben. Er wird auch mich als Mujhar zurückgeben, damit mein Sohn mich nicht ablehnt. Damit *niemand* mich mehr ablehnt. Ich werde Mujhar sein, auf die alte Art, wie unsere Vorfahren, geweiht.« Er verweilte am Rande des Verlieses. »Ich kann es in Euren Gesichtern erkennen. Ihr glaubt, daß er es nicht tun wird. Ihr denkt, ich sei wahnsinnig.«

»Nicht«, flüsterte Shona, die eine Hand über ihren Bauch gelegt hatte. »Götter, Mann, *nicht* …«

Teirnans Gesicht verkrampfte sich. »Ich muß es tun. Es ist die alte Art. Zu viele der alten Bräuche sind vergangen … zu viele der Bräuche wurden im Namen der Prophezeiung aufgegeben … Versteht Ihr nicht? Wenn ich Mujhar werde, kann ich diese Entwicklung rückgängig machen. Ich kann uns wieder zu dem machen, was wir einst waren.«

»Teirnan.« Aidan trat einen Schritt auf das Verlies und den Mann zu. »Damit könnt Ihr Euren Sohn nicht zurückgewinnen. Damit könnt Ihr auch den Löwenthron nicht gewinnen.«

Es klang wie eine Litanei. »Der Schoß der *Jehana* ist fruchtbar. Er *wird* mich zum Mujhar machen, genau wie er es mit Carillon getan hat.« Teirnans Lachen hallte wider. »Ich *bin* zumindest ein Cheysuli.«

»Nein«, sagte Aidan. Es lag eine doppelte Verleugnung darin: die der Tat und die des Anspruchs.

Teirnan lächelte und trat über den Rand hinaus.

Dieses Mal war der Schoß unfruchtbar.

Kapitel Sechs

Die Machtübernahme durch den neuen König ging sehr ruhig vonstatten. Brennan fand alles andere unter den gegebenen Umständen unziemlich. Der Kummer war geblieben, auch wenn die zweimonatige Trauerzeit vorüber war. Niall hatte Homana fast fünfzig Jahre lang regiert. Weder seine Gegenwart – noch die Ehre und Zuneigung – würde sofort verblassen.

Der neue Mujhar nahm Beileidsbezeugungen von anderen Königreichen huldvoll entgegen, bemerkte nur Aidan gegenüber, daß niemand es versäumt hätte, auch Nialls Nachfolger eine lange währende, friedvolle Regentschaft zu wünschen, und machte sich unverzüglich daran, seine Macht über das homanische Konzil zu zeigen. Und obwohl Brennan den größten Teil seines Lebens damit verbracht hatte, sich auf diesen Augenblick vorzubereiten, wußte Aidan doch, daß es ihm keine Freude bereitete.

Auch wenn die Veränderungen nicht sofort offenkundig wurden, war doch recht deutlich, daß Brennan die Regierung Homanas seinen Ansichten anpaßte. Seine Staatsführung war sehr bestimmt, wenn auch nicht angriffslustig, und die Könige von Caledon, Falia und Ellas mußten feststellen, daß damit längst bestehende Handelsverträge bedroht waren. Brennan schrieb lange Briefe mit offiziellem Siegel an Corin und Hart, in denen er ihnen mitteilte, daß sie ihre Reiche jetzt allein regieren sollten, wie Niall es im Falle seines Todes bestimmt hatte. Aber er bezog sie in seine neuen Pläne für Homana ein, um sich zu versichern, daß Solinde und Atvia hinter ihm standen. Der Prophezeiung wäre nicht gedient, wenn die

Reiche durch mehr als nur die Entfernung voneinander getrennt wären. Wenn sichergestellt werden sollte, daß vier Reiche vereint wurden, mußten die drei Brüder politisch gleich denken.

Damit blieb noch Erinn unter Seans Regierung. Obwohl Sean mit Keely verheiratet war, war er weder Homaner noch Cheysuli – und schuldete der Prophezeiung nichts. Aber er schuldete dem Mujhar etwas. Niall hatte klugerweise eine Handelsallianz erzwungen, die Erinns Wirtschaft aufhalf, so daß sich eine Trennung als nachteilig erweisen würde. Bedingt durch Keelys Gegenwart – und Einfluß – stimmte Sean einer neuen Allianz zu, die den alten Vertrag erweiterte. Weder Erinn noch Homana würden dabei verlieren.

Aidan betrachtete die Schachzüge seines Vaters mit einem Gefühl leicht belustigter Verwunderung. Er hatte schon immer gewußt, daß Brennan der ernsteste aller seiner Verwandten war. Jetzt erkannte er, warum. Dem Prinzen von Homana war es niemals gestattet, seinen Rang zu vergessen. Es war ihm niemals gestattet, selbständig zu denken. Er bekam niemals die Gelegenheit, bezüglich seiner Zukunft Freiheit zu empfinden. Der Prinz von Homana, zum Mujhar ernannt, war der Höchststehende dreier Reiche. Und Aidan würde ihm folgen.

Das wurde ihm an dem Tag vollkommen klar, als Brennan ihn in seine Gemächer bestellte und vorschlug, die Möglichkeiten zur Verlobung von Aidans Kind zu erwägen.

Aidan sah Brennan von dem Fenstersims, auf dem er hockte, an. »Es ist noch nicht einmal *geboren!*«

Brennan, der tief in einem Sessel kauerte, machte eine ungeduldige Geste. »Wir können ungeachtet des Geschlechts zumindest einige Möglichkeiten erörtern.«

»Warum *sollten* wir das tun? Laß das Kind doch erst einmal geboren sein.«

Der Mujhar seufzte und fuhr sich mit einer Hand

durch das ergrauende Haar. »Du weißt genauso gut wie ich, daß es uns allen nicht zusteht, so lange zu warten. *Du* hast mehr Freiheiten genossen als die meisten anderen Menschen, aber nur weil ich noch zwischen meinem *Jehan* und dir stand. Jetzt bin ich Mujhar und du der Prinz ... Wir sollten dafür sorgen, daß dein Anspruch auf den Thron gesichert bleibt.«

Aidan seufzte mühsam. »Keiner wird mein Erbe bestreiten, *Jehan*. Teirnan ist tot. Es gibt in ganz Homana niemanden sonst, der die Ordnung jetzt ändern wollte.«

»Dessen können wir nicht sicher sein. Jetzt, da Teirnan tot ist, scheinen die *A'saii* verwirrt zu sein –, aber wie sollen wir uns dessen versichern? Da ist immerhin noch Blais.«

»Blais hat Teirnan abgelehnt. Das ist einer der Gründe, warum sich Teirnan in den Schoß der Erde gestürzt hat.« Aidan lehnte sich an das tiefliegende Fenster zurück. »Nur weil Blais sich weigert, nach Homana-Mujhar zu kommen, bedeutet das noch nicht, daß er sich gegen die Erbfolge wehren will. Blais ist *eigensinnig*, aber er ist als Cheysuli und nicht als ehrgeiziger Verwandter gekommen, der mehr begehrt, als ihm zusteht.«

»Wir werden dies dennoch erörtern müssen.«

Aidan betrachtete seinen Vater. Brennans Stimme besaß großen Nachdruck. Ihre bisherigen Erörterungen waren stets freundlich und mit wohlerwogener gegenseitiger Achtung verlaufen, die elterliche Anordnungen und Befehle schienen stets von allgemeiner Zuneigung begleitet gewesen zu sein. Jetzt sprach Brennan als ein König zu seinem Erben. Aidan begann das enge Netz zu erkennen, das der Titel um ihn wob.

Da sein Vater also nicht beabsichtigte, das Thema fallenzulassen, verlegte sich Aidan auf Diplomatie. »Cousins und Cousinen heiraten seit Jahren, *Jehan*. Willst du das? Oder meinst du, wir sollten uns anderweitig umsehen?«

Brennans Stirnrunzeln vertiefte sich, aber es bezog sich nicht auf etwas – oder jemanden – im besonderen. »Teils möchte ich Ersterem zustimmen, da wir miteinander verbundene Blutlinien vermischt haben, um festere Verwandtschaftsbande zu knüpfen. Es war nötig, um die Gaben zu stärken. Aber wir sind jetzt so *eng* verbunden …« Er seufzte. »Vielleicht *ist* es an der Zeit, sich anderen Reichen zuzuwenden.«

Aidan nickte nachdenklich. »Wir stehen Erinn jetzt zu nahe.«

»Und Solinde.«

»Und Corins Glyn ist unfruchtbar.« Als sein Vater jäh aufschaute, zuckte Aidan die Achseln. »Er hat es mir gesagt, bevor er fortging. Aber er sagte auch, es kümmerte ihn nicht – er hat sie nicht geheiratet, um Kinder zu bekommen.«

Brennan runzelte erneut nachdenklich die Stirn. Dann seufzte er und zuckte die Achseln. »Wenn wir uns anderen Ländern zuwenden wollen, kämen Ellas, Falia und Caledon in Frage.«

Aidan wölbte eine Augenbraue. »Aber Homana hat niemals in diese Reiche eingeheiratet. Am ehesten noch Finns Tochter, als sie den jüngsten Sohn von Ellas' Hochkönig heiratete …« Er hielt inne. »Vor wie vielen Generationen war das?«

Brennan winkte ab. »Das ist unwichtig. Das ist die alte Geschichte, wir sprechen aber von der neuen.«

»Ja, nun …« Aidan dachte darüber nach. »Ich bin nicht so sicher, daß mir die Vorstellung gefällt, meine Tochter in fremde Länder zu verheiraten.«

Brennan lächelte. »Aber wenn es ein Sohn wird, wird er hierbleiben. Und die Prinzessin kommt zu *ihm*.«

»Wie Shona es getan hat?« Aidan wölbte erneut eine Augenbraue. »*Da* wir gerade vom Heiraten sprechen – was ist eigentlich mit meiner Hochzeit?«

»Ich dachte, du wolltest vielleicht noch warten. Auch wenn die offizielle Trauerzeit beendet ist, schickt es sich nicht, innerhalb eines Jahres nach dem Tod des Mujhar eine große Hochzeitsfeier auszurichten.«

»Dann werden wir eben nur eine kleine Feier haben.« Aidan zuckte die Achseln. »Wie ich schon einmal sagte – Shona besteht nicht auf großem Zeremoniell. Und mir ist es gleichgültig. Ich dachte nur, es wäre angesichts der unmittelbar bevorstehenden Geburt klüger. Es sind nur noch zwei Monate, *Jehan*. Und du kennst die Homaner.«

»Ja, ich kenne sie.« Brennan rieb sich über eine Schläfe. »Ich müßte mit Aileen reden. Sie und Deirdre könnten zusammen für die Zeremonie sorgen. Und es wäre vielleicht sogar gut für Deirdre.«

»Es wäre vielleicht gut für uns alle.« Aidan glitt von der Fensterbank herab. »Ich werde mit Shona reden. Ich verspreche dir, *Jehan*, sie besteht nicht auf großem Zeremoniell. Sie wird nicht auf Prunk beharren.« Er grinste. »Sie beharrt nur darauf, daß die zwei Monate vergehen, damit sie von ihrer Last befreit wird.«

»So war es auch bei deiner *Jehana*.« Brennan lächelte flüchtig. »Ich werde mit Aileen sprechen.«

»Da ist *noch* etwas.«

Brennan betrachtete ihn aufmerksam. »Was denn?«

Aidan war belustigt. War es so unvorhersehbar? »Ich möchte sie mit zum Stammeskeep nehmen, damit sie das Kind dort bekommt.«

Rabenschwarze Brauen wölbten sich. »Warum? Wäre ihr Homana-Mujhar nicht lieber?«

Aidan schüttelte zögernd den Kopf. »Sie ist aufgewachsen, ohne um ihr Erbe zu wissen – bis auf das, was Keely ihr vermittelt hat. Shona hat das starke Bedürfnis, mehr über ihre Abstammung zu erfahren, um die Geschichte unseres Volkes verstehen zu können. Sie kennt uns nicht, *Jehan*. Ihr fehlt das Wissen. Dort kann sie von *Shar Tahls* lernen und Stammesbrüdern begegnen.« Er zuckte die Achseln. »Ich glaube, sie sehnt sich nach etwas, was sie noch nicht begreift.«

Brennan seufzte. »Etwas der *Lir*krankheit Ähnliches.

Sie ist immerhin Keelys Tochter. Wer weiß, welche Sehnsüchte in ihrem Blut brodeln?« Er sah seinen Sohn an. »Nimm sie mit, wohin immer sie gehen will. Sie ist auch eine Cheysuli. Nichts sei ihr verwehrt.«

Aidan nickte. »Ich werde ihr sagen, daß sie sich auf die Hochzeit vorbereiten soll. Und danach werden wir zum Stammeskeep gehen.«

»Du könntest sie *bitten*«, riet Brennan ihm. »Es ihr nur zu sagen, ist vielleicht nicht klug.«

Aidan grinste. »Du vergißt, *Jehan*. Zwischen uns besteht *Kivarna*. Sie wird die Wahrheit in dem Augenblick erkennen, in dem wir uns sehen.«

Etwas flackerte in Brennans Augen auf. »Dann würde ich sagen, es ist von Vorteil, daß du kein gewohnheitsmäßiger Lügner bist.«

»Noch *überhaupt* ein Lügner.« Aidan schritt zur Tür. »Ich glaube, es ist an der Zeit, im Stammeskeep mein eigenes Zelt zu errichten. Als Geschenk für das Kind.«

»Nein«, sagte Brennan ruhig, während sein Sohn die Tür öffnete. »Als Geschenk für dich selbst.«

Aidan hielt inne und sah seinen Vater an. Er spürte bei dem Wunsch, Dinge, die in der Vergangenheit üblich waren, zu ändern, auch ein Bedauern. *»Jehan?«*

»Als Geschenk an dich selbst«, wiederholte Brennan. »Du wirst in den nächsten Jahren zu vieles verlieren. Der Löwe wird dich brauchen, wie auch die Homaner. So ist es nun einmal, und es ist nicht notwendigerweise *schlecht* …, aber ich würde mir vielleicht wünschen, daß es anders wäre, wenn ich erneut davor stünde.«

»Was würdest du ändern?«

Brennan zeigte mit einer Geste in den Raum. »Dies. Mauern bannen mich, Aidan … Sie bannen jeden Cheysuli. Aber ich kann schlecht befehlen, den Löwenthron aus der Großen Halle zum Stammeskeep bringen zu lassen, wo er unter den Bäumen kauern könnte.« Er lächelte flüchtig. »Der Löwe *ist* Homana …, aber wir sind mehr als das. Wenn du also dein Zelt errichtest, errichte es für dich selbst. Zu Ehren deiner Abstammung. Um dich daran zu erinnern, was wir waren.«

Aidan nickte schweigend. Und dann verließ er den Raum.

Die Familie versammelte sich in der Großen Halle: Deirdre und Aileen in bestickten erinnischen Gewändern und Ian und Brennan in weicher, gefärbter Lederkleidung und bei den Stämmen gefertigtem Gold. Es waren auch noch andere da, mächtige homanische Adlige und andere Mitglieder der Stämme, aber Aidan spürte vor allem die Abwesenheit zu vieler Menschen: Niall, Hart und seine Familie, Keely und Sean, Corin fehlten.

Aber Shona *war* da. Uns als sie an den Silbertüren zu ihm trat, um mit ihm die Halle entlangzuschreiten, erkannte er, daß die Lücken gefüllt waren.

Sie trug Grün. Üppiges, erinnisches, bis auf eine kunstvolle Stickerei in zartem Gold ungeschmücktes Grün. Und schimmernde erinnische Smaragde umspannten ihre Taille und waren in das ungebundene Haar eingearbeitet, das den Saum ihrer Röcke streifte.

Er führte sie zum Podest, wo der Priester sie bereits erwartete.

Aidan leistete ruhig seine Schwüre, beschwichtigte sein *Kivarna,* damit er diesen Augenblick bestehen konnte – und hörte Shona die Worte dann – ebenfalls sehr stolz – aussprechen. Der Priester war ein Homaner, der die Zeremonie auch auf homanisch durchführte. Aidan wiederholte die Schwüre in der Alten Sprache und dann auf erinnisch. Und dann legte er Shona den Halsreif aus ineinander übergreifenden Figuren um den Hals: ein Rabe in anmutigem Flug und ein hinterherjagender Wolfshund.

Shonas Augen strahlten. Und dann war der Augenblick schon Vergangenheit. Sie waren in den Augen der Götter und Menschen Mann und Frau, *Cheysul* und *Cheysula,* Prinz und Prinzessin von Homana.

Vom Muhjar von Homana ordnungsgemäß vorgestellt, stand es Aidan und Shona anschließend frei, sich unter die Gäste zu mischen. Shona erklärte fast augenblicklich, es verlange sie danach, wieder Hose und Stiefel anzuziehen. Aidan sagte ihr, daß sie noch eine Weile ausharren müsse, woraufhin sie ihm einen unheilvollen, aber wirkungslosen Blick zuwarf. Das *Kivarna* verriet ihm die Wahrheit: Sie war von der Gewißheit ihrer gemeinsamen Zukunft, von dem ewigen, durch etwas weitaus Stärkeres als Schwüre geschlossenen Bund genauso bewegt wie er.

Nur zu schnell zogen die Frauen Shona von ihm fort. Aidan blieb einen Augenblick mit einem unberührten Becher Wein, den ihm jemand in die Hand gedrückt hatte, allein. Er sah sich leise lächelnd in der Halle um und erblickte Deirdre, die in ihrem Gewand zwar anmutig, von dem oberflächlichen Geschehen um sie herum aber seltsam losgelöst wirkte. Der Kummer hatte sie in den fast drei Monaten seit Nialls Tod altern lassen, hatte ihr Haar stumpf werden und Schatten unter ihren Augen entstehen lassen. Ihre fest über die Knochen gespannte Gesichtshaut verdeutlichte ihre bisher ungewohnte Zerbrechlichkeit.

Aidan fühlte sich plötzlich von der Angst erfaßt, sie könnte Niall bald folgen. Er wußte von Männern und Frauen, die dahingeschwunden und gestorben waren, wenn sie nach so vielen Jahren der Gemeinschaft alleingelassen worden waren. Er hatte Deirdre stets als starke, beherzte Frau gekannt, die sich angesichts ihres eigentlichen Ranges angemessen bescheiden verhalten und dennoch besser als die meisten anderen gewußt hatte, wie man einen so großen und vielfältigen Haushalt wie Nialls führen mußte.

Die Besorgnis nahm zu. Er konnte sie nicht spüren, konnte sie nicht *lesen*. Er bekam diese Gabe nicht in seine Gewalt. Aidan durchquerte jäh die Halle, um Deirdre aufzuhalten, als sie aus dem Kerzenlicht in die Schatten trat.

»Großmutter.« Er reichte ihr den Weinbecher, drückte ihn ihr in die starren Hände. Sie dankte ihm und nahm ihn an, umklammerte den Becher aber zu fest. Er befürchtete, sie könnte den Wein verschütten. »Großmutter«, wiederholte er, »ich war nachlässig. Ich habe dich in letzter Zeit nicht aufgesucht.«

Deirdre lächelte freundlich. »Du mußtest dich mit viel zu vielem auseinandersetzen. Mit einem neuen Titel, neuer Ehre, einer neuen Frau … und bald auch einem neuen Kind.« Die grünen Augen leuchteten kurz auf. »Dir steht das bevor, womit sich dein Großvater und dein Vater all diese Jahre abmühen mußten: mit einer stolzen erinnischen Frau, die die Freiheit und Fähigkeit besitzt, ihre Meinung offen zu äußern.«

Sie hatte während der in Homana verbrachten Jahre viel von ihrem erinnischen Akzent verloren, aber er hörte das unterschwellige Echo von Aileens und Shonas Art zu sprechen dennoch heraus. Er war plötzlich außerordentlich stolz auf das Inselreich – und den Horst –, weil daraus eigenständige und starke Frauen hervorgegangen waren. Und weil sie das mit den Cheysuli gemein hatten.

Er nahm eine ihrer Hände und küßte sie. »Du überstrahlst heute alle.«

Sie lächelte erneut. Dieses Mal erreichte das Lächeln auch ihre Augen. »Wie zuvorkommend du bist, Aidan … Ich vergesse oft, wie wenig du Nialls Kindern ähnelst.«

»Zuvorkommend!« So hätte er sich nicht beschrieben. Er war sich nicht sicher, ob es ihm gefiel.

»Ich glaube, das muß an dem *Kivarna* in dir liegen. Du verstehst zu gut, was andere Menschen empfinden und wie sehr Geringschätzung verletzen kann. Brennan war immer weitaus zurückhaltender darin, Dinge zu sagen, ohne sie überdacht zu haben – das war der Diplomat in ihm! –, aber Hart, Corin und Keely sagten stets, was immer sie wollten und *wann* immer sie es wollten und haben jederzeit die Folgen in Kauf genommen.« Deirdre lächelte. »Das ist auch ein Charakterzug der Erinnier … Aileen und ich haben ihn beide – *und* zweifellos auch Shona! –, wenn auch nicht in dem Maße wie Nialls Kinder.« Sie blickte sehr freundlich drein. »Aber du warst immer anders. Von Anfang an. Und ich war immer dankbar dafür.«

Das hatte er nicht erwartet. »Warum?«

»Weil dieses Haus aus Kriegern besteht.« Sie hob die schmalen Schultern. »Ich will mich nicht beklagen – die Welt ist groß genug für alle Arten von Menschen. Niall hat seine Söhne für einen bestimmten Zweck aufgezogen: stark, wuchtig und entschlossen zu sein, ganz gleich was sich ihnen in den Weg stellen würde, denn es würde sich ihnen viel in den Weg stellen.« Sie strich sich eine kastanienbraune Locke aus der Stirn. »Auch du bist ein Krieger, Aidan …, aber in dir steckt noch mehr. Du dienst deiner Prophezeiung weniger kämpferisch – aber würdiger. Du denkst nicht über Kriege mit den Ihlini oder einen Vertrag mit Caledon oder eine Verlobung mit diesem Land nach. Du denkst statt dessen über die Menschen nach. Sie sind für dich *menschlich* und nicht nur Stäbe in einem Glücksspiel.« Sie sah ihn angespannt an. »Das ist wichtig, Aidan. Du bist nicht so gebunden, wirst nicht so umgetrieben … sei, wer du bist und nicht, was die anderen sind.«

Kurz darauf lächelte er. »Ich glaube, ich bin mehr durch die Prophezeiung gebunden als jeder andere hier, Großmutter.«

Sie seufzte, nahm ihre Hand fort und umfaßte wieder den Weinbecher. »Zum Leben gehört mehr als das.«

»Das *ist* das Leben.«

Deirdre wandte ihren Blick einen Augenblick von ihm ab und schaute über die bevölkerte Halle hinweg zum Löwenthron. »Ihr seid alle so anders.«

»Großmutter …?«

»Ihr Cheysuli.« Sie schaute wieder zu ihm. »Manchmal denke ich, daß ihr überhaupt keine Freiheit kennt.«

»Die Götter haben uns die Selbstherrschaft gegeben, Großmutter.«

»Tatsächlich?« Sie lächelte bittersüß. »Wenn das wahr ist, dann folge deiner eigenen Eingebung. Laß die Geschichte deiner Vorfahren dich nicht von deinem Weg abbringen.«

Sie klang seltsamerweise wie der Jäger oder Ashra oder irgendeiner der anderen seltsamen Käuze, denen er während des letzten Jahres begegnet war. »Was meinst du damit?«

»Die Cheysuli sind sich so außerordentlich sicher, daß ihr Weg der wahre Weg ist, daß nur wenig Raum für jemand anderen auf der Welt bleibt. Sie sind ein engstirniges und hochmütiges Volk, weil sie es sein mußten.« Sie hob eine Hand, als er nickte. »Aber jetzt nicht mehr. Jetzt habt ihr die Fesseln gelöst und könnt *atmen*.«

»Großmutter ...«

»Denkst du, ich urteilte zu hart, weil ich Erinnierin bin? Und daß ich nicht verstehen könnte?« Deirdre schüttelte den Kopf. »Aber ich verstehe, Aidan. Weitaus besser, als alle glauben. Ich habe weit über vierzig Jahre mit einem Cheysulikrieger zusammengelebt. Ich habe drei weitere Cheysuli aufziehen geholfen – sogar vier, wenn man Keely mit ihren *Lir*gaben hinzuzählt – und noch einen fünften, als du geboren wurdest. Oh, ich weiß, Aidan. Ich kenne Euch sehr gut.«

Das Ergebnis schmerzte. »Also hältst du uns für makelbehaftet?«

Deirdres Stimme klang sanft. »Nicht makelbehaftet. Gebunden. Zu sehr an die Bräuche gebunden. Es gibt bei den Stämmen nur so wenige Veränderungen ... Wandel ist *heilsam*, Aidan!«

Seine Hand sank auf die Kettenglieder an seinem Gürtel herab. Er wußte, daß sich in ihm ein Wandel vollzog. Warum sonst sollten die Götter mit ihm sprechen? Warum sonst würden sie ihm eine Aufgabe stellen, die er erst noch erkennen mußte? Jedermann sagte, er sei anders. War er *so* anders, daß er die Gesetze seines Volkes verändern würde?

Er antwortete unwillkürlich ablehnend und aufrichtig. »Zuviel Veränderung kann schmerzen.«

Deirdres Hand lag kühl auf seinem Arm. »Nichts wird wohlgetan, wenn es zu schnell getan wird. Aber du bist weniger geneigt zu handeln, ohne nachzudenken, als die meisten. Sogar Brennan sieht sich durch die Überlieferung gebunden ... Ich glaube, du wirst eine andere Art Mujhar sein, wenn du den Thron besteigst. Und ich glaube, das wird gut sein.«

Aidan lächelte schief. »Du räumst meinem *Jehan* nicht viel Zeit ein.«

Deirdre lachte. »Brennan wird sein Amt recht gut ausfüllen. Wahrscheinlich besser als die meisten vor ihm. Er hat sein ganzes Leben lang darauf gewartet. Und er verkörpert, was Homana *jetzt,* aber nicht immer, braucht.« Ihre grünen Augen blickten sehr herzlich drein. »Deine Zeit wird kommen, Aidan. Wenn sie kommt, nutze sie gut.«

Kapitel Sieben

Sie knieten nebeneinander auf dem blauen Eisbärenfell von jenseits des Blauzahn. Der *Shar Tahl* sah sie mit zusammengezogenen schwarzen Augenbrauen an. »Warum seid ihr zu *mir* gekommen? Obwohl ich der jüngste und neueste *Shar Tahl* im Stammeskeep bin.« Er betrachtete sie beide. »Ihr habt natürlich das Recht dazu – ich bin als *Shar Tahl* vollkommen anerkannt – aber ich dachte, ihr würdet vielleicht zu einem anderen gehen.«

Aidan lächelte. »Gerade *weil* Ihr nicht wie die anderen seid, sind wir zu Euch gekommen.«

Shona nickte. »Und wegen Blais. Ihr wart der Einzige, der ihn über seinen Vater unterrichtet hat.«

Burr seufzte und strich eine Falte seiner Hose glatt. Der herannahende Winter hatte sie bereits gestriffen. Sie trugen alle dickere Lederkleidung, wärmere Stoffe und pelzgefütterte Umhänge. »Ja. Ich hielt die anderen in diesem Punkt für ungerecht. Sie beurteilten Blais' Anfrage als unbeantwortbar. Teirnan war *der Verwandtschaft beraubt* und sein Runenzeichen aus den Geburtslinien gelöscht. Wie konnten sie ihm, mit ihrer Einstellung, von einem Krieger erzählen, den es nicht mehr gab?«

»Aber *Ihr* habt ihm geantwortet«, sagte Aidan.

Burr zuckte die Achseln. »Ich mußte es tun. Er war ein Mensch in Not – ein Cheysulikrieger, der etwas über sein Erbe wissen wollte.« Gelbe Augen blickten sehr fest drein. »Wenn ich ihm die Mitteilungen verweigert hätte, hätte ich einer der vorrangigsten Pflichten meines Amtes entsagt, die darin besteht, allen Cheysuli in bezug auf Erbe, Brauch und Überlieferung zu dienen …« Er lächelte. »Ich will damit nicht sagen, daß die anderen das getan *haben*. Ich habe den Brauch nur anders gedeutet. Ich glaube nicht mehr an die Notwendigkeit, jemanden überhaupt *der Verwandtschaft berauben* zu müssen. Daher mußte ich Blais' Anfrage beantworten.«

Aidan sah ihn an. Er wunderte sich erneut über die Hingegebenheit des Mannes. Nicht über seine Kenntnisse oder seine Tiefgründigkeit, sondern über seine Anpassungsfähigkeit. Er glaubte, daß dies zum Teil auf Burrs vergleichsweise jungem Alter beruhte. Aidan hatte erfahren, daß er erst siebenunddreißig Jahre alt war, fast fünfzehn Jahre jünger als der jüngste der anderen *Shar Tahls*. Aber ansonsten hatte es wohl auch mit seiner anderen Art des Glaubens zu tun. Burr sah die Dinge anders und deutete sie entsprechend. In seiner Welt war Raum für Veränderungen, genau wie Deirdre es angeraten hatte.

»Also«, sagte Shona, »haben wir angefragt. Werdet Ihr uns unsere Antwort geben?«

Burr grinste. »Natürlich könnt Ihr im Stammeskeep ein Zelt errichten. Würde ich es euch verweigern, nachdem ich es Blais gestattet habe?«

»Aber er ist nicht hier«, sagte Aidan.

»Nein. Aber er wird zurückkehren. Er muß zunächst einiges mit sich klären ... Dazu gehören der Rückzug seines *Jehan* von den Stämmen, wie auch sein Tod.« Burr regte sich und ließ eine Hand von seinem Knie auf das Fell des roten Fuchsrüden sinken, der an seiner Seite zusammengerollt lag. »Habt ihr die Erlaubnis des Stammesführers?«

Shona lachte. »Er hat sie uns sofort gegeben. Würde er es wagen, sie dem Sohn des Mujhar zu verweigern?«

»Oh, das könnte er durchaus.« Burrs Stimme klang gütig. »Aidan ist hier nicht sehr bekannt, da er den Keep nur gelegentlich besucht hat. Und man erzählt von Träumen und Nächten, in denen er die Gänge Homana-Mujhars durchschreitet und mit dem Löwen spricht.« Die weißen Zähne des *Shar Tahl* blitzten auf, während Aidan und Shona beunruhigt Blicke wechselten. »Aber man versteht auch ein wenig, daß sein Geist von zu vielen Mauern und homanischer Verantwortung bedrängt wird. Sicherlich wird er hier, im Herzen des Landes, lernen, was es heißt, ein Krieger der Stämme zu sein.«

»Sicherlich wird er das«, stimmte Aidan ihm nüchtern zu.

»Genau wie er sicherlich mehr über sein Erbe erfahren wird, wenn er mit einem *Shar Tahl* lernt.«

Aidan nickte. »Und kann ich entscheiden, mit welchem *Shar Tahl* ich lernen möchte?«

»Ja«, sagte Burr. »Errichte dein Zelt und komm dann jeden Tag zu mir.«

»Leijhana tu'sai.« Aidan erhob sich und streckte seine Hand aus, um einer ungelenken Shona hochzuhelfen. Aber bevor er sich dem Zelteingang zuwandte, hielt er noch einmal inne. »Ihr habt einmal gesagt, ich hätte Euer Mitgefühl. Gilt das noch immer?«

Burrs Lider flackerten kurz. »Ihr habt vieles von mir, Mylord. Unter anderem mein Mitgefühl.«

Aidan wußte, daß es zwecklos wäre, ihn zu bedrängen. Burr wohnte ein Kern ruhigen Eigensinns inne, den Aidan nicht ausreizen wollte. Er glaubte, daß er ihm in diesem Punkt ähnlich war.

Er schob seufzend den Zelteingang auf und bedeutet Shona, ihm in den frostigen Tag zu folgen.

Drei Tage lang schnitten, färbten und bestickten Aidan und Shona die Zeltplane, bis sie die richtige Gestalt annahm. Dann entwarfen sie das Bild des schwarzen Raben und malten es auf die schieferfarbenen Seiten, errichteten mit Hilfe von drei anderen Kriegern den Rahmen und die Querstange des Zeltes, zogen dann den bemalten Stoff darüber und befestigten ihn. Schließlich stand das Zelt selbständig und wellte sich im Wind, so daß sich die Rabenflügel zu bewegen schienen. Shona schmiegte sich in Aidans Arme, als die anderen Krieger gingen, und steckte ihre frierenden Hände in seine Fellkleidung.

»Es gehört *uns.*«

Er betrachtete nickend das Zelt, während er einen Arm um ihre Taille legte.

»Uns«, wiederholte sie. »Ich konnte zwar nicht hier einziehen, als wir heirateten, aber wir haben es zusammen errichtet.«

Er erkannte durch sein *Kivarna* sehr genau, was sie meinte. Er war der gleichen Meinung. »Ja. Kilore und Homana-Mujhar haben viele Könige beherbergt, viele Kinder …, aber *dieser* Ort gehört uns.«

Sie seufzte, als ein kalter Windstoß an ihrem Zopf zog. »Es ist so friedlich im Stammeskeep – ich glaube, hier könnte ich ewig bleiben.«

Aidan lächelte. »Ewig ist eine lange Zeit, mein Mädchen … Und du weißt nicht genau, was es *bedeutet,* eine Cheysuli zu sein.«

»Noch nicht«, berichtigte sie ihn. »Aber ich weiß bereits *etwas* darüber. Glaubst du, ich würde lügen, wenn ich dir sage, was ich von soviel Geschichte, eingerahmt von einer Überlieferung, empfinde?« Sie hakte einen Daumen in seinen Gürtel. »Ich weiß, wie du über Veränderungen denkst, mein Lieber, aber kann das nicht warten? Ich bin gerade erst hierhergekommen. Ich würde gern begreifen, was es bedeutet, eine Cheysuli zu sein, bevor du alles zu verändern beginnst.«

»Nur einiges«, sagte er wie abwesend. »Dinge wie das Greuel, was sich *jemanden der Verwandtschaft berauben* nennt …« Er brach ab. »Aber genug davon. Ich bin vorläufig Prinz, nicht Mujhar – und sogar *dieses* Amt gibt mir keine sichere Macht. Die Cheysuli haben immer der Macht der Götter unterstanden, nicht der der Könige … Es wird mehr als Aidan der Mujhar nötig sein, um die Stämme von Veränderungen zu überzeugen.«

»Dann *sei* mehr«, sagte sie einfach. »Mach dich zu mehr … Ich glaube, du kannst es.«

»Ja. Vielleicht.« Aidan wandte sich ihr zu und legte seine Hände auf ihren gewölbten Bauch. Sie hatte die Hosen zugunsten weiter Röcke schon Wochen, bevor das Kind zu einer Last wurde, aufgegeben. Aidan spürte ihre unter dem weichen Tuchrock und der losen Tunika so fest angespannte Haut. Er lachte. »Wir haben das Zelt gerade rechtzeitig errichtet.«

Shona umfaßte seine Ellenbogen. »Er wird ein Cheysuli sein«, sagte sie nachdrücklich. »Vor allem anderen: ein *Cheysuli*.«

Aidan lächelte. »Sogar vor seinem homanischem Rang? Oder seinem erinnischen Rang?«

»Sogar davor.« Ihr Blick hielt seinen mit seltsam heftigem Stolz fest. »Götter, weißt du, wie es sich anfühlt hierherzukommen? So *vieles* im Herzen zu empfinden? All diese Jahre in Erinn, von dem Ort getrennt, zu dem ich am stärksten gehöre ...« Sie atmete tief ein und dann langsam und hörbar wieder aus. »Ich habe keine *Lir*-gaben, aber ich habe das Blut ... Und es brodelt, Aidan. Es brodelt so *sehr*.«

»Ich weiß«, sagte er. »Ich weiß. Götter, Shona, wie könnte ich es nicht wissen? Ich empfinde es ebenso.«

»Aber du *warst* hier«, widersprach sie ihm. »Du hattest dies dein ganzes Leben lang, seit du geboren wurdest. Und *Teel* ...« Sie brach ab und schaute zur Querstange des Zeltes. »Siehst du? Dort ist er.«

Er lächelte. »Ich sehe es.«

»Ich weiß nicht, wie ich es ausdrücken soll, aber du solltest es spüren können. Ich habe mein ganzes Leben lang die Freiheit Kilores erfahren, die Freiheit der Landzunge, die Freiheit des Meeres, da mein Vater mich mit hinausgenommen hat ..., aber das ist nicht dasselbe! *Hier* fühle ich mich frei. *Hier* fühle ich mich vollständig. *Hierher* gehöre ich.«

»Aber auch nach Homana-Mujhar ...«

»O ja, ich weiß, daß wir hier nicht *immer* leben können. Es wird eine Zeit kommen ..., aber im Augenblick? Sie brauchen dich im Palast nicht und auch nicht in der Stadt … Können wir hier nicht solange wie möglich bleiben?«

Er strich ihr eine Haarsträhne aus dem Gesicht. »Wir werden so lange wie möglich bleiben. Wenn die Götter es wollen, werden wir unserem Kind die Grundlage geben, die dir gefehlt hat.« Er lächelte. »Und mir übrigens auch. Ich bin in Homana-Mujhar aufgewachsen.«

Shona betrachtete den ordentlichen Stapel Kisten, aufgerollte Felle, Steine für die Feuergrube und Holz, das sich neben dem Zelt auftürmte. Keelys Schwert lehnte in seiner Scheide an den Steinen. »Es wird Zeit, daß wir das Zelt zu einem Zuhause machen. All die Geschenke vom Stamm und unseren Verwandten sollten in Ehren gehalten werden.«

Aidan lächelte. Die starke Wonne, die mehr war als pure Leidenschaft oder körperliche Befriedigung, flammte zwischen ihnen auf. Es war eine tiefe, beständige Zufriedenheit, die Frohlocken gleichkam, ein zunehmendes Verstehen, daß das, was sie teilten, nicht ausgelöscht werden konnte. Er wollte im Zelt sein und vor der Feuergrube sitzen. Er wollte es mit seiner Frau gemeinsam tun. Er wollte nur er selbst sein: ein Krieger der Cheysuli.

Dieses Zelt hat damit nichts zu tun, schalt Teel. *Du bist schon ein Krieger, seit wir uns verbunden haben.*

Aidan grinste. *Natürlich.*

Der Rabe neigte den Kopf. *Du bist ungewöhnlich einverstanden.*

Ich bin zu glücklich zum Streiten.

Wegen des Zeltes?

Zum Teil. Aber da ist noch mehr.

Wegen der Frau?

Auch das. Aber da ist immer noch mehr.

Teels Auge funkelte. *Dann also das Kind. Weil ein Kind da sein wird.*

Das alles, Lir.

Der Rabe plusterte sich auf. *Solch einfache Dinge, Lir: ein Heim, eine Frau, ein Kind.*

Aidan lächelte. *Einfach und großartig. Und für meine Bedürfnisse ausreichend.*

Teel klang belustigt. *Ich denke, das ist nicht sehr viel.*

Aidan lachte laut und umarmte dann Shona. »Wir sollten mit der Feuergrube und einem Feuer beginnen. *Ich* finde es hier draußen kalt!«

Kapitel Acht

Er träumte. Die gehämmerten Silbertüren der Großen Halle Homana-Mujhars schwangen auf, krachten gegen die Wände und gaben die Sicht ungehindert frei. Die Flammen in der Feuergrube erstarben, wurden eingesogen, bis nur noch glühende Kohlen übrig blieben. Auf dem Podest jenseits der Feuergrube kauerte der aus lebendigem Holz geschnitzte, feindselige Löwenthron. Aidan wußte, daß das Holz noch lebte, weil er es atmen sah.

Nein. Er sah den *Löwen* atmen. Aidan zuckte im Schlaf zusammen.

Holz knarrte. Die Zehen spannten sich langsam an, die Klauen kratzten über gemaserten Marmor. Die hölzernen Flanken spannten sich und erzitterten beim Einatmen. Der Schwanz, der eng an der hölzernen Hinterhand anlag, löste sich und peitschte auf dem Marmorpodest ein Stakkato.

Der Löwe erhob sich aus seiner kauernden Stellung. Er schüttelte den Kopf, so daß die gewaltige Mähne über seine breiten Schultern fiel. Der Löwe von Homana, der kein hölzerner Thron mehr war, stand auf dem Podest und überschaute sein königliches Reich. In dem Aidan stand.

Der Löwe hustete. Er blinzelte. Und dann öffnete er den Rachen …

»*Aidan!* Was ist los? Was ist das für ein Lärm?«

Er wachte schweißgebadet auf und war sich sowohl des Traums als auch der Wirklichkeit und der Echos sowohl von Shonas Stimme als auch des Aufschreis in der *Lir*verbindung bewußt.

»Teel …?« fragte er benommen.

Lir … Lir … Ihlini …

Shona hatte sich aufgesetzt. »Götter – überall solcher *Lärm …*«

Lir … Lir … Ihlini …

Er rappelte sich auf. »Teel?«

Ihlini … Ihlini …

»Aidan?«

»Ihlini«, keuchte er. »Hier? Im *Stammeskeep?*«

Draußen erklangen Schreie.

»O Götter«, platzte er heraus. »Ihlini … *im Stammeskeep …*«

Aidan war bereits am Zelteingang, während Shona noch ihre weichen Stiefel anzog. Er wollte den Eingang aufschieben, tat es aber nicht, da er schnell erkannte, daß er ihre Anwesenheit nicht preisgeben durfte. Ein Teil seiner selbst sagte ihm, daß es wahrscheinlich nicht wichtig war. Die Ihlini würden die Zelte nicht durchsuchen, wenn sie im Stammeskeep waren. Sie würden einfach alles vernichten.

Aidan zog den Zelteingang gerade weit genug beiseite, daß er mit einem Auge hinausspähen konnte. Und sah die Feuersbrunst.

Er fuhr augenblicklich herum. »Wir müssen hier heraus. Jetzt. *Jetzt,* Shona … Sie brennen alles nieder.«

Lir … Lir … Ihlini …

Im ganzen Stammeskeep stießen die *Lirs* in der Verbindung und außerhalb ihre Warnungen aus. Aidan hörte Schreie.

Frauen und Kinder schrien.

»Shona …«

Sie war neben ihm und umfaßte ihren Bauch. »Wohin sollen wir gehen?«

»Aus dem Stammeskeep hinaus. Weit weg …« Er hatte ein Messer und irgendwo einen Bogen … Er nahm hastig den Kriegsbogen und eine armselige Handvoll Pfeile auf. »Sie töten die Kinder, *Meijhana.*«

Shona riß einen Umhang an sich und legte ihn sich um

die Schultern. Sie verschwendete keine Zeit damit, noch nach etwas anderem zu suchen oder dies oder das zu erbitten. Sie wartete nur mit grimmigem Gesicht, während Aidan einen seiner fünf Pfeile in den Bogen einlegte. Er sah durch den Eingang an einem gegenüber der Lichtung stehenden Zelt Flammen emporlecken und Schatten durch die Dunkelheit huschen.

»Wir müssen über die Mauer«, sagte er zu Shona. »Wir müssen auf die Tore zugehen und dann hindurchschlüpfen.«

»Oder über die Mauer steigen«, erwiderte sie ruhig.

»Du kannst nicht klettern …«

»Ich werde es schaffen.«

Aidan riß den Zelteingang beiseite. Eine Flammenspur zog von dem brennenden Zelt ihnen gegenüber auf ihr eigenes Zelt zu.

»Hier entlang … die Rückseite …« Er ergriff ihre Hand und zog sie vorwärts.

Sie verließen das Zelt gebückt und schnitten dann mit Aidans Messer die Schnüre durch. Die Nacht barst vor Flammen. Es waren die kalten, gespenstischen Flammen der Unterwelt.

Ihr gerade erst errichtetes Zelt stand sechs Schritte von der Mauer entfernt. Aidan hatte das für einen sicheren, behaglichen Standort gehalten: auf der Rückseite von der Mauer und auf beiden Seiten von Bäumen beschützt. Nur die Vorderseite war ungeschützt, was im Stammeskeep auch nicht nötig gewesen war.

»Die Kinder …«, flüsterte Shona, als erneut Schreie ertönten.

»Zur Mauer.« Aidan stützte sie, so gut er konnte, während er nach Ihlini Ausschau hielt. *Teel?*

Über dir … Lir, sie sind überall … die Ihlini sind überall …

Rund um sie herum fingen die Bäume Feuer. Bänder purpurfarbener Flammen tanzten durch dicht gewachsene Zweige und zerstörten einen Baum nach dem anderen. Brennendes Baummark tropfte auf das neue Zelt, während die einzelne Feuerspur aus der Lichtung die Schwelle erreichte und dann aufloderte.

Shona klammerte sich an die Mauer. Sie bestand aus nicht mit Mörtel verbundenen Natursteinen, die nur vom Moos und Staub der Jahre zusammengehalten wurden. Aidan hatte sie in der Kindheit einmal erklommen. Es war nicht schwierig, denn sie war nicht glatt, aber Shona fiel es schwer. Er konnte sich nicht vorstellen, wie sie auf die gewöhnliche Art hinüberklettern wollte, während sie die Finger und Stiefelspitzen in Spalten stemmte.

»Ich werde es schaffen ...«, murmelte sie. »Ich *kann* es ...«

Hinter ihnen die Schreie, das Feuer und die schrillen Laute eines Jagdfalken.

»Klettere, Shona ...« Er legte eine Hand auf ihr Rückgrat und versuchte, sie so zu unterstützen.

Lir ... Lir ... Ihlini ...

Die Warnung gellte durch die Verbindung. Aidan wandte den Kopf und sah einen Reiter auf sich zukommen.

»Shona ... halt dich *fest* ...« Er fuhr herum, hob den Kriegsbogen und zielte eilig. Er schoß den Pfeil ab, aber der flog zu weit.

Die Flammen blendeten ihn. Überall im Stammeskeep brannten Zelte, die dann zu verkohlten Aschehaufen zusammenfielen. Kronenfeuer breiteten sich von Baum zu Baum aus und sprangen über die Mauer auf den dahinterliegenden Wald über. Er sah Menschen laufen: Cheysuli und Ihlini. Er hörte Menschen rufen, Frauen schreien, Kinder vor Entsetzen und Angst weinen.

Der Reiter kam noch immer auf ihn zu, und seine blankgezogene Klinge glänzte.

Eine blankgezogene Klinge ... ein Schwert ...

Aidan nahm sich nicht die Zeit nachzudenken. Er duckte sich unter dem Schwertstreich hindurch und legte einen zweiten Pfeil ein. Das mit dem Raben bemalte Zelt ging hinter ihm in Flammen auf, zischte und knisterte, während der Stoff verbrannte. Von überall im Stammeskeep stieg der Geruch von brennendem Öl und brennender Farbe auf, wie auch der Gestank verkohlten Fleischs. Rauch wogte über die Lichtungen.

Erneutes Schreien untermalte den furchtbaren Tanz, in den Aidan sich mit dem Reiter einließ. Die Nacht war mondlos und dunkel, weshalb die Schatten dichter wirkten als sonst. Und der Ihlini ritt noch dazu ein schwarzes Pferd. Aidan sah nur die Blässe eines Gesichts und das Schimmern der blankgezogenen Klinge.

Hier ist keine Magie außer dem Gottesfeuer im Spiel – er muß eine gewöhnliche Waffe benutzen …

Das war zumindest etwas, dachte Aidan. Er hatte zumindest eine Chance.

Shona klammerte sich noch immer an die Mauer. Er sah, daß sie ihr bleiches Gesicht dem Zelt zugewandt hatte. Ihr *Lir*halsreif schimmerte in den Flammen und ließ ihre Augen aufleuchten, während sie den Mund zu einem Schrei öffnete.

Das Schwert schnitt vorbei. Aidan, der sich erneut darunter hinweggeduckt hatte, tauchte wieder auf und schoß noch einmal einen Pfeil ab.

Er traf das Pferd genau in die Kehle, woraufhin es einknickte und im Tode schrie. Der Reiter warf sich aus dem Sattel, rollte sich ab und warf seinen Umhang von sich, während er sich wieder aufrichtete. Dunkle, glänzende Lederkleidung schimmerte im *Gottesfeuer*. Das Schwert sang noch immer in seinen Händen.

»Shona … *klettere* …«

»Unmöglich«, antwortete sie ruhig und stellte sich wieder auf den Boden.

Aidan fluchte. Er konnte es sich nicht leisten, sich von Shona ablenken zu lassen, und doch durfte er sie auch nicht außer acht lassen. Sein *Kivarna* schrie ihm zu: Sie hat genauso viel Angst wie du, aber sie ist auch zornig. Er spürte vor allem den Zorn. Einen kalten, tödlichen, von einem Ihlini hervorgerufenen Zorn.

Sie töteten *Kinder*.

Er hatte die anderen Pfeile verloren. Nur einer war ihm noch geblieben. Aidan legte ihn gerade in dem Augenblick ein, als der Ihlini mit gezücktem Schwert auf ihn zurannte.

Das Gesicht löste sich aus den Flammen. Ein kühles, glattes Gesicht, das durch aufwärtsgeschwungene Wangenknochen, dunkle, gewölbte Augenbrauen geprägt war. Aidan kannte dieses Gesicht.

»Tevis«, platzte er heraus.

Der andere lächelte kalt. »Lochiel«, verbesserte er Aidan.

Der Mörder von Harts Sohn.

Aidan schoß den Pfeil ab. Lochiel schnitt ihn entzwei.

Er kann nicht so schnell sein …

Aber Aidan hielt es für möglich, daß er vieles vermochte.

Er warf den nutzlosen Bogen zu Boden, riß sein Messer aus der Scheide und spürte, wie sich sein Magen übelkeiterregend verkrampfte. Ein Messer konnte mit einem Schwert nicht mithalten.

Das Zelt hinter ihm brannte. Aidan spürte die Hitze, hörte den knisternden Stoff, roch den beißenden Gestank brennender Felle. Ein weiterer Schritt, und er stünde in den Flammen.

Shona lief an ihm vorbei geduckt in das Zelt. Gerade als er den Mund zu einem Schrei öffnen wollte, war sie schon wieder unter der einstürzenden Querstange herausgelangt. Sie hielt Keelys Schwert in Händen.

Er ergriff das Heft, das sie ihm hinhielt, und gab ihr sein Messer. »Geh zum Tor«, sagte er schnell. »Flieh in den Wald …«

Aber mehr konnte er nicht mehr hervorbringen. Als Shona nickte und sich umwandte, um seiner Aufforderung zu folgen, griff Lochiel ihn an.

Sie lief los. Unbeholfen und ungelenk und die Ihlini verfluchend, tat sie, wie ihr geheißen. Und Aidan konnte wieder atmen.

Das Schwert schien wie ein Weidenzweig. Es war für die Übungsgänge einer Frau gestaltet. Der Klinge fehlte Gewicht und Schärfe. Das Heft war schmaler und weniger schwer als das seiner eigenen Waffe, und der Knauf erschien ihm unausgewogen und verhinderte einen festen Zugriff. Aber es blieb immerhin ein Schwert.

Aidan segnete Keely im Geiste. Er versuchte, nicht an ihre Tochter zu denken.

Lochiel war schnell und unbarmherzig. Aidan parierte einmal, zweimal, ein drittes Mal und konterte die – mit einer aus Zorn und Verzweiflung geborenen Kraft – ausgeführten Stöße. Er hörte das Schreien, das Töten, das Weinen. Das Brüllen der Flammen. Den Klang seines eigenen Atmens durch eine rauhe und brennende Kehle.

Er sah Shona aus den Augenwinkeln innehalten. Sah sie sich umdrehen. Sah sie wieder auf sich zukommen.

Nein, Meijhana … nein …

Das *Kivarna* sagte ihm die Wahrheit: Sie konnte es nicht ertragen, ihn zurückzulassen. Sie konnte die Ungewißheit nicht ertragen.

»Lauf!« schrie er ihr zu.

Sie verlangsamte ihren Schritt unentschlossen. Ihre Instinkte kämpften: das Kind zu schützen oder dem Mann zu helfen. Zu verteidigen, was ihr gehörte.

Eine starke, stolze Frau. Ein Adler des Adlerhorsts, unbeeindruckt von den Ihlini. Wohl wissend, daß sie nicht fliehen konnte, wenn der Mann zurückblieb.

»Lauf!« schrie Aidan.

Die Klinge zerbrach in seinen Händen.

Götter …

Lochiel lachte. Die Spitze seines Schwertes sank herab. Er wandte sich geschickt um, riß sein Messer aus der Scheide und schleuderte es von sich.

Es drehte sich, beschrieb einen Bogen in der Luft und sank hefttief in Shonas Brust.

Aidan schrie auf. Das *Kivarna* zwischen ihnen barst, wurde in einem einzigen Augenblick zerstört, als das

Messer einsank. Das zerbrochene Schwert entfiel Aidans Händen, als er auf Lochiel zusprang, aber der Ihlini trat einfach beiseite. Die Klinge, die er so nachlässig gesenkt hatte, damit er das Messer werfen konnte, wurde mit einer schnellen Bewegung des Handgelenks wieder angehoben. Die Spitze stach in Aidans linke Schulter, als er sich vorwärtswarf, und glitt dann unbarmherzig hindurch.

Schmerz. Doppelter und dreifacher Schmerz. Sein *Kivarna* erwiderte den auf Shona gerichteten Zorn. Seine eigene Verletzung war unwichtig. Ihm ging es nur um Shona ...

Aber seine Beine und Arme wollten ihm nicht gehorchen. Er spürte, wie die Klinge auf Knochen auftraf, als Lochiel das Schwert drehte und es aus seiner Schulter riß. Und dann floß das Blut schnell und heiß herab.

Shona. Er fiel. Auf die Knie. Sein linker Arm hing kraftlos herab, während er vor Entsetzen und Zorn zusammenzuckte.

Shona.

Lochiel trat an ihm vorbei. Von ihm fort. Er wandte ihm den Rücken zu. Er trug das blutbeschmierte Schwert leicht und geschickt wie ein geborener Schwertkämpfer. Aidan drehte sich, schon während er sich erhob, um und beobachtete, wie der Ihlini anmutig wie ein Tänzer über brennende Zeltstangen stieg und gekonnt den herabschwebenden Stücken brennenden Stoffs auswich. Die Schreie waren jetzt verklungen und wurden von einer tödlichen Stille ersetzt.

Bis auf das Knistern der Flammen.

Lochiel trat zu Shona. Er kniete sich hin und zog das Messer aus ihrer Brust. Ihr gewölbter Bauch ragte himmelwärts. Lochiel zog die Tunika beiseite. Das blutbeschmierte Messer glänzte.

Aidan wußte, was er vorhatte. Er *erkannte* es sofort.

Er sprang mit einem schubartigen Atem- und Kraftausstoß auf, versuchte zu laufen. Fiel hin. Sprang erneut auf, stolperte, taumelte vorwärts. Ließ Blut zischend auf Asche tropfen.

Shona.

Er hatte kein Messer. Kein Schwert. Nur Verzweiflung und diesen wilden, tödlichen Zorn.

»Nehmt Eure Hände von ihr …«

Lochiel, der noch immer neben Shona kniete, warf ihm nur einen Blick über die Schulter zu. Und arbeitete dann weiter.

»Nehmt … Eure … Hände …«

Lochiel nahm das Kind hoch, durchschnitt die Nabelschnur und wickelte es in Shonas Umhang. Er legte das Bündel vorsichtig auf den Boden neben ihrem Körper. Dann stand er mit einer geschmeidigen Drehbewegung auf und stellte sich Aidan entgegen.

»Ich will den Samen«, sagte er. »Ich werde ihn zu *meinem* machen.«

Aidans Beine versagten. Er fiel unbeholfen hin. »Sh … Sh … *Shona …*«

»Keine Zeit mehr«, murmelte Lochiel.

Das Schimmern einer Klinge näherte sich aus der brennenden Dunkelheit. Die Klinge schnitt ein und wurde dann gedreht. Der Schädel darunter barst.

Kapitel Neun

Schlammige Asche verschmutzte Brennans Stiefel. Er betrachtete sie blind. Welcher Teil der Asche stammte von Holz? Und wieviel von Knochen?

Er erschauderte. Der Schauder kam unerwartet, schüttelte ihn von Kopf bis Fuß und spannte seine Kopfhaut kurz an, bis sie sich schließlich wieder entspannte. Und er wußte mit übelkeiterregender Bestimmtheit, daß es das war, wogegen sein Sohn jetzt ankämpfte. Aber auf eine andere Weise. Aidan war fast gestorben. Aidan könnte noch immer sterben.

Der Stammeskeep war zerstört. Der größte Teil der Mauer stand zwar noch, da Steine dem Feuer nicht weichen, aber fast alle Zelte waren verbrannt. Einige bildeten skelettartige Haufen, deren Querstangen schwarz verkohlt waren. Andere waren vollkommen verbrannt und nur noch Hügel schlammiger Asche.

Brennan fühlte sich bei diesem Anblick elend.

Ein Mann in seiner Nähe beugte sich gerade herab, schälte die verkohlten Reste eines Schlaffells beiseite und ließ es dann aus den ascheverschmutzten Fingern fallen. »Mein *Lir*«, murmelte er starr. Und dann nickte er ergeben. Er hatte den Morgen mit Suchen verbracht, während Brennan den Stammeskeep durchstöbert hatte. Jetzt war der Mann befreit. Jetzt konnte der Krieger gehen.

Brennan beobachtete ihn. Tief in ihm wand sich die Schlange der Sinnlosigkeit. Der Krieger würde als *lirloser* Mann sterben, obwohl er den Angriff überlebt hatte.

»Eine Verschwendung«, murmelte Brennan leise und dieses Gesetz verdammend. Die Notwendigkeit dafür verdammend.

Der *lirlose* Krieger stand über dem Schlaffell und den darunterliegenden Überresten. Seine Schultern waren eingesunken. Dann machte er eine anmutige Geste, die Brennan so gut kannte. Und verließ die Mauern, um in den jenseits gelegenen, verkohlten Wald zu gehen.

So viele waren bereits tot. Und jetzt noch einer.

Brennan seufzte. Er war müde, so sehr müde ... aller Kraft und Antworten beraubt. Er war hier überflüssig, da er nichts tun konnte außer zuzusehen, wie sich die anderen um ihre Toten, ihre Lebenden und die Überreste ihres Lebens kümmerten.

»So viele sind tot«, murmelte er, »und alles nur, weil Lochiel uns eine Botschaft senden wollte. Uns versichern wollte, daß es ihn *gibt*.«

»Brennan.« Es war Ian, der langsam durch den aschgrauen Schlamm und die verkohlten Zelte schritt. Sein Gesicht wirkte angespannt und alt. »Sie haben sie am Tag danach dort drüben gefunden. Sie haben sich um sie gekümmert und ihr vor sechs Tagen die Totenzeremonie gewährt.« Ian machte eine hilflose Geste. »Wir können nichts tun, wir können es Aidan nur sagen, wenn er erwacht.«

Brennans Mund wirkte seltsam starr. »*Wenn* Aidan erwacht.«

Ian zögerte einen Augenblick zu lange. »Mit der Zeit ...«

Jetzt klang Brennans Stimme boshaft. »Glaubst du, die Zeit macht einen Unterschied? Du hast ihn gesehen – du hast ihn *gehört!* Als der Ihlini seinen Schädel zerschmettert hat, ist aller Verstand ausgeströmt.«

Ian atmete ruhig durch. »Du tust ihm Unrecht.«

»Bei den Göttern, *Su'fali* – er ist wahnsinnig! Du hast sein Gestammel gehört! Und wenn man einmal einen Satz verstehen *kann*, ergibt er überhaupt keinen Sinn.« Brennans Gesicht verkrampfte sich. »Ich wäre der erste, der ihn gern als gesund und der letzte, der ihn als wahnsinnig bezeichnen würde ..., aber ich weiß, was da zu hören war. Ich weiß, was ich gesehen habe.«

Ians Stimme klang geduldig. »Ich habe schon andere Männer, die am Kopf getroffen wurden, seltsame Dinge tun, sehen und sagen hören …«

»Und haben sie auch weisgesagt?« Das war Spott.

Ian seufzte. »Nein.«

»Götter …«, keuchte Brennan. »Warum haben sie ihn uns überhaupt behalten lassen, wenn sie ihn uns doch nur wieder wegnehmen wollen?«

Ian schwieg.

»Er ist als Kind so viele Male fast gestorben. Aileen und ich wußten, daß er sterben würde. Wir haben uns auf die Nacht vorzubereiten versucht, in der er hustend erwachen und vor der Dämmerung sterben würde … in der das Fieber ihn verbrennen würde … wohl wissend, daß wir ihn verlieren würden und daß wir keinen weiteren Sohn mehr haben könnten.« Brennan ballte hilflos die Fäuste. »Und jetzt, da er erwachsen ist, da er ein starker, gesunder Mann ist … nehmen sie ihn uns!«

»Harani …«

»Ich hätte sie nicht kommen lassen sollen. Als er mir sagte, er wollte Shona herführen, um das Kind hier zur Welt zu bringen …« Brennans Gesicht verkrampfte sich erneut. »Ich hätte es ihm verweigern sollen. Ich hätte ihm sagen sollen, es sei besser für Shona, das Kind in Homana-Mujhar zur Welt zu bringen …«

»Du hättest ihn nicht davon abhalten können.«

»…, wo es Ärzte und Hebammen – und Schutz vor den Ihlini – gibt.«

»Du hättest nichts tun können. Aidan ist erwachsen, Brennan … er trifft seine eigenen Entscheidungen.«

»Ich hätte darauf beharren können.«

»Er – *und* Shona – hatten ganz und gar das Recht zu tun, was sie wollten. Und du hattest keines, sie aufzuhalten.«

»Aber *sieh doch, was geschehen ist …*«

»Tahlmorra«, sagte Ian leise.

Brennans Schultern bebten. Seine Stimme klang verbittert. »Warum haben sie ihn uns gegeben, wenn sie ihn uns wieder nehmen wollen?«

Ian legte eine Hand auf die Schulter seines Neffen. »Komm, *Harani*. Wir sollten zurückgehen. Aileen wird dich brauchen … und vielleicht auch dein Sohn.«

Brennan schloß die Augen. »Sie haben meinen Sohn vernichtet«, flüsterte er. »Selbst wenn er überlebt.«

Er wurde sich bewußt, daß er geschrien hatte. Seine Kehle schmerzte von dem Schrei, aber als er die Worte in seinem Mund zu bilden versuchte, geschah nichts. Er fühlte sich von seinem Körper abgetrennt, schwebte ziellos umher, fern von der Welt und doch noch ein Teil von ihr. Und als er die Augen öffnete, blickte er aus dem Bett heraus in Gesichter, die er nicht kannte, obwohl sie ihn kannten.

Er spürte die Spannung in seinem Körper, bevor sie kam. Und als sie kam, begriff er sie. Seine Haut zog sich auf seinen Knochen zusammen, kräuselte sich und wand sich. Und dann begannen seine Glieder zu zucken. Zunächst langsam, dann schneller, bis die Krämpfe auch auf Knochen und Muskeln übergingen, sie in Ton verwandelten und auf diese und jene Art formten.

In seinem Kopf war Feuer.

Er schrie. Er hörte sich schreien, obwohl er keinen Sinn darin sah. Er hörte, wie Stimmen ihn zu beruhigen versuchten, obwohl er keinen Sinn darin sah. Er kannte die Sprache nicht.

Er verkrampfte sich. Sein Kopf auf seinem starr gewölbten Hals schlug auf die Kissen auf. Arme und Beine verkrampften sich. Er biß sich die Zunge blutig, bis ihm jemand gewaltsam ein Stück Holz zwischen die verkrampften Kiefer klemmte. Seine Zähne mahlten, bis das Zahnfleisch blutete und das Holz zersplitterte.

Schließlich vergingen die Krämpfe. Er lag matt auf der Matratze und zitterte vor Schwäche. Niemand sprach jetzt mit ihm. Vielleicht verstanden sie, daß er keine Möglichkeit hatte zu antworten.

Eine Erinnerung. Sie kreiste in seinem Kopf wie ein sich drehender Ball, drehte und drehte und drehte sich, bis die Triebkraft schließlich nachließ. Dann prallte sie gegen seine Schädelwände und rollte schnell umher.

Eine Erinnerung: Flammen. Schreie. Gestank.

Öl und Farbe und Haut.

Blut, das zischend auf Asche tropfte.

Seine Kiefer öffneten sich ruckartig. Seine Kehle stieß einen Laut aus. Aber nichts drang hervor außer dem Geräusch eines ersterbenden Atemzugs.

Eine Erinnerung: Tod.

Jeden Tag hielt jemand eine Kerze an seine Augen. Er konnte es sehen, aber er konnte nicht blinzeln. Konnte ihnen nicht sagen, daß es schmerzte. Die Worte waren wirrer Unsinn. Wenn er eine Hand zu heben versuchte, um das Licht abzuschirmen, verkrampfte sich der Arm und zuckte. Sie drückten ihn für ihn herab. An manchen Tagen vergingen die Krämpfe. An anderen breiteten sie sich aus und verschlimmerten sich. Dann drückten sie ihn herab, hielten seine Arme und Beine fest.

Jemand hatte seinen Kopf zerschmettert wie ein Ei auf einem Felsen.

Er träumte. Nicht von einer goldenen Kette. Nicht von einem lebendigen Löwen. Von einem Mann. Einem jungen, prächtigen Mann, der stark und voller Leben war. Seine Schwingung war spürbar, aber seine Macht noch unberührt.

Ein großer, geschmeidiger junger Mann, der wie ein Rotluchs durch das Netzwerk von Aidans Träumen schritt. Seine Augen waren kühl und grau und blickten so zwingend drein, daß ein hartgesottener Mörder davon abgehalten werden könnte, sein Schwert oder Messer zu ziehen. Er hatte dichtes, schwarzes Haar, das ein jugendliches Gesicht strenger, aber makelloser Schönheit umrahmte. Das Gesicht trug das Zeichen einer weit über die eines Monarchs hinausgehenden Würde. Es war trotz all seiner Schönheit kein weibliches Gesicht. Ein unbarmherziger Zug um den Mund blieb männlich. Er lächelte selten. Und wenn er es tat, flackerte die Macht auf. Er konnte

Männer und Frauen gleichermaßen mühelos beherrschen oder verführen.

Aidan zuckte im Traum zusammen.

Der Mann war kein Cheysuli. Der Mann war kein Ihlini. Er war ein Mann allen Blutes, aus dem Kern des Krieges geschmiedet, auf dem Amboß des Friedens gehärtet. Und seine Gaben übertrafen die aller anderen.

Aidan flüsterte: Erstgeborener.

Und wußte, was es bedeutete.

Wiedergeburt.

Und Tod.

Das Ende dessen, was er kannte. Der Anfang dessen, was neu war.

Er schrie vor Angst auf, schrak vor der Wahrheit zurück, vor dem Mann, der seine Träume heimsuchte.

Etwas wurde tief in ihm aufgerüttelt. Etwas erwachte.

Er sprach. Er hörte sich. Sah ihre erschreckten Gesichter, als sie ihn hörten. Sah das Entsetzen in ihren Augen, das Begreifen seines Wahnsinns: Er war doch bestimmt wahnsinnig? Was sonst würde ihn so verwandelt haben?

Er sprach. Er phantasierte. Er sang. Die Krämpfe kamen erneut. Und vergingen.

Er biß sich auf die Lippen. Zunge und Zahnfleisch rissen. Die Muskeln schrien unter jedem vergehenden Krampf auf.

Der zerschmetterte Kopf heilte.

Er dachte, daß auch er *vielleicht heilen würde, bis das Kind der Prophezeiung erneut durch seine Träume schritt.*

Er erwachte. Er kniete auf dem Boden. Schrie. Alle kamen angelaufen, sie alle, und dieses Mal hörte er sich. Dieses Mal verstand er. Die Worte seiner Träume wurden ausgespien.

»Ich bin das Schwert!« schrie er. »Ich bin das Schwert und der Bogen und das Messer. Ich bin die Dunkelheit und das Licht. Ich bin gut und böse. Ich bin das Kind und die Eltern, das Mädchen und der Junge, der Wolf und das Lamm.«

Er schwankte auf den Knien, aber niemand wagte ihn zu berühren. Die Worte sprudelten hervor. »Aus einer Prophezeiung geboren, bin ich gekommen, um eine andere zu gestalten.

Um vier Reiche zu einem zu verbinden. Um acht zu vieren zu verbinden. Ich bin das Kind der Prophezeiung, ein Kind der Dunkelheit und des Lichts, gleicher Herkunft wie Gleiche.«

Er atmete zitternd ein. »Ich bin Cynric. Ich bin Cynric. Ich bin das Schwert … und der Bogen … und das Messer. Ich bin das Kind der Prophezeiung: Die Erstgeborenen kehren zurück.«

Er hielt inne. Die Worte waren fort. Er fühlte sich leer und hohl und geläutert.

Aidan taumelte abwärts und hieß die Dunkelheit willkommen. Aber Hände hoben ihn wieder hoch und setzten ihn dem Licht aus.

Die Tür war, wie jetzt meist, halb geöffnet. Deirdre, die angeordnet hatte, daß die alten Scharniere geölt würden, damit niemand Aidan störte, schlüpfte in den Raum. Es roch seltsam beißend nach Kräutern. Aidans Wunden heilten noch, aber der Geruch war dennoch kein Blut- oder Körpergeruch.

Sie runzelte die Stirn und hielt inne, um tief einzuatmen. Als sie die Luft jäh wieder ausstieß, erkannte sie es. Sie hatte es nicht mehr gerochen, seit sie Erinn verlassen hatte.

Sie schaute zu dem hochlehnigen Sessel, der dicht neben dem Bett stand. »Bei den Göttern, Aileen – rufst du die *Cileann* an?«

Aileen zuckte zusammen und zerdrückte dabei die getrockneten Kräuter, die sie in Händen hielt. Der beißende Geruch nahm zu, ließ aber dann nach, als sie aufsprang und die zerdrückten Stiele und Blätter verstreute. Als sie ihre Tante sah, ließ sie sich wieder in den Sessel sinken. Sie errötete. Sie hob trotzig das Kinn, während sie Kräuterkrümel von ihren Röcken strich. »Weder die homanischen noch die Cheysuligötter haben auf alle unsere Gebete gehört. Ich dachte, daß die *Cileann* vielleicht …«

»Dies ist Homana«, sagte Deirdre ruhig. »Die *Cileann* haben hier keinen Einfluß. Es ist zu weit von ihren Hallen entfernt.«

Aileens Gesicht verfiel. »Ich wollte wenigstens *etwas* versuchen! Nichts anderes ist geglückt!«

Deirdre durchschritt den Raum. Ein Blick auf Aidans zerschlagenes, sehr blasses Gesicht sagte ihr, daß sein Zustand unverändert blieb. Er war seit dem Angriff nur dreimal aufgewacht, lange genug, um in drei Sprachen Unsinn zu reden: auf homanisch, auf cheysuli und auf erinnisch.

Sie wandte ihre Aufmerksamkeit wieder ihrer Nichte zu. Aileens rotes Haar war ungekämmt und nachlässig geflochten. Sie hatte nur wenig gegessen, seit Aidan nach Homana-Mujhar gebracht worden war, noch hatte sie länger als hin und wieder eine Stunde geschlafen.

Deirdre legte eine Hand tröstend auf Aileens Kopf und streichelte sanft über ihr Haar. Ihre Worte waren bedeutungslos, genau wie die Wendungen, die ein Reiter benutzt, wenn er ein erschrecktes Fohlen beruhigt, aber schließlich zeigte es Wirkung. Aileen wischte sich die Tränen fort und lächelte ihre Tante zögerlich an. »Ich danke dir. Aber es war so *schwer* …«

»Ich weiß, Aileen, ich weiß … und es wird vielleicht noch schwerer werden. Aber du darfst deine Kraft jetzt, da es nichts nützt, nicht verschwenden. Er wird dich brauchen, wenn er aufwacht. Du mußt essen und schlafen, damit er dich erkennt, wenn er erwacht. Er wird seine *Jehana* erwarten, keine alte Hexe mit ungewaschenem Haar und tiefen Schatten unter den Augen.«

Aileen preßte sich die Hände ans Gesicht, wie Deirdre es wünschte. Die Eitelkeit würde ihre Gedanken jetzt ablenken, wenn auch nur für kurze Zeit.

Aber es verging nur zu schnell. Aileen nahm ihre Hände wieder herunter und sah ihren Sohn unverwandt an. »Was, wenn er niemals wieder erwacht?«

»Vielleicht erwacht er nicht«, sagte Deirdre fest. »Ich habe davon gehört: von Männern und Frauen, die nach Kopfverletzungen nie wieder ganz aufgewacht sind. Sie schlafen bis zu ihrem Tod. Aber Aidan ist sehr stark und eigensinnig. Ich glaube, wenn die Götter wollten, daß er stirbt, würde er schon jetzt nicht mehr leben.«

»Brennan sagt ...« Sie hielt inne.

Deirdre seufzte leise. »Brennan weiß nicht alles. Er ist bestürzt, genau wie du. Und besorgt, genau wie du. Und er hat, genau wie du, viel zu wenig gegessen und geschlafen. Kannst du ihm vorwerfen, daß er Unsinn redet?«

Aileens Stimme klang dumpf. »Ist es Unsinn, sich um die Erbfolge Homanas zu sorgen? Er muß es tun, Deirdre ... Er ist jetzt der Mujhar und kann es sich nicht leisten, solche Dinge außer acht zu lassen. Wenn Aidan stirbt oder wahnsinnig ist – was soll Homana dann tun? Es muß einen Erben für den Löwenthron geben.«

»Es wird einen Erben für den Löwenthron geben.«

Aileens Stimme war jäh von Selbsthaß erfüllt. »Aber nicht von der Königin von Homana.«

»Das ist auch nicht nötig«, erklärte Deirdre. »Sie hat bereits einen Sohn geboren. Für den Löwenthron ist gesorgt.«

Die Glut in den grünen Augen erstarb. Aileen betrachtete ihren Sohn. »Wenn er überlebt«, flüsterte sie.

Er überlebte. Er erwachte mit einem erstickten Schrei und blieb dann wach.

Die Verbindung summte in ihm. *Lir,* sagte Teel. *Lir, es geht mir gut. Ich sitze über dir auf dem Bettpfosten.*

So war es. Vollkommene Erleichterung durchströmte Aidan. Er löste sich aus der Verbindung und zitterte. Und fragte sich, während er zitterte, ob er sich wieder verlieren würde. Ob die Krämpfe ihm seinen Körper stehlen und verheeren würden.

Das Atmen tat weh. Sein so häufig schon zerschlagener Körper schmerzte noch immer von den jetzt vergangenen Krämpfen, an die er sich aber lebhaft erinnerte. An die er sich ausgesprochen deutlich erinnerte.

Seine Lippen waren angeschwollen und zerbissen.

Seine Zunge ebenfalls. Aber sein Verstand schien vollkommen klar.

Ich bin nicht wahnsinnig, erklärte er. Und dann zweifelnd: *Oder doch?*

Der Raum lag tief im Schatten. Er lag in seinem eigenen Bett, von Kissen und Polstern gestützt. Aber Lederriemen waren fest um seine Handgelenke und Knöchel geschlungen und am Bettrahmen befestigt.

Aidan krümmte sich. *Götter ... sie haben mich* fest*gebunden ...*

Er blieb ruhig liegen. *Bin ich wahnsinnig?*

Er nahm aus den Augenwinkeln eine Bewegung wahr. Er zuckte zusammen, schaute hin und sah, daß es seine Mutter war. Die Königin von Homana schlief in einen Sessel gelehnt. Er erkannte, als er sie ansah, daß sie zu wenig geschlafen hatte. Die Wahrheit stand ihr ins Gesicht geschrieben.

Die Erinnerung kehrte zurück: *Schreien. Feuer. Sterben.*

Aidan wurde ganz still.

Der Geruch brennender Zelte. Der Gestank brennender Körper. Und Blut, das zischend auf Asche tropfte, als Lochiel das Kind herausschnitt.

Das Leder an Handgelenken und Knöcheln wurde angespannt. »Nein!« schrie Aidan. »Nein ... nein ... *NEIN* ...«

Aileen schrak hoch und sprang aus dem Sessel. Sie legte die Hände auf seine Schultern – war er nicht an einer Schulter verwundet worden? – und drückte ihn wieder zurück, verstärkte die Lederriemen, die ihn ans Bett fesselten.

»Nein!« schrie er. »*Nein!*«

Aileens grüne Augen weiteten sich. »Aidan, hör auf!« rief sie. »Nicht mehr ... nicht *mehr* ...«

»Er hat sie getötet!« rief er. »Er hat sie getötet und *auf*geschnitten ...«

»Aidan! Hör mir zu!« Aileen warf einen entsetzten Blick über die Schulter zur Tür, die immer noch halb geöffnet war, und rief nach ihrem Mann. Dann wandte sie sich wieder zu Aidan um. »Bleib ruhig. Du mußt ruhig bleiben. Dein armer Kopf kann diese Erschütterungen nicht mehr ertragen.«

Der Schmerz kam in Wellen. »Shona«, flüsterte er.

Brennan trat ein, wobei er die Tür so fest aufstieß, daß sie gegen die Wand schlug. Sein Gesicht wirkte hager und überanstrengt.

»Er ist wach«, sagte Aileen zu ihm, »und erinnert sich an alles.«

Brennan trat zum Bett. Aidan kämpfte fluchend gegen die Riemen an seinen Armen und Beinen an. »Nein«, sagte Brennan. »Nein, laß es gut sein. Wir haben dir die Lederriemen aus gutem Grund angelegt ...« Seine Stimme erstarb, als er seinen Sohn betrachtete. »An was erinnerst du dich?«

Aidan wollte antworten. Aber er spürte die Anspannung seiner Haut, die einen weiteren Krampf ankündigte. Ganz gleich wie sehr er sich auch dagegen wehrte – er verlor die Gewalt über seine Glieder. Sein Kopf neigte sich zurück und stieß ins Kissen.

Brennan schob Aileen beiseite. Er beugte sich über seinen Sohn und preßte ihn fest auf die Matratze. »Nein«, zischelte er. »Nein ... du wirst *nicht* ...«

Aidans Sicht flimmerte. Das Licht in seinem Zimmer veränderte sich. Etwas summte in seinen Ohren und verzerrte die Stimme seines Vaters.

»Nein«, wiederholte Brennan. »Komm zu uns *zurück*, Aidan ... als dein ganzes Selbst und gesund ... nicht als dieser wahnsinnige Prophet ...«

Die Kiefer schlossen sich. Er versuchte, ihren Namen auszusprechen. Nur ein Zischlaut erklang wie das Schaben eines Besens auf Stein.

Brennan griff fester zu. »Ich will dich zurück!« rief er. »Hörst du mich, Aidan? *Dich*. Für alle, die dich brauchen. Für alle, die dich lieben.«

Aidan zwang es zwischen seinen Zähnen hindurch. »Shh ... shh ... ona ...«

Brennans Finger verkrampften sich. Der Ausdruck in seinen Augen veränderte sich. »Nein«, sagte er sanft. »Aidan … es tut mir leid.«

»Shona«, flüsterte Aidan. Aileen weinte lautlos.

Brennan zog sein Messer aus der Scheide. Er schnitt sehr vorsichtig die Riemen durch, die seinen Sohn fesselten. Er löste stumm die Stoffmanschetten, die die Haut hatten schützen sollen und warf dann alles beiseite. Während Aidan matt auf dem Bett lag, massierte Brennan seine Gelenke.

»Der Stammeskeep?« krächzte Aidan.

»Fast vollständig zerstört«, antwortete Brennan. »Ein großer Teil der Mauer steht noch, aber innerhalb der Mauer kaum noch etwas. Und sogar außerhalb …« Er zuckte die Achseln. »Nur die Götter wissen, wieviel Schaden dem umliegenden Wald zugefügt worden wäre, wenn es zwei Tage später nicht geregnet hätte.«

»Wie viele Menschen?«

Brennans Gesicht zeigte einen grimmigen Ausdruck. »Einhundertvier. Hauptsächlich Frauen und Kinder.«

»Lochiel«, murmelte Aidan.

»Er hat eine Nachricht gesandt. Der Stammeskeep war erst der Anfang.«

Aidan runzelte verwirrt die Stirn. »Welche Nachricht?«

»Daß er das zu erreichen beabsichtigt, was sein Vater – und *dessen* Vater – nicht schafften. Die Prophezeiung zu vernichten. *Uns* zu vernichten.«

»Strahans Sohn«, murmelte Aidan. »Er hat Frauen und Kinder getötet. Ich habe sie sterben hören.« Er runzelte bei der Erinnerung die Stirn. »Ich habe eine Schwertwunde.«

»Sie wurde dank der Erdmagie geheilt«, erklärte ihm Aileen. »Und deine Schädelknochen …« Sie brach ab und sah Brennan an.

»Aber nicht mein Verstand?« Aidan verzog die Lippen. »War ich *so* seltsam?«

»Erinnerst du dich an nichts davon?« fragte Brennan.

»An nichts außer Shona. An nichts außer ihr ...« Aidan regte sich unruhig und verdrängte die Erinnerung an Lochiels Metzelei unbarmherzig. »Er macht Jagd auf Kinder. Zuerst tötet er Harts Sohn und dann wendet er sich meinem Kind zu, bevor es auch nur geboren ist.«

»Lieg still«, schalt Aileen. »Du warst sehr krank. Du solltest am besten schlafen.«

Er schüttelte vorsichtig den Kopf. Er fürchtete den Schlaf. Er fürchtete, was ihm bevorstehen könnte, wenn er aus der Dunkelheit ins Licht glitt, wo er sehen konnte. Und wo er Angst haben konnte.

Sein Kopf schmerzte unaufhörlich. Die Erinnerung wollte nicht vergehen. »Er wollte es«, murmelte er. »Er wollte es für einen bestimmten Zweck.«

Aileens so sanfte Stimme. »Schlaf, Aidan. Ruh dich aus.«

Der Schmerz nahm zu. »Lochiel hat mir mein *Kind* genommen.«

»Schlächter«, murmelte Brennan. »Nicht einmal Strahan hat solche Mittel angewandt.«

»Er hat es mir genommen«, wiederholte Aidan. »Er hat es aus ihrem Körper gestohlen.«

»Aidan, ruh dich aus.« Wieder seine Mutter, die ihm über die schmerzende Stirn strich.

Er erkannte, daß sie es nicht verstanden. Er brauchte ihr Verständnis. Er *brauchte* es. »Er hat es mir genommen. Lochiel hat das Kind genommen. Er hat Shona aufgeschnitten und ihr das Kind *genommen*.«

»Aidan.« Brennan beugte sich herab und legte seine Hände warnend auf Aidans Schultern. »Laß es gut sein. Shona ist tot ... und das Kind danach sicherlich auch. Es ist Wochen her ... Der Stamm hat ihr und allen anderen eine Totenzeremonie gewährt ...« Brennan brach kurz ab. »Und ich habe Keely geschrieben.«

»*Nein ...*« Er schrak vor dem Schmerz zurück. »Er hat

Shona das Kind genommen. *Bei lebendigem Leibe.* Er wollte es für einen bestimmten Zweck.«

Aileen war entsetzt und schlug die Hände vor den Mund. Brennan schüttelte stirnrunzelnd den Kopf. »Kein Kind könnte das überleben.«

Aidan hörte nicht zu. »Er wollte es. Für sich selbst. Er sagte … Er sagte …« Aidan blinzelte. »Er sagte, er würde den Samen der Prophezeiung zu *seinem* machen.«

»Aidan, nein …«

Sein Bewußtsein schwand. »Lochiel hat mir mein Kind genommen. Ich werde es zurückholen müssen.«

Kapitel Zehn

Er erholte sich nur langsam, von Schwäche und Anfällen beeinträchtigt. Die Wunden selbst waren äußerlich geheilt, aber innerlich war sich Aidan noch immer sehr stark der Tatsache bewußt, daß er auf einem dünnen Grat wandelte. Wenn er nur einmal das Gleichgewicht verlöre, würde er ins Nichts stürzen. Es war mit der Verwandlung in die *Lir*gestalt sehr vergleichbar. Er betrachtete es gern auf diese Weise, da er daran gewöhnt war, und versuchte, wieder der Mann zu werden, der er vor Lochiel gewesen war.

Es war Winter geworden. Zeit war vergangen. Zuviel Zeit. Die Cheysuli im Stammeskeep arbeiteten daran wiederaufzubauen, was sie verloren hatten, aber die meisten Bemühungen würden bis zum Frühling warten müssen. Und Aidan, der in Homana-Mujhar eingeschlossen war, haderte mit dem Wetter und der Schwäche, die ihn im Inneren des Palasts hielten – als Gefangenen der Unvorhersagbarkeit.

Dröhnende Kopfschmerzen raubten ihm den Verstand und die Sinne. Manchmal hörte er nach einem Anfall die Echos einer Sprache, die er nicht kannte, auch wenn er sie benutzte. Da Aidan nicht mehr mit Riemen oder durch Schwäche an sein Bett gebunden war, bewegte er sich innerhalb Homana-Mujhars frei, aber er fand sich häufig in abgelegenen Teilen des Palasts wieder, ohne zu wissen, wie er dorthin gelangt war. Er träumte, wenn er wach war, und schweifte sogar mitten in Unterhaltungen ab. Die Diener begannen ihn verstohlen mitleidig oder wachsam zu beobachten, je nach seinem derzeitigen Verhalten, und Aidan stellte fest, daß er sowohl sie als auch sich selbst verabscheute.

Schließlich überredete er Ian zu Messerübungen in einem eigenen Zimmer. Er mußte bis zum Frühling seine Schnelligkeit und sein Können zurückerlangt haben, wenn er Lochiel wegen des Kindes jagen wollte, und nur Ian würde der Übung zustimmen. Aber Aidan erkannte schnell, daß sein Geschick zerstört war. Er bewegte sich mit dem Messer langsam und unbeholfen. Wie würde es dann erst mit einem Schwert sein? Und auch seine Sicht war leicht beeinträchtigt. Wie würde dies sein bisher überragendes Können mit dem Kriegsbogen beeinflussen?

Schließlich schrie er Ian die bittere Wahrheit zornig ins strenge Gesicht. »Ich werde niemals wieder derselbe sein!«

Ian senkte das Messer und betrachtete ihn schweigend. »Nein«, sagte er schließlich. »Es wäre töricht, diese Hoffnung zu hegen.«

Aidan war entsetzt. Er war entsetzt, obwohl er es gewußt hatte. Die Wahrheit klang, laut ausgesprochen, sehr hart.

Er löste seinen Griff um das Messerheft. Er zitterte wie so häufig, ganz gleich wie sehr er dagegen anging. »Was bin ich dann, *Su'fali?*«

Ian steckte sein Messer wieder in die Scheide. »Ein Mann, der ernsthaft verletzt wurde«, sagte er sanft, »sowohl geistig als auch körperlich. Aidan ... du kannst nicht erwarten, wieder zu werden, was du einst warst. Nicht nach dem, was geschehen ist. Hoffe nicht einmal darauf.«

Aidan umklammerte sein Messer. Es zitterte. »Du bist zumindest ehrlich«, sagte er rauh. »Jeder andere sagt mir, ich solle mir Zeit lassen – und daß natürlich alles wieder gut werde. Daß alles wieder so sein wird wie früher.« Er biß die Zähne so fest zusammen, daß seine Kiefer schmerzten. »Es wird niemals wieder dasselbe sein.«

»Nein.« Ian sah ihn freundlich an. »Sie lügen, weil sie dich lieben und weil sie deinen Schmerz lindern wollen.

Sie sehen keine andere Möglichkeit, *Harani* … Menschen können schwer mit Ehrlichkeit umgehen, wenn sie nur Kummer bedeutet. Du willst Lochiel *unbedingt* jagen, aber sie fragen sich, wie du das schaffen willst. Du bist nicht …, was du früher warst.«

Das Wort schmeckte wie Asche. »Nein.«

Ian lächelte. »Niemand weiß mehr, was er von dir erwarten soll, und das macht sie unruhig. In dir ist jetzt noch jemand anders, einer, der spricht, der *prophezeit* …« Er seufzte. »Du warst schon immer anders. Aber jetzt ist es noch schlimmer geworden.«

Aidan nickte stumm.

Etwas regte sich in Ians Augen. »Hast du dich seit dem Angriff einmal betrachtet?«

Aidan zuckte die Achseln. »Meine Hand ist noch nicht ruhig genug, um mich zu rasieren. *Jehana* fürchtet, daß ich mir die Kehle durchschneiden könnte …« Enttäuschung verfestigte sich. »Ich werde rasiert, und ich brauche keine polierte Silberplatte, um mich anzuziehen.«

»Du solltest dich vielleicht einmal davorstellen und dich betrachten.« Ian lächelte, als sich Aidan verkrampfte und seine Augen sich entsetzt weiteten. »Nein, nein – es ist nicht so schlimm, wie du denkst. Das verspreche ich dir. Bis auf eine Kleinigkeit siehst du noch fast genauso aus wie früher. Aber da ist etwas, was andere an dir bemerken werden, besonders wenn sie deinen Lebenslauf kennen.«

Aidan zuckte erneut die Achseln. »Ich werde es mir ansehen.« Er blickte stirnrunzelnd auf das Messer in seiner Hand. Es gab gute und schlechte Tage. An den guten Tagen ließ er nur gelegentlich etwas fallen. An den schlechten Tagen wäre er besser beraten, überhaupt nichts anzufassen.

»*Harani.*« Ians Stimme klang freundlich. »Ich weiß, was du tun willst. Ich weiß, wie sehr du es brauchst. Aber du kannst es nicht allein tun. Du mußt jemanden mit dir nehmen.«

»Dich?«

Ian schüttelte den Kopf. »Ich bin inzwischen zu alt. Aber da ist dein *Jehan*.«

»Er ist der Mujhar. Er hat keine Zeit.«

»Ein Mann, der keine Zeit für sein Kind hat, ist der Königschaft nicht wert.« Ian schüttelte den Kopf. »Du beurteilst ihn zu hart. Glaubst du, Shonas Tod hätte nur dich getroffen? Glaubst du, du hättest als einziger gelitten?«

Zorn flammte auf. »Du warst nicht dort. *Keiner* von euch war dort. Keiner von euch kann wissen ...«

»Sie ist tot, Aidan.« Jetzt klang Ians Stimme ruhig. »Schuld, Zorn und Beschuldigungen werden sie nicht zurückbringen.«

Aidan ergriff das Messer. »Du weißt nicht ...«

»Ich weiß *sehr wohl!*« Ians Augen brannten vor Kummer. »Ich habe Niall in der Gewißheit sterben sehen, daß ich nichts dagegen tun konnte. Ich habe meine *Jehana* sterben sehen, ohne verhindern zu können, daß sie sich die Pulsadern aufschnitt. Ich habe meinen *Jehan* in dem Wissen Homana-Mujhar verlassen sehen, daß er seine Verwandten verließ, um in den Wäldern allein und verwaist den Tod eines *lirlosen* Kriegers zu sterben.« Er atmete zitternd ein. »Ich weiß, Aidan. Besser als du denkst.«

Das stimmte. Aidans *Kivarna* sagte es ihm.

Er wandte sich starr ab, schämte sich seiner Selbstsucht und empfand den schmerzlichen Ansturm von Qual und Hilflosigkeit doch genauso stark wie zuvor.

Und dann erfolgte das seltsame kurze Rucken seines Kopfes, das ihn auf die Knie zwang. Das Messer entfiel seinen Händen.

»Aidan!« Ian trat schnell heran, kniete sich hin und umfaßte Aidans beide Handgelenke, um die Krämpfe zu verhindern. »Aidan ... kämpfe dagegen an ...«

»Ich bin das Schwert«, flüsterte Aidan. »Das Schwert und der Bogen und das Messer ...«

»Aidan, *kämpfe* dagegen an ...«

»Ich bin niemand. Ich bin jedermann ...«

»Aidan!«

»Ich bin Cynric, ich bin Cynric ...«

»Hör auf damit, Aidan. Meide es. Benutze die Erdmagie. Unterdrücke es. *Vermeide es* ...«

»Acht zu vier und vier zu einem. Ich bin der wiedererschienene Erstgeborene, und von mir werden andere kommen ...«

»Aidan ...«

»Ich bin Cynric. Ich bin Cynric. Das Schwert und der Bogen und das Messer ...«

»Hör *jetzt* mit diesem Wahnsinn auf!«

Der Krampf verging. Die Finger öffneten sich wieder. Er fragte wie abwesend: »Wie kann ich wahnsinnig sein? Ich bin die Stimme der Götter.«

Ian ließ seine Handgelenke los. Er sah Aidan mit aschgrauem Gesicht an. »Was bist du geworden?«

Aidan, der noch immer auf Knien lag, wußte es. Er hatte das erste Opfer überlebt. Er hatte die Aufgabe übernommen.

»Ihr Diener«, sagte er sanft. »Aus allen anderen auserwählt. Ich kenne keinen anderen Herrn. Nicht einmal ein *Tahlmorra.*«

»Aidan!«

»Sie wollen mich«, sagte er einfach. »Sie wollen mich ganz. Es ist kein Platz für eine Frau. Oder ein Kind. Oder einen Löwen ...«

Ian ergriff Aidan am Arm und zog ihn jäh hoch. »Komm mit. Ich werde dich in dein Zimmer bringen.«

Er ging bereitwillig mit seinem Großonkel mit, zu benommen, um sich zu wehren. Er hatte, wie immer nach einem Anfall, Kopfschmerzen, und doch war sein Verstand ausgesprochen klar. Er wußte, was er getan hatte, was er gesagt hatte und was er tun sollte.

Ian stieß Aidans Zimmertür auf. »Geh zu Bett. Ich werde dir Aileen schicken.«

Aidan zuckte zusammen. »Nein.«

»Dann geh wenigstens zu Bett.«

Aidan nickte stumm. Ian legte eine Hand auf seine Schulter und schob ihn durch die Tür.

Sie fiel laut hinter ihm zu. Aidan stand unschlüssig in seinem Schlafzimmer. Und schließlich trat er, als er sich an Ians Rat erinnerte, zu der an der Wand hängenden polierten Silberplatte.

Sein Gesicht war unverändert, wenn auch ungewohnt blaß. Aber dann hob er eine Hand zu seiner linken Schläfe und befühlte das dichte Haar, das endlich wieder gewachsen war, nachdem man es ihm geschnitten hatte. Am Ende seiner Augenbraue war eine purpurfarbene Linie zu sehen, ein gerader Schnitt, der sich über seine Schläfe erstreckte. Sein Ende war unter dem Haar verborgen. Dichtes, neugewachsenes Haar von reinstem Weiß.

Aidan lächelte. Es war ein kaltes, tödliches Lächeln. »*Leijhana tu'sai,* Ihlini. Jetzt kann ich niemals wieder vergessen.«

Er zitterte. Er fühlte sich elend, erschöpft und alt. Er ging zu Bett, wie Ian es ihm geraten hatte.

Und träumte von einer Kette, die bei seiner Berührung zerfiel.

Kapitel Elf

Der Raum lag überwiegend im Schatten, bis auf eine einzelne dicke Kerze, die in einem Kerzenständer nahe dem Bett stand. Sie warf nur kümmerliches Licht. Der Docht war halbwegs im Wachs versunken und verlöschte allmählich spuckend. Aber niemand kam, um sich darum zu kümmern.

Aileen stand im Eingang und betrachtete bestürzt ihren Sohn. »Du kannst sie doch nicht ernsthaft hier *halten* wollen!«

Aidan antwortete nicht. Er verschränkte die Hände hinter dem Rücken und sah seine Mutter unverwandt an.

»Aber ... das kannst du nicht«, beharrte sie. »Nicht so viele, Aidan. Sie sind zu groß ... Es sind zu *viele* ...« Aileen runzelte die Stirn. »Die Zwinger werden sehr saubergehalten. Es geht ihnen dort wirklich gut.«

Das war zweifellos richtig. Aber dort wollte er sie nicht haben.

Er sagte ruhig: »Verzeih, *Jehana*. Ich möchte allein sein.«

Sie wollte eine Geste machen, sanft, aber bestimmt aufbegehren. »Aidan, diese Hunde ...« Aber dann brach sie ab. Ihre Hand sank matt herab. Er war so *still* ...

Sie sah sich in dem Raum um – Shonas Zimmer, Shonas Bett, Shonas Habseligkeiten – und bemerkte die noch unausgepackten Kisten. Aidan und seine neue *Cheysula* waren zu schnell zum Stammeskeep gegangen, als daß alles für sie hätte bereitgemacht werden können. Jetzt spotteten die Gegenstände der Tatsache, daß sie nicht mehr da war.

Aileen betrachtete weiter ihren Sohn, das stille, blasse Gesicht. »Nun gut«, murmelte sie und ließ ihn erneut allein.

Er wartete. Er blieb noch einen Augenblick länger mitten im Raum stehen und starrte gebannt zum jetzt leeren Eingang. Dann schritt er jäh entschlossen durch die Meute der versammelten Wolfshunde, schloß schnell die Tür und verriegelte sie entschlossen.

Die Hunde winselten hinter ihm.

Er wandte sich zu ihnen um. Zu dem großen dunklen Rüden. Zu den Hündinnen. Zu den halbwegs erwachsenen Junghunden und den tapsigen, langbeinigen Welpen. Glänzende Augen sahen auch ihn an, und Schweife wedelten. Aber sie spürten seine Anspannung und Unruhe, den Stillstand seines Atems. Die Unsicherheit überwog.

Ohren wurden flach angelegt. Köpfe sanken tiefer. Ein Welpe erleichterte sich. Ein anderer begann zu jaulen.

Der Atem entwich seinen Lungen. »*Götter ...*«, keuchte Aidan. Der Kummer überwog alles andere.

Er mischte sich zitternd unter die Hunde und berührte ihre Köpfe. Das Atmen schmerzte, aber es gelang ihm dennoch, Luft zu holen – keuchend, schluchzend, krampfartig. Er berührte alle Köpfe. Besänftigte ihre Verwirrung. Suchte in ihren Hunden auch seine eigene Erlösung.

Die Schweife wedelten zunächst zögerlich, dann aber heftiger, sobald er mit den Hunden sprach. Er erkannte seine Stimme selbst nicht wieder, aber sie hörten auf seinen Tonfall. Er nannte alle ihre Namen: Das verstanden sie.

Einen nach dem anderen: Shonas Litanei. Sie hatte geglaubt, daß jeder Hund mit einem bestimmten Namen geboren wurde und es die Aufgabe eines Menschen sei, den richtigen Namen herauszufinden und sich nicht einfach einen auszudenken. Sie hatten auf der Reise von Erinn Tage damit verbracht, die Namen der Welpen der beiden Würfe herauszufinden, hatten Namen gesammelt und wieder verworfen, bis jeder Welpe benannt war. Aidan erinnerte sich deutlich an alle Namen, an Shonas fröhlichen Singsang ihrer rituellen Aufzählung, wann immer sie die Hunde begrüßte.

Er setzte sich auf den Boden und versammelte die Hunde um sich. Die Welpen kletterten über seine Beine und kämpften spielerisch um einen Platz auf seinem Schoß. Die erwachsenen Hunde, die für solche Spielereien bereits zu groß waren, schnupperten beharrlich an seinen Ohren, kümmerten sich um den menschlichen Hund. Die Hündinnen leckten kurz seine Hand.

Nur der Rüde hielt sich zurück und versprach Aidan nichts.

Es schmerzte. Es war unerwartet, und darum *schmerzte* es. Aidan verstand die Zurückhaltung des Rüden nur zu gut – der Hund war vom Welpenalter an mit Shona verbunden gewesen und hatte niemandem sonst mehr als flüchtige Aufmerksamkeit gewährt –, aber Aidan hatte geglaubt, der Hund würde selber nach Aufmerksamkeit hungern und als Antwort auf Shonas jetzt ständige Abwesenheit eifrig auf jeden vertrauten Geruch zugehen.

Aber das tat er nicht. Und er würde es auch *zukünftig* nur zu seinen eigenen Bedingungen tun, wie Aidan nun erkannte.

Die Welpen, die sich müde auf seinem Schoß zusammengerollt hatten, verließen ihn jetzt. Die anderen legten sich ruhig auf dem Boden nieder. Aidan stand langsam auf und stieg ins Bett. Es war nicht Nacht. Er war nicht müde. Aber es schien ihm der beste Aufenthaltsort.

Er lag ganz still, betrachtete den Betthimmel. Er erinnerte sich an Seans Worte: »*Es gibt mehr Möglichkeiten, einen Mann zu verstümmeln, als nur mit einem Messer.*«

Shona.

…, die am Rande der Kalkklippen die Landzunge entlangschritt …

…, die mit ihrem kleinen, flachshaarigen Bruder einen Pfeil in einen Kriegsbogen einlegte …

…, die einen Ansturm von Hunden um sich versammelte …

…, die in sein Bett kam …

…, die Locken seines Haars ergriff …

…, die ihr Haar um ihn wand …

…, die die Linie seiner Hüften nachfuhr …

…, die ihn in sich aufnahm …

Der Laut entwich seinem Mund. Unterdrückte Verzweiflung.

… andere Frauen … zu viele Frauen … und jetzt genügte keine mehr …

»Halt«, keuchte Aidan.

… keine von ihnen genügte mehr … keine von ihnen hatte *jemals* genügt …

Er wiederholte das Wort: »Halt!«

… das erste Mädchen … die Frau …

»HALT!« schrie Aidan.

»Es gibt mehr Möglichkeiten, einen Mann zu verstümmeln als nur mit einem Messer.«

Shona. Shona.

Shona.

… alles entglitt …

… die Schärfe, das Strahlende …

… Erinnerungen an Entdeckungen, das Frohlocken des Fleisches …

Alles entglitt …

Alles zerfiel, als er es ergreifen wollte, bis nichts mehr blieb außer einer fernen Erinnerung an das, was gewesen war.

»Shona«, flüsterte er.

Shona war zu ihm ins Bett gekommen. Jetzt befand er sich in ihrem und hatte damit eine Verbindung gesucht. Ein Überbleibsel ihres Lebens statt der Erinnerung an ihren Tod.

Er entschwebte ins Nichts, ein in den Flutgang geratener Korken, bis das Mühlrad – nein, das *Rad* – ihn schließlich erwischte und in den Weiher warf.

Wenn ich mich ertränken könnte … Aber der Gedanke wurde von der Gegenwart eines Hundes vertrieben.

Der Rüde. Er stand neben dem Bett und drückte seine Brust auf die Matratze, während er Hals und Kopf lang ausstreckte. Die Nasenflügel blähten sich und zogen sich wieder zusammen, als er nach beendeter Prüfung leise schnaubte. Die herabgesunkenen Ohren richteten sich auf und legten sich dann wieder an. Das Kinn auf die Bettdecke gelegt, sah er Aidan unverwandt an.

Er wartete. Er winselte tief in seiner Kehle.

Aidan streckte steif eine Hand aus und berührte die lange Schnauze zögerlich mit zitternden Fingern. Dann ließ er sie zwischen den lebhaften dunklen Augen entlang auf seinen Kopf wandern. Das Fell war rauh und drahtig. Er war ein selbstbeherrschter, würdevoller Hund von wuchtiger, kraftvoller Schönheit – und ungewöhnlich treu.

Aidan verspürte tief innen einen Schmerz. Wegen des Hundes und wegen sich selbst. *Er* wußte, was geschehen war. Der Wolfshund verstand nichts, außer daß die Frau nicht mehr kam.

Der Schmerz nahm zu. Aidan rollte sich näher an den Hund heran, legte eine Hand auf die muskulösen Schultern und verschränkte die Finger in seinem Fell. »Ich weiß, mein Junge … Er hat sie uns beiden gestohlen.« Der Kummer verengte seine Kehle. »Aber ich muß dies *allein* tun, muß mein Kind allein zurückgewinnen. Ganz gleich was alle sagen.«

Er nahm seinen *Lir,* ein Messer und ein mit Satteltaschen bepacktes Pferd. Er traute sich eine Zeitlang noch nicht zu, selbst wieder *Lir*gestalt anzunehmen. Er spürte zwar, daß die für das Beibehalten der *Lir*gestalt erforderliche Kraft und Kontrolle schließlich zurückkehren würden – er hatte es bei einigen kurzen Flügen bereits ausprobiert –, aber er konnte sich im Augenblick noch nicht darauf verlassen. Die Reise war zu wichtig.

Wenn das Kind noch lebt. Wenn Lochiel es für angemessen *erachtet hat, es leben zu lassen …*

Er verscheuchte den Gedanken sofort wieder.

Die härteste Zeit des Winters war vergangen und hatte nur Überreste von Frost und Sturm zurückgelassen. Aidan ritt in Felle gehüllt und hatte eher das *Gefühl* von Kälte. Würde er sich jemals wieder wohlfühlen? Oder war es ihm bestimmt, sowohl äußerlich als auch innerlich verändert zu bleiben?

Schließlich erreichte er den Blauzahn und nahm die Fähre hinüber, wobei er die Holzreling umklammert hielt, während das Schiff gegen die Strömung ankämpfte. Der Blauzahn war die Trennlinie zwischen dem nördlichen und dem südlichen Homana, obwohl beide Teile unterschiedlich groß waren. Der hohe Norden war wegen der rauhen Winter nicht so bevölkert und wurde üblicherweise ›die Einöden‹ genannt. Irgendwo dort gab es einen Keep, aber Aidan wollte ihn nicht aufsuchen. Sein Weg führte nach Solinde, nicht nach Nordhomana. Vielleicht ein anderes Mal.

Die Einöden wichen den Bergen. Aidan ritt immer höher hinauf und rastete nachts in eisigen, aus den wolfszahnigen Gipfeln herausgeschnittenen Pässen, bis er schließlich den Molon überquerte und von Homana nach Solinde gelangte.

Als er endlich den schmalen Durchlaß erreichte, den sein Vater ihm als das Tor von Valgaard beschrieben hatte, zügelte Aidan sein Pferd. Jenseits des Durchlasses lag die Schlucht, die Lochiels Festung und die von ihm errichteten Wachen beherbergte. Er hatte den Ort unzählige Male beschreiben hören: als ein Feld glasartiger Felsen, das mit rauchenden, den Atem des Suchers ausstoßenden Öffnungen übersät war. Und mit riesigen, fürchterlichen, von Ihlini, die ihre Kraft daran erprobt hatten, aus Stein gestalteten Bestien. Das alles konnte gegen ihn eingesetzt werden.

Er schaute himmelwärts und suchte Teel. *Du wirst hierbleiben müssen.*

Der Rabe flatterte herab und ließ sich auf einem windzerzausten Baum nieder. *Ist das deine Entscheidung?*

Ich habe keine Wahl.

Entspricht es deinem Wunsch?

Ich muß *es tun.*

Teels Augen glänzten. *Der Ihlini könnte dich töten.*

Aidan lächelte. *Das könnte er. Das wird er vielleicht auch tun. Das wird er wahrscheinlich tun –, aber nicht schon jetzt. Er wird sich erst weiden wollen. Und das verschafft mir vielleicht die Zeit zu tun, was ich tun muß.*

Teel schwieg einen Augenblick lang. Dann plusterte er sich auf. *Nun. Ich lebe schon eine lange Zeit.*

Und du wirst noch länger leben, wenn ich Erfolg habe.

Die echoähnliche Antwort des Raben hörte sich seltsam an. *Wenn du Erfolg hast.*

Aidan war zu klug, eine Erklärung zu verlangen.

Er bahnte sich seinen Weg durch die Enge, über das rauchende Feld der Bestien und um die Risse in der Erde herum, die in die Unterwelt führten. Er hatte sich noch niemals so verletzlich, so schwach gefühlt und wußte doch, daß es sein mußte. Es kam ihm nicht in den Sinn umzukehren oder noch einmal zu überdenken, was er vorhatte.

Tore. Und natürlich Wachen. Aidan ging den rauchumwogten Weg hinauf, hielt inne und zog die Kapuze von seinem Kopf. Sein Ohrring schimmerte im Winterlicht. »Bringt mich zu Lochiel«, sagte er. »Nennt ihm meinen Namen: Aidan. Er wird mich unbedingt sehen wollen.«

Sie nahmen ihn mit. Nachdem sie ihm alles außer der Lederkleidung und seinem Gold abgenommen hatten, führten sie ihn in ein kleines Turmzimmer und ließen ihn dort allein, woraufhin er über die Annehmlichkeiten eines Feuers und anderer Vorzüge nachdachte. Er sah nichts von alledem – weder einen Stuhl noch einen Kamin noch Wein – und wartete da, wo sie ihn zurückgelassen hatten: inmitten des Zimmers.

Lochiel kam. In bernsteinfarbenem Samt und weichem

Wildleder war er derselbe Mann mit denselben geschmeidigen Bewegungen und dem guten Aussehen, die Aidan schon früher bemerken konnte, als er in Lestra mit ihm gespielt hatte. Hellbraune Augen, kurz geschnittenes, dichtes dunkles Haar. Reine Gesichtszüge, die Aidan an jemanden erinnerten. An jemanden, den er kennen sollte.

Aidan zwang sich zu lächeln. Und dann erforderte es keinen Zwang mehr. Kalte Selbstbeherrschung beherrschte seinen Gesichtsausdruck und Tonfall. »Ihr wißt sicher, daß ich überlebt habe. Ich weiß, es war nicht Eure Absicht. Ich bin gekommen, um Euch die Mühe zu ersparen, mich ausfindig zu machen.«

Helle Augen schätzten ihn ab. Aidans *Kivarna* sagte ihm, daß sein Eintreffen den Ihlini vollkommen überrascht hatte und daß es ihm nicht gefiel. Aber Lochiels Gesichtsausdruck gab dies nicht preis, sondern blieb vollkommen glatt. Auch sein Blick, der eine gewisse Blässe und Hagerkeit in Aidans Gesicht, sowie die weiße Strähne im kastanienbraunen Haar bemerkte, verriet nichts.

Seine Lider senkten sich und schirmten die Augen ab. Seine Wimpern waren so lang wie die einer Frau. Die gerundete Stirn und die gewölbten Augenbrauen beschäftigten Aidans Erinnerung.

Lillith? Nein. Jemand anders …

Lochiel regte sich. Er ging nicht, er pirschte sich heran. Aidan stand ganz still und wartete stumm ab, während der Ihlini langsam um ihn herumschritt. Es war beunruhigend, so gespannt beobachtet zu werden – wie eine Maus von einer Eule –, aber Aidan verriet sich nicht. Es war wichtig, Lochiel eine unerwartete Gelassenheit zu zeigen.

Schließlich blieb der Ihlini vor Aidan stehen, während sein linker Handballen müßig auf seinem Messerheft ruhte. Er trug wie immer einen Saphirring am Finger: Brennans Ring. An seiner rechten Hand war ein Blutstein zu sehen, der in Gold eingefaßt war, mit Runen versehen.

Aidan betrachtete ihn genau. Etwas an der Geschmeidigkeit des Ihlini, sowie seine Stirn und die Form seines Mundes erregten Aidans Aufmerksamkeit. Er war nicht leicht zu lesen, selbst mit dem *Kivarna* nicht. Er war, sann Aidan, wie ein aufgespulter Draht, der freischnellen wollte.

Der scharf geschnittene Mund bewegte sich. Ein Muskel an seiner Wange zuckte. Die hellbraunen Augen, die jäh wieder hinter gesenkten Lidern abgeschirmt wurden, veränderten in Aidans Gedanken ihre Farbe.

Etwas ordnete sich.

»Habt Ihr einen Sohn?« fragte er.

Die Lider hoben sich wieder. Lochiel musterte ihn weiterhin angespannt. Und dann lächelte er. »Nein. Ich habe keinen Sohn.« Er hielt inne. »Ich habe *Euren* Sohn.«

Aidan spannte sich vollkommen an. Er wollte in diesem Augenblick nichts mehr, als Lochiel in Stücke zu reißen. Aber das war genau die von Lochiel erwartete Regung, und so unterdrückte Aidan sie mühsam.

Er lächelte freundlich. »Kennt Ihr einen Mann namens Cynric?«

Die glatte Stirn wurde angespannt. »Nein. Und wenn Ihr mich mit solchem Gerede zu verwirren hofft, dann spart Euch die Mühe. Ich habe erzählen hören, daß Ihr wahnsinnig seid ... Glaubt Ihr, es kümmerte mich?«

Aidans Sicherheit schwand. Die vorübergehend wahrgenommene Ähnlichkeit schwand. Er dachte nicht mehr an den jungen Mann in seinen Träumen, den jungen Mann, der Lochiel so ähnelte, sondern an sich selbst, an sein Kind und an den vor ihm stehenden Mann.

Er wußte, daß Ihlini erst bei Erreichen der Geschlechtsreife ihre volle Macht entfalteten, genau wie ein Cheysulikrieger, der seinen *Lir* erringt. Zunächst mußten sie lernen, sich zu entwickeln, genau wie den Cheysulibräuchen gemäß. Und sie mußten vollkommen bereit sein, wenn sie die Macht erkannten und richtig anzuwenden lernten.

Lochiel war jung, aber er hatte die Zeit der Geschlechtsreife dennoch schon weit hinter sich gelassen. Er mußte ungefähr in Aidans Alter sein. Und in Valgaard, dem Hauptsitz der Ihlinimacht, würde Lochiel Zugriff zu allen benötigten dunklen Künsten haben.

Aidan atmete vorsichtig ein. »Was habt Ihr mit meinem Sohn gemacht?«

Lochiel lächelte. Aidan, den dies beunruhigte, wurde erneut an den vornehmen jungen Mann erinnert, der Cluna und Jennet so bezaubert hatte – und Blythe. »Ich will ihm nicht schaden. Im Gegenteil: Ich habe ihn für einen bestimmten Zweck zu mir genommen. Ich werde ihn als meinen eigenen Sohn aufziehen. Er wird, wie alle Cheysuli, seinen angemessenen Platz in der Prophezeiung kennenlernen, damit er bei ihrer Vernichtung helfen kann. Ich werde ihn von seinem *Tahlmorra* abwenden und ihn bewegen, dagegen zu arbeiten.«

Aidan versagte sich die ersehnte Antwort. Er bestritt Lochiels Aussage ruhig. »Das ist nicht möglich.«

»So?« Dunkle Brauen wurden gewölbt. »Es *gab* einmal eine Cheysulifrau – eine Verwandte von Euch, Gisella –, die bekehrt und benutzt wurde.«

Aidan zuckte gleichgültig die Achseln. »Ich werde Euch daran hindern.«

»Ihr?« Lochiel lächelte erneut. »Womit? Mit Macht? Ihr habt hier keine Macht … Dies ist Valgaard, Aidan. Hier befindet sich das Tor zur Unterwelt. Selbst wenn Ihr Euren *Lir* herbeirieft, selbst wenn Ihr *Lir*gestalt annehmen oder Zwang anwenden könntet – was würdet Ihr mit beidem anfangen? Dies ist *Valgaard*. Ich kann Euch wie einen Funken auslöschen.«

Aidan lächelte plötzlich strahlend. »Fragt Lillith, was ich tun kann.«

Lochiel zuckte zusammen.

Da. Das hat ihn getroffen. Er hat *Schwächen* … Aidan

nickte angespannt, erinnerte sich an die versprochene Macht. »Durch *mich*«, flüsterte er. »Auf *mein* Geheiß. Weil die Götter mir *geantwortet* haben.«

Der herausfordernde Blick blieb hart. Lochiel suchte etwas in Aidans Augen, in seinem Gesichtsausdruck, in seinem Tonfall. Und dann wandte er sich jäh ab und schritt zum Tisch, wo er einen Becher Wein eingoß. Er bot ihn Aidan nicht an. Er trank ihn selbst aus. Dann lächelte er. »Aber dies ist *immer noch* Valgaard.«

Aidan erwiderte sein Lächeln. »Würdet Ihr ihnen jetzt gern begegnen? Jetzt *sofort? Hier?*«

Lochiel stellte den Becher geräuschvoll ab, so daß sich der Fuß verbog. »Ich habe die Oberherrschaft über diesen Ort!«

Aidan neigte den Kopf. »Soll ich es für Euch versuchen?«

Der Ihlini lächelte boshaft. »*Und* ich habe Euren Sohn.«

Aidan mußte fast lachen. »Meine Götter würden ihm niemals Schaden zufügen.«

»Nein, aber *meine* schon.« Lochiel versuchte, den umgestürzten Becher wieder aufzurichten. Als es ihm nicht gelang, schaute er verwirrt und verärgert hinab, und als er erkannte, daß der Fuß des Bechers verbogen war, warf er ihn mit einer schnellen Handbewegung von sich. Er sah Aidan erneut an. »Wollt Ihr, daß ich meine Götter heraufbeschwöre? Eure und meine Götter können gegeneinander antreten – die Götter des Lichts und der Luft gegen die Götter des Todes und der Dunkelheit.«

Aidan schwieg.

Helle Augen weiteten sich. Lochiels Lippen teilten sich eilig. Sogar seine Haltung war starr, wie bei einem Hund, der eine Witterung aufgenommen hat. Er blickte Aidan jetzt herausfordernd an. »Seid Ihr deshalb hierhergekommen? In der Hoffnung, Eure Götter gegen meine antreten zu lassen – oder gegen *mich!* – und so Euren Sohn zurückzugewinnen?«

Aidan biß die Zähne zusammen. Er glaubte, daß es

noch immer eine Möglichkeit gab, gleichgültig was Lochiel sagte.

Lochiel stieß einen ungläubigen Laut aus. »Jetzt verstehe ich … Ihr dachtet, Ihr könntet vor mich hintreten und mich bedrohen – nein, *erschrecken* – und damit einschüchtern …«

Aidan verlieh seiner Stimme einen unterschwellig verächtlichen Beiklang. »Wie könnte jemand das tun? Wie könnte er es wagen? Seid Ihr nicht *der* Ihlini und Erbe aller Künste?«

Lochiel starrte ihn noch immer an. »Aber Ihr *habt* …« Er runzelte leicht verwirrt die Stirn, während er seine Folgerung überdachte. Aber dann glättete sich die Stirn wieder, und er lachte laut heraus. »Jetzt verstehe ich – Eure Waffe ist der *Glaube!* Ihr glaubt, daß Eure Götter sogar hier in Valgaard siegen können!«

Aidan begann sich zu fragen, ob er Lochiel vielleicht falsch eingeschätzt hatte. Ob er vielleicht einen Fehler begangen hatte. Er war sich so sicher gewesen. Er war so entschlossen gewesen. So vollkommen überzeugt.

Ich vertraue ihnen. Ich muß *ihnen vertrauen. Sie haben mir schon zuvor geantwortet. Als ich Lillith gegenüberstand.*

Lochiels Stimme klang schneidend. »Haltet Ihr dies für ein Spiel? Seid Ihr in der Erwartung gekommen, mit mir Bezat zu spielen?« Die hellen Augen verengten sich erneut. »Wir unterstehen *alle* der Gnade unserer Götter, Aidan. Ihr und ich gewiß. Ich bin nicht so selbstgerecht wie Ihr. Ich weiß es besser. Sie könnten uns im Augenblick ihres Zusammentreffens sehr wohl beide vernichten. Und so möchte ich nicht sterben.«

Das wollte Aidan auch nicht. Er war gekommen, um Lochiel mit einer Waffe zu bedrohen, die niemand sonst besaß: göttliche Vergeltung. Er hatte sie einmal angerührt, als er Lillith gegenüberstand –, aber da *war* er selbstgefällig gewesen. Er hatte zutiefst an seine Götter geglaubt, die sich nur einem einzigen Mann zur Seite stellen würden. Einem Mann mit großer Macht, der aber immer noch ein *Mensch* war. Jetzt drohte Lochiel selbst schreckliche Vergeltung heraufzubeschwören – durch einen Gott, der Aidan weitaus mehr ängstigte, als er erwartet hatte. Asar-Suti, der Sucher, war schon immer eine unschätzbare Bedrohung gewesen, auf die man nur unsicher einging.

Jetzt, im Herzen Valgaards, mit dem Geruch des verderbten Atems des Gottes, kam die Bedrohung nur zu nah. Er nahm sie ernster.

Vielleicht so ernst, wie Lochiel MEINE Götter nimmt.

Lochiel riß jäh den Silberbecher hoch und hielt Aidan den verbogenen Stiel hin. »Seht Ihr? Das war nichts. Ich habe es unabsichtlich getan. Es erforderte keine Macht, keine Magie. Es erforderte nur Zorn.« Er sah Aidan unverwandt an. »Versteht Ihr? Sie sind *Götter,* Aidan! Eure Götter, meine Götter – glaubt Ihr, das sei wichtig? Wir sind Menschen, und das Fleisch ist schwach ... weitaus schwächer als Silber ...« Er schloß beide Hände um den Rand des Bechers und drückte ihn zusammen. Dann zeigte er Aidan das Ergebnis. »Ich kann mir *Ermutigenderes* vorstellen.«

Aidan frohlockte innerlich. Er hatte bei Lochiel einen Schwachpunkt entdeckt. Er hatte selbst genausoviel Angst vor einer Begegnung der Ihlinigötter mit seinen Göttern, aber er war im Vorteil. Er *wußte,* daß Lochiel Angst hatte. Und diese Angst würde ihm dienlich sein.

Mit einer Gelassenheit, die er nicht in dem Maße empfand – Lochiel hätte es wieder Selbstzufriedenheit genannt –, zuckte Aidan lediglich die Achseln. »Ich kann mir keinen besseren Weg vorstellen zu klären, was zwischen uns steht. Beruft Eure Götter herauf, Ihlini. Und ich werde meine beschwören. Wir werden *sie* die Angelegenheit entscheiden lassen.«

Lochiel warf den beschädigten Becher hin. Sein glattes Gesicht war bleich und angespannt. Und dann stellte er unendlich sanft eine einzige Frage: »Erinnert Ihr Euch, wie leicht ich Harts Sohn aus der Ferne tötete?«

Aidan blieb ganz still. Die Gelassenheit wich. Seine Überzeugung schwankte erheblich.

Lochiel sah ihn unverwandt an. »Ich könnte dasselbe jetzt mit *Eurem* Sohn tun.«

Er platzte damit heraus, bevor er es verhindern konnte. »*Nein ...*« Und verfluchte sich verzweifelt, als er erkannte, daß er seinen Vorteil aufgegeben hatte.

Lochiel lächelte dünn, huldvoll und siegreich. »Aber ich bin unaufmerksam. Kommt mit, Mylord. Kommt und seht Euch Euren kostbaren Sohn an.«

In einem angrenzenden Raum sah Aidan die breite, hochstehende Wiege aus glänzendem Holz. Einen einzigen irrsinnigen Augenblick lang konnte er nicht begreifen, daß sich ein solch gewöhnlicher und weltlicher Gegenstand in einem Ihlinihaushalt befand.

Lochiel deutete auf die Wiege. »Dort. Lebendig, wie versprochen. Noch.«

Aidan trat näher heran, blieb aber dann jäh stehen. In der Wiege lagen *zwei* Kinder, nicht eines. Und sie waren einander vollkommen ähnlich.

Lochiel lachte. »Ihr fragtet, ob ich einen Sohn habe. Nein. Ich habe eine Tochter. Aber Ihr seid aufgefordert, mir zu sagen, welches Kind meines und welches Eures ist.«

Aidan starrte die Kinder an. Sie waren gegen die Kälte eingehüllt. Hände, Köpfe und Füße waren verdeckt, und nur die kleinen Gesichter waren zu sehen. Beide schliefen, ihrer Umgebung ungeachtet, zeigten ihm nicht ihre Augenfarbe, obwohl auch das kein Beweis wäre. Shonas Augen waren braun gewesen. Lochiels waren ebenfalls braun. Und sein *Kivarna* schwieg seltsamerweise.

Lochiel trat an die Wiege. »In dem Augenblick, in dem ich das Kind aus dem Bauch Eurer erinnischen Prinzessin schnitt, gebar meine Frau mir eine Tochter. Melusine hat auch Euren Sohn gesäugt, da er den Geschmack von Muttermilch kennenlernen sollte.« Er sah Aidans Gesicht vor Entsetzen zucken und lächelte. »Sie teilen sich dieselbe Brust, dieselbe Wiege, dasselbe Dach. Und jetzt erklärt mir erneut, Aidan, warum es unmöglich sein soll, einen Cheysuli von seinem *Tahlmorra* abzuwenden.«

»Nein«, flüsterte Aidan rauh.

Lochiel senkte beide Hände und berührte zwei Köpfe, liebkoste sie in einer widerlichen Parodie von Zuneigung. »Wie gefällt Euch der Gedanke, daß Euer Sohn mich für seinen Vater halten wird?« Er hielt inne. »Oder vielleicht sollte ich sagen: für seinen *Jehan*.«

»Nein.« Noch einmal. Wohl wissend, daß es sinnlos war.

Lochiel beugte sich herab und flüsterte den schlafenden Kindern zärtlich etwas zu, wobei er Aidan weiterhin im Blick behielt. Als er sich wieder aufrichtete, geschah es mit der anmutigen Geschmeidigkeit, die in Aidans Geist erneut das Traumwesen Cynric heraufbeschwor.

Die Stimme des Ihlini drückte sanfte, spöttische Besorgnis aus. »Was soll ich mit ihnen tun? Eines töten und Euch die Frage überlassen, ob es Euer Sohn war – oder meine Tochter? Oder beide töten, damit Ihr es *wißt?*«

Aidan mußte fast lachen. »Erwartet Ihr wirklich von mir zu glauben, daß Ihr Eure eigene Tochter töten würdet?«

»Ich kann weitere Kinder zeugen. Und wenn es Euch Qual bereitet ...«

Die Lässigkeit schmerzte am meisten. Verzweiflung wallte auf. »Ihr *Ku'reshtin!*«

Lochiel brachte ihn mit einer scharfen Handbewegung zum Schweigen. »Wählt eines der Kinder, Aidan. Übernehmt die Rolle eines Gottes und bestimmt das Schicksal eines Kindes.«

Dies erinnerte Aidan auf grausame Weise an sein Gespräch mit der Weberin. »Und wenn ich sage, Ihr sollt beide am Leben lassen? Würdet Ihr diese Entscheidung auch anerkennen?«

Lochiel spreizte vielsagend die Hände. »Sie gehören dennoch beide mir.«

Aidan zuckte zusammen. Sein Kopf pochte dumpf. Er versuchte, das Unbehagen zu verdrängen, aber es gelang ihm nicht. Schwäche kroch vom Kopf zum Hals und zu den Schultern und dann durch seinen restlichen Körper. Er wußte, was geschehen würde, wenn er die Schwäche nicht überwand. Er bemühte sich, das Zittern zu unterdrücken, bevor es sichtbar wurde.

Lochiel bemerkte es dennoch. Dunkle Brauen wölbten sich leicht, und der scharfgeschnittene Mund verzog sich. Er betrachtete die weiße Haarsträhne. »Der Schwertstreich«, sagte er leise.

Aidan unterdrückte den ersten Krampf. »Was ist mit unserem Handel?«

Lochiel war verwirrt. »Unser Handel?«

»Ihr sagtet, ich könnte wählen.«

Aber der Ihlini war in Gedanken bereits weitergegangen. Er lächelte gemächlich und verständnisvoll, während er das Zittern von Aidans Händen beobachtete. »Ihr seid blaß, Mylord. Habt Ihr Kopfschmerzen? Seid Ihr krank?«

»Laßt mich wählen«, stieß Aidan zähneknirschend hervor. Er stellte sich auf eine Entscheidung ein.

Lochiel lachte. »Ich habe Euch nicht nur Eurer Männlichkeit, sondern auch Eurer Gesundheit beraubt.« Er sah Aidan entsetzt zurückzucken. »O ja – ich wußte alles über den Bund des beiderseitigen *Kivarna*. Es kostet Mühe, solche Dinge zu erfahren.« Er betrachtete Aidan genauer. »Warum sonst hätte ich sie töten sollen? Und bedenkt auch, *wo* ich sie getötet habe: dort, vor Euren Augen. Sie war kaum ein würdiger Gegner und in dieser Nacht keine Gefahr für mich …, aber ihr Verlust würde Euch verheeren. Sogar noch in den Augenblicken, bevor ich Euch getötet hätte.« Er verzog spöttisch den Mund. »Aber Ihr habt trotz allem überlebt, und jetzt ist der arme Prinz von Homana entmannt. *Kastrat … Wallach …* kein Bettsport mehr für *Euch!*« Er hielt kurz inne. »Und keine weiteren Erben für Homana. *Ich* besitze den einzigen Erben.«

Aidans Kopf pochte. Schmerzwogen sanken herab und beeinträchtigten seine Sicht, so daß Lochiel plötzlich zwei Köpfe und acht Glieder bekam. Aidan biß krampfhaft die Zähne zusammen. Er hatte überhaupt keine Zeit mehr.

»Welchen Nutzen *habt* Ihr?« sann Lochiel. »Mit einem leeren Kopf – *und* leeren Lenden ... Welchen Nutzen habt Ihr für den Löwen?«

Der Ihlini verschwamm vor seinen Augen. Schweiß brach auf Aidans Haut aus, gefolgt von dem ersten Krampfanfall, der seinen Gliedern die Kraft rauben, ihn zu Boden sinken und nur noch ein Wrack von einem Mann sein lassen würde. Er fühlte sich furchtbar gedemütigt.

Nicht vor Lochiel ...

Lochiel beobachtete ihn genau. Und dann lächelte er. »Nein«, sagte er erkennend. »Nein, ich werde Euch *nicht* töten. Warum auch? Ihr könnt der Prophezeiung mehr schaden, wenn Ihr lebt ... Götter, wer würde *das* als König wollen?«

Bitte, laßt mich nicht hinfallen ... Laßt mich nicht alles verlieren, nicht hier, nicht jetzt ... nicht vor diesem Mann ...

Lochiel nickte. »Ich lasse Euch besser leben.«

Aidan taumelte vorwärts und stützte sich auf die schwere Wiege. Die eingehüllten Kinder schliefen weiter. Er wollte sie berühren, sie wecken, um erkennen zu können, welches sein Sohn war, aber sein Körper gehorchte ihm nicht. Seine Beine gaben unter ihm nach, so daß er sich gegen seinen Willen hinknien mußte – vor Lochiel dem Ihlini, dessen Lächeln seltsam triumphierend wirkte.

»Wählt«, befahl Lochiel.

Aidan umklammerte zitternd die Wiege.

»Wählt«, wiederholte er eindringlich. »Dieses Mal ist es kein Spiel.«

»W-warum? Warum nicht?«

»Weil ich mich dieses Mal an Eure Entscheidung halten werde. Wählt ein Kind aus, Aidan. Und dann verlaßt Valgaard als freier Mann.«

»*Warum?*«

»Weil ich will, daß Ihr zurückgeht. Ich will Euch auf dem Löwenthron sehen. Ich will Euch dort haben, wo Euch alle sehen können, damit sie erkennen, was Ihr seid. Ein Mann, der Anfällen unterliegt... oder ein Mann, der Dämonen unterliegt?« Lochiel machte eine fahrige Geste. »Ich will Euch *dort* haben, nicht hier. So wie Ihr jetzt auftretet, werdet Ihr der Macht des Löwenthrons weitaus mehr schaden. Der Macht der Cheysuli. Glaubt Ihr, die Homaner werden Euch behalten wollen? Glaubt Ihr, sie werden Euch vertrauen?« Lochiel schüttelte den Kopf. »Ich will Euch *auf* dem Thron sehen, damit sie Euch stürzen können. Aufruhr erleichtert mir meine Aufgabe...« Er zuckte die Achseln. »Aber Ihr werdet nicht ohne Kind gehen. Ihr würdet eher hierbleiben und an einem Anfall – oder an meinem Einfluß – sterben, als ohne Kind zurückzugehen.« Er hielt inne. »Also *wählt*.«

Aidan umklammerte noch immer die Wiege. »Ich könnte Eure Tochter nehmen...«

Lochiel verlor die Geduld. »Glaubt Ihr, das kümmerte mich? Wenn Ihr *tatsächlich* meine Tochter wählt, werdet Ihr sie dennoch mit Euch nach Homana-Mujhar nehmen müssen... eine Ihlinihexe, die an der Brust des Löwen genährt wird.« Die hellen Augen glänzten. »Um die Prophezeiung zu vernichten, werde ich meine Tochter aufs Spiel setzen. Ich würde *zehn* Töchter riskieren. Aber werdet *Ihr* einen Sohn riskieren, um sie zu retten?«

Aidan preßte seine Stirn so fest an die Wiege, daß der Rand hineinschnitt. Er biß sich auf die Zunge und versuchte, den in seinen Gliedern nagenden Schmerz abzulenken. Er zog sich mühsam und steif hoch. »Ist das alles?« keuchte er. »Oder ist da noch mehr?«

»Die Kette«, erklärte Lochiel.

Das Zittern erstarb sofort. Aidan berührte ein von seinem Gürtel herabhängendes Kettenglied. »Ihr wollt … *dies …?*«

»Ja. Ist sie nicht den Preis eines Kindes wert, das sehr wohl Euer Sohn sein könnte?«

»Warum? Was bedeutet sie Euch?«

»Die Verkörperung eines Menschen und aller Menschen vor ihm.« Lochiel lächelte eiskalt. »Gebt mir die Kette, Aidan. Dann könnt Ihr als freier Mann gehen.«

Der Ihlini wußte es. Er *wußte* es. »Werdet Ihr sie zerbrechen?« fragte Aidan.

»Nur ein Glied«, antwortete Lochiel. »Nur eines ist nötig. Dann wird das gesamte Muster zerbrochen sein.« Er zuckte lässig die Achseln. »Das allein wird die Prophezeiung nicht vernichten, aber es ist immerhin ein Anfang. Wenn ich dieses eine Glied aus dem Muster entferne, werden kleine Veränderungen zu großen.«

Aidan kannte die Antwort. Wenn er sich weigerte, könnte Lochiel ihn vielleicht sehr wohl töten und ihn damit sowohl tatsächlich als auch in der Verbindung aus dem Muster entfernen. Wenn er überlebte, bestand immer noch die Möglichkeit, daß er gewisse Dinge später rückgängig machen konnte. Und da war das Kind. Wenn er Valgaard mit seinem Sohn verließ, hielt er den Samen der Prophezeiung am Leben. Und das menschliche Verbindungsglied, dachte er, war stärker als das andere.

Und wenn ich das Mädchen wähle? Aber Aidan kannte auch diese Antwort: Eine Wahl war ein Risiko für jedermann. Aber die Wahl und das Risiko waren nötig.

Aidan öffnete seinen Gürtel. Er zog das Leder langsam aus den Kettengliedern, bis er die Kette in Händen hielt. Er betrachtete sie mit gesenktem Kopf und spürte, daß seine körperliche Schwäche vergangen war. Er stand vollkommen ruhig vor dem Ihlini und sann über das Ende seines *Tahlmorra* nach.

Es wird keine Nachwelt geben …, aber will ich sie ohne Shona überhaupt?

Shona. Der Löwe. Die Kette. So viele zerbrochene Glieder. So viele heftige Träume, Vorboten seines Schicksals. So überaus viele, und immer wieder dieselben *Fragen*.

Aber schließlich verstand Aidan.

Er spannte die Kette in seinen Händen an. Er erinnerte sich an ihre Vollendung vor Siglyn und Tye und Ashra – wie er die Kette aus dem Feuer gezogen hatte und sie wieder hatte vollständig werden lassen, nur weil er daran geglaubt hatte. Weil es nötig gewesen war.

Aidan ergriff die Kette zufrieden lächelnd fester und sah Lochiel gerade an, während er sie entzweiriß.

Das schwache Glied zerbrach. Die Überreste klangen auf dem Stein wider, als sie glitzernd herabsanken, und zerfielen wie Staub. Er hielt die herabbaumelnden Enden der zertrennten Kette in beiden Händen und wußte, daß der Name des zerbrochenen Gliedes letztlich doch Aidan lautete.

Lochiels Stimme klang trocken. »Beeindruckend«, bemerkte er. »Jetzt wählt ein Kind und geht.«

Er trat zur Wiege. Stücke des zerbrochenen Kettengliedes knirschten unter seinen Stiefeln. Er achtete nicht darauf.

Zwei eingehüllte Kinder. Aidan legte die beiden Hälften der zerbrochenen Kette in die Wiege. Er nahm eines der Kinder hoch, ohne sich die Mühe zu machen, sein *Kivarna* zu befragen. Es war genauso tot wie sein übriges Sein. Er würde sein Versprechen, das Wagnis einzugehen, einlösen.

»Geht«, sagte Lochiel. »Ihr habt meine Erlaubnis zu gehen.«

Aidan wandte sich um und verließ den Raum, den Sohn, der vielleicht einst Homana regieren würde, an seiner Brust geborgen.

Oder die Tochter, die es vielleicht vernichten würde.

Epilog

Wind pfiff durch den Durchlaß, als Aidan die Schlucht verließ. Dahinter hörte das Heulen auf. Auf den Wintereinöden war es Sommer geworden. Bäume, die einst von Bösartigkeit der Ihlini verheert worden waren, trugen jetzt biegsame, neue Zweige. Knospen entfalteten Blätter.

Aidan nickte lächelnd. Bei Teel und dem Pferd wartete der braune Mann, der sich der Jäger nannte.

Der Gott erwiderte sein Lächeln. »Du hast dir das Kind angesehen.«

»Ja.«

»Was hast du entdeckt?«

»Meinen Sohn.«

Die braunen Augen blickten weise und ruhig und sehr freundlich drein. »Glaubst du, daß die Milch, die er aus der Brust einer Ihlinifrau getrunken hat, seinen Geist erstarren lassen wird?«

Aidan, der der Sonne den Rücken kehrte, um das unter seinem Umhang geborgene Kind zu schützen, seufzte. »Ich glaube nicht.«

»Gut.« Der Jäger deutete auf einen nahestehenden Felsblock. »Setz dich, Aidan, und sage mir, was du gelernt hast.«

Aidan betrachtete den Felsblock. »Das wird zu kalt sein. Ich muß auf das Kind achten.«

Der Jäger schwieg. Flechten und Gras wanden sich den Felsblock hinauf und schmiegten sich in Höhlungen, bis der ganze Felsblock bedeckt war. Eine Handvoll violetter Kleeblüten blühten. Der Thron war schweigsam bereitet worden.

Kurz darauf setzte Aidan sich. Er betrachtete den

Jäger. »Ich habe gelernt, daß es die pure Narrheit ist, wenn ein Mann herauszufinden versucht, was die Götter für ihn vorgesehen haben«, begann er ruhig. »Ich habe mein ganzes Leben mit dem Versuch verbracht zu erfahren, was Ihr von mir wolltet, und damit, beunruhigende Träume zu deuten, die mir einen Thron verwehrten und mir eine Kette gaben, die ich nicht vollständig halten konnte, ganz gleich wie sehr ich es versuchte.« Er lächelte flüchtig. »Und ich habe gelernt, wie hilflos ein Mann ist, wenn die Götter in sein Leben eingreifen wollen.«

Braune Augenbrauen wölbten sich. »Eingreifen? Greifen wir ein?«

»Ja.« Aidan grinste ihn an. »Das ist vermutlich Eure Art …, also werde ich Euch dafür nicht zur Verantwortung ziehen.«

Die braunen Augen prüften ihn, wobei das ruhige Gesicht einen Aidan unbekannten Ausdruck zeigte. Kurz darauf lächelte der Gott. »Du hast anscheinend auch gelernt, uns ein wenig zu vernachlässigen … deinem Tonfall nach zu urteilen.«

Aidan lachte, drückte seinen Sohn fester an seine Brust und richtete den Umhang neu. »Ich habe Euch nicht vernachlässigt – ich habe mich Euch nur ergeben. Ihr werdet mit mir tun, was immer Ihr wollt, ungeachtet dessen, was ich will. Und daher werde ich Euch – *und* mir – mit meinem Eigensinn keine Schwierigkeiten mehr bereiten.«

»Wir können dir nicht *sagen,* was du tun sollst. Das haben wir niemals getan.«

Aidans Stimme wurde plötzlich kalt. »Nein. Aber Ihr räumt Hindernisse aus meinem Lebensweg. Wie Shona.«

Einen Augenblick lang wirkte der Jäger bekümmert, aber dann verging es wieder. »Man kann es auch anders sehen.«

Überwältigende Trauer ergriff Aidan und nahm seine Kraft. Dann zerfiel sie zu Asche, genau wie das Verlangen. Aidan ließ davon ab. Er durfte gerade jetzt nicht die Beherrschung verlieren. »Wie?« fragte er. »Ist sie nicht *tot?*«

»Sie ist tot. Aber du darfst keinesfalls glauben, daß wir sie für ein Hindernis hielten, das aus deinem Leben entfernt werden mußte. Das war sie nicht, und wir haben sie auch nicht aus deinem Leben entfernt. Shona lebte aufgrund ihres einzigartigen, großartigen Wertes. Sie war wichtig. Wir haben sie vielmehr *in* dein Leben gebracht ... und dir in ihren Armen und ihrem Bett solche Freude verschafft, daß du beides niemals wieder mit einer anderen Frau teilen wollen würdest.« Er sah Aidan fest an. »War sie es nicht wert, Aidan? Die Ergebenheit des Herzens ... die Hingabe des Körpers. Selbst für so kurze Zeit?«

Er hatte verloren, was Menschen am meisten schätzten, obwohl sie es oftmals wegen der reinen Befriedigung zu gewöhnlicher Begierde verkehrten. Er hatte das, ungeachtet der Gründe, selbst getan. Aber nicht bei Shona. Obwohl er es gewußt hatte, hatte er nicht geglaubt, daß ein so großes Opfer von ihm verlangt werden würde. Jetzt verstand er warum.

Und er zögerte nicht. »Sie war alles wert.«

Kurz darauf nickte der Jäger. »Es bleibt dabei, Aidan: Wir können dir nicht sagen, was du tun sollst.«

»Das ist auch nicht nötig. Ich weiß, was ich tun muß. *Jetzt.*«

»Wirklich? Und was ist es?«

Aidan blickte eine Weile an dem Gott vorbei, in Gedanken und Erinnerungen verloren. Dann regte er sich wieder. Er zog lächelnd den Handschuh von seiner rechten Hand. Der Rubinring schimmerte in der Weiße der Winterlandschaft, die nur gelegentlich vom Sommer berührt wurde, blutrot.

Er zog ihn vom Finger. »Zunächst«, murmelte er, »entledige ich mich dieses Rings und des Titels, der dazugehört.«

Der Jäger saß unbeweglich auf dem Felsblock. Seine Augen waren dunkel und blickten fest. »Dadurch entsagst du deinem Rang.«

»Ja.«

»Für diesen Rang würden viele Menschen töten, weil sie die Macht für sich selbst ersehnen. Es ist ein uralter und ehrbarer Titel. Dein *Jehan* hatte ihn inne und sein *Jehan* und dessen *Jehan* und viele zuvor ... viele Männer, Aidan. Sehr viele Männer. Ich fragte dich: Weißt du, was du tust?«

»O ja. Ich glaube, ich weiß, was ich tue.«

Sein Eifer beeindruckte den Jäger überhaupt nicht. »Tust du es freiwillig oder weil dies der leichteste Weg zu sein scheint?«

Aidan lachte. »Ist die Prüfung *noch* nicht beendet?« Er schüttelte den Kopf und griff nach dem Ring auf seiner Handfläche. »Stellt Ihr mir jetzt die Fragen, die ich Euch stellen wollte? Und werdet Ihr mir jetzt die Antworten geben?«

»Antworte *mir,* Aidan.«

Aidan fühlte sich einen Augenblick lang überrumpelt, aber dann nickte er. Er befeuchtete seine Lippen. »Ich entsage meinem Rang und Titel freiwillig und weiß, was ich tue.«

»Zu welchem Nutzen?«

»Zum Nutzen der Prophezeiung«, antwortete Aidan fest. »Der ich unwissentlich stets gedient habe und der ich, jetzt *wissentlich,* weiterhin dienen werde.«

»Du streichst deinen Namen damit aus der Erbfolge Homanas.«

»Ja. Bereitwillig.«

»Ich frage dich erneut: zu welchem Nutzen?«

Aidan lächelte, steckte den Ring in seine Gürteltasche und zog den Handschuh wieder an. »Es gab eine Kette. Gott der Träume, die einst in meinen Händen zerbrach und später weiter ergänzt wurde. Ich glaubte, daß die Träume beendet wären und die Aufgabe, wie beabsichtigt, erfüllt sei. Aber als ich vor Lochiel stand, erkannte ich, daß das nicht stimmt. Die Vervollständigung der Kette war zwar nicht *falsch*, aber es war nicht das gewünschte Ergebnis.«

Er erinnerte sich an Shaine, Carillon, Donal und an Ashra, Tye, Siglyn. An alle, die ihm bei seiner Entscheidung geholfen hatten, obwohl er es damals nicht erkannt hatte.

Die Stimme des Jägers klang sanft. »Worin bestand das gewünschte Ergebnis?«

»Sie zu zerbrechen.« Aidan wandte seine Aufmerksamkeit wieder dem Gott zu. »Die Kette sollte zerbrochen werden – und zwar von mir –, um des nächsten Gliedes willen.« Er blickte auf das Bündel zwischen den Falten seines Umhangs hinab, das seinen Sohn wärmte. »Um *dieses* Glied mit der Kraft auszustatten, die für die Vollendung der Prophezeiung nötig ist.«

Der Gott regte sich auf dem Felsblock. »Was noch, Aidan?«

Er dachte darüber nach. Die Antwort fiel leicht. »Angeketteter Krieger«, sagte er wie abwesend. »Angeketteter Prinz, angeketteter Rabe. Angekettet geht das Leben zwar weiter, aber wird die Kette zerbrochen, dann ist es befreit.« Er sah den Jäger offen an. »Die Kette ist zerbrochen. Die Entscheidung ist gefallen. Ich möchte frei sein.«

Das Gesicht des Jägers blieb ausdruckslos. »Die Freiheit trägt ihre eigene Last der Verantwortung.«

»Das weiß ich.« Und plötzlich lachte Aidan vor ungehinderter Freude an der Erkenntnis. Der Klang hallte in den Felsen wider. Er ließ das Lachen aus reiner Überschwenglichkeit und dem Eingeständnis der Wahrheit ausströmen. Er fühlte sich endlich so *frei*. Zum ersten Mal in seinem Leben.

Als das Lachen erstarb, grinste er den Gott an. »Lochiel hat schließlich doch verloren.«

Der Jäger lächelte. »Was wirst du tun?«

Aidan antwortete prompt. »Meinen Sohn mit nach Homana-Mujhar nehmen und ihn seinem *Tahlmorra* übergeben. Mein *Tahlmorra* liegt anderswo.«

»Aha. Dann hast du erkannt, daß du sie in Valgaard *nicht* zerbrochen hast.«

»O nein.« Aidan zuckte die Achseln. »Ich habe statt dessen gelernt, was sie *bedeutete.*«

Der Jäger nickte. »Was wird mit *dir,* Aidan, wenn dein Sohn zum Erbe ernannt wird.«

Er betrachtete das kleine Bündel. »Der Löwenthron war niemals für mich bestimmt. Gisella hatte recht, als sie sagte, ich würde ein thronloser Mujhar und ein König ohne Krone sein.« Er lächelte, als er sich seiner Angst erinnerte. »Ich glaube, ich bin für ein anderes Reich und einen anderen Löwen bestimmt ... für eine auf dem Atem der Götter dahinschwebende Insel, wo sich ein umgestürzter Altar und eine verlassene Kapelle befinden. Ich glaube, meine Aufgabe besteht darin, die Kapelle wiederaufzubauen und sie wieder ihrem ursprünglichen Zweck zuzuführen, damit sie erneut allen Cheysuli in Not dienen kann.«

»Sie werden dich Priester nennen«, warnte ihn der Jäger. »Halbmensch. Schattenmann. Krieger ohne Herz.« Er hielt inne. »Sogar Feigling und Kastrat.«

Das traf, aber nur einen Augenblick. Dann zerfiel der Schmerz zu Staub, genau wie das Verlangen zerfallen war. Er war in sich zufrieden. Zufrieden mit dem Wissen dessen, was er geworden war.

»Vielleicht werden die Homaner es tun«, stimmte er dem Gott zu. »Es liegt in ihrer Natur zu verachten, was sie nicht verstehen können. Und was die anderen betrifft ...«, er zuckte die Achseln »... so macht es kaum einen Unterschied. Es wird Zeit, das Land wieder zu erleuchten, die Dunkelheit zu vertreiben.« Er lächelte träumerisch und herrlich müde. »Namen sind unwichtig. Und die Cheysuli werden mich etwas vollkommen anderes nennen.«

»Was, Aidan?«

»*Shar Tahl.*« Er grinste flüchtig. »Wie Burr, nur schlimmer – ich werde sie Dinge lehren, die sie nicht hören wollen. Ich werde alle Verworrenheiten lösen. Ich werde ihnen zeigen, daß man die neue Art genauso ehren muß wie die alte.« Sein Lächeln verblaßte. »Und ich werde etwas voraussagen.«

»Für wen?«

Aidans Atem dampfte. »Für Cynric.«

»Wer ist Cynric?«

»Ein Kind der Prophezeiung. Das Schwert und der Bogen und das Messer. Der wiedererschienene Erstgeborene.«

Der Jäger zeigte mit einer Geste auf das Bündel. »Ist das Cynric?«

Aidan blickte überrascht zu dem Kind in seinen Armen. »Er? Nein. Das ist Kellin. Prinz von Homana. Das nächste Verbindungsglied.« Er sah den Gott an. »Cynric kommt später. Cynric kommt danach. Cynric ist der Anfang einer neuen Kette.«

»Und wer bist *du?*«

Jetzt kannte er die Antwort. »Aidan«, sagte er. »Einfach Aidan.«

Der Jäger lächelte. Und dann erhob er sich und verließ den Felsblock.

Aidan stand hastig auf, das Kind, das eines Tages Homana regieren würde, an seiner Brust geborgen. »Ist da sonst nichts mehr?«

»Was sollte noch sein?« fragte der Gott. »Du hast dein *Tahlmorra* erkannt und es angenommen. Mehr gibt es für keinen Krieger.« Er legte kurz eine Hand auf Kellins Kopf, der unter dem Umhang verborgen lag. »Behüte ihn gut, *Shar Tahl.* Er muß noch lernen, welche Art *Tahlmorra* vor *ihm* liegt.«

Aidan nickte stumm und überwältigt.

Der Jäger lächelte. Er blickte sehr freundlich drein, als er seine andere Hand auf Aidans Kopf legte. »Bewahre dir die Fähigkeit zu fliegen, mein Rabe. Du bist alles geworden, was wir erhofft haben.«

Und Aidan war, bis auf seinen Sohn, allein.

Er schälte vorsichtig den Stoff zurück, der das winzige Gesicht schützte. Der Jäger hatte eine warme Jahreszeit zurückgelassen. Er brauchte die Kälte nicht mehr zu fürchten. Aidan betrachtete seinen Sohn in der hellen Sonne eines Sommertages. Er berührte die zarte Stirn, zog die Linie der Brauen nach, befühlte das dünne schwarze Haar.

Und lächelte traurig und verwundert. »Wir haben ihn gezeugt«, murmelte er. »Das strahlend kühne Mädchen und ich.«

Shona lebte in ihrem Sohn weiter.

Aidan nickte fest. *Besser etwas zu haben* … Aber dann verscheuchte er den Gedanken wieder. Kellin war mehr als nur etwas.

Aidan atmete tief ein und heftig wieder aus. Dann stieg er ganz vorsichtig auf sein Pferd und rückte Kellin in seinen Armen bequemer zurecht. Im Augenblick schlief das Kind, aber darauf konnte er nicht den ganzen Weg über hoffen.

Oder *doch?* Hatte er nicht mit Göttern gesprochen?

Aidan schaute lachend zu dem dichtbewachsenen Baum hoch, auf dem Teel kauerte. Und dann erstarb das Lachen. »Hast du es schon immer gewußt?«

Das Schweigen zwischen ihnen klang laut.

»Hast du es gewußt?« wiederholte Aidan. »Du hast stets behauptet, die *Lirs* seien in viele Dinge eingeweiht.«

Teel antwortete lange Zeit nicht. Dann regte er sich. *Einschließlich allen Schmerzes. Und aller Angst.* Sein Tonfall veränderte sich unerwartet von beißendem Spott zu Mitgefühl. *Es war notwendig.*

»Was war notwendig?«

Die Unaufrichtigkeit, antwortete Teel. *Den Zweck unklar zu lassen: um dich zornig zu machen. Um dich gegen etwas ankämpfen zu lassen – sogar gegen einen streitsüchtigen Lir.*

»Weil ich sonst vielleicht aufgegeben hätte.« Aidan nickte. »Sonst wäre ich vielleicht zerbrochen. Der Zorn war der Mittelpunkt ...«

Teel plusterte sich auf. *Ein Krieger, der mit toten Männern einhergeht und mit den Göttern spricht, begeht keinen leichten Weg. Ich war dafür bestimmt, dich dazu zu bringen, ihn einzuschlagen.*

»Mich dazu zu *bringen?*«

Teel dachte erneut darüber nach. *Um dir mit allen mir zur Verfügung stehenden Mitteln zu* raten, *ihn einzuschlagen.*

Aidan überlegte. Kurz darauf nickte er. »Ändere dich nicht, *Lir*. Ich bin an Beständigkeit gewöhnt.«

Ich hatte nicht die Absicht, mich zu ändern. Warum soll man die Überlegenheit aufgeben?

Aidan lachte. Das Kind wand sich in seinen Armen, beruhigte sich aber dann wieder.

Er nahm die Zügel auf und lenkte das Pferd südwärts. »Ja, nun, was macht das schon? Das Rad des Lebens hat sich weitergedreht.«

Er hielt das Pferd mit einer Hand und barg Kellin mit der anderen. »Und den Hunden wird die Insel gefallen.«

Der Rabe flog auf. Südwärts, auf Mujhara zu. Südwärts, auf eine Insel zu, auf der die Steine hilflos umgestürzt lagen und darauf warteten, daß der *Shar Tahl* sie wieder aufrichten würde.